De trèfles et de plumes

J. ARDEN

De trèfles et de plumes

Sláine Adamson – 1

J'AI LU

Le thé est un breuvage naturellement miséricordieux.

Lady Sláine (1890)

Remerciements

À Danielle et Jean-François, pour la brume périgourdine.

À Méli, pour Malibu, le « dandycat *» au regard blasé.*

À ma Pearl (Grey) :).

À Sophie et Andréa, pour votre soutien.

Aux copines curieuses de tout ce que j'écris depuis le début.

À vous, chères lectrices, qui vous apprêtez à découvrir une autre héroïne un peu folle.

*À Florence et Éloïse, Tic & Tac, ainsi qu'à toute l'équipe J'ai Lu. En 2011, au SDL, sur le stand Flammarion, je tenais du rêve entre mes mains (*MacKayla Lane – 4*) sans me douter une seule seconde que, en 2015, vous m'aideriez à mettre l'un des miens en pages.*

Enfin, à Oxane, ma petite chienne partie cette année, à qui je dois toute l'inspiration canine de ce tome et tellement de bons moments que je ne peux pas les compter <3.

1

Lecture interrompue

1890, Londres

Il y a certaines choses qu'une lady soucieuse des convenances ne devrait pas faire. Comme se coucher à des heures aussi indues, ou encore siroter un verre de brandy en lisant le récit des enquêtes de Sherlock Holmes. Mais en privé, n'importe quel individu peut faire ce que bon lui chante, et laisser l'étiquette sur le seuil de sa porte en fait partie, même au grand dam de sa très protocolaire gouvernante sujette à des évanouissements intempestifs admirablement maîtrisés.

Je ne m'étais jamais considérée comme une lady et cela ne me chagrinait nullement. Être une lady revenait à verser du lait sur sa vie pour masquer les arômes plus rudes et francs d'un thé dont je voulais percevoir toutes les nuances. Je me contentais d'un sucre de temps à autre, quoique rarement. Depuis mon plus jeune âge, à partir du moment où sir Barthelemew Adamson m'avait tirée de mon orphelinat londonien, j'avais été formée pour exercer mes talents, disons-le clairement, « magiques ». Mais attention, c'était le genre de mot à manier comme la plus délicate des porcelaines. Si la Couronne acceptait d'employer des gens comme moi, elle considérait néanmoins que leurs aptitudes n'auraient pu être aussi habilement utilisées dans les mains d'un être dépourvu du flegme tout britannique, ce dont j'étais heureusement dotée jusqu'à la moelle.

Mon père adoptif était à cheval sur les bonnes manières, mais il lui arrivait fréquemment de les chevaucher à cru. Si les hautes sphères de Londres le considéraient comme un riche héritier doublé d'un veuf accablé par le chagrin et, de ce fait, foncièrement inoffensif, il ne fallait pas se fier au monocle défaillant de l'aristocratie. Sir Barthelemew était en réalité à la tête du club Shadow, une entité directement rattachée au cabinet de la reine Victoria dont la vue royale était aussi acérée que celle d'un aigle. Et la souveraine était également pourvue d'ailes qu'elle déployait sur le royaume, mais aussi sur l'Europe.

Il ne m'avait été donné de la rencontrer qu'une seule fois, le jour de mon entrée dans le club. C'était une femme bien loin des critères de beauté de l'époque, d'une apparence froide qui ne manquait pas de vous inspirer le respect. Mais ce qui lui avait fait gagner le mien, c'était son regard plein d'une fougue dont on ne doutait pas qu'elle était muselée avec soin. La reine était un lion en cage qui avait érigé chacun de ses barreaux de façon à pouvoir les dévisser quand c'était nécessaire. Et elle n'hésitait pas à vous frapper avec. Un sacré bout de femme, en somme. La servir, elle, alors qu'elle appartenait au sexe communément reconnu comme faible, était une raison de plus de prendre mes fonctions très au sérieux.

Au cours de mes trois années de service, je n'avais pas eu le temps de m'adonner à la broderie, un faible sacrifice pour quelqu'un qui ne tenait pas en place, sauf à avoir une tasse d'un bon Earl Grey ou une lecture des plus contestables entre les mains. Mon manque de précision avec une aiguille s'accompagnait d'une ironie certaine quand on connaissait ma dextérité au lancer de couteaux. Si j'avais pu avoir ne serait-ce qu'un dixième de cette aisance avec un canevas, cela m'aurait épargné les œillades moqueuses de mes voisines, les jumelles Alperstan, aussi venimeuses l'une que l'autre, que je regrettais d'être en mesure de différencier. Un talent que je me faisais un devoir de saboter pour agacer ces deux idiotes égocentriques.

Assise dans le bureau de mon père, près de la cheminée, j'étais sur le point de terminer *Une étude en rouge* de sir Arthur Conan Doyle quand je perçus une secousse d'une grande violence qui faillit me faire chuter de mon confortable Chesterfield. Si j'étais indemne, on ne pouvait pas en dire autant de mon verre de cristal dont les facettes avaient explosé et du tapis tissé avec virtuosité rapporté des Indes quelques décennies plus tôt. Mon père serait mécontent d'y découvrir une tache d'alcool rescapée d'un naufrage qui n'aurait pas dû avoir lieu. Heureusement, je n'avais pas touché à sa boîte à cigares. Je songeai à dissimuler mon méfait en déplaçant le fauteuil, mais n'en fis rien. Sir Barthelemew connaissait son refuge aussi bien que le visage de sa propre mère, bien que le premier constituât une vision plus agréable que le second. Mais mieux valait ne pas porter atteinte à l'image de grand-maman, une femme tout à fait respectable dont le seul but dans la vie était de remarier son fils esseulé.

J'en revins à la secousse inopportune. Il ne s'agissait bien évidemment pas d'un tremblement de terre ou de toute autre catastrophe climatique. Bien sûr que non. À Londres, le seul problème météorologique se résumait à un brouillard d'une densité oppressante qui se transformait, par moments, en une pluie aussi drue qu'agaçante. J'avais été la seule à percevoir ce coup de pied dans la trame londonienne pour la simple et bonne raison qu'il s'était produit sur un plan bien éloigné de la réalité. L'affaire venait d'entrer d'office dans le champ de mes compétences, et j'en pestai intérieurement. Je n'étais pas près de connaître la fin de mon livre et je détestais être interrompue quelques pages avant le dénouement. Seulement, vu l'intensité du choc magique, j'avais tout intérêt à réagir vite avant que les *bobbies* ne ramènent leurs têtes casquettées. Une telle secousse ne se faisait pas dans l'innocence, je flairais d'instinct le sacrifice en bonne et due forme.

Je soupirai, me redressai sur mon siège avant de me lever pour aller replacer mon roman à sa place dans la bibliothèque de mon père. En revenant près du fauteuil, d'un coup de bottine, je fis discrètement glisser les reliquats de mon forfait. Il serait découvert bien assez tôt lorsque le propriétaire des lieux, farouche protecteur de la victime arrosée, reviendrait de sa réunion hebdomadaire au club.

Je me dirigeai vers le bureau de merisier, m'assis dans le fauteuil en velours bordeaux et entrepris d'ouvrir l'un des tiroirs du meuble. Pour cela, j'attrapai la clef dissimulée dans le socle d'un globe terrestre clinquant. La serrure fit entendre un petit déclic familier, dépossédant ledit tiroir de secrets jalousement gardés. Je me saisis de la carte de la ville et l'étalai sur le bureau avant de libérer le cristal de divination de son coffret de bois. Il émit une légère vibration à mon contact, reconnaissant une main capable de l'utiliser. Je dépliai la longue chaîne en or, au bout de laquelle il était accroché, suspendis mon bras au-dessus des rues londoniennes dessinées et fermai les yeux. Une chaleur habituelle ondula autour de moi, s'étirant pour se frayer un chemin à travers les murs et capturer en son sein l'un des résidus de magie flottant paresseusement dans la rue. Il y en avait suffisamment sur Kensington Street sans qu'un contact visuel soit nécessaire, et j'étais assez calme pour recourir à mon œil intérieur qui se chargea de détecter le filament de pouvoir qui servirait à la localisation-projection. Sa couleur bleu lavande explosa dans mon esprit. Je le tirai vers moi, j'absorbai sa puissance et la déversai sur le plan qui prit vie, m'entraînant sur le lieu d'impact, là où le voile entre les deux mondes venait de se fissurer.

J'eus la sensation d'être emmenée de force dans cet endroit, agrippée par une main d'acier secouant mon âme comme un haut-de-forme que l'on époussette avec vigueur. Comme toujours, ce désagréable voyage ne dura pas longtemps. Je me figeai en suspension dans les airs et sus que j'étais arrivée à destination. J'entraperçus le cimetière de Whitechapel, ses tombes grises éclairées par quelques lampadaires à gaz, seules lumières dans cette terre d'obscurité perpétuelle. Atterrir là n'aurait guère dû m'étonner. Les cimetières sont des lieux de passage semblables à des caves souffrant d'humidité, la pierre s'effritant avec le temps. Si j'avais voulu venir dans ce monde, c'est aussi par là que je serais passée. Et je n'étais pas la seule à y avoir pensé. Je me remémorai ma première grosse affaire, celle de Jack dit l'Éventreur.

Tout le monde, même Scotland Yard, pensait que les meurtres de prostituées étaient l'œuvre d'un détraqué portant à la gent féminine une attention perverse empreinte de fascination et de dégoût. Personne n'aurait pu se douter de l'abominable vérité. On m'avait contactée seulement à l'heure de ce que la police pensait être le deuxième meurtre, celui commis en la personne d'Annie Chapman sur Hanbury Street. J'avais détecté sur les lieux et sur le cadavre des empreintes magiques, rougeoyantes comme les flammes de l'enfer, laissées par un démon possédant un corps humain alors qu'il s'en nourrissait. Les assassinats avaient continué jusqu'à ce que je puisse reconstituer, grâce aux lettres en suspension dans la brume, le nom du démon. J'avais alors contacté l'exorciste du club pour qu'il le bannisse hors de notre monde. Nous n'avions pu sauver son hôte, un pauvre prêtre pris dans les griffes d'un monstre dont il pensait avoir délivré l'un de ses paroissiens. En plus de tuer, le démon avait entrepris d'inviter certains de ses acolytes par le biais d'une brèche que le coven[1] local avait colmatée. Ce fut une sale affaire qui démontrait de nouveau les limites des sciences occultes.

Cette fois encore, je devais me rendre sur place pour étudier les flux magiques avant que leurs traces ne s'estompent sur le passage impitoyable du *fog*. J'avais espéré ne jamais remettre les pieds dans cet endroit sinistre où tant de sang avait été versé, mais le devoir m'appelait. Je fus entraînée dans une chute défiant les lois de la gravité et réintégrai mon corps. Avant d'ouvrir les yeux, je me récitai le serment du club, ces mots auxquels je croyais :

Dans l'ombre, je traquerai. Sous son couvert, je périrai. Ainsi vivent et meurent les Roses de la reine.

Cet engagement, rédigé avec mon sang, figurait sur un parchemin et formait un serment que seul la mort effacerait. Il avait rejoint celui de bien d'autres âmes dans un grimoire détenu par la reine Victoria elle-même.

En me servant de l'encrier que je lui avais offert pour Noël, j'écrivis une rapide missive à mon père afin de l'informer de mes intentions pour la soirée, lui

1. Assemblée de sorciers ou sorcières

affirmant que je serais aussi prudente que possible. Je le voyais déjà soupirer, ressassant l'idée saugrenue de m'assigner un partenaire permanent. Ce à quoi je m'étais fermement opposée, sachant d'avance que je ne supporterais aucun autre membre du club plus de cinq misérables minutes tant leurs mœurs dissolues me révoltaient.

Je déposai la lettre sur le bureau, me levai et me dirigeai vers l'étage pour troquer ma robe bleue nuit en satin à col haut contre une tenue plus appropriée pour un crapahutage dans un cimetière.

Je revêtis pour l'occasion les derniers habits que j'avais fait faire sur mesure par miss Elisabeth Rosembach, ma fidèle gouvernante aux doigts d'or, qui ne manquait jamais de se piquer en réalisant à yeux mi-clos des toilettes scandaleuses, mais ô combien pratiques. Le résultat était toujours impeccable, comble de l'élégance et de l'audace. Enfin, c'était ma définition personnelle de la chose.

Mon reflet dans la glace me renvoya l'image d'une jeune femme petite à la silhouette généreuse, vêtue d'une chemise à jabot blanche au col de dentelle. Elle portait par-dessus une veste bleu canard similaire, en dehors de la couleur, à celle de nos bons vieux soldats. Le décolleté formait un V profond souligné par des boutons d'argent, estampillés d'une rose. Ils étaient attachés les uns aux autres par de fines chaînettes. À première vue, une jupe des plus conventionnelles montait haut pour mettre en valeur la finesse de sa taille. Mais si l'on fouillait plus dans les plis discrets amoncelés vers le bas, on y trouvait des crochets pouvant se fixer à la ceinture de cuir noir portée bas sur les hanches. Un détail appréciable lorsqu'il fallait escalader ou courir.

Je complétai ma tenue avec les créations de lord Wheelcog, l'inventeur de génie de la reine qui savait déguiser, comme personne, des bijoux de technologie en de petits objets *a priori* inoffensifs. Je terminai de m'équiper en plaçant mon camée bien au centre de la dentelle vaporeuse de mon cou. Dans le miroir, la jeune femme aux cheveux noirs et aux yeux d'un violet sombre me sourit, saluant le chignon élaboré que je venais de confectionner et duquel s'échappaient quelques mèches ondulées.

Je descendis l'escalier et me saisis du large manteau gris taillé dans la même étoffe que ma jupe. Je n'eus pas le temps de le boutonner qu'Edmond Delcourt, le majordome très français de sir Barthelemew, m'apostropha de manière guindée, mais pragmatique comme toujours. J'aurais dû sursauter, sauf qu'au bout de vingt années à fréquenter cet homme on s'habituait à le voir surgir des recoins de la maison comme s'il était un portemanteau susceptible de prendre vie. C'était à se demander s'il ne dormait pas dans l'un des placards de l'entrée en attendant que nous butions sur un fil imaginaire destiné à le réveiller.

— Lady Sláine, j'ai pris la liberté de vous faire héler un fiacre. Il vous attend devant, m'annonça-t-il de son accent trop pointu qui venait contrebalancer une diction perfectionnée durant ces trente années passées loin du pays du bon vin.

Je tâchai de contrôler mon expression pour ne pas avoir l'air trop surpris. Edmond avait la fâcheuse manie d'anticiper mes souhaits et ceux de mon père sans qu'il soit possible de découvrir comment il s'y prenait. Je n'étais pas sans savoir qu'il lui arrivait d'écouter aux portes, fort discrètement d'ailleurs, mais ce soir, comment diable avait-il fait pour savoir que je sortais ? Avais-je parlé à voix haute sans m'en rendre compte ?

— Je vous remercie, Edmond.

— J'ai également nettoyé le bureau de votre père, ajouta-t-il en souriant, me faisant comprendre qu'il connaissait mon petit secret, mais qu'il le garderait pour lui.

Impossible. Edmond pouvait-il voir à travers les murs ? Avait-il un peu de prescience dans le sang ? J'observai le majordome avec intérêt, tentant pour la énième fois de le percer à jour. Vêtu de l'uniforme inhérent à sa fonction, Edmond arborait un costume noir ouvert sur une chemise blanche impeccable fermée au col par un nœud tout aussi noir et parfaitement fait. Une longue veste en queue de pie venait compléter sa tenue. Il devait avoir dans les soixante-dix ans et il les portait plutôt bien, ses cheveux blancs s'étant opposés à une franche reculade sur un front qu'il avait large. La bataille avait cependant été perdue sur le dessus de son crâne qui présentait une tonsure envahissante. Son visage ridé parvenait à rester neutre en toutes circonstances. Ses yeux bleu pâle, qui auraient dû être délavés par la vieillesse, mais qui ne l'étaient pas, se chargeaient de donner une indication sur son humeur. Elle oscillait entre deux limites sensiblement rapprochées : un léger amusement et une contrariété naissante, et elles se traduisaient toutes deux par un sourire pincé, ce qui rendait l'analyse de son état d'esprit aléatoire. Quoi qu'il dissimule, il le faisait habilement sans recourir à la magie, car aucun halo coloré ne l'entourait. *Un jour*, me promis-je, *je percerai ce mystère.*

Après quelques secondes d'un silence éloquent, je finis de boutonner mon manteau et remerciai Edmond en des termes aussi voilés que les siens, pour avoir accepté d'être mon complice comme il l'avait souvent fait lorsque j'étais enfant. Déjà à cet âge, j'étais une véritable tornade, ce qui avait donné au majordome un entraînement considérable pour les années à venir.

— À demain matin, lady Sláine. Soyez prudente.

— Je ferai de mon mieux, répondis-je aussi sobrement que possible.

Je ne me demandai pas ce que le conducteur devait penser d'une aristocrate sortant en pleine nuit. Les calèches faisaient souvent le tour du quartier aux heures nocturnes. Il se disait dans le métier que la cliente du 806 Kensington Street rétribuait la course avec générosité, offrant ainsi un dédommagement qui compensait plus que largement l'affront fait aux règles de bienséance. Après tout, à cheval donné, on ne regarde pas les dents. Ce qui est d'autant plus vrai quand le scintillement discret de l'or s'invite dans la bouche du canasson.

Edmond m'aida à monter à bord du véhicule et referma la portière avant de rentrer, mains dans le dos, d'une démarche raide et mécanique qui ressemblait à s'y méprendre à celle des inventions avant-gardistes du Dr Wheelcog.

Le cocher fit claquer les rênes sur la croupe des chevaux et la voiture démarra dans la nuit. Le martèlement des sabots sur le pavé fut accompagné par l'écho des cloches de l'abbaye de Westminster qui sonnaient minuit.

Comme je le disais, il y a certaines choses qu'une lady soucieuse des convenances ne devrait pas faire. La lady inconvenante que j'étais venait d'embarquer dans un fiacre pour mener une nouvelle enquête, s'éloignant un peu plus du modèle de vertu, mais se rapprochant étroitement de son destin.

2

Sangsue magique

Arrivés devant l'immense portail en fer forgé de Whitechapel, rendu d'autant plus lugubre par des lampadaires crachotant de ridicules lucioles, le cocher, tout gentleman qu'il était, m'aida à descendre du fiacre. Comme si rater la marche amovible du véhicule était plus mortel que de me déposer dans un cimetière en pleine nuit ! Force est de constater que l'argent a tendance à mettre en déroute le sens des priorités. Je me morigénai mentalement, il était inutile d'être mauvaise langue. Après tout, pour le chauffeur consciencieux, livrer la marchandise en bon état faisait partie du contrat. Peut-être même pensait-il faire une bonne action en préservant mes chevilles d'une douloureuse rencontre avec les pavés. Il est vrai que les deux traumatisées potentielles pouvaient s'avérer fort utiles contre un fantôme plus énervé que la moyenne. Courir à cloche-pied avait tôt fait de réduire plus que de moitié vos chances de survie. Pour émettre une telle hypothèse, encore eût-il fallu que le transporteur sache que les morts s'adonnaient parfois à des parties de cache-cache d'une nature très éthérique et, de ce fait, pas très fair-play. Je ne lui souhaitai pas d'avoir un jour affaire à un poltergeist le prenant pour son mari volage. Souvenirs, souvenirs…

Après avoir avisé le cocher de mes intentions, il s'installa sur son siège en hauteur, s'enfonçant dans son épais manteau de tweed pour cette demi-heure d'attente, durant laquelle j'escomptais localiser le lieu exact de la déchirure. Ce fut aussi difficile que de trouver un sachet de thé échoué au fond d'une tasse de modeste dimension. La magie produit une lumière dont la couleur indique la nature de son propriétaire. En l'occurrence, la déchirure dégoulinait de filaments rougeâtres trempés dans un encrier improbable, pareils à de petits braseros rebelles qui faisaient concurrence aux lampadaires à gaz. Leur prétendue efficacité venait d'en prendre un coup.

En ce qui me concerne, mon aura est aussi incolore que l'eau. Mais à l'instar de la rivière qui revêt les nuances des profondeurs qu'elle sillonne, je m'imprègne de celles laissées dans la brume, ce réceptacle parfait qui agit comme une vieille banquette capturant les odeurs. Je suis en quelque sorte une sangsue magique. Si l'image retranscrit parfaitement mes capacités, j'avoue avoir du mal à tolérer que certains membres du club m'affublent d'un tel sobriquet. Ce parasite ne fait pas meilleur usage que sa victime du sang qu'il lui ponctionne ; il joue juste les gloutons de service, incapable de différencier un nectar plus riche qu'un autre. Tandis que moi, je transforme les résidus tentaculaires en une véritable symphonie. Je gage même qu'il m'arrive de surpasser, dans le domaine, le détenteur d'origine.

Je me laissai guider par la brèche phosphorescente et me mis à échafauder des théories quant à l'identité du responsable de ce croissant vertical. Quel type de démon avait bien pu passer au travers de cette ouverture ? Celle-ci, haute de deux mètres, était assez large pour permettre à un homme, ou quelque chose en ayant la forme, de la franchir sans même se pencher. Le façonneur de trous mystiques n'avait laissé que des gouttes bleutées sur la toile chatoyante. Un sorcier, sans l'ombre d'un doute. Et cela ne me réjouissait guère. Cette catégorie de surnaturel est l'une des plus pénibles à répertorier. J'ai beau distinguer les couleurs, il m'est difficile de trancher parmi le nuancier azuré, et ce malgré un sens aigu de la mode. Comme je le dis toujours, la magie a ses limites et elles tiennent souvent à l'usage qu'on en fait.

La fissure était en suspension dans les airs, telle une couronne malsaine entourant la tête de la statue de l'archange Michael qui avait perdu ses ailes. C'était plutôt surprenant compte tenu du fait que le reste de sa personne était intact. Devais-je en conclure que l'échappé de l'Enfer avait un grief personnel contre le psychopompe céleste ? Détail intrigant que je remisai dans un coin de mon esprit. Pour l'heure, il me fallait m'intéresser à la clef ayant ouvert cette porte interdite.

Une odeur d'herbe fraîchement coupée me parvint, d'autant plus saisissante dans un cimetière. Soulevant ma jupe pour enjamber le reliquat d'aile droite, je contournai l'archange mutilé pour découvrir à l'arrière du socle un pentacle aux contours irréguliers tracé dans ce que mon intuition me soufflait fort être du sang. À l'intérieur, des trèfles formaient une colline miniature. J'en ramassai un et vis qu'il comprenait quatre feuilles. En trouver un était censé porter chance. En trouver plusieurs la faisait visiblement tourner dans le mauvais sens. J'aperçus, quelques mètres plus loin, un pantin désarticulé dont le poitrail déchiqueté confirmait qu'il était le propriétaire du sang versé. Je devais examiner le corps, car le symbole apposé au sol était trop impersonnel pour me permettre d'estimer le potentiel magique de son dessinateur.

À le voir de plus près, j'eus un haut-le-cœur. Je dus faire appel à toute ma bonne éducation pour ne pas régurgiter le rôti de miss Rosembach. Il y a des nourritures qu'il convient de ne pas gâcher, même lorsqu'elles sont digérées. Je détournai le regard des entrailles macabrement exposées et me forçai à analyser la position du corps en elle-même. Jeté là tel un chiffon usagé qu'on aurait essoré jusqu'à l'excès, le pauvre homme faisait peine à voir. Un pantalon en laine et une veste de velours dépareillés, mais en bon état, révélaient une activité de commerçant. Sans doute était-il en train de fermer boutique lorsque l'assassin l'avait embarqué dans son dernier voyage. Ses traits figés sur un cri d'horreur trahissaient que sa mort s'était faite dans la souffrance. Et je savais d'expérience que le sacrifié ne devait pas trépasser avant l'ouverture du portail. La vie contenue dans le sang était le conducteur, mais la source demeurait l'âme en train de s'éteindre, sur le point d'emprunter un passage que l'usurpateur voulait détourner.

Des éclats bleutés piquetaient les vêtements du défunt. Mon esprit palpait les filaments altérés de la magie utilisée, réceptacles d'une mémoire immédiate qu'il m'était possible de consulter lorsqu'un intense tourment avait été causé ou ressenti. Mais ce n'était pas une science exacte, encore moins un processus plaisant. Des flashs emplirent mon esprit pour me révéler les agissements du jeteur de sorts. La victime avait été magiquement immobilisée, condamnée à pousser des cris muets. Il s'agissait là d'un travail remarquable compte tenu de la volatilité des sortilèges dans un lieu aussi instable qu'un cimetière, un endroit à la croisée des mondes. À défaut d'être puissant, le sorcier devait avoir reçu un bon enseignement. Considérant que je n'en apprendrais pas davantage sur le responsable, je me levai pour examiner de nouveau le pentacle sanglant.

Des runes de conjuration étaient à moitié effacées. Certaines d'entre elles m'informaient que l'être invoqué avait d'abord été contenu dans cette surface délimitée. Intéressant. Le sorcier était assez puissant pour jouer les portiers, mais pas suffisamment pour garantir sa protection avec des sorts offensifs. Le voyageur inopportun devait donc provenir du Haut Enfer. Selon ce qu'un symbole cabalistique particulier, un rond zébré de trois traits sur son périmètre, m'apprenait, nous avions *a priori* affaire à un démon issu du troisième cercle.

Mon travail était presque terminé. Il ne me restait plus qu'à contacter le club afin qu'il envoie le coven local pour nettoyer la scène et refermer cette bouche monstrueuse dont les dents pouvaient encore mordre. Malgré mon état de sangsue, je dispose de capacités propres qui n'ont rien à envier à celles des sorcières du coin. Pour une raison que j'ignore, les fantômes aiment graviter autour de moi et j'ai pris l'habitude de régler mon esprit sur une fréquence me permettant d'occulter leur présence. J'avais décidé cela le jour où l'un d'entre eux, atteint de folie poltergeist, s'était mis en tête de s'attirer mes bonnes grâces en agitant sous mon nez son faciès décomposé. Si les vivants ne sont pas tous dotés équitablement à la naissance, les morts, quant à eux, sont assurément plus mal lotis. Les inconscients sont les plus bienheureux puisqu'ils gardent en mémoire l'image de leur dernier face-à-face avec un miroir. Les plus traumatisés qui ont le malheur de se contempler post mortem, eux, ne peuvent s'empêcher de reproduire ce portrait, la réalité pesant de tout son poids sur leurs épaules éthériques.

C'était le moment pour m'ouvrir au monde des fantômes. Il me fallait contacter James Bridgestone, le colporteur officiel du club. James avait été fauché dans la fleur de l'âge et il était capable de naviguer d'un bout à l'autre de Londres en empruntant le réseau du *fog*. Cette capacité, il la devait au fait d'avoir été démembré, les morceaux de son humble personne étant répartis aux quatre coins de la ville. Une fois qu'on connaissait l'individu, on ne s'étonnait pas de penser qu'il ait pu, de son vivant, agacer les mauvaises personnes. La mort l'avait d'ailleurs rendu encore plus loquace et à l'heure du thé, j'envisageai à coup sûr de me boucher les oreilles avec les petites cuillères du service en argent de feu lady Adamson.

Mon voile antifantôme levé, je vis le cimetière se remplir d'une population des plus hétérogènes. Certaines personnes se promenaient bras dessus bras dessous dans les allées de gravier. En jetant de temps à autre un regard à une tombe, elles suscitaient l'apparition d'une connaissance qui dormait paisiblement et qui venait grossir l'incongrue procession. D'autres jouaient aux cartes, se servant d'une tombe comme d'une table. La poussière faisait office de nappe, mais les fantômes n'étaient pas sujets aux éternuements. Ils étaient moins nombreux que d'habitude et j'en vins à supposer que le cataclysme magique les avait encouragés à déguerpir dans leurs tombes respectives. Quant à ceux qui n'en disposaient pas, sans doute faisaient-ils caveau commun avec une âme charitable.

L'inconvénient avec James, c'est qu'il était aussi difficile de l'attraper qu'une mouche, insecte avec lequel il partageait un enthousiasme exacerbé. Ce dernier le conduisait à s'agiter et on percevait presque le bruit d'ailes qu'il ne possédait heureusement pas. J'observai la brume et y aperçus une espèce de tube longiligne s'étirant dans tous les sens. J'apposai ma main dessus et invoquai le colporteur. Des picotements envahirent mes doigts et le tuyau fut secoué de spasmes avant d'être pris d'un ultime soubresaut, propulsant Mr Bridgestone devant moi.

Jeune homme svelte dont les cheveux épais paraissaient ternes, le visage aimable, mais aminci par tant d'années de non-vie, il arborait un sourire niais qui ne manquait pas de mettre ses interlocuteurs en confiance. Hormis ses yeux blanchis par la mort, il avait conservé son allure de jadis et je remerciai le ciel qu'il soit l'un de ces bienheureux inconscients de leur sort. Quoique l'inconscience n'avait rien à voir là-dedans. Après tout, même pour un trépassé, c'est assez compliqué de contempler un corps éparpillé aux quatre vents. Trop d'appels contradictoires empêchaient James de savoir où son enveloppe mortelle se trouvait. Quelquefois, je craignais que ses os ne soient détruits d'une manière ou d'une autre et que mon ami ne puisse conserver son intégrité actuelle. J'envisageai d'en toucher un mot au club afin de m'assurer de bénéficier pour longtemps de la présence de cette mouche volubile, mais attendrissante.

— Sláine, j'ai accouru... autant que mon état me le permet. J'ai un doute quant au fait que je puisse faire référence à la course alors qu'en pratique mes pieds effleurent à peine le sol. Qu'en pensez-vous ? C'est pénible tout de même de devoir adapter le langage quand on est, eh bien, vous savez...

James commençait systématiquement nos conversations en utilisant mon prénom, histoire de s'assurer de mon attention et d'user de ce petit privilège que je lui avais accordé suite à l'affaire du poltergeist énamouré, des griffes fantomatiques duquel il m'avait arrachée. À force de pratique, je savais qu'il valait mieux laisser s'écouler la verve hors de sa bouche plutôt que d'essayer de l'endiguer, auquel cas le jeune colporteur avait tendance à se confondre en excuses tout aussi cascadantes. Toujours à force de pratique, je savais qu'une posture droite et une mine renfermée l'aidaient à se rendre compte que les affaires du club étaient en jeu. Cela suffisait à ériger un barrage entre ses pensées et sa bouche.

— Je n'ai pas pu venir prendre le thé aujourd'hui, car j'avais entrepris de jouer aux cartes avec Albert. Vous savez, Albert de sur les docks. Je crois que vous l'avez rencontré lors de l'enquête sur le sorcier aux poupées vaudous. J'ai beau lui dire que je ne triche pas, qu'avoir conservé mes deux yeux dans la mort ne m'avantage en rien…

D'accord, cela suffisait généralement. Je me déplaçai vers le corps, espérant qu'un viscère ou un autre lui coupe la chique. Pour un fantôme, malgré ses nombreuses interventions sur le terrain, James avait l'estomac délicat. Contrairement à certains de ses congénères, il n'avait pas perdu une miette de son humanité en devenant un esprit. C'était quelque chose que j'appréciais et qui me rappelait que je devais m'inspirer de lui. Avec tout ce qu'étaient amenées à voir les Roses de la reine, il était difficile de ne pas devenir une machine froide et insensible. J'aurais aimé dire que c'était l'habitude qui nous forgeait ainsi, mais il est des métaux particulièrement résistants qui ne font que se polir avec le temps sans jamais se tordre. J'étais l'un d'eux, conditionnée pour être coriace.

Les yeux blanchâtres de James s'écarquillèrent devant le spectacle du corps saccagé. Je le vis ajuster sa casquette grise au sommet de son crâne alors que même un vent violent n'aurait pu l'en déloger. J'aurais juré que son teint avait pris une teinte verdâtre, ce qui était impossible vu son état.

— Oh. Je vois. Meurtre ? Je veux dire, c'est évident. Encore une sale affaire pour vous, Sláine, me dit-il avec une compassion qui sembla plus l'affecter que moi.

— Si elle ne l'était pas, je n'aurais rien à faire dans ce lieu. Mais cela nous permet de nous voir, lui répondis-je en souriant d'un sourire véritable, et non protocolaire.

— En effet ! Bon, que puis-je pour vous ?

— Je voudrais que vous contactiez le club et lui disiez de faire venir le coven avant l'aube. Cinq sorcières devraient suffire pour refermer la brèche. Mais j'apprécierais qu'on envoie miss Chatterton. Elle sera plus à même que moi de déchiffrer les runes sur le pentacle. En attendant, je m'occupe de masquer la scène en faisant appel à vos *camarades*.

— Oh ils vous adorent, cela ne devrait pas être difficile. Inutile de leur verser trop de sang, ce ne sont que des gourmands !

Hum, parler de mon sang comme de nourriture avait le don de me mettre mal à l'aise. Être un macaron à fantômes n'était vraiment pas très flatteur. Heureusement, James ne m'avait jamais demandé de saigner pour lui et il avait toute ma gratitude pour cela. C'était quelqu'un de serviable, de foncièrement bon, qui n'aspirait qu'à trouver une oreille attentive. Plusieurs n'auraient sans doute pas suffi, mais dans mes bons jours, je jure que les deux miennes étaient ouvertes.

Il avait déjà réintégré le tuyau chimérique quand je lui lançai :

— N'oubliez pas le thé demain !

Sa tête réapparut brièvement et son sourire béat me fit revoir à la baisse l'intérêt d'un simple oui.

Je me concentrai de nouveau sur la scène macabre. J'attrapai le coutelas sanglé à ma cuisse et je jetai un regard aux fantômes qui ne tarderaient pas à flairer l'odeur du sang, prêts à exécuter la moindre de mes volontés. J'entaillai ma main en grimaçant et je la tendis en avant, murmurant quelques mots de pouvoir afin d'attirer l'attention. Certains morts parlent, d'autres sont de vraies tombes, sans mauvais jeu de mots. Je choisis donc la méthode de la projection, me connectant au réseau du *fog* pour implanter l'image de ce que j'attendais d'eux. Les esprits tournoyèrent en accéléré au-dessus de ma tête, avides d'éprouver la chaleur humaine qu'ils avaient échangée contre une éternité de glace.

Les mains fantomatiques se joignirent, déformèrent la trame du ciel pour venir recouvrir la fissure, le pentacle, avant de s'étirer dans un dernier effort vers le corps sanguinolent. Tout d'un coup, je ne fus plus capable de discerner la moindre trace du crime. Seules les ailes de Michael étaient au sol. J'aurais dû être plus précise... Mais bon, il me faudrait m'en contenter.

Afin de faire cicatriser ma main, je fouillai dans le brouillard pour trouver les restes d'un sort de guérison. Ce n'était pas chose rare dans une ville de sorciers téméraires qui travaillaient leurs dons, les poussant à l'extrême, allant même jusqu'à se blesser volontairement. Le filament rose vint lécher la paume de ma main, refermant la plaie dans un scintillement discret, laissant quelques éclaboussures de sang sur ma peau. Un mouchoir acheva de les effacer.

J'étais sur le point de repartir en direction de la voiture qui m'attendait lorsque je perçus un bruit de pas sur les graviers. Je me tournai en direction de l'allée principale et vis un homme de haute stature qui marchait à ma rencontre, faisant tournoyer sa canne comme s'il était normal, voire exaltant, de se promener en pleine nuit dans un cimetière. Je m'attendais presque à l'entendre siffloter. Un halo doré l'entourait ; je n'avais jamais eu l'occasion de distinguer une telle couleur chez quiconque. Cela me rendit immédiatement suspicieuse. Encore plus quand je le vis se diriger vers moi dans cette semi-pénombre alors que je pensais m'être dissimulée aussi habilement qu'un chat. Des griffes n'auraient pas été pour me déplaire. Une requête à soumettre à lord Wheelcog qui saurait assurément me surprendre par son ingéniosité légendaire.

Lorsque l'homme s'approcha de moi, je pus le détailler de pied en cap. Une conclusion s'imposa dans mon esprit. J'avais affaire à un beau spécimen de la gent masculine. Du genre de ceux qui vous font monter le rouge aux joues rien qu'à les regarder. Aussi inconvenant et imprudent que cela puisse paraître, je profitai de la faible lumière pour jouir à loisir de la vue.

Aussi haut qu'une porte et presque aussi large. Démarche souple qui lui faisait rouler légèrement les épaules. Un costume trois-pièces taillé dans une étoffe sombre sans prétention, mais de bonne facture. Pas de manteau, ni de haut-de-forme. Curieux étant donné que les dandys londoniens en raffolaient.

Quand il ne fut plus qu'à quelques pas, je discernai un visage racé, quoique plus viril que ceux qu'on rencontrait dans les boudoirs de la ville. Ses cheveux lisses n'étaient pas gominés – une mode lancée par quelque acteur en vogue –, mais au contraire laissés en liberté en une coupe atypique puisqu'ils lui retombaient sur les épaules. Leurs intenses reflets cuivrés, tranchant avec la pâleur de sa peau, dénotaient une appartenance ethnique plus celtique. Aucune moustache ou barbe ne venait taquiner ses lèvres, qu'il avait fines, mais particulièrement adaptées à son nez long et étroit. Je me surpris à trépigner d'impatience à la vue de ses yeux. Que diable m'arrivait-il ? C'était à croire que l'une des ailes de l'archange m'avait heurtée avant de toucher le sol.

— Bien le bonsoir, madame. Qu'est-ce qu'une dame respectable vient faire dans un cimetière à cette heure-ci ? débuta le promeneur avec un accent qui lui faisait insister sur les r, formant une mélodie agréable.

Que savait-il de ma respectabilité, ce malotru ? Sans doute pensait-il que j'étais une femme de petite vertu louant ses services. Si cela avait été le cas, les clients ne se seraient pas bousculés au portillon, car les seuls présents avaient tous un pied dans la tombe.

Outre sa voix qui donnait l'impression qu'elle se fracassait contre des rochers imaginaires, je notai que son entrée en matière était très directe, voire un peu rude. Mon petit doigt, exercé par des années à boire du thé, me disait qu'il se promenait autant que moi. Je tripotais mon camée, prête à le rendre moins inoffensif qu'il n'y paraissait. Une simple pression pouvait le transformer en étoile aux branches acérées. Je m'abstins de retourner son bonsoir au visiteur surprise, ma manière à moi d'être discourtoise. Mon ton se fit amusé. Je n'allais pas jouer les gênées devant cet inconnu qui occupait bien trop de place à mon goût.

— Cher Monsieur, c'est bien connu, le chagrin s'exprime en faisant fi des convenances. Et je suis, hélas, une personne plus délicate que la moyenne dont les nuits en pâtissent.

— Peut-être, dans ce cas, accepteriez-vous une escorte afin de nous assurer que vous ayez encore des nuits à accabler ?

Un sourire provocant étira ses lèvres et je fondis sous son regard terriblement attractif. Des éclats d'or et d'argent se disputaient la première place sur un lit de velours d'un brun presque noir. On eût dit que ces paillettes improbables n'arrivaient pas à se fixer à un endroit précis, qu'elles se contentaient donc de tourner dans ses iris autour de petites planètes sombres et particulièrement larges.

— Vu que vous n'avez aucune excuse pour visiter un cimetière en pleine nuit, cela fait de vous un amateur des territoires d'outre-tombe. Vous m'excuserez de ne pas vouloir renoncer à toutes les convenances en une nuit.

Trouve-toi une autre excuse, mon vieux ! Depuis mon enquête sur le sorcier vaudou, mes manières des docks me rendaient de temps en temps une visite sans s'être annoncées au préalable. Mais en cet instant, je trouvai ce vocabulaire parfaitement adapté à ma pensée. Le langage soutenu a ses limites, et l'éloquence n'a pas de prix. Et puis, ma tête pouvait bien se permettre de minces écarts.

— Chaque chose en son temps, effectivement.

Y avait-il un sous-entendu déplacé dans cette déclaration ? La voix de mon interlocuteur le laissait penser tant les rochers qu'elle contenait se firent soudain lave en fusion. J'en rougis. Moi, j'en rougis. Je décidai de m'esquiver. Cela faisait déjà trop longtemps que le cocher m'attendait et j'avais bien l'intention de ne pas le laisser filer. Malheureusement, l'individu qui me bloquait l'allée principale ne semblait pas enclin à me céder le passage. *Goujat.*

— Si vous consentiez à vous écarter, je pourrais rejoindre mon fiacre et faire en sorte de ne pas prolonger cette sortie nocturne.

Ma main se languissait de tenir mon couteau entre ses doigts. Cet homme trop calme paraissait s'adapter à l'environnement ambiant, calquant le moindre de ses mouvements au rythme d'un balai imaginaire, défini à l'avance et répété en maintes occasions. Aucun de ses gestes n'était naturel. Il se contrôlait trop pour ne pas avoir quelque chose à cacher. Et même sans menace apparente, sa simple présence faisait sonner une clochette aiguë sous mon crâne.

— Quel membre de votre famille pleuriez-vous ? À moins qu'il ne s'agisse d'un amour perdu ? osa-t-il, un coin de sa bouche remontant dans une asymétrie délicieuse.

On ne parlait pas de ces choses-là en public ! Mais d'où sortait cet individu ? D'une caverne préhistorique ? Je n'avais aucun mal à l'imaginer cogner sa tête contre un mégalithe qui céderait sans se faire prier, se prosternant autant qu'une roche puisse le faire.

— Ma pauvre grand-mère, dis-je en faisant un geste maladroit vers la pierre tombale la plus proche, pressentant que mon hésitation avait suffi à me trahir.

— Ah, fit-il en haussant un sourcil. Votre grand-mère était terriblement jeune, et très *il* pour porter des jupons.

Comment avait-il fait pour voir le nom et les dates inscrits sur le marbre de l'endroit où il se tenait ? Peu importait. Je savais m'incliner quand il le fallait. Et c'était le moment ou jamais de me montrer bonne joueuse. De préférence en trottinant vers la sortie du cimetière sans même un au revoir.

Dans ma hâte, je trébuchai sur l'aile de Michael. Avant de me retrouver à quatre pattes, l'étranger me rattrapa, franchissant l'espace qui nous séparait en quelques secondes trop courtes pour ne pas être suspectes. Il me redressa lentement, comme pour me prouver que mon poids ne le gênait nullement. Il soutint mon bras gauche dans cette remise d'aplomb tandis que je plongeai le droit sous ma jupe afin de dégainer mon couteau. Je chutai de nouveau, entraînant l'homme avec moi qui me servit de coussin d'atterrissage. Notre position, des plus enchevêtrées, m'aurait troublée si je n'avais pas été une professionnelle aguerrie, consciente de sa mission et...

Mais quelle était cette odeur ? Je percevais un mélange agréable d'épices et de cuir tanné par le soleil. Je n'en perdis pas ma concentration pour autant et pressai mon arme contre la gorge de mon coussin. Un coussin des plus confortables, surtout pour quelqu'un qui a toujours détesté les matelas trop mous.

— Eh bien, quelles manières ! C'est donc ça, le flegme britannique ? lança l'inconnu en riant.

— Vous allez vous relever gentiment et reculer le plus loin possible. Dans le sens opposé à l'entrée du cimetière, cela va sans dire. Et comme je ne voudrais pas qu'on me taxe d'être incivile, je vous donne l'opportunité d'éviter d'apprendre ce qu'est le flegme britannique au fil de ma lame.

— Vous d'abord. Je vous rappelle que c'est vous qui êtes sur moi.

Les paillettes d'or s'intensifièrent, délogeant des éclats argentés de leur orbite. Effrayant.

Je me levai, progressant au ralenti sur le corps allongé. Je me maudis de ne pas avoir choisi une culotte à la place de ma jupe. Les yeux de l'inconnu restèrent fixés sur moi durant toute l'opération, m'indiquant qu'il n'était pas contre ce corps à corps improvisé. Une fois debout, le couteau tendu, je le contournai, mais pas assez largement. Il agrippa ma cheville et je m'étalai dans un froissement de tissus rageant.

Allongée sur le ventre, j'eus à peine le temps de me tortiller que je sentis ma jupe se soulever à hauteur de mollet. C'était déjà en soi une hauteur des plus scandaleuses. Une main se plaqua contre mon dos, quelques graviers s'enfoncèrent dans ma joue, et je sentis des doigts caresser ma peau à l'endroit même où se trouvait mon tatouage. La rose de la reine s'enroulant telle une liane sur la moitié de la jambe. Les cinq inquisiteurs se firent délicats, suivant le tracé de la tige avant de se poser à l'unisson sur les pétales. Pas désagréable… *Sláine, veux-tu bien protester, s'il te plaît.* Cet avertissement mental eut le don de me restituer mes moyens.

Je me débattis et rencontrai un torse de granit qui laisserait son souvenir sur mon pauvre talon. Je fus soudain retournée comme une crêpe dans une poêle et me retrouvai au sol dans la même position que tout à l'heure. À ceci près que c'était mon agresseur qui tenait mon couteau dans sa main, lame contre peau. *Frimeur.*

Je me relevai d'un bond, adoptant l'une des positions de défense enseignée par mon père qui ne demandait qu'à se muer en une autre plus offensive. Alors que je m'apprêtais à bondir, visant une partie très virile dont je connaissais l'emplacement précis pour avoir parcouru des manuels d'anatomie, l'individu recula. Je rencontrai un vide frustrant.

Je cherchais le malotru pour une nouvelle tentative quand je réalisai qu'il avait grimpé sur les épaules de l'archange. Belle performance, quoique pas très respectueuse du saint chevauché.

— Club Shadow ? l'entendis-je s'enquérir, la tête inclinée, signifiant ainsi que la réponse avait son importance.

— Je ne vois pas de quoi vous parlez. Descendez si vous êtes un homme.

— Vraiment, vous ne voyez pas ? En voilà un joli tatouage. Pas très conventionnel sur une lady, mais joli.

Je n'étais pas une lady conventionnelle, et pour sa gouverne, j'arborais non pas un, mais deux tatouages. Le second situé sur mes côtes représentait une plume noire avec des reflets colorés, comme si un arc-en-ciel avait déteint dessus. Cette marque n'avait aucune signification précise. Elle était là depuis toujours, d'aussi loin que je m'en souvienne. Même si je n'avais pas eu mon mot à dire la concernant, au moins était-elle dissimulée à la vue de tous.

Avant que j'aie pu rétorquer quoique ce soit de spirituel, l'homme releva la manche de son costume, entraînant sa chemise avec, ce qui me révéla une marque sur son poignet. Je n'en voyais pas grand-chose dans cette obscurité.

— Je vous complimenterai bien sur votre propre tatouage, mais vous êtes trop haut perché pour me le permettre. Si vous consentiez à desss...

Aussitôt dit, aussitôt fait. Grands dieux ! Comment faisait-il pour se mouvoir ainsi ? Je compris soudain qu'il avait simulé sa chute et que s'il l'avait voulu, il aurait pu faire de moi une crêpe à tous les niveaux. J'invoquai la brume et je passai en revue les sorts violents en son sein. Tout ce que je trouvai dans ma hâte fut le sort d'immobilisme utilisé sur la victime. J'en rassemblai les restes pour les projeter sur l'animal de foire devant moi. Il eut un mouvement de recul, trop tardif pour lui éviter de se statufier.

Bienvenue dans la vie de Michael. Je m'approchai, il ne bougeait pas, mais j'avais dû rater l'invocation, car il pouvait toujours parler !

— Vous devriez jeter un coup d'œil à mon tatouage, me défia-t-il, ses paillettes enfin figées dans un regard qui révélait une frustration évidente.

Je m'exécutai, curieuse. Un triskell était apposé sur le tronc d'un arbre – que je savais être l'arbre de vie. Deux symboles irlandais par excellence que j'aurais reconnus entre mille.

— Qu'est-ce que l'Irish Tree fiche ici ?

De nouveau, le langage des docks... Et en dehors de ma tête, cette fois.

— Un parfum de trèfle l'aura attiré, fut l'horripilante réponse que j'obtins.

3

Café & thé ex-æquo

L'Irish Tree est l'équivalent du club Shadow en Irlande et il n'y avait vraiment pas de quoi se réjouir que l'île d'émeraude ait envoyé l'un de ses émissaires à Londres. Mon nez reniflait une collaboration forcée et il se fronçait d'avance comme lorsque mon père s'obstinait à croire que le thé se mariait bien avec les saucisses.

Quand elle avait accédé au trône, l'un des premiers chantiers de la reine Victoria a consisté en l'élaboration d'un réseau européen d'enquêteurs de l'étrange. Le club est la seule de ces entités qui agisse directement sous les ordres de la politique. L'Irish Tree, dans une moindre mesure, dépend aussi de son bon vouloir. La reine a toujours porté à l'Irlande un intérêt très personnel dû, paraît-il, à ses séjours répétés dans le comté de Kerry. L'Highland Department, l'Eiffel Comity et la Dutch Elite ont, quant à eux, les mains totalement libres. Ils tirent leur financement de philanthropes lassés des arts contemplatifs, désireux d'investir leur pécule dans des activités plus grisantes. M'est avis que ces patriotes pantouflards doivent en avoir pour leur argent.

La veille, j'avais tourné le dos à cet Irlandais grossier, faisant mine de ne pas entendre ses propos qui s'étaient perdus dans le brouillard avant même que le fiacre ne démarre. S'il souhaitait que nous travaillions ensemble, il allait devoir formuler sa requête de manière plus formelle, bien qu'on puisse considérer que s'être roulés en tandem dans les cailloux d'un cimetière nous autorise à nous asseoir sur les convenances. Non merci, je préférais rester debout.

Comme chaque fois que je me couchais aussi tard, mon réveil était pour le moins difficile et tardif. Miss Rosembach venait immanquablement frapper à ma porte et ouvrir les rideaux, provoquant une réaction en chaîne dont les maillons lui étaient devenus familiers : une expédition sous l'oreiller et un grognement en guise de bonjour.

Risquant un coup d'œil hors de ma jungle d'édredons, j'observai Elisabeth s'affairer dans la pièce, pliant et rangeant au fond de l'armoire les preuves de la vie dissolue de la maîtresse de maison. Après réflexion, en termes de vie dissolue, il y avait quand même plus folichon qu'un saute-mouton avec les morts. Quoiqu'un certain mollet se souvenait d'avoir été habilement caressé.

Miss Rosembach portait ses cheveux bruns, blanchis sur les tempes, en un chignon strict qui faisait ressortir son visage aussi large et plat qu'une assiette. Une jolie assiette au demeurant qui, malgré quelques fêlures, conservait de beaux attraits. J'avais coutume de penser que ces ébréchures la rendaient plus sympathique. On sentait que sous ce demi-sourire de façade, cette femme était bien plus profonde qu'il n'y paraissait et que, si elle se choquait si aisément, c'est parce que la vie l'avait amenée à préserver les apparences en toutes circonstances. Une aptitude nécessaire pour exercer son métier. Choisir cette voie plutôt que celle d'un mariage conventionnel, même sans garantie d'amour, était courageux. Mais sans doute ma gouvernante était-elle plus heureuse ainsi.

Miss Rosembach n'était pas amère. C'était certes une vieille fille, mais son passe-temps de couturière suffisait à ressusciter l'enfant enthousiaste qu'elle avait peut-être été un jour. Quand je lui apportais de nouveaux tissus, le monde semblait se réduire à l'étoffe sous ses chaleureux yeux verts aux cils presque translucides, lui donnant les allures d'une créature tout droit sortie d'un conte de fées.

Ayant miraculeusement glissé hors de mon lit, je fis ma toilette avant d'assister à la parade vestimentaire de ma gouvernante qui agitait plusieurs tenues devant mes yeux, comme un paon en mal d'amour. Si ma fidèle couturière avait un talent certain pour confectionner des robes à la pointe de la mode, elle n'avait en revanche aucune intuition concernant mes humeurs, auxquelles j'aimais que mes vêtements s'accordent. Cela ne l'empêchait pas de persévérer.

Aujourd'hui, son choix s'était porté sur une robe jaune moutarde à manches bouffantes et sur une autre d'un parme voyant. Horrifiée, je secouai négativement la tête et achevai de me brosser les cheveux. Dissimulant mal sa déception, un sentiment qui faisait trembloter sa lèvre supérieure comme de la gelée, elle lissa son tablier avant de prendre dignement la porte, préférant digérer sa défaite dans le couloir.

Optant pour une robe grenat, sobre dans la coupe à l'exception d'un léger froncement sur les épaules, je descendis au rez-de-chaussée afin de petit-déjeuner avec sir Barthelemew qui devait s'impatienter devant ses œufs miroir. J'espérais que les nouvelles plus « naturelles » du jour lui tiendraient compagnie.

Le living, contrairement au bureau de mon père, avait conservé une indéniable touche féminine. Sir Barthelemew s'était employé, depuis la mort de sa défunte épouse, à préserver aussi fidèlement que possible l'ambiance insufflée à notre intérieur, comme pour capturer à jamais l'essence de l'esprit ayant aménagé ces lieux.

Mon père n'évoquait jamais le sujet de la mort de lady Adamson. Elle était pourtant un fantôme bien présent, modelé à partir des souvenirs, qui flotterait toujours entre nous, mais que seul sir Barthelemew était en mesure de percevoir. Lorsqu'il m'avait adoptée, l'ex-agent m'avait sobrement expliqué que son épouse était décédée à la suite de problèmes cardiaques, ce qui était, en réalité, la version officielle inventée pour satisfaire la curiosité de la bonne société londonienne. Bien plus tard, lors de mon entrée en fonction, il m'avait révélé une partie de la vérité. Sa femme avait été une Rose de la reine, sa partenaire pour être exacte, et c'est lors d'une mission à Paris qu'elle avait perdu la vie. Il n'avait pas voulu m'en dire plus sur les circonstances de ce drame. J'ignorais même si elle était dotée de magie et, si tel était le cas, à quelle caste elle appartenait. À défaut de l'avoir connue, j'aurais aimé pouvoir avoir le sentiment de la retrouver un peu dans chaque aura portant la couleur qui avait été sienne.

Entourés de murs aux tons clairs, rendant le salon étonnamment lumineux, deux canapés aux physiques dissemblables s'observaient, leurs coussins ronds faisant office d'yeux vairons. Celui dans lequel j'avais l'habitude de m'asseoir, vraisemblablement occupé en son temps par feu lady Adamson, arborait de délicates fleurs rosées sur un fond de nacre blanc. Face à lui, celui où mon père reposait présentait une physionomie plus masculine avec ce velours d'un vert sombre. Mon père adoptif avait tout de même réussi à imposer un de ses tapis chéris, tissé avec des fils dorés sur un fond prune, assailli par des losanges beiges aux extrémités affûtées. Lorsque j'étais enfant, je me forçais à marcher uniquement sur ces petits pavés sable, pensant bêtement que dans le cas contraire, je risquais de tomber dans un gouffre. Je savais déjà à cette époque que tout était possible en ce bas monde. C'était le prix à payer quand on possédait un don tel que le mien qui ne faisait pas que transformer la vie en arc-en-ciel.

Sir Barthelemew feuilletait distraitement son journal lorsqu'il perçut ma présence, certainement avant même que je ne franchisse l'encadrement de la double porte. Je commettais souvent l'erreur d'oublier qu'il avait un jour été une Rose de sa majesté, une légende parmi les nôtres. Pourtant, il ne disposait, à ma connaissance, d'aucune compétence magique, mais il était armé d'un esprit de déduction implacable. Il me semblait même entendre par moments les rouages de son cerveau en perpétuelle activité.

Lorsqu'il posa sa gazette, j'aperçus sous sa manche la même fleur que la mienne tatouée sur son poignet. Il me sourit, sa moustache téméraire frétillant avec malice. L'ancien agent n'était pas ce qu'on pouvait appeler un bel homme. Pas très grand et doté d'une musculature sèche dont on n'aurait pu soupçonner l'existence sous ses costumes un brin excentriques, il était néanmoins charismatique à souhait. Son regard d'un gris orageux vous scrutait, envoyant autour de vous des nuages brouillant votre perception de sa personne.

Chassant d'un coup de vent mental ces petits intrus, je notai que le bouc de mon père avait désormais atteint une pilosité respectable. Il s'entêtait à se démarquer de la bonne société londonienne, concentrant d'ordinaire ses efforts sur ses habits d'un velours toujours coloré. En cet instant, il était assorti à son canapé comme s'il tentait de se fondre dans le décor de sa propre demeure. *Rose un jour, Rose toujours.* Mon père était mon Sherlock, et je rêvais d'être un Watson à sa mesure.

— Sláine, mon enfant, comment s'est déroulée ta sortie de la nuit passée ? me demanda-t-il de sa voix virile, mais aérienne.

Avant de répondre, je l'embrassai sur la joue. Il me saisit la main pour y apposer un baiser plein de tendresse. J'investis ma place attitrée, composant avec la tournure particulièrement prononcée de ma robe.

Une table basse en bois foncé nous séparait, présentant des offrandes diverses : viennoiseries, toasts à la marmelade d'oranges et théière fumante. Je me versai du thé certainement infusé depuis longtemps, ce qui tombait bien. Plus fort il serait, plus vite je sortirais des brumes du sommeil pour mieux plonger dans celle de Londres.

— Dites-moi, n'auriez-vous pas changé de coiffure ? répondis-je volontairement à côté pour ménager un effet de suspense qui ne ferait qu'accroître l'impatience naturelle de mon interlocuteur.

— Qu'en penses-tu ? m'interrogea-t-il en touchant ses cheveux poivre et sel ébouriffés de manière recherchée. Je trouve cela réussi. Un peu audacieux, mais tout l'est lorsque l'on parle de modernisme, n'est-ce pas ?

Il était entré dans la danse, exécutant un joli pas chassé. Je souris devant sa capacité à simuler la patience alors qu'elle et lui n'avaient jamais dû être présentés.

— Vous risquez encore de lancer une mode. Depuis que vous êtes apparu avec votre chapeau melon, les hauts-de-forme sont devenus des créatures en voie d'extinction *Chez Alfred*.

— Il est peut-être temps que je songe à me renouveler, m'avoua-t-il, pensif, ses doigts malaxant son bouc en un geste déjà familier.

Considérant que l'animal avait eu son quota de caresses, j'en revins à des priorités moins capillaires.

— Pour répondre à votre première question, ma sortie ne s'est pas déroulée comme je l'avais escompté.

— Laisse-moi deviner. Une rencontre impromptue, peut-être ?

Je faillis en renverser ma tasse. Fort heureusement, je me ressaisis avant de gâcher la moindre goutte, accordant à ce tapis-ci un sursis.

La moustache de mon père jouait de nouveau les malicieuses. Il s'amusait à mes dépens, me rendant la monnaie de ma pièce.

— Comment pouvez-vous être au courant ?

— Le TEA a pulsé cette nuit, et l'on m'a apporté ce matin le message délivré.

Le TEA était le Télégraphe à Énergie Amplifiée qui permettait de communiquer avec les alter ego européens du club. La machine s'éloignait du modèle classique en cela qu'elle disposait d'une batterie chargée en magie par le coven local, permettant aux messages de traverser les frontières et océans.

— Laissez-moi deviner, dis-je en reprenant ses propres termes. Un message en provenance de l'Irish Tree ?

Nouveau sourire.

Finalement, la requête était arrivée. Un peu tard à mon goût, mais les jeux étaient faits. Il ne me restait plus qu'à souffrir en silence, un art que je maîtrisais malheureusement très mal.

Je m'apprêtais à ajouter que l'Irlandais était un mufle de la pire espèce – en omettant de préciser qu'il ne devait pas seulement ce qualificatif au fait d'avoir empiété sur ma scène de crime – quand la tête d'Edmond Valcourt, notre majordome, apparut dans l'encadrement de la porte. Son corps mince et guindé suivit le mouvement avec un temps de retard. Ses yeux d'un bleu cristallin se posèrent sur mon père avant de me considérer brièvement. Traduction : nous avions de la visite.

— Attendons-nous quelqu'un ? demandai-je suspicieuse.

— Un invité de marque.

Edmond s'écarta avec élégance pour laisser apparaître le représentant de l'Irish Tree aux yeux insolents pailletés d'or et d'argent. J'avais visé juste, il était aussi large et haut qu'une porte. Cela ne devait pas être pratique au quotidien, et je m'en réjouissais. S'il pouvait s'assommer en partant, mes affaires ne s'en porteraient que mieux.

— Messire Kieran O'Farrell du comté de Wicklow, nous annonça Edmond.

Ce nom avait quelque chose de noble qui seyait mal au personnage. Je fus tentée de détourner les yeux, mais me contentai d'afficher un visage impassible, espérant qu'il devinerait l'hostilité au-dessous. Décidément, la souffrance muette n'aurait jamais mes faveurs.

— Sir Barthelemew, c'est un honneur. Lady Sláine, c'est un plaisir de vous revoir à des heures plus *appropriées*.

L'Irlandais maîtrisait l'art du sous-entendu mieux que n'importe quelle dame anglaise. Et le mot « imposteur » était livré avec une police de caractère penchée. Trop aimable de faciliter le décryptage.

Ses cheveux aux reflets fauves l'accompagnèrent dans une révérence maladroite. *Pas évident de plier une telle carcasse*. Il se releva au ralenti et ses yeux, écrins de velours piquetés d'étoiles, ne me lâchèrent pas durant cette lente ascension. Me défiait-il ? Devant mon père, en plus ?

— Prenez place, messire O'Farrell. Nous avons quantité de choses à nous dire, reprit l'ex-agent d'un ton professionnel.

Avant de s'éclipser, Edmond avait avancé un fauteuil capitonné. L'Irlandais s'y assit. Le dossier lui arrivait à mi-dos. S'il éprouvait un certain inconfort, il n'en laissa rien transparaître.

Cette sensation qu'il se comportait comme s'il avait répété un rôle revint avec force. En l'espèce, son personnage du jour semblait aussi précieux qu'ennuyeux. Mais c'était sans compter son regard qui trahissait une intensité qu'il ne m'avait jamais été permis d'observer. Sa démesure était à la fois effrayante et tentante. Un peu comme l'est une pâtisserie : mauvaise pour les hanches, bonne pour le moral. J'empêchai mes doigts de toucher cette vitrine. L'embrasser visuellement était déjà assez dangereux.

L'acteur né portait aujourd'hui un costume bleu foncé et un gilet gris qui rappelait les éclats d'argent dans ses iris. Il avait de longues mains, puissantes et couturées de cicatrices à l'évidence anciennes. Sur toute autre parcelle de sa peau, je n'en vis aucune. *Étrange*. Il ne possédait pas de montre, mais j'aperçus à son poignet un bracelet de cuivre comportant une inscription que je n'identifiai pas sur le moment. Peu de détails révélateurs sur un même individu.

— Messire O'Farrell, j'ai reçu un message de votre supérieur, Criom Murray. Il m'expliquait votre venue et combien nous avions de la chance de pouvoir compter sur vos compétences. Est-ce vrai que votre voyante a prédit le meurtre de Whitechapel ? J'ai eu le plaisir de rencontrer Criom par le passé, mais je ne peux en dire autant au sujet de miss O'Daly.

— Erlina a en effet vu le meurtre. Hélas, trop tard pour nous permettre de l'empêcher. Son don est puissant, mais très délicat à manier. Elle reste en permanence connectée aux flux magiques, ce qui lui demande une énergie considérable.

Erlina ? Il prononçait ce prénom avec beaucoup d'affection. Une sœur, peut-être ? En quoi cela m'intéressait-il ?

— Cela doit être éprouvant pour la pauvre enfant.

— Oui, ça l'est.

Les réponses de l'Irlandais étaient toujours précises. Il prenait soin de répondre le strict minimum sans paraître pour autant détaché. Chacun de ses mots était chargé d'un torrent d'émotions, et la difficulté résidait dans le fait de saisir lesquelles voguaient en deçà d'une surface volontairement aplanie.

— Criom m'a dit que vous entreriez dans les détails qui ont poussé l'Irish Tree à interférer dans les affaires du club. Non que je m'en plaigne, mais j'ai des supérieurs auxquels je dois rendre des comptes. Et vous savez, comme moi, combien les agences ont du mal à collaborer entre elles.

— Certes. Si Erlina n'a pu découvrir l'identité de l'invocateur, elle a tout de même perçu un nom en particulier. Celui de Jack O'Lantern.

— Jack O'Lantern ?

Ce n'était pas vraiment une question. Mon père semblait demander confirmation à messire O'Farrell, comme s'il n'en croyait pas ses oreilles, qu'il avait, en temps normal, très incrédules.

— Oui.

Tous deux échangèrent un regard grave qui ne fit qu'attiser ma curiosité.

— Messieurs, qui est exactement ce *Jack O'Lantern* ? Et pourquoi semble-t-il autant vous inquiéter ? Est-il un démon du troisième cercle ? Père, miss Chatterton a-t-elle confirmé cela ?

Il fallait de temps à autre qu'une lady se rappelle au bon souvenir de ces messieurs. Comme j'étais dans mon élément, je n'allais pas me gêner pour faire avancer cette conversation. Nous avions un cadavre sur les bras, un Jack démoniaque en liberté dans Londres, donc pas de quoi rêvasser sur la première mouche qui passe.

Si ce Jack-ci était au moins aussi dérangé que son prédécesseur, j'imaginais déjà le sang qu'il laisserait derrière lui. Cette fois-ci, je ne comptais pas attendre gentiment après la brume. J'allais le traquer. Si le nouveau venu était un démon, nous n'avions qu'à le renvoyer *ad patres*, de là où il n'aurait jamais dû partir.

Messire O'Farrell me dévisagea, semblant enfin me juger utile en dépit de mes jupons visibles, mais pas révélateurs de mes capacités.

— Lady Sláine, pourquoi pensez-vous que Jack O'Lantern est un démon du troisième cercle ? releva-t-il en fronçant les sourcils si intensément qu'il n'aurait pas été étonnant qu'ils restent unis l'un à l'autre après ce rapprochement vigoureux.

— Eh bien, j'ai pu observer le pentacle sur les lieux, hier...

— Un privilège que tout le monde n'a pas eu...

— C'est dans la procédure, messire O'Farrell. Nous analysons la scène et la masquons aux yeux des intrus.

— Je ne suis pas un intrus.

— Cela reste à déterminer.

Sans l'intervention de mon père, je suspectai que nous aurions pu continuer ainsi toute la journée, à moins que je ne me sois décidée à utiliser la théière à des fins plus violentes. Comme le service était celui de feu lady Adamson, je remerciai son mari d'être intervenu afin de m'éviter de porter atteinte à ce vestige de son amour perdu.

— Allons, allons. Sláine, je t'en prie. Veux-tu nous faire part de tes conclusions ? Messire O'Farrell, vous aurez la possibilité de voir le pentacle et tout le reste à la nuit tombée. Je vous en donne ma parole.

— Hélas, mes talents auraient été plus efficaces hier. Plus le temps passe, moins certaines odeurs sont perceptibles.

— Vos compétences se limitent-elles donc à renifler ? Intéressant, quoique pas très utile, le provoquai-je.

— Vous seriez surprise de tout ce qu'on peut apprendre en reniflant, *lady Sláine*.

De nouveau l'italique, mais cette fois sans clef de traduction.

L'agent se tourna vers notre spectateur amusé. J'en voulus à la moustache de mon père de frétiller à ce point. S'il s'était agi d'un postiche, il aurait réalisé un joli plongeon dans sa tasse.

— Si vous me permettez.

— Je vous en prie.

Permettre quoi ? Je n'eus pas longtemps à attendre avant d'obtenir la réponse. L'exaspérant individu dilata ses narines de manière exagérée et ses paupières s'alourdirent avec langueur comme s'il fumait une substance désinhibante. Quel manque de retenue ! J'en laissai échapper un hoquet de stupeur.

— Je perçois sur vous un mélange d'effluves harmonieux. D'abord, une odeur plus prononcée, douce et gourmande. De la vanille. Au niveau de votre cou, et de manière plus atténuée sur vos cheveux. Cette odeur vire au miel dans les zones les plus chaudes, dans le creux de l'oreille et sur vos poignets. Des notes de jasmin et de bois de rose se mêlent à la vanille, rendant l'odeur plus piquante. Quant à vos mains, vous avez dû les enduire récemment d'une crème à l'aloe vera. Pour le reste, votre savon est à base d'amande douce. Pour ce qui est de vos activités récentes, vous avez certainement embrassé votre père puisque le pourtour de votre bouche et votre main sont imprégnés de son eau de Cologne. Anis, vétiver et... lavande.

Mon père et moi nous regardâmes, nos expressions devant refléter le même ébahissement. Que mon animosité me pardonne, mais j'étais impressionnée.

— Messire O'Farrell, c'est tout bonnement surprenant !

Le représentant de l'Irish Tree ne sourit pas. Il se tourna vers moi sans même répondre aux compliments de son hôte. J'aurais juré que les éclats dans ses yeux s'étaient densifiés.

— Merci, sir Barthelemew. Espérons que votre fille soit aussi admirative de mes *talents*, dit-il, un coin de sa bouche dessinant une petite fossette.

Je lissai le satin de ma robe, souriant à mon tour d'un rictus que j'espérais carnassier.

— J'en conviens, c'était impressionnant.

— Impressionnant ?

— Oui.

— Bien. Maintenant que tout le monde semble convaincu que je ne suis pas un intrus, peut-être pourrions-nous passer à l'essentiel, conclut-il d'une mine satisfaite avant de modifier sa position sur son fauteuil.

— Certainement. Sláine, veux-tu bien poursuivre ? Tu parlais d'un démon du troisième cercle. Miss Chatterton a tiré les mêmes conclusions que toi, mais je préférerais que tu nous livres les tiennes.

— Comme vous le voudrez, père. Lorsque je suis arrivée sur les lieux, j'ai de suite vu la brèche au-dessus de la statue de l'archange Michael. Les résidus magiques avaient une teinte rougeâtre parsemée de noir, ce qui m'a laissée penser que nous avions affaire à un démon. Les runes sur le pentacle d'invocation étaient à demi effacées, mais il s'agissait sans l'ombre d'un doute de runes de protection purement défensives. Elles étaient nombreuses, ce qui m'a conduite à exclure le Bas Enfer. Comme le deuxième cercle est un cercle intermédiaire, il est plus difficile d'établir un passage stable. Je n'ai d'ailleurs jamais eu vent d'un tel prodige. Pluton garde le quatrième cercle et aucun démon n'a jamais pu échapper à sa vigilance. Quant au cinquième cercle, il contient les coléreux. Fort heureusement pour nous, nulle colère n'émanait de la brèche magique. J'en ai légitimement déduit que notre démon provenait du troisième cercle, ce qu'un symbole particulier m'a confirmé. Il y avait également une montagne de trèfles dans le pentacle, même si, sur le moment, je ne me suis pas attardée sur ce détail. Vous en conviendrez, les trèfles ont une connotation très irlandaise. Il me paraît naturel de faire le rapprochement avec votre fameux Jack.

Mon petit discours terminé, je croisai les mains sur mon giron, attendant que les deux hommes réagissent. Je n'étais pas peu fière de faire étalage de mes connaissances après avoir assisté au tour de force de l'Irlandais. Mon orgueil avait besoin d'un bon coup de soufflet. Cependant, quelqu'un se chargea d'en détourner le bénéfice.

— Lady Sláine, votre raisonnement est bon pour le peu que je puisse en juger vu que mon savoir démoniaque est inférieur au vôtre, débuta l'agent de l'Irish Tree en apposant ses coudes sur ses genoux, son corps se courbant.

Sa chevelure couleur rouille brillait intensément sous le jeu de lumières naturelle et artificielle. Ses yeux se plissèrent de concentration, leurs paillettes s'agglutinant autour de ses pupilles comme aspirées sous l'effet d'un appel d'air.

— Mais ?

— Mais Jack O'Lantern n'est pas un démon.

— C'est impossible. Votre voyante prétend que le nom de Jack O'Lantern a été cité. Au cours d'un tel rituel, on cite le nom du démon invoqué. Et aucun autre.

— J'ai dit qu'Erlina avait *perçu* le nom de Jack O'Lantern.

Tout à coup, mon père se leva pour se diriger vers la cheminée. Marcher l'aidait à réfléchir. Si messire O'Farrell et moi avions quelque peu perdu le nord au profit d'un sud querelleur, l'ex-agent était, quant à lui, doté d'une boussole résistant aux intempéries d'humeur. Il s'empara d'un cigare et en proposa un à notre invité qui déclina poliment l'offre. Nous le laissâmes crachoter quelques cercles de fumée.

— Désirez-vous un peu de thé, messire O'Farrell ? demandai-je, me rappelant soudain mes devoirs d'hôtesse.

— N'auriez-vous pas plutôt du café ?

Il n'y avait nulle trace de moquerie dans sa requête, ce qui ne m'empêcha pas de me renfrogner en digne protectrice du liquide offensé. Il m'était difficilement concevable qu'on puisse préférer toute autre boisson au thé.

— Du café ? J'ignore si nous en avons.

Je fis tinter la clochette posée à côté du plateau de gourmandises et Edmond apparut comme s'il s'était matérialisé dans la pièce. Je trouvai toujours ce procédé d'appel peu respectueux. J'avais l'impression d'utiliser un sifflet canin. J'aurais préféré hausser le ton, mais ce n'était pas digne d'une lady. L'étiquette pouvait se satisfaire de tout du moment qu'elle était sauve, elle s'accommodait donc volontiers de piétiner mes pauvres scrupules.

Quelques minutes plus tard, le majordome revint avec un plateau ressemblant trait pour trait à celui occupant déjà la table basse. Une étrange odeur, pas franchement désagréable, emplit le salon.

Je vis l'agent irlandais sourire à l'approche de la tasse fumante et pousser un soupir bienheureux lorsqu'il en but une première gorgée. Je n'aurais jamais cru que lui et moi partagerions un tel point commun. Les addictions semblaient rendre les gens plus compréhensifs à l'égard de leur prochain. Et je ne faisais pas exception.

En cet instant, l'homme aux yeux sombres, parcourus d'éclats solaires et lunaires, m'apparut plus sympathique.

Il abandonna presque le rôle qu'il s'entêtait à jouer. Presque parce que tout son corps restait sur le qui-vive comme s'il avait été dressé pour agir de son propre fait.

— Vous devriez goûter, m'encouragea-t-il par un sourire aimable qui ne serait jamais innocent.

L'individu était une pâtisserie trop tentante pour cela.

— Je vais m'en tenir au thé. *Peut-être* une autre fois.

Je me surpris à user de sa méthode du double sens, ce qui le fit hausser ses sourcils bruns, une mimique que je n'aurais jamais pensé trouver séduisante. Mes yeux ayant besoin d'une distraction de poids, je me tournai vers mon père qui observait les flammes en tirant une dernière fois sur son cigare, qu'il offrit au feu lorsque ce fut chose faite.

Munie de sa face de fouine – yeux plissés et nez froncé –, mon père joua de nouveau les caméléons dans le décor avant de nous dévoiler les suppositions qu'une contemplation profonde lui avait inspirées.

— Messire O'Farrell, vous dites que Jack O'Lantern n'est pas un démon. Je n'ai aucun mal à le croire. D'après ce que j'en sais, il est en réalité un esprit condamné à errer entre les mondes pour avoir pactisé avec le Diable. Cela étant, Sláine est une Rose perspicace, et je me fie entièrement à elle. Nous avons donc un pentacle d'invocation, des traces d'aura démoniaque et un Jack O'Lantern précipité dans notre monde. Mais que nous manque-t-il, mes petits ?

Silence général. Il me sembla même que le feu avait cessé de crépiter pour respecter l'ambiance fatidique de la révélation.

Les yeux gris orage de mon père ne m'en apprirent pas davantage. Les nuages qu'ils expulsaient s'intensifièrent autour de mon esprit, m'empêchant de comprendre où leur propriétaire voulait en venir. Un coup d'œil à l'Irlandais me rassura. Lui aussi était plongé dans lc brouillard paternel.

Café et thé ex-æquo.

— Un démon, bien sûr !

L'enthousiasme de mon père eut le don de m'inquiéter. Depuis quelques années, il montrait trop d'entrain pour les chasses surnaturelles. On eût dit que rien d'autre n'était en mesure de le fasciner. Même sa passion vestimentaire avait perdu de sa superbe. Il n'avait jamais semblé souffrir d'avoir renoncé à être une Rose de terrain. Pourtant en cet instant, je l'aurais cru capable de se lancer en solitaire à la poursuite de ce démon. En fille aimante, je fis donc ce qui me paraissait le plus approprié : je m'auto-attribuai un partenaire.

— Messire O'Farrell et moi prenons l'affaire.

— Vous *et* moi ? m'interrogea l'intéressé, sa voix caverneuse trahissant une espièglerie que son étrange regard transforma en défi.

— Oui. Vous et moi.

4

Règles de « fantomisation »

Parce que les démons ont la déplaisante habitude de sortir la nuit, il me fallait adapter mon emploi du temps au leur et vaquer aux occupations diurnes d'une lady, tout en étant sujette à des bâillements récurrents officiellement attribués à mes insomnies chroniques. Pourquoi diable fallait-il que les démons soient des individus si peu accommodants ? La réponse s'imposa d'elle-même. S'ils avaient été conciliants de nature, ils n'auraient pas posé un seul de leurs démoniaques orteils sur le territoire britannique. Et Londres aurait été un vaste jardin d'Éden, présentant quelques pommes gâtées que même les plus empotés des *bobbies* auraient pu cueillir. J'aurais ainsi pu profiter de mon oreiller plus longuement. Mais lui et moi étions des amants maudits, condamnés à nous retrouver pour de brèves étreintes, nous contentant parfois de rendez-vous manqués. Pas de repos pour les braves affublés d'une collerette à pétales. Ainsi vivent les Roses de la reine…

Avant le départ de l'Irlandais buveur de café, nous avions convenu de rester en contact, c'est-à-dire que je devais le prévenir au cas où je chuterais de nouveau de mon Chesterfield favori. Ce qui était peu probable.

Messire O'Farrell résidait à la pension Fergesson non loin de chez nous. J'espérais que cette proximité ne l'inciterait pas à venir boire le café-thé trop souvent en dépit du fait que mon père, ce traître, semblait apprécier sa présence. Ce dernier avait d'ailleurs tenu parole et l'agent de l'Irish Tree serait escorté le soir même à Whitechapel pour jouer les renifleurs de service. J'avais échappé à la corvée de l'accompagner pour une nouvelle balade au cimetière, ce qui valait mieux compte tenu des choses inconvenantes qui pouvaient se passer entre nous en ces lieux. Quelques sorcières du coven local s'en chargeraient et je ne doutais pas avoir fait des heureuses parmi elles. Détectai-je une pointe de regret, voire de jalousie, accompagnant cette pensée ? Ma foi, c'était peut-être un symptôme normal lorsqu'on rencontrait un homme aussi agréable à regarder. Mais j'étais en mesure de m'en accommoder comme je l'aurais fait avec les brûlures d'estomac provoquées par mon plat préféré.

Quitte à perdre du temps, autant le faire en buvant un bon thé avec un ami fantomatique détenant, de par son état, les derniers potins mondains. Hélas, quand je recevais James à cette heure-ci, je devais migrer du bureau de sir Barthelemew vers la cave. Oui, la cave. Une cave qui, malgré des tentatives d'aménagement coquet, n'en demeurait pas moins lugubre et humide. Néanmoins, c'était le prix à payer pour permettre au colporteur officiel du club de se sociabiliser auprès des vivants. En l'occurrence, avec ma pétillante personne.

Les rayons solaires avaient, en effet, la fâcheuse tendance à rendre les revenants invisibles. C'était déconcertant de voir une tasse flotter à hauteur d'homme. James aimait à sauver les apparences en s'asseyant de tout son poids plume sur son fauteuil, faisant semblant de siroter un thé inexistant dans une tasse qui tenait en suspension dans les airs par la seule force de sa volonté. Agir de la sorte devait lui coûter beaucoup d'énergie. Apporter ma contribution aidait, je l'espère, à ce que le jeu en vaille la chandelle. Je me demandais souvent ce qu'il éprouvait à être entre deux mondes, observant les vivants sans pouvoir les approcher alors que tout non-mort envie une chaleur dont il ne garde que le douloureux souvenir. Mais mon compagnon ne laissait jamais rien filtrer de ses sentiments. Seule sa manière de combler les vides sonores trahissait sa peur de perdre son unique moyen d'exister encore sur le plan des humains.

La pièce de fortune était plutôt spartiate. Deux fauteuils en brocart rouge, géants sacrifiés pour ce rituel journalier, meublaient en partie l'espace. Mon père n'avait pas consenti à égayer le sous-sol avec l'un de ses nombreux tapis indiens, créatures faites pour être, selon lui, exposées au grand jour.

Deux lampes de chevet reposaient sur des guéridons à la droite de chaque siège. L'une était surmontée d'un écrin transparent, diffusant une lumière aveuglante, tandis que la seconde arborait un chapeau bancal orné d'une dentelle d'un écru suspect.

J'attendais James, versant dans ma tasse un thé au jasmin, hésitant par pur réflexe à remplir la sienne quand je sentis la brume trembloter à l'extérieur. La sensation se rapprocha, elle traversa chaque mur et enfin le parquet. Un tourbillon d'air se forma au-dessus du fauteuil rouge et un corps immatériel apparut, la tête se dessinant la première, avant que le coup de crayon magique daigne se concentrer sur le reste du colporteur. Mon ami se mit à flotter avant de se stabiliser en position assise, souriant faiblement, car la matérialisation l'avait éreinté.

James faisait partie des rares fantômes qui pouvaient rester éveillés la journée. Il aurait pu dormir comme eux, mais il testait ses limites. Il considérait que s'il succombait au sommeil, c'était comme se rapprocher de la véritable mort. Et rien chez lui – corps éthérique mis à part – n'avait l'air mort. Il se mouvait comme un vivant sauf lorsqu'il se prenait pour une mouche, tournant autour de ses interlocuteurs pour capter leur attention. J'essayais de lui faire comprendre que, pour discuter sereinement, une personne normale avait besoin de fixer son regard sur autre chose que du vide. Mais bon, si on ne pouvait reprocher à une mouche de s'agiter pour compenser sa date de fin rapprochée, il aurait été injuste de blâmer James pour son excès de vie.

— Alors, Sláine, comment s'est passé l'atelier couture avec les jumelles Alperstan ? débuta-t-il, un sourire insolent aux lèvres qui me fit regretter que sa nature éthérique fasse obstacle à un lancer de lampe libérateur.

— Comme toujours, ce fut inconsistant et soporifique.

Je ponctuai ma tirade en avalant deux gorgées de thé, une pour chaque jumelle. Il fallait être équitable jusqu'au bout.

Les yeux de James s'étrécirent, leur fond blanchâtre luttant contre une épaisse rangée de cils foncés, petites araignées coriaces.

— Je suis sûr que vous ne me dites pas tout. Je ne peux pas être votre seule source concernant les mini-drames de la bonne société londonienne. Quand on y songe, je trouve assez cocasse que je sois mieux informé que vous des événements scandaleux, ou pas, se rapportant à votre entourage aristocratique. Comme la fois où j'ai appris que Mrs Alperstan avait quelques ennuis digestifs, l'amenant à rester dignement debout. Qu'il était drôle de la voir s'asseoir en déclamant devant ses invités que Galinette, son roquet, couinait en une imitation très humaine de la douleur.

L'inconfort d'une génération d'Alperstan ou d'une autre avait le don d'égayer mon humeur. Un sourire mesquin étira mes lèvres, je le maintins plus longtemps que les usages l'autorisaient.

— Mais je m'égare. Revenons à l'essentiel. Avez-vous fait des progrès sur votre canevas de rose ?

La chose ressemblait autant à une rose qu'un cochon à une vache. Ma seule consolation résidait dans l'espoir d'avoir découvert une forme d'art encore méconnue.

— Si on peut considérer comme un progrès de se piquer les doigts deux fois moins qu'à l'accoutumée, alors oui, ma progression est fulgurante !

A posteriori, Abigail et Ashleigh pouvaient s'estimer heureuses que je sois plus versée dans l'automutilation. Surtout qu'avec « les doubles A » je souhaitais piquer dans le vif. De simples poupées vaudous n'auraient pu me contenter. J'avais dû réprimer des images d'aiguilles s'enfonçant dans leurs postérieurs respectifs. Je trouvais mon esprit bien hardi dans cette histoire, car localiser ces derniers était aussi aisé que de trouver un pou dans la chevelure d'un marmot des rues. Et pour cause, les demoiselles Alperstan étaient aussi épaisses qu'à leurs quinze ans. Je suspectais leur mère d'avoir instauré un système de récompense pour les fermetures de bouche devant aliments gras. Si elle avait pu appliquer cette méthode pour les ouvertures à des fins de conversation, le QI de leurs fréquentations l'en aurait remerciée.

— Avons-nous eu droit à de vilaines remarques de la part de vilaines personnes ?

— Cela se pourrait. Mais bon, comme trouver un époux ne figure pas dans la liste de mes priorités, je n'en ai nullement souffert.

Oui, je commençais à vieillir. Passé vingt-cinq ans, on n'était plus un mets de première fraîcheur. Qu'y pouvais-je ? Sauver Londres à son insu requérait de renoncer à nourrir des rêves fleur bleue. Curieusement, depuis quelque temps, je me rendais compte qu'une épaule confortable et une oreille compatissante n'auraient pas été pour me déplaire. Fort heureusement, j'étais du genre à voir la tasse de thé à moitié pleine. Une tasse de thé était pareille à une corne d'abondance et mon esprit n'aurait pas eu le mauvais goût de dévier de ce précepte, même pour des considérations romantiques. Sans quoi l'univers ne s'en serait pas remis.

— Si cela vous intéresse, sachez que l'une de mes fantomatiques oreilles a entendu quelque chose d'intéressant.

Ce que James qualifiait d'« intéressant » avait toujours une valeur certaine. Le thé venait de perdre tout son attrait, aussi reposai-je ma tasse sur le guéridon. J'accordai au colporteur une attention allant au-delà de la simple politesse.

— Dites-moi que cela concerne l'une de mes affreuses voisines !

Nous gloussâmes de concert, grisés par le plaisir d'un peu de médisance inoffensive.

— J'étais en train de survoler votre maison pour me rendre au club pour la énième fois de la journée. Heureusement que la fatigue n'a pas de prise sur moi, car sinon, j'aurais risqué de m'endormir en volant. Quoiqu'il n'y ait pas vraiment de risque que j'entre en collision avec un vivant. Je suis un garçon plutôt transparent et je vole trop haut pour cela. Et pour une raison que j'ignore, les oiseaux ne « se fantomisent » pas.

Depuis que j'avais eu le malheur d'utiliser cette expression devant lui, James s'en était avidement emparé pour la replacer à la moindre occasion. Je le soupçonnais même de préparer ses répliques et de les répéter à la face du monde, à défaut de pouvoir en faire profiter son propre reflet.

— Vous savez, je n'ai pas chômé depuis le meurtre de la nuit dernière. Et le *fog* était particulièrement encombré à certains endroits. Quelques fantômes ont en effet peur de sortir de la brume depuis... l'incident démoniaque. Je n'étais pas assez proche quand la fissure s'est ouverte, mais il semblerait qu'elle ait agité le plan éthérique et depuis, il bourdonne comme une ruche.

— Attendez une minute. Comment n'ai-je pas pu y penser avant ? Croyez-vous que quelqu'un – je veux dire quelqu'un de mort – ait pu voir quelque chose ? osai-je, pleine d'espoir.

— Je crains que non. Si les fantômes aiment bien jouer avec les vivants, ils ont une peur panique des démons. Aucun d'entre eux n'aurait été assez téméraire pour laisser dépasser sa tête de son cercueil.

— Comme c'est dommage.

— Avez-vous avancé dans votre enquête ? Est-ce que l'agent irlandais a pu éclairer votre lanterne ?

Très drôle, le jeu de mots. Jack, Jack, Jack et sa fichue lanterne ! Comme si un seul Jack n'avait pas suffi à Londres. C'était à se demander si certains prénoms ne recelaient pas des sorts qui s'activaient à retardement une fois le sol voulu foulé. Et Londres figurait vraisemblablement parmi les destinations de premier choix.

— Puisque nous en sommes à parler de lanternes... Que savez-vous à propos de Jack O'Lantern ? Ce nom a-t-il vogué jusqu'à vos délicates oreilles ?

Pas si délicates que cela pour supporter le caractère volubile de leur propriétaire. Mais là n'était pas le débat.

— Hélas non. Souhaitez-vous que mes délicates oreilles traînent par-ci par-là ?

Voilà pourquoi j'appréciais autant James. Lorsqu'il ne parlait pas, il devenait un adorable pigeon, docile à souhait, qui ne perdait pas une miette de vos propos. Et il s'envolait dans un battement d'ailes vers le quignon indiqué sans même un roucoulement en arrière.

— Si elles y consentent, leur aide sera appréciée.

— Devons-nous nous attendre à quelque scénario sanglant ?

— J'ai bien peur que nous n'ayons pas le choix du scénario. Tout ce que nous pouvons faire, c'est rester vigilants et attendre qu'un événement se produise. La brèche ouverte l'a été par un sorcier bien formé et deux créatures, dont Jack, en seraient sorties. Quand on sait que l'un erre depuis des siècles sur terre et que l'autre est affilié au Diable, il y a de quoi s'inquiéter.

— Vous les arrêterez, Sláine. Comme vous l'avez fait avec l'Éventreur. Ce n'est qu'une question de temps.

James mit tellement de conviction dans ses mots que sa tasse perdit de l'altitude, manquant se crasher au sol. Sa position se stabilisa avant l'impact, mais le risque avait été minime puisque aucun tapis n'aurait pu jouer les victimes.

— Le temps peut être aussi bénéfique que néfaste, James. Surtout quand certaines personnes paient le prix de son passage.

Je revis les corps saccagés d'Elizabeth Stride, Catherine Eddowes et Mary Jane Kelly, les femmes assassinées par le démon Jack pendant que j'attendais que la brume daigne me donner un indice… J'avais bien essayé de les lui arracher, mais il est des choses avec lesquelles on ne plaisante pas, et la magie noire en fait partie. C'est une magie qui prend toujours plus qu'elle ne donne… Je chassai ce souvenir, le reléguant dans la boîte à thé cadenassée par mon flegme britannique.

Mon compagnon et moi poursuivîmes notre rendez-vous dans un silence quasi monacal, lui fixant la surface invisible du thé dans sa tasse, moi faisant de même avec le lac de mes sombres pensées aussi vaste et réel que le *fog* à mes yeux.

L'horloge à l'étage sonna dix-sept heures, et nous nous levâmes comme deux soldats au garde-à-vous.

— Sláine, si vous avez besoin de moi, appelez. Je ferai aussi vite que je le pourrai.

— Je vous remercie, James.

— C'est un plaisir, mademoiselle.

— Je vois que fréquenter Albert vous réussit. Il a beau être mauvais perdant, ses manières sont irréprochables. Pour un Français, je veux dire.

James haussa les épaules, préférant garder pour lui un avis que je devinai très subjectif. Après s'être incliné pour me saluer, il tendit les bras vers un filament égaré afin de regagner le réseau brumeux.

— Avant de partir ! Que comptiez-vous me révéler de croustillant à propos des jumelles Alperstan ?

— Ah oui, j'avais presque oublié ! dit-il en se tapant le front du plat de la main. Pour faire court, ces jeunes dames ont repéré un certain Irlandais au sortir d'un fiacre stationné devant chez vous, ce matin.

— Messire O'Farrell ?

— Lui-même. À moins que vous ne m'ayez fait des cachotteries et que vous ne dissimuliez un autre Irlandais dans un placard.

James sourit et ses deux sourcils vinrent s'accrocher à sa casquette comme la suie au balai-brosse d'un ramoneur. Le couvre-chef disparut presque aussitôt, tracté par le tentacule de brouillard précédemment agrippé. Et là où le couvre-chef allait, le colporteur allait aussi.

Restée plantée comme un piquet dans la cave humide, je pris deux décisions. La première : aménager ce lieu en un QG digne de ce nom. La seconde : préserver les neurones de messire O'Farrell des agressions verbales du voisinage. Ses neurones et rien d'autre, évidemment.

5

Là où la foudre frappe deux fois

D'ordinaire, lorsque je dors du sommeil du juste, je ne conserve aucun souvenir de mes rêves. Ce qui vaut aussi pour les cauchemars. L'un dans l'autre, je n'ai pas à me plaindre. Ma vie étant un arc-en-ciel quelque peu morbide, une main louable avait dû juger bon de m'accorder un répit chimérique. Mais je suppose que jouer aux cartes avec un archange marque n'importe quelle mémoire au fer rouge. Sans doute les ailes et la beauté irréelle de l'invité surprise n'y étaient pas étrangères. À moins que ce ne soit l'incongruité de la situation, car l'ange trichait sans vergogne !

Dans ce rêve pas très dépaysant, je me retrouvai, en pleine nuit, sur les toits de Londres face à une Big Ben dont on aurait cru qu'elle pataugeait dans la Tamise. Les plus larges allées londoniennes étaient sillonnées par une procession de lucioles disciplinées, s'égarant par moments dans quelque rues plus étroites. Plus haut dans le ciel, des volutes de fumée s'échappaient des cheminées des habitations, se mêlant à la brume stagnante dont le cours n'en était pas perturbé pour autant. L'air charriait des odeurs diverses, allant de celle du feu de bois à celle plus discrète de l'herbe. Les sabots de chevaux claquaient sur les pavés, leur écho amoindri par l'humidité ambiante, pas suffisamment toutefois pour masquer le vol de chauves-souris.

Tranchant ostensiblement avec le décor, j'étais vêtue d'une robe de très belle qualité qui aurait fait pâlir d'envie les doigts habiles de miss Rosembach. D'un satin rouge sombre, surmonté d'une dentelle noire sur le décolleté, elle disposait d'une longue traîne mise en valeur par un froncement de tissus dessinant plusieurs arrondis, se superposant les uns sur les autres. Mes cheveux sombres pendaient mollement sur mes épaules, fait étrange quand on savait qu'un chignon haut était de rigueur avec une telle tenue. Mais cette petite excentricité n'était pas pour me déplaire, d'autant qu'il faisait toujours frais à cette heure-ci, et mon imagination ne s'était pas encombrée d'un châle, ni même de manches.

Je crus un instant que j'étais seule dans ce rêve absurde lorsque mon attention fut attirée vers le bord du toit. Là se tenait une silhouette mi-homme, mi-oiseau. Une lampe invisible, mais efficace, semblait suspendue au-dessus de l'individu, faisant de lui une tache lumineuse dans ce paysage nocturne. Ses ailes étaient impressionnantes par leur longueur – elles touchaient presque le sol – et leurs couleurs chatoyantes. Leurs plumes étaient d'un blanc éclatant agrémenté de fils d'argent négligemment cousus dessus. L'arc de ses ailes était d'un bleu roi, soulignant les rondeurs de ces deux protubérances jumelles. Enfin, on aurait pu croire que l'être volant avait usé le bas de ses ailes, mais la démarcation nette et le noir profond du plumage attestaient que l'artiste créateur avait trempé leurs embouts dans quelque nappe de pétrole. Le rendu était si spectaculaire qu'il aurait mérité des applaudissements énergiques.

Ces ailes étaient visiblement lourdes, mais leur propriétaire, tout de blanc vêtu, disposait à l'évidence de la puissance nécessaire pour jouer les cygnes plutôt que les canards mouillés.

Puisque nous étions deux sur ce toit, et que les règles de courtoisie avaient cours même dans mes rêves, je me fis un devoir d'interpeller l'Icare de mes songes. Une bourrasque porta jusqu'à mes narines une odeur sensuelle qui me fit m'immobiliser net, la bouche ouverte sur un son muet. Des notes liquoreuses, le santal se mêlant à la rose, le tout dominé par un boisé suave. J'inspirai cette fragrance à pleins poumons, faisant de mon nez l'instrument d'une défiguration inévitable indigne d'une lady.

Je me pinçai pour dissiper l'engourdissement passager dont j'étais victime. Contre toute attente, cela fonctionna. Peut-être avais-je laissé échapper un petit cri de douleur qui avait alerté l'oiseau humain, car il se retourna dans un élégant bruissement de plumes. Le chandelier invisible accroché au-dessus de sa tête redoubla d'intensité, et je me perdis dans la contemplation d'une perfection troublante.

Dotée d'un corps longiligne à la grâce irréelle même au repos, la créature avait de larges épaules qui la rendaient virile, mais pas à l'excès. Sa haute taille me fit craindre qu'elle ne se cogne à son lustre privatif, mais le luminaire avait l'air de se tenir à distance respectueuse de la tête posée sur ce costume trois-pièces d'un blanc immaculé. Et quelle tête ! Les contours délicats du visage de cet être contrastaient avec ses traits masculins qu'un hâle doré accentuait. Des pommettes saillantes, des lèvres épaisses et un long nez, peut-être un peu épais, mais bien proportionné. Le tout était imbriqué de telle sorte qu'on avait l'impression d'avoir affaire à un homme différent selon l'angle d'observation.

Ses cheveux plutôt courts semblaient constitués de chutes d'un tissu de soie noire, auxquelles un vent providentiel avait conféré des boucles souples. Des sourcils charbonneux, inclinés légèrement vers le haut, dénotaient l'autorité naturelle de mon Icare chimérique. Et ses yeux… Deux cercles, l'un d'argent liquide, l'autre d'un noir d'encre, entouraient respectivement la pupille et l'iris d'un bleu roi hypnotique. Ce mélange atypique n'était pas sans rappeler les ailes toujours outrageusement déployées.

Mais aussi magnifiques que soient ces yeux, il ne fallait pas se laisser bercer par une telle illusion. Le regard que la créature portait sur son environnement était implacable, sans pitié aucune. J'avais la sensation que si quelque objet ou personne détonnait dans le décor, elle était en mesure de le reléguer au fond d'un placard donnant sur le néant absolu. De ce fait, je priai pour qu'elle trouve ma toilette de bon goût.

Mon attention s'éparpilla de nouveau aux quatre vents alors que je m'attardais sur les yeux bleus troublants. J'avais devant moi une beauté ténébreuse en mesure de tout emporter dans son sillage, à commencer par les robes des dames les plus distinguées. Je ne me savais pas nourrir ce genre de fantasmes, mais ma foi, je n'allais pas renier une telle prouesse masculine en dépit même de l'aspect scandaleux de la chose.

Lorsque la créature s'avança d'un pas ferme dans ma direction, je pus entrevoir dans ses mouvements la promesse d'étreintes aussi délicieuses que mortelles. L'être n'était que puissance incontrôlée, jetée à la face du monde dans un geste nonchalant qui trahissait un orgueil démesuré.

— Jouez-vous aux cartes, Sláine ? me demanda l'apparition en usant d'une voix profonde et lascive qui fit se hérisser les poils de ma nuque.

Je n'aurais pas dû m'étonner que le fruit de mon imagination me connaisse au point de m'appeler par mon prénom, mais je ne pus m'empêcher d'être surprise qu'il sonne aussi charnel dans la bouche d'un homme qui n'était pourtant pas un amant. Personne n'avait jamais prononcé mon prénom de cette manière comme si son plaisir à le faire couler hors de sa bouche était contagieux. La sensation de langueur que j'éprouvai soudain me fit piquer un fard. Je décidai dans la foulée que je n'aimais pas du tout me sentir ainsi.

— Qui êtes-vous ?

— Michael.

Inconnu au bataillon. C'était le moment de passer les rangs à la loupe.

— Michael comment ?

La créature replia ses ailes dans son dos et pencha la tête de côté, me scrutant de ses yeux bleu intense dont j'aurais juré voir les cercles tourner en leur sein. Je compris qu'elle réfléchissait à la réponse appropriée.

— Michael tout court.

Un désagréable pressentiment eut le don de comprimer ma poitrine comme lorsque miss Rosembach mettait trop d'enthousiasme à serrer mon corset. Je réalisai que j'avais posé la mauvaise question.

— Qu'êtes-vous ?

— Un archange.

Je revis la statue de l'ange du cimetière, ses ailes amputées échouées au sol dans une chute fatale. Les démons faisaient partie de mon quotidien, mais il ne m'avait jamais été donné de voir un ange de si près. Tout bien considéré, de loin non plus d'ailleurs. Et je doutais que l'un d'eux agite ses ailes dans ma direction. De même, j'étais convaincue que ce n'était pas la timidité qui les tenait à l'écart. Notre monde les intéressait autant que la couture dans mon cas. Mais bon, je préférais nettement leur franche indifférence à la considération un tantinet obsessionnelle des démons.

— Écoutez, Michael, pour une raison qui m'échappe, mon inconscient compatit à la mutilation dont vous avez été victime à Whitechapel. Même si vous êtes un ange, et donc *a priori* une créature vertueuse, vous êtes très... masculin, et je préférerais, de ce fait, écourter ce rêve. Je piétine déjà assez les convenances, si mes rêves pouvaient les préserver, ce serait un pas vers le pardon.

— Je suis un archange. Pas un ange.

Une différence qui semblait lui tenir à cœur et recéler un sens qui m'échappait, que la voix chargée de reproches me fit regretter ne pas connaître. C'était bien le moment de jouer les femmes stupides ! Preuve que fréquenter mes voisines avait de fâcheuses conséquences.

À en juger par le regard meurtrier dardé sur moi, je me savais à deux doigts de devenir un meuble encombrant et, même s'il n'y avait pas de placard en vue, les vides ne manquaient pas. Comme m'improviser équilibriste suicidaire n'était pas dans mes projets, je m'empressai de calmer le jeu.

— Veuillez m'excuser, je ne suis pas très au fait de la hiérarchie angélique. Et il se peut que je sois moins vive d'esprit dans mes rêves.

— C'est le lot quotidien de tous les humains, lâcha-t-il, indolent.

— Vu que nous sommes dans mon rêve, *archange*, je vous prierais de ne pas être condescendant.

— Êtes-vous certaine que nous soyons dans votre rêve ?

— Je dormais avant d'atterrir ici. Et les anges... archanges ne rêvent pas. Donc nous sommes bien dans mon rêve.

— Les archanges ne rêvent pas ? Est-ce écrit quelque part ?

— Non, mais je suppose que vous avez mieux à faire de votre éternité.

S'ils avaient pu mettre la main à la pâte démoniaque, cela aurait arrangé les affaires des humains.

— Comme visiter les rêves d'autrui et y apporter notre touche… personnelle. Aimez-vous la robe que j'ai choisie pour vous ?

Je jetai un œil à ladite robe, me demandant s'il eut été incorrect de dire que j'avais froid. Mes mains se mobilisèrent d'elles-mêmes pour réchauffer mes bras engourdis.

— Vous avez froid.

C'était une affirmation. L'ange ne posait pas de questions. Au mieux, il avait recours à la rhétorique.

— Un peu.

— Je vais remédier à cela.

Je m'attendais à ce qu'un châle apparaisse sur mes épaules, mais c'eût été trop humain comme solution. Les anneaux d'argent fichés dans les yeux de Michael se mirent à luire – un bref éclat pareil à celui d'une lame de couteau réfléchissant la lumière –, et la température ambiante augmenta sensiblement.

— Merci.

Un léger sourire étira les lèvres pleines de l'archange, faisant grimper en flèche son potentiel de séduction déjà fatal. Néanmoins, ce sourire ne semblait pas naturel comme si Michael se contentait de reproduire une moue observée à maintes reprises. Comprendre sans ressentir devait être son fardeau. Appréciant l'effort, les coins de ma bouche s'étirèrent eux aussi. Et l'ange plissa les yeux, me détaillant avec une intensité qui me fit rougir.

— Vous n'avez pas répondu à ma question.

La voix angélique aux accents sensuels n'était pas réprobatrice, mais on sentait poindre une impatience impérieuse.

— Qui était ?

— Jouez-vous aux cartes, Sláine ? me répéta-t-il mot pour mot.

— Euh oui, cela m'arrive.

— Bien.

De nouveau, les cercles d'argent tournèrent dans ses yeux et une table apparut à côté de nous. Je jetai un regard légitimement méfiant aux deux fauteuils livrés avec dont l'un était un tabouret. *À cause des ailes, évidemment !* Pour ma part, je n'avais aucune envie de m'asseoir sur une chaise susceptible de jouer les filles de l'air. Il y avait déjà de quoi se sentir gauche devant un être aussi parfait et je n'avais nul besoin de faire la démonstration des travers de la nature humaine. Lot quotidien, qu'il disait…

Néanmoins, lorsqu'un archange recule une chaise en vous faisant signe de vous asseoir sans que vous l'ayez vu bouger, il est difficile et déconseillé de dire non. Je me promis de ne pas trop cligner des paupières en sa présence pour augmenter légèrement mes chances de survie en cas d'attaque.

Je me tortillais sur mon siège, mal à l'aise d'avoir un archange dans le dos, lorsqu'il se pencha près de mon oreille sans me toucher, son odeur sucrée remplaçant ses doigts sur ma nuque :

— J'espère que vous aimez le poker.

Sans même réfléchir, je me tournai et me retrouvai nez à nez avec Michael. Un sourire carnassier drôlement bien imité, pour changer, étira ses lèvres.

— Voilà qui promet de rendre la partie intéressante. Peu de gens sont capables de me fixer ainsi dans les yeux.

En vérité, je n'avais aucun mérite. Si j'avais été debout, mes genoux se seraient entrechoqués bruyamment. Mais la peur m'avait figée, me rendant aussi immobile qu'une pierre. Je me surpris à éprouver de l'affection pour cette chaise qui m'apportait finalement un soutien bienvenu.

Des jetons et des cartes apparurent sur la table, et encore une fois, je ne vis pas l'archange bouger. Il passa de la position debout à mes côtés à la position assise devant moi. *Terrifiant*.

Jouer au poker à deux n'était pas exaltant en temps normal. Lorsque je jouais sur les docks, nous étions au minimum cinq, et cela augmentait d'autant la pression. Mais avec un joueur d'une telle envergure, un duel pouvait s'avérer fort instructif. *Dis-moi comment tu joues, je te dirais qui tu es.*

— Je vous propose un enjeu. Si je gagne, j'ai le droit de vous visiter régulièrement.

Je me défendais au poker, mais je ne connaissais pas le niveau de mon partenaire. Pour ce que j'en savais, il avait la manie de colorer mon visage d'un rouge gêne ou d'un bleu terreur. Ces deux couleurs s'accordaient mal à mon teint et infligeaient un sacré coup à mon ego, mais là n'était pas le problème. Le jeu requérait une maîtrise parfaite de ses émotions, et l'effet de l'archange était un handicap de poids.

— N'est-ce pas ce que vous faites en ce moment même ?

— Être invité dans vos songes rendrait la manœuvre plus… aisée.

— Je n'ai pas l'impression qu'elle soit malaisée.

— Ce n'est pas parce que vos yeux ne peuvent voir certaines choses qu'elles n'existent pas. Pour votre défense, je cache plutôt bien ce qu'il m'en coûte.

Je n'avais pas pour habitude de me faire molester et rassurer dans la même phrase. Les battements d'ailes intempestifs, soufflant des courants d'air de température variable, ne contribueraient pas à adoucir mon humeur de tous les jours. L'archange était nuisible pour mes nerfs, que j'avais déjà fort délicats. Mais sans doute l'était-il pour les nerfs de l'humanité tout entière.

— Et si JE gagne ? osai-je en levant le menton.

— Peu probable.

Michael haussa les épaules, l'arc bleu roi de ses ailes se rappelant à ma vue. Comme si le halo lumineux qui l'entourait et son regard impossible ne suffisaient pas à me persuader qu'il pouvait faire de moi une bouillie froufrouteuse. Question fondamentale : pouvait-on mourir dans un rêve ?

— Forcez-vous à imaginer que la chose soit possible.

— Très bien. Si vous gagnez, vous pourrez à tout moment m'invoquer.

— Vous invoquer revient à vous accorder une visite. Bien tenté, mais il va me falloir autre chose pour me convaincre.

Un regard appuyé de sa part, activant cette fois-ci ses cercles noirs, me fit comprendre qu'il n'aimait pas négocier. Il était dans sa nature d'imposer. Comme il était dans la mienne de contester, il allait devoir chasser le naturel sans espoir qu'il revienne au galop. L'un de mes petits péchés était de faire mentir certains dictons. Les anges et les péchés allaient de pair, et j'étais du genre à traiter mes souliers gauche et droit avec le même égard.

Il commença à distribuer, ce que je trouvai présomptueux de sa part, comme lorsque miss Rosembach s'essayait à la gastronomie française et remplissait d'office mon assiette d'une double ration. J'avais bon appétit et sa cuisine était toujours exquise, mais où était ma liberté de choix là-dedans ?

— Vous pourrez requérir mon assistance, qu'elle soit purement informative ou plus impliquée.

Sa proposition restait évasive, mais je me sentais capable de jouer sur les mots si l'occasion se présentait.

Envisageais-je vraiment de gagner contre un archange ? Et depuis quand avais-je décidé que je ne rêvais pas ?

Je ne lui demandai pas de signer un pacte de sang, cela ressemblait trop aux manières du Diable et je doutai que Michael apprécie le parallélisme des formes avec son frère déchu.

— J'accepte.

Comme je l'avais escompté, la partie fut éprouvante. Je me détestais pour cela, mais je mettais un temps considérable avant de jouer. D'ordinaire, j'affichais une assurance enviable qui noyait mes adversaires dans la mare du doute. Quelques fois, je laissais un ou deux nénuphars flotter à sa surface pour mieux faire sombrer le premier qui aurait la témérité de poser l'œil dessus. Mais ce coup-ci, l'archange avait asséché mon cours d'eau pour alimenter son propre lac aux profondeurs insondables, dans lequel je trempai juste un orteil.

Michael n'avait de cesse de me scruter avec ardeur et même sans qu'il sourie, je savais qu'il s'amusait à voir ma petite personne troublée par son physique diablement avantageux. Force est de constater que ce n'est pas une paire d'ailes qui changera un homme. Elle ne fait que le rendre plus attirant encore, donnant l'envie de caresser des plumes dont on sait d'avance qu'elles seront d'un soyeux exceptionnel. Si mon oreiller en avait été constitué, il eût été encore plus difficile de m'en détacher.

Pendant cette partie, je soupirai beaucoup, ce qui, je l'espérais, envoyait le flair angélique sur une piste éloignée de ma véritable voie. Mais lorsque Michael dévoila son jeu, je réalisai que ma calèche était restée bloquée sur la ligne de départ, une roue sciemment sabotée, autour de laquelle étaient éparpillées quelques plumes.

— Vous trichez !

— Vous osez dire à un archange qu'il triche ? J'ai tué des gens pour moins que ça.

Seul un être supérieur pouvait parler de la mort comme d'une petite cuillère. Je décidai d'en faire de même, un service se devait d'être complet.

— Si vous me tuez, cela ne changera rien au fait que vous avez triché. Parce que c'est le cas. Vous présentez une quinte flush royale avec un valet de pique alors que j'en ai également un dans mon jeu. Et puis, je ne peux pas mourir pendant que je rêve.

— En êtes-vous certaine ?

La table avait disparu et mes coudes furent rappelés à l'ordre par la gravité. Heureusement pour moi, ils rencontrèrent mes genoux dans cette chute inattendue. *Zut ! Manquerait plus que la chaise s'évapore aussi,* songeai-je, consternée par ce recours au langage des docks.

— Utiliser mes pouvoirs n'est pas de la triche. Je fais avec les atouts dans ma manche. Et nous n'avons mentionné nulle part le fait de ne pas utiliser nos dons respectifs.

— Tout simplement parce que c'était évident !

— Les humains trichent dès qu'ils en ont l'occasion. J'ai pensé que vous en feriez de même. Cela rendait la partie équitable.

— Je ne triche jamais !

— Sláine, vous trichez au quotidien en travaillant pour votre reine.

— Ce n'est pas la même chose. Je n'ai pas le choix.

— On a toujours le choix.

Je me levai. Tant qu'à contredire un archange, autant le faire debout, le seul espoir de faire une tête de plus que lui. Quoique…

— C'est faux. Il y a des choses qui doivent vous échapper, car vous volez dans d'autres sphères. Dans le monde des humains, les femmes doivent rester à leur place et faire bonne figure.

— C'est stupide, dit-il avec un calme terrifiant. Un guerrier ne devrait pas avoir honte du sang qu'il verse.

J'arrêtai net mes déplacements sur courte distance pour mesurer le poids de sa réponse sur moi.

— Il ne devrait pas s'en vanter non plus. Je fais en sorte de ne pas faire couler le sang quand je le peux. Je protège mon pays, mais je ne tue pas gratuitement.

— Vous et moi avons cela en commun, Sláine. Nous nous battons pour nos idéaux et n'hésitons pas à faire quelques entorses aux règles.

— Est-ce pour cela que vous vous êtes invité dans mon rêve ? Vous pensez que nous sommes semblables ?

— Oui et non.

— Explicitez.

— Une autre fois, dit-il en balayant l'air de sa main qu'il se mit à fixer dans ce mouvement de poignet comme pour juger de l'efficacité de la manœuvre.

— Et si je vous dis qu'il n'y en aura pas d'autre. Que la porte que vous avez empruntée sera encore plus difficile à franchir à présent.

— J'ai gagné.

— En trichant. Donc vous avez perdu.

— Vous avez une étrange conception de la défaite.

— Et vous, de la victoire. Que me vaut l'honneur de votre présence dans mes rêves ? N'avez-vous pas quelque chose de plus palpitant à faire ?

— Vous m'intriguez.

— Ce n'est pas une raison valable.

— C'est la mienne. Celle d'un archange.

— Pourquoi maintenant ? Cela a-t-il un rapport avec la statue du cimetière ? Votre orgueil a-t-il été froissé par l'individu que je pourchasse ? Je ne crois pas aux coïncidences.

— Vous faites bien.

— Des précisions sur le sujet, peut-être ?

— Pas pour le moment.

— Puisque vous le prenez sur ce ton, veuillez m'excuser, j'ai à faire dans mon monde. Je vous prierais de bien vouloir sortir de ce rêve.

— Vous me congédiez ?

— Oui. Et si vous pouviez m'indiquer la sortie, ce serait encore mieux.

— Vous me chassez et me demandez une faveur.

— Ma foi, je crois bien que oui. Me l'accorder serait la moindre des politesses pour avoir triché et pour vous être initialement introduit dans mon rêve.

— Je n'ai que faire de la politesse.

— Puisque vous le prenez ainsi, je vais tenter ma chance par l'escalier de service.

Je jetai à Michael un regard plein de morgue, la réplique exacte de celui d'Edmond lorsqu'il dissuadait les visiteurs indésirables d'insister pour franchir notre porte. Il était si efficace que des voisins avaient tenté à moult reprises de le débaucher.

L'archange se contenta de croiser les mains sur ses cuisses et demeura stoïque sur son tabouret. Ses ailes ne frémirent même pas. Je pouvais m'en satisfaire. Même les spectateurs passifs méritaient d'en avoir pour leur argent

Je me levai, attrapant les bords de ma robe, et me dirigeai à grands pas déterminés vers l'escalier en colimaçon. Un rapide coup d'œil en arrière me permit d'apercevoir l'archange toujours assis sur son tabouret, la tête tournée de trois quarts dans ma direction. J'agrippai les rampes en métal rouillé et je m'apprêtais à descendre lorsque l'escalier devint une échelle vicieusement plaquée contre le bâtiment. Qu'est-ce que cela signifiait ?

Devinant l'identité du corrupteur d'escaliers, je regardai une nouvelle fois vers le tabouret angélique et constatai qu'il avait disparu, l'ange ayant recouvré sa pleine hauteur. De loin, je vis ses cercles d'argent s'agiter, intensifiant le bleu de ses yeux devenus deux chandelles incandescentes. Leur lumière projetait des ombres inquiétantes sur ce visage masculin, fendu d'un sourire vaniteux.

Je reniflai dédaigneusement et j'enjambai le rebord à la rencontre du premier barreau. J'eus le malheur de fixer trop longtemps le vide, chemin d'accès direct aux pavés, et la tête me tourna comme lorsque j'abusais du brandy. N'étant pas pourvue d'ailes, la voie des airs m'était déconseillée, à moins que mon objectif ne soit de contribuer à colorer cette sombre ruelle d'une manière morbide. Je me détournai et trouvai en la contemplation des barreaux une source de réconfort. C'est ainsi que je descendis de quelques mètres avant de sentir la fragrance diabolique de Michael, tel un nuage s'entêtant à planer au-dessus de mon crâne. Mes narines se dilatèrent devant cet appel sensoriel, capturant les particules d'arôme sulfureux.

Je levai la tête et croisai le regard tricolore de l'individu dont les boucles ondulaient sous l'effet d'une brise légère. Ses ailes étaient dépliées de part et d'autre de son corps tandis que ses mains reposaient sur le rebord du toit, de chaque côté de l'échelle.

— J'avais oublié combien les humains pouvaient être obstinés, déclara-t-il en penchant la tête dans un angle bizarre.

— Ravie d'ajouter ma pierre à l'édifice d'une humanité défaillante, le narguai-je en poursuivant ma descente.

Hélas, ma concentration s'était retrouvée prisonnière quelque part entre deux barreaux saturés du parfum de Michael, et mon pied rata le suivant. Ma robe s'entortilla autour de la jambe aventurière, me déséquilibrant. Je tombai en arrière, mes cheveux me précédant dans cette chute. Mon cœur s'arrêta, s'accordant à ma respiration que j'avais inconsciemment bloquée en une anticipation du sort qui m'attendait.

Une poignée de secondes peut parfois vous paraître une éternité, ce qui est d'autant plus vrai lorsqu'elle s'étire littéralement sous vos yeux. Mais contrairement au lieu commun, aucun souvenir ne vint combler ces temps morts. C'est comme si la pensée se figeait, muselée par les sensations extrêmes accompagnant ce dernier acte sur terre. Alors que j'étais en train de faire une croix sur mes talents d'actrice, je réalisai que je chutais toujours. J'avais conscience que le temps s'était presque suspendu, un phénomène sur lequel je n'eus pas le loisir de m'attarder, car il reprit rapidement sa course normale.

J'atterris plus vite que prévu et je pus étrangement continuer de réfléchir, chose extraordinaire si j'avais effectivement donné un vigoureux coup de tête aux pavés. Des pavés qui dégageaient une chaleur qui me fit craindre d'avoir échoué dans une flaque de déjection canine. La perspective de mourir ainsi m'arracha un hoquet de dégoût. D'autres de mes fonctions vitales continuaient de s'activer comme si elles n'avaient pas compris que mon corps avait rendu son dernier souffle. *Diable, je n'étais pas fichue de mourir de manière décente !*

Je me risquai à ouvrir un œil, puis l'autre. Le ciel londonien me rendit mon regard de ses yeux gris ciment en fronçant ses sourcils nuageux. Rien qui ne changeait de sa face habituelle. La mort était aussi dépaysante que mes rêves, et il était désagréable de se sentir flouée de la sorte. Surtout pour son ultime voyage.

Je tanguais de haut en bas en un mouvement répétitif, et le vent refluait vers moi avec force. Je tournai la tête et compris où je me trouvais. Je ponctuai cette illumination d'un cri de stupeur incontrôlé en voyant un visage aux lignes parfaites, éclairées en grande pompe par une lanterne agaçante, se découper dans la trame du ciel. J'étais dans les bras d'un archange à dix mètres du sol !

— Je vous ordonne de me reposer ! hurlai-je en me gardant de fixer les iris d'un bleu éclatant.

— Vous avez de la chance que je ne reçoive d'ordre de personne, sans quoi je serais tenté de m'exécuter.

Je cessai de me débattre devant la froideur polaire du regard de l'archange. Il était sérieusement en train de considérer l'éventualité de me lâcher ! Je resserrai d'instinct ma prise autour de son cou puissant, ce qui m'amena à me blottir davantage contre son torse large et accueillant. Il n'y avait pas que ses plumes qui auraient fait un oreiller digne de ce nom.

— S'il vous plaît, Michael, ayez l'amabilité d'atterrir, dis-je de ma voix la plus délicate sans décoller la joue de son poitrail.

Certaines requêtes sont plus faciles à adresser à une poitrine qu'à des yeux. Sans compter que l'odeur angélique était exacerbée à ce niveau-ci. L'effet éventail des ailes apportait le parfum pur et frais de la nuit, mais je n'avais pas froid dans ces bras brûlants. Si j'avais pu faire abstraction du vide, j'aurais pu me croire au paradis. Cela n'aurait pas dû m'étonner qu'un habitant de cette contrée apporte dans son sillage un tel avant-goût.

Ma demande, poliment formulée, porta ses fruits puisqu'un petit à-coup m'indiqua que nous nous étions posés sur les pavés. Je me risquai à sortir de ma cachette ferme et parfumée, constatant que j'étais toujours prisonnière de l'étreinte angélique.

— Je pense que vous pouvez me lâcher maintenant.

— Vous m'avez seulement demandé d'atterrir.

Le sourire amusé qui joua sur ses lèvres me fit rougir. L'archange découvrait l'ironie à mes dépens !

Michael me reposa avec douceur et laissa ses mains s'égarer sur ma taille. Cela aurait dû me gêner, mais j'étais trop captivée par la brillance solaire de sa peau pour me souvenir que j'avais un corps. Seule sa voix profonde, qui me percuta comme si j'avais toujours l'oreille collée à son torse, fut en mesure de me tirer de cette contemplation inconvenante.

— Vous auriez pu vous tuer.

— Pas dans mon rêve. Je me serais réveillée avant.

— Dans les rêves où je m'invite, les frontières se brouillent. Ce qui arrive peut devenir réel.

— Sacré inconvénient, constatai-je à voix haute, me maudissant de ne plus être en mesure de refréner une pauvre pensée.

— Assurément.

Un léger regret teinta sa réplique. Je lui adressai un regard interrogateur. Sa main effleura ma joue comme s'il avait décroché l'une de ses plumes pour cette caresse. Je me retins de fermer les yeux à ce contact, auquel la chaleur vibrante de l'archange conféra une sensualité surprenante. Je crois que je tendis le cou pour le prolonger, ce qui eut le don de faire rire Michael. Il gloussait plus qu'il ne riait, tant on sentait qu'il avait tenté de coincer le son dans sa gorge avant qu'il ne sorte. C'était regrettable.

— Cela m'aurait peiné que vous soyez morte ainsi.

Sa réponse me désarçonna. J'eus envie de lire dans ses yeux le poids de cet aveu.

— Dois-je comprendre que vous préféreriez que je meure autrement ?

— La mort n'est pas une fin en soi. Mais elle entraîne des changements inéluctables.

Il se pencha vers moi, j'amorçai un mouvement de recul qu'il stoppa net en m'entourant de ses ailes. Elles chauffèrent autour de moi, me donnant l'impression d'être dans une baignoire remplie d'une eau à la texture aérienne et à la température parfaite.

— Et vous n'êtes pas prête pour ces changements, Sláine. Pas encore.

Les ailes de l'archange s'écartèrent pour se loger dans son dos et ses mains quittèrent ma taille. Je frissonnai et j'ouvris les paupières que je ne me souvenais pas avoir fermées.

— Prenez l'une de mes plumes, Sláine.

— Mais pourquoi donc ?

— L'invocation. Vous vous souvenez ? J'ai triché.

— Oh… euh… oui. Cela va-t-il vous faire mal si je vous l'arrache ?

L'archange pencha la tête, et ses yeux se perdirent dans le vague comme s'il écoutait une musique lointaine dont la beauté requérait toute son attention.

— Mal ? Non. Je n'aurai pas mal.

— Laquelle suis-je censée prendre ?

— Celle qu'il vous plaira de prendre.

Je hochai la tête et m'armai de courage. Plumer un archange, ce n'était pas plumer un poulet. Dans un cas comme dans l'autre, j'ignorais comment m'y prendre. Je me hissai sur la pointe des pieds et ma main s'envola à la rencontre de l'aile gauche de Michael. Je la retins à quelques centimètres au-dessus, appréciant les vibrations en émanant. Je caressai l'arc bleuté dans une volonté d'anesthésier l'endroit, ce qui eut pour effet de faire frémir le corps tout entier de l'ange. Une plainte s'échappa de ses lèvres. Je suspendis mon geste, me tournai vers lui et rencontrai son profil.

— Vous ai-je fait mal ?

— Non. Pas mal.

— C'était… agréable, me répondit-il en me regardant de biais.

Je choisis une plume bleu roi et la délogeai avec précaution en tirant dessus sans effort.

— Vous avez choisi une bleue.

Il m'avait dit cela comme si le choix revêtait une importance capitale. Dans ce cas, pourquoi diable ne m'avait-il pas indiqué laquelle prendre ? *Fichus archanges !*

— Comment suis-je censée vous invoquer ?

— Écrivez mon nom en utilisant votre sang.

Soudain, l'univers parut trembler comme secoué par un coup de sabot énergique. Je connaissais cette sensation.

— Que se passe-t-il ?

— Je vous l'ai dit. Dans les rêves où je m'invite, les frontières se brouillent. Ce qui arrive peut devenir réel. De même que ce qui se produit dans la réalité peut vous affecter. Vous avez du travail qui vous attend.

— Comment pouvez-vous le savoir ?

— Les coïncidences n'existent pas.

Il me volait ma réplique !

— Ce qui signifie ? l'interrogeai-je, suspicieuse.

Il ne répondit pas et se contenta de s'éloigner, avant de s'élever d'un unique battement d'ailes dans les airs. Il flotta au-dessus de moi, m'observant comme s'il attendait quelque chose de précis.

— Je vous remercie pour la plume ! m'écriai-je pour que ma voix porte jusqu'à lui.

— C'est la deuxième fois que vous me remerciez. Comme les humains disent : jamais deux sans trois, déclara-t-il en souriant d'une manière plus convaincante que les fois passées qui eut le don de faire pétiller ses yeux.

Je ne le contredis pas. Il s'agissait d'un proverbe que je n'étais pas certaine de vouloir faire mentir.

Mon monde chimérique vacilla, tremblant d'un ultime soubresaut qui m'avala tout entière. Je me réveillai, ouvrant les yeux dans la foulée. Je découvris dans ma main, entortillée sous les draps, une plume d'un bleu vif au soyeux incomparable, preuve que je n'avais pas fait un rêve conventionnel.

À en croire l'adage populaire, la foudre ne frappe jamais deux fois au même endroit. Celui à l'origine de ce dicton devait avoir eu la chance d'être snobé par la magie. Le bienheureux ! Pour ma part, alors que j'étais en train de converser avec un archange, j'avais été secouée en même temps que la trame de la réalité. Ce qui ne pouvait signifier qu'une seule chose : une nouvelle brèche. Comme Michael l'avait dit, j'avais du travail.

6

Quand un Irlandais rejoue Shakespeare au clair de lune

Sans même prendre la peine d'enfiler une robe de chambre, j'étais descendue dans le bureau de mon père pour localiser ce nouvel accroc à la trame londonienne. À ce rythme, elle était partie pour ressembler aux rideaux du vieux théâtre des docks. Aussi discrète qu'un chat, j'avais dévalé le grand escalier en ruminant ma colère dont j'étais étonnée – et quelque peu déçue – qu'elle ne fasse pas trembler un mur ou deux.

Recourant à un sort de localisation simple, qui n'entraînait pas un déplacement astral, je vis le cristal de divination se stabiliser avec assurance au-dessus du point censé représenter la gare de Charing Cross. Encore un lieu de passage…

Qui que soit le responsable de ce réveil désobligeant, il avait au moins le mérite de connaître son affaire, ce dont je ne me plaignais qu'à moitié. Quitte à être poussée hors de mon lit, autant que ce ne soit pas par un amateur. J'aurais ainsi moins de scrupules à le punir et je pourrais lui asséner plus qu'un coup de règle sur les doigts. Malheureusement pour lui, j'étais née avec un excès de mauvaise humeur qu'il était risqué de chatouiller dans la journée et mortel dans la nuit. J'ambitionnais donc de faire regretter à ce sorcier de frayer avec l'Enfer en testant sur lui des sorts de mon cru. Comment cet individu avait-il osé écourter mon rendez-vous avec un archange ?

Tout en revêtant ma tenue la plus inconvenante – culotte bouffante d'un noir profond, chemise en soie ivoire et longue veste en velours prune évasée sur le devant –, je ressassais mon rêve en compagnie de Michael. Comme je le lui avais fait remarquer avant qu'il ne joue les perroquets divins, les coïncidences n'existaient pas dans mon monde. Les anges ne s'invitaient pas sans raison dans l'esprit des mortels. Le croire était aussi naïf que de penser que le lait se matérialisait de lui-même dans une tasse de thé.

À écouter l'archange, lui et moi étions amenés à nous revoir. En réalité, cela dépendait de moi et, plus précisément, de ma capacité à manier une plume d'un bleu roi qui avait atterri entre mes draps pendant mon sommeil. Je glissai ce souvenir dans l'une des poches de mon corset apparent conçues pour accueillir des couteaux de modeste dimension. Ma foi, l'association des deux n'était pas si incongrue que cela. Après tout, si mes lames étaient destinées à faire couler le sang, la plume, elle, avait vocation à y tremper. Et puis, une femme ne sortait jamais trop couverte, quel que soit le matériau.

Quand je redescendis, Edmond m'attendait dans l'entrée, tiré à quatre épingles, le teint aussi frais que son âge le lui permettait. Ne dormait-il donc jamais ? L'hypothèse selon laquelle le placard lui faisait office de chambre à coucher gagnait en crédibilité. Cela ne manqua pas de me rappeler les fidèles serviteurs mécaniques de lord Wheelcog dont la tête reposait mollement sur leur épaule lorsqu'ils connaissaient un repos forcé, imposé par leur maître ou par un virage trop témérairement négocié. Ces créatures auraient fait fureur auprès des aristocrates de la ville, si seulement elles ne constituaient pas la preuve d'une avance technologique suspecte. Si j'appréciais de les observer déambuler dans le sous-sol de l'inventeur, il ne me serait jamais venu à l'esprit d'en commander un pour mon bon plaisir. Le personnel de sir Barthelemew n'avait rien à envier à ces automates ; il était aussi efficace et, détail non négligeable, mieux habillé. En fait, habillé tout court. J'avais suggéré à lord Wheelcog de vêtir ses « enfants » comme il les appelait, mais il rechignait à « cacher tant de perfection métallique ».

Plutôt que de faire héler un fiacre par Edmond, je décidai de remonter la rue en direction de la pension Fergesson, là où se trouvait l'Irlandais buveur de café. La nuit, les Londoniens embourgeoisés ne traînaient pas dans les allées de Kensington qu'ils délaissaient au profit d'un domicile douillet ou d'un boudoir très frivole sur Piccadilly Street. Je ne risquais pas de rencontrer un haut-de-forme vissé sur une tête aussi noble que délicate.

Marcher me permettait d'apprécier la liberté de mouvement que m'apportait cette tenue masculine, mais aussi de réfléchir au fait d'avoir écopé d'un partenaire dépourvu de flegme britannique. Le pire défaut qu'un homme puisse avoir, en plus d'être trop agréable à regarder. Vraiment, je me serais bien passée de son accent chantant et de ses manières rudes, mais je devais respecter l'entente conclue entre nos deux employeurs, mon père et ce Criom Murray, ce qui signifiait : collaborer. Ma définition de la collaboration devait s'éloigner de la sienne, mais il pouvait déjà s'estimer heureux que je daigne l'impliquer dans cette enquête sur mon territoire.

La maison de Mrs Fergesson, une veuve faussement éplorée ayant hérité de cette demeure à la mort suspecte de son mari porté sur les liqueurs, avait la réputation d'être conviviale et de proposer des tarifs corrects, aussi bien aux étrangers qu'aux citadins souhaitant s'éloigner de leurs épouses, quelques jours, pour des raisons qui leur appartenaient. La propriétaire était une femme corpulente à l'attitude débonnaire indiquée pour tout commerçant. Elle m'avait toujours paru sympathique, d'autant qu'elle ne me jetait aucun regard compatissant comme c'était le cas de toutes les dames connaissant ma situation de célibataire endurcie. Si elle avait quoi que ce soit à voir avec le décès de son mari, j'étais encline à penser qu'il n'avait eu que ce qu'il méritait.

L'hôtel particulier disposait de six chambres donnant toutes sur une arrière-cour. Une grille rouillée était fermée par un cadenas imposant, pour se prémunir contre les gens des rues cherchant un abri de fortune. Je laissai mon esprit errer dans la brume à la recherche d'un sort de déverrouillage. Hélas, je n'en trouvai aucun, une sangsue magique ayant ses limites.

Je retirai une épingle de mon chignon pour forcer la serrure manuellement, comme mon père me l'avait enseigné. Cela me prit un peu de temps, la grille et moi étions aussi rouillées l'une que l'autre, un constat qui fit frémir d'effroi mon orgueil. Je poussai doucement le portail, me ménageant une mince ouverture qui ne le fit protester que par un timide grincement. Des pots de fleurs étaient disposés de part et d'autre du couloir extérieur menant à la cour qui m'apparut bien épurée en dehors du lierre qui tentait d'atteindre le ciel, s'enroulant autour des balcons privatifs dans un aveu de pure frustration. J'étais plongée dans une pénombre presque totale, si on exceptait les rayons d'une lune avare et ceux plus maigres des lampadaires dans la grande rue.

Je m'apprêtais à entreprendre une inspection spirituelle des lieux pour dénicher la chambre de l'agent de l'Irish

Tree quand je distinguai, sur le balcon à ma droite, une lueur dorée. L'homme à l'origine de cette lumière était appuyé sur la rambarde, sa chemise ouverte sur un torse puissant, présentant une pilosité respectable… et affriolante. Ainsi dépenaillé, il était une invitation à se remettre au lit, et pas en solitaire. *Fichu Irlandais impudique !*

Ses cheveux bruns aux éclatants reflets auburn prenaient une teinte plus sombre sous le jeu de la lune. Ses yeux s'embrasèrent littéralement, projetant des ombres inquiétantes sur son visage avant que ce feu ne soit éteint par un souffle invisible.

L'individu m'adressa un sourire asymétrique dont il avait le secret et je me remis à fixer son large buste. Pour ma défense, ce n'était pas tous les jours qu'il m'était permis d'admirer une telle vue. Pas toutes les nuits non plus. On aurait pu croire qu'après avoir embrassé du regard la perfection angélique je serais immunisée contre la beauté humaine. Mais il n'en était rien. Les physiques des deux hommes étaient aussi dissemblables que leurs auras. Là où l'archange était une lame mortelle au tranchant hypnotisant, l'Irlandais, lui, était une roche en fusion, un brasier sécurisant.

— *Ô Roméo ! Roméo ! Pourquoi es-tu Roméo ? Renie ton père et abdique ton nom ; ou, si tu ne le veux pas, jure de m'aimer, et je ne serai plus une Capulet.*

J'aurais bien levé les yeux au ciel, mais ma tête était déjà très inclinée en arrière – pour me permettre d'observer l'occupant du balcon –, je doutai donc de l'efficacité de la manœuvre.

L'agent avait-il abusé de la boisson ? Si c'était effectivement le cas, il lui suffisait de se pencher un peu plus pour subir l'effet de la gravité, ce qui le mettrait hors-service pour le restant de l'investigation. Une collaboration comme je les aimais : qui s'achevait avant de commencer !

— Et c'est là que je suis censée me murmurer à moi-même : en l'occurrence, dois-je rester ou partir ? dis-je en lissant nerveusement mon manteau comme s'il s'était agi d'une robe.

À croire que messire O'Farrell n'avait jamais vu une paire de jambes pour se permettre de fixer les miennes avec une telle insistance !

— Là est la question, osa-t-il en poursuivant son dépoussiérage des classiques de la littérature.

— Quand vous aurez fini de faire l'acteur médiocre, peut-être me demanderez-vous pourquoi je suis ici, en pleine nuit.

— Médiocre ? *Jaysis*[1] *!* Comme vous y allez ! Pour ce qui est de vos sorties nocturnes, n'ont-elles pas un rapport avec votre sensibilité dont vos nuits pâtissent ?

Mot pour mot l'excuse que je lui avais servie le soir de notre rencontre. Une excuse aussi pathétique dans sa bouche que dans la mienne, et tout aussi humiliante. Il ponctua sa réplique d'un sourire, avant de me tourner le dos – qu'il avait de fort imposant quels que soient les montants traversés – pour réintégrer sa chambre. Il n'allait pas se recoucher, tout de même ! J'étais venue l'informer d'un nouveau meurtre, et il ne prenait même pas la peine de m'écouter ? Le bougre savait vraiment y faire avec les dames.

— Où allez-vous ? l'apostrophai-je de manière plus sonore que je ne l'aurais voulu.

Sa voix rocailleuse me parvint avant qu'il ne réapparaisse, vêtu d'un costume brun foncé en tweed. Ayant recouvré la pleine maîtrise de sa personne, avec ce contrôle gestuel poussé à l'extrême – à croire que ses vêtements possédaient quelque vertu magique –, il me

---

1. Juron irlandais qui peut se traduire par « Doux Jésus » ou « Seigneur Dieu »

détailla de la tête aux pieds. J'avais l'impression qu'il contemplait une mouche sur un pot de miel, et j'étais le miel, chose dont je n'aurais pas dû me réjouir.

— M'habiller, quand bien même je constate que c'est le soir des libertés vestimentaires. Je ne voudrais pas vous troubler en dépit du fait que vous mériteriez que je vous rende la pareille.

La pareille ? Quelle pareille ? Un rapide coup d'œil vers le bas de ma personne m'apporta une ébauche de réponse. Mes bottes étaient fort jolies, quoique très apparentes selon le code de bonne conduite d'une demoiselle de la haute société. Au moins, aucun mollet, si audacieusement souligné soit-il, ne serait caressé. Et dans cette tenue, je ne risquais pas d'expérimenter une position se prêtant à ce genre de démonstration d'affection.

— Oh je vous en prie, messire O'Farrell ! Je n'expose pas mon buste comme vous venez de le faire, suspendu à votre balcon !

— Vous devriez essayer un de ces jours, cela vous détendrait. Surtout si vous trouvez les bons yeux pour apprécier la vue. Les vôtres ont été revigorants pour mon amour-propre, ce soir.

Ma bouche se figea sur un son muet et mes joues me brûlèrent. Était-il vraiment obligé de s'appesantir sur des choses aussi désolantes ? Était-ce comme cela que les Irlandais parlaient aux dames ? Et comment pouvait-il plaisanter quand son corps, si droit et guindé, trahissait un tel sérieux ? À quoi ce maudit halo doré pouvait-il correspondre ? Et pourquoi donc son pouvoir n'expulsait-il pas de déchets dans la brume ? Même Armando Di Renzo, l'incube italien du club, en produisait en dépit du fait que ceux-ci se désintégraient après s'être accrochés à une personne infortunée, chez laquelle ils suscitaient un désir inopiné.

Une partie de moi, imprégnée des docks et muselée par sir Protocole, tapait rageusement du pied. Ma tête semblait prête à imploser comme un ballon dirigeable ayant ingéré une surdose de gaz.

— Bien, je suppose qu'un nouveau meurtre a eu lieu sans quoi vous ne me feriez pas l'honneur de votre présence. Je suggère que nous ne perdions pas de temps.

Sur ces mots, il sauta du balcon en enjambant souplement la balustrade pour atterrir, accroupi sur les pavés. J'avais oublié qu'il était capable de telles performances. Je me demandai ce que le redoutable archange aurait pensé d'un Irlandais chevauchant une statue à son effigie. Déjà que le fait qu'on lui ait coupé les ailes semblait lui avoir déplu... Suffisamment, en tout cas, pour s'inviter dans les rêves de l'enquêtrice à laquelle on avait assigné l'affaire s'y rapportant.

En se redressant pour me faire face, dépliant son immense carcasse, j'eus la sensation que l'agent de l'Irish Tree lançait un défi aux cieux. Comme si sa stature, de par sa hauteur et sa largeur, n'en était pas un en soi ! Ses longs cheveux masquèrent son visage jusqu'à ce que ses épaules soient parfaitement alignées avec le reste de son corps.

Il m'observa si intensément que je n'osais pas bouger d'un millimètre, comme une araignée espérant ne pas avoir été repérée par le teneur de plumeau. Messire O'Farrell leva l'une de ses élégantes mains couturées de cicatrices vers mon visage. Il se saisit d'une mèche rebelle égarée sur ma tempe pour la faire glisser derrière mon oreille. Le tout en ne me quittant pas des yeux, les paillettes d'or dans les siens se resserrant autour de ses pupilles.

Je réprimai les frissons de plaisir qui luttaient pour se propager sur ma peau et remis l'épingle crocheteuse de serrure à sa place d'origine.

— Quelle est donc notre destination, lady Sláine ? me demanda-t-il, sa voix me paraissant plus basse que d'ordinaire.

— Hum… (Je m'éclaircis la gorge.) Charing Cross.

— Vous comptez me mettre dans un train pour l'Irlande, peut-être ?

— Je mentirais si je disais que cette idée ne m'a pas effleurée.

— Vous ne vous débarrasserez pas de moi aussi facilement, très chère Rose, déclara-t-il, mi-aimable, mi-menaçant.

— Je n'ai aucun doute là-dessus. J'ai cru comprendre que les Irlandais étaient un peu comme le chiendent.

Il se mit à rire à gorge déployée, m'offrant une vue imprenable sur son sourire parfait aux canines plus proéminentes que chez un individu ordinaire, ce défaut étant aussi charmant qu'intrigant.

7

Leçon de magie à bord d'un cab

Le trajet vers Charing Cross était assez long puisqu'il nous fallait remonter Kensington et Victoria Streets, longer Westminster et St James's Park. Le terminus nous rapprochait dangereusement de Scotland Yard. J'espérais que les *bobbies* n'agiraient pas autrement qu'avec leur efficacité coutumière, c'est-à-dire qu'ils abrégeraient leur tour de garde pour rentrer dormir un peu avant l'aube. Il nous resterait juste assez de temps pour étudier la scène de crime, les marques d'invocation et si nous avions de la chance, nous pourrions contacter James afin qu'il prévienne le club et le coven local.

J'étais en mesure de camoufler les lieux pour toute une journée, encore fallait-il que des fantômes errent sur les rails de la gare. J'appréhendais par avance de lever le voile de ma vision pour découvrir mes « employés » désignés. On ne pouvait pas dire que les morts en rapport avec des locomotives étaient les plus douces et les plus charitables d'apparence… Considérations de vue mises à part, il n'était pas rare que ces décès soient des suicides, ce qui rendait les âmes perdues instables et promptes aux agressions ectoplasmiques. En d'autres termes, j'allais devoir saigner beaucoup.

Je décidai de profiter de cette promenade forcée pour clarifier les choses avec l'Irlandais et notamment commencer à chercher des pistes susceptibles de nous mener à Jack et ses associés.

Depuis qu'il avait hélé notre fiacre, mon interlocuteur s'était muré dans un profond silence. Si j'avais une ou deux fois été tentée de lui faire desserrer les dents, je m'étais abstenue, consciente qu'à forcer la main aux gens, on n'était jamais à l'abri d'une morsure. Sans compter que celles de l'agent de l'Irish Tree étaient peut-être trop plaisantes pour prendre le risque de tendre mon bras de lady. Les apparences n'importaient pas que chez les spectres.

Messire O'Farrell avait les yeux fermés et le visage détendu. On eût dit qu'il méditait, ce que je trouvais admirable compte tenu du fait que notre moyen de transport rencontrait fréquemment des pavés assez effrontés pour se dresser sur notre route. Je réalisai que ses lèvres n'étaient pas aussi fines que je l'avais pensé au premier regard. Leur propriétaire avait, à l'évidence, la manie de les plisser de contrariété ? De concentration ? À cet instant, en tout cas, il avait l'air plus jeune.

Son costume de tweed – immanquablement fait sur mesure pour recouvrir un corps avec de telles proportions – épousait superbement la forme musculeuse de ses épaules et de ses cuisses puissantes. Contrairement aux hommes de ma connaissance, l'Irlandais assumait pleinement sa virilité, allant jusqu'à maintenir, inconsciemment ou pas, ses jambes outrageusement écartées. Et je n'étais pas certaine d'être dérangée par cette audace-là. Encore moins lorsque des mains aux doigts fuselés reposaient nonchalamment sur ces cuisses-ci. Je me demandai pour la énième fois à quoi pouvaient être dues ces cicatrices sur ses phalanges.

— Lady Sláine ? Une question, peut-être ?

— Pardon ?

— Je sens votre regard sur moi, et vous êtes un peu… agitée ?

Son ton assuré me fit vérifier qu'aucun de ses yeux n'était entrouvert.

— Et vous voyez tout cela en ayant les yeux fermés ?

— On voit beaucoup de choses quand on ne se fie pas qu'à ses yeux.

— Tout dépend des talents de la personne qui regarde. D'ailleurs, quels sont les vôtres, exactement ? Je dis cela parce que nous sommes amenés à collaborer et j'ai besoin de savoir à quoi je dois m'attendre.

L'Irlandais se redressa, appuya ses coudes sur ses cuisses et joignit les mains dans un ensemble de mouvements bien spécifiques. J'aurais juré qu'il cherchait à me mettre en confiance pour mieux m'entourlouper. Cela me rappelait les techniques d'interrogatoire de Scotland Yard qui portaient rarement leurs fruits. Et lorsque par miracle la récolte était bonne, c'était en grande partie dû à la loquacité naturelle du suspect.

Messire O'Farrell plissa les yeux, suspicieux.

— Votre requête est légitime. Un peu de transparence s'impose. J'attends que cela aille dans les deux sens. J'ai beau avoir consulté votre dossier, je dois reconnaître qu'il est assez maigre.

— Mon dossier ? laissai-je échapper alors que j'aurais préféré éviter d'informer l'ennemi de mon ignorance.

— Eh bien, oui, votre dossier. L'Irish Tree a constitué des bases de données qui recensent les agents actifs de notre connaissance, quelle que soit leur autorité de rattachement. On dirait que le club n'agit pas de même. Ou alors, peut-être n'êtes-vous pas habilitée à consulter de telles sources, conclut-il d'un air narquois.

Je ne chercherai pas un sort dans la brume pour tordre ce sourire dans la douleur. Je ne chercherai pas un sort dans la brume...

Bercée par cette litanie entraînante, je me fis le serment d'aller consulter les archives au plus vite en espérant y débusquer des informations sur mon partenaire, quitte à devoir sauter l'heure du thé pour cela ! Et si par malheur je ne découvrais aucun dossier sur nos confrères de l'île d'émeraude, j'allais faire en sorte de les copier et de les surpasser dans ce domaine !

— Disons que jusqu'à présent je n'ai jamais été contrainte de collaborer avec un agent étranger, aussi j'espère que vous me pardonnerez de ne pas avoir fait mes devoirs. Quand bien même, je préfère me fier à ce que je vois plutôt qu'à ce que je lis.

— Et que voyez-vous ? me défia-t-il, ses yeux devenant phosphorescents.

C'était seulement la deuxième fois que j'assistais à pareille démonstration, mais j'estimais avoir eu mon quota de palpitations pour la soirée. J'hésitai à lui dire qu'en dépit de sa pâleur il semblait avoir abusé du soleil pour trimballer dans son sillage des rayons dorés dansant autour de sa silhouette. Vu qu'il s'agissait là de mon argument principal, et que j'allais sans doute, à un moment ou un autre, devoir expliquer comment j'avais fait pour identifier un sorcier et un démon à Whitechapel, j'optai pour la vérité sur au moins l'une de mes capacités.

— Chaque manifestation magique porte une couleur bien précise qui trahit l'identité de son détenteur-utilisateur. Je suis capable de voir ces nuances.

— Je n'ai jamais entendu parler de cela avant. Mais je vous en prie, poursuivez.

Mon interlocuteur avait l'air réellement intrigué et je savourais ce moment. Mon menton s'éleva de lui-même pour narguer le contenu des dossiers de l'Irish Tree, ces sales petits mouchards de papier. Outre cela, j'aimais qu'on s'intéresse à mon don qu'il ne me serait jamais possible d'expliquer. Il fallait le vivre au quotidien pour en saisir la portée.

J'avais compris il y a bien longtemps que j'étais condamnée à évoluer dans les coulisses, à l'ombre de la scène, invisible aux yeux du public. Ce qui n'était pas un mal en soi, car aux miens, rien ne l'était. Il m'arrivait fréquemment d'avoir des absences. De moins en moins avec l'âge et l'expérience, cela dit. Mais lorsque j'étais enfant, mon regard se perdait souvent dans le vide, au grand désespoir des religieuses de l'orphelinat. Si elles avaient su que la simple odeur du thé aidait à m'ancrer sur un seul plan de la réalité, elles m'auraient forcée à en ingurgiter jusqu'à m'en dégoûter. Heureusement, les choses étaient parfois bien faites, et certains remèdes se découvraient en temps voulu. De préférence, quand vous étiez en mesure de vous automédicamenter avec la parcimonie imposée par la bienséance.

J'étais une jolie petite fille en bonne santé. Les dames appréciaient mes longs cheveux noirs et mes yeux d'améthyste tandis que leurs époux me demandaient de sourire sur commande pour s'assurer de ma docilité toute féminine. J'attirais toujours les parents en mal d'amour, mais je ne les retenais jamais. Mon attitude distraite effrayait autant qu'elle agaçait. Les journées portes ouvertes, il m'arrivait de me cacher tant j'étais lassée de cette comédie qui ne tenait même pas un acte entier. Puis un jour, un dandy londonien, habillé avec l'ensemble de velours le plus excentrique qu'il m'ait été donné de voir, avait grimpé à un arbre dans lequel j'étais perchée pour discuter. C'était après la présentation aux parents potentiels, durant laquelle j'avais fixé trop longuement l'ami de ce visiteur dont la fantomatique présence avait échappé aux yeux des autres. Il s'agissait, en réalité, de l'un des indics du club passé en mode de non-détection pour aider à repérer les futures Roses de la reine, plus particulièrement des médiums capables de déjouer les niveaux de camouflage éthérique.

Ce n'est que lors de ma présentation officielle en tant que fille adoptive de sir Barthelemew que mon nouveau père a découvert mes autres talents. À un certain âge, il est difficile de garder pour soi des ébahissements très sonores devant une foule de spectateurs baignant dans un arc-en-ciel liquide. Grandiose, même en souvenir... Ce qui m'est apparu comme un échange de bons procédés, vingt ans auparavant, s'est vite mué en une relation pleine de tendresse. Mon bienfaiteur était un homme veuf, esseulé même s'il ne le montrait jamais. S'il avait adopté une recrue en devenir, ce qu'encourageait le club, j'ai appris, par la suite, qu'il aurait pu déléguer cette charge à un autre agent. Les années passant, j'ai compris qu'il avait vu en moi un écho de lui-même, et il me plaisait de penser que nous communiquions sur une musique composée spécialement pour nous. À compter de ce jour, j'ai choisi de croire au destin. Mais j'étais loin de m'imaginer ce qu'il me réservait. En bien ou en mal. Il est des couloirs qu'on est obligé d'arpenter dans le noir au risque de poser les mains sur des objets contestables. Mais quand je regardais en arrière, j'étais plutôt satisfaite des débris que j'avais semés. C'était là un désordre que j'affectionnais comme celui ayant cours dans l'atelier de lord Wheelcog. On ne reniait pas son travail aussi salissant et peu présentable soit-il.

Je me remémorai cette époque ainsi que les termes que j'avais employés pour décrire ce que je percevais à un sir Barthelemew médusé. Un état qu'il expérimentait rarement. Et il valait mieux pour son entourage tant la perplexité le plongeait dans une catatonie inquiétante suivie de réflexions loufoques formulées à voix haute. Le pauvre Edmond avait été contraint de gifler son maître, ce que tout majordome rêvait plus ou moins de faire sans jamais l'envisager. Mais le Français n'était pas de ceux que la violence soulage après avoir ruminé des vexations quotidiennes. Un simple haussement de sourcils ou un thé plus froid que souhaité constituaient autant de petites vengeances immédiatement consommables. En résumé, cette gifle fut sans doute plus douloureuse pour lui que pour mon père, qui s'était mis à sourire niaisement une fois sa tête remise du geste vigoureux.

Suite à cet incident, il nous avait fallu quelques années de pratique pour bien distinguer chaque type de magie et consigner nos découvertes, même si elles avaient plus pour vocation à me servir de mémento qu'à être communiquées au monde. Un livre qui n'est utile qu'à soi-même n'a pas d'intérêt à être divulgué.

— Cette capacité me permet de percevoir l'aura de ceux qui ont recours à la magie, mais également de sentir leurs traces dans la brume sur les lieux d'invocation.

— C'est de cette manière que vous avez pu identifier notre sorcier et l'objet de son invocation.

On sentait dans son ton une certaine admiration teintée d'une méfiance palpable qui me mit sur la défensive sans que je ne me l'explique.

— N'importe qui aurait pu déduire à la vue du pentacle et du corps qu'on avait invoqué un être de l'Enfer. La lueur rouge était en supplément pour qui pourrait la trouver utile.

— Je vois.

Un silence gêné s'installa dans l'habitacle cahotant, et quelques pavés récalcitrants plus tard, je me surpris à agir comme James. Autrement dit, je m'appliquai à dégonfler cette bulle d'inconfort par une question des plus pragmatiques amenée avec toute la subtilité dont j'étais capable. Autant dire aucune.

— Il y a de la magie en vous comme en atteste ce halo doré qui vous entoure. Mais vous ne la projetez pas. Elle se contente de vous nimber de cette lumière solaire. Je n'ai jamais encore référencé un tel type de magie passive, ce qui me conduit à vous demander ce que vous êtes.

L'Irlandais modifia sa position, imposant à la banquette de supporter son bras, qui, lui, supportait sa tête. À déchiffrer son expression malicieuse, je dus résister à l'envie de tirer le petit filament de brume coincé sous son coude, d'autant que le pauvre s'agitait comme une carpe piégée hors de l'eau. Il aurait été de mon devoir de lui rendre sa liberté, mais il était malheureusement un prisonnier de guerre condamné à souffrir en silence pour le bien commun, en l'occurrence l'obtention d'informations.

Je m'éloignai de ce but un instant, cherchant pour la énième fois comment il était possible que les éléments du *fog* soient sensibles aux porteurs de magie, tandis que ces derniers n'avaient pas la décence de leur retourner la politesse. Mon père avançait la théorie selon laquelle la magie de chaque individu était issue d'un plan similaire à celui de la brume qui aurait explosé et dont les fragments auraient trouvé refuge dans des vaisseaux humains. Lorsque son humeur se faisait plus romanesque, il allait jusqu'à extrapoler cette théorie en disant qu'une comète étincelante s'était crashée sur la terre, apportant la preuve d'une intelligence extraterrestre. De mon côté, je réfléchissais de manière plus pragmatique et me questionnais sur la nature de la brume dont l'existence était avérée même si j'étais la seule à en percevoir tous les attributs. Pour attirer les sorts et résidus magiques en son sein, n'était-elle pas une entité vivante ? Un vaisseau non humain, mais tout aussi animé qu'un corps ? Après tout, le filament en face de moi n'était-il pas précisément en train de se tordre dans un simulacre de douleur ?

Un raclement de gorge, aussi efficace que sonore, interrompit ma prise de notes mentale. Il me sembla entendre une plume riper sur un papier imaginaire, ce bruit étant si déplaisant que j'en voulus au tousseur du dimanche d'avoir cisaillé le fil de ma réflexion.

— Je suis flatté de vous intriguer, lady Sláine, répondit-il, pensant m'énerver au point de me faire oublier ma question.

— Je suis une personne facilement intriguée, que voulez-vous, dis-je en haussant exagérément les épaules, un geste que je trouvais vulgaire en temps normal.

J'espérais ne pas être la seule dans ce cas, mon message n'en serait que plus limpide.

— J'en doute.

Cette réponse me laissa perplexe comme lorsque miss Rosembach me proposait d'agrémenter l'un de mes couvre-chefs d'un ornement en particulier. L'idée que messire O'Farrell ait la prétention de me connaître me hérissa autant que la vue d'une fleur trop chatoyante. Mais le fait qu'il ait visé juste concernant ma nature de fouineuse occasionnelle me procura une satisfaction délicieuse, similaire à celle que j'éprouvais face à une plume discrète et fort bien placée. Ainsi, l'Irlandais ne se fiait pas aux apparences... Pourquoi diable cela me réjouissait-il qu'il puisse voir au-delà de mon flegme et de ma condition féminine, à laquelle tous les gentlemen, sauf ceux de mon entourage, s'arrêtaient ?

— La preuve, en cet instant, je suis autant intriguée par le fait que vous essayiez de détourner mon attention que par votre nature.

— Touché, concéda-t-il.

— Vous avoir percé à jour me donne-t-il le droit d'obtenir une réponse à ma question ?

On disait qu'il fallait toujours pousser sa chance, et c'était encore plus recommandé aux personnes incapables de masquer leurs intentions. J'avais pour habitude de mettre les pieds dans le plat et de ne les ressortir qu'après avoir obtenu ce que je voulais. Il était donc inutile d'agiter une serviette dans ma direction. Et pour cause, l'obstination me rendait aveugle, sourde, et particulièrement loquace. Fréquenter James avait parfois du bon.

— Ne pensez-vous pas qu'un peu de mystère a du bon ? osa-t-il avec un sourire de loup tout en dents et plein de charme.

— Un peu de mystère peut suffire à vous faire tuer.

Aucun exemple pertinent ne me vint à l'esprit, hormis celui des chocolats surprises que mes voisines nous offraient à chaque Noël alors que mon père était allergique aux cacahuètes. Une sensibilité aux arachides qu'il tenait à garder secrète pour des raisons que je ne jugeais pas si paranoïaques que cela compte tenu de ses fonctions au sein du club. Edmond se voyait contraint de partir en éclaireur et de dépapilloter les bonbons en enlevant les plus mortels avant de remettre la boîte rouge et vert, au nœud bariolé agressif pour les yeux et le bon goût, à sa place sur la desserte du living-room.

Pour ma part, je ne souffrais d'aucune allergie alimentaire. Ma survie me tenait tout de même à cœur, et je n'allais pas risquer de me faire occire par le premier démon qui passait sous prétexte qu'on m'avait affublée d'un partenaire dont je ne savais pas s'il était en mesure de veiller sur son encombrante personne par lui-même. Il ne manquerait plus qu'on me reproche d'avoir tué un agent étranger sur le sol britannique !

— Cela peut aussi vous garder en vie si un télépathe traîne dans les parages.

— Un télépathe ? Quelle idée saugrenue ! Je vous rappelle que nous sommes à la poursuite d'un démon. Et je doute que votre Jack O'Lantern ait le temps de passer nos pensées au peigne fin.

— Vous oubliez notre ami sorcier. On ne doit pas exclure qu'il puisse nous savoir sur ses traces. Si mes pensées ne risquent rien, les vôtres, par contre…

Il accompagna ses propos d'un hochement de tête compatissant très vexant. Tel était certainement son but premier.

— Je suis parfaitement capable de dissimuler ma pensée à un simple sorcier ! Tous ne sont pas télépathes et quand bien même, rares sont ceux qui peuvent entendre autre chose que les pensées de leurs congénères.

C'était une affaire de fréquence, celle-ci variant en fonction des espèces. Tenter d'écouter aux portes mentales des non-sensibles impliquait de modifier les rails sur lesquels roulait la voiture de la pensée, sachant qu'un nouveau changement pouvait conduire à la folie. Le club avait la chance de compter parmi ses employés une télépathe « tout-esprit », miss Newberry, qui jonglait naturellement avec toutes lignes de communication. Mais elle faisait partie d'une minorité.

— Sauf si ledit sorcier est possédé par un démon qui amplifie les capacités magiques élémentaires.

— Oh…

Pour un démon, il était compliqué de se loger dans le corps d'une personne généreusement dotée en magie, comme si j'avais décidé d'emprunter l'un des corsets des jumelles Alperstan. Il s'agissait, en somme, d'un problème de taille. C'est pour cela que les damnés préféraient, en général, s'approprier des enveloppes humaines dépourvues de toute magie, ce qui en faisait des moyens de locomotion plus faciles d'accès. Hélas, certains démons étaient assez minces pour se glisser dans la peau d'un sorcier prédisposé à la télépathie. Et une fois bien installés, ils pouvaient tranquillement puiser à la source du pouvoir du propriétaire expulsé.

J'étais bien placée pour savoir que c'était possible puisque Jack dit l'Éventreur avait tenté d'empiéter sur mon espace vital intérieur avant d'être violemment rabroué, ma magie étant plus conséquente qu'il ne l'avait estimé. Jusqu'à cet événement, j'ignorais que j'en disposais d'assez pour qu'un démon se sente à l'étroit. Ce fut l'une des rares fois où j'avais entrevu l'intérêt d'être sous-estimée.

Soudain, je me rappelai un détail essentiel dans le discours de l'agent qui fit freiner ma plume mentale dans un crissement tout aussi désagréable que le précédent. Sentant poindre une migraine, j'en vins à maudire la vélocité de mon raisonnement.

— Une minute. En quoi êtes-vous mieux à même de vous défendre contre une intrusion mentale ?

Ma voix était montée dans les aigus, atteignant un niveau assez strident pour les oreilles de messire O'Farrell, qui plissa ses yeux sombres décidément trop fascinants.

Et une migraine pour tout le monde ! C'est ma tournée !

— Vous vous souvenez ? Ma nature particulière.

Sale type !

— Gardez vos secrets pour vous si vous y tenez. Mais je vous préviens, je ne vais pas sans cesse regarder par-dessus mon épaule pour savoir si vous êtes en un seul morceau. Puisque vous l'entendez ainsi, nous allons faire équipe séparément.

— Tiens donc, faire équipe « séparément » ? Est-ce un concept purement anglais ?

— Je…

Le fiacre s'arrêta avant que je n'aie pu démontrer à quel point ma repartie était pauvre, ce soir. Messire

O'Farrell fut debout le premier, encore un avantage lié à sa « nature particulière ». Enfin, il était aussi debout qu'une personne voûtée au point de se casser en deux puisse l'être.

Le chauffeur vint nous ouvrir la portière après avoir déplié le marchepied. L'Irlandais sauta plus du véhicule qu'il n'en descendit. Le brave conducteur ne s'en offusqua pas, pas plus que de ma tenue inconvenante. Je supposai qu'il avait dû voir pire au cours de ses nuits de travail.

Deux mains me furent tendues pour m'aider à rejoindre la terre ferme. J'eus le réflexe de soulever ma robe, mais je me rappelai, au dernier moment, que je n'en portais pas. Cela ne m'empêcha pas de sortir dignement du cab en saisissant avec entrain la main du cocher, sans même un regard pour sa congénère esseulée reliée à un corps plus imposant. Une fois mes pieds solidement plantés sur les pavés, le chauffeur me salua en pinçant le rebord de son chapeau.

Même dans la nuit, la gare de Charing Cross me captiva avec son hôtel style Renaissance très français qu'elle devait au talentueux Edward Middleton Barry. J'appréciais sa physionomie classique avec cet alignement d'ouvertures et ces deux ailes symétriques rehaussées de toitures austères. À la voir ainsi, fière du haut de ses six étages, dominant la Tamise que ses bras de métal traversaient pour relier les stations, elle avait tout d'une fenêtre ouverte sur un passé marqué par des avancées scientifiques majeures, mais aussi par un renouveau dans les techniques de peinture. Comment ne pas être fasciné par Léonard de Vinci, ce grand homme aux inventions si pratiques et réalistes, ayant transfiguré la science !

On disait de lui qu'il avait pactisé avec le Diable afin d'avoir un aperçu du futur qui lui aurait inspiré la majorité de ses travaux. Ce geste inconsidéré n'amenuisait en rien l'ingéniosité du savant qu'aucun contrat démoniaque n'aurait pu lui offrir. J'estimais qu'il avait plus que remboursé sa dette avant de trépasser tant il avait modifié le cours de l'humanité. Si une telle contribution n'était pas en mesure de vous ouvrir les portes du paradis, voire de vous assurer d'y être accueilli en grande pompe, l'enfer devait être surpeuplé ! Je notai d'interroger Michael à propos de De Vinci dès que j'en aurais l'occasion. Machinalement, je caressai la poche contenant la plume de l'archange, une manière inconsciente de confesser mon envie de le revoir.

Je fis appel à toute ma discipline pour modérer mon enthousiasme quant à cette période de l'histoire et à ses contemporains. Si le lieu s'y prêtait, ce n'était pas le cas de l'heure, ni des circonstances d'ailleurs.

Sláine, veux-tu bien chercher les éventuelles taches rouges dans la brume, s'il te plaît ?

Si d'ordinaire j'étais prompte à contester les ordres, ceux formulés par la partie rationnelle de mon être avaient force de loi. Il faut dire que cette partie-là était pourvue de la voix de soprano la plus stridente qui puisse exister.

Je me concentrai, donc, sur le réseau du *fog*, le voyant apparaître avec plus de netteté à mesure que ma double vue s'y accrochait.

L'éther, amas de cheveux d'ange translucides et vaporeux, ondulait dans le ciel de manière plus vive qu'à l'accoutumée. Les résidus magiques piquetaient certains nuages, plus consistants, d'une poudre scintillante bleutée pour les sorciers, rosée pour les mages guérisseurs, orangée pour les voyantes et verdâtre pour les farfadets. Le vent les poussait à se mêler, mais ils se bornaient à se cogner pour mieux se repousser.

La magie était une énergie qui, une fois marquée par son utilisateur, n'appréciait pas de retourner à sa condition première, telle une arme enchantée refusant d'être maniée par une main différente. J'aimais à penser qu'elle avait un sens aigu de la mode et qu'elle ne supportait pas l'excès de couleur.

J'avais longtemps cru que mon aura était perpétuellement transparente. En réalité, elle était un caméléon capable d'imiter n'importe quelle nuance pour me permettre de capturer les reliquats de sortilèges, auxquels je conférais un regain de puissance.

Ce soir, la brume était perturbée. Elle était parcourue de noyaux opaques dont les contours s'effilochaient, laissant une traînée diffuse filant derrière l'hôtel de la gare. Des éclats rubis voyageaient dans ces nervures éthériques, preuve s'il en fallait qu'un idiot de sorcier avait joué aux invocateurs.

— Messire O'Farrell, il nous faut entrer dans la gare, mais la nuit, les grilles sont fermées au public et des gardes patrouillent toutes les heures pour vérifier le contenu des wagons de marchandise.

L'agent de l'Irish Tree me regarda fixement et je réalisai qu'il avait l'air inquiet. Ses yeux singuliers traduisaient ses émotions et pour la première fois, leurs paillettes d'or et d'argent venaient de se disperser. Les premières s'étaient collées à sa pupille, les autres au bord supérieur de son iris. Ses cheveux voletaient devant son visage, mais ils ne devaient pas le gêner outre mesure puisque ses bras restèrent obstinément immobiles le long de son corps. Le chuintement de la brise fluviale se mêlait au bruissement des feuilles mortes sur les pavés, tandis que l'odeur viciée par les relents nauséabonds de la Tamise flottait jusqu'à nous. *Quel dommage que le grand large et ses courants d'air salvateurs soient si loin !*

Noter ces détails olfactifs ne me prit que quelques secondes, durant lesquelles j'avais espéré que l'agent se ressaisirait. Mais l'espoir était une créature ingrate. Oh, mon Dieu ! Avais-je affaire à un Irlandais en catatonie ? Devais-je procéder comme Edmond et le gifler ?

Prononcer le nom du Seigneur fut suffisant pour me faire entrer dans ses bonnes grâces. Je convins de l'interpeller plus souvent si son oreille était aussi attentive.

L'agent secoua la tête et retrouva son aplomb, rappelant à la trame de la réalité qu'il fallait compter avec lui. M'adressant un faible sourire trop forcé pour que je l'apprécie, il s'inclina vers l'avant.

— Je vous prie de m'excuser. J'ai été surpris de vous voir observer le vide. Erlina faisait de même avant de... Enfin, peu importe. Revenons à notre enquête, voulez-vous.

Il balaya sa réplique d'un geste de la main. J'aurais préféré qu'il termine sa phrase, même si la simple évocation de la voyante avait suffi à m'agacer. Mais comme il m'arrivait d'être magnanime, je décidai de respecter son souhait, sans compter que j'étais du genre à encourager les efforts des autres pour se contenir. Et la pudeur nouvelle de l'Irlandais méritait bien quelques applaudissements.

— Je peux m'occuper des gardes avec un sort de sommeil. Les farfadets aiment à endormir leurs victimes avant de les détrousser. Ils apprécient tout particulièrement les gares, car ils peuvent se faire passer pour des chauffeurs de fiacre. J'ai détecté beaucoup de résidus de leur magie...

— De quelle couleur sont-ils ? (Voyant ma mine décontenancée, il crut bon de préciser :) De quelle couleur sont ces... résidus de farfadets ?

— Ils sont verts. De la couleur d'une feuille de menthe, pour être exacte. Mais pourquoi cela vous intéresse-t-il ?

— Simple curiosité. Il est rassurant de savoir que je ne partage rien, pas même la couleur de ma magie, avec les farfadets.

— Vous oubliez vos origines irlandaises, ajoutai-je pour le taquiner.

— Un point pour vous, lady Sláine.

J'eus droit à un véritable sourire, créant de charmantes pattes d'oie au coin de ses yeux qui retrouvèrent toute leur vigueur. Les émotions positives avaient le don de faire tourbillonner leurs paillettes comme si une neige de givre et d'or tombait sans discontinu dans le regard de l'Irlandais.

Je clignai des paupières, consciente qu'il était anormal d'accorder une telle attention à une paire d'yeux, si attirante soit-elle.

— Je vous disais que je peux endormir les gardes, mais le sort ne tiendra qu'une heure. Nous devons agir vite.

— Je crois avoir omis de vous dire qu'une odeur de sang et de chair imprègne l'air. Je sens également celle du soufre. Je peux nous guider jusqu'au corps en nous faisant éviter les gardes, que vous pourrez endormir au fur et à mesure de notre avancée.

Je ne trouvai rien à redire à ce plan, chose stupéfiante puisque seul le thé m'arrachait un assentiment total.

— Parfait. Ne perdons pas de temps.

Et c'est ainsi que débuta la collaboration inter-agences...

8

Flirt & effraction – acte 1

Je m'étais toujours targuée d'être une personne discrète, ce qui m'était utile lorsque les soirs de bal, je me glissais dans la bibliothèque de mes hôtes alors même que s'isoler était un manquement éhonté à l'étiquette. À bien y réfléchir, il s'agissait là d'un compromis acceptable.

Je me savais être une cavalière au silence dérangeant, ce que l'on pouvait aisément pardonner à une jeune fille en fleur accablée par une timidité chronique. Mais j'avais malheureusement passé l'âge de me réfugier derrière une telle excuse. Et selon sir Barthelemew, la tentative aurait été vaine tant j'avais le talent de faire parler mes yeux, communiquant mes humeurs lasses ou assassines.

L'ancienne Rose jouait les pères faussement désespérés en se contentant de soupirer avec affectation devant mon comportement. Son attitude avait une fois été mise à mal pour cause de fou rire incontrôlé, lorsque l'une de ses connaissances avait avancé, en ma présence, qu'un homme réussirait un jour à me dompter à l'instar d'un étalon une jument. La déclaration ayant été ponctuée par un regard libidineux, un constat qui avait nécessité de ma part une pénible analyse de ses yeux de cocker insomniaque, je n'avais pu m'empêcher de piétiner vingt ans de bonne éducation en lui répondant que, si cheval il y avait, j'espérais qu'il soit pourvu d'une crinière bien épaisse. Pour m'assurer que mon interlocuteur saisisse l'allusion, je m'étais autorisée à fixer le sommet de son crâne qui s'était mis à rougir sous l'insulte. Sir Dashwood avait en effet connu une calvitie précoce jamais assumée et il s'obstinait à tenter de la camoufler avec les cheveux survivants, longs et filandreux, gominés à l'excès pour tenir sur un terrain vierge et glissant.

Le rustre m'ayant souhaité de rester seule jusqu'à la fin de mes jours, j'avais surenchéri en lui disant qu'il ne fallait pas qu'il se plaigne d'avoir reçu un coup de sabot de la part d'une jument farouche. Mais sûrement était-il plus habitué à monter des poneys, des animaux correspondant mieux à sa stature.

En parlant de cela, l'homme élancé qui m'ouvrait la marche dans l'obscurité, en me faisant de temps à autre des signes de halte tout militaires, se déplaçait avec une aisance qui seyait mal à ses dimensions aussi modestes que l'opulente poitrine de miss Rosembach. Comment lui était-il possible de se fondre ainsi dans le décor ? Ses chaussures n'étaient-elles pas censées couiner un peu ?

Depuis environ une demi-heure, nous jouions à cache-cache avec les gardes faisant leur ronde, et notre collaboration fonctionnait parfaitement comme une machine ayant reçu sa juste dose d'huile. Nous avions procédé à l'endormissement de deux *bobbies* avant que messire O'Farrell les transporte à l'abri des regards. C'est-à-dire qu'il les avait entreposés dans des wagons de marchandises dont il avait forcé les cadenas. En réalité, il s'était contenté de tirer dessus et de les jeter au sol, là où j'avais pu constater ce qu'il en coûtait d'obéir à l'Irlandais. Lui céder semblait vous assurer de finir tordu dans les gravats. En somme, rien qui puisse me motiver à faire taire mon esprit de contradiction.

Mon rôle dans cette effraction pouvait sembler dérisoire, mais c'était sans compter sur mes qualités de boussole humaine, me permettant d'indiquer un nord rouge et démoniaque. À notre descente du cab, j'avais pu remarquer la traînée diffuse aimantée par un point dissimulé derrière le hall de la gare. J'étais à présent certaine que nous nous rapprochions du lieu de convergence. Le train rougeoyant à une vingtaine de mètres constituait un indice plutôt évident.

D'un hochement de tête, j'indiquai à l'agent de l'Irish Tree la direction à prendre même si l'invocateur n'avait pas fait montre d'une imagination débordante tant il s'était appliqué à marcher en ligne droite jusqu'à un coin reculé de la gare.

Je me surpris à observer l'aura éclatante de l'Irlandais devenue plus agressive à mesure que la concentration du pisteur s'accroissait. Heureusement que j'étais la seule à la remarquer, car en termes de discrétion, on ne pouvait pas faire pire que de se trimballer avec une luciole sur jambes. Son énergie atteignait une telle intensité que s'il avait été possible de trouver les bons connecteurs, elle aurait pu servir à alimenter tout un quartier de Londres. Il me vint à l'esprit qu'il serait fort incommode pour moi de supporter sa présence à mes côtés si je venais à m'endormir. Cette ineptie me secoua d'un violent tremblement, une façon de m'autoflageller pour nourrir des pensées qui supposaient une intimité déplacée avec un inconnu. Il allait me falloir m'habituer à de telles secousses vu que même les archanges me mettaient en émoi.

J'en étais là de mes considérations osées lorsque messire O'Farrell se figea. Il se tourna dans ma direction, le poing dressé et fermé, ce qui signifiait qu'une tête casquettée venait à notre rencontre. Au lieu de me précipiter derrière le wagon le plus proche, je restai figée, mes pieds et mon esprit scellés dans le même ciment imaginaire.

Une forme menaçante, échappée du halo de l'Irlandais, se tendait vers l'avant, revendiquant sa liberté. Ses contours flous ne me permirent pas d'établir sa nature exacte, mais j'en vis suffisamment pour savoir que cette manifestation n'était pas du tout normale !

— Lady Sláine ! Par ici !

Mes oreilles avaient conservé toute leur vigueur puisque l'ordre de l'Irlandais m'atteignit au point de me faire recouvrer mes moyens. Je courus jusqu'à la cachette la plus proche, à un rythme qu'il m'aurait été impossible d'adopter avec une robe. J'avais été bien inspirée de mettre un pantalon.

Je me retrouvai plaquée contre une paroi glacée et me tournai vers l'agent qui, d'un doigt sur la bouche, m'intima le silence. Nous restâmes ainsi quelques secondes tandis qu'une lueur, qui n'avait rien de magique, grossissait à vue d'œil, attestant que le garde se rapprochait.

J'avais expliqué à mon partenaire qu'il me fallait voir ma victime avant de l'ensorceler. Je ne pouvais pas agir comme certains sorciers capables de jeter des sorts à distance grâce à un effet personnel ou à une simple pensée pour les plus talentueux. Mon état de sangsue pouvait parfois être contrariant. Pas assez, toutefois, pour me faire développer un complexe d'infériorité.

Je me concentrai sur la brume, tentant d'ignorer le scintillement de mon voisin, et visualisai un filament verdâtre à l'allure chétive. Je craignais qu'il ne soit pas assez nourrissant pour me permettre d'endormir l'intrus. Je n'avais pas besoin d'un feu ardent pour raviver la magie, mais je ne pouvais hélas pas me contenter de cendres froides insensibles au moindre coup de chaud que je pourrais tenter de leur communiquer.

J'essayai de me saisir mentalement du résidu fluet, de l'attirer jusqu'à moi pour le lier à ma magie. Rien n'y fit, je n'arrivais pas à l'attraper à cause de ce soleil miniature sur ma gauche !

Je me tournai vers l'astre horripilant, chuchotant aussi bas qu'il m'était possible compte tenu de mon énervement. Je n'aimais pas échouer et supportais mal d'endosser une forme ou une autre de culpabilité, ce qui, lorsque je ne pouvais l'éviter, me faisait ressembler à un chat cracheur.

— Ne pourriez-vous pas vous contenir un peu ?

L'Irlandais cligna des yeux, décontenancé. Il vérifia que ses mains ne s'étaient pas aventurées dans un endroit interdit. Le fait que ses yeux soient phosphorescents rendit l'inspection encore plus comique.

Je soupirai avant d'énoncer ce qui, pour moi, était une évidence. Par moments, ma double vue me pesait horriblement. Ce qui pouvait expliquer que je sois charitable avec les ecclésiastiques, les seuls pleinement convaincus de leur foi.

— Je ne parle pas d'une quelconque atteinte à ma pudeur ! Je parle de votre aura. De grâce, arrêtez de briller ! Je ne parviens pas à attirer le pauvre filament vert.

— Mes sens sont en alerte ! Je ne peux pas arrêter de briller sur commande !

Je n'étais visiblement pas la seule à être susceptible dès qu'il s'agissait de mes capacités. Messire O'Farrell en avait même oublié de moduler sa voix, une erreur qui nous attira les faveurs du *bobby*. Si l'instinct leur faisait généralement défaut, leur ouïe, elle, était à toute épreuve. On ne pouvait pas attendre d'une fouine qu'elle ressemble à un renard, et encore moins espérer tomber sur un spécimen aux tympans atrophiés.

Mettant de côté les comparaisons zoologiques, je me focalisai sur l'inspecteur approchant. Il avait dégainé son pistolet qu'il tenait d'une main tremblante. J'espérais qu'elle le fasse en ma faveur, c'est-à-dire que l'arme pointe dans une autre direction que la mienne.

Messire O'Farrell était toujours aussi brillant visuellement parlant, ce qui m'affola une fois encore avant que je ne me rappelle être la seule bénéficiaire de cet éclairage magique.

— Que fait-on ? chuchotai-je à l'intention de son épaule, faute de pouvoir atteindre ses oreilles.

— Je m'en occupe, répondit mon acolyte avec enthousiasme, prêt qu'il était à se lancer dans une ascension du mont wagon.

Compte tenu du fait qu'il s'était déjà agrippé à la paroi, je le retins par la jambe. L'urgence m'empêcha de rougir, ainsi que le souvenir du cimetière. L'Irlandais et moi n'étions plus à un caressage de mollet près.

— Pourriez-vous avoir l'obligeance de m'expliquer ce que vous entendez par « je m'en occupe » ?

— Certainement. Je compte présenter mes respects à la mâchoire de cet homme à l'aide de mon crochet du droit.

Je commençais à être lassée de pencher la tête en arrière pour discourir avec l'agent étranger. Je n'étais pas certaine que sa conversation vaille les torticolis en découlant. Encore moins lorsque des sourires malicieux accompagnaient les trois quarts de ses répliques pour cautionner un humour aussi douteux qu'un thé servi dans une tasse ébréchée. Qui pouvait tolérer de boire un tel nectar dans un récipient handicapé ?

— Assurez-vous de bien viser, mais évitez de briser ladite mâchoire. L'Empire tient à ses *bobbies*.

Et ce même s'ils étaient parfois aussi myopes qu'une taupe en plein jour. Mais c'était là un défaut qui servait grandement les intérêts du club.

— Je devrais pouvoir parvenir à mes fins sans causer de fracture. Et puis, je compte sur vous pour attirer son attention.

— Son attention ? Mais il pourrait me voir ! m'offusquai-je en faisant les gros yeux.

— Lady Sláine, si vous êtes la seule à profiter de mon étincelante compagnie, sachez que je suis le seul à pouvoir en faire autant avec votre joli minois. Il fait nuit noire, et je doute que quiconque fasse le lien entre votre tenue toute masculine et votre noble personne. Sur ces bonnes paroles...

Mon joli minois ? Ce compliment me fit sourire bêtement, et je fus ravie que l'acrobate se soit hissé aussi vite pour ne pas en apprécier l'effet. Les dames aiment être flattées, mais elles doivent apprécier la chose avec humilité, et non pas informer le monde du fait que leur orgueil a été brossé dans le sens du poil. Le mien ronronnait en une chamade si lente et profonde que j'eusse été d'une mauvaise foi extrême si j'en avais nié l'existence.

Je me glissai vers l'angle de notre cachette, jetant un regard inquiet au *bobby* avant de prendre mon courage à deux mains pour lui faire face. *Dans l'ombre, je traquerai. Sous son couvert, je périrai. Ainsi vivent et meurent les Roses de la reine.* J'espérai de tout cœur que l'obscurité ambiante ne me fasse pas office de cercueil, l'absence de couvercle seyait mal à mon naturel pudique.

Certaines personnes se voient finir leurs jours au fond de leur lit pendant leur sommeil, ou la tête dans leur assiette lors d'un bon repas pour ceux qui aiment à se donner en spectacle. Je n'avais jamais eu l'occasion de réfléchir à la manière dont je quitterais ce monde, encore que je sois sûre de ne pas vouloir le faire dans une tenue inconvenante, ou dans une situation risquée pour l'anonymat du club.

Du coin de l'œil, je m'assurai de la présence bienveillante sur le toit à ma droite. J'aperçus une forme aplatie dotée d'yeux et d'une aura phosphorescents, ce qui me rassura à moitié. Je doutais que quiconque puisse concurrencer la vitesse d'un projectile. Aussi je priai pour que les facultés de mon partenaire soient décuplées par le besoin de protéger mon joli minois.

Je ne me raclai pas la gorge – autant éviter de provoquer un tir malencontreux – et choisis d'apparaître dans le faisceau de la lanterne du *bobby*, les mains en évidence même si, j'en conviens, cela constituait une attitude plutôt suspecte. En général, les gens qui n'ont rien à se reprocher gardent les bras le long du corps.

— Monsieur l'agent ? osai-je timidement, priant pour que la féminité de ma voix saute aux oreilles de l'intrus tant j'étais consciente que rien dans mon habillement ne plaiderait en faveur de ma douce nature.

Une fraction de seconde plus tard, j'assistai à un surprenant lâcher de pistolet dont je ratai l'atterrissage puisqu'une étoile filante avait violemment percuté le policier. Il tomba lourdement au sol et eut la présence d'esprit de s'évanouir, lui évitant ainsi de rencontrer le fameux crochet irlandais.

Messire O'Farrell se releva souplement, attrapant le dormeur par la taille pour le jeter sur son épaule, puis partit en direction d'une porte coulissante qui fut bientôt dépossédée de son cadenas. Mon partenaire faisait décidément un drôle de Petit Poucet.

Je lui emboîtai le pas, trottinant pour rester près de lui, sa foulée ne pâtissant pas de son fardeau. À se demander quel régime alimentaire il pouvait bien suivre...

Une fois qu'il se fut délesté de son chargement, il me fit face. Il frotta ses paumes l'une contre l'autre, sa bouche et ses yeux se plissant de concert pour traduire la satisfaction du travail bien fait.

— Alors, pas mal pour un Irlandais ?

S'il était à la pêche aux compliments, il allait devoir se contenter d'un poisson aux arêtes proéminentes particulièrement récalcitrant et de ce fait, enclin à donner des coups de nageoire. C'était le mieux que ma lunatique rivière puisse fournir.

— Je vous l'accorde. Je préfère néanmoins les techniques plus subtiles.

— Comme les résidus de farfadets impossibles à attraper ?

À ces mots, ledit poisson se mua en piranha affamé.

— Je n'y peux rien ! C'est vous qui avez donné des complexes à cette pauvre créature !

— Je ne le nie pas. C'est une chose qui m'arrive, et pas qu'avec les résidus magiques.

— Vous devriez essayer la modestie à l'occasion, dis-je, piquée au vif par tant de vanité pas forcément déplacée.

— Attention, lady Sláine, il semblerait que votre flegme britannique se soit envolé. Peut-être lui fais-je aussi un quelconque effet ?

— Il se peut que l'effet soit moins positif que vous ne le supposez.

En temps normal, toute personne sensée aurait freiné des pieds et reculé prudemment devant mon tempérament des mauvais jours. Mais concernant ce bellâtre dispensé de cours d'humilité et probablement de survie, rien n'était normal. Il s'amusait à établir ses propres codes et n'hésitait pas à jouer les dictateurs sur mon royaume. Il balayait d'un revers les règles spécifiques et rationnelles qui le régissaient comme s'il s'était agi de pièces sur un échiquier bancal. Or, mon domaine était tout sauf instable, et je n'appréciais pas qu'on le fasse tanguer pour le plaisir. J'avais travaillé trop dur pour mériter mon titre et ma place aux côtés d'un père de l'Empire. Ce que le sang n'avait pas légitimé l'avait été par des années d'une discipline de fer qui exécrait la moindre trace de rouille.

— Je prends le risque, me lança-t-il en soulignant ses canines d'un furtif, mais provoquant, coup de langue.

La mienne en fut sidérée au point de s'immobiliser net dans ma bouche, ne me permettant pas de réagir verbalement. J'adoptai donc l'attitude que je réservais pour les moments de gêne : je reniflai de dédain en prenant la poudre d'escampette. En l'occurrence, je contournai le train de marchandises, comme attirée par les flammes démoniaques du lieu du crime. Cette attraction ne resta pas feinte longtemps, le professionnalisme passait avant mes inconforts d'humeur.

J'oubliai la présence de l'agent de l'Irish Tree et observai la scène du meurtre, réplique macabre de la précédente en dehors de l'amputation d'ailes, bien sûr. Comme la première fois au cimetière de Whitechapel, la brume ondoyait au-dessus de l'endroit, telle une nappe, aux carreaux rouges et bleus, tourmentée par un vent artificiel. L'incision en son sein était aussi large que celle de la première scène d'invocation, ce qui signifiait que le même rituel avait été réalisé ici.

Lorsque la trame de la réalité se fissurait, elle se recroquevillait sur elle-même, tentant de panser sa blessure, avant de succomber et de laisser sortir l'énergie. Le choc causait un puissant remous qui ne se calmait que des jours plus tard ou lorsqu'une main charitable, greffée à un corps de sorcier, refermait la brèche. Être à proximité du cercle d'invocation était comme se trouver au cœur d'un cyclone, à ceci près que ce havre de paix était sanguinolent et glauque. Le genre de choses auxquelles on s'accoutumait difficilement.

J'essayais d'être la plus efficace possible, de relever les détails de manière froide et détachée comme lorsque miss Rosembach élaborait sa liste de courses. Si la brave gouvernante pouvait se permettre de penser à un poulet sans songer à comment il avait fini décapité et plumé, je ne disposais pas de ce luxe. Mes cadavres requéraient que je découvre comment ils avaient pu passer de vie à trépas.

Le pentagramme tracé avec le sang de la victime était composé des mêmes symboles cabalistiques ; le sorcier ne lésinait pas sur les runes de protection. Le soin apporté à leur tracé révélait que le criminel était soit très minutieux, soit novice dans les rapports démoniaques et qu'il craignait de faire échouer l'appel pour cause de dessin erroné. Cela confortait ma théorie selon laquelle il n'avait pas l'habitude des sorts offensifs, auxquels il ne se serait pas gêné de recourir. L'homme était donc jeune, méticuleux et inconscient, ce qui en faisait un être dangereux aussi imprévisible que Galinette, le roquet femelle des Alperstan.

Londres était une ville qui grouillait de sorciers, certaines grandes familles ayant fondé des écoles par spécialités dont la réputation n'était plus à faire. En l'espèce, j'ignorais dans quelle branche magique le meurtrier exerçait ses talents, et si je voulais mettre mon nez aristocratique dans les affaires des puissants, il allait me falloir des arguments plus solides. Pour l'heure, j'allais devoir me satisfaire d'une discussion déplaisante, mais instructive, avec miss Chatterton. Je pouvais néanmoins compter sur notre inimitié partagée pour l'abréger.

Le coven local était uniquement composé de femmes ayant choisi de se lier les unes aux autres pour amplifier leurs dons. Elles étaient au nombre de dix et avaient trouvé une couverture audacieuse qui m'aurait offusquée si j'avais été une fervente croyante. Le fait d'avoir récemment rencontré un archange avait quelque peu ébranlé mes convictions dans le domaine, mais ce revirement devrait attendre. Les sorcières habitaient un couvent relié par tunnel à la Royal Society, siège du club, et se faisaient passer pour des religieuses alors que leur vertu n'était plus immaculée depuis bien longtemps. Ceci était le résultat d'un labeur aussi dur que discret puisque les demoiselles avaient la faculté de faire oublier à leurs compagnons d'un soir les sordides détails de leur rencontre.

Alors que j'achevais mon inspection du pentacle, je vis messire O'Farrell renifler la dépouille éviscérée du pauvre bougre dont le seul crime était d'avoir manqué de chance. Vu comme l'odeur mettait mes sens à rude épreuve, je n'osais imaginer dans quelle mesure elle affectait ceux plus exacerbés de l'Irlandais.

L'agent s'approcha de moi. Toute trace d'humour avait déserté son visage anguleux. Je vis passer dans ses yeux les restes d'une lassitude proche de la douleur propre à ceux qui en ont trop vu. Quand bien même la bienséance l'aurait exigé, je ne détournai pas le regard. Il n'y avait rien de pire que de se sentir seul dans ces circonstances.

— La victime s'est vidée de son sang après qu'on lui a infligé plusieurs coups de couteau à l'abdomen. Ce qui est absurde, c'est qu'elle ne semble pas s'être débattue. Je ne distingue aucune égratignure, aucune autre blessure en dehors de celles pratiquées par l'assassin dans un angle impossible pour que la victime se les soit faites elle-même. Sans compter que les entailles sont trop profondes et précises pour cela.

L'Irlandais se tenait droit dans une posture confiante. Or, depuis le début de sa tirade, il s'était progressivement voûté comme pour accuser le coup de ses constatations. Une étincelle de haine brillait dans ses yeux, provoquant de violents tourbillons d'or et d'argent. Sa mâchoire s'était durcie et j'espérais que ses dents en sortent indemnes. Pour m'en assurer, je décidai de lui donner une réponse que j'estimais suffisamment neutre pour faire passer la tempête.

— Vous vous souvenez de la manière dont je vous ai stoppé au cimetière ? (Il acquiesça, toujours tendu.) Eh bien, pour ce faire, je me suis servie des reliquats d'un sort d'immobilisme. Il était frais et des images de la mort de la victime me sont parvenues. Elles n'ont fait que confirmer que ce sort avait été jeté à son intention.

— Vous avez vu sa mort ?

En plus de s'arrondir, ses yeux s'éclairèrent l'espace d'un instant, lui donnant les allures d'un hibou, toutefois moins hirsute que ses congénères.

— Il m'arrive parfois de capter les réminiscences d'un passé proche, répondis-je sobrement.

— Et vous arrivez à gérer ce genre de choses ? Je veux dire, vous êtes une femme…

Comme souvent avec l'Irlandais, je fus tiraillée entre deux émotions aux poignes vigoureuses. L'individu était un homme des cavernes aux idées bien arrêtées que j'avais envie de frapper jusqu'à lui faire apercevoir des oiseaux diurnes en pleine nuit. D'un autre côté, j'étais touchée par sa sollicitude. Mais comme je n'appréciais pas les tapes amicales sur l'épaule qui se voulaient réconfortantes, mais qui ressemblaient fort à celles que l'on pouvait réserver à un animal, la brave bête en moi s'offusqua. Je n'avais pas besoin de pitié ; un thé, breuvage naturellement réconfortant, suffisait à faire taire mes angoisses.

— Parce que je suis une femme, je suis plus sensible qu'un homme ? Je ne vous savais pas si sexiste. Qu'en est-il des odeurs ?

— Lady Sláine, je ne voulais pas vous offenser, au contraire…

Un regard furibond suffit à le faire renoncer. Finalement, je n'avais peut-être pas perdu la main, j'avais juste besoin d'un échauffement plus long avec messire O'Farrell.

Il se reprit vite, acceptant sa défaite qui n'en était pas vraiment une, car s'excuser était un art dans lequel j'étais certaine qu'il n'excellait pas. Il était plutôt du genre à scier la branche providentielle qui aurait consenti à l'accueillir.

— Au niveau des odeurs, je distingue celle du soufre, de la cannelle, les deux attestant la présence d'un démon, mais aussi celle de la menthe et du tabac. À Whitechapel, je suis arrivé trop tard pour détecter celle plus diffuse de la menthe, mais je pense pouvoir avancer que notre meurtrier aime parfumer ainsi son tabac. Cela ne nous apporte pas beaucoup d'informations compte tenu du nombre de gentlemen qui font cela, j'en ai conscience.

— C'est un début. De mon côté, j'ai étudié le pentacle. Il s'agit sans l'ombre d'un doute de la réplique du précédent avec des runes défensives soignées. Et je confirme que le démon invoqué doit appartenir au troisième cercle.

— Comment pouvez-vous en être aussi sûre ?

Je m'accroupis près du cercle, indiquant une rune en son centre.

— Vous voyez ce dessin ?

— Le cercle avec trois traits rapprochés ?

— Oui, approuvai-je, une nouvelle fois prise de court par la vue acérée de mon partenaire qui se tenait à un mètre de moi. Ce sont, en quelque sorte, les coordonnées démoniaques du point infernal de départ.

— Je vois. Est-ce que votre... lecture des résidus corrobore mon analyse olfactive ?

En une seconde, il venait de combler la distance entre nous pour finir accroupi à mes côtés. Suffisamment proche pour que je sente son effluve tout masculin, gorgé de soleil et plus réel que celui de Michael, qui avait le don de me faire perdre le fil de mes pensées. Je le rattrapai de justesse, tirant dessus avec la fougue du désespoir. Pourquoi fallait-il qu'il sente aussi bon ?

— Oui. Un démon est sorti de ce portail, confirmai-je en fixant les gouttes noires dégoulinant de la fissure telle une encre maléfique. Avez-vous remarqué la seule différence par rapport à Whitechapel ?

— L'absence de trèfles. Il n'y a aucun trèfle, ni même aucune odeur d'herbe. Mais qu'est-ce que cela signifie ?

— Je l'ignore. J'ai bien une théorie, mais...

— Nous avons le temps. Je ne perçois aucun garde, hormis ceux qui dorment dont j'entends les ronflements. Je vous en prie, éclairez-moi pour changer, m'invita-t-il en souriant à demi, dévoilant les canines que sa langue impérieuse avait caressées plus tôt.

Je m'humidifiai les lèvres, fixant sans m'en rendre compte le regard de messire O'Farrell qui tressauta de mes yeux à ma bouche. Par deux fois !

Mon teint dut se colorer d'un rouge éclatant, car c'était une première pour moi de flirter avec un homme. Sur le moment, la sensation n'avait pas été désagréable. Des picotements subtils avaient titillé mon ventre tandis qu'une pointe sournoise avait taquiné ma poitrine, me démontrant qu'une courte asphyxie pouvait avoir du bon. Mais maintenant, la gêne avait soufflé un vent polaire à ces endroits, gelant les papillons en vol et rendant la pointe trop insistante.

Je détournai le regard, me redressai et fis un pas en arrière. Je lissai mon pantalon comme s'il s'était agi d'une robe à la tournure prononcée.

Ma dignité préservée me permit de poursuivre en gardant les yeux rivés au sol.

— Je crois que Jack n'a rien à voir avec notre sorcier. Je ne m'explique pas sa présence, mais je suis certaine que le meurtrier agit dans son propre intérêt, si mystérieux soit-il.

— J'ai fait des recherches dans des manuels que j'ai apportés d'Irlande. Je n'ai rien appris de plus sur les motivations de Jack O'Lantern. Il pouvait tout aussi bien errer dans le cimetière, même si cela fait plusieurs siècles qu'on n'a pas entendu parler de lui.

— Sommes-nous vraiment sûrs qu'il s'agisse bien de Jack ? Après tout, nous avons des trèfles qui pourraient tout aussi bien signifier autre chose. Votre médium s'est peut-être trompée.

— Erlina ne se trompe jamais. Si elle a perçu le nom de Jack O'Lantern, c'est que l'affaire est grave et qu'elle le concerne directement.

— Dans ce cas, nous avons une raison de plus de passer au club. Nous devons trouver des informations sur ce Jack.

— Et quelles sont les autres raisons qui pourraient nous pousser à passer au club Shadow ?

Je comptais consulter certains ouvrages, espérant y débusquer des détails sur les archanges, mais c'était le genre de chose que je préférais garder pour moi. Une enquête officielle me donnerait accès à toutes les archives, et peut-être même à celles de la salle fermée à double tour. Dans le cas contraire, je connaissais une personne à laquelle aucun cadenas ne résistait...

— Je dois faire mon rapport et m'entretenir avec miss Chatterton.

— Miss Chatterton ?

— Oui, je sais, c'est une personne délicieuse...

— J'allais juste mentionner le fait que je l'avais rencontrée, déclara-t-il en souriant.

— Quel bienheureux vous faites ! Avant que nous partions, il va me falloir dissimuler la scène de crime en attendant que le coven vienne colmater la brèche, enchaînai-je comme si je n'avais pas démontré une jalousie déplacée dûment relevée par l'objet du délit. Je dois également appeler le colporteur officiel du club pour qu'il nous précède là-bas.

— Appeler ? me demanda l'Irlandais en penchant la tête pour bien saisir la teneur de ma réponse.

Je doutai qu'il en apprenne davantage en se focalisant sur mes lèvres. Ne lui avait-on pas appris que pour écouter, deux oreilles attentives suffisaient ? S'il se tordait ainsi dans un noble élan pour me faire oublier les deux têtes qui nous séparaient, c'était un échec cuisant. Je me savais n'être pas grande, mais tout de même, était-il obligé de me le rappeler en modulant la hauteur de son poste d'observation ?

Je résistai à l'envie de me tasser plus pour tester la résistance de la girafe humaine, mais me ravisai au dernier moment. Je ne pouvais pas lutter contre une trentaine d'années d'éducation non britannique, et je ne tenais pas tant que cela à savoir jusqu'où allait la souplesse de l'agent.

— Veuillez m'excuser, je n'ai pas l'habitude de devoir expliquer mes méthodes de travail, ni d'avoir un partenaire. Au passage, dans le cas où ce ne serait pas limpide, vous êtes tenu de garder pour vous nos « astuces ».

— Alors comme ça, je suis votre premier *partenaire* ?

Et voilà qu'il avait de nouveau recours à l'italique ! Quel procédé détestable qui ne permettait de s'offusquer qu'à moitié. Au moins, Armando Di Renzo exprimait-il ses pensées graveleuses sans détour.

Je n'eus pas le temps de faire exploser ma colère que le malotru l'étouffa dans l'œuf en redevenant d'un sérieux contrariant. Qui le fut encore plus quand je réalisai qu'il avait tout bonnement préparé le terrain – en l'occurrence moi – pour des négociations qui n'avaient pas lieu d'être.

— Pour ce qui est de ne rien révéler, c'est très clair. Tout comme le fait que vous deviez garder pour vous la nature de mes capacités, n'est-ce pas ?

Bien joué...

J'avais affaire à un affreux serpent, utilisant un venin verbal paralysant très efficace. Mais j'étais capable de m'adapter et de devenir l'ennemi naturel de n'importe quel adversaire. Au final, cela tombait plutôt bien, j'avais toujours eu un faible pour la mangouste, une créature adorable à la peau épaisse et aux réflexes meurtriers. Je n'étais pas contre le fait de jouer un peu et si j'acceptais de ne rien dévoiler à propos de la nature du serpent, je ne renonçais pas à découvrir de quoi sa peau était faite.

— Marché conclu. Je disais donc, je dois appeler James... Mr Bridgestone, je veux dire. C'est un fantôme.

— Vous voyez les fantômes ? Êtes-vous une sorte de médium ?

L'Irlandais avait blêmi en disant cela comme si être médium était la pire des maladies qui soit. N'était-il pas censé côtoyer la meilleure du milieu ? Cette Erlina à laquelle il semblait vouer un véritable culte et qui me donnait envie d'être païenne à son égard.

— C'est compliqué.

— Mais intéressant. Le club emploie donc des fantômes. Concernant Mr Bridgestone, son corps repose-t-il près de la gare ? Si des rails et une locomotive sont impliqués dans sa mort, je préfère ne pas savoir comment elle s'est produite.

— En fait, il n'est pas mort près d'ici. Mais sans doute cette mort aurait-elle été préférable. Quoique ce ne soit pas à moi d'en juger.

— Comment peut-il voyager aussi loin de son corps ? Si mes connaissances en la matière sont exactes, les spectres ne peuvent se déplacer que dans un rayon de cinq kilomètres maximum autour de leur corps, non ?

— C'est justement là que se situe le problème-avantage. James a été démembré post mortem. Et même si nous savons qu'il ne peut sortir de Londres, il peut y circuler sans contrainte, ce qui laisse présumer du fait que les morceaux de lui-même sont enterrés à divers endroits.

— Vraiment ?

— Vraiment. S'il peut vous voir et vous entendre, ce ne sera pas votre cas, ce qui n'est pas un mal en soi tant il peut se montrer volubile. Je préfère vous en avertir, la conversation peut durer un moment.

En réalité, si James y consentait, il pouvait apparaître aux yeux des « non voyants », ceux dépourvus du don de double vue. Sauf que cela exigeait beaucoup d'énergie, le mode de non-détection étant inné pour tous les spectres. Il existait un autre moyen de profiter de sa charmante compagnie : une amulette renfermant l'essence d'un médium. À ma connaissance, sir Barthelemew était le seul à en posséder une. J'avais toujours été intriguée de savoir comment il avait pu se la procurer, d'autant qu'on ne pouvait en créer une qu'au moment où la vie s'échappait du corps du médium légateur.

L'agent de l'Irish Tree hocha la tête avec gravité et je me détournai de lui pour me concentrer. J'anticipai que James n'allait pas tarder à émettre quelques commentaires bien sentis sur le physique avantageux de mon partenaire, et je ne pouvais pas lui jeter la première pierre, ni la seconde, d'ailleurs.

La brume, toujours perturbée par la brèche magique, s'étirait dans tous les sens, tentant de sortir d'un dôme hermétique qui n'existait pas. Je pouvais la voir projeter ses tentacules grâce aux bulles qui déformaient l'air, lui conférant l'apparence d'une eau portée à ébullition. Je n'étais jamais montée sur un bateau, mais j'étais presque certaine d'expérimenter, à cette vue, un ersatz de mal de mer.

Le réseau du *fog* apparut devant moi, dessinant un entrelacs de tuyaux à la translucidité variable, surtout sur les bords. J'apposai une main sur le plus imposant de tous, l'avenue principale du monde fantomatique à partir de laquelle j'allais interpeller mon ami d'un sifflement qu'il serait le seul à percevoir. Je murmurai quelques mots de pouvoir et sentis la canalisation chimérique pulser en réponse à mon message. Elle fut agitée de convulsions, comme une tuyauterie en mauvais état sur le point de rendre l'âme.

Je reculai, laissant suffisamment de place à James pour qu'il puisse atterrir à son aise. Il lui était arrivé de me traverser une fois, et il en avait été déboussolé pendant un long et pénible moment durant lequel il avait parlé à une vitesse étourdissante. Maux de tête mis à part, l'expérience n'avait pas non plus été des plus agréables pour moi. Elle avait, en effet, déclenché un rire hystérique, me faisant ressembler à une poule ayant oublié comment arrêter de glousser. Pour notre salut à tous les deux, il valait mieux prendre des précautions, surtout ce soir où les minutes nous étaient précieuses. L'Irlandais avait en charge le décompte du temps, encore qu'il ne s'agisse pas là d'une science exacte. Le sort d'endormissement produisait des effets variables en fonction du physique des personnes visées. Et mes dernières victimes casquettées n'appartenaient malheureusement pas à la catégorie des poids mouches.

La piste d'atterrissage étant dégagée, j'assistai à bonne distance au phénomène de reconstitution éthérique avec une fascination entière malgré les années. James était un virtuose dans le domaine. Je ne connaissais aucun autre fantôme aussi habile dans le processus de matérialisation. Les autres spectres qui travaillaient pour le club mettaient un laps de temps considérable avant de recouvrer une apparence normale – encore que l'emploi du mot « normal » devenait excentrique dès qu'on touchait à l'occulte. Ces garnements laissaient négligemment flotter des morceaux d'eux-mêmes qui poussaient leur liberté jusqu'à passer au travers des humains à proximité. Vu que j'étais une Rose solitaire jusqu'à il y a peu, mon corps offrait une voie d'accès privilégiée rendue favorable par mes affinités avec l'éther. Et être traversée en tous sens par des membres vagabonds était aussi déplaisant que de recevoir une gifle portée par une main faite de chair et d'os, à la différence près que le choc vous atteignait d'abord de l'intérieur avant de se diffuser à vos extrémités comme si une armée de fourmis avait abusé d'une liqueur corsée, conduisant ces insectes à remuer leurs antennes pour vous faire partager la béatitude de l'ivresse. Forte de ces expériences incommodantes, j'avais exigé que James devienne mon contact attitré, même lorsque je me trouvais dans le secteur d'un autre de ses semblables.

Mon cher colporteur apparut dans toute sa gloire d'outre-tombe avec son complet éternellement gris, sa peau translucide et ses yeux d'un blanc laiteux aux reflets irisés moins hallucinés que ceux de chez ses congénères. Un détail qui aidait grandement à respecter la politesse élémentaire.

Lorsqu'il me vit, un sourire naïf joua sur ses lèvres, éclairant son visage d'un contentement aussi lumineux que le plus efficace des lampadaires.

— Bien le bonsoir, Sláine ! débuta-t-il en se penchant pour une révérence perturbante compte tenu du fait que ses pieds reposaient sur une surface vaporeuse planant à dix centimètres au-dessus du sol.

Sans me laisser le temps de le saluer en retour, il tourna la tête en direction de messire O'Farrell qui se tenait à deux mètres derrière moi. Il tenta de localiser mon interlocuteur et plissa les yeux dans le vain espoir de percer le mur entre les mondes.

— Oh mais nous avons de la compagnie, à ce que je vois ! pépia le colporteur, sautant sur son petit nuage personnel en tapant des mains, avant de se rapprocher au plus près de l'Irlandais pour l'examiner sous toutes les coutures. Je comprends mieux l'état d'excitation de vos voisines. Mais dites-moi, les Irlandais sont-ils tous aussi grands ? Cela doit avoir un rapport avec la quantité d'oxygène contenue dans l'air de leur pays. À ce que j'ai pu lire dans *La Gazette scientifique* du mois dernier – pas que je m'y intéresse en temps normal, mais j'avais du temps à tuer, Arthur étant en train de faire son rapport au référent du Conseil –, le climat de l'île d'Émeraude est revigorant. Hélas, je n'aurais jamais l'occasion de le découvrir, ajouta-il d'un air affecté, sa bouche ondulant comme celle d'un enfant sur le point de pleurer.

Les fantômes ont tendance à théâtraliser leurs émotions, en plus d'avoir la capacité de concentration d'un chat ayant repéré son dîner et l'enthousiasme risqué d'une mouche butant contre un mur alors qu'une fenêtre est ouverte. James pouvait retrouver son aplomb en quelques secondes, encore fallait-il détourner son attention assez bruyamment et le molester un peu pour lui indiquer une porte de sortie.

— Pour ce qui est de la compagnie, il se trouve qu'elle est doublement encombrante ce soir, dis-je en indiquant du menton la dépouille éviscérée derrière lui.

Mon ami fit pivoter sa tête, son corps suivant la rotation avec un décalage qui me rappela qu'il n'était qu'une projection astrale sans os et sans nerfs de celui d'origine. J'étais plus effrayée par le fait de ne pas me formaliser de ce spectacle étrange. Développer ce genre d'immunité n'allait pas m'aider à me comporter en lady délicate lors d'événements mondains.

— Oh. Qu'est-ce que je peux faire pour vous ? me demanda-t-il en rajustant sa casquette. Est-ce que je devrais d'abord passer en mode de détection pour que messire O'Farrell me voie ?

Je jetai un coup d'œil vers mon partenaire qui n'osait pas se rapprocher, préférant me laisser converser tranquillement. Il avait renoncé à chercher l'emplacement précis où se trouvait James et s'était assis sur une plateforme métallique, les jambes suspendues dans le vide, les yeux accrochés au ciel embrumé. Loin de moi l'idée de briser son rêve romantique d'observer les étoiles, mais nous étions à Londres où les gens, oppressés par le *fog*, se contentaient de la brillance des pavés humides. Les Irlandais avaient vraiment des idées saugrenues.

J'allais répondre à mon ami qu'il valait mieux qu'il préserve ses forces, que les présentations officielles attendraient un autre jour quand Messire O'Farrell se redressa et sauta de la plateforme. À peine sur la terre ferme, il s'immobilisa pour humer l'air et se mit à grogner d'une manière tellement inhumaine qu'elle en devint choquante.

Mais bon sang, les gentlemen ne grognent pas ! Au pire, ils postillonnent !

— Sláine, est-ce normal que l'agent étranger grogne ? C'est peut-être une coutume de chez lui pour dire bonjour ? m'interrogea le colporteur, sa voix montant dans les aigus.

Je l'ignorai, devinant que l'Irlandais ne grognait pas sans raison. Mon instinct de survie tolérait mal ma sensibilité, aussi la fis-je taire avec vigueur. Elle couina comme une demoiselle à laquelle on aurait fait remarquer son embonpoint, mais par moments elle méritait qu'on joue les miroirs sur pied.

— Messire O'Farrell, peut-on savoir ce qu'il vous prend ? Avez-vous senti des *bobbies* ?

Faites que ce soit des bobbies, *faites que ce soit des* bobbies...

— Nous ne sommes pas seuls. Quelqu'un nous observe. Ou plutôt devrais-je dire quelque chose. Je sens du soufre et de la cannelle.

— Du soufre ? Vous voulez dire comme chez les démons ?

— Oui, lady Sláine, comme chez les démons.

— Et vous ne sentez cela que maintenant ! m'insurgeai-je, les poings sur les hanches.

— L'odeur est apparue il y a quelques minutes. Elle était assez diffuse, j'ai cru qu'elle flottait dans l'air après le départ du démon invoqué.

— Vous avez cru ?

— Qu'est-ce que vous voulez que je vous dise ? Que je suis désolé ? *Jaysis* que les Anglaises peuvent être exigeantes dans les pires moments !

Je hoquetai de stupeur avant de m'exhorter au calme. Il y avait un démon dans les parages. J'allais aiguiser ma colère sur lui, puis je la retournerais contre ce renifleur empoté plus tard. L'exigence des Anglaises, je comptais bien la lui faire subir, quitte à m'assurer que nous restions en vie pour cela. Aucun être infernal ne me priverait de cette vengeance !

— Sláine, je crois que je vois deux yeux rouges sur le wagon derrière vous.

James avait des trémolos dans la voix, et j'aurais juré entendre ses dents claquer sous l'effet d'une peur contagieuse. Je me risquai à fixer l'endroit pointé par son index éthérique et faillis hurler à la vue de flammes écarlates braquées sur moi. La chose m'observant était une bête immense, à la musculature saillante et au poil plus sombre que la nuit elle-même, de sorte que je ne ratai rien de son affreuse silhouette.

Je la vis descendre, plantant ses griffes d'argent sur la façade du wagon dans un crissement effroyable tandis qu'un rayon de lune eut le mauvais goût d'en souligner la longueur.

Sans plus attendre, je saisis deux coutelas dans mon corset et les tins en position inversée, consciente du ridicule de la situation. Attaquer cette créature armée de mes misérables couteaux revenait à essayer de découper une dinde de Noël avec une fourchette à dessert. Il ne me restait plus qu'à espérer que mon coup de fourchette soit aussi bon loin d'une assiette...

9

Où un ordre aboyé produit son petit effet

Sir Barthelemew Adamson vouait un amour immodéré à ses tapis indiens. Il n'avait, de ce fait, autorisé aucun animal à fouler le sol sacré de sa demeure. Il n'aurait pas pu supporter de savoir l'intrus gratifier le précieux revêtement d'empreintes salissantes ou de déjections diverses. En tant qu'enfant unique et peu sociable en raison de mes étranges habiletés, j'avais une fois demandé s'il ne pouvait pas faire une exception pour un chat, un être que je considérais comme étant moins bourru que ses cousins canidés. Mon père avait tout d'abord paru choqué par ma requête, ce qui s'était traduit par un clignement de paupières persistant. Sûrement considérait-il qu'une personne saine d'esprit se devait de partager ses excentricités décoratives, quel que soit son âge. Il m'avait fait asseoir dans le petit salon, une théière fumante et mes biscuits chocolatés préférés bien en vue, pour une discussion à ce propos. Il en était ressorti qu'en plus d'être d'une hygiène douteuse les félins, comme les chiens d'ailleurs, étaient des créatures imprévisibles, qu'il était fastidieux d'éduquer pour un résultat, somme toute, incertain. Il avait ajouté que leur simple présence pouvait conduire à renier les principes élémentaires de la bienséance en me citant l'édifiant exemple de Mrs Alperstan. Étais-je prête à subir des léchouilles odorantes et humides en public ? Ou encore, souhaitais-je devenir un fauteuil humain pour ces animaux à l'attitude démonstrative ?

En cet instant, j'en venais à regretter d'avoir répondu par la négative à ces questions, car une expérience animalière à domicile m'aurait permis d'apprendre à parler à ce molosse de deux mètres de hauteur et de trois fois ma largeur pas si insignifiante que cela.

Depuis qu'elle était apparue, je n'avais pu détacher mon regard de la chose démoniaque qui semblait s'être prise d'amour pour mes beaux yeux. Un terrible constat s'imposa à moi : j'attirais les faveurs des êtres les moins recommandables de Londres. C'était à se demander si un sorcier n'avait pas confectionné une poupée vaudou à mon effigie pour me faire battre des cils à mon insu.

L'animal à la physionomie barbare progressait lentement dans ma direction, et je remarquai que son aura se dissolvait dans l'air. Un halo tentaculaire l'entourait, et ses bras de fumée s'entortillaient autour des résidus rougeâtres, les seuls assez braves pour ne pas déguerpir. Tout bien considéré, il y avait trop de familiarité dans ces embrassades furtives pour qu'un passif tendre ne lie pas le démon invoqué et le monstre approchant.

Je passai rapidement le *fog* en revue, voyant luire le résidu bleuté du sort d'immobilisme, hélas trop court et étroit pour que je puisse m'en servir pour mettre la bête au garde-à-vous. Je lâchai un juron qui fit hoqueter James. L'éructation généra un rond de fumée grisâtre qui voleta au-dessus de mon épaule.

Je songeai à utiliser la plume de Michael pour solliciter une intervention angélique. Pour cela, il aurait fallu que je saigne et je craignais d'aiguiser l'appétit de la chose aux crocs et griffes d'acier, deux caractéristiques qui l'excluaient d'office de la catégorie des herbivores !

— Tout doux, gentil… (Je me rappelai le surnom enfantin utilisé par Mrs Alperstan pour évoquer Galinette) toutou. Pas manger nous, dis-je à l'attention de l'engeance infernale qui ressemblait à s'y méprendre à un chien qui aurait dévoré et mal digéré un ours des montagnes.

Ma bienveillante réplique ayant échoué à stopper l'avancée mortelle, et sentant le froid fantomatique de James derrière moi, je cherchai du soutien du côté de l'Irlandais. Il n'avait pas bougé d'un pouce alors que je n'aurais pas été contre un franc empiétement sur mon espace vital, pourvu que sa virile stature fasse obstacle à une offensive tout en griffes.

J'étais sur le point de lui adresser une remarque cinglante quand je remarquai son aura en pleine expansion dont la lueur dorée s'acharnait à découper l'obscurité. La forme qu'il m'avait été donné de voir plus tôt se dessina avec netteté, la projection atteignant une opacité stupéfiante. D'énormes pattes se déployèrent dans le dos de messire O'Farrell avant de se refermer sur lui en une puissante étreinte qui me fit couiner de surprise.

La tête de mon partenaire se tourna vers moi, me permettant de voir, au-delà de ses longs cheveux d'un auburn flamboyant, deux prunelles animées par un feu solaire qui le consumait de l'intérieur. Le sol s'embrasa autour de lui et les flammes le masquèrent à ma vue quelques secondes. Puis j'entendis une respiration pesante et des bruits qui provenaient d'une gorge inhumaine. La lueur disparut, engloutie par l'immense bête qui remplaçait l'agent à l'endroit où il s'était tenu précédemment.

Un tigre à la fourrure d'un blanc neige, rayée de noir, s'étirait de toute sa féroce musculature pour s'accroupir dans une position d'attaque.

— Messire O'Farrell, vous êtes là-dedans ? demandai-je prudemment pour être certaine que, malgré le changement de peau, l'Irlandais était toujours maître de lui.

Je préférais être la proie d'un seul prédateur à la fois ; être scindée en deux pour satisfaire l'appétit de plus d'un carnivore m'apparaissait comme une fin beaucoup moins enviable.

Pour toute réponse, j'obtins un rugissement, que je ne sus interpréter. Il aurait tout aussi bien pu signifier un acquiescement qu'une vexation.

— Je vais prendre cela pour un oui, dis-je pour moi-même dans un élan d'optimisme qui m'habitait seulement dans les situations périlleuses au cours desquelles, par une attitude positive, j'encourageais l'espoir à tenir ses fallacieuses promesses.

La brume au-dessus de nos têtes – gueules pour certains d'entre nous – se transforma en rosée du fait de la chaleur qui émanait du fauve démoniaque. Il n'était plus qu'à deux mètres de moi qu'il aurait aisément pu franchir d'un bond sans élan aucun. Il avait repéré mon partenaire, mais il ne paraissait pas s'inquiéter outre mesure de son étonnante transformation. Il faut dire que, si massif que soit l'agent étranger sous cette forme il était loin d'égaler le molosse à l'aura ténébreuse. Cela me fit mesquinement sourire. Il était bon de savoir que l'Irlandais expérimentait les complexes qu'il infligeait aux autres de par ses singulières mensurations.

Alors que j'étais en train de savourer cette réjouissance malvenue, j'entendis James crier « À l'abordage ! », et je le vis surgir à ma droite, des pierres et bouts de métal accompagnant sa course grâce à sa télékinésie spectrale.

Le colporteur en furie courait vers la créature dans le dessein évident de livrer bataille.

— James ! Mais que faites-vous ? hurlai-je en resserrant ma prise autour de mes couteaux pour le suivre dans cette tentative suicidaire qui signait le début des hostilités.

— Je vous protège, Sláine ! Il ne peut m'atteindre...

Sans plus réfléchir, je me précipitai à sa suite. Je n'eus pas le temps d'avancer d'un pas entier que la créature donna un coup de tête à James. Au lieu de passer au travers de sa translucide personne, l'impossible se produisit : mon ami fut propulsé au loin contre un wagon. Je m'attendais à une collision douloureuse, mais fus soulagée de voir que les lois éthériques fonctionnaient toujours. James se fit avaler par la locomotive, voire par les autres stationnées sur les rails parallèles.

Sacrebleu ! La bête était capable de toucher James ? N'était-elle en réalité qu'un fantôme ? Si c'était le cas, nous ne risquions rien !

Je compris vite mon erreur en voyant un tigre blanc percuter le chien démoniaque. Les deux entamèrent une danse griffue et sonore dont les pas les conduisaient à rouler bouler contre les parois des wagons, ces derniers subissant la violence de l'affrontement dans une explosion de verre et de tôle froissée. Vint le tour de la plateforme métallique qui s'écroula lorsque l'un de ses piliers fut brisé. Si les *bobbies* étaient encore en train de dormir, j'étais prête à parier sur ma vie qu'ils n'allaient pas tarder à ouvrir un œil tant la bagarre produisait un raffut de tous les diables !

Les deux masses vivantes bougeaient désormais à une vitesse qui ne me permettait pas de distinguer les contours de l'une ou l'autre d'entre elles. On eût dit qu'une opale et un onyx avaient été coulés ensemble et que les deux pierres se rebellaient face à cette fusion contre nature. De temps à autre, à un rythme chaotique, des éclairs blancs fendaient un ciel obscur et mouvant. Mon angoisse paralysait mes muscles comme si j'avais plongé dans une mélasse ayant durci.

Tenez-bon, Kieran !

Un nuage aux nuances de gris se positionna à mes côtés. James en sortit comme si de rien n'était, à ceci près qu'une stupeur démesurée lui collait au visage, agrandissant ses yeux blanchis par la mort.

— Sláine, cette... cette... cette chooooose a réussi à me toucher ! Ce n'était pas agréable du tout ! J'ai eu très mal ! Je ne me souvenais pas ce que c'était d'éprouver de la douleur. Comment vous autres, les vivants, pouvez-vous endurer cela ? C'est la première fois que je me réjouis d'être passé de l'autre côté... ou presque en fait, parce que techniquement je suis entre les deux...

Je laissai le colporteur à son discours trop verbeux pour mon esprit préoccupé et levai les yeux au ciel. Des gouttes bien réelles me mouillèrent le visage. L'intense combat faisait chauffer la créature comme la chaudière d'un navire. Je n'avais aucune idée des conséquences d'une telle hausse de température sur la brume, surtout que la brèche semblait se dilater, les pores de ses bordures s'élargissant dans des crépitements inquiétants.

Désespérée, je me tournai de nouveau vers les combattants et vis avec horreur que l'imbroglio de membres n'était plus. Messire O'Farrell peinait à tenir sur ses quatre pattes tandis qu'il maintenait la créature ténébreuse à distance. J'observai sa fourrure, assombrie à certains endroits qui n'auraient pas dû l'être. L'Irlandais était blessé !

Mais bon sang, tu vas le laisser tranquille, sale bête !

L'ordre formulé mentalement claqua comme un fouet dans l'espace environnant. Je sentis les mots s'extraire de ma tête pour fuser vers le monstre infernal. Ils empruntèrent un fil dont je perçus la consistance noirâtre dans l'éther et qui nous reliait sans que je m'explique ni pourquoi ni comment. Mon injonction percuta la créature qui recula précipitamment jusqu'à se trouver à plus de dix mètres loin de mon partenaire. Si elle avait pu reculer jusqu'en enfer, je lui en aurais été reconnaissante.

Je la vis s'asseoir sur ses membres inférieurs et baisser la tête en signe de soumission. Elle me regarda par en dessous avec ses yeux rubis, une posture qui lui donna des airs de chien battu. Mais je n'étais pas du genre à m'attendrir et supportais mal l'état larmoyant ou tout ce qui s'en rapprochait, au point de me raidir au moindre signe annonciateur. Je ne me fiai donc pas à cette soudaine reddition, d'autant que si je n'avais jamais possédé d'animaux domestiques, j'avais suffisamment observé Galinette lorsque j'avais encore l'espoir de pouvoir la combattre sur son terrain, du moins celui qu'elle considérait comme sien : notre allée rendue impraticable par des cadeaux organiques qu'on avait la surprise de découvrir sous nos souliers. J'étais d'ailleurs l'une de ses victimes privilégiées, mes sorties nocturnes et ma vision limitée faisant obstacle à une reconnaissance efficace de ces lieux rendus hostiles. Dès que j'avais le malheur de me plaindre auprès de Mrs Alperstan, Galinette assistait à la scène, lâchement cachée sous les jupons de sa maîtresse, gémissant comme une innocente victime. Les chiens étaient des manipulateurs nés qui ne reculaient devant rien. Le molosse maléfique, de par ses origines, devait avoir commis des méfaits bien pires que de semer des excréments sur le chemin de quelqu'un. Au final, cette reculade charitable pouvait tout aussi bien n'être qu'un piège visant à nous faire croire que nous n'avions plus rien à craindre, pour mieux nous tuer une fois que nous aurions le dos tourné.

Mes couteaux bien en évidence, j'adoptai la démarche d'un crabe pour rejoindre messire O'Farrell toujours aussi félin. Son attitude n'avait rien de rassurant. Son corps longiligne tremblait comme si un essaim d'abeilles avait élu domicile dans ses entrailles. Ses babines étaient retroussées sur des dents acérées, ce qui me permit de comprendre à quoi l'individu devait ses canines plus proéminentes que la normale. Sans doute étais-je en train d'extrapoler. Toujours est-il que cette grimace causait des plis de part et d'autre de son museau, donnant à mon partenaire un air encore moins commode que celui qu'il arborait sous sa forme humaine.

Il m'observait de biais, de ses yeux sombres aux paillettes d'or ayant délogé les éclats d'argent qui leur disputaient la place en temps normal. Au fur et à mesure que je me rapprochais, je notai des détails supplémentaires dans son apparence. Le tigre avait une truffe rose tout à fait adorable et deux petites oreilles rondes aux aguets. L'une d'elles avait vraisemblablement été abîmée il y a longtemps, car elle comportait une fissure qui la faisait pencher vers l'avant.

— Messire O'Farrell, tout va bien ?

Pas de réponse... enfin de grognement énigmatique.

— Vous n'allez pas me mordre si je m'approche, n'est-ce pas ? Je veux simplement regarder vos blessures. Pendant ce temps, gardez un œil sur notre ami commun, vous voulez bien ?

Et n'hésitez pas à interrompre mon inspection si besoin est...

J'étais à présent assez proche du fauve pour me faire croquer d'un habile coup de mâchoires, et je n'avais aucune intention de finir comme le jouet en tissu du chien de mes voisines. Surtout pas dans la bouche d'un Irlandais qui n'apprécierait même pas mon parfum d'Earl Grey !

L'agent étranger, temporairement poilu, hocha la gueule en guise d'assentiment, à moins que ce ne fût là sa manière d'échauffer ses muscles avant un dîner très anglais.

James se matérialisa sur ma gauche, sans doute pour satisfaire sa curiosité quant à la physionomie de messire O'Farrell. Ce dernier accorda un bref regard au colporteur et inclina respectueusement la tête comme je le faisais parfois pour saluer certaines dames. Mon ami s'agita fébrilement et son aura spectrale chatouilla ma peau. Je le dévisageai avec perplexité. Il souleva le bord de son indétrônable casquette, puis balaya l'air d'une courbette dont la maladresse n'était pas due au caractère bancal de son support nuageux.

— James, êtes-vous passé en mode de détection ?

En vérité, je n'avais jamais été douée pour percevoir le passage vers cet état. Vu que j'étais dotée d'une double vue naturelle, cela ne me paraissait pas fondamental au point de m'y appesantir. Généralement, d'autres indices m'alertaient comme les cris perçants d'individus découvrant l'existence des fantômes de manière visuellement percutante. Même si le flegme britannique lui faisait défaut, l'agent étranger disposait de nerfs solides, qui me firent l'admirer. Momentanément, cela va sans dire.

— Laissez-moi vérifier… (Pour ce faire, Mr Bridgestone se tâta la figure et les côtes.) Non, non, je suis toujours invisible. Incroyable !

— Je ne comprends pas, ce n'est pas normal.

L'Irlandais soupira bruyamment et me fixa d'une mine que je devinai être dubitative, ce qu'une imitation de haussement d'épaules vint conforter.

— Oh je crois que j'ai ma petite idée, Sláine ! Les chats me voient, et sans vouloir vous offenser, messire O'Farrell (il s'assura de cela en s'adressant directement au concerné qu'il me sembla voir sourire, ce qui fut une expérience plutôt traumatisante), vous êtes en quelque sorte… eh bien, un gros chat.

Cela se tenait. Et concernant la magie, il fallait parfois ne pas chercher trop loin ; la logique et elle ne formaient pas un couple bien assorti.

Je me concentrai sur ma tâche et déglutis avec force pour me donner du courage. Je rangeai mes armes dans leurs encoches respectives et tendis les mains pour toucher le large flanc de mon partenaire. Je me demandai brièvement à quelle partie de son corps humain cela correspondait. J'évacuai la question d'un claquement de langue agacé. La décence pouvait bien s'accommoder d'une entorse pour cause d'attouchement purement médical, même si celui-ci s'avéra agréable...

La fourrure de l'animal était d'une grande douceur, elle me donnait l'envie de la saisir à pleines mains plutôt que de me contenter de l'effleurer. Je sentais la puissance musculaire en dessous, mais surtout la quintessence du pouvoir de l'Irlandais. Il tourbillonnait avec intensité comme une tempête circonscrite à un lieu précis, confiné mais confortable.

Beaucoup de sang avait coulé et séché, collant certaines touffes de poils entre elles. Je les écartai pour localiser les plaies et levai la main pour attirer un filament rosé contenant un puissant sort de guérison. Lorsque j'approchai mes doigts de la première entaille, une énergie dorée s'en épancha pour la recouvrir, reproduisant le travail d'une aiguille et resserrant les lèvres de la blessure qui fut instantanément lissée. La même magie opéra sur toutes les balafres sanguinolentes, et j'ouvris donc mes doigts pour rendre sa liberté au résidu devenu inutile.

Un éclair aveuglant déchira la colonne vertébrale du tigre sur toute sa longueur, pour envelopper de nouveau l'Irlandais. Il réapparut devant moi sous sa forme première. Il était humain et... très nu !

J'aurais dû détourner le regard par courtoisie, mais mes yeux estimèrent que la vue méritait qu'on égratigne quelque peu l'étiquette. Qui plus est, ma curiosité scientifique m'obligea à étudier avec le plus grand sérieux l'anatomie de l'agent qui ne pouvait s'approcher autant de celle d'une statue grecque. Mon pragmatisme refusait d'admettre l'existence d'un tel anachronisme, même si mon sens de l'esthétisme approuvait vigoureusement l'harmonie de cette silhouette peu commune.

Mais tout de même, les hommes n'étaient-ils pas censés présenter un certain embonpoint au niveau des hanches ? Ces dernières n'étaient-elles pas trop étroites compte tenu d'épaules aussi larges ? Et ce buste, n'était-il pas trop vallonné ?

Lorsque mon partenaire était habillé, on se doutait que ses vêtements recouvraient une musculature massive, et on ne pouvait s'empêcher de supposer que les muscles trop nombreux sous cette peau d'albâtre, que je découvrais luminescente sous la lune, s'affrontaient perpétuellement pour maintenir leurs positions respectives. Or, ce n'était absolument pas le cas. Chacun d'eux était à sa juste place. Les pectoraux fermes et saillants préparaient subtilement l'esprit de l'observateur à découvrir un abdomen plat et une taille fine surmontée d'abdominaux bien dessinés. La décence me retint de poursuivre plus bas mon analyse, même si la pilosité s'intensifiant sous un nombril timidement creusé se fit tentatrice.

Mon regard remonta moins rapidement que je ne l'aurais souhaité et s'attarda de lui-même sur un torse velu ce qu'il faut. Des mèches sombres aux reflets roux taquinaient des clavicules au tracé émouvant. J'en suivis le relief avant de m'appesantir sur une mâchoire virile. Mes yeux rencontrèrent finalement un ciel ténébreux constellé d'étoiles d'or et d'argent scindé en deux planètes jumelles qui me fixaient avec une patience infinie. Le visage qui leur servait d'écrin était taillé à la serpe, mais adouci par une élégance qui s'opposait à la sauvagerie de ses traits, auxquels la rudesse de son corps faisait écho.

C'était à se demander comment j'avais pu considérer l'Irlandais comme un homme. J'avais toujours su qu'il n'avait rien de commun avec ceux que j'avais pu rencontrer, ce mystère m'ayant conduit à l'étudier sous un angle éloigné de celui des convenances. Messire O'Farrell était un animal dissimulé dans un corps à l'apparence humaine. Son éclat trahissait sa nature féroce et le fait que le pouls d'une vie propre, mis en sourdine par un contrôle exemplaire, battait en lui. Kieran était une ode à la nature, un feu né d'un orage terrifiant et envoûtant dont il portait l'irrépressible empreinte.

— Lady Sláine, vous ne voyez aucun inconvénient à ce que je trouve un substitut d'habit ?

J'écarquillai les yeux, offusquée, avant de comprendre que l'ironie contenue dans la question était amplement méritée. Je ne lui fis cependant pas le plaisir de m'empourprer. Mon autodérision avait des limites assez étroites que peu de gens avaient la témérité de tester.

Fichu Irlandais !

— Mais pas du tout. Faites donc, répondis-je d'une voix faiblarde, ma gorge ayant subi les dégâts de la mauvaise foi.

Consciente que nous avions toujours un problème poilu de taille, ma tête pivota vers l'endroit où l'engeance démoniaque avait décidé d'apposer la marque de son imposant postérieur. Elle nous observait avec un intérêt qui aurait pu égaler la fascination d'un chat pour des souris agitant leurs queues juste devant ses yeux. Il m'était difficile de faire abstraction de leur couleur rubis. Elle m'évoquait le sang et la colère, ainsi que des images de rongeurs couchés sur le dos dans un tout autre dessein qu'un chatouillement enthousiaste.

— Ne vous en faites pas pour lui. Il ne nous veut aucun mal. Il semble qu'il soit tombé sous votre charme.

Messire O'Farrell s'était adressé à moi alors qu'il se dirigeait vers la plateforme dont il avait contribué à provoquer l'effondrement. Comme en temps normal je n'appréciais pas de répondre sans rencontrer le regard de mon interlocuteur, je le cherchai dans la nuit. Son étincelante personne m'apparut sublimée par une nudité aussi délicieuse de dos que de face. Pour être tout à fait honnête, je m'intéressai surtout à la zone située entre son dos viril et ses jambes longilignes.

Je décrétai que si j'avais été la couturière attitrée de l'Irlandais, j'aurais fait en sorte qu'il ne porte que des costumes près du corps, et certainement pas des queues-de-pie dissimulant une vue aussi plaisante. Mais fort heureusement pour ma concentration, l'employée émérite avait pris le parti de préserver la sérénité des dames en leur évitant pareille distraction. Quelle infortune de devoir endurer cela du fait de transformations déshabillantes ! Oui, vraiment, quelle infortune...

— Veuillez m'excuser ? Depuis quand avons-nous statué sur la condition masculine de cette créature ? Et qu'est-ce que mon charme vient faire dans cette affaire ? Je sais d'expérience que ma présence peut être... comment dire ?... ah oui... réfrigérante, mais je doute qu'elle le soit suffisamment pour refroidir les ardeurs démoniaques. Allez-vous donc m'expliquer comment vous pouvez être aussi certain des intentions pacifiques de notre assaillant ? Dois-je vous rappeler qu'il a tenté de vous découper en morceaux ?

— Sláine, m'apostropha le colporteur qui était passé en mode détection par égard pour l'Irlandais redevenu humain. Je crois bien que messire O'Farrell a raison. Regardez cette chose. Elle ne bouge plus, elle vous observe comme si elle attendait vos ordres. Êtes-vous sûre de ne jamais l'avoir croisée auparavant ?

— Et où diable aurais-je pu la... *le* croiser ? Croyez vous que nous fréquentions les mêmes cercles ? Il y a tout de même des détails marquants dans son physique qui auraient contribué à m'en laisser un souvenir impérissable. Je ne sais pas, ses yeux par exemple ? Ou encore, ses griffes d'acier ?

James se tenait à un mètre de la créature, volute de fumée lui tournant autour comme pour évaluer ses dimensions. Lui et moi partagions un intérêt pour les corpulences atypiques, auxquelles il nous plaisait d'attribuer la garde-robe idéale. Je doutai néanmoins qu'une penderie bien garnie soit d'une quelconque utilité ici, d'autant qu'améliorer l'apparence ingrate de ce rebut de l'enfer n'aiderait pas à le faire briller en société. Sauf à considérer qu'il pouvait y parvenir en tuant une assemblée d'aristocrates tenant lieu d'amuse-bouches vivants.

Mon partenaire revint victorieux de sa fouille puisqu'il avait tiré des décombres une longue bâche faite d'un tissu irritant à première vue. Il eut la délicatesse de le tenir à une hauteur prompte à cacher le bas de son corps. Hélas, la pilosité qui invitait à une inspection plus poussée vers le sud me narguait encore. L'archéologue improvisé me sourit, appréciant l'effet de sa nudité exposée sur mes joues que je devinai être rose pivoine.

— Auriez-vous l'amabilité de me prêter l'un de vos couteaux ? me demanda-t-il en tendant la main comme si le prêt était acquis.

— Et vous, auriez-vous l'amabilité de m'expliquer vos déductions ?

Il secoua la tête en soupirant avant de laisser vicieusement tomber le tissu au sol, de sorte que je ne ratai rien de ses virils attributs aussi bien proportionnés que le reste de son impertinente personne.

Je ramassai précipitamment l'armure de tissu et tentai de la lui fourguer dans les mains, mais elles s'avérèrent coopérer au ralenti. Dans le même temps, je lui tendis un coutelas et me retournai pour lui laisser le soin de se fabriquer un cache-personne de fortune.

J'entendis le tissu se déchirer à plusieurs endroits, l'Irlandais profita de cet intermède textile pour m'expliquer enfin les fondements de sa théorie de non-agressivité qui ne me satisfirent pas le moins du monde :

— Pour tout vous dire, lady Sláine, cette créature est un démon animal qui communique comme n'importe quel animal. L'odeur musquée et d'autres indices ventraux – que je ne nommerai pas par respect pour vos chastes oreilles – plaident en faveur d'un mâle. Quant à son affection à votre égard, mettons cela sur le compte de mon flair hors norme.

— Je suis censée prendre cela pour argent comptant ? m'agaçai-je en me retournant pour constater que le renifleur en chef avait revêtu une espèce de robe de bure sans manches, plus courte et moins couvrante que le modèle d'origine.

Au moins, la silhouette de ce dernier se trouva-t-elle amputée de tous ses attraits, compte tenu de la rigidité du vêtement.

— Ah, je vois que nous avons une sceptique parmi nous. James ?

— Oui, messire O'Farrell ? répondit mon ami décidément trop aimable envers l'Irlandais pour conserver ce titre longtemps.

— Seriez-vous d'accord pour vous prêter à une petite expérience ?

Le sourire malicieux de l'intrigant, tout en canines, ne me disait rien qui vaille. Mon père en arborait une réplique approchante lorsqu'il s'apprêtait à me manipuler pour que j'assiste à un événement mondain, durant lequel il escomptait me voir danser avec des gentlemen qu'il espérait associer à ses œuvres de charité. Et lesdits individus avaient fréquemment une haleine odorante et une grande propension à postillonner, toutes deux utilisées comme munitions supplémentaires rendant mortelle une conversation déjà dangereusement soporifique.

— Oh... euh... oui... bien sûr, messire O'Farrell, bafouilla le colporteur soudain moins disposé à se plier en quatre pour satisfaire les caprices irlandais.

— Restez où vous êtes et surtout, ne bougez pas. Sous aucun prétexte. Quoi qu'il arrive. Vous avez compris, James ? Et je vous en prie, appelez-moi Kieran, ajouta-t-il dans un élan faussement magnanime tant il était évident que cette concession visait à adoucir les réticences de notre compagnon.

Celui-ci, aussi crédule qu'un enfant de huit ans, en frétilla de bonheur, laissant s'échapper de son promontoire nuageux quelques ronds blanchâtres.

Messire O'Farrell s'approcha de moi pour une messe basse très impolie, de laquelle n'importe qui, tenu à l'écart, en aurait déduit qu'il était l'objet. Mais cette crainte était bien inutile concernant le fantomatique colporteur encore tout émotionné par la familiarité dûment autorisée.

— Je voudrais que vous demandiez à la créature de s'approcher de Mr Bridgestone afin qu'elle le gratifie d'un coup de langue. Ainsi, nous pourrons nous assurer de sa pleine obéissance.

— Mais vous n'y songez pas sérieusement ! Imaginez que pour cette chose, un coup de langue soit suivi d'une morsure. James pourrait y perdre une main ! Si cette créature a le don de rendre les spectres consistants, je suppose qu'elle peut également en profiter pour en croquer un bout. J'ignore comment vous traitez vos agents en Irlande, mais chez nous, ils sont couverts par la clause d'intégrité préservée au même titre que n'importe quel agent vivant. Ce sont des personnes comme vous et moi. Pas des appâts !

Ma voix était montée dans les aigus, atteignant des notes de soprano irritantes pour mes propres oreilles. Je tremblais d'indignation face à la désinvolture de l'agent de l'Irish Tree. James avait beau être une mouche volubile, il était mon ami, et se servir de sa naïveté pour tester une théorie à risque me mettait hors de moi. Tout à coup, je me sentis d'humeur sanguinaire, et je sus que même un bon thé n'aurait pu m'apaiser. J'ignore ce qui me retint d'asséner une gifle à cet individu peu recommandable, un reste de bienséance sûrement, de laquelle je n'avais jamais eu autant envie de m'affranchir.

Je perçus des grognements dans mon dos et crus un instant qu'ils émanaient de ma propre gorge, m'inclinant à penser qu'un tigre sommeillait peut-être en chacun de nous. Voyant messire O'Farrell mettre les bras bien en évidence et faire crépiter son aura dorée dans un but qui m'échappait, je me crispai. Ce n'était pas James qui se tenait derrière moi en train de s'éclaircir la voix, mais quelque chose de bien plus gros et poilu qui pouvait bien avoir, au sens propre, plusieurs chats coincés dans la gorge.

— N'ayez pas peur, lady Sláine. Il réagit à vos émotions. Il y a un lien entre vous que je ressens, mais que je ne saurais justifier, m'expliqua l'Irlandais tout sourire, ses yeux sombres illuminés par un feu mystique.

Je compris que l'agent m'avait manipulée, jouant sur mon amitié pour le colporteur afin de me faire sortir de mes gonds. Je fus plus en colère encore quand je réalisai que j'avais moi-même contribué à la réussite de ce tour de force.

— Vous trouvez cela drôle, n'est-ce pas ? Sachez que vos méthodes ne me plaisent guère.

— La fin justifie les moyens, et ce n'était qu'une démonstration inoffensive. Je savais que vous ne risquiez rien. Je parle le langage des animaux, et ce sont bien les seuls êtres qui ne mentent jamais.

Un voile de chagrin voleta furtivement sur le visage de mon partenaire, y apposant une expression grave qui m'indiqua qu'il y avait plus à comprendre dans ces mots, témoignage nébuleux d'une leçon bien apprise.

Quelque chose exerça une pression au creux de mes reins qui se transforma en frottement réconfortant. Je pivotai et me retrouvai nez à truffe avec le démon sur pattes. Son souffle brûlant, aux arômes de cannelle et de clou de girofle, balaya ma figure. Nous restâmes un moment ainsi, nous observant sans oser bouger d'un centimètre. Un dialogue muet finit par se mettre en place, les yeux écarlates exprimant une déférence et une affection similaires à celles que renfermait le regard de sir Barthelemew lorsqu'il se posait sur moi. Je me sentis en sécurité, au chaud, protégée par un prédateur de l'enfer lié à moi par je ne sais quel coup du destin. Messire O'Farrell avait raison. Les animaux ne mentaient pas et ils disaient l'essentiel sans qu'il y ait besoin de mots.

N'étant pas certaine que mes yeux manifestaient avec justesse ce que je ressentais sur l'instant, je décrispai mes doigts et portai ma main vers le museau humide de la créature. Ses babines qui couvraient presque toutes ses dents cisaillantes me convainquirent que je n'allais perdre aucun membre dans la manœuvre.

Lorsque ma main se posa sur le sommet du crâne noir, lisse et doux comme la soie, une décharge me piqua la paume, propageant des picotements dans mes doigts. Et voilà comment je me retrouvais à grattouiller gentiment la tête d'un monstre démoniaque, en pleine nuit, au beau milieu d'une gare, scène de crime du soir. La vie avait vraiment un sens de l'humour qui n'avait rien d'universel...

10

Où une crinière de feu aide à rafler le cœur d'une lady

Après avoir consacré quelques minutes supplémentaires à mon nouveau camarade qui mettait à mal ma nature peu démonstrative, je recouvrai mon impassibilité coutumière. Un exploit réalisé sans une bonne tasse d'Earl Grey. Mais vu l'étrangeté de la situation, mieux valait ne pas compter sur une faible dose de ce liquide salvateur ; seul plonger dans un bain en débordant aurait pu calmer mes nerfs.

Flanquée d'un fantôme boute-en-train, d'un homme-tigre et d'un démon canidé, je dégainai l'une de mes lames pour faire couler le sang, offrande toute personnelle faite aux spectres ancrés à Charing Cross. J'espérai qu'ils soient assez nombreux pour apprécier le geste et le récompenser en masquant la scène de crime. Pour l'heure, mes protections abaissées à contrecœur – comme toujours – ne me permirent d'en voir aucun, ce qui me fit froncer les sourcils.

Vilains, vilains fantômes. Je vous offre à boire, et vous jouez les timides.

À la différence d'un cimetière, personnification par excellence de la mort, où les vivants ne sont que de passage pour pleurer un disparu avec plus ou moins de retenue, les gares, elles, sont au cœur de la vie dont elles contribuent à propager le souffle. Concrètement, j'allais avoir besoin de beaucoup d'énergie ectoplasmique pour camoufler le cadavre et le pentacle sanglants, soit environ cinq âmes charitables qui, malgré leur existence tourmentée, accepteraient de tournoyer entre ciel et terre pour reproduire une version de l'endroit épurée de tout indice macabre.

— J'ai besoin de fantômes ! pestai-je à voix haute, réalisant trop tard qu'il est des soirs où se contenir est un exercice des plus difficiles.

Mr Bridgestone intervint, me rappelant un détail que j'avais occulté. Ce n'était pas dans mes habitudes et cela m'inquiéta plus que le désert spectral devant nous. Le sentiment d'échec me nouant l'estomac, je me contentai d'écouter distraitement tandis que je contemplais le sang gouttant de la plaie sur ma paume.

— Sláine, rappelez-vous ce que je vous ai dit. Les occupants éthériques de ces lieux ont sans doute pris leurs jambes tout aussi éthériques à leur cou du fait du cataclysme magique. Vous savez, lorsqu'on est un fantôme, la vie n'est pas rose, mais plutôt grise, et malgré l'absence de couleurs, on y tient, car on ne sait pas ce qu'il peut y avoir après pour nous, pauvres âmes égarées. Les fissures provoquent des vagues et quand elles refluent, elles sont avides d'emporter des éléments du décor avec elles, dont nous. Et les emportés ne reviennent jamais...

J'observai James de pied en cap, ayant peine à digérer le miracle qui venait de se produire, ce qui dut se traduire par une mimique proche du dégoût. Hélas, mes prières étant rarement exaucées, ma panoplie d'expressions ne prévoyait pas de sourire louant les cieux pour tant de mansuétude. Pour une fois, nul besoin d'interrompre le colporteur ou de verrouiller mes oreilles avant la fin de sa tirade. Non. J'en vins à me dire que retrouver fugacement sa consistance – vol plané mis à part – lui avait réussi, à retardement, certes, mais cela ne signifiait pas que l'effet ne perdurerait pas.

La saveur âcre de l'échec encore en bouche, je n'osais regarder l'Irlandais. Je rechignais à avouer mes faiblesses à un agent étranger doublé d'un homme qui me hérissait par sa simple présence. En outre, son aide ne m'aurait pas été d'une grande utilité. Après tout, il voyait peut-être les fantômes sous sa forme animale, mais sous son apparence humaine, il était aussi aveugle que la majorité des Londoniens.

Comment allais-je bien pouvoir faire pour cacher la scène de crime toute la journée ? Les *bobbies* allaient finir par se réveiller et alerter Scotland Yard qui mettrait la ville en ébullition, faisant naître les pires rumeurs qui soient. Je voyais d'ici les gros titres : « Meurtre à Charing Cross. Victime éviscérée. Ne sortez plus de chez vous, une secte satanique s'en prend aux concitoyens innocents ! » Et le club Shadow devrait partir à la chasse aux démons oniriques en circulation, lesquels se nourrissaient des climats de terreur en les alimentant grâce aux rêves de leurs victimes.

Mes folles suppositions dévalaient la pente de ma raison dont l'inclinaison me rapprochait de l'hystérie, quand soudain je vis des flammes se mouvoir dans notre direction. Elles formaient un cercle ondoyant à la base rouge vif et aux extrémités d'un orange citrouille. En son centre, deux sphères écarlates trouaient les ténèbres environnantes. Il s'agissait en réalité d'une couronne enflammée entourant la tête de mon dévoué démon qui ramenait dans son sillage des cadeaux translucides prisonniers de chaînes s'échappant de sa fascinante crinière.

Mais à quoi pouvions-nous bien être confrontés ? Ce n'était certainement pas un démon classique qui apparaissait au moindre sifflement surnaturel. Et d'ailleurs, l'aura démoniaque était-elle en option le jour de la création d'une telle entité ? Quoi qu'elle puisse être, cette engeance avait bien trop d'envergure pour répondre à une invocation formulée par un sorcier méticuleux, mais à la puissance relative.

— Oh, Sláine ! Je n'ai jamais vu ça en quarante ans de non-vie ! s'écria Mr Bridgestone qui ne ratait rien de cette arrivée spectaculaire.

— Voir quoi ? nous questionna abruptement messire O'Farrell.

Je laissai les deux hommes entre eux et m'avançai vers cette créature étrange, mais ô combien attentionnée. Si je n'avais jamais réussi à imposer un animal de compagnie au manoir, c'était parce que je n'en avais pas encore rencontré un qui vaille la peine que je me batte pour lui. Et celui-ci valait bien quelques tapis indiens brûlés ! Je gageai que sir Barthelemew en conviendrait.

Le col de feu s'éteignit, s'évanouissant dans l'air en centaines d'étincelles. Le chien démoniaque libéra ses captifs qui ne bougèrent pas d'un pouce, bien qu'ils fussent alertés par la délicieuse chaleur émanant de mon sang qui les rendait affamés de ressentir la douleur par procuration.

— Merci beaucoup… Merci.

Je trouvais déplaisant de ne pouvoir nommer mon sauveur autrement qu'avec des sobriquets tournant autour de son côté démoniaque. Qui pouvait dire où s'arrêtait la vérité et où commençait l'insulte ? Vu ma tendance avérée à vexer mes interlocuteurs, je n'étais pas la mieux indiquée pour juger de cela. Trouver un nom à la créature me semblait un bon moyen de lui témoigner ma gratitude, à défaut de lui offrir quelque chose à mâchouiller.

Alors que je réfléchissais à la question, mon imagination étant malheureusement des plus restreintes dans ce domaine, j'entendis – autant qu'on peut entendre à l'intérieur de soi-même – une voix au timbre guttural et caverneux prononcer un mot que je ne compris pas au premier essai. Je me permis de demander qu'il me soit répété une seconde fois : « Feardorcha. »

Je fixai le chien démon, ses iris pourpres devenant moins dérangeants au bout de plusieurs regards échangés.

— Fear-dor-cha. C'est ton nom ?

Un souffle profondément expulsé me parvint. Entre l'Irlandais et Feardorcha, j'allais passer maîtresse dans l'art de décrypter les tics animaliers. Ma foi, tant qu'on n'exigeait pas de moi que j'aboie, voilà bien une faculté à laquelle je pouvais m'habituer.

Mes remerciements renouvelés et personnalisés, je me focalisai sur les cinq spectres, jouets rapportés sans avoir été jetés. Trois hommes, deux femmes. Certains étaient mieux conservés que d'autres, et je pouvais lire sur eux la violence de leur mort. Deux spécimens – ou tout du moins les membres respectifs qu'il leur manquait – attirèrent mon attention. Quoique pour la pauvre manchote, il eût été impossible d'attester la présence de deux jambes entières sous sa longue toilette.

Mon père m'avait toujours poussée à considérer l'état des individus fantomatiques. Il estimait que dater une mort et en évaluer la nature en un coup d'œil pouvait me prémunir contre des « presque poltergeists », des spécimens en passe de céder à la folie agressive qui allait de l'inoffensive lévitation d'objets au meurtre pur et simple. Je n'étais pas certaine que Feardorcha ait sciemment trié ses proies, mais je devais reconnaître qu'il avait eu la patte plutôt chanceuse. En l'occurrence, c'était à moi que la chance souriait de toutes ses dents, empruntant les traits de ce chien atypique.

Je serrai le poing pour accélérer l'épanchement du sang et les auras spectrales d'un blanc laiteux virèrent au gris tandis que leurs propriétaires se diluaient dans l'atmosphère, goûtant la vie offerte dont la chaleur inégalable imprégnait l'air. Profitant de leur considération pour une partie de moi-même, je leur expliquai mentalement ce que j'attendais d'eux, projetant des images du corps, du pentacle et du ménage artificiel à faire. Tous se mirent à tourner en cercle au-dessus de l'endroit visé. La roue fantomatique accéléra sa rotation et éparpilla au passage les résidus magiques de toutes les provenances. Lorsque le *fog* se stabilisa, seuls les éléments intangibles, tels que la brèche d'invocation et les relents démoniaques, demeurèrent.

Satisfaite, je me rouvris au monde réel. Le colporteur et l'agent de l'Irish Tree se tenaient à mes côtés. J'aurais pu ne pas remarquer le changement si je n'avais pas la pathétique faiblesse d'admirer les yeux de l'Irlandais dès que l'occasion s'en présentait, mais je fus sidérée de trouver un regard félin sur un visage censé être humain. On eût dit que messire O'Farrell avait maquillé ses yeux à l'aide d'un khôl sombre qui les aurait agrandis et arrondis, faisant ressortir l'or se mouvant à l'intérieur.

Voyant que je l'observais, ce dernier secoua la tête à la manière d'un cheval s'ébrouant.

— Puisque aucun de vous n'a daigné me décrire la vue, il a bien fallu que j'improvise, se justifia-t-il en me regardant fixement pour me prouver que son faciès avait recouvré une apparence normale.

Il contracta les narines en fronçant intensément les sourcils et reprit :

— Vous saignez toujours. Il faudrait remédier à cela.

Ce faisant, il s'empara de mon poignet avant que j'aie pu protester et se fit un devoir d'examiner ma blessure.

— Vous n'y avez pas été de main morte, dit-il avec autant de désapprobation qu'une voix puisse contenir.

— Je ne connais pas plusieurs façons de m'entailler, et comme je n'apprécie pas vraiment ce rituel, vous me pardonnerez de ne pas calculer l'angle adéquat, répondis-je, vexée par son ton paternaliste.

Pour autant, je ne retirai pas ma main. Au contraire, je la laissai bien en place et cherchai le filament rose précédemment dédaigné pour ma propre consommation cette fois-ci. Le résidu éconduit s'enroula autour de mes doigts, serpenta sur ma paume, puis se jeta sur la plaie généreuse que je lui proposais. Les restes magiques mettaient toujours du zèle dans la réalisation de ce pour quoi ils avaient été créés, comme si la souffrance de ne servir à rien était pire que la disparition pour devoir accompli. Un tel sens du sacrifice ne cessait de me tracasser, car il supposait des vertus que seule une âme était en mesure de posséder. Sans doute la magie emportait-elle un peu de celle de son assembleur, celui ayant puisé dans les forces naturelles pour lui donner vie.

Une fois que le sort eut opéré, l'Irlandais, qui avait dû sentir le flottement subtil provoqué par la sorcellerie, caressa la peau intacte.

— Pratique. Et cela ne laisse aucune cicatrice.

— Cela ne fonctionne que sur les plaies superficielles, précisai-je en me souvenant d'une tentative infructueuse s'étant soldée par le décès d'un passant ayant croisé le chemin de Jack l'Éventreur. Pour ce qui est des cicatrices, elles ne me gênent pas. Chacune raconte une histoire, osai-je en retournant la main de messire O'Farrell pour lui faire comprendre ce que je voulais dire.

Il resta silencieux quelques secondes, au point que je crus avoir été trop loin.

— Toutes les histoires ne sont pas bonnes à raconter, sourit-il tristement.

11

Où un incube fait des siennes

Lorsque j'avais annoncé à l'Irlandais que le siège du club Shadow se trouvait dans les sous-sols de la Royal Society, ses sourcils, décidément très expressifs, s'étaient arrondis pour former une unique arche touffue dont la résistance ne fut cisaillée qu'après une longue tirade de ma part expliquant qu'il n'y avait pas meilleure cachette, pour une assemblée d'enquêteurs de l'étrange, qu'un lieu aux fonctions aussi cartésiennes. À première vue, je le concède, si le lien entre la science et la magie ne sautait pas aux yeux, il le faisait néanmoins, avec toute la fougue d'un poulpe ayant découvert qu'il possédait des ventouses, lorsqu'on rencontrait lord Wheelcog ; son défi suprême consistait à inventer des gadgets conçus pour s'accorder aux facultés mystiques de leur possesseur. En bon mélomane, fervent admirateur de Bach, il aimait à comparer son art à la lutherie. Il considérait qu'il lui appartenait de tendre certaines cordes de façon qu'elles produisent des sons uniques formés seulement par les doigts habiles d'un violoniste précis.

Le Carlton House Terrace était souvent comparé à un petit palais, un titre que je trouvais immérité. En plus d'arborer une façade fade d'une couleur oscillant telle une amante indécise entre le blanc et le jaune, sa forme, tout en angles agressifs, me faisait penser à un empilement négligé de boîtes à chaussures sur lesquelles on aurait collé des cure-dents épais pour faire office de colonnades. En somme, hormis sa grandeur respectable et ses fontaines finement ouvragées, il n'était pas ce qu'on pouvait appeler une réussite architecturale, n'en déplaise aux défenseurs de John Nash.

Le cocher du cab qui nous avait déposés avait paru décontenancé lorsque j'avais insisté pour qu'il stoppe sa calèche devant l'entrée principale, très visible et très fermée. Dérogeant au lieu commun qui voulait qu'un bon chauffeur ait l'œillade discrète et une curiosité consciencieusement muselée, celui-ci avait détaillé mon partenaire vêtu de sa robe de bure aussi pimpante qu'un sac à patates et m'avait interrogée du regard. Comme aucune réponse n'aurait pu justifier pareil accoutrement – du moins aucune qui ne fasse mention de la rencontre entre un tigre et un chien, tous deux étant aussi naturels que les cheveux de Mrs Alperstan –, je m'étais abstenue de tout commentaire et j'avais offert à l'intéressé un généreux pourboire pour cette course nocturne à l'excentricité suspecte.

James nous avait quittés, empruntant l'avenue éthérique du *fog* pour alerter le coven local de notre arrivée. Feardorcha, lui, avait rechigné à l'imiter par des voies qui lui étaient propres, même lorsque l'Irlandais avait jeté un bâton à son intention. Mon nouvel ami s'était contenté de tourner la tête de manière indolente pour suivre la disparition de l'objet jusqu'à ce qu'il se confonde avec les ténèbres ambiantes. Pas une seule seconde l'idée d'aller le chercher pour nous le ramener ne semblait lui avoir effleuré l'esprit. Vaincus, nous avions dû nous accommoder d'être poursuivis avec application et discrétion par ce canidé démoniaque.

Maintenant que nous étions arrivés à destination, Feardorcha se tenait à distance du bâtiment, ce qui n'était pas étonnant compte tenu du fait qu'il était protégé par des symboles cabalistiques empêchant les individus de son espèce d'entrer. Quelque peu dépité de ne pouvoir rester près de moi selon les dires de messire O'Farrell, il s'était assis au pied d'un arbre, prêt à faire le guet. J'avais l'étrange certitude de le retrouver au même endroit à notre retour.

Je m'avançai vers l'entrée tapageuse, encadrée par les cure-dents les plus massifs et gardée par deux fantômes des moins loquaces, pour ne pas dire muets. En général, connaître la vie des agents d'outre-tombe m'intéressait dans la mesure où cela me permettait de ne pas oublier qu'ils en avaient eu une par le passé, ce qui rendait la communication moins gênante. Hélas, tous les fantômes n'étaient pas comme mon cher colporteur. Certains peinaient à parler, contribuant bien malgré eux à renforcer le malaise qu'on pouvait ressentir en leur présence. J'ignorais les prénoms de ces deux-là, mais je savais qu'ils étaient frères et qu'ils avaient insisté auprès de l'intendant en chef, à coups d'images mentales explicites, pour effectuer leurs rondes ensemble. Les morts n'échappaient pas aux ragots et les plus discrets suscitaient les théories les plus folles, voire romanesques dans le cas présent. On disait de l'aîné qu'il avait trépassé avant son cadet et qu'il avait attendu ce dernier durant près de vingt ans jusqu'à ce que celui-ci le rejoigne dans cette nouvelle existence. Cette version appelait tout un tas d'interrogations qui avaient dû être passées au crible lors de l'entretien d'embauche, dans le but d'évacuer toute prédisposition à la vengeance et donc à la folie poltergeist.

On pouvait devenir un spectre dans plusieurs cas de figure, le plus courant étant la fameuse œuvre inachevée qui revêtait bien des formes : un testament non rédigé, un cadeau à offrir ou encore un meurtre à commettre. Allez savoir pourquoi, au lieu de les rendre plus charitables envers leur prochain, la mort tendait à désinhiber les individus les plus scrupuleux. Tout bien considéré, cela pouvait se comprendre, car ce n'était pas la peur des barreaux qui aurait pu les étouffer.

Les deux frères nous saluèrent d'un hochement de tête poli et, comme pour compenser cet accès d'enthousiasme limité, la troupe de petits feux follets ayant élu domicile dans les sous-sols traversa la porte massive dans un joyeux chaos. Sans perdre de temps, ils sautillèrent autour de nous pour détecter un éventuel morceau de papier à brûler. Tel était leur péché mignon.

Tous les cinq ans, après les avoir consignées dans des topazes magiques, le club Shadow se débarrassait des archives papier ayant trait à cette période. Ces lucioles voraces s'avéraient d'une efficacité redoutable puisqu'elles ne laissaient aucune trace desdits documents, même pas les cendres à partir desquelles une âme malintentionnée aurait pu découvrir nos secrets une fois les dossiers reconstitués.

Messire O'Farrell observa ces agents insolites d'un œil curieux et souleva son sourcil gauche tel un îlot de poils égarés tentant de rejoindre l'hémisphère Nord chevelu. Il se demandait certainement s'il fallait considérer ces lampions mauves à la mobilité tumultueuse comme des dangers potentiels.

En femme pragmatique et compatissante, je sortis de l'un des compartiments de mon gilet un rouleau de parchemin que je déchirai en deux morceaux. J'en jetai un vers les petits gloutons, gardant le second pour motiver ces minuscules créatures humanoïdes à nous accompagner une partie du chemin, afin que nous ne nous prenions pas les pieds dans un tapis ou n'embrassions pas furtivement un mur. Enfin, je devais être la seule à m'inquiéter de tels accidents, étant donné les talents félins de l'Irlandais.

La porte s'ouvrit, actionnée par la télékinésie spectrale de nos gardes. Je me perdis dans la contemplation de ce grand hall à l'immense escalier dépliant ses rangées de marches telles des langues d'un marbre beige veiné de rose. Les rampes, dents longilignes d'or et de cuivre, brillaient d'un éclat discret au passage des feux follets. À mi-chemin vers le premier étage, un hémicycle creusé de cavités de deux mètres de hauteur accueillait des gardiens de pierre représentant Atlas, le Titan condamné par Zeus à soutenir le poids du ciel. Des motifs complexes taillés dans l'ivoire le plus délicat montaient jusqu'à la voûte qu'on pouvait qualifier de céleste puisqu'elle incarnait un ciel d'été parsemé de nuages. Oui, l'intérieur avait plus d'allure que l'extérieur.

Je descendis les marches enlacées par les bras permettant d'accéder au niveau supérieur et passai sous une arche grecque, construction géométrique adoucie par des bordures arrondies au sommet desquelles étaient nichés des aigles royaux.

Je me souvins de la première fois où sir Barthelemew m'avait emmenée visiter les locaux du club. Nous avions passé l'après-midi à nous promener d'abord en calèche puis à pied dans St James's Park. Cela nous arrivait rarement tant il était absent et moi, occupée à apprendre les rudiments de la vie en société quand je n'étudiais pas les sciences occultes dans des livres proscrits par l'Église. Ce jour-là, il avait insisté pour discuter de la mission qui m'incomberait si j'acceptais d'entrer au service de la reine Victoria. Il m'avait adoptée dans ce but, mais voulait être certain de ne pas me forcer la main. En réalité, à cette époque, mon père surestimait ma force de caractère. Je n'étais qu'un mouton prêt à sauter dans la Tamise s'il avait agité son bâton de berger. Après tout, il m'avait offert un foyer et de l'affection, et je n'étais pas jugée à cause de mes dons, au contraire.

Certaines personnes peuvent se permettre d'avoir un palais délicat et de verser du lait dans leur thé. De mon côté, je n'avais jamais disposé de ce luxe. La magie faisait partie intégrante de mon existence. Rien n'aurait pu la faire disparaître même un instant. N'importe qui aurait pu considérer cela comme une malédiction, mais j'avais toujours cru qu'un être n'était maudit que s'il acceptait son sort. De fait, il était dans ma nature de taper bruyamment du pied et de croiser les bras bien haut sur ma poitrine ; je n'avais donc rien accepté, j'avais composé avec les cartes qui m'avaient été distribuées à la naissance. Et la magie n'était pas quelque chose que je tolérais, elle était une présence perpétuelle, l'astre accroché au ciel de ma vie, aussi importante que le soleil. Il n'y avait donc aucune fatalité à choisir d'embrasser la destinée qui était mienne. Pour m'en convaincre, il me suffisait de lever les yeux vers les étoiles habillées d'écharpes colorées que je pouvais agencer selon mes désirs.

Nous atteignîmes le grand hall, ce vaste espace aux hauts plafonds ornés de fresques style Renaissance, véritables odes à la nudité féminine et à la puissance guerrière toute masculine. Deux rangées de lustres en cristal, purement décoratifs, y étaient accrochées, apportant de la pureté à cette pièce dont les murs étaient recouverts de lourdes tentures en brocart rouge relevées par des cordons dorés.

Les feux follets nous ouvrirent encore le chemin lorsque nous traversâmes une antichambre au luxe plus dilué, subtile transition vers la bibliothèque austère aux candélabres en laiton, aux panneaux et tables de bois foncé. Une unique fenêtre ouvrait ce monde confiné sur le parc arboré dans lequel on apercevait, même de nuit, les immenses fontaines desquelles se déversait une eau mystifiée par les rayons lunaires.

L'Irlandais me suivait sans mot dire, au point que j'aurais pu me croire seule à arpenter la Royal Society. Mais il est des lieux dont on n'aime pas troubler la quiétude, et celui-ci en faisait partie. Pour quiconque s'étant déjà fait houspiller par une bibliothécaire acariâtre, mieux valait éviter de prendre trop de liberté dans un territoire potentiellement occupé par un fantôme ayant renoncé à couler des jours heureux.

Je nous fis franchir une porte qui donnait sur un cabinet sans fenêtre. J'aurais pu plaindre son occupant si je n'avais pas su qu'il ne passait guère son temps entre ces quatre murs. Face au bureau de merisier, recouvert de piles de livres dramatiquement penchées, une cheminée éteinte d'un marbre gris semblait attendre désespérément qu'on ravive le feu en son sein. Mais la pauvre pouvait attendre longtemps ; son foyer était voué à rester froid puisqu'il s'agissait là du passage vers les locaux du club.

Après notre entrée dans la pièce, seules quelques secondes furent nécessaires pour activer le sort implanté dans mon tatouage. Mon mollet s'éclaira furtivement d'une lueur bleutée qui se réverbéra sur le mur de la cheminée, faisant scintiller en crépitements colorés une large voûte jusque-là invisible. Sa luminescence se stabilisa pour dessiner une arche de roses vermeilles accrochées à un entrelacs feuillu et vert qui se mit en mouvement. Elle sembla ronger le mur qui disparut, emporté par une ultime vague magique. À la place, nous aperçûmes un escalier rustique fait de ciment et modestement éclairé par des appliques murales diffusant une lumière tamisée.

Alerté par l'absence de bougies, messire O'Farrell s'empressa de m'interpeller :

— Comment fonctionne cet éclairage ? Je ne vois aucune bougie nulle part, seulement des cristaux. Et je ne sens aucune fumée.

Il s'approcha de l'un desdits objets et y posa le doigt lentement, comme s'il craignait de se faire mordre par un quelconque animal.

— Ce n'est même pas chaud !

Son visage affichait un sourire innocent qui seyait mal à un homme aux traits rudes comme les siens. Pourtant, il y avait quelque chose de touchant à le voir ainsi s'égayer pour une prouesse qui me laissait de marbre. Je réalisai que j'étais un peu comme cette cheminée abandonnée. J'avais besoin d'un feu pour me réchauffer l'âme, en l'occurrence de quelqu'un de mal fagoté qui savait encore s'émerveiller.

— Parce que cela ne produit aucune chaleur. Le coven local recharge chaque mois la plupart des éclairages qui doivent rester actifs en permanence. Les Roses de la reine n'ont pas vraiment d'horaires, et nous n'avons pas tous la chance de voir dans le noir, ajoutai-je sans pouvoir m'empêcher d'être cassante pour échapper à ma sensiblerie passagère.

Je repris les rênes de notre expédition, comptant mentalement les quarante-quatre marches avant d'arriver au palier sur lequel Eleanor Newberry régnait en maîtresse absolue. C'était une sorcière du coven dotée de télépathie « tout-esprit » qui la rendait capable de sonder les pensées de n'importe quelle espèce vivante et faisait d'elle une secrétaire hors pair. À l'inverse de la majorité de ses consœurs, frivoles et croqueuses d'hommes, je l'appréciais. Et je n'étais pas la seule. James en était très épris. Lui d'ordinaire éloquent à l'excès en était réduit à bafouiller, devenant une sorte de pigeon ayant du mal à jongler entre roucoulements et inspirations.

Nous débouchâmes dans l'antre de la sorcière, un grand plateau meublé sobrement à l'exception de deux portraits représentant un joli cottage, qu'elle m'avait confié être celui de sa grand-mère à Bristol, et une jeune femme dans une barque observant paisiblement la surface d'un étang.

Accaparée par sa tâche, Eleanor était assise sur une chaise Louis XVI au velours caramel piqueté de lys blancs. Elle disparaissait presque entièrement derrière son bureau, me donnant l'impression qu'il s'agissait d'un monstre ayant commencé à la dévorer et s'étant interrompu à hauteur de taille pour faciliter la digestion. Même en étant convaincue de l'absurdité de la chose, je ne pouvais m'empêcher d'être soulagée quand elle se levait pour classer les ordres du jour sur les étagères dans son dos.

Avant même que nous ne signalions notre présence, la frêle télépathe se leva. Elle retira ses lunettes rondes sans monture et lissa son chignon fou, faisant plus de dégâts qu'autre chose. Elle devait nous avoir entendus sur une fréquence qui n'appartenait qu'à elle. Mais contrairement à beaucoup de monde qui aurait abusé de ce don, elle savait le mettre en veille pour faire plus que donner l'illusion d'une véritable conversation.

Pour une raison que j'ignorais, ma tête était, paraît-il, bruyante. Accessible, mais encombrée selon les termes de miss Newberry. Je m'en voulais de causer une migraine à une si charmante personne, je m'en étais donc ouverte à mon père. Sir Barthelemew supposait qu'il s'agissait là d'un effet secondaire de ma connexion avec le *fog*. Pour le dire moins poliment, le brouillard s'était invité dans mon esprit et avait rendu glissant mon cheminement de pensée. Il fallait croire qu'à l'opposé des sorcières, les démons n'étaient pas contre un peu de patin à glace.

— Bonsoir, lady Sláine. Vous portez-vous bien, ce soir ?

Sa voix fluette s'accordait à son physique délicat, et ses paroles puisées dans une retenue exemplaire me laissaient entendre qu'elle avait connaissance, au moins en partie, de mon effraction avec complices et de la rencontre doublement poilue qui s'en était suivie.

Ses yeux de biche, d'un marron châtain comme ses cheveux, clignaient un peu trop souvent, preuve s'il en fallait que mon interlocutrice était d'une grande innocence en dépit de toutes les mauvaises pensées qu'elle devait capter au quotidien. J'aurais dû lui vouer une certaine animosité, car elle réussissait à conserver de belles manières et une âme bienveillante malgré un tel handicap. À croire qu'entendre et voir les morts devait être plus corrosif pour les nerfs. Ou alors peut-être était-il dans ma nature d'être soupe au lait.

— Miss Newberry, je me porte relativement bien, je vous remercie. Et vous-même ? La journée n'a-t-elle pas été trop harassante ? Je suppose que miss Chatterton vous a contactée ? Vous risquez de rentrer tard chez vous, j'en ai bien peur.

— Une journée comme une autre au club. Pour ce qui est de rentrer chez moi, c'est bien aimable à vous de vous en soucier. Je pense me satisfaire de l'une des chambres dans les dortoirs près de la bibliothèque.

Je me tendis comme une branche sur le point de craquer. Les chambres, comme elle les appelait, étaient pareilles à des geôles. Exiguës et dotées d'un lit simple aux draps rêches, ce n'était pas le genre d'endroit dans lequel il m'aurait plu de dormir. Je préférais encore m'abstenir d'aller à la rencontre de Morphée, ou d'un archange, compte tenu de mes récentes aventures oniriques. Qui plus est, quand on connaissait la manie des archivistes, des gnomes sages mais têtes en l'air, de passer au travers des murs en guise de raccourci, nul n'était à l'abri de frayeurs nocturnes.

Le regard naïf d'Eleanor se posa au-dessus de mon épaule. Je compris que j'avais négligé les principes de bienséance en oubliant de procéder aux présentations de rigueur. Pour ma défense, j'étais habituée à faire mes rapports seule, et il aurait suffi à l'agent étranger de respirer plus fort pour que je me rappelle son existence !

— Miss Newberry, je vous présente messire O'Farrell du comté de Wicklow, en Irlande, venu nous aider sur l'affaire d'invocation. (Me rappelant qu'il était vêtu de manière peu digne, je me hâtai de préciser :) Messire O'Farrell et moi-même avons eu un petit... comment dire... nous avons rencontré... et il a dû... affronter cette... chose tout en griffes...

— ... Qui a déchiqueté tous ses vêtements ? suggéra Eleanor, me prenant en pitié.

Je déduisis de son franc sourire qu'elle savait exactement de quoi il retournait. J'espérai juste qu'elle ait tiré ces informations de la tête de mon partenaire, prétendument inaccessible, et non de la mienne, sans quoi elle saurait combien j'avais apprécié l'absence de vêtements.

J'adressai un regard malveillant à l'Irlandais qui n'avait pas bougé le petit doigt pour m'appuyer alors que j'avais tout fait pour préserver son secret de tigre blanc perdu loin de sa jungle. Il se contenta de hausser ses épaules rondes et musculeuses, bien en vue grâce au concours de cette ridicule robe de bure sans manches.

— Bienvenue dans notre beau pays, messire O'Farrell. En espérant que votre séjour soit agréable, déclara Eleanor en faisant la révérence.

— Oh, je suis certain que lady Sláine saura me le rendre des plus agréables, osa-t-il avancer sur un ton si lourd en insinuations que, s'il avait été possible de le peser sur une balance, il aurait fait sauter le plateau opposé.

Mon partenaire voulut s'approcher pour, je suppose, baiser la main de la secrétaire, mais il ne parvint pas à faire un pas complet. Il réitéra son avancée, avec une moue contrariée, mais fut encore une fois tenu en échec par un mur invisible. Comme quoi, avoir rencontré un archange m'avait peut-être rappelée au bon souvenir de Dieu le père.

— Je vous prie de m'excuser, je n'ai pas désactivé le blason royal au sol !

Alors qu'on l'eût crue victime d'un coup de soleil fulgurant masquant ses taches de rousseur, Eleanor tapa des mains, serra les poings vers l'avant, les déplia et balaya l'air vers l'extérieur. Un tintement de clochettes se fit entendre et les feux follets, dont j'avais oublié la présence, se mirent à s'agiter en tous sens. Si ma vue avait été meilleure, j'aurais pu jurer qu'ils levaient les bras en signe de détresse. Mais ils bougeaient trop vite pour que je puisse l'affirmer, et il était, bien sûr, hors de question que je demande l'assentiment de messire O'Farrell sur le sujet.

Pour les calmer, la télépathe consentit à sacrifier une pile de feuilles vierges. Ces affamés, dont l'appétit semblait s'accroître avec la nervosité, se jetèrent dessus, les consumant dans une gerbe d'étincelles avant même qu'elles ne touchent le sol.

— C'est ma faute. Ils supportent mal certains sons qui leur rappellent des traumatismes auxquels je peine à accéder. Ce serait en rapport avec un démon, mais je ne perçois pas plus…

À cause de ses abords simples, j'avais tendance à occulter l'extraordinaire potentiel d'Eleanor. Même si elle n'avait pas fréquenté l'une des prestigieuses écoles de magie de Londres, elle maîtrisait son talent comme une virtuose alors même que son étendue était époustouflante. Il n'était pas étonnant qu'elle ait tenu à accrocher le tableau de la maison de sa grand-mère sur son lieu de travail, là où elle passait le plus clair de son temps. C'est à cette parente qu'elle devait la dextérité qui avait amené mon père à la choisir elle plutôt qu'une élève surdiplômée sans réelle expérience de la vie.

Miss Newberry était un livre quelconque d'un cuir sombre sans réel travail d'enluminure à l'intérieur. Mais quand on prenait la peine de lire le texte, il brillait d'un tel éclat qu'il transcendait la plus raffinée des couvertures. Je comprenais que James veuille le feuilleter et me demandai, sans pouvoir endiguer le flot de questions qui en découlait, qui voudrait bien me feuilleter, moi.

J'observai l'Irlandais en train de sortir du cercle de captivité. Sa tête chevelue était baissée tandis qu'il analysait la gravure sur les dalles de granite : une rose au milieu avec la date de création du club, 1859, toutes deux entourées par le serment des agents de la reine. Et lui, quel genre de livre était-il ? J'avais un début de réponse qui ne demandait qu'à s'affiner avec le temps : un qui disposait d'une couverture épaisse, solide et noire, situé entre le roman d'aventure et l'enquête policière.

— Lady Sláine, je m'excuse de vous imposer cela, mais il vous faudrait remplir un formulaire d'acceptation de collaboration. Quant à vous, messire O'Farrell, nous allons devoir vous accréditer temporairement afin que ce genre d'incident ne se reproduise plus.

— Vraiment, suis-je obligée de me plier à de telles formalités ? demandai-je en bougonnant. Ne suffit-il pas que je vous prenne à témoin pour que vous constatiez la présence de messire O'Farrell et que vous notiez à quel point mon consentement est évident ? Je veux dire, il est avec moi, conclus-je en tendant le bras vers l'intéressé.

— C'est la procédure, renchérit Eleanor, choquée par mon attitude désinvolte.

— Très bien, très bien. Donnez-moi ce formulaire, je le remplirai en même temps que mon rapport.

Tout sourire, miss Newberry farfouilla dans l'un des tiroirs de son bureau et en ressortit le maudit papier. Je le pris avec tous les égards qu'il méritait, c'est-à-dire que je le pliai avant de le fourrer dans l'une des poches de ma veste où je me savais susceptible de l'oublier.

L'Irlandais s'approcha de la sorcière pour lui demander en quoi consistait sa punition à lui. Je tendis l'oreille, vivement intéressée car j'ignorais ce que pouvait bien être cette histoire d'accréditation temporaire. La secrétaire grimaça en indiquant l'espèce de boule lapis-lazuli à la base arachnéenne de cuivre. J'avais toujours cru qu'il s'agissait d'un presse-papiers de mauvais goût offert par un soupirant qui n'aurait pas volé de se faire assommer avec.

— Cela risque d'être douloureux, je le crains. Le dernier agent ayant reçu la marque temporaire s'est évanoui. C'était il y a cinq ans. J'ai lu cela dans les registres tenus par mon prédécesseur.

Mon partenaire s'avança plus près avec l'assurance d'un coq dans une basse-cour peuplée de femelles caquetantes et facilement impressionnables, ce que ni Eleanor ni moi-même n'étions. En termes de plumage on faisait plus séduisant qu'un sac à patates. Néanmoins, j'en convins, l'Irlandais ne perdait rien de sa superbe même ainsi vêtu.

La télépathe lui expliqua qu'il lui fallait poser sa main sur la pierre ronde et ne pas la retirer quand le processus, qui avait au moins l'avantage d'être rapide à défaut d'être indolore, serait enclenché.

Sans plus tarder, l'agent de l'Irish Tree s'exécuta tandis que la secrétaire récitait une formule alambiquée dans une langue sûrement morte avant d'avoir été connue de l'humanité tant elle semblait impossible à maîtriser.

La brève séance de borborygmes terminée, la boule tremblota sur son support métallique, se dissolvant en une matière visqueuse qui aspira la paume de mon partenaire. La démonstration ne s'arrêta pas là. L'araignée figée du socle se contorsionna de sorte que ses vilaines pattes vinrent se refermer sur la main goulûment goûtée pour la maintenir en place.

Une odeur de chair brûlée me monta aux narines. Inquiète, je me focalisai sur le visage de messire O'Farrell. Si son corps n'avait pas bougé, ses traits devaient au moins exprimer une certaine répugnance à renifler la combustion de sa propre chair. Mais non. Une personne normale n'aurait pu réprimer un recul instinctif. L'Irlandais, lui, était imperméable à la douleur.

Ses yeux sombres pailletés se posèrent sur moi et un doux sourire naquit sur ses lèvres. Il allait lui falloir retravailler son côté rassurant, car dans ces circonstances, n'importe qui aurait pu le prendre pour un sadique adepte de l'automutilation. Pour ma part, je commençais à savoir l'interpréter grâce notamment à ses sourcils épais qui auraient dû s'arrondir s'il avait cherché à me taquiner.

L'araignée libéra sa proie et reposa ses pattes sur le bureau, de même la boule relâcha son emprise dans un bruit de succion écœurant. Pour peu, je me serais attendue à l'entendre émettre un renvoi saluant cette dégustation atypique.

Miss Newberry se hâta de s'enquérir de la santé de son patient :

— Voulez-vous vous asseoir, messire O'Farrell ? Un peu d'eau, peut-être ? lui proposa-t-elle en indiquant la carafe reposant sur le petit guéridon entre le bureau et la première étagère.

— Je vous remercie, ce sera inutile. Je me sens parfaitement bien.

— Parfaitement ? ne pus-je m'empêcher de relever à voix haute.

— Ce n'est qu'une égratignure, regardez.

Il me tendit sa main, paume offerte, pour que je puisse me forger une opinion. Ma mine dubitative dut exprimer combien ma conception d'une égratignure s'éloignait de la sienne. Elles étaient même deux bateaux, à mille lieues l'un de l'autre, voguant dans des directions opposées ! Comment diable pouvait-il considérer cette scarification bleutée, telle une veine qui se serait entortillée sur elle-même pour former une rose grossière, comme une simple égratignure ? C'était à se demander ce que ses parents avaient bien pu lui faire pendant l'enfance.

Je n'eus pas le temps de m'appesantir sur cette divergence d'opinions que l'éther ondula imperceptiblement comme s'il était un voilage venant frotter contre mon dos. La sensation aurait pu être agréable sauf que ce que l'air charriait n'avait rien d'apaisant. Cela me faisait plutôt l'effet d'un doigt chargé en électricité tapotant sournoisement chacun de mes nerfs, faisant se dresser les poils sur ma nuque, preuve que la menace suprême pour la vertu de tout un chacun rôdait dans les parages. Armando Di Renzo, l'incube, descendait l'escalier pour venir apporter sa touche d'indécence au club. Comme si la surface de Londres ne constituait pas un terrain de chasse suffisamment vaste !

— Mais que vois-je ? débuta une voix mielleuse, à l'accent méditerranéen savamment entretenu qui avait le don d'engluer certaines personnes. Une réunion à laquelle je ne suis pas convié. Je suis affligé au plus profond de mon cœur.

Je me tournai pour répondre. Le soleil venait de faire son entrée, il fallait bien que quelqu'un joue les ombres au tableau, sans quoi l'effet tournesol risquait de monter à la tête de l'incube.

Si j'avais dû parier sur la couleur de ses vêtements, je n'aurais pas pris de grands risques. Ce dernier portait constamment du gris. Il était une palette de cette nuance à lui tout seul. Chemise gris foncé, veste et pantalon gris perle, gilet et haut-de-forme gris ciment. Même le cuir de ses chaussures était gris ! Seule sa cravate de soie se déclinait selon ses humeurs. Ce soir, il était, à ne pas s'y tromper, en mission séduction – peut-être commandée, mais certainement pas forcée – puisqu'un beau grenat illuminait sa tenue.

L'individu en lui-même était grand, pas autant que l'Irlandais, cela dit, mais mince, ce qui n'aidait pas à déterminer son âge avec exactitude. De toute manière, rien n'aurait pu m'aiguiller dans mon estimation. Pour ce que j'en savais, les membres de cette espèce recyclaient une partie de l'énergie qu'ils dérobaient pour contrer les effets du temps, de sorte que l'humanité était, pour eux, une fontaine de jouvence au flot intarissable.

Ce spécimen-ci avait la silhouette d'un homme de moins de trente ans qui n'a pas encore atteint son apogée masculine. Son visage osseux au nez un peu crochu et aux lèvres sempiternellement relevées en une moue gourmande opacifiait l'incertitude. Je ne saurais dire si sa fine moustache et son bouc aussi noirs que ses cheveux gominés le vieillissaient, mais ils contribuaient à le rendre plus intrigant. Pour finir, il possédait ce que j'appelais des « yeux fleuris », d'un vert reptilien à l'exception du pourtour de la pupille d'un jaune mordoré qui se rapprochait de la couleur mate de sa peau.

Étrangement, Armando Di Renzo avait beau être séduisant, il ne me faisait pas rougir pour un penny.

Pour cela, il aurait fallu que je me sente unique dans son regard, qu'il vise mes faveurs et seulement les miennes. À la place, il me donnait l'envie d'écrabouiller l'étiquette pour m'abaisser à son niveau, bien qu'il n'y ait aucun risque que j'atteigne son degré de vice. L'envie ne peut pas aller contre notre nature profonde, Dieu merci.

— Je crois que je vous apprécierai le jour où vous cesserez de prétendre que vous possédez un cœur.

— Mais j'en ai un, *il mio tesoro*.

Ma mâchoire se crispa. Fort heureusement pas assez pour que mes dents me trahissent par un vil grincement. Jamais l'incube ne daignait m'appeler par mon titre. Au mieux, il utilisait mon prénom. Et jamais je ne le lui avais fait remarquer, ne voulant pas lui révéler combien cela m'agaçait.

— Il bat comme celui de n'importe quel homme. Dois-je de nouveau vous proposer d'apposer votre délicate main sur ma virile poitrine pour vous en convaincre ?

— Ce sera inutile. Vous savez très bien que c'est l'existence de vos sentiments que je niais.

— Mais j'ai des sentiments.

— Au temps pour moi, la vanité vous sied à ravir. Et qui donc a eu la chance d'en pâtir… d'en profiter ce soir ?

— Elle ne vous va pas mal non plus. Pour le reste, vous savez, la routine. La reine a souhaité que je règle un problème de succession. Une dame au cœur d'artichaut ayant floué son défunt époux, un ami de notre Victoria, pour lui faire changer son testament. Mais laissons le passé derrière nous et savourons le présent. Allez-vous faire les présentations ou dois-je m'en charger ? demanda-t-il en détaillant l'objet de son attention des pieds à la tête, saluant d'un sourire grimaçant la tenue peu conventionnelle et particulièrement dénudante de messire O'Farrell.

Ce dernier s'avança de lui-même et se plaça à ma hauteur. Au lieu de s'incliner pour saluer le nouvel arrivant, comme le voulait la bienséance lorsque deux messieurs se rencontraient, il lui tendit la main. Armando parut amusé par cette initiative et fit passer son haut-de-forme de sa main droite à sa main gauche avant de sceller sa poigne à celle de l'Irlandais avec une délicatesse incongrue et plutôt gênante pour les spectateurs. On eût dit qu'il s'apprêtait à flatter l'encolure d'une créature imprévisible dont il tentait, au préalable, de s'assurer les faveurs. Même si cela faisait de moi une mauvaise personne, j'espérais qu'il se verrait gratifier d'un généreux coup de sabot et qu'il tomberait, tête la première, dans les ronces de la vexation.

— Kieran O'Farrell du comté de Wicklow, en Irlande, récita ce dernier d'une mine pas assez impassible pour dissimuler l'humeur bourrue qui couvait dessous.

— Un agent de l'Irish Tree entre nos murs. Quel honneur. Armando Di Renzo d'ici et d'ailleurs, répondit la Rose d'un élégant mouvement de sa main libre tandis que sa jumelle se cramponnait toujours à celle de l'Irlandais.

Mon partenaire avait paru solennel en exposant ses origines. Apparemment, c'était là un sujet avec lequel on ne plaisantait pas, et le fait que l'incube fasse de l'humour concernant les siennes – aussi douteusement énoncées qu'elles devaient l'être – ne fut pas à son goût. Deux fils imaginaires tendirent les lèvres de messire O'Farrell, les réduisant à une fine ligne, criant symbole d'une antipathie naissante.

Je ne fus pas la seule à noter ce détail. La victime, aussi innocente qu'un renard dans un poulailler, sourit en en prenant connaissance, et son aura d'un argent vif explosa en étincelles aveuglantes. Comme chaque fois que l'incube lâchait la bride à son potentiel, mes yeux me brûlèrent au point que même mes paupières closes ne purent apaiser les picotements les assaillant. Que la brume ne renferme aucun résidu incubien, qui se dégradait juste après s'être sensuellement accroché au premier individu repéré, tombait plutôt bien.

Les feux follets, en revanche, ne perdirent pas une miette de ce repas improvisé. Pour une raison qui m'échappait, en plus de leurs tendances pyromanes, ces êtres humanoïdes raffolaient des moutons de poussière scintillante que l'incube semait dans son sillage, quand il ne les distribuait pas allègrement en usant de ses facultés. S'il y avait bien une magie dans laquelle je n'aurais jamais puisé, c'était bien celle-ci. Je réprimai un frisson de révulsion et me concentrai sur la tentative de séduction italienne, impatiente de savoir comment elle serait accueillie par l'Irlandais, voire même si elle serait flairée.

Les mains toujours imbriquées, en lieu et place d'un bras de fer physique viril, un combat s'amorça sur le plan astral, là où un tigre d'or put jaillir du dos de mon partenaire pour venir taillader les filaments de pouvoir enroulés autour des musculeux avant-bras de son hôte. La contre-attaque ne dut pas être des plus agréables à en juger par la main qui tenta de se libérer de cette étreinte devenue inconfortable.

Hélas, messire O'Farrell, ayant l'air d'apprécier la situation, ne consentit pas à ce repli. Il préféra raffermir sa prise bien physique, cette fois-ci, qui fut saluée par un craquement discret.

— Monsieur Di Renzo, je suis flatté, mais mes préférences sont d'une tout autre nature. J'ajouterai que je suis plus sensible au charme naturel qu'aux artifices.

Magnanime, il rendit sa main rouge, mais intacte, à l'agent du club, qui préféra la dissimuler dans son dos, où elle pouvait se faire consoler par son double.

— Cela n'avait jamais constitué un obstacle avec quiconque jusqu'à présent, répliqua l'incube déchu avec une moue boudeuse.

— Il y a un début à tout, surenchérit l'Irlandais en haussant les épaules.

— Il y a surtout une place déjà prise, conclut Armando, ses yeux fleuris se posant sur le bracelet de cuivre.

Je fronçai les sourcils en me rappelant m'être demandée ce qu'il pouvait y avoir de gravé sur ce bijou. Je ne distinguai toujours pas le motif dessiné, mais l'incube, lui, l'avait apparemment reconnu. Je commençais à suspecter que tout ceci nous ramenait à une jeune femme nommée Erlina qui paraissait avoir en plus du don de voyance celui de séduire les fauves irlandais.

Atteint dans son orgueil, la morsure de ronces invisibles tendant ses épaules, l'incube se rappela la présence de la secrétaire. Il fonça vers elle telle une dame au régime ayant repéré un buffet en libre accès.

— Miss Newberry, très chère, y a-t-il un nouvel ordre de mission pour mon humble personne, ou puis-je espérer goûter au repos du guerrier ?

Goûter au repos du guerrier, voilà une formulation contestable vu les missions que l'individu se voyait confier. Mais soit, sortir d'un lit pour rejoindre le sien propre, après avoir charnellement rechargé ses batteries, devait coûter plus d'énergie que j'étais encline à le penser.

Eleanor rougit, troublée d'être verbalement chérie par un homme séduisant. J'en venais presque à plaindre Armando. L'échec l'avait perturbé au point qu'il se satisfaisait de joues colorées partiellement par son charme et en grande partie par une timidité chronique. Mais bon, qui étais-je pour juger du comportement d'un incube en période de vaches maigres ? Il pouvait au moins se consoler en constatant combien sa cour de lucioles mauves lui restait fidèle.

Lassée d'assister aux parades amoureuses de l'incube, je fis signe à messire O'Farrell de me suivre vers l'autre bout du palier afin que nous empruntions l'ascenseur mécanique du club. Il s'agissait d'une version améliorée du modèle de Mr Otis qui serait, à n'en pas douter, intéressé à l'idée de discuter avec lord Wheelcog s'il était possible de faire sortir l'inventeur de sa grotte. Un détail insignifiant de prime abord, mais qui se révélait être un véritable challenge.

Lors de notre trajet en cab, l'Irlandais m'avait fait part de son souhait de transmettre un rapport à l'Irish Tree qui lui permettrait également d'obtenir des informations de Criom Murray pour le cas où Erlina aurait eu d'autres visions. Je prévoyais donc de l'accompagner jusqu'à la salle du TEA, le Télégraphe à Énergie Amplifiée, qui se trouvait au même niveau que la bibliothèque. Je comptais m'y attarder après avoir été saluer lord Wheelcog un étage au-dessous.

La façade extérieure de la cabine d'ascension attestait le minutieux et raffiné travail de l'inventeur. Une grille forgée dans un métal noir mat, entrelacs de losanges arrondis reliés entre eux par des roses d'or, fermait l'accès à la pièce confinée. Elle était constituée de bois vernis et de miroirs occupant la moitié haute de la surface, l'autre étant recouverte d'un tissu de velours tendu d'un bordeaux rehaussé par un liseré séparatif doré. Au sol, un parquet sombre incrusté de runes magiques assurait qu'une éventuelle menace démoniaque ne puisse utiliser ce moyen de locomotion pour envahir les autres niveaux du club. Encore faudrait-il qu'elle arrive d'abord à contourner celles gravées à même les fondations du bâtiment.

— Je dois reconnaître que je suis impressionné par le luxe de vos locaux. Les nôtres sont bien plus rustiques, mais ils ont l'avantage d'être à la surface. Je peux ainsi me rendre aux écuries et chevaucher de longues heures lorsque j'en ressens le besoin.

Cette confession me surprit, plus par le soupir à fendre l'âme qui la ponctuait que par les mots en eux-mêmes. J'oubliais par moments que l'Irlandais venait d'un pays verdoyant jalonné de montagnes abruptes, sur lequel une pluie rafraîchissante s'abattait, chassée de temps à autre par un soleil éclatant qui ne demandait, lui aussi, qu'à jouir du paysage parsemé de fleurs sauvages. Dans ce tableau, j'avais du mal à imaginer mon partenaire montant à cheval, compte tenu du fait qu'il était susceptible de se transformer en tigre. L'association des deux formait une vision cocasse qui me fit sourire malgré l'infortune du pauvre équidé.

Satisfaite que mon partenaire apprécie la physionomie de l'endroit à sa juste valeur, je fus soudain encline à lui tapoter affectueusement l'épaule d'une manière toute britannique, c'est-à-dire en étant franche à mon tour sur mon état d'esprit. Comme me le faisait souvent remarquer mon père, il n'y avait rien de mal à ouvrir la bouche pour produire autre chose que du sarcasme.

— Et encore, vous n'avez pas tout vu. Attendez de découvrir la bibliothèque. Je le concède, le club est l'endroit que je préfère au monde. J'ai beau y venir depuis mon enfance, je ne me lasse pas de ce lieu. Une magie bien particulière règne ici.

Des yeux sombres aux paillettes or et argent me considéraient avec ce mélange singulier d'attention et de réflexion, propre aux amateurs d'art qui s'interrogent quant à ce qu'un peintre a bien voulu faire passer comme message en mettant une pomme dans la main de son modèle plutôt qu'à sa place dans une corbeille de fruits. Vu la perplexité agrippée au visage de mon partenaire, nous avions affaire à une sacrée pomme.

— Qu'y a-t-il ? Pourquoi me regardez-vous ainsi ?

— Je me disais juste que c'était plutôt triste de préférer son lieu de travail à son domicile. Que faites-vous pour vous distraire ? N'aspirez-vous donc pas à voyager ?

Réflexion faite, le sarcasme me convenait mieux en cela qu'il m'évitait d'être passée au monocle grossissant de la compassion. Une épreuve d'autant plus rude pour une fervente défenseuse des justes proportions.

— Il n'y a aucune raison d'être triste. Je mène une vie qui me convient. J'ai bien plus à en espérer que la plupart des femmes. Et je... enfin, je suis utile. Mes talents servent un plus grand dessein que le simple fait de profiter de la vie. Quant aux voyages, je ne suis en fonction que depuis trois ans. Les missions à l'étranger viendront en temps voulu.

De toute manière, j'étais si étroitement liée à la brume qu'il y avait peu de chance que mes talents puissent s'épanouir ailleurs qu'à Londres où elle déployait ses tentacules éthériques. J'eus l'espoir que ma réponse stoppe ce jeu de questions prenant un tour trop personnel à mon goût. C'était sans compter sur le naturel chanceux des natifs de l'île d'Émeraude nourris au lait de vaches affectionnant les trèfles à quatre feuilles. Une chaîne sans faille devant laquelle je ne faisais pas le poids.

— Pourquoi n'avez-vous pas encore pris un époux ? Malgré votre âge, certains seraient ravis de vous proposer le mariage. D'autant qu'avec un père comme sir Barthelemew votre dot serait non négligeable.

— Cela me paraît pourtant évident.

C'est dans ces moments-là que je regrettais de ne pouvoir faire étalage de mes capacités, mais de par mon état de sangsue j'étais un marchand ambulant au stock limité.

— Ce qui est évident, de mon point de vue, c'est que vous avez tout ce qu'il faut pour retenir un homme. Enfin, un qui appréciera votre tempérament et vos humeurs.

— Portrait intéressant de la part d'un homme qui passe la moitié de son temps à quatre pattes.

Ses yeux devinrent phosphorescents comme ceux d'un chat, ce qui était fichtrement effrayant sur un visage humain. Et je n'avais pas la possibilité de déguerpir comme une souris, moi.

— C'est mon père lui-même qui m'a recommandée pour intégrer le club. Je ne vois pas pourquoi il reviendrait maintenant sur sa décision. Je suis compétente, et il le sait.

— Vous l'êtes sans conteste. Mais il arrive un moment où la place d'une femme est à la maison, là où elle peut tenir son rôle de mère. N'est-ce pas une perspective agréable que de diriger son propre royaume ? Que d'avoir sa propre couronne ?

— Je préfère servir une reine qui la porte mieux que moi. En tout cas, il est clair qu'avec ces idées rétrogrades, même avec une dot à l'appui, aucune femme saine d'esprit ne voudrait de vous.

— Ça tombe bien, je commence à penser qu'il n'y a rien de plus séduisant qu'une femme un peu folle.

Aucune repartie n'eut le temps de franchir mes lèvres, figées tel un hublot sans vitre, que nous fûmes rejoints par miss Newberry, son chignon s'écroulant plus à chacun de ses pas, et par l'incube ayant retrouvé son aplomb légendaire auquel il tenait visiblement trop pour se risquer à titiller messire O'Farrell.

Posté à mes côtés, il eut l'audace de se défaire de boules luminescentes, quittant son aura pour venir s'accrocher à l'une de mes bottes. Je dus secouer la jambe, à presque m'en déséquilibrer, pour chasser ces indésirables. Les feux follets me prêtèrent main-forte, par gloutonnerie et non par bonté d'âme, mais je ne m'en formalisai pas.

Je jetai un regard courroucé au commanditaire de l'attaque qui gaspillait son énergie à tout-va, faisant de l'air ambiant un terrain miné.

— Lady Sláine, je voulais vous demander s'il était dans les projets de Mr Bridgestone de vous rejoindre ici.

Eleanor se triturait les doigts ; c'était à se demander quel acte répréhensible elle s'apprêtait à commettre. Il n'y avait vraiment pas de quoi être nerveuse. Après tout, en dépit des tendres sentiments qu'ils éprouvaient l'un pour l'autre, James et elle n'étaient pas près de bafouer les convenances au regard de leurs consistances incompatibles. Depuis trois ans que j'étais une Rose, et presque autant que je travaillais de manière privilégiée avec James, elle me posait systématiquement la même question, la réponse ne variant pas d'un iota. Malgré son agenda de chancelier, le colporteur trouvait toujours quelques précieuses minutes à lui accorder pour l'écouter lui parler de théâtre. Ils étaient touchants, et c'était contrariant que la nature fasse aussi mal les choses. À la fois, sans son malencontreux concours, ces deux-là ne se seraient jamais rencontrés.

— Il viendra faire son rapport. Il a dû être retenu par une autre affaire après avoir prévenu miss Chatterton, la rassurai-je.

— Vous avez certainement raison. Messire O'Farrell ! J'allais oublier. Je ne vous ai pas précisé que l'accréditation s'effacerait d'elle-même lorsque vous quitterez Londres, ou si par malheur vous… peu importe. J'ai fait passer le mot comme quoi vous étiez au club. Lady

Sláine, Lord Wheelcog requiert votre présence pour vous montrer une pierre de rétention. Je n'ai pas bien saisi le reste de ses pensées. Je vous laisse, je dois retourner à mon classement, nous prévint-elle en ponctuant ses mots d'une timide révérence.

J'avais écouté la suite de sa réplique d'une oreille distraite. Mon esprit s'était égaré après le « si » incomplet, que je n'avais eu aucun mal à reconstituer. Je ne sus ce qui m'était le plus pénible : imaginer perdre un partenaire sous ma responsabilité ou dire adieu à l'homme intègre et direct que j'avais appris à connaître ?

Je regardai l'Irlandais, grand, fort et fier, duquel un démon n'avait pu venir à bout, et que même la honte d'être ainsi vêtu n'avait réussi à tuer. Non, vraiment, la marque ne pouvait disparaître que lorsqu'il me quitterait... quitterait Londres.

— J'en prends note, miss Newberry. Merci bien.

— Alors comme ça, nous allons faire ascenseur commun ? nous interrogea Armando avec facétie en ouvrant les grilles de métal.

— Il semblerait, répondit mon partenaire comme s'il venait d'avaler une arête de poisson qu'il se tâtait à recracher.

Il était hors de question que je supporte l'incube dans un espace aussi réduit. La seule fois où j'avais eu le malheur de croire que l'étiquette me pardonnerait cette dangereuse promiscuité, la cabine d'ascension s'était retrouvée bloquée entre deux niveaux. J'avais dû recourir à toutes les techniques de respiration, certaines connues, d'autres inventées sur l'instant, et mon flegme n'avait jamais été aussi près de partir en courant.

— Nous allons prendre les escaliers. J'ai grandement besoin d'exercice.

Je baissai la voix de sorte que seul messire O'Farrell puisse m'entendre.

— À moins, bien sûr, que vous n'ayez changé d'avis quant aux faveurs que Mr Di Renzo vous proposait il y a quelques minutes ?

Ne sachant même pas quelle direction emprunter, l'Irlandais me saisit le bras, et nous eûmes l'air de deux crabes se serrant maladroitement la pince tandis que je le poussai vers la tenture verte masquant l'escalier.

12

Les quatre filles du Dr Wheelcog

Certains possèdent des chats, d'autres des chiens. Mais à ma connaissance, seul lord Jeremiah Wheelcog pouvait se targuer de vivre avec des chauves-souris. Beaucoup y auraient vu le signe d'un excentrisme quelque peu morbide, et je n'avais pas été loin de penser la même chose lors de ma première rencontre avec Pétunia, Anémone, Capucine et Églantine. C'était sans compter sur l'affection que ses filles, « les fleurs de son jardin intérieur » comme il aimait à les appeler, lui témoignaient en voletant continuellement autour de lui pour se disputer ses faveurs. Il y avait dans ces effusions toutes singulières une tendresse que n'importe quel visiteur aurait pu noter. Même s'il m'était arrivé de craindre pour l'intégrité des oreilles du docteur lors de courants atterrissages sur ses épaules – son crâne étant trop hirsute pour constituer une piste praticable ou un perchoir douillet –, la vision de minuscules pattes se cramponnant à une vieille blouse marron suffisait à m'attendrir. Encore plus quand une petite tête, aux poils aussi roux que la chevelure électrisée du lord était blanche, se frottait contre un cou sensible aux chatouilles et responsable de gloussements étouffés chez son propriétaire.

Il arrivait que Pétunia, la plus téméraire du groupe, s'aventure au niveau supérieur pour assouvir son insatiable curiosité. Aussi ne fus-je pas plus intriguée que cela par le point noir grossissant à mesure qu'il se rapprochait de messire O'Farrell et de moi-même.

Celle-ci était l'aînée, la première à avoir été recueillie par lord Wheelcog, et, également, celle ayant bénéficié des plus grands soins. En la voyant voler dans le large couloir faiblement éclairé pour l'encourager dans ses échappées quotidiennes, je contemplai avec respect les larges ailes métalliques à l'éclat blanchâtre, déployées de part et d'autre de son corps mesurant moins de dix centimètres, tête et queue comprises. L'inventeur avait accompli un travail prodigieux, mais il avait surtout contribué à sauver la vie de la chétive chauve-souris qui, sans son intervention, serait morte, les ailes brisées du fait d'une attaque perpétrée par un hibou malintentionné.

Lord Wheelcog quittait rarement sa grotte. Il lui arrivait de se risquer, par un passage dérobé dont il était le seul à connaître l'existence, à rejoindre les rues de Londres la nuit. C'est lors de l'une de ses excursions qu'il avait trouvé Pétunia gisant au pied d'un muret dans une flaque d'eau et de sang. Sans même prendre le temps d'évaluer le succès d'un tel sauvetage, il avait emporté la blessée dans son laboratoire pour soigner ses plaies et tenter de réparer ses ailes brisées. Hélas, elles l'étaient en trop d'endroits et vu la fragilité du squelette de l'animal, les chances de guérison étaient quasi nulles. Il avait donc travaillé avec acharnement sur un alliage plus léger que tous les métaux répertoriés, importé d'un endroit mystérieux en Écosse, pour façonner de nouveaux appendices de vol solides et rétractables. La chose n'avait pas été aisée. Il avait fallu souder la structure à même l'ossature.

Les premiers essais s'étaient avérés prometteurs, mais pas suffisamment concluants. Pendant près d'une année, la petite patiente et le docteur avaient travaillé ensemble et développé une relation de confiance salutaire pour eux deux, proche d'un lien de filiation. Sans doute l'inventeur voyait-il en Pétunia une opportunité de rejouer le passé, lui qui n'avait pu préserver ses deux filles d'un funeste destin.

Messire O'Farrell observa la chauve-souris en approche avec une concentration si intense qu'elle requérait un immobilisme total et soudain qui me fit buter contre son dos. Mon nez s'écrasa dessus en une embrassade des plus contrariantes. Frottant l'arête douloureuse de la victime, je fus à deux doigts de molester le dos responsable. Je me retins, je ne tenais pas à propager la souffrance à d'autres parties de mon corps.

— Ça, par exemple ! Lady Sláine ?

L'Irlandais me chercha du regard à ses côtés, mais j'étais toujours derrière lui pour cause d'arrêt non signalé.

— Votre nez est un peu rouge. Souffririez-vous d'une allergie ? osa-t-il s'enquérir en se tournant de trois quarts et en se penchant de presque autant.

Si une telle affliction pouvait faire éternuer mes nerfs, alors oui, j'en étais certainement atteinte.

— Non, non, simplement une démangeaison passagère, bougonnai-je.

Pétunia vint tourner une fois au-dessus de nos têtes à des fins de reconnaissance sonore. Puis elle se posa sur l'une des appliques murales et replia ses ailes en un discret grincement.

Les quatre filles du Dr Wheelcog appartenaient toutes à la race des pipistrelles. Elles présentaient une physionomie identique : petite taille, poil brun-gris, roux sur le dessus, truffe foncée et yeux noirs écartés. Si le doute était permis concernant l'identité de l'une d'elles, il suffisait de jeter un œil à la bague que chacune portait à la patte. Bleue pour Anémone, rouge pour Capucine, jaune pour Églantine, et violette pour Pétunia.

— Cette créature compte-elle parmi vos amies ?

— Pas exactement. Il s'agit de Pétunia. Elle appartient à lord Wheelcog, l'inventeur de la reine.

— Est-ce à lui qu'elle doit ses ailes métalliques ? Y en a-t-il d'autres comme elle ?

— Oui et oui. Mais ne vous attendez pas à les voir, il n'y a que Pétunia qui soit assez aventurière pour voler dans ce couloir. Les autres préfèrent rester dans les quartiers du Dr Wheelcog, près de lui, là où il fait plus sombre.

— Puis-je espérer lui rendre une visite de courtoisie ?

— Je crains que ce ne soit pas possible. Lord Wheelcog est mal à l'aise avec les gens qu'il ne connaît pas. Pour tout vous dire, il vit reclus dans son laboratoire depuis de nombreuses années maintenant. Il a vécu une expérience traumatisante. Il... il a été séquestré par une organisation qui voulait utiliser son génie pour des desseins contestables. Mais il a refusé de trahir son serment envers son pays. C'est du moins ce que l'on m'a raconté. Lui-même n'évoque jamais le sujet, lui expliquai-je sans toutefois mentionner la perte de sa famille qui sortait du champ des spéculations pour entrer dans un autre plus personnel.

— Je comprends. J'ai moi-même été dans une sorte de prison un temps. Je sais combien cela peut changer un homme.

Mais encore ? brûlai-je de demander. Hélas, s'il y avait des questions qu'il ne valait mieux pas poser, cette recommandation n'étant pas un terreau assez fertile pour faire germer la tige d'un scrupule dans mon esprit, il n'en allait pas de même pour les questions qu'on n'était pas en droit de formuler du fait d'une intimité non approfondie. Vu ma maladresse dans les relations humaines, je n'étais pas près d'approfondir quoi que ce soit avec messire O'Farrell.

Nous poursuivîmes notre progression dans le couloir desservant les bureaux de toutes les Roses actives. Les pans de mur séparaient les offices ayant pour vocation d'exhiber les mines solennelles des agents disparus en service ou morts de manière naturelle, ce qui arrivait plus rarement.

Les mains derrière le dos, mon partenaire observait chaque porte d'un œil critique. Il hochait la tête comme pour approuver ce qu'il découvrait, ou, fut-ce du moins ce que j'en déduisis, pour désapprouver lorsque aucun mouvement ne venait ponctuer l'inspection.

— Cela fait beaucoup de portes. Certaines ne précisent que le nom de l'occupant, mais pas son domaine d'intervention.

— C'est parce que le club emploie également des non sensibles.

— Hum... En Irlande, nous préférons que les affaires surnaturelles restent au sein du clan.

— Ici, nous n'avons pas de clans à proprement parler. Mais sachez – et je ne me justifie pas pour que vous validiez nos méthodes – que ces employés ont tous au minimum un cousin au premier degré possédant des capacités hors norme. Lors d'infiltrations, on se méfie moins des non-sensibles que des gens talentueux, d'autant que, depuis quelques années, certaines grandes maisons se sont dotées de détecteurs magiques.

— Hum, je vois, s'entêta-t-il de sorte que je crispai les poings.

— Nourrissez-vous un ressentiment particulier envers les non-sensibles ? Parce que cela sonne comme tel. Vu que nous faisons équipe, j'apprécierais d'être fixée sur ce point.

— Les non-sensibles parlent de ce qu'ils ne connaissent pas vraiment, mais je conçois qu'ils vous soient utiles, énonça-t-il froidement, preuve cuisante que l'Irlandais commençait déjà à développer une certaine immunité à mes humeurs. Pardonnez ma distraction, vous froisser n'était pas dans mes intentions, ajouta-t-il en me faisant face tout en m'indiquant du menton un portrait bien précis. Lady Violet Adamson, votre mère. C'est étrange, vous ne lui ressemblez guère, pas plus qu'à votre père, je dois dire.

Feu Lady Adamson était une belle femme aux cheveux d'un blond clair avec des boucles parfaites et aux yeux bleu azur rieurs. Ils contrastaient avec l'austérité de sa posture, ses mains étant croisées dans son giron et ses épaules bien droites. Cette incertitude quant à l'état d'esprit du modèle n'était pas sans rappeler la présumée facétie de *La Joconde* de Léonard de Vinci. C'était bien vu, je ne lui ressemblais en rien.

— C'est normal, sir Barthelemew m'a adoptée lorsque j'avais huit ans.

L'Irlandais me regarda, penaud. Ses yeux illuminés telle la voûte céleste semblèrent scruter une tache imaginaire sur mes joues. J'ignorais comment les femmes de son pays géraient leur sensibilité, mais il ne risquait pas de voir la mienne déborder par mes canaux lacrymaux. Le barrage de l'étiquette les disciplinait quand mon naturel stoïque rendait les armes. Autant dire que le premier bénéficiait de longues périodes d'oisiveté.

— Veuillez accepter mes excuses. Je n'en savais rien.

— Je me doute que vous n'en saviez rien. Seules mes voisines – que je ne vous souhaite pas de rencontrer, soit dit en passant – se font un malin plaisir de le glisser dans chaque conversation pour rappeler que je ne suis qu'une arriviste. Et comme elles ne peuvent s'empêcher de tout ramener à elles, elles se hâtent systématiquement de préciser qu'elles ont les yeux aussi bleus que leur sang doit l'être. Vous vous doutez bien que je me garde toujours de leur faire remarquer que l'excès de sang dans le cerveau est un fait des plus inquiétants, tout comme je m'abstiens de leur dire qu'en l'occurrence cette théorie pourrait néanmoins expliquer certaines carences dans leur réflexion.

Messire O'Farrell éclata de rire, il n'y avait aucun autre mot pour décrire l'explosion de voix qui ricocha sur les murs en de multiples échos caverneux. Je n'aurais pas été étonnée que l'un des portraits se décroche pour fuir ces dangereuses vibrations. Elles firent d'ailleurs tressauter Pétunia qui manqua de tomber de son perchoir. J'eus le réflexe de tendre les mains en coupole pour lui offrir un point de chute plus rembourré que le sol.

— Heureusement que vous êtes fille unique, sinon vous auriez risqué de rendre vos frères et sœurs complètement fous.

— Parce que vous, vous avez sûrement été un frère exemplaire, si tant est que votre mère ait été assez téméraire pour songer à donner le jour à d'autres petits Kieran O'Farrell.

— Je ne peux répondre à la place de ma mère. Peut-être a-t-elle prié en secret pour conjurer le mauvais sort ? Et je ne saurais dire si de telles prières ont été exaucées, mais sachez qu'à mon humble avis mes deux jeunes sœurs sont bien plus terribles que j'aie pu l'être.

— Je n'en crois pas un traître mot, répondis-je en souriant à demi.

— Peut-être aurez-vous un jour l'occasion d'en juger par vous-même.

— Vos sœurs font également partie de l'Irish Tree ? Est-il prévu qu'elles viennent vous prêter main-forte pendant l'enquête ?

— *Jaysis*, non ! Elles sont très bien sur le domaine familial. Je voulais dire… Enfin, si un jour, par le plus grand des hasards, vous passiez par l'Irlande, vous pourriez nous rendre visite.

Un silence, dont on aurait presque pu palper les rondeurs, enfla jusqu'à atteindre un seuil critique. Il ne le dépassa heureusement pas avant que je réponde à cette invitation pour le moins inattendue.

— Si l'occasion se présente, pourquoi pas. Mais encore faudrait-il que le club m'envoie en mission là-bas.

Et malheureusement, ma condition de sangsue m'attachait à Londres.

— Oui, évidemment, dit-il en se raclant la gorge.

Nous étions presque arrivés devant la salle du TEA. L'appareil fonctionnait sans discontinuer. Des équipes constituées de deux sorcières, l'une s'assurant du bon état du télégraphe magique, l'autre s'employant à retranscrire les missives éthériques, se relayaient.

L'invention ressemblait à une locomotive possédant en guise de roues des conteneurs de verre à la base d'aluminium dans lesquels était stockée l'énergie mystique nécessaire à la transmission. Une sorte de cheminée en forme de cône, incrustée de rubis pour stimuler la propulsion, fumait en permanence. Il avait fallu installer un système de ventilation complexe pour pouvoir l'évacuer non pas vers la surface, mais plus en profondeur. Plusieurs cylindres longilignes en cuivre, chacun représentant une destination précise, partaient de cet îlot central. Leurs extrémités étaient ouvertes, sauf lors d'envois durant lesquels elles étaient bouchées à l'aide d'une lunette d'ambre amovible, pierre réputée pour bloquer l'énergie.

Une sorte de cabine en hémicycle protégeait les sorcières d'une exposition nocive aux flux de courant surnaturel. Bien à l'abri, elles étaient assises devant une sorte de bureau dans l'attente d'un mouvement. Lord Wheelcog avait ajouté une touche toute personnelle au processus de communication en greffant aux murs et plafond une série de miroirs tous dirigés vers un point d'entrée de la structure hermétique. Un diamant canalisait la puissance, permettant d'activer le bras d'un automate qui inscrivait le message en morse. L'une des employées le traduisait en même temps qu'il était reçu, pendant que la seconde actionnait l'espèce de boîte à musique enregistreuse qui, au lieu de faire danser une ballerine, faisait voler une chauve-souris. L'opération achevée, celle-ci éjectait une bille bleutée qui était archivée avec soin en fonction de la date, de l'heure et de l'expéditeur.

Un hublot distinguait la porte du TEA des autres en enfilade dans ce large couloir. Y était accroché un portemanteau converti en porte-lunettes, un objet dont il fallait obligatoirement se munir avant d'entrer. J'en décrochai une paire pour moi et une autre pour messire O'Farrell. La porte étant close, je me hissai sur la pointe des pieds pour m'assurer que la voie n'était pas lumineuse à l'excès et donc libre. Elle ne l'était pas.

J'entendis le sifflement caractéristique qui précédait l'arrivée d'une communication. Des grésillements magnétiques vinrent s'ajouter à ce fond sonore agressif. Une vive lueur ondoya en des centaines d'embranchements dans la pièce, nous contraignant à demeurer à l'extérieur le temps que la réception soit complète.

Toujours aplatie contre la fenêtre circulaire, je sentis l'Irlandais se pencher au-dessus de moi, une manœuvre qui rogna plusieurs centimètres requis par l'étiquette. Le tissu rêche de sa robe de bure frotta contre mon dos. Je ne bougeai plus, affolée par la sensation de chaleur qui m'enveloppa comme un cocon. Deux mains aux longs doigts, et aux paumes trop vigoureuses pour m'appartenir, jaillirent sur la droite et la gauche de mon champ de vision. D'instinct, je serrai les coudes contre mes flancs pour me rendre aussi insignifiante que possible. C'était une chose de profiter d'un peu de chaleur gracieusement offerte. C'en était une autre de participer allègrement au réchauffement.

Mon partenaire s'approcha plus, de sorte que je sentis son souffle balayer le sommet de ma tête. Le mien adopta un rythme digne d'un quadrille, ce qui était peu convenable compte tenu de l'absence de musique. Les pointes de mes pieds commençaient à souffrir d'être ainsi sollicitées. Je les reposai au sol lentement, espérant leur épargner une atrophie définitive. Je crus que cela ferait dévier la brise irlandaise vers une autre direction, mais celle-ci s'obstina à me poursuivre.

Des cheveux bruns aux reflets auburn atterrirent sur mes épaules, taquinant agréablement mon cou. Un discret reniflement, qui ne pouvait émaner de moi tant mes respirations s'étaient espacées, me parvint des hauteurs. Je me sentis soudain comme un sachet de thé ayant flotté trop longtemps dans sa tasse et me surpris à échouer contre un rebord solide, mais pas de porcelaine. J'entrevis les mains masculines appuyées contre la porte glisser subrepticement pour venir se ficher sur mes bras, avant de se poser sur ma taille de manière d'abord un peu molle, puis plus assurée.

Tout à coup, le battant de la porte s'ouvrit. Je fis presque mon entrée à genoux, mais l'Irlandais m'empêcha de me prosterner totalement devant le TEA qui, si utile et ingénieux soit-il, ne méritait pas une telle déférence. Je fus donc remise d'aplomb, si vite que mon orgueil resta misérablement étalé sur le parquet.

Deux rires aigus et dissonants fusèrent, l'un sur ma gauche, l'autre en provenance de la cabine de protection. Rouge de honte, je me contentai de fixer l'endroit où avaient glissé mes lunettes qui me parurent fascinantes alors qu'elles et moi étions de vieilles connaissances. Je m'attardai sur leur physionomie familière et dus admettre qu'elles étaient difficiles à porter avec élégance malgré leur jolie finition : bandeau de cuir marron, verres renforcés surmontés de cadrans en cuivre. À les voir ainsi tournées vers ma personne, on eût dit de minuscules écoutilles qui ne demandaient qu'à s'ouvrir sur un océan d'humiliation.

— Bonsoir, lady Sláine, pépièrent ensemble les deux sorcières en se trémoussant à la vue de messire O'Farrell.

Je leur retournai un bonsoir impersonnel, car je ne parvenais jamais à retenir l'identité de toutes les recrues du coven. Mais je partais du principe qu'elles étaient, à de rares exceptions près, des grains de sable grossiers et donc qu'il valait mieux garder une vue d'ensemble afin d'éviter que la plage ne se transforme en sables mouvants. Une lady devait savoir ignorer les travers les plus criants à défaut de pouvoir les faire disparaître. *A contrario*, en des circonstances occasionnelles, elle pouvait lever le rideau de l'ignorance, notamment pour tester un partenaire en le jetant dans deux paires de bras aussi avides.

— Je vous présente…

— Messire O'Farrell. Nous avons eu le privilège de lier connaissance hier soir à Whitechapel, m'interrompit l'une d'elles en souriant béatement tandis que l'autre lui assénait un petit coup de coude complice.

L'Irlandais en leva un sourcil dubitatif.

— Lier connaissance, voyez-vous cela.

Pour sa défense, le prétendu faiseur de nœuds sociaux parut désappointé. Son plissement d'yeux attesta qu'il cherchait dans sa mémoire l'explication d'une telle hardiesse verbale. On était loin de la moue du garnement pris la main dans le bocal à cookies.

— Puisque vous avez déjà été présentés, je vous laisse le soin d'aider messire O'Farrell à contacter l'Irish Tree. Et je vous serais reconnaissante d'avertir Eleanor quand vous aurez terminé afin qu'elle envoie un gnome pour le conduire à la bibliothèque.

Je me tournai vers l'agent, pas peu fière de le mettre mal à l'aise, une manière de lui rendre la monnaie de sa pièce pour m'avoir troublée devant la porte. Si l'océan d'humiliation ne m'avait pas noyée, je n'avais pas pour autant apprécié de le savoir si près.

— Lady Sláine, ne pouvez-vous pas patienter et m'accompagner vous-même à la bibliothèque ? me demanda l'Irlandais, pensant que j'étais une bouée à laquelle il pouvait se raccrocher.

Malheureusement pour lui, j'étais la houle qui allait se faire un plaisir de l'éloigner du navire pour tester ses aptitudes de nageur en eaux troubles.

— Allons, messire O'Farrell, vous ne voudriez pas heurter la sensibilité de ces demoiselles qui semblent si bien disposées à votre égard ? (Je baissai la voix pour poursuivre :) N'oubliez pas que ce sont des sorcières, et il n'est pas rare qu'elles usent de leurs capacités pour réparer l'affront d'un rejet.

— Êtes-vous en train de vous jouer de moi ? me demanda-t-il, ses yeux s'étrécissant pour n'être plus que deux fentes.

— Pas du tout. Je dois voir lord Wheelcog. Et j'essaie juste de vous rendre le séjour des plus agréables en déléguant puisque, à cause de mon absence momentanée, je ne pourrai décemment veiller sur vous.

— Je compte bien vous remercier plus tard pour les bons soins *décents* qu'on me dispensera, me menaça-t-il en dévoilant ses canines.

Nous étions si proches que la messe basse en devint déplacée. Une fois n'est pas coutume, celles qui en temps normal bafouaient les convenances intervinrent pour les défendre en allongeant ce mince espace qu'elles vinrent combler par leurs présences.

— Messire O'Farrell, venez, nous allons vous expliquer comment fonctionne cet appareil de transmission qui doit varier quelque peu par rapport à celui de l'Irish Tree. Vous allez voir, c'est tout à fait fascinant...

La suite de la conversation se perdit tandis que je refermais la porte. Je jetai un dernier coup d'œil à l'intérieur pour voir un Irlandais crispé et pris en sandwich entre deux femmes, chacune voulant un bout de ce morceau de choix, une dégustation qui commença par des bras agrippés et dûment flattés.

13

Où un pingouin attendrissant règne sur une banquise de cuivre

Après avoir vérifié que l'ascenseur n'était pas occupé par un incube italien qui semait sa magie comme le pollen, je l'empruntai pour descendre au niveau inférieur, celui sur lequel lord Wheelcog avait littéralement creusé son trou. Il avait, en effet, aménagé des galeries naturelles pour installer son laboratoire et ses quartiers, même si ces derniers lui servaient plutôt à entreposer des tableaux de maître qu'il ne prenait pas la peine de suspendre.

Comme chaque fois que je pénétrais dans ces lieux, je me sentais oppressée par tant d'immensité que mes yeux n'appréhendaient que partiellement. Il y faisait très sombre pour permettre aux chauves-souris domestiques de circuler librement ; seules quelques appliques magiques étaient incrustées dans les parois rocheuses, une sur deux étant activée. Ce faible éclairage ne gênait nullement l'occupant du réseau souterrain. Le docteur portait sur le front une pierre lumineuse tenue par un bandeau de cuir pour ses travaux les plus minutieux.

Selon ses volontés, celle-ci avait été spécialement pensée pour ne pas agresser la vue de ses filles, un sort complexe ayant fait en sorte que cette gemme fonctionne sur un plan accessible à la seule vue des humains.

Si lord Wheelcog avait conservé une vision acérée et était presque nyctalope du fait de sa longue captivité, son ouïe, en revanche, était catastrophique. Il avait en permanence autour du cou un cornet auditif en bronze qu'il pouvait fixer à l'oreille quand il vaquait à ses occupations toutes scientifiques. Ce qui revenait à faire de cet instrument un prolongement de son anatomie, car le vieil homme était obsédé par son travail au point d'en oublier de manger. Cela lui valait au moins une fois par mois de se retrouver alité. Et encore, il fallait presque l'attacher pour s'assurer de sa pleine coopération.

De grandes tables en bois étaient alignées de chaque côté de la cavité principale. L'allée entre elles était sillonnée par des automates étincelants, témoignant du soin que l'inventeur mettait dans l'entretien de ses œuvres. Tous avaient plus ou moins la même forme, jusqu'aux roues de landau renforcées en guise de pieds, et partageaient une nudité métallique que le savant rechignait à cacher. Il voyait en chaque jonction de plaques ou boulon une perfection émouvante. Ces étranges majordomes mesuraient près d'un mètre cinquante, la majorité des centimètres étant concentrée sur leur buste cubique qui renfermait un cœur de cristal. Alors même qu'il aurait été plus pratique de le fixer dans la boîte crânienne, lord Wheelcog, n'écoutant que son âme de poète, avait travaillé d'arrache-pied pour le placer à cet endroit précis. Il considérait que la vie émanait du cœur et de nulle part ailleurs. Il tenait à ce que ses bambins de métal, à défaut d'éprouver des sentiments, disposent d'un écrin symbolique où il pouvait insuffler les siens propres à l'occasion de chaque réglage.

L'un des employés mécaniques, celui étant affublé d'une espèce de crinoline à étagères, se précipita avec trop d'entrain du bout de la grotte, où il reposait, vers son maître, et il buta contre une paroi récalcitrante. Sa tête, ayant la forme d'une soucoupe renversée, s'abaissa brutalement sur son thorax comme s'il adressait un mot d'excuse au mur violenté. L'inventeur, tendant une main dans le vide tandis qu'il était penché sur l'un de ses ouvrages en cours, se rendit compte de l'absence de sa caisse à outils mobile. Sans prendre la peine d'enlever ses lunettes grossissantes, il chercha à quelle étape du circuit, préenregistré dans la tête de son automate, il pouvait y avoir eu une défaillance.

En le voyant s'avancer pour secourir la victime localisée, je ne pus m'empêcher de comparer sa démarche à celle d'un pingouin à crête tant il se dandinait, reproduisant ainsi le mouvement d'une pendule à balancier. Je m'en voulus de sourire à cette comparaison, car c'était là la conséquence d'une atrophie musculaire chez le docteur qui, pour remédier à une paralysie certaine, s'était fabriqué des prothèses externes. Elles lui permettaient de marcher sur de courtes distances. La puissance de la structure devait se satisfaire de la faible constitution de son porteur qui donnait, de ce fait, l'impression de se déplacer en économisant ses forces compte tenu des à-coups qui saluaient chaque avancée.

Je me décidai à entrer dans la caverne. Comme je m'y attendais, les petits chiroptères annoncèrent mon arrivée en faisant bouger les guirlandes de clochettes qui se croisaient à cinq mètres au-dessus du sol. Le système d'alarme enclenché, lord Wheelcog me considéra avec une légère suspicion avant qu'un large sourire vienne creuser plus profondément ses rides, transformant son visage en un pruneau tout rabougri.

Cela me rappela notre première rencontre lorsque, ayant échappé à la surveillance de sir Barthelemew, je m'étais amusée avec l'ascenseur en appuyant sur tous les boutons. J'avais rejoint ce niveau-ci pour découvrir un monsieur que je pensais déshydraté, à qui j'avais offert de venir prendre le thé avec moi. Il avait tellement ri qu'il avait laissé échapper quelques larmes. Elles m'avaient aussitôt rassurée sur l'état de dessèchement du personnage. Il avait finalement relevé mon invitation en m'offrant un breuvage aux fruits rouges que nous avions savouré dans un recoin de son laboratoire conçu à cet effet. Lord Wheelcog m'avait posé bon nombre de questions. J'avais immédiatement apprécié sa gentillesse et la façon dont il me traitait, d'égal à égal, sans compter sa tendance à divaguer qui n'était pas sans me rappeler mes moments d'égarement dans l'éther. De même que je voyais tout un monde fantomatique et coloré, le docteur avait laissé ouverte une fenêtre sur son passé sur le rebord de laquelle il s'asseyait. J'avais conscience qu'il aurait suffi de peu pour qu'il la franchisse sans espoir de retour dans le présent.

Depuis lors, dès que je venais au club, je descendais immanquablement saluer mon excentrique ami qui, en m'offrant des petites créatures mécaniques à remonter pour les faire voler ou marcher, avait contribué à développer ma curiosité scientifique. Avec les années, les cadeaux s'étaient transformés pour répondre à des besoins d'une nature différente, et le plaisir de le voir m'expliquer le fonctionnement de ses inventions demeurait entier.

— Oh Alice, que je suis content de te voir ! Comme tu peux le constater, papa a encore des progrès à faire, me dit-il de sa voix chevrotante.

Il arrivait au docteur de me confondre avec sa fille aînée, et cela n'était pas lié à une quelconque ressemblance, mais plus à une projection de sa mémoire. Je savais d'expérience qu'il valait mieux attendre que la rêverie passe plutôt que de le brusquer. Quelque part, je me plaisais à ne pas le détromper ; le mensonge agissait comme un baume sur la souffrance du lord. Il était parfois préférable de vivre avec des fantômes que dans la solitude.

— Capucine, ma chérie, c'est l'heure du rafistolage ! annonça-t-il tout guilleret en espérant rassurer la dernière venue dans cette fratrie volante qui avait donc encore des craintes à se faire manipuler.

Les chauves-souris arrivèrent ensemble comme pour encourager la jeune patiente. Elles se posèrent en rang sur la table d'examen, attestant un rituel bien huilé.

Capucine, courageuse, s'avança devant ses sœurs, s'allongea sur le dos et étendit son aile mécanisée sous l'œil attendri de son médecin. Il lui grattouilla gentiment la fourrure et lui taquina le museau.

— Je sais que ce n'est pas agréable, mais je te promets de faire vite et tu auras ta petite gâterie juste après.

À l'aide de plusieurs outils, lord Wheelcog s'affaira sur l'aile d'un blanc argenté. Il la déplia et la replia plusieurs fois, écoutant les bruits qu'elle émettait jusqu'à obtenir l'accord parfait selon lui. D'une nouvelle grattouille, il fit comprendre à Capucine que le calvaire était fini. Celle-ci se redressa d'un bond enthousiaste, quoiqu'un peu chancelant, et voleta en direction d'un récipient en verre qui contenait des insectes de première fraîcheur puisque très remuants. Je préférais ne pas savoir comment l'inventeur se procurait ces récompenses pleines de vie.

Dès qu'elle fut rassasiée, ce qui supposa quelques minutes, car les chauves-souris étaient voraces, elle rejoignit ses camarades pour un envol collectif vers les hauteurs, où leur père avait construit des perchoirs à l'aide de tuyaux recyclés.

Je me raclai la gorge assez fort pour rappeler ma présence à mon hôte qui, grâce au cornet bien en place, le faisant ressembler à un chevreuil ayant perdu l'un de ses bois, m'entendit du premier coup.

— Sláine, tu es venue ! pépia-t-il avec une chaleur qui me toucha. J'ai des choses à te montrer. Figure-toi que j'ai trouvé un moyen pour que tu puisses stocker des sorts. Je sais que tu es toujours très occupée, je vais donc essayer d'être concis. Si je m'éparpille, n'hésite pas à secouer ma vieille carcasse poussiéreuse.

— Voyons, vous n'êtes pas si vieux que cela, et votre esprit n'a rien perdu de son éclat.

— Bah si, je suis une vieille chose maintenant. On a l'âge de ses os, et les miens ne sont plus de première jeunesse, me contra-t-il en cognant sur l'encadrement de cuivre autour de son genou visiblement bloqué. J'ai fait mon temps, j'attends juste le signal de départ. Tout aussi bien, je l'ai raté. Il faut dire que mon ouïe n'est plus ce qu'elle était.

Il s'assura que son cornet soit en place et releva ses lunettes grossissantes. Cela me permit de voir ses yeux marron, ayant recouvré une taille normale, adoucis par la lourdeur de ses paupières inférieures.

— Dans ce cas, je ne saurais que trop vous conseiller d'utiliser votre cornet avec parcimonie. L'Empire et moi ne vous en voudrions pas de faire la sourde oreille.

— Tu es une brave petite, Sláine. Ton papa a bien de la chance de t'avoir. Fais attention à toi pour qu'il n'ait jamais à subir ma peine.

La réalité venait de s'abattre sur les frêles épaules du savant dont le regard s'embua un peu. Je n'avais pas les mots pour le consoler, je doutais qu'il en existe d'assez puissants pour ne serait-ce qu'atténuer son chagrin. Celui-ci le poursuivait depuis tant d'années qu'il n'avait plus aucun endroit où se cacher. Tout ce que je pouvais faire, c'était lui changer les idées en l'aidant à se recentrer sur la seule chose qui l'empêchait de sauter par la fenêtre de ses souvenirs : son travail.

— Je suis sur une enquête. Je ne serais pas contre quelques gadgets de votre cru. Montrez-moi donc le fruit de vos recherches. Aidez-moi à ne plus être une sangsue sans défense.

Lord Wheelcog émergea des profondeurs de sa mémoire grâce au sentiment du devoir ravivé. Même si sa mine était moins sombre, je me doutais que des algues poisseuses s'accrochaient à lui et qu'il les laisserait en place, acceptant sa pénitence. Il se dirigea avec un certain entrain et plus d'à-coups qu'à l'accoutumée vers l'endroit où il entreposait ses créations terminées. Je le vis brandir fièrement un large écrin de velours noir ; on pouvait dire qu'il savait ménager ses effets. La théâtralité de la présentation ne s'arrêta pas là. Il me fit asseoir sur un tabouret haut, après l'avoir épousseté du revers de sa manche, et me demanda de fermer les yeux. Je m'exécutai en souriant, impatiente comme lorsque miss Rosembach avait préparé son délicieux gâteau au chocolat qui faisait de moi un poisson avide de plonger dans cet aquarium qu'était le four.

À son signal, je levai les paupières et découvris la plus belle parure de bijoux qu'il m'ait été donné de contempler. Les boucles d'oreilles étaient sobres, mais élégantes. Elles étaient constituées d'une pierre rose irisée en forme de goutte aplatie prisonnière d'une estampe fleurie d'un argent presque blanc. Le collier, quant à lui, avait en guise de chaîne une succession de perles, taillées à partir du même minerai, entrecoupées par des connecteurs de métal. Un grand cabochon ovale, protégé par des plantes argentées, était la réplique géante des perles. Il donnait l'impression de regarder une mer de nacre en perpétuel mouvement.

J'aurais pu douter de l'utilité de ce cadeau si j'avais été une non-sensible. Mais pour quelqu'un possédant mes talents, il y avait bien plus à voir qu'un somptueux pendentif ou de belles boucles d'oreilles. Chaque pierre brillait d'une lueur colorée, celles des boucles étant d'un bleu cyan, celles du collier d'un rose poivrée, et enfin celle du cabochon d'un violet foncé.

— Mais comment avez-vous réussi pareille prouesse ? m'écriai-je en sautant du tabouret. Les réceptacles sont si minuscules ! Des sorts d'immobilisme, de guérison, et même un de projection astrale si rare et volatile !

La seule fois où j'avais tenté d'attraper un tel résidu, qui ressemblait à un papillon farceur, je l'avais poursuivi sur près d'un kilomètre pour finalement tomber dans un trou creusé par des ouvriers ajoutant des lampadaires sur Fleet Street. C'est ainsi qu'une lady toute terreuse avait été privée d'opéra.

— Comme je suis soulagé ! Nous avons réussi ! Nous n'étions sûrs de rien, car tu es bien la seule, ma petite, qui puisse dire si les sorts sont bien enfermés. Miss Chatterton s'est fiée à sa perception, mais nous craignions d'avoir oublié d'utiliser plusieurs perles du collier.

Que miss Chatterton aide l'inventeur n'était pas surprenant ; elle était de loin la plus aguerrie des sorcières du coven. Mais qu'elle le fasse pour me rendre service me laissa pantoise. Je ressentis soudain une certaine honte à nourrir des mauvaises pensées à son égard dès que quelqu'un prononçait son nom.

J'aimais les cases et j'avais, dès notre première rencontre, mis l'ensorceleuse dans celle des cas désespérés souffrant d'excès de pédanterie affublés d'une vertu atrophiée. Atrophiée et non pas inexistante. J'avais toujours l'espoir de voir cette timide créature ramper hors de sa tanière. Comment un tel revirement était-il possible ? Miss Chatterton se retrouvait, tout à coup, écartelée entre deux cases avec force, car la plus charitable, réservée aux individus susceptibles de commettre des actes désintéressés, se trouvait loin, très loin, dans mon classement. Comme j'étais ordonnée et que je n'avais pas le temps de revoir ma méthode de rangement, je remis gentiment la sorcière à sa place originelle, estimant qu'elle avait surtout agi pour démontrer une nouvelle fois l'étendue de ses talents, et accessoirement pour gagner les faveurs du docteur.

Il était dans la nature de cette femme d'entrer en concurrence avec toutes les autres sans qu'on sache précisément ce qui déclenchait les hostilités décolletées et tactiles. Une chose était sûre, rien ne la freinait. Ni une alliance ni un âge avancé. À dire vrai, elle n'était pas non plus regardante sur le pécule de ses cibles. À croire que les îlots de virilité entourés de caravelles féminines, même dépourvues d'artillerie, suffisaient à enclencher le plan de conquête. J'avais toujours pensé qu'elle devait compter dans son arbre généalogique un incube, ce qui aurait pu expliquer pourquoi elle et Armando s'entendaient si bien.

— Je ne sais pas dans quelle mesure nous avons réussi à concentrer les sorts. Il y a peut-être eu des perditions en cours de processus. Mais j'ai songé à ces bijoux en me rappelant qu'enfant tu t'amusais à vider la réserve du club pour libérer les résidus que tu qualifiais de prisonniers (il gloussa à ce souvenir, et Pétunia atterrit sur son épaule pour partager ce moment de joie.) L'alliage et le minerai que j'ai utilisés proviennent d'Écosse, du fameux site dont je t'ai déjà parlé. Le métal m'a également servi à confectionner les ailes des filles. C'est l'un des plus solides et légers que je connaisse. La pierre, elle, a des propriétés étranges. Elle capte l'énergie et la retient. Je m'en suis rendu compte, car mon éclairage frontal perd en puissance chaque fois que je travaille à son contact. J'ai aussi réalisé, toujours par hasard – c'est souvent ainsi que les plus grandes découvertes se font, ce n'est pas Newton qui me contredirait –, que le métal aidait à stabiliser l'énergie. Sans Pétunia dans les parages (il gratifia ladite chauve-souris d'une caresse), j'aurais mis des années à le comprendre !

— Je ne sais pas quoi dire. C'est inespéré. Je n'ai jamais réussi à stocker par moi-même les restes magiques. J'ai toujours pensé qu'une fois en liberté ils devenaient claustrophobes. Sans doute faut-il générer soi-même de la magie pour l'emprisonner dès sa création quand elle est encore docile et malléable, comme les sorcières le font pour entretenir la réserve. Merci, lord Wheelcog. J'utiliserai ce cadeau à bon escient, je vous en fais la promesse.

— J'en suis certain, ma petite. Tu as toujours été si raisonnable.

Il marqua une pause, et j'entendis presque les vis de sa réflexion riper sur la suite de son discours.

— En parlant de cela, j'ai entendu dire que nous avions un Irlandais de l'Irish Tree dans les locaux.

— En effet. Messire O'Farrell du comté de Wicklow, dis-je avec prudence.

— O'Farrell ? C'est un sacré clan ! Ancien et talentueux. Même avant la création des agences, ils voyageaient à travers le monde pour enquêter.

Pourquoi avais-je l'impression que le lord me fournissait quantité de détails dans le but de brosser un portrait avantageux du personnage évoqué ? Drôle d'attention de la part d'un homme ayant choisi de vivre en marge de la société, qui pouvait donc se permettre d'éviter toute démonstration d'obséquiosité. Surtout quand l'intéressé brillait par son absence !

— Je l'ignorais. Il est... (séduisant ? horripilant ?) très compétent, déclarai-je finalement en repensant à la manière dont il s'était jeté sur Feardorcha pour me protéger.

Peut-être aussi que mon esprit s'égara sur un mollet caressé, une nudité exposée et un dos réchauffé...

— Sláine, ma petite, tu sais, la vie est courte, et c'est bien plus agréable d'en profiter à deux. Je t'ai rarement – pour ne pas dire jamais – entendue complimenter un agent comme tu viens de le faire, avec des étoiles dans les yeux. C'est signe qu'il ne te laisse pas indifférente. Peut-être gagnerais-tu à – je ne sais pas, moi – voir comment les choses évoluent.

Dans l'attente d'une réponse que je ne pus lui fournir dans le délai raisonnablement attendu, l'inventeur tritura son cornet et chercha ses lunettes télescopiques avant de réaliser qu'elles étaient entortillées dans son épaisse chevelure.

— Lord Wheelcog, je vous assure que nos relations ne sont pas de cette nature ! démentis-je avec une virulence qui passait encore plus mal que si elle avait été spontanée.

J'aurais tout aussi bien pu arborer une pancarte annonçant : « J'ai des pensées impudiques ».

— Si jeunesse savait et si vieillesse pouvait... (Il soupira si fort qu'il en toussa avant de reprendre :) Viens donc, ma petite, que je te montre mes derniers travaux.

Nous fîmes le tour du laboratoire, escortés par des gardiens ailés. Le docteur en profita pour m'expliquer qu'il confectionnait actuellement deux bracelets d'ambre pour Armando, ce dernier perdant son énergie principalement au niveau de ses mains. Cela ne m'étonnait guère tant ces dernières faisaient montre de beaucoup d'enthousiasme sous les jupons de la bonne société londonienne. Lord Wheelcog craignait que ces ornements ne soient trop féminins pour l'incube. Je me hâtai de le rassurer sur ce point. L'Italien aimait choquer, et j'étais certaine qu'il arborerait, avec fierté, ce symbole aussi ambigu que l'étaient ses goûts. Je ne me permis cependant pas de disserter sur la perte de magie que j'aurais plutôt qualifiée de gaspillage éhonté. Un peu de contrôle aurait pu remédier à ce désagrément, mais c'était là un mot banni du vocabulaire de Mr Di Renzo.

La visite scientifique se poursuivit devant deux prothèses nasales contenant de la poudre de café pour masquer les odeurs. Le caméléon du club avait développé une allergie au tabac mentholé qui faisait, depuis peu, fureur dans l'endroit le plus à la mode de Londres, que sir Barthelemew fréquentait avec assiduité, *Chez Alfred*. On comprenait sans mal combien un éternuement pouvait nuire à un camouflage dans le décor.

Enfin, l'inventeur attira mon attention sur deux aiguilles à cravate en alexandrite qu'il destinait aux spécialistes vaudous de notre organisation, recrutés à la suite de l'affaire du confectionneur de poupées des docks, sur laquelle j'avais travaillé. L'utilisation de cette pierre était judicieuse. Elle a pour propriétés de renforcer la volonté de son utilisateur, ce qui constitue, tout de même, le fonds de commerce des vaudouistes.

Lorsque je regagnai l'ascenseur, j'eus un pincement au cœur à l'idée de laisser le vieil homme seul. Durant un instant, je me surpris à espérer, même si cela n'était en rien souhaitable, que les fantômes de sa famille soient quelque part où je pourrais envoyer Feardorcha les débusquer.

14

De légendes et de soupe à la citrouille

La première fois que j'étais entrée dans la bibliothèque du club, un véritable temple de la connaissance tout en piliers recouverts d'étagères, j'avais fixé le plafond avec ébahissement et permis à deux gnomes affairés, que je n'avais pas vus surgir du fait de leur vitesse de déplacement, de me faire tomber en arrière. Mon postérieur avait heurté le sol de marbre avec une grande violence. La douleur dispensant les meilleures leçons, dès lors, je prenais toujours soin de raser les murs jusqu'à atteindre une table où m'asseoir, pour me prémunir contre tout autre contact déséquilibrant. Cette tactique avait porté ses fruits, et je n'avais plus eu à consoler mes agresseurs, tout émotionnés par le désagrément qu'ils avaient pu me causer, à coups de verres de lait remplis par mes soins, le geste étant d'une importance capitale puisqu'il attestait la sincérité de mon pardon. Il y avait quelque chose d'étrange dans le fait de devoir rassurer de si petites créatures qui pouvaient vous lancer un regard digne des plus grands criminels, si vous aviez le malheur de souiller votre lait en trempant un biscuit dedans.

Forte de cette expérience, je ne fus pas étonnée d'apprendre que l'Irlandais, avec ses dimensions imposantes, ait pu se retrouver sur le chemin de l'un des archivistes. Au moins, lui, avait-il eu la chance de rester dignement debout.

Pendant qu'il me rapportait les dernières informations en provenance de l'île d'Émeraude, je contemplai la bibliothèque à la recherche d'une section réservée aux anges et assimilés. Je débutai l'inspection par le premier étage auquel on accédait en empruntant des escaliers en colimaçon étroits, au nombre de deux. L'un était réservé aux gnomes dans le but d'éviter des roulés-boulés sur les marches.

Leurs rambardes ressemblaient à des racines d'arbres émergées du sol, parties à la conquête du ciel artificiel représentant la voûte céleste, toile d'encre sur laquelle s'invitaient plus d'étoiles que je n'en avais jamais vu, ainsi qu'une pleine lune blafarde. Cette illusion que l'extérieur, dans ce qu'il avait de plus inaccessible, était à portée de main, tendait à rendre l'endroit moins oppressant pour ceux qui ne trouvaient pas une évasion satisfaisante dans la lecture. L'utilité de ce pan de ciel dévoilé était bien plus essentielle. À mesure que les heures défilaient, celui-ci se modifiait pour revêtir les couleurs de l'aube, puis celles d'une journée pluvieuse ou ensoleillée en fonction de l'humeur météorologique de Londres. Ainsi, il nous rappelait qu'il était temps de rejoindre la société bourdonnante à laquelle nous appartenions tous, avec des degrés d'obligations variables. Mais c'est ainsi que le club avait toujours fonctionné. Les Roses devaient préserver les apparences, aussi trompeuses que celles-ci puissent être.

Ayant passé en revue un côté de l'étage, proposant des ouvrages traitant des créatures de la terre et de l'eau, je traversai mentalement le pont incurvé que j'aimais comparer à un vaisseau pirate ayant pillé une église. Tout de bois foncé et lustré, ce passage aérien était encadré par deux vitraux faisant office de barrières. Des roses ornaient les bordures de cette fresque de verre. Au milieu se trouvait l'emblème de la monarchie avec son lion rugissant et sa licorne enchaînée. Une fois amarré sur l'autre quai, il donnait accès à des encyclopédies sur les démons et autres créatures infernales. Je connaissais ces rayonnages sur le bout de mes doigts de mains et de pieds – mis à contribution pour atteindre les hauteurs, pour les avoir parcourus des centaines de fois depuis mon enfance. Je m'assurai donc, par pure conscience professionnelle, qu'aucun nouveau rayon consacré à leurs parents angéliques n'avait poussé tel un haricot magique.

Au rez-de-chaussée étaient surtout rassemblés les grimoires à potions et enchantements du coven. Ils côtoyaient de manière incongrue tous les romans et essais issus des littératures du monde entier.

Mon regard dériva avec envie vers mon fauteuil favori situé près d'une fontaine richement ouvragée. L'eau s'écoulait paisiblement sur une paroi de granite et terminait sa course dans un bassin où des poissons se mouvaient en toute tranquillité.

Alors que je m'imaginais nageant à leurs côtés, une voix grave et légèrement agacée me ramena sur la terre ferme, sèche et agitée.

— Lady Sláine, vous m'écoutez ?

Je fixai tour à tour la table envahie par des livres de démonologie et de légendes celtes, et mon partenaire. Il avait revêtu une tenue plus couvrante bien qu'encore à mi-chemin sur l'échelle des standards de la bienséance.

— Oui, oui. Vous disiez que Criom Murray n'avait pu vous fournir d'autres informations au sujet de l'affaire car Erlina était engagée dans des négociations éthériques avec la reine des araignées tisseuses, sa communauté ayant établi son nid dans votre manoir. En revanche, j'ai peut-être mal compris l'endroit où vous avez déniché ces nouveaux habits, ajoutai-je en visant la chemise blanche à jabots transparente, digne des héros de l'univers austenien.

— Les sorcières semblent avoir des goûts romanesques, mais je ne suis pas mécontent d'avoir quitté mon autre tenue. Elle me démangeait à certains endroits *sensibles*, me répondit-il en me lançant une œillade amusée.

Même si je supposais que les bons soins décents qu'on lui avait prodigués n'étaient pas si révoltants que cela et qu'ils avaient peut-être consisté en un grattage des zones dites *sensibles*, je ne relevai pas et me mis à feuilleter distraitement l'un des ouvrages laissés ouverts par messire O'Farrell. La jalousie me picotait comme s'il s'était agi d'une aiguille privée de canevas depuis une décennie, et ses multiples morsures étaient plus vives que celle du très édenté sir Protocole choqué par la désinvolture de l'ex-sac à patates ambulant.

Aspirant à me perdre dans la lecture, je me focalisai sur un chapitre entier consacré à Jack O'Lantern représenté par le folklore populaire comme un épouvantail avec une tête de citrouille grimaçante. Même en y mettant toute ma bonne volonté, j'avais du mal à trembler devant une courge susceptible de finir en soupe, que j'affectionnais au demeurant.

Levant les yeux d'exaspération, je vis l'agent étranger observer les gnomes avec insistance, même ceux qui se déplaçaient à une allure inhumaine et dont les couleurs vestimentaires déteignaient sur l'espace au point de laisser une empreinte temporaire derrière eux.

— Vous pouvez les voir quand ils bougent à cette vitesse ? m'étonnai-je.

— Oui. Ce ne sont pas les premiers gnomes que je croise, mais ce sont les premiers que je vois œuvrer pour le bien commun. Vous ont-ils prêté serment ou quelque chose dans le genre ?

— Pas à ma connaissance. Pourquoi ?

— Les gnomes ont beau apprécier de fréquenter les humains et de leur être utiles, ils n'en restent pas moins craintifs et influençables. (Devant mon air ahuri, il enchaîna :) Connaissez-vous la légende qui dit qu'un gnome voulant à tout prix rendre service à son ami humain a fini par le trahir ?

— Je n'ai pas cette chance, mais vous semblez enclin à m'instruire, lui souris-je pour détendre l'atmosphère, une vaine tentative tant l'Irlandais semblait grave.

Il se pencha en avant pour instaurer une bulle d'intimité et pour cela, à l'aide de son coude, il violenta les pages d'un livre, à la place duquel j'eus envie de crier.

— Eh bien, ce gnome a négocié l'âme de son ami avec le Diable, de sorte que ce dernier a pu lui ôter son immortalité. Tout cela parce que le Diable lui a fait croire qu'il l'aiderait en agissant ainsi. Privé de la source de son humanité, il n'aurait plus à souffrir des tourments qui étaient les siens. En fin de compte, il était question de lui retirer bien plus que sa souffrance, notamment son accès au paradis. Il vaut donc mieux instaurer un lien d'autorité dans les relations avec les gnomes en scellant un pacte magique, ce qui nous préserve de la moindre trahison.

L'Irlandais avait l'air de penser que j'allais adhérer à l'implacable logique de sa démonstration. Si l'espoir avait été un paon, il lui aurait tourné le dos avant de déployer sa queue plumée pour le dissuader d'attendre quoi que ce soit.

— Ce ne sont pas des esclaves et ils vivent ici par choix depuis deux générations. Ce sont des individus volontaires et cultivés, les meilleurs archivistes qu'on puisse trouver. Je ne vois pas l'intérêt de les asservir comme vous le suggérez. D'autant qu'ils ne sortent pas d'ici. Le club est leur maison. Et les démons ne peuvent pas abuser de leur naïveté entre ces murs grâce aux symboles cabalistiques gravés dans les fondations du bâtiment.

Les lèvres de messire O'Farrell se tendirent comme si deux hameçons avaient agrippé chacun l'un de leurs coins. L'individu pouvait se montrer si vindicatif par moments qu'il me contraignait à répondre sur la défensive, comme un chien défendant son territoire pourtant délimité par des traces odorantes.

— La loyauté est un concept aussi incertain que le vent. Il peut souffler dans un sens comme dans l'autre, sans qu'on s'y attende, renchérit-il avec un mouvement de tête visant à me faire comprendre qu'il me pardonnait de m'être écartée de la voie du bon sens.

— Voilà des propos bien pessimistes auxquels je n'adhère pas. Pour moi, la loyauté se doit d'être entretenue, non pas avec des chaînes, mais par des marques de respect et de confiance.

Dans l'attente de sa prochaine réplique, mes mains se crispèrent sur le bord de la table. Je n'appréciais pas que nous ayons des positions aussi antagonistes alors que nous étions supposés travailler ensemble. C'était la porte ouverte à toutes sortes de ratés sur le terrain, certains pouvant nous mettre en danger de mort. Je lui avais pardonné d'avoir dédaigné le thé au profit du café, mais je ne pouvais pas en faire de même concernant ses valeurs et son manque de confiance en mon jugement.

— Vous n'avez peut-être pas assez vécu pour vous en rendre compte. La sagesse vient avec l'expérience.

— Vous n'avez rien d'un vieillard pour me parler ainsi, le contrai-je en fronçant les sourcils avec force, craignant que mes yeux n'embrassent l'arête de mon nez.

— Je suis plus âgé que j'en ai l'air et certains événements peuvent vous faire vieillir prématurément, lady Sláine.

Que savait-il de mon passé ? Rien, strictement rien. J'avais été une orpheline, une paria, et en devenant une Rose, j'avais chassé, voire été chassée par des poltergeists, des démons, des vaudouistes et vu les cadavres qu'ils semaient avec un plaisir macabre. Il n'avait aucun droit de se réfugier derrière sa prétendue expérience de la vie pour minimiser la mienne avec une telle condescendance.

— Je vous laisse à vos recherches, j'en ai à faire de mon côté. Sans doute nous retrouverons-nous plus tard. Il vous faudra compter sur une autre personne pour vous reconduire à la surface. Pourquoi pas l'un de ces gnomes en qui vous n'avez aucune confiance ?

— Comme il vous plaira. Avant que vous ne partiez, vous serez peut-être intéressée de savoir ce qu'est exactement votre nouveau prétendant.

Qu'est-ce que c'était que ça ? Une autre version du calumet de la paix ?

— Feardorcha ?

Je regardai l'Irlandais se détendre contre le dossier de sa chaise, un sourire asymétrique révélant que l'un des hameçons avait lâché prise. Son aura dorée redoubla d'intensité. Elle paraissait prendre possession de l'espace alentour, comme si le fait d'avoir réussi à m'intriguer faisait gonfler son orgueil qui débordait de sa personne.

— Oui.

Ce simple mot valait son pesant d'or tant les messages qu'il recélait étaient nombreux. À commencer par celui qui me faisait comprendre que je devais être une fille obéissante qui ne quitterait cette table que lorsqu'elle aurait démontré l'étendue de sa raison. J'étais persuadée qu'il avait perfectionné cette technique auprès de ses jeunes sœurs.

— Donc ?

— Vous êtes moins pressée de partir, tout à coup. Vos recherches ne sont-elles plus aussi urgentes ? osa-t-il en dévoilant son sourire et ses canines avec.

— Mais vous allez parler, oui !

— Inutile de vous mettre dans cet état. L'information ne va pas s'envoler. Tenez.

Il me glissa sous le nez un livre aux pages jaunies, ce qui était à peu près le cas de tous ceux de la bibliothèque. Mon attention fut attirée par une enluminure qui me fit rire doucement. Et pour cause, en dehors du trait grossier du dessin, elle était censée représenter Cerbère, le chien à trois têtes gardien des Enfers.

— Au cas où vous ne l'auriez pas remarqué, Feardorcha n'a qu'une seule tête, pas d'écailles et il ne crache pas de feu. (Il avait une couronne flamboyante, mais ce n'était qu'un détail, n'est-ce pas ?) Quant à Cerbère, il doit être bien occupé pour venir se promener dans notre monde.

Comme les archanges, minauda une voix guillerette dans ma tête.

— Oh, mais j'oubliais de vous montrer ce parchemin.

Un duel d'yeux s'engagea. Les miens, sceptiques, cédèrent au premier mouvement d'éclats dorés, annonciateurs d'une brillance féline. Je regardai le document venu étayer la théorie de messire O'Farrell. Des symboles défilèrent devant mes yeux. Je crus reconnaître quelques lettres, mais elles formaient un tout uniforme et calligraphié dont la signification m'échappa. Du gaélique, évidemment.

— Je ne parle pas le gaélique.

— Moi, si.

— Je ne vous supplierai pas si c'est ce que vous attendez, dis-je en me demandant s'il était vraiment judicieux de sa part de provoquer une femme armée de couteaux.

J'évaluais mes chances de toucher une cible aussi mouvante que lui quand je me rendis compte que je pouvais tout aussi bien demander à Feardorcha de s'en occuper une fois dehors. Cela éviterait de salir un tel sanctuaire de la connaissance, et accessoirement de traumatiser des gnomes au risque de les voir vider toutes les bouteilles de lait de la ville.

— Selon ce recueil de témoignages, débuta-t-il finalement, mes pensées ayant peut-être été plus transparentes que je ne le pensais, Cerbère ne serait pas un seul être, mais en réalité un groupe de trois chiens des Enfers issus de la même portée démoniaque. Ce ne serait pas la première fois qu'il ne faudrait pas prendre les légendes au pied de la lettre. Vous ne pensez tout de même pas que Jack O'Lantern a cette tête-là ? conclut-il en posant le doigt sur ledit personnage en version papier.

— Cette idée ne m'a jamais traversé l'esprit.

Au revoir, la soupe...

— Il me paraît évident que Feardorcha est seul et gentil, repris-je, essayant de creuser des trous dans son raisonnement.

— Il a sûrement poursuivi le démon invoqué jusqu'ici, voilà tout. Et s'il vous aime bien et vous obéit, ça ne fait pas de lui un chien gentil avec l'humanité entière.

— Et que dit votre parchemin au sujet de comment renvoyer un gentil tiers de Cerbère aux Enfers ?

— Rien. C'est une situation sans précédent. Je crois que vous vous êtes fait un ami pour la vie.

En soulevant le parchemin pour revoir le légendaire Cerbère, mes yeux se posèrent sur un livre intitulé *Chamanisme et esprits de la nature*.

— En quoi ce livre-ci peut-il nous aider dans l'enquête ? demandai-je, suspicieuse, tentant de relever la cote de l'ouvrage pour m'y plonger plus tard.

— En rien. J'effectue aussi des recherches personnelles.

Il retira le livre de ma vue avec la dextérité qui le caractérisait. Je déduisis du regard inexpressif qu'il me lança que le contrôle de ses émotions était trop parfait pour ne rien dissimuler. On n'érige pas des murailles aussi impénétrables sans une bonne raison. Mon petit doigt d'enquêtrice buveuse de thé s'agitait dans tous les sens.

15

Quand notre héroïne récite du Jean de La Fontaine

Après avoir constaté qu'aucun récit consacré aux anges ne figurait dans les rayonnages inférieurs, je me demandai comment une telle carence pouvait être possible. Jusque-là, je ne m'étais jamais intéressée à ces créatures ailées parce que seuls leurs parents démoniaques s'invitaient à Londres pour y semer la zizanie. C'était la branche de la famille la plus exubérante, celle qui requérait toute l'attention. Mais tout de même, je ne devais pas être la première à être visitée par un archange !

Pour m'assurer que je n'avais pas rêvé, je touchai la plume de Michael du bout des doigts. Elle était bien dans l'un des compartiments de mon gilet, aussi douce que dans mon souvenir. Tout à coup, comme si la plume avait été une muse, je me rappelai la pièce située derrière le bureau du gnome en chef. Elle recélait, paraît-il, des ouvrages fragiles conservés dans des vitrines de verre, voire des textes gravés à même la pierre. Je commençai à supposer qu'elle avait surtout pour vocation de garder certains secrets à l'abri du regard des détenteurs d'accréditation de premier niveau.

Ma curiosité et mon orgueil également titillés, je me dirigeai d'un pas décidé vers le bibliothécaire et me préparai à passer d'office la porte à battants afin de rejoindre la zone interdite. Mon père avait agi de la sorte par le passé. Je m'appliquai à l'imiter, adoptant une démarche de conquérant qui, dus-je l'admettre, rendait mon pas aussi discret que celui d'un éléphant. Mais c'était là une façon de faire comprendre aux obstacles potentiels – objets ou êtres vivants – qu'ils pouvaient finir piétinés sous une paire de bottines talonnées. Et ma foi, feindre l'assurance requérait la plupart du temps de mépriser la discrétion, sauf en l'absence de spectateurs, évidemment.

Sans tenir compte de l'œillade intriguée du gnome, je parvins à franchir la première porte et me retrouvai devant une autre plus classique en dehors de l'absence de poignée. Comment diable étais-je censée l'ouvrir ?

J'envisageai une seconde de prendre mon élan et de me propulser contre le bois. Je me ravisai, estimant qu'en plus de ruiner le bénéfice de ma marche impériale cette technique brutale risquait de mettre en péril mon intégrité mentale sur le long terme.

Il devait forcément y avoir un moyen d'ouvrir cette fichue porte. Sir Barthelemew n'était pas passé au travers, j'en étais certaine. Ce souvenir m'aurait marquée au point de me donner l'envie de visiter cette pièce inaccessible bien avant. Je cherchai un objet susceptible d'actionner son ouverture et m'interrogeai naturellement sur le tuyau de cuivre entortillé sur lui-même dépassant du mur sur la gauche. On aurait dit qu'une trompette avait été fondue dans le ciment, et qu'on lui avait seulement laissé l'opportunité de crier sa souffrance par le biais de son pavillon. En dessous, deux gemmes blanches, tels des yeux fantomatiques, fixaient le monde d'un air hébété.

Alors que la porte et moi nous faisions face, elle impassible, moi fulminante, un raclement de gorge poli se fit entendre sur ma droite. Mon regard tomba d'abord sur deux pieds aussi larges que s'ils avaient été palmés. Leur anormalité était renforcée par le résultat d'un décompte d'orteils, apparaissant au nombre total de huit, équitablement répartis. Je relevai la tête à hauteur d'homme pour rencontrer du vide, ce qui me fit comprendre ce que j'aurais déjà dû déduire, à savoir que ces pieds appartenaient à quelque chose de plus petit.

Le gnome en chef se tenait devant moi, ses traits de vieillard centenaire contrastant avec sa taille d'enfant. Sa tête semblait avoir été dessinée à la va-vite tant les éléments la composant formaient un ensemble compact. Un nez triangulaire aux narines sempiternellement dilatées avait été apposé entre une paire d'yeux enfoncée et une bouche large et épaisse qui portait la marque d'une amabilité dérangeante. Le crâne de la créature ressemblait en tous points à un œuf à cause de la rareté de cheveux décimés du fait d'un cerveau en surchauffe perpétuelle. Ou, possiblement, du fait d'une vitesse excessive à laquelle ces derniers n'étaient pas conditionnés à survivre. Enfin, des oreilles, qui auraient tout aussi bien pu appartenir à une autre personne, avaient la forme de feuilles de chou et une tendance à se colorer d'un rouge betterave à la moindre sensation de gêne.

Les gnomes appréciaient d'être bien vêtus. Aussi le club faisait-il confectionner à la chaîne, par une couturière habituée à habiller des enfants, des costumes identiques pour chacun d'eux. Ainsi, une chemise de lin blanc cassé, un pantalon marron et un gilet en soie brodée constituaient leur uniforme. Celui du bibliothécaire avait perdu un bouton. Je ne pus m'empêcher de fixer l'endroit déserté où des fils pendaient tels des cheveux devenus hirsutes après avoir été délestés d'un couvre-chef.

Sous l'effet de mon regard inquisiteur, la bordure supérieure des oreilles du propriétaire du gilet estropié prit une teinte vermeille.

— Puis-je vous aider ? me demanda-t-il d'un ton professionnel atténué par l'éclat brillant dans ses yeux, traduisant un besoin viscéral de se rendre utile.

Les gens trop bien intentionnés avaient le don de me mettre mal à l'aise. Ils me donnaient envie d'abuser de leur gentillesse pour voir jusqu'où celle-ci pouvait bien aller. En l'occurrence, et c'était une donnée presque empirique, jamais au-delà de leurs propres intérêts. Malheureusement, pour les gnomes, être serviable était une seconde nature ; ils ne s'autorisaient à respirer pleinement, et ce pour une courte durée, qu'après avoir démontré leur caractère indispensable. On eût dit qu'ils essayaient de se faire pardonner le simple fait d'exister. Ou, alors, quelque trahison ancestrale qui ne serait expiée qu'au bout de plusieurs siècles. Messire O'Farrell n'avait peut-être pas tort de douter de leur fiabilité.

— Je souhaiterais accéder à la salle des archives fragiles, répondis-je en fixant de nouveau l'endroit du gilet orphelin de bouton.

J'espérai gêner suffisamment le gnome afin qu'il reparte vaquer à ses occupations et qu'il me laisse en tête à tête avec cette porte peu conciliante.

— En ce cas, n'oubliez pas de réciter la formuler dans le tube, me prévint-il en se frottant les mains avec une malice enfantine.

— La formule, bien sûr. Et admettons que j'aie oublié cette formule, ne pourriez-vous pas m'aiguiller ?

— Oh, eh bien, il s'agit d'une phrase ou citation courte qui vous est personnelle.

— Comme je dispose de peu de temps, ne pourriez-vous pas retrouver ladite formule quelque part ? Associée au nom d'Adamson ?

— Vous savez bien que je n'y ai pas accès.

— Tout de même, il doit bien exister un système d'indices ?

— Hélas, non. Mais vous pouvez essayer plusieurs fois, ajouta-t-il, tout frétillant d'avoir pu aider de manière même infime. La gemme passera au vert lorsque ce sera la bonne formule, et vous pourrez entrer. Elle sera rouge pour chaque erreur.

— Très bien. Je vous remercie.

Il s'inclina à hauteur de genoux humains et disparut prestement de mon champ de vision, sa vélocité si insaisissable que j'eus l'impression qu'il s'était téléporté jusqu'à son fauteuil. Il était étonnant que jamais aucun gnome n'entre en collision avec un autre. À croire qu'ils adoptaient une polarité inversée par rapport à celle de leur congénère approchant.

Laissant de côté ces suppositions de magnétisme, je tournai mon attention tout entière vers la trompette prisonnière et réfléchis à quelle phrase mon père aurait pu songer. Le connaissant, il avait dû opter pour une formule alambiquée, non pas pour se prémunir d'une éventuelle usurpation d'identité, mais parce qu'il était le genre d'homme à penser en termes complexes plutôt qu'en d'autres plus simples. C'était l'apanage des esprits supérieurs, ce qui compliquait considérablement la donne quand ceux-ci faisaient preuve d'un excentrisme culinaire et vestimentaire.

De crainte d'être entendue, je chuchotai les premiers essais : « Les saucisses, c'est la vie » ; « Le velours, il n'y a que ça de vrai » ; « Violet, ma bien-aimée ». Malgré ma discrétion, qui aurait pu passer pour une tentative de séduction doucereuse, l'une des pierres s'obstina à clignoter rouge. Dans un accès de dépit, je murmurai même le serment des Roses. Mais la trompette ne devait pas partager mon sens du devoir, sans quoi elle aurait plaidé ma cause auprès de ses comparses illuminées.

Désespérée, je songeai au fait que mon père me citait régulièrement des extraits des fables de Jean de La Fontaine. Au lieu d'entretenir mes rêves de petite fille grâce aux contes de fées, me faisant ainsi miroiter dans un bon mariage l'apogée de ma vie de femme, sir Barthelemew avait préféré aiguiser mon discernement grâce à de courts récits animaliers dont il continuait à me nourrir à l'âge adulte.

À défaut de connaître par cœur les fables en elles-mêmes, j'avais retenu certaines morales. Je priai pour que l'une d'entre elles soit la bonne. Je passai en revue mes minces souvenirs et débutai ma récitation.

« Qu'il faut faire aux méchants guerre continuelle. La paix est fort bonne de soi, j'en conviens ; mais de quoi sert-elle ? Avec des ennemis sans foi ?[1] »

Rouge.

« Il était expérimenté, et savait que la méfiance est mère de la sûreté[2]. »

Rouge.

« Deux sûretés valent mieux qu'une, et le trop en cela ne fut jamais perdu[3]. »

Rouge.

« Quel que soit le plaisir que cause la vengeance, c'est l'acheter trop cher, que l'acheter d'un bien sans qui les autres ne sont rien[4]. »

Alors que je n'y croyais plus, cette morale particulièrement morose fit céder la porte qui coulissa bruyamment jusqu'à s'enfoncer dans le mur. J'exultai tant que je

1. *Les Loups et les Brebis*
2. *Le Chat et un Vieux Rat*
3. *Le Loup, la Chèvre et le Chevreau*
4. *Le Cheval s'étant voulu venger du cerf*

retins avec peine un cri de triomphe, mais sautillai malgré moi. Cela me valut un « bravo » de la part du gnome en chef, voulant étirer ce moment d'allégresse solitaire. Face à tant de sollicitude, je m'en voulus de l'avoir manipulé et me promis de lui offrir un beau gilet tout neuf.

Je m'engouffrai dans la salle plongée dans une obscurité totale. Elle disparut au fur et à mesure que des globes, semblant flotter dans les airs, s'animaient. La pièce avait l'allure d'un musée avec ses larges vitrines de verre incrustées de runes magiques, dont je ne connaissais pas la signification. Tout ce que je pus en dire, c'est que celles gravées sur la face longiligne étaient les mêmes, tandis que celles sur la largeur différaient. Je déduisis de ce trait commun qu'on avait voulu renforcer la protection des trésors éparpillés en déclinant les symboles apposés en fonction de menaces spécifiques. Mais pourquoi prendre autant de précautions ?

Pour obtenir un semblant de réponse, je parcourus la longue allée, tournant la tête tantôt sur ma droite, tantôt sur ma gauche, pour découvrir les reliques exposées. Mes premiers pas me présentèrent des armes dont une épée enfoncée dans un rocher qui aurait très bien pu être la fameuse Excalibur attendant le prochain roi Arthur, et un étrange marteau avec une hampe de fer finement ouvragée. Plus loin, j'aperçus des écailles irisées étalées comme des dominos écroulés et des fossiles d'étranges créatures vertébrées. Enfin, je débouchai sur un ensemble de vitrines dévoilant des vieux grimoires grossièrement reliés et des dizaines de tablettes numérotées par de petites pancartes. Une même main y avait taillé des sortes de hiéroglyphes formant l'alphabet d'une langue occulte. Fut-ce du moins ce que je ressentis en les voyant devenir flous quand je m'approchai. Une telle défaillance visuelle ne pouvait s'expliquer, ce soir, par l'abus de brandy.

Une pierre de traduction d'un noir profond était accrochée sur la paroi interne. Je mis mon front à sa hauteur et un flash lumineux d'un violet sombre frappa la première tablette avant de ricocher sur ma personne. Un flot considérable d'informations déferla en moi. Je dus cligner des paupières pour ralentir sa course qui s'accéléra quand un cil tomba dans mon œil droit. L'intrus délogé, je rembobinai la traduction.

La langue utilisée était de l'énochien, le langage des anges, à partir de laquelle découlaient toutes les langues du monde entier. Après une introduction basique, et plutôt pompeuse, sur la nature des créatures célestes censées être les messagers de Dieu, j'eus droit à tout un laïus sur les diverses triades qui différenciaient les chérubins et séraphins des archanges. Ces derniers étaient réputés être ceux qui nous ressemblaient le plus.

Une liste des archanges les plus importants figurait dans ce texte, et je restai figée en lisant le premier nom. Michael. « L'archange le plus proche des hommes. » Pour plus de précisions, la tablette renvoyait à la lecture d'une autre, la numéro huit, que je m'empressai de chercher.

Une fois localisée, je réitérai la procédure avec la pierre de traduction et commençai à me familiariser avec mon Icare chimérique.

D'une beauté irréelle, dégageant une force solaire, il était à l'image de Dieu comme l'indiquait son prénom. Jusque-là, je ne pouvais qu'acquiescer vigoureusement. Chef des milices célestes, il incarnait le guerrier par excellence, celui dépêché pour les batailles divines, le seul étant libre d'agir à sa guise, sans la permission de son père, et ce depuis qu'il avait terrassé le Diable et son armée de démons.

« Et c'est ainsi que le Prince des Archanges vint à bout du dragon, son épée orageuse fendant la terrible cuirasse d'écailles. »

Rien dans ce livre de pierre ne relatait les visites oniriques du prince guerrier. Tout au plus, il était fait mention des conseils qu'il dispensait aux hommes en des moments cruciaux quand il était invoqué suffisamment fort et longtemps. Je doutais qu'une partie de cartes rentre dans ses attributions. Il me faudrait donc chercher ailleurs, ou tenter une nouvelle fois d'interroger directement la source.

Ce soir-là, déçue que tant d'efforts se soient soldés par un échec, je boudai la plume en la mettant dans un tiroir de ma commode. Je caressai longtemps Fear que je n'étais pas peu fière d'être parvenue à faire monter discrètement par l'escalier presque trop étroit pour sa carrure. J'avais bien tenté de le laisser dehors, mais il avait coincé son museau en travers de la porte chaque fois que j'essayais de la fermer. Ses yeux rubis, arborant un air abattu que je n'aurais jamais pensé lire sur la gueule d'un tel animal, avaient finalement réussi à m'apitoyer.

Obnubilée par ce mystère que mon esprit piquant n'arrivait pas à percer, je mis du temps à m'endormir. Quand je le fis, j'imaginai Michael revêtu d'une armure étincelante, ses ailes tricolores se découpant dans le ciel tandis qu'il amorçait une descente fatale en direction d'un dragon crachant du feu.

Un rêve en appelant un autre, un rendez-vous fut pris et une fantaisie angéliquement satisfaite...

16

Tour en dirigeable au Paradis

Depuis que j'avais visité une usine de dirigeables située au nord de Londres, je m'étais promis qu'un jour je monterais à bord de l'un de ces engins volants pour embrasser le monde d'un seul regard. J'avais toujours envisagé de le faire douillettement installée dans une cabine prévue à cet effet, où j'aurais pu siroter un thé dans une tasse tremblotante, mais mon subconscient semblait avoir besoin de prendre l'air. Littéralement.

J'étais donc appuyée contre le bastingage d'un vaisseau pirate qui avait pour voiles un ballon longiligne pourfendant le ciel. Les grognements furieux de ses moteurs dissuadaient les pigeons de s'aventurer dans son sillage. La nuit commençait à se retirer ; une bande orange lacérait l'horizon d'un bleu-mauve. Je volai haut, à une distance que je ne pus estimer, et j'observai la ville en train de se réveiller. Les lampadaires s'éteignaient les uns après les autres. Je suivis des yeux cette procession périclitante, improvisant une visite des monuments les plus imposants de Londres. Le Tower Bridge en construction accueillait l'aube avec sérénité tandis qu'une Big Ben, plus réticente, contemplait avec nostalgie la luminosité faiblissante de la Tamise.

Ma double vue me permit d'appréhender les écharpes colorées enroulées autour des cheminées d'usines et des habitations. Celles-ci s'étiraient langoureusement d'un bout à l'autre de la ville, comme un chat qui s'éveille après une sieste. D'en haut, j'assistai à une véritable aurore boréale, guirlande de chenilles peintes à l'aide de différentes nuances. Le bleu témoignait de l'activité des sorciers en centre-ville, le vert de celle des farfadets affairés près des gares, et le rose orangé de celle des guérisseurs appelés là où leurs bons soins étaient requis, c'est-à-dire partout où les sorciers jouaient les casse-cou.

Ma vue étant rassasiée, je me promenai sur le navire tout de bois fraîchement lustré, une odeur de cire titillant mes narines. Je montai sur la plateforme surplombant ce que je supposais être la cabine du capitaine absent. Je fermai les paupières et humai l'air. Une partie de mes cheveux flottait librement dans mon dos, l'autre était attachée en un chignon négligé.

J'imaginai les membres d'équipage en train de briquer le ponton en chantant à tue-tête un couplet irrévérencieux, repris avec un enthousiasme candide par un perroquet se dandinant d'une patte sur l'autre pour battre la mesure, tandis que le commandant et son second préparaient leur prochaine embuscade.

Les vents étaient violents, mais j'étais chaudement vêtue. Une jupe corolle noire près du corps, doublée d'un ample jupon blanc dépassant sur le bas, était coupée de manière asymétrique afin de faciliter les mouvements. Une longue veste de cuir bordeaux vieilli aux manches resserrées était fermée par des lanières marron, montant telle une échelle jusqu'à mon cou. Je portais des gants ornés d'un petit nœud sur le dessus et des bottes souples m'arrivant au genou. C'était là une tenue atypique, j'en conviens, mais elle avait le mérite d'être confortable. J'envisageai de la décrire à ma gouvernante afin de l'ajouter à ma garde-robe scandaleuse de Rose.

Alors que je fixais le lointain, une tache vint assombrir ce tableau rosissant. À mesure qu'elle se rapprochait, j'entraperçus les détails d'une physionomie familière. Celle d'un archange tricheur invétéré à ses heures perdues.

De larges ailes d'un blanc tressé d'argent captaient chaque timide rayon de soleil qu'une peau dorée, recouvrant deux bras puissants, paraissait avoir absorbé. Dans cet océan d'air, le soleil suivait avec intérêt le vol de cet être superbe. Lorsque ce dernier atterrit sur le ponton en faisant à peine craquer les planches, l'astre avait déjà commencé son ascension jusqu'à son zénith.

Une bourrasque porta à mon nez le parfum capiteux du prince guerrier, le santal et la rose se mêlant en une symphonie pour l'odorat. Michael portait un plastron doré, reproduisant le galbe de ses muscles, et des épaulières d'argent. Une ceinture d'or ceignait ses hanches. La jonction souple retombait sur ses jambes en une cascade scintillante s'égarant dans les plis d'une toge immaculée. Des anneaux torsadés brillaient à ses poignets, comme des serpents disciplinés. À le voir ainsi, je n'eus aucun mal à croire qu'il était le chef des milices célestes dont le visage fin, aux traits cependant masculins, pouvait se déformer lorsqu'il poussait un cri rageur avant d'engager la bataille.

Ses yeux tricolores aux prunelles d'un bleu roi ornées de deux cercles, l'un d'argent, l'autre d'un noir d'encre, m'observaient sans trahir aucune émotion. Ses épaisses boucles sombres tressautaient sous le jeu d'un courant d'air malicieux. Quant au candélabre en suspension au-dessus de sa tête lors de notre première rencontre, il paraissait avoir disparu. La lumière naturelle du jour se chargeait de nimber la créature aux ailes immenses, rehaussées d'un liseré cyan en haut et d'une frise pétrole en bas.

Le plaisir des yeux ne fut pas suffisant pour lui pardonner cette nouvelle intrusion dans mes rêves. La visite était non autorisée, et je la vivais comme lorsque miss Rosembach anticipait mes désirs vestimentaires en me proposant une robe que je dédaignais à grand renfort de claquements de langue agacés, pour finalement la trouver flatteuse une fois portée. Non, non et non, je n'allais pas laisser le cadre merveilleux assaisonné d'une virilité incontestable m'adoucir.

— Je ne vous ai pas invoqué, débutai-je en descendant de la plateforme pour rejoindre l'instigateur de la mutinerie chimérique.

Ne pouvais-je pas profiter d'un rêve en solitaire, pour une fois ?

— Exact.

Les archanges ne craignant pas les réprimandes, je n'aurais pas dû m'étonner que la voie du mensonge soit écartée avec tant d'assurance dans le hochement de tête.

— Mais alors, que faites-vous donc ici ? demandai-je en me retenant de croiser les bras.

J'aurais pris le risque de suggérer une hausse de la température ambiante et je préférais ne pas froisser la sensibilité du ballon à hydrogène au-dessus de nous ; ses congénères avaient tendance à exploser au moindre coup de chaud.

— Vous avez pensé fort à moi et je n'étais pas loin, m'expliqua-t-il de sa voix profonde et lascive.

Pour en revenir à ses propos, disons que j'avais pensé utile et je me sentais le devoir d'évacuer toute supposition autre que l'intérêt purement mythologique.

— J'ai fait des recherches vous concernant. J'essayais de comprendre pourquoi vous m'aviez visitée.

— Pourquoi ne pas me l'avoir demandé ?

Si vous vous souvenez bien, je l'ai fait. Votre réponse était plus qu'évasive. Pourquoi moi ? Pourquoi Londres ?

— Parce que j'arrive à m'ancrer en votre présence, me déclara-t-il avec un haussement d'ailes, comme si la réponse était aussi évidente que la couleur du ciel en plein été.

— Vous ancrer ?

— Comment expliquer cela en des termes humainement compréhensibles ?

Même si un plissement d'yeux vint témoigner des efforts fournis pour s'abaisser à mon niveau, je ne pus retenir la pique chargée d'ironie qui fusa hors de ma bouche tel un énorme postillon.

— L'humaine vous en est très reconnaissante.

Le postillon n'ayant pas atteint sa cible, ce qui était souvent le cas lorsque celle-ci était dotée d'un éventail naturel, le possesseur du modèle plumé me tourna le dos pour s'appuyer contre la rambarde de bois.

Ses ailes le dissimulèrent presque totalement. Leur plumage chatoyant faisait danser des reflets sur le parquet du pont supérieur, comme autant de lames menaçantes.

Je me positionnai à ses côtés de manière prudente. Il ne valait mieux pas surprendre un guerrier abîmé dans la contemplation du paysage.

— Je suis partout à la fois. Dans tous les royaumes, sur le plan des vivants, des morts et entre les deux, m'avoua-t-il comme s'il voyait au-delà de ce que la vue présentait.

Pour ce que j'en savais, et considérant ce qu'il venait de m'avouer, c'était hautement probable.

— Un peu comme de la projection astrale multiple ?

Cette suggestion me valut un regard en biais ; c'était là toute l'admiration qu'un tel être pouvait me témoigner.

Peu m'importait, j'étais habituée à polir moi-même mon orgueil.

— Oui. Mais seulement si le multiple tend vers l'infini, précisa-t-il en se tournant de trois quarts pour s'assurer que je comprenais la complexité de son discours. En votre présence, je suis entier. Je ressens. Je me souviens.

Un sourire, qui rata deux fois son ascension par manque de pratique, fleurit sur les lèvres pleines de Michael. L'archange porta ses doigts à son visage pour tâter ses traits, essayant de comprendre ce qui pouvait bien les tordre.

— De quoi vous souvenez-vous ?

— De certains endroits. D'humains.

— Vous avez en quelque sorte des troubles de la mémoire. Ce qui n'est pas étonnant, compte tenu de votre exceptionnelle longévité.

Le prince guerrier se tendit et me fit face. L'encre figée autour de son iris sembla se mouvoir, prête à déborder de ce canal circulaire. Fuyant ce regard, je rencontrai mon propre reflet dans sa terrible armure. La fascination me faisait ressembler à une carpe hors de l'eau ayant du mal à intégrer l'imminence de sa mort. La voyance n'étant pas mon domaine de prédilection, je me contentai de fermer la bouche par égard pour l'esthétique.

— Je me souviens de ce qui est utile pour être Michael, déclara-t-il, son ton étant la personnification même de la désapprobation.

Si c'était là tout ce qu'on gagnait à faire montre de compassion, j'allais m'empresser de dérégler l'horloge ayant jugé bon de sonner l'heure de la gentillesse.

— Mais tant que vous êtes avec moi, et non multiple à l'infini, vous ne vaquez pas à vos occupations, archange, relevai-je dans l'espoir de savoir en quoi consistaient ses occupations. Votre supérieur ne doit pas être ravi.

— Le temps n'a pas de prise sur moi. Il est aussi modulable que l'espace.

Aussi modulable que l'espace, qu'il parle pour lui. Nous autres, pauvres mortels, devions nous contenter d'entasser nos effets dans une armoire vite rassasiée et de rogner sur nos nuits.

Le dialogue instauré, c'était le moment d'avancer mes pions en espérant que le cheval du cavalier ne hennisse pas trop fort.

— Possédez-vous une épée ? Les légendes écrites sur vous sont-elles vraies ?

Échec et mat. La curiosité dévorante dans ma voix suffisait à me faire perdre la partie.

— J'ai une épée. Les légendes sont en partie vraies comme toutes les légendes. Mais je veux profiter de l'instant. Êtes-vous heureuse de voler ?

La haute opinion que je me faisais de la facette créatrice de mon subconscient passa par-dessus bord. Je pestai contre moi-même pour avoir cru que j'étais en mesure de concevoir un tel cadre, alors que l'étiquette restreignait les velléités de mon imagination.

Quant à mes prédispositions pour le vol, j'aurais plus apprécié l'expérience si je n'avais pas eu à cligner des paupières à cause du vent, provoquant un chagrin de façade qui allait en s'intensifiant à mesure que nous prenions de l'altitude.

Je me frottai les yeux ; les vaisseaux en leur sein devaient former un réseau aussi visible que celui des égouts sur une carte.

Entre mes cils humides, petites araignées empêtrées dans leurs propres toiles, j'aperçus les cercles d'argent dans les iris de l'archange amorcer une rotation qui s'accéléra, les faisant luire d'un éclat surnaturel. Je me rappelai qu'ils avaient déjà été actionnés dans mon précédent rêve, mais ne parvins pas à me souvenir ce qui s'en était suivi. Une chose était sûre, c'était le signe que Michael puisait dans son pouvoir.

Soudain, alors que je m'apprêtais à dispenser un ultime frottement pour améliorer ma vision, je sentis la texture de mes yeux se modifier. Ces derniers devinrent aussi solides que du métal ! Quel sort pouvait-il m'atteindre dans mes songes ? Qu'avais-je fait pour mériter pareille défiguration ?

Avant de m'alarmer davantage, j'ouvris les paupières. Ma vue n'était pas diminuée par un tel changement. Aucune douleur ne vint me brûler les yeux ou marteler mon crâne, aussi m'autorisai-je à toucher mes nouveaux globes oculaires. Là, je compris, non sans une certaine honte, qu'il s'agissait tout simplement de lunettes fixées à l'aide d'un bandeau souple ceignant mon crâne. *Je me disais aussi que la sensation m'était familière...*

Je ne me demandai pas combien je devais avoir l'air ridicule. Si ressembler à une mouche pouvait préserver mes prunelles des courants d'air irritants, je pouvais m'accommoder de perdre en élégance.

— Je vous remercie pour les lunettes. Encore une fois, vous répondez à l'un de mes besoins, notai-je en me remémorant la hausse de température sur un toit londonien.

— Je n'ai fait que réparer mes erreurs. J'oublie que vos besoins diffèrent des miens, précisa-t-il, un sourire timide naissant sur son visage, semblant attendre mon approbation pour l'illuminer.

— Vu que vous venez d'exaucer l'un de mes rêves, dis-je en englobant d'un mouvement de bras le bateau volant, je ne vais pas ergoter sur des détails mineurs.

Ses yeux d'un bleu roi hypnotique pétillèrent d'une joie ayant gagné tout le bas de son visage. Une aile entièrement dépliée vint m'abriter du vent et me rapprocher du corps brûlant de l'archange.

Interloquée par cette démonstration d'affection, je restai coite un instant avant de me laisser choir contre ce rocher accueillant. J'y étais aussi bien que dans mon lit, en sécurité et détendue. Des plumes vinrent me chatouiller la joue ; je m'y frottai en ronronnant presque.

— Au cas où vous auriez froid, m'expliqua-t-il d'une voix résonnant dans ma cage thoracique, comme si nous avions fusionné du fait de cette accolade ailée.

Alors que je me penchais pour tester ma nouvelle vue, je vis Londres pleinement éveillée. La fumée des cheminées d'usine recouvrait les toits de la ville comme un glaçage blanc éraflé par des doigts gourmands. C'était ma ville, mon foyer. Parcouru de démons, d'autres créatures tout aussi étranges, et malveillantes pour certaines, c'était l'endroit que je préférais au monde. Pour sa langueur perpétuelle, son architecture chaotique, le bruit des sabots sur les pavés, son flegme contagieux, et son parfum de thé à nul autre pareil.

Je me demandai à quoi ressemblait la maison de Michael. Quel humain pouvait se targuer de ne pas être curieux de connaître le véritable visage du Paradis ?

— Michael, débutai-je en respirant sa fragrance suave et boisée, est-ce que vous pourriez me montrer où vous vivez ? Ou alors, contentez-vous de me décrire le Paradis tel que vous le connaissez ?

— Les anges et les archanges vivent principalement au seuil de ce lieu que vous autres, les humains, nommez « Paradis ».

— Et comment l'appelez-vous, vous et vos congénères ?

— Edinu, lâcha-t-il d'un ton révérencieux.

— Pouvez-vous m'y emmener ?

— Je le peux.

Je relevai la tête dans un angle inconfortable pour ne pas suggérer un écartement d'aile. Dans les yeux de l'archange, les cercles d'argent tournoyèrent à grande vitesse.

Le dirigeable pirate débuta son ascension, lentement mais sûrement, puis de manière plus rapide au point de nous faire avaler par les nuages qui toussotèrent à notre passage. J'aurais cru que la température chuterait passé la hauteur de l'atmosphère, mais il n'en fut rien. Je compris, quand je perçus une lueur blanchâtre intense, que le lampadaire personnel de Michael brillait pour nous deux ce soir.

Gentil lampadaire.

Aussi haut dans le ciel, il aurait dû faire nuit noire. Mais ce n'était pas le cas. Le plafond du monde arborait des teintes rose saumon et parme pâle, formant une fresque aux nuances immuables, mais loin d'être statique. Des traînées de poudre dorée zébraient ce tableau, se dégorgeant sur tous les habitants de cette contrée idyllique. Des centaines d'anges, de différentes castes, voletaient en tous sens au-dessus d'un jardin d'un vert émeraude scintillant comme de l'herbe n'aurait jamais pu le faire. Sauf si une tripotée d'étoiles avait explosé en milliers de fragments qui se seraient répandus sur le sol.

Des pommiers, nids douillets d'oiseaux exotiques aux couleurs chamarrées, offraient des fruits d'un rouge éclatant qui appelait les dents à s'y planter. Des petits bancs de bois étaient répartis autour d'un lac pareil à une mer sans vagues. Les eaux d'un bleu lagon suffisaient à désaltérer les voyageurs rien qu'en les regardant. Du sable, amas de cendres d'or, s'étalait le long des berges.

Des chérubins potelés planaient dos à l'eau qu'ils caressaient d'une main distraite en lisant des parchemins sans âge. Des anges dotés de trois paires d'ailes bien dessinées tourbillonnaient sur eux-mêmes telles des tempêtes de membres presque aussi translucides que l'étaient ceux des fantômes. Enfin, les frères de Michael, les plus faiblement représentés dans cette cohorte bruissante, fendaient le ciel de leurs larges appendices aux plumes aussi bigarrées que celles des volatiles cachés dans les arbres. *Certainement des cousins éloignés*. Ces derniers se dirigeaient à coups de battements d'ailes assurés vers un palais taillé dans le marbre blanc le plus pur, dont on eût dit qu'il flottait sur l'eau.

Des remparts bas délimitaient les pourtours de cette imposante bâtisse tout en ogives et en dômes surmontés de piques de bronze. Des tourelles hautes étaient disposées aux abords des murailles trouées au milieu, révélant un large escalier grimpant jusqu'à un immense portail en or forgé. Ce palais des Mille et Une Nuits avait les allures d'une luxueuse prison. De quoi nous faire hésiter devant le seuil.

Toujours blottie sous l'aile sécurisante de l'archange, je réalisai que ma double vue fonctionnait ici. J'aperçus bobinés autour des toitures multiples en forme de meringues des serpentins malicieux, pareils à des morceaux de brume égarés loin de chez eux. Ou alors, devais-je considérer que ceux de Londres l'étaient ?

— Vous avez aussi de la brume, ici ?

— Oui.

Je digérai cette réponse avec autant de difficulté que si j'avais mangé une part de pudding.

— Vous n'avez pas utilisé la plume, Sláine.

— Non, fis-je, étonnée que l'archange accorde de l'importance à ce moyen d'invocation.

Puisqu'une simple pensée et une proximité géographique suffisaient à lui délivrer un permis de vol chimérique, il n'avait pas besoin d'une invitation en bonne et due forme.

— Pourquoi ? insista-t-il, se crispant au point que je sentis les muscles de son torse frapper l'arrière de mon crâne.

J'aurais pu finir assommée pour moins que ça.

— Je n'avais pas besoin de votre assistance.

Et je voulais résister le plus longtemps possible avant de vous invoquer, gardai-je pour moi.

— Michael, est-ce vrai que les démons vous redoutent ?

— Je leur rappelle où est leur place à l'occasion.

— Quel genre d'occasion ? relevai-je en espérant que quelques-unes pourraient arranger les affaires humaines.

— Une guerre.

Autant dire que les attaques isolées devaient présenter un faible intérêt. De quoi provoquer des bâillements susceptibles de décrocher la mâchoire d'un ou deux archanges voletant par là.

— Sinon, vous ne les traquez pas ?

Une lady devait parfois chausser des sabots en dépit de l'atteinte portée aux convenances. Si la protection des concitoyens ne justifiait pas cette confusion des classes, vraiment, je ne saisissais pas.

— Là n'est pas mon rôle.

— Cela ne vous fait-il donc rien de savoir que des morts pourraient être évitées grâce à votre intervention ? Vous dites être partout à la fois, vous ne pouvez pas ne pas savoir ce qui se passe en bas. Vous prétendez vous « ancrer » en ma présence, vous souvenir de certaines choses. Si cela est vrai, pourquoi ne m'aidez-vous pas à sauver des vies ?

Un silence réfrigérant vint annihiler l'effet réchauffant de l'aile. J'eus soudain envie de quitter ce cocon confortable, mais illusoire, tant je me sentais trahie.

Michael s'écarta de moi et ôta son aile de mon dos, ce qui valait mieux, au vu des images de plumes arrachées me trottant dans la tête. Il s'éloigna du bastingage. Je ne le quittai pas des yeux et m'enivrai de sa démarche aérienne le faisant ressembler à un cygne majestueux.

Il pivota sur lui-même et me considéra. Ses sourcils à l'inclinaison autoritaire tressautèrent, j'interprétai cela comme une manifestation de désarroi.

— Je suis intervenu par le passé. Je porte la marque de ma désobéissance, me confessa-t-il, étirant l'une de ses ailes en en fixant le bas ténébreux.

De tous les archanges et anges qu'il m'était donné d'apercevoir à l'entrée du Paradis, aucun n'arborait de plumes noires.

« *Michael, l'archange le plus proche des hommes* », me souvins-je avoir lu sur l'une des tablettes. C'était donc vrai. D'une manière moins romanesque que dans les mythes, malheureusement.

— Comment ont-elles noirci ? osai-je formuler, mes dents serrées d'indignation ayant grincé sur le premier mot.

— Brûlées par un feu plus ardent que tous ceux que vous connaissez.

Il replia son aile comme pour la préserver de la morsure enflammée des souvenirs.

Me fixant de son regard tricolore et insondable, il changea de sujet de manière si abrupte que ma compassion se perdit dans le premier coup de vent qui me frôla.

— Comment avance votre enquête ? s'enquit l'archange.

J'avais affaire à un être supérieur qui n'accepterait pas la pitié d'une simple humaine, toute ancre providentielle soit-elle. Si éprouver des émotions m'indisposait autant que cela semblait être le cas pour Michael, à sa place, j'aurais jeté l'ancre à la mer en cisaillant la chaîne pour l'envoyer s'échouer dans la vase. Mais ce n'était évidemment pas le sort que je me souhaitais. Encore plus quand la surface était constituée de nuages et que ces derniers étaient les obstacles les plus consistants en mesure de freiner ma chute libre.

— Pourquoi mon enquête vous intéresse-t-elle si vous ne traquez pas les démons ?

Je ne me serais pas souciée des jumelles Alperstan si j'avais pu les éviter, mais il était primordial d'entretenir de bons rapports avec le voisinage, ce qui supposait de réprimer son indignation devant une attitude canine inappropriée. Que je sache, le jardin angélique ne risquait pas d'être crotté par une Galinette effrontée. Je souris en imaginant Feardorcha grimper jusqu'à Edinu, lever la patte contre les pommiers, aboyer contre les chérubins en pleine lecture qui, effrayés, iraient barboter dans le lac, ou encore me rapporter entre les crocs l'un de ces oiseaux exotiques. Qui a dit qu'il était interdit de rêver dans un rêve ?

— Je consigne les faits. Je n'interviens pas.

Plus, corrigeai-je pour moi-même.

— N'êtes-vous pas censé être omniscient puisque vous êtes partout ?

— Seul *lui* l'est, dit-il en pointant du doigt le palais placé sous haute sécurité.

Je compris qu'avec ce « lui », il ne faisait pas référence aux éventuelles oreilles et yeux de la bâtisse, mais à ceux de son dieu, adepte de l'indifférence sadique. Une raison de plus pour me dissuader de franchir cette grille.

— J'ai à faire, je dois vous quitter, m'annonça-t-il comme s'il venait de se rappeler qu'il devait accomplir quelque chose de précis.

— Oh… euh… très bien. Et, hum… comment suis-je censée rentrer ? Je veux dire, comment puis-je me réveiller ?

Par pitié, qu'il ne me dise pas en sautant dans le vide.

— Vous pouvez rester. Vous vous réveillerez de vous-même, le moment venu. Ne quittez pas le vaisseau, il est invisible aux yeux de mes frères.

— J'aurais du mal à le quitter, considérant le fait que je n'ai pas d'ailes.

Michael sourit brièvement et retrouva un aplomb qui seyait mieux à un homme en armure. Il étira ses ailes qui, d'une puissante poussée ascendante, firent trembler le dirigeable, et moi avec. Il piqua vers le bas, tête la première, avant de remonter à hauteur de navire pour me saluer.

C'est ainsi que l'archange s'éloigna. Le soleil, toujours aussi admiratif, ponctua son vol d'éclairs lumineux, jusqu'à ce que l'horizon jaloux l'avale tout entier.

Je restai sagement sur le bateau volant et admirai ce château irréel perçant un ciel rose et parme qu'un pinceau avait gratifié de traînées pailletées, ne sachant pas quoi penser d'un père capable de punir aussi durement ses splendides enfants.

17

Quand miss Rosembach rencontre Fear

Les intermèdes angéliques n'étant pas faits pour durer, il arriva un moment où je dus quitter le navire. Celui-ci coïncida avec l'instant où je sentis ma main devenir poisseuse, puis se ramollir comme si mes os s'étaient transformés en spaghettis trop cuits.

J'entrouvris une paupière, économisant l'autre dans l'espoir d'être rattrapée par les bras de Morphée qui ressemblaient à ceux d'un archange. Hélas, la vision d'un meuble imposant et sombre, qui jurait avec les coloris pastel de ma chambre, suffit à dynamiser l'autre qui se releva aussi brusquement que la grille d'un commerçant pressé.

Je me redressai sur mon lit et tentai de me lever, luttant avec humeur contre le drap entortillé autour de mes jambes. Ma vision, subitement devenue claire, débloqua ma mémoire. Je me souvins de Charing Cross et de ma rencontre avec un chien des Enfers ayant succombé à mon parfum d'Earl Grey.

— Tu peux me dire ce que je vais bien pouvoir faire de toi ? dis-je en essuyant ma main contre la couverture.

Pour toute réponse, Feardorcha s'assit sur son postérieur et me regarda par en dessous pour piquer de nouveau ma sensibilité qui, quand il s'agissait de lui, se trémoussait en gloussant bêtement. J'ignorais quel sortilège ce chien avait pu me jeter, mais il y avait de quoi s'alarmer lorsque ma fermeté fondait comme de la guimauve chauffée. Je tenais à ma réputation, tout de même.

Je soupirai, me levai et allai me préparer rapidement dans l'espoir de devancer l'arrivée de miss Rosembach. Il était neuf heures et, d'ordinaire, le lendemain de mes sorties nocturnes, je daignais rarement ouvrir l'œil avant dix heures. Connaissant mon humeur matinale quand le manque de sommeil empâtait mon esprit, la pauvre femme ne s'aventurait sous aucun prétexte dans ce lieu hostile où l'amabilité était aussi rare que l'eau en plein désert.

Enfilant l'une de mes robes favorites, la grise en satin composée d'un chemisier à jabot à col haut dentelé, auquel je pouvais fixer mon camée pour tenir un foulard froncé, et d'une jupe à volants sur le bas, je réfléchissais à comment annoncer à mon père que nous avions écopé d'un invité aux origines infernales. Ce dernier présentait des avantages indéniables susceptibles de plaider en sa faveur. À l'avenir, il serait, par exemple, inutile d'allumer la cheminée de ma chambre du fait de la chaleur qu'il produisait constamment. En plus de faire figure de chaudière sur pattes, il était serviable quand il s'agissait de ramener des fantômes que sa truffe lui permettait de trier avec soin. Ce furent les seules raisons que je trouvai. En cherchant l'inspiration auprès de la source soufreuse, je me rendis compte que la présence de cet être canin était aussi déplacée dans cette pièce que l'aurait été celle d'un cheval dans une maison de poupée. Quel que soit l'endroit choisi, les sabots de la bête juraient avec la tapisserie.

Tandis que je finissais de lacer mes bottines, la chaise de ma coiffeuse perdit brutalement l'équilibre et s'écrasa au sol après deux lourds rebonds. Connaissant sa stabilité à toute épreuve, pour l'avoir testée un nombre incalculable de fois les matins où j'étais aussi alerte qu'une marmotte en hibernation, je sus qu'un tiers devait être responsable de son malheur.

Les yeux plissés, je balayai la chambre à première vue vide, cherchant l'agresseur présumé. Rien sous le lit, ce qui n'était pas étonnant ; l'espace était trop réduit pour constituer une cachette acceptable. Rien dans l'armoire non plus, qui présentait le même problème de dimension. En revanche, les rideaux détachés s'avérèrent gonflés à l'excès par ce qui aurait pu être un courant d'air stagnant si la fenêtre n'avait pas été close, et si des pattes noires et griffues n'avaient pas dépassé par en dessous.

— Fear ? Que t'arrive-t-il ? demandai-je, craignant que l'attention portée aux rideaux ne soit révélatrice d'envies incongrues, telles que porter une robe comme le faisait la lady qui l'avait recueilli.

On ne disait pas « tel chien, tel maître » pour rien.

Je m'approchai et soulevai l'obstacle de tissu pour observer le tiers de Cerbère recroquevillé contre le mur. Il était couché au sol, aussi aplati que possible à défaut de pouvoir s'enfoncer dans le parquet. Ses pattes antérieures recouvraient ses yeux, ce que j'interprétai comme étant sa manière de faire l'autruche.

Je grattouillai le sommet de son crâne et le sentis se détendre légèrement. Je poursuivis l'exploration de ce poil doux et si chaud qu'il en paraissait humide, et vins décoller les deux cache-yeux griffus.

— Fear, sors de là. Tu n'as pas à te cacher. Enfin, tout du moins, pas quand nous sommes seuls tous les deux.

Je reculai pour m'asseoir sur la banquette au pied de mon lit, afin d'inciter le chien à se mouvoir à l'identique.

Éparpillés au sol, je découvris mes vêtements de la nuit. La plume bleu roi de Michael reposait sur le parquet. Je la ramassai pour la ranger dans un endroit approprié quand j'entendis mon nouvel ami grogner, puis couiner.

Il fixait le reliquat d'archange comme s'il craignait qu'il ne l'attaque. Chose étrange, car seules des chatouilles étaient envisageables, et je ne connaissais aucune personne ayant ri au point de trépasser. Les chiens étaient même réputés pour apprécier ce genre d'attention, quoique, j'en convins, mon savoir dans le domaine était plutôt limité ; j'effectuais mes premiers pas avec un spécimen peu conventionnel.

M'approchant avec l'arme supposée, je suscitai un mouvement de recul et réalisai enfin pourquoi la plume produisait un sentiment d'insécurité chez Fear.

— Je comprends ! Tu dois sentir que la plume appartient à un archange. Ce n'est rien, regarde, je la range, elle disparaît, et c'est comme si elle n'existait plus.

Le tiroir refermé, je me tournai vers le chien et lui montrai mes mains vides en signe de bonne foi. J'espérais avoir déjà été plus convaincante dans ma vie qu'en cet instant où mon orgueil, pincé, s'était attendu à remporter un franc succès au vu des efforts déployés. L'animal ne bougea pas. Ses oreilles en pointe frémissaient telles les ailes d'un insecte sur le point de s'écraser.

— Rassure-toi, celui qui me l'a donnée – j'espère que tu ne crois pas que j'ai pu l'arracher ou la garder en guise de trophée comme certains démons peuvent le faire avec des cheveux humains – est en quelque sorte un ami. Il ne te fera pas de mal, c'est promis.

Comment diable pouvais-je promettre une chose pareille ? Après tout, que savais-je de Michael ? Qu'il lui était arrivé d'intervenir, donc de désobéir, et que son père lui avait brûlé les ailes pour le punir. L'expérience ayant eu l'air de le traumatiser, je doutai qu'il prenne le risque de dévier des préceptes divins pour une ancre humaine, si agréablement flegmatique soit-elle.

— Fear, je dois descendre maintenant. Il faut que je parle à mon père. De toi, entre autres. Il faut que tu restes ici, gentiment. Personne ne te veut de mal. Je ne suis pas loin. D'accord ?

J'avais atteint la porte à reculons. La main sur la poignée, j'attendis un signe de tête ou un bruit nasal, quoi que ce soit qui me conforte dans l'idée que je pouvais descendre sans crainte. Tout de même, quand j'y pensais, il était assez ironique de devoir rassurer un chien dragon venant de l'Enfer ! Seuls mes meubles, témoins du sort de la chaise, auraient dû trembler de terreur devant des griffes d'acier et une mâchoire tout en piques aiguisées. Ma foi, sans doute était-il traumatisant pour un tel être de changer aussi radicalement de décor. Avec autant de rose et de soieries, qui sait ce qui pouvait se passer dans l'esprit d'une créature habituée à voir la vie en rouge et noir. Je songeai à demander à messire O'Farrell si ses recherches avaient fait état d'un code couleur à respecter.

Finalement, mon compagnon infernal libéra le rideau précédemment réquisitionné. Il vint s'allonger sur mes affaires de la veille et enfouit son nez dans ma veste. Si précieux que soit ce vêtement, c'était là un mince sacrifice pour la sécurité d'une maisonnée tout entière.

*

* *

J'arrivai dans la salle à manger austère, faiblement éclairée en ce jour pluvieux malgré ses trois longues fenêtres obstruées par des voilages blancs. Je vins embrasser mon père sur la joue avant de m'asseoir à son exact opposé, à l'autre bout de la table rectangulaire en merisier recouverte d'une nappe bleu layette aux motifs cousus de fil d'or.

Installée devant une tasse fleurie emplie d'un thé noir odorant, me faisant fermer les yeux de bonheur, et d'une assiette de tartines à la marmelade d'oranges, j'aurais pu oublier que j'étais une Rose de la reine avec une connaissance du monde surnaturel et de lourdes responsabilités. Certains matins, alors que sir Barthelemew et moi petit-déjeunions ainsi, je me laissais envahir par un sentiment de plénitude revigorant. Je vivais en permanence dans la duplicité, je devais préserver les apparences en journée, me retenant de faire usage de mes talents pour satisfaire une mesquinerie naturelle face à certains individus. Si la plupart du temps mon esprit et mon humour m'aidaient à survivre aux épreuves sociales, il s'en fallait parfois de peu pour que je cède à des pulsions indignes d'une lady de mon rang. Dans ces cas-là, je me déconnectais de mon propre corps et ma conscience vagabondait dans mes souvenirs heureux, ceux partagés avec mon père, durant lesquels je n'avais pas eu à dissimuler ma nature et mes fonctions. Si j'avais pu, mais l'ex-Rose s'y était toujours fermement opposée, je me serais inventé une santé fragile m'astreignant à rester au lit, et j'aurais ajouté à cela une maladie contagieuse qui aurait tenu à l'écart les fausses bonnes âmes, plus curieuses que charitables. Mais sir Barthelemew considérait qu'évoluer dans la bonne société londonienne était la meilleure formation possible pour un agent. Il estimait qu'en dehors de mes talents je devais être capable de m'intégrer pour observer, pour apprendre.

« Sláine, tes pouvoirs ne te définissent pas. Tu dois parvenir à ne pas te reposer sur eux pour obtenir des réponses. Il est impératif que tu observes, écoutes et tires tes propres conclusions. La connaissance est un pouvoir, tu dois l'apprivoiser. Il se pourrait même que ce que tu apprennes

t'aide à survivre au calvaire social. N'est-il pas plaisant de savoir qu'Untel ou Unetelle dissimule des vices inavouables ? »

Je souris au souvenir de mon premier bal. Sir Barthelemew faisait preuve d'une pédagogie machiavélique quand il le désirait, un talent auquel il avait souvent eu recours pour parfaire mon éducation.

Observant mon père, la tête plongée dans la lecture de l'un des innombrables journaux qu'il se faisait livrer tôt le matin, je me dis pour la énième fois qu'il était étonnant que les caractères ne s'impriment pas sur son visage à force de traquer la moindre information comme il le faisait.

Chaque jour, il suivait le même rituel. Il commençait sa consultation des nouvelles par les magazines les plus sérieux tels que le *Times*, l'*Evening Standard*, le *Daily Telegraph*, pour finir sur une note plus légère contenue dans des feuilles de chou caricaturales. Une fouine aimait mettre son nez partout, au risque que des faits non aristocratiques viennent l'irriter. Présentement, le mammifère moustachu était absorbé par la lecture du *Tibits*, un quotidien populaire qui consignait les anecdotes les plus triviales qui soient.

Hésitant à attirer son attention pour lui parler de Feardorcha, je fus surprise de constater que les journaux déjà consultés étaient alignés entre nous. Certains articles étaient entourés à l'aide d'un cercle d'encre, justifiant la présence d'un encrier rechargeable à la droite de mon père.

Ce dernier finit par reposer et plier l'ultime journal d'une manière bien spécifique, et le gratifia du même traitement que ses congénères en entourant d'un geste vif quelques lignes noyées dans cette masse de faits.

Il releva la tête. Ses yeux gris orage m'auscultèrent par-dessus ses petites lunettes argent. Ses cheveux coiffés dans un style « saut-du-lit » mettaient en valeur les raies d'écume grisonnantes dans cet océan de noirceur. Son visage anguleux était toujours orné de fantaisies capillaires tels qu'un bouc et des pattes en pleine repousse, mais cela lui allait bien. Ces amas de poils lui conféraient une virilité marquée à laquelle, en temps normal, son éternel air enjoué l'aurait empêché de prétendre.

Sa moustache frétilla et ses paupières se plissèrent. Cette combinaison de mimiques traduisait une humeur amusée qu'il ne tarderait pas à partager avec moi.

— Sláine, dis-moi, je t'ai trouvée bien bruyante, ce matin. Il m'a paru entendre des objets tomber sur le sol de ta chambre, ainsi que des grognements.

Il croisa les mains au ralenti, tendant parfaitement ses doigts avant de les entrelacer. Ses mains s'agrippèrent l'une l'autre comme l'auraient fait les serres d'un aigle ayant capturé son dîner.

— Oh, vous savez comme je peux être maladroite quand je n'ai pas mon quota de sommeil. J'ai essayé d'enfiler ma bottine en équilibre sur un pied, une tentative que je ne renouvellerai pas de si tôt les lendemains d'enquête.

J'avais spontanément menti, sentant que ce n'était pas le moment d'aborder le problème poilu qui m'attendait à l'étage. Enfin, qui m'attendait toujours, je l'espérais. Pour m'en assurer, j'envoyai les ondes les plus positives possible en direction du plafond, priant pour que ces dernières trouvent leur chemin jusque sous le crâne du tiers de Cerbère.

— Je vois, je vois, dit-il en saisissant sa tasse, faisant tournoyer le thé avant de la porter à sa bouche.

À mon grand désespoir, à l'aide d'une fourchette, il harponna une saucisse qui finit broyée sous ses mâchoires en deux coups de dents. Même si son thé était d'une variété fumée, cela ne justifiait pas qu'il soit ainsi accompagné.

Tant qu'à y être, autant tremper un cochon dans sa tasse !

— Mais dites-moi plutôt ce que sont ces journaux étalés devant vous ? lui demandai-je pour le faire parler, afin de m'éviter d'autres bouffées d'indignations porcines.

— Oh, ça ? J'ai pensé que cela pourrait vous aider, messire O'Farrell et toi, dans votre enquête. J'ai relevé, ces temps-ci, des faits notables qui pourraient découler de l'activité de votre démon gourmand échappé de la fissure de Whitechapel.

— Je vous écoute, dis-je en remplissant ma tasse.

J'anticipai que l'explication pouvait prendre du temps, ce qu'un chatouillement de bouc tendit à corroborer.

L'esprit de sir Barthelemew fonctionnait à une vélocité hors norme qui devait s'approcher de celle d'une bicyclette dont les freins auraient lâché, dévalant une pente très inclinée. Ayant toute sa vie fonctionné à cette cadence, il avait du mal à saisir que les autres puissent s'essouffler à le poursuivre au point d'abandonner, assaillis par des points de côté concentrés dans leurs cerveaux. J'avais toujours pensé que m'avoir recueillie lui avait grandement rendu service dans la mesure où seul un véritable intérêt pouvait le contraindre à étayer ses suppositions. Il se trouve que ma magie l'avait toujours intrigué au plus haut point. Lui et moi nous étions donc tenus la main sur ce long chemin vers la normale, nous interdisant mutuellement d'emprunter des raccourcis.

— Toi et moi savons combien les démons gourmands aiment à profiter de leur liberté nouvellement acquise.

Joli euphémisme.

— J'ai comme l'impression que celui qui nous intéresse a un sens de l'humour particulier. Devant toi sont regroupés les journaux de ces derniers jours que j'ai pris la liberté de classer par ordre chronologique en fonction des articles intrigants. Il est certain que la presse n'a pu faire état de toutes les escapades démoniaques récentes. Il faut pour cela que les comportements des possédés sortent de l'habituel. Mais au vu de ce que j'ai pu lire, il me semble relever un certain mode opératoire. Notre suspect apprécie d'« habiter » les citoyens les plus droits pour leur faire commettre des actes socialement répréhensibles. J'ai peut-être même une théorie sur la manière dont le démon se déplace entre chacun de ses lieux… d'action. Passons aux faits. Sur Belford Square, la gouvernante d'une famille notable aurait ouvert toutes les fenêtres la nuit et se serait réveillée dans la niche du chien, le chien ayant disparu. Sur Holborn Hill, le cadet d'une autre famille aisée aurait séduit la fiancée de son frère aîné. Il l'aurait convaincue de s'enfuir avec lui pour des noces expéditives. Près de St John Street, deux commerçants auraient eu une altercation en pleine rue parce que l'un d'entre eux empiétait sur la zone d'étalage du premier. Enfin, dans les environs d'Old Street, et c'est là que la situation devient intéressante, car nous connaissons les victimes, la sœur de Mrs Hodgkin, une vieille fille sans histoires vivant avec eux depuis l'an passé, serait sortie en chemise de nuit dans la rue. Elle aurait même insulté sa sœur lorsque celle-ci avait tenté de lui faire recouvrer la raison en la tirant vigoureusement vers l'intérieur de son domicile.

Mrs Hodgkin était une dame tout à fait respectable, sauf lorsqu'elle se trouvait en compagnie de Mrs Swanson, une personne odieuse qui portait en permanence des cadavres d'animaux sur les épaules. Je la suspectais de les avoir elle-même tués tant sa voix paralysait son entourage immédiat. Son amie, d'ordinaire effacée, riait à chacune de ses répliques, saluant plus l'influence pécuniaire de la famille Swanson qu'une réelle présence d'esprit chez sa matriarche.

À la lumière de ces éléments, on comprenait sans mal mes économies de compassion. L'infamie sociale, s'étant abattue sur les Hodgkin, allait tout simplement requérir une obséquiosité plus intense de la part de la rieuse sans plumes.

— Vous avez sans doute raison. Les quartiers cités sont plutôt ceux de la bonne société londonienne. Mais je ne vois pas en quoi cela fait avancer l'enquête ? Et qu'en est-il de cette méthode de déplacement dont vous parliez ?

— Cela me paraît pourtant évident, non ? (Devant ma mine sceptique, il comprit que c'était là un des fameux raccourcis à éviter.) Dans le premier article, il est dit que le chien a disparu. Je suppose que le démon a choisi le corps du pauvre animal pour se déplacer. Ceux de son engeance ne sont pas très sélectifs quant à l'espèce incarnant leur moyen de transport. Je ne sais pas exactement comment il a pu passer de Bedford Square à Holborn Hill. Mais il est clair qu'il a profité de la fuite du cadet voleur de fiancée pour se rendre à St John Street, là où il y a des prêtres peu regardants prêts à consacrer n'importe quelle union pour peu qu'on leur tende une bourse bien remplie. Le mariage ayant dû avoir lieu aux aurores, l'infernal en aura profité pour choisir un autre véhicule, en l'occurrence un commerçant ouvrant boutique. Quant à la famille Hodgkin, j'ai eu vent que la gouvernante achetait ses légumes dans le magasin de l'homme sur l'étal duquel son concurrent aurait empiété. Il se trouve justement que demain je dois retrouver messieurs Swanson et Hodgkin *Chez Alfred*.

Mon père exerçait sur le premier une influence incontestable, si puissante que ce dernier n'en avait même pas conscience. Il suffisait à sir Barthelemew de souffler fort des idées politiques ou financières, qu'il prétendait avoir entendues de la bouche d'un gentleman en froid avec son interlocuteur, pour que celui-ci s'engage sur ce terrain, le premier, tel un bélier prêt à enfoncer toutes les portes sur son passage. Et la bête avait souvent besoin qu'on oriente ses cornes vers les bonnes entrées, ce que l'ex-Rose savait faire comme personne.

— J'aimerais que tu m'accompagnes pour soutirer des informations à Mrs Hodgkin. Nous avons besoin de savoir si le démon a pu dire quoi que ce soit durant la possession qui pourrait nous révéler ses intentions.

— Avez-vous déjà eu une conversation avec Mrs Hodgkin quand Mrs Swanson est dans les parages ?

Alors qu'il s'agissait d'une question de pure rhétorique, par respect pour la dame évoquée, sir Barthelemew s'abîma un instant dans les profondeurs de sa mémoire sociale. Il n'y trouva rien de probant, et pour cause, j'avançais là un fait empirique s'appliquant, à mon grand désespoir, à beaucoup de tandems féminins de notre époque.

— Je dois bien reconnaître que non.

— Eh bien, moi non plus ! C'est simple, celle-ci ne peut pas en placer une tant sa compagne comble chaque silence avec une logorrhée verbale abominable.

— J'ai toute confiance en toi, Sláine, tenta-t-il de me rassurer en tapotant directement mon orgueil d'un doigt paternel pour le cas où il faille en plus jouer sur la corde sentimentale.

— Comme tout le monde, j'ai mes limites, père.

— Et que fait-on avec ses limites, ma chérie ?

— On les contourne, dis-je entre mes dents. J'ai compris. À défaut de soutirer quelques paroles à Mrs Hodgkin, je pourrais éventuellement voir si des résidus démoniaques ne sont pas collés à ses cheveux ou à sa tenue.

— Ça, c'est ma fille ! lança-t-il, tout fier, à un public invisible.

— À ce propos, père... il y a un sujet que j'aimerais évoquer avec vous qui explique que je n'aie pas encore établi mon rapport...

Comme sous le coup d'un mauvais minutage, un hurlement de pure terreur, suivi d'un bruit mat, inonda la maison, nous figeant mon père et moi avant que nous nous levions de concert pour sortir de la salle à manger.

Arrivés devant l'encadrement de la porte, nous nous précipitâmes et nous coinçâmes dedans. Sir Barthelemew me laissa la primauté de la franchir, ce qui tombait bien, car il était indispensable que je sois la première sur les lieux du crime, prévoyant que le coupable serait encore sur place. À m'attendre, caché derrière un pan de rideau...

Mon pas s'allongeant sous l'effet de l'adrénaline, je montai les escaliers trois par trois. L'excellente condition physique de mon père lui permit de me talonner de près. J'arrivai devant ma chambre. Une masse vallonnée était étendue sur le seuil. C'était là la silhouette généreuse de ma gouvernante. Vérifiant rapidement son pouls et l'état de sa tenue, j'en conclus qu'elle avait été sujette à l'un de ses évanouissements coutumiers, celui-ci, une fois n'est pas coutume, aussi réel que justifié.

Laissant à mon père et Edmond, que j'entendis arriver à notre suite, le soin de s'occuper de la victime, j'enjambai l'obstacle humain et entrai dans la chambre. Je refermai la porte derrière moi. Ma fuite ne fut pas remarquée outre mesure tant les attentions de ces messieurs étaient tournées tout entières vers la femme en détresse. La nature masculine faisait parfois bien les choses.

Mes pieds rencontrèrent un tas de linge de maison, et je compris bien trop tard que nous étions le jour du changement des draps. Le manque de sommeil altérait vraiment ma réflexion, ç'en était navrant.

Je n'eus pas à chercher Fear bien longtemps. Il était assis près de mon lit et remuait la queue, ravi de me voir. Le soulagement se lisait dans son regard rubis, et j'en déduisis que la rencontre avait été aussi déstabilisante pour lui, même si, le concernant, elle n'avait pas renversé son rapport à la gravité.

Eh oui, pas la peine d'être un chien de l'Enfer pour se sentir pris au dépourvu par une dame tombant dans les pommes.

— Fear, ce n'est rien, mon grand, nous allons arranger ça. Reste calme.

Il l'était parfaitement, contrairement à moi. Mon cœur palpitait, menaçant de me faire expérimenter le premier évanouissement de mon existence.

Bien qu'à force d'observation je sois coutumière de la meilleure méthode à adopter pour réussir un atterrissage en douceur, qui consistait à onduler comme une anguille pour se rapprocher du sol avant extinction des feux, je dus admettre que ce n'était pas le moment de flancher. Fear avait eu assez d'émotions pour la journée.

On frappa à la porte, et je me précipitai pour m'appuyer dessus de tout mon poids. Je l'entrouvris suffisamment pour y glisser la tête.

— Sláine, que fais-tu dans ta chambre alors que miss Rosembach s'est évanouie ? me réprimanda mon père.

— Je sais que vous êtes habitué à gérer ces crises, et vous savez combien elles peuvent m'affecter, avançai-je, convaincue qu'il ne chercherait pas plus loin en réalisant à quel point l'idée même était absurde.

On parlait de sir Barthelemew Adamson, un homme conditionné par dame Nature pour fouiller toujours plus loin.

— Non, justement, elles ne t'affectent en rien. N'est-ce pas toi qui, la dernière fois que c'est arrivé, as continué ta lecture comme si de rien n'était ?

Coupable.

Pour ma défense, j'étais en train de relire *Orgueil & Préjugés*, et j'en étais au moment où Darcy se dévoile de nouveau, espérant que les sentiments d'Elizabeth à son égard aient évolué. J'avais beau connaître par cœur la plupart des scènes de ce roman, je ne me lassais pas de relire cet exemple parfait du mariage en accord avec ses principes, narré par l'impayable Jane Austen, figure de proue de l'indépendance féminine.

— Père, débutai-je en fixant ses yeux gris fumée, il faut que vous me promettiez de ne pas vous énerver.

Miss Rosembach ayant quelque peu recouvré ses esprits était appuyée sur Edmond, dont je ne vis que la veste en queue de pie disparaître dans l'escalier. Elle lui expliqua brièvement les raisons de son malaise, et celles-ci ne nous échappèrent ni à mon père, ni à moi du fait du volume vocal adopté.

— Un monstre ! J'ai vu un véritable monstre ! Avec des yeux rouges ! Tout droit sorti de l'Enfer !

Elle ne croyait pas si bien dire. Vu son flair, j'étais encline à penser qu'elle s'était peut-être trompée de vocation, et qu'une intégration sur le tard au sein du club n'était pas à exclure. Hélas, une Rose tournant de l'œil avec autant d'aisance ne ferait pas long feu sur le terrain.

— Sláine, vas-tu ouvrir cette porte, ou dois-je l'enfoncer ?

— Ne faites pas cela, père, vous savez bien que votre épaule ne vous le pardonnerait pas. Très bien. J'ouvre.

Joignant le geste à la parole, je reculai vers Fear et le dissimulai autant qu'un portemanteau vide aurait pu le faire.

Sir Barthelemew cligna des yeux à répétition, signe que des rouages devaient peiner à s'enclencher dans son cerveau. Je profitai des prémices de la stupéfaction « statufiante » qui le frappait rarement, mais intensément, pour défendre mon client infernal en déroulant tous les arguments auxquels j'avais pensé dans un ordre plutôt chaotique, je le concède.

— Père, voici Feardorcha. C'est un chien de l'Enfer. Il est sorti de la seconde fissure, celle de Charing Cross. Il m'aime bien, c'est messire O'Farrell qui le dit. Et messire O'Farrell ne se trompe presque jamais. Il tient chaud – quand je dis « il », je veux dire le chien, pas messire O'Farrell –, je n'ai pas eu besoin d'entretenir le feu cette nuit. Ah, et si vous l'aviez vu avec les fantômes ! Il n'y en avait aucun sur les lieux d'invocation, et il a été m'en chercher cinq parfaits, triés de sorte qu'ils n'étaient pas atteints de folie poltergeist. Vous auriez dû être là, c'était tout bonnement impressionnant de les voir attachés par des chaînes de feu à sa crinière tout aussi flamboyante.

— Un chien de l'Enfer ? Une crinière flamboyante ? releva-t-il en tirant sur les manches de sa veste de velours bleu marine.

Voilà, il ne me restait plus qu'à attendre que les rouages se débloquent d'eux-mêmes. Mais l'huile de la réflexion coulait parfois à retardement chez les esprits les plus actifs tiraillés dans toutes les directions. Aussi je décidai de rendre celle qui m'intéressait plus évidente en mettant en pratique les bases du manuel de la vie canine en société.

— Regardez, père, comme il est obéissant. Fear, assis. Enfin, tu l'es déjà. Je veux dire : couché !

Surpris, le chien de l'Enfer obtempéra malgré tout. Sans doute réalisa-t-il l'incongruité de la situation et considéra-t-il que j'étais la mieux à même de la gérer ?

— Lève la patte. Bon chien. Vous voyez ?

L'ex-agent observait Fear sous toutes les coutures. Il inclina la tête dans un sens puis dans l'autre à plusieurs reprises. Son évaluation touchant à sa fin, il ouvrit la bouche pour aboyer des consignes de base :

— Interdiction d'uriner sur mes tapis. Interdiction d'utiliser sa crinière flamboyante en intérieur et de jour. Et que diable ! Ne peut-on donc rien faire pour son apparence ?

— Oh euh... je n'y avais pas songé. Un sort, peut-être ? me risquai-je à demander.

— C'est toi, la spécialiste, mon enfant.

Je réfléchis en toute hâte à un sortilège de modification d'apparence et regardai par la fenêtre en quête d'un filament de ce genre. Avec la pluie, les résidus se faisaient timides et se réfugiaient dans les coins abrités, me rendant la tâche plus ardue. Je songeai à contacter miss Chatterton en envoyant une missive au couvent. Au lieu de m'inquiéter quant à la formulation de cette requête, mon esprit s'égara sur les différentes races de chien envisageables.

Dans l'absolu, pour rendre hommage à la nature de Fear, un rottweiler me semblait tout indiqué, ou peut-être un doberman ? J'hésitais fortement entre l'un et l'autre quand mon père m'interpella avec une légèreté surprenante :

— Eh bien, ma fille, tu es d'une efficacité à toute épreuve. Seulement, ces deux suggestions ne sont-elles pas un peu volumineuses ?

Il était en train de tourner les poils de sa moustache, et je suivis son regard jusqu'à découvrir mon nouvel ami sous les traits d'un doberman. J'avais l'impression que la pièce s'était agrandie maintenant que plus aucun meuble disproportionné ne l'occupait.

— Ce n'est pas moi, c'est lui, déclarai-je, fascinée par ce lien mental qui nous liait. Je n'ai fait que penser à ces races, et il a rendu cela possible.

— Oh, eh bien, suggère-lui un gabarit plus pratique.

Je m'exécutai et passai en revue les différentes races que j'avais pu croiser lors de mes promenades dans St James's Park.

Un nuage vaporeux s'éleva du sol, et un basset hound remplaça le rottweiler. Enfin, il en avait les oreilles tombantes et les yeux hallucinés, mais pour le pelage, Fear ne semblait pas disposé à renoncer au noir intégral. Il fallait croire que les tons pastel de ma chambre l'avaient braqué *ad vitam aeternam*.

— Trop mou, lança mon père dont je guettais l'approbation.

J'espérais que façonner notre animal de compagnie mettrait ce dernier dans ses petits papiers.

J'optai donc pour une race de la même trempe que je supposai moins molle, et un cocker apparut sous nos yeux.

— Ah surtout pas ! Trop de poils ! Pense à mes tapis, Sláine !

Enfin, alors que j'étais sur le point de rendre les armes, j'imaginai un animal de petit calibre, mais musculeux, avec une tête coriace, mais pas trop. Un bouledogue français se matérialisa devant nous.

Le nouveau Fear se déplaça en ondulant du postérieur. Sa queue était si courte qu'elle aurait tout aussi bien pu être inexistante. Mais cette apparence parut lui convenir.

— Adorable ! Il me fait penser à ta grand-mère, lâcha le façonneur de chiens.

— Père, je suis d'avis que vous gardiez cette remarque pour vous.

— Tu as raison, je ne voudrais pas offusquer ma mère.

Je parlais surtout de ne pas offusquer Fear, mais bon. Les tapis de mon père étaient saufs, son sens de la mode satisfait, inutile d'entrer dans un autre débat.

— J'attends ton rapport avec impatience, dit-il en tournant les talons vers l'escalier.

Il revint sur ses pas et précisa :

— Oh, et dis-lui de faire quelque chose pour ses yeux aussi. Nous aurions du mal à justifier leur couleur auprès de nos voisins.

Ses yeux ? Certes, c'était un détail auquel je m'étais habituée.

Je glissai un mot mental à Fear pour lui proposer une paire de prunelles plus classiques.

— Père, qu'allez-vous dire à miss Rosembach ? m'inquiétai-je.

Si le personnel connaissait nos activités d'espions pour sa majesté, il ignorait tout de leur nature surnaturelle, et c'était mieux ainsi.

— Je crois que c'est l'occasion de sortir mon pendule ! se réjouit-il, évoquant sa nouvelle passion pour l'hypnose.

Soulagée, je m'écroulai sur une chaise, mon bras pendant mollement dans le vide. Fear vint caler son petit corps sous mes doigts, suggérant sans subtilité aucune comment je pouvais les occuper.

18

Où un canevas est pointé du doigt

S'il est un art auquel je ne m'étais jamais intéressée, c'était bien celui de l'hypnose. J'étais plutôt une partisane des solutions radicales telles qu'un sort d'oubli dans mes bons jours et un assommage libératoire dans les mauvais. Qui plus est, je n'aurais pas pu prendre la chose au sérieux au risque de faire caqueter tous mes patients, ces derniers reproduisant mes gloussements nerveux. Mais force est de constater que cette technique rendait parfois d'immenses services. Elle permettait notamment, en l'absence du filament adéquat, de guérir le personnel de certaines frayeurs canines sans avoir recours à une violence gratuite passible de poursuites pour abus d'autorité. J'ignorais ce que sir Barthelemew avait bien pu suggérer à miss Rosembach, mais cette dernière semblait, depuis son intervention providentielle, vivre dans une bulle d'euphorie, la poussant à siffloter un air guilleret en nettoyant l'argenterie.

Lorsque mini-Fear et moi passâmes devant la salle à manger pour sortir, la gouvernante sifflotante se figea. Elle observa mon petit compagnon avec insistance, me faisant craindre une sorte de réminiscence. Néanmoins, celle-ci poursuivit sa route telle une étoile filante disparaissant dans le firmament de la mémoire de miss Rosembach. Finalement, l'employée sourit et gratifia le tiers de Cerbère camouflé d'un « quelle adorable créature » enjoué.

C'est dans cette ambiance bon enfant que je quittai la demeure, munie d'une ombrelle pour me protéger de la bruine persistante et d'un chien dont je m'étais rendu compte que le caresser m'aidait à me détendre. Vu l'amour irrationnel que Mrs Alperstan portait à Galinette, je ne voyais pas pourquoi je me serais privée d'un réconfort tout en poils qui serait doublement nécessaire vu l'infâme breuvage au citron que les jumelles s'entêtaient à servir à leurs invités.

Sur le perron, je dépliai mon ombrelle. J'eus à peine le temps de poser le pied sur la première marche que j'aperçus une chose au ras du sol, près de l'arbre jouxtant le portillon en fer forgé. La sirène de l'intrusion retentit avec fracas dans mon esprit, et je me redressai, scandalisée, manquant de glisser à cause de l'humidité. Je n'avais nul besoin de pousser plus loin l'étude de l'indésirable. Son affreux nœud rouge qui retenait une houppette de poils soyeux, que je savais être démêlés chaque jour à l'aide d'une brosse spéciale, tranchait telle une goutte de sang dans la grisaille de cet après-midi soudainement devenu encore plus morose.

L'impudent yorkshire se mit à renifler et tourner d'abord doucement en cercle, puis plus rapidement dessinant un huit au sol, chiffre annonciateur d'un résultat crotté.

Certainement pas !

Tendant inconsciemment la corde qui me reliait à Feardorcha, je dus lui transmettre mon appréhension quant à ce qui allait suivre. Il se précipita, en grossissant à vue d'œil, en direction de l'animal impudique. Sentant la menace venir, celui-ci releva la tête tout en conservant cependant sa position accroupie.

Entre les grognements caverneux et les yeux rouge rubis, je ne sais ce qui fut déterminant dans la fuite de la semeuse de crottes. Mais cette dernière, après un prodigieux sursaut de panique, déguerpit sur ses minuscules pattes. Elle finit par franchir maladroitement la porte va-et-vient installée en son honneur et ornée d'une moulure dorée tape-à-l'œil, témoignant de l'importance de la peureuse dans la famille. Par moments, je me demandai si Mrs Alperstan n'aimait pas plus son chien que ses propres filles. Rien n'était moins sûr, car les jumelles constituaient une double chance de se projeter socialement dans les plus hautes sphères, tout en revivant par procuration l'exaltation du mariage.

Ayant repoussé l'ennemi avec un formidable savoir-faire, Feardorcha revint vers moi en trottinant sur ses pattes redevenues courtes. Ses yeux perdirent leur éclat vermeil à retardement, sans doute sa façon de m'adresser un clin d'œil.

Mon chevalier servant.

Vérifiant les alentours, je m'aperçus, sans grande surprise, que la pluie décourageait les habitants de sortir de chez eux. Les rares piétons marchaient à vive allure pour tenter de passer entre les gouttes. Une vaine entreprise sans un sort d'hermétisme, mais pour une fois bien utile pour détourner l'attention d'une réprimande canine soufreuse.

Lorsque sir Barthelemew m'avait ramenée de l'orphelinat, dès que mon regard s'était posé sur cette rue bourgeoise, j'avais éprouvé une certaine aversion pour l'uniformité des bâtisses accolées les unes aux autres. Certes, elles étaient majestueuses avec leurs toits grisonnants, leurs façades de briques dans lesquelles étaient encastrées des fenêtres blanches aux formats différents en fonction des étages et leurs entrées en colonnades. Elles n'en demeuraient pas moins d'un lisse complexant. Elles manquaient d'âme, alors que la mienne débordait par tous les plis de ma robe, si rapiécée qu'on pouvait lire dans chaque morceau cousu un événement marquant de ma jeune existence. Comme la fois où ayant voulu me relever précipitamment, alors que j'espionnais sœur Agatha en train de converser avec des parents potentiels évoquant l'étrangeté de mon comportement, un pan de tissu s'était retrouvé coincé dans le vieux plancher. Ou encore le jour où j'avais eu le malheur de dire à une autre petite fille que sa mère veillait sur elle sous forme éthérique. Une confession innocente qui s'était soldée par une bagarre mémorable.

Avec le temps, j'avais compris l'importance de passer inaperçue, de polir son image pour en faire un miroir à double face qui ne laissait rien filtrer aux yeux extérieurs, mais qui n'empêchait pas de voir le monde au travers d'un prisme personnalisé. Ainsi, au fil des années, mon aversion pour cette maison s'était-elle éteinte quand j'avais réalisé que j'étais comme elle : d'un extérieur conventionnel et d'un intérieur plus excentrique. Mieux, ce ressentiment s'était mué en une sorte d'affection, cette demeure me permettant de faire ressurgir dans une intimité de pierre la petite fille aux robes usées qui sommeillait et sommeillerait toujours en moi.

Je soupirai. Certaines choses étaient immuables. Mieux valait les considérer comme des piliers de stabilité trop solides pour être ébranlés par un coup de tête hargneux.

Mon compagnon et moi suivîmes le même trajet que Galinette en prenant notre temps, contrairement à elle. De toute manière, quel que soit notre rythme pour rejoindre le seuil de la demeure Alperstan, et ce même s'il s'approchait de celui d'une tortue, il était toujours trop rapide. Cherchant à retarder le moment de frapper à la porte, j'observai le heurtoir dont la mère des jumelles était si fière. Vu qu'elle l'était aussi de son roquet chevelu, on pouvait aisément remettre en cause le moindre de ses choix décoratifs. Celui-ci obtenait la palme dans le domaine. Le supposé poisson présentait une queue en forme de trident, comme si l'infortuné s'était fait embrocher à l'envers par un Poséidon ayant bu une tasse au contenu alcoolisé.

Faisant mes adieux à la pluie, je fermai mon ombrelle et la secouai pour faire tomber les gouttes regimbantes. Une calèche fit halte près du trottoir devant la résidence. De la fumée sortait des naseaux des chevaux qui profitaient d'un repos mérité. Le cocher engoncé dans un épais imperméable descendit pour ouvrir une portière qui n'eut, en fin de compte, pas besoin de ses services. Je ne connaissais qu'une personne qui dédaignait ce plaisir tout professionnel aux conducteurs de cabs, aussi ne fus-je pas surprise de voir sauter au sol la haute carcasse luminescente de messire O'Farrell.

Que diable faisait-il ici ? Venait-il rendre visite à mon père ? Le TEA avait-il pulsé, et on ne m'en aurait pas informée ? Ou alors, s'était-il tout simplement invité à boire le thé-café ? Il faut dire que la dernière fois que nous nous étions parlé, du fait de ses idées arrêtées concernant les gnomes, je lui avais suggéré de trouver la sortie du club par ses propres moyens. S'il essayait de nous réconcilier en s'imposant, il y parvenait avec autant de succès qu'un rongeur se débattant dans une souricière.

D'un coup de rênes énergique, le cocher fit repartir sa calèche. Je ne bougeai pas, espérant que l'Irlandais passe son chemin jusqu'à mon domicile. Mais comme j'étais rarement exaucée avec lui, il crut bon de respecter les convenances en venant me saluer.

Il était habillé d'un pantalon brun foncé, d'une chemise blanche surmontée d'un gilet de soie noire ainsi que d'une cravate couleur rouille, et d'une longue veste. Mais son flair n'avait pas dû lui permettre d'anticiper les pleurs de Londres, car je ne voyais aucun chapeau pour l'abriter un minimum.

Entouré par son aura dorée, timidement dessinée comme si elle n'appréciait pas le temps londonien dans toute sa glorieuse moiteur, il ne se précipita pas pour nous rejoindre. Au contraire, il sembla savourer la pluie qui le récompensa de son intérêt de manière peu personnelle en humidifiant ses vêtements.

— Bonjour, lady Sláine, débuta-t-il de sa voix caverneuse en inclinant le buste.

Ne pouvait-il pas, à la place, incliner la tête ? Dans ces conditions, je me sentais encore plus obligée de faire la révérence. Et certaines tournures s'y prêtaient moins que d'autres.

— Bonjour, messire O'Farrell.

Son visage pâle était rosi par la froideur ambiante. Ses cheveux étaient plus aplatis que d'ordinaire sur sa tête, leur longueur s'en trouvant décuplée. Leur couleur plus foncée faisait ressortir la singularité de ses yeux de velours piquetés de paillettes argent et or. Quand mes courtes salutations furent terminées et ma robe stabilisée, ceux-ci se fixèrent sur ma droite, là où un chien de l'Enfer méconnaissable était assis.

Il observait sagement l'Irlandais, jouant à la perfection le rôle de l'animal discipliné qui se laisse ausculter avec impassibilité par la force de l'expérience.

— Mais que vois-je ? Ne serait-ce pas un chien de l'Enfer miniature ? Je constate que notre ami a adopté une apparence qui sied mieux aux mondanités de sa maîtresse.

Comment diable pouvait-il être si sûr de lui ? J'aurais tout aussi bien pu posséder un animal domestique autre qu'un tiers de Cerbère ! Y avait-il une tête particulière pour cela ? Si oui, on pouvait légitimement s'interroger sur celle allant de pair avec la détention d'un fauve démoniaque.

Répondant à l'une de mes questions non formulées qui devait se lire dans mon regard interloqué, il poursuivit :

— L'odeur. Rien ne peut la camoufler, même s'il y a un net progrès sous cette forme. Si je ne m'abuse, cette créature et vous êtes devenues plutôt familières le temps d'une nuit.

En plus de ruiner les efforts de mon nouveau compagnon, il se permettait de supposer sur mon hygiène de vie, m'assimilant sans le savoir à une Mrs Alperstan obnubilée par sa chienne. Quel malotru !

— Il s'est roulé dans mes vêtements, voilà tout. Il est inutile d'affoler votre imagination.

— Que lui avez-vous donc fait pour qu'il rapetisse de la sorte ? se moqua-t-il, comme s'il était dans mes habitudes de faire rétrécir mes compagnons à vue d'œil.

Il lui suffisait de se regarder dans une glace pour s'apercevoir que je ne disposais pas de ce talent.

— Je ne vois pas pourquoi certains Irlandais se transformeraient en tigre tandis que certains chiens de l'Enfer ne pourraient pas changer de taille. Vous n'avez qu'à lui demander des explications en utilisant votre langage animal si cela vous tourmente à ce point.

— Touché. Hormis ses sentiments à votre égard, l'animal n'est pas causant, sourit-il à l'intention du bouledogue qui laissa entrevoir son regard pourpre par pur défi.

Y avait-il créature plus adorable sur cette terre ? Enfer compris, cela s'entend.

— Et donc, messire O'Farrell, quel heureux hasard vous amène-t-il sur Kensington Street ? Certainement pas une promenade, vu le temps qu'il fait.

— La pluie ne me dérange pas. Au contraire, elle me rappelle l'Irlande. Quand je ferme les yeux, je peux presque imaginer que je suis de retour chez moi.

Il fallait vraiment avoir les yeux fermés pour se laisser illusionner. Mais bon, qui étais-je pour critiquer le remède d'un malheureux contre le mal du pays ? Le meilleur témoignage de compassion que je pouvais lui adresser était de lui faire des recommandations vestimentaires afin qu'il n'attrape pas froid.

— Si en Irlande, sur vos terres, vous ne portez pas de chapeau, ici, cela est plus approprié, surtout lorsque vous sortez en pleine rue. Je ne saurais que trop vous conseiller d'investir. Si vous avez besoin de bonnes adresses, sir Barthelemew sera ravi de vous en recommander.

— Je vous remercie de vous soucier autant de mes investissements. Vu que j'ai tendance à oublier mes couvre-chefs partout où je passe, je doute qu'ils soient des plus rentables. (Il se toucha le dessus du crâne, réalisant avec apathie qu'il était inoccupé.) J'espère faire un heureux avec le chapeau que j'ai, à l'instant, laissé dans la voiture.

— Venez-vous voir mon père ?

Parfois, mon impatience et ma curiosité s'unissaient pour écraser la sobriété toute féminine imposée par les conventions sociales. Et je cautionnais de plus en plus cette attaque massive quand elle servait à faire parler l'Irlandais.

— Je suis invité à boire le thé. Mais j'espère bien que la famille Alperstan a du café.

La famille Alperstan ? Vraiment ? Soudain, je me rappelai l'émoi irlandais dans lequel Abigail et Ashleigh avaient plongé et dont James m'avait fait part lors de notre débriefing sociétal fort en théine. J'aurais dû me douter qu'une telle invitation serait lancée. J'incarnais, malgré moi, le maillon à même de gommer l'audace d'une telle entrevue avec un inconnu.

— À votre place, je n'y compterais pas trop, avançai-je pour le dissuader d'entrer. Quant à prendre le thé avec nous, vous n'y songez pas, nous ne serons qu'entre dames.

Ce qui ne voulait pas dire, évidemment, en meilleure compagnie. Mais une femme devait parfois se montrer solidaire de toutes les autres, quand bien même certaines auraient mérité qu'on révèle leur vrai visage.

— J'ai cru comprendre qu'un cousin germain résidait chez les Alperstan pour quelques semaines.

— Vous êtes mieux informé que moi, concédai-je avec une réticence qui dut me faire grimacer. Peut-on savoir qui vous a si bien informé ?

— Miss Rosembach. Les bonnes parlent entre elles et elles aiment partager les informations acquises avec ceux qui prennent la peine de les écouter.

— Je sais très bien que les bonnes parlent entre elles, m'agaçai-je. Mais je ne m'attendais pas à ce que miss Rosembach - que vous n'avez vue qu'une fois - vous tienne au courant des ragots, ni même que cela puisse vous intéresser.

— Vous seriez étonnée par tout ce qui peut m'intéresser.

Il se rapprocha de moi, et mon cœur se mit à cogner dans ma poitrine, comme si un oiseau plus énervé que la moyenne tentait de s'en échapper. Je rencontrai un regard vers lequel je me sentais attirée, suivant le courant imaginaire qui faisait tournoyer les éclats métalliques dans deux mares insondables. Une mèche de cheveux humides vint frôler ma joue. Je restai immobile, absorbant passivement le froid qui faisait courir des frissons étrangement chauds sur ma nuque.

Soudain, je sentis le tissu de ma robe se tendre vers le bas. Cela suffit à me faire revenir sur des rivages moins tourmentés. De manière tout de même un peu brutale puisque mon bras, celui armé de l'ombrelle, s'éleva de son propre chef pour venir frapper un messire O'Farrell qui, comme je le compris, s'était rapproché de moi dans l'unique but de violenter le poisson embroché par le dieu des océans.

Le coup ayant été salué par un « aïe » sonore, une maigre vengeance pour des frissons malvenus, je félicitai mon corps pour ce réflexe opportun, sachant que je devais l'impulsion première à un individu se déplaçant à quatre pattes. Je lui accordai un remerciement mental affectueux.

Alors que j'étais en train de me dire que je vivais mal cette ingérence dans ma vie diurne, qui constituait une violation éhontée des règles fondamentales de non-empiétement imposées à toutes les Roses, le majordome des Alperstan nous ouvrit la porte.

L'employé était jeune par rapport à Edmond, mais la comparaison était peu pertinente. Ce dernier avait l'air aussi vieux et solide qu'un chêne centenaire. Disons qu'à côté son confrère était un arbuste ayant encore besoin de beaucoup de soleil pour s'épanouir. Ce n'était malheureusement pas près d'arriver dans une maisonnée où la patronne agissait comme un nuage asphyxiant qui prenait, de surcroît, un malin plaisir à stagner non loin de son personnel, guettant le moindre faux pas pour faire tomber la foudre.

Depuis son entrée en fonction auprès de la famille l'an passé, le pauvre bougre semblait avoir pâli. Des cernes s'étaient creusés sous ses yeux bruns, et il paraissait toujours sur le qui-vive. Des gouttelettes de transpiration dévalaient ses tempes aussi facilement que la pluie l'aurait fait sur une vitre. J'imaginai sans peine combien accueillir des invités dans la demeure devait tendre chacun de ses nerfs. Ceci expliquait sa posture guindée à l'excès qui le faisait réellement ressembler à un arbre avec des racines profondément incrustées dans le sol et des branches si lourdes qu'elles ployaient sous le poids de fruits imaginaires rouge mesquinerie et jaune irascibilité.

Comme si un ennemi sur le terrain n'était pas suffisant, Galinette ayant retrouvé toute sa morgue arriva par-derrière pour s'attaquer au pantalon impeccablement repassé du majordome. Sous prétexte que l'abominable animal siégeait à droite de la reine de ce petit royaume, il se croyait à l'abri d'une manœuvre défensive. C'était seulement parce qu'il ne regardait pas dans la bonne direction. Si je ne pouvais décemment pas intervenir dans la façon de traiter le personnel, je n'allais pas me gêner pour faire cesser une atteinte portée à un vêtement. Aidée de mon fidèle assistant, j'allais faire la loi.

Je retroussai mes manches mentales et priai Fear d'effrayer aussi discrètement que possible le rat domestiqué pour lui faire lâcher prise. Se précipitant sous sa taille présente vers l'agresseur, il l'envoya rouler-bouler contre les marches de l'escalier intérieur. Le petit nœud en perdit de sa superbe. Il se raccrocha à quelques poils tandis que les libérés vinrent former une frange épaisse obstruant la vue de la chienne qui rentra dans un mur, pensant emprunter la porte du salon.

Le majordome en resta coi une bonne minute, le temps nécessaire pour intégrer la nature de son sauveteur et lui redonner foi dans les membres de son espèce. C'est en souriant discrètement, par crainte de laisser apparaître trop de dents et de ne pouvoir les masquer avant d'être pris sur le fait, que l'employé me délesta de mon ombrelle et de mon manteau.

Messire O'Farrell et moi fûmes conduits dans le salon le plus rose que Londres ait à offrir. Du moins, fut-ce ce que j'espérais ; le contraire aurait mis en péril la réputation de l'élégance britannique. Je craignis un instant que Feardorcha n'ait une attaque en y entrant. Mais se collant aussi près de moi qu'il lui était possible, il avança d'un pas nonchalant, levant sa petite gueule boudinée, aussi conquérant que s'il avait été sous sa forme originelle.

Deux canapés en tapisserie fuchsia étaient installés face à face. L'un était stratégiquement occupé par les inséparables jumelles, préférant éviter que le regard des convives soit capté par l'une plutôt que par l'autre. Sur le second trônait sa majesté leur mère en pleine tentative d'ajustage du nœud fuyant sur le sommet du crâne de sa troisième fille. Enfin, sur le seul fauteuil trouvant grâce à mes yeux était assis un homme qui m'était inconnu et que je supposai donc être le fameux cousin au premier degré. L'absence du patriarche de la famille ne m'alarma pas le moins du monde. Le connaissant, il devait être enfermé dans son cabinet, officiellement en train de travailler en apothicaire consciencieux sur une thèse botanique, officieusement en train de profiter d'un silence inespéré, pendant que ses femmes accablaient d'autres victimes avec leur discours inconsistant.

S'il était une chose contre laquelle les années n'avaient pu me prémunir, c'était bien le désarroi m'étreignant à la vue des tenues affligeantes que mère et filles osaient porter. Généralement, les personnes au goût incertain, persuadées d'incarner l'originalité et l'audace de toute une époque, affichaient une fierté risible pour un public averti. Mes hôtesses n'échappaient pas à cette règle et faisaient même preuve de zèle dans son application. Si le sens de la mode se transmettait de génération en génération, comme j'aimais à penser que c'était le cas pour sir Barthelemew et moi-même, qu'Abigail et Ashleigh en soient dépourvues n'aurait pas dû m'étonner, vu comme Mrs Alperstan faisait du trop sa marque de fabrique.

N'ayant jamais accepté que c'était à elle de plier devant le temps, elle s'était engagée dans une lutte pathétique pour entretenir sa jeunesse. Ainsi, elle s'obstinait à porter des toilettes inadaptées à ses formes vieillissantes, tout en vaguelettes froufroutantes soulignant des endroits qui auraient mérité de ne pas l'être. Sa poitrine, qui dut jadis valoir le coup d'œil, s'agrippait désormais à la vue d'autrui, obligé de supporter l'opulence distendue de vallons asséchés par le soleil de la vieillesse. Sa taille devenue épaisse se retrouvait encerclée par un boa en taffetas bleu canard, dont les prises d'enserrement avaient dû connaître des jours meilleurs. Quant à sa coiffure, qui se voulait un hommage à la Renaissance et à la Rome antique, elle ne mettait pas du tout en valeur le visage de la dame, qui apparaissait dans toute sa rondeur avec des anglaises dégageant un cou flétri. Et cette espèce de chignon haut qui ressemblait à un dégueulis poussiéreux géant était écrasé sur la démarcation d'un front large. Le tout allongeait son crâne de manière étrange et inconfortable pour quiconque avait déjà croisé un démon présentant la même difformité.

Abigail et Ashleigh avaient pour elles la fraîcheur de la jeunesse et un aspect ingénu savamment entretenu qui promettait de les accompagner durant toutes leurs futiles existences. Leurs longs cheveux blond vénitien, plutôt beaux au demeurant, étaient attachés en une demi-queue serrée pour mettre en valeur l'ossature proéminente de leurs visages. Ces deux-là n'avaient pas ce qu'on pouvait appeler des traits fins. Non. Dans leurs figures identiques, à l'exception d'un grain de beauté sur la tempe pour Abigail et d'une dent légèrement chevauchante pour

Ashleigh, tout n'était que rondeur et épaisseur. Ce qui ne manquait pas de choquer quand on s'attardait sur leurs silhouettes graciles. On aurait dit que leur mère avait négocié avec le peintre de Dieu afin de leur conférer le faciès le plus mémorable qui soit sans tenir compte, bien entendu, de l'incongruité du rendu final. Elles avaient hérité des pommettes hautes et du front de leur mère, d'autant plus visible que leurs sourcils se réduisaient à deux lignes minces. Leur nez manquait de projection et, bien que droit, était un peu large au regard des normes esthétiques. Leurs iris d'un bleu océan agréable se retrouvaient prisonniers de globes oculaires menaçant de sortir de leurs orbites respectives, un effet accentué par des cils recourbés. Enfin, les sœurs étaient affublées de lèvres plutôt fines figées sur une moue en cul de poule, comble d'une séduction passive qui faisait des émules parmi la gent masculine.

Il n'y avait pas grand-chose à dire sur leurs tenues qui variaient peu de jour en jour et qui présentaient une constante rappelant Galinette. À savoir des nœuds à profusion sur le bas des jupes et sur le corset. Et là où Abigail préférait les couleurs chaudes, Ashleigh, elle, avait un penchant pour celles plus froides. Par le jeu d'une chance insolente qui prémunissait la maisonnée de disputes stridentes, les deux gammes de nuances mettaient en valeur leur teint d'albâtre dans une égale mesure.

— Sláine, quel plaisir de te voir, lança Mrs Alperstan, me faisant marquer un temps d'arrêt.

Jamais auparavant elle n'avait fait montre d'une telle convivialité à mon intention. Je frémis à la pensée qu'une mort imminente, orchestrée ou simplement pressentie par mon hôtesse, devait m'être réservée, justifiant que celle-ci célèbre mon éloge funèbre à l'avance. Aussi m'attendais-je à être coupée en deux à tout moment, surveillant d'un œil suspicieux le vaisselier et les pièces d'argenterie reposant derrière ses portes de verre. Mais les secondes continuèrent de s'égrener comme si aucun gant chevaleresque n'avait été jeté à mes pieds.

Fausse alerte.

— Bonjour, Mrs Alperstan. Je vous remercie pour cette invitation, dis-je sobrement, à défaut de pouvoir simuler un engouement crédible.

Considérant qu'elle m'avait accordé une attention suffisante pour l'après-midi, mon interlocutrice s'intéressa de très près, littéralement puisqu'elle chaussa ses lunettes loupes, à messire O'Farrell. Ce dernier fut l'objet d'une observation minutieuse. Les yeux de la buse humaine se contractaient à chaque détail noté, son esprit dépliant l'éventail des possibles avant de se décider à fondre sur sa proie.

Mon partenaire étant trop bien éduqué pour s'offusquer, je le fis à sa place en me raclant la gorge. C'est ainsi que nous obtînmes l'autorisation de nous asseoir, l'un s'en sortant mieux que l'autre concernant son voisin de proximité. En effet, tandis que je pris place dans un fauteuil crapaud d'un rose tendre près du cousin de passage, l'Irlandais se retrouva contraint de partager la banquette de Mrs Alperstan et d'une Galinette intriguée par le nouvel arrivant.

Ignorant superbement le postulat selon lequel un renifleur n'aimait pas se faire lui-même renifler, elle huma avec insistance le bras de messire O'Farrell. Irrité par tant de familiarité, ce dernier fit claquer son aura contre le museau de l'impertinente. Celle-ci regagna les jupons de sa maîtresse qui rit, pensant qu'il s'agissait là d'un témoignage d'affection.

La conversation-investigation allant bon train du côté féminin des Alperstan, j'ajoutai deux sucres à ma tasse, le seul moyen de rendre le thé buvable.

Le cousin d'Abigail et Ashleigh me regardait en souriant, ce qui me mettait fichtrement mal à l'aise. C'était là une perche à visées parlantes trop tendue pour que je puisse l'ignorer.

— J'ai cru comprendre que vous séjourniez chez votre tante et votre oncle pour quelques semaines, dis-je pour lancer la discussion sur une voie convenable, mais peu inspirée.

De celles dont on espère qu'elles ne nous mèneront pas loin.

— C'est exact, répondit-il avec hésitation comme s'il ne parvenait pas à réaliser que ses sourires avaient porté leurs fruits.

Ce manque d'assurance, qu'il ne tenait ni de sa tante ni de ses cousines, me donna l'envie de mener ma propre enquête. Je suspectai qu'une telle parenté devait se ressentir sur un autre aspect de sa personnalité.

— Et qu'est-ce qui vous amène à Londres ? Où résidez-vous en temps normal ?

— Je suis venu pour une série de conférences auxquelles mon école de médecine m'a convié. Mais je vis et j'ambitionne d'exercer dans le comté de Fulham.

— Je croyais que la famille de Mrs Alperstan résidait près de Hammersmith ?

— Oh, je suis le fils de la sœur de Mr Alperstan. Et je réalise que nous n'avons pas été formellement présentés. (Il glissa un regard désolé, mais pas accusateur, en direction de sa tante n'ayant d'yeux que pour l'Irlandais crispé comme jamais.) Je suis Stephen Alperstan du comté de Fulham. Mais je me rends compte que, cela, je l'ai déjà dit, précisa-t-il en rougissant.

— Lady Sláine Adamson de la maison d'à côté, lui répondis-je pour le mettre à l'aise.

Il y avait un je-ne-sais-quoi dans son apparence avec ce visage poupin, ces cheveux blonds et bouclés lui mangeant le front, ces yeux d'un joli marron-vert et ce sourire innocent, qui attestait la bonhomie innée du gentleman. Sa présence était reposante, et on avait tôt fait d'oublier comment il était vêtu, la manière dont il buvait son thé, ou encore à qui il était apparenté. C'était un homme dont l'humeur charitable et l'intérêt sincère faisaient taire mon ironie, pourtant loquace à l'accoutumée.

— J'ai beaucoup entendu parler de vous.

— En bien, j'espère. Mais rien n'est moins sûr tant vos cousines et moi-même nous accordons sur peu de sujets, lâchai-je abruptement, me sentant obligée de me défendre contre une attaque dont j'ignorais la nature, mais que je supposai mesquine compte tenu de la seule source envisageable.

— Mes cousines, en dépit de leurs qualités, ont pour défaut principal de ne s'accorder qu'entre elles. Mais puis-je savoir quels sujets vous intéressent ?

Je mis plusieurs secondes à répondre tant j'étais restée bloquée sur le terme « qualités » utilisé pour flatter ce qui, de mon point de vue, n'avait et n'aurait jamais aucune existence tangible. Et pour cause, quand elles n'étaient pas insupportables, Abigail et Ashleigh étaient au mieux insipides. Se pouvait-il que Stephen Alperstan soit naïf au point de croire aux miracles ?

J'avais rencontré le prince des archanges, visité le Paradis nommé Edinu par ses ressortissants, et malgré tout, je n'y croyais pas. Heureusement que Michael savait choisir ses ancres humaines parmi les individus les plus blasés, sans quoi il aurait eu beaucoup de désillusions sur la conscience.

— La littérature. Je crois bien qu'il s'agit là de ce qu'on pourrait appeler une passion, quand bien même le terme paraîtrait peu mesuré.

Qu'il était parfois difficile de passer sous silence mes activités de Rose. Les enquêtes me rendaient vivante comme aucun livre, si galvanisant soit-il, n'aurait pu le faire.

— Il y a passion et passion. Du moment que vos emportements sont raisonnables et ne nuisent pas à autrui, il n'y a aucun mal à ne pas être parfaitement mesuré. Me concernant, il m'arrive même de ressembler à Sherlock Holmes quand je travaille dans mon laboratoire. Enfin, l'exemple est mal choisi, une dame de votre rang ne doit pas connaître l'œuvre de Conan Doyle.

— Vous avez lu *Une étude en rouge* ?

Je n'en croyais pas mes oreilles ! Quelqu'un à qui parler de mon péché mignon. Qui eût cru que je le rencontrerais grâce à mes voisines ?

— Vous voulez dire que vous aussi ?

C'est ainsi que le cousin paternel, en dépit de ses liens avec les femmes Alperstan, se révéla être un gentleman avec lequel je pris plaisir à discuter de mon détective préféré.

Oubliant le reste de notre auditoire qui, lui, ne nous oubliait pas au vu des œillades désespérées que me lançait messire O'Farrell, nous nous engageâmes sur un débat des plus stimulants relatif à la place du Dr Watson. Stephen le considérait comme étant le personnage principal, car c'était sa voix qui permettait de faire vivre Mr Holmes. Je lui opposai que l'important n'était pas tant de savoir qui racontait une histoire, mais plutôt sur qui elle portait. En l'occurrence, Sherlock était devenu une obsession pour son ami. C'était bien une analyse de sa personne qu'il avait entreprise, le rendant également fascinant aux yeux des lecteurs en mesure d'apprécier son excentrisme, cela va sans dire.

Nous dérivâmes sur d'autres sujets tout aussi plaisants, jusqu'à ce qu'il évoque avec audace la couleur singulière de mes yeux.

— Je me permets de vous demander de qui vous tenez vos yeux. Ils sont d'un violet très sombre, presque noir, que je n'ai jamais rencontré, et des études révèlent que c'est un facteur que l'on hérite. Est-ce courant dans votre famille ?

Avant que j'aie pu répondre, Ashleigh, dans sa robe d'un turquoise agressif, me devança. Elle me contraria une énième fois avec la même réplique qu'elle ne se lassait pas de placer pour me rabaisser au niveau social qu'elle estimait juste, à savoir celui d'arriviste.

— Oh mais, cousin ! Voyons, je suis persuadée de vous l'avoir dit. Sláine a été adoptée. Elle vivait dans un misérable orphelinat avant que sir Barthelemew la recueille et lui offre le titre qui est le sien aujourd'hui.

Ces mots, bien qu'incarnant la stricte vérité, étaient déclamés avec une telle condescendance qu'ils ne manquaient pas de me blesser chaque fois que je les entendais. Ils me rappelaient que j'étais un meuble qui jurait autant dans la vie de mon père que cette abondance de rose en plein Londres austère et grisonnant. Comme toujours, je ne trouvai rien à répliquer et me préparai, le regard abîmé dans ma tasse, à encaisser dignement les coups suivants qui ne manqueraient pas de pleuvoir. Les jumelles n'étaient pas les filles d'un nuage toxique pour rien.

Feardorcha, qui avait jusque-là fait preuve d'une attitude irréprochable, se mit à se frotter contre ma jambe. Ma main aimantée par son petit corps descendit le caresser, acceptant le réconfort qu'il m'offrait.

— Son éducation ayant été reprise sur le tard, ceci pourrait expliquer que Sláine ne soit pas des plus douées au piano. Nous nous réjouissons que Mère ait eu la riche idée de nous y mettre dès notre plus jeune âge.

— Ashleigh, intervint son double, tu omets de parler de notre atelier couture. J'ai d'ailleurs avec moi nos travaux respectifs. Messieurs, que dites-vous de nos canevas ? Saurez-vous deviner lequel appartient à Sláine ?

Sans même lever les yeux, je visualisai mon essai raté censé représenter une rose de première fraîcheur. Elle pouvait au mieux prétendre au titre de fleur fanée, et au pire à celui d'animal le plus tordu de tous les temps.

Des rires aigus fusèrent tandis que Stephen Alperstan tentait de sauver mon honneur en relevant l'originalité dans le mélange des couleurs.

Je ne sus quelle en fut la raison, mais j'eus besoin de comprendre pourquoi messire O'Farrell gardait le silence au lieu de profiter de cet instant de connivence pour renforcer mon malaise, afin de se venger de mon attitude rude à son égard.

Timidement, je relevai la tête. L'Irlandais se tenait droit comme un I, aussi loin de Mrs Alperstan que l'usage de l'accoudoir du canapé le lui permettait. Son regard impénétrable était vissé sur Abigail et Ashleigh qui continuèrent de se donner en spectacle à mes dépens, persuadées qu'elles avaient capté l'attention de l'homme convoité. Ce dernier ne trahissait pourtant aucun intérêt pour la conversation en cours. Il était égaré dans ses pensées. Celles-ci faisaient tressauter un nerf sous son œil et danser son aura telle une flamme soufflée par un vent farouche. Seule Galinette, échaudée par un contact encore frais dans sa mémoire, parut se rendre compte du danger invisible qui la fit déguerpir loin de la banquette.

— En Irlande, une dame n'a nul besoin de savoir jouer du piano ou encore de savoir coudre. En plus de son esprit acéré, lady Sláine a bien d'autres talents plus utiles. Elle a, notamment, un don avec les animaux. Peut-être consentira-t-elle à vous faire une démonstration si, toutefois, elle se sent d'humeur à vous divertir.

Ma main se figea sur le pelage de Fear qui glissa sa tête sous mes doigts pour les faire remuer et m'encourager à poursuivre. Messire O'Farrell venait de prendre ma défense. Si je doutais que quiconque ait relevé le double sens dans ses propos, à l'aide de ses yeux sublimes, il m'avait délivré une clef de traduction. Même si elles me firent sourire, ce ne furent pas les piques sous-jacentes sur lesquelles je m'attardai, mais plus sur le fait qu'il me considérait digne des femmes natives de son pays, celui-là même qui lui manquait tant. Et il avait avoué de manière explicite qu'il appréciait mon « esprit acéré », ce qui était le compliment le plus élogieux qu'on puisse me faire.

Si certains hommes pouvaient se révéler apaisants comme Stephen Alperstan, il en fallait plus pour gagner mon estime. Beaucoup plus que l'existence simple du cousin des jumelles ne pourrait lui apporter. La naïveté, si touchante soit-elle, n'avait pas sa place dans mon monde. Je savais des choses qui échapperaient toujours à la plupart des gens ; j'avais côtoyé la mort, senti son souffle dans ma nuque à de trop nombreuses reprises pour ne pas avoir conscience que la vie n'était qu'une page susceptible de se tourner sans prévenir. Stephen et moi pouvions bien aimer les mêmes romans, cela ne suffisait pas à le rapprocher de celle que j'étais vraiment qui évoluait dans une réalité surpassant de loin la fiction. Outre cela, j'avais besoin de trouver une conviction égale à la mienne, d'avoir le ventre noué par une émotion indicible et de me perdre dans un regard que seules les convenances me retenaient de déchiffrer.

En cet instant, je tâtai avec acuité le vide à l'intérieur de moi, cette place à prendre qui ne demandait qu'à se modeler à l'image de l'être aimé. Lord Wheelcog avait raison, il était plus agréable de profiter de la vie à deux. Je m'étais trop longtemps cachée derrière ma solitude, la brandissant comme une alliée indéfectible lorsqu'on essayait de me raisonner. En vérité, elle n'était qu'une expression évanescente de mon ego, un concept insaisissable puisque sans fondement.

Cette intervention suffit à me redonner tout le piquant qui était mien d'ordinaire. C'est en souriant à l'intention exclusive de mon partenaire que je décidai de solliciter une nouvelle fois le chien de l'Enfer.

Je lui fis prendre tour à tour les mêmes positions qui avaient contribué à convaincre mon père de me laisser le garder. Si je perçus sans aucun mal la réticence d'une partie du public, l'engouement de ces messieurs enjoignit à ces dames d'applaudir de concert. J'aperçus même, à moitié caché par l'encadrement de la porte du salon, le majordome précédemment secouru qui assistait aux démonstrations du tiers de Cerbère.

Après mon quart d'heure de gloire, les choses redevinrent plus calmes. Elles faillirent être de nouveau perturbées lorsque Mrs Alperstan s'aventura à caresser Feardorcha. Il grogna de manière plus puissante que sa cage thoracique de façade le lui permettait. Cette déconvenue décontenança tellement notre hôtesse qu'elle retrouva son aplomb seulement après avoir compensé cette frayeur grâce à deux énormes pâtisseries.

Un autre sujet sensible fut amené avec toute la subtilité d'un galant novice dans l'art de la séduction :

— Lady Sláine, avez-vous l'intention de vous rendre au bal de la semaine prochaine ? J'accompagne mes charmantes cousines et j'aurais voulu savoir si vous accepteriez de me réserver quelques danses.

Consultant rapidement mon carnet de bal, qui était aussi vide que le plat de miss Rosembach quand nous avions fini de manger son irrésistible fondant au chocolat, pour lequel sir Barthelemew et moi luttions à coups de fourchette, je m'apprêtais à lui répondre par l'affirmative, réalisant qu'il était un partenaire convenable à l'haleine irréprochable, contrairement aux associés de mon père. Mais messire O'Farrell prit la parole :

— Je suis navré, Mr Alperstan, mais lady Sláine m'a déjà promis sa première danse et les suivantes.

Mes yeux s'arrondirent, menaçant de dégringoler dans mon thé. Je n'avais jamais consenti à cela !

— J'ignorais que vous étiez invité, s'empressa de préciser le cousin d'une voix affectée et quelque peu amère, preuve que même les êtres les plus gentils pouvaient se hérisser de blessures portées à leur sensibilité.

— Je le suis. Par la reine elle-même, affirma avec aplomb mon partenaire.

Des « oh » jaillirent de tous côtés. Même Galinette, reparue pour profiter des miettes de gâteau tombées sur la robe de sa maîtresse, apporta une contribution aboyante à ce chœur improvisé.

Ayant besoin d'un peu de sucre, autre que celui s'étant amoncelé au fond de ma tasse toujours au trois quarts pleine, je voulus saisir un petit scone quand une main couturée de cicatrices recouvrit la mienne l'espace d'un instant qui se figea dans la trame temporelle, s'inscrivant durablement dans ma mémoire. Ce n'était pas à moi de retirer mes doigts de sous ceux de l'Irlandais, aussi attendis-je, rosissant, qu'il daigne reprendre ce qui lui appartenait et me libérer.

Deux pans de ciel nocturne, agités par une pluie d'étoiles filantes, me considérèrent intensément. J'eus envie de pleurer pour je ne sais quelle raison incongrue. Nous n'étions pas seuls, et je me sentais accablée par des sensations étranges sur lesquelles je ne pouvais m'appesantir en public par égard pour ma réputation. Pas plus que je ne pouvais le faire en privé au vu du bracelet de cuivre attestant, selon l'incube du club, qu'une certaine place était prise.

Même si j'étais arrivée la première pour revendiquer l'espèce de muffin à l'orange, j'étais prête à le lui céder pour que l'Irlandais cesse de me déstabiliser comme il le faisait. C'est d'ailleurs ce que je fis, retirant précipitamment ma main alanguie par la doucereuse chaleur de mon partenaire.

Je la frottai vigoureusement pour me débarrasser de cette sensation, et vis que cet accident n'avait pas échappé à l'œil de buse de Mrs Alperstan.

— Dites-moi, messire O'Farrell, d'où connaissez-vous notre petite Sláine et son très respectable père ?

— Nous nous sommes rencontrés depuis peu, mais nos familles sont très liées.

— Êtes-vous cousins par alliance, ou quelque chose dans ce goût-là ?

Un goût nettement plus agréable que si j'avais eu l'intention de retirer cet homme du marché des célibataires, spoliant par là même ses filles alors que rien ne garantissait qu'il s'intéresse à l'une d'elles, voire qu'il soit dans ses projets de se marier.

— Non, nous ne sommes pas encore liés par une parenté même éloignée.

Je ne fus pas la seule à relever le « pas encore » et pas la seule non plus à le passer sous silence. C'était là un domaine sur lequel il ne valait mieux pas s'aventurer avec un Irlandais dépourvu du flegme anglais.

L'heure suivante fut la plus longue de ma vie. Je ne cessais de fixer la pendule à coucou, guettant la sortie de l'oisillon synonyme de liberté, tandis que nous évoquâmes les dernières tendances en matière de mode. Les jumelles s'enflammèrent pour des bottines colorées qui faisaient fureur à Paris, leur mère approuvant fortement cette faute de goût flagrante.

Fear ne me fut pas d'un grand secours ; il profita de cette accalmie pour ronfler avec peu de retenue, s'attirant les foudres de Mrs Alperstan, qui n'appréciait pas qu'on vole la vedette à sa progéniture humaine ou animale.

Messire O'Farrell me raccompagna jusque devant ma porte. Je m'autorisai à le questionner quant à cette invitation royale pour le moins étonnante, Victoria évitant de favoriser ouvertement ses agents même étrangers :

— Alors, comme cela, la reine vous ajoute elle-même à la liste des bals de la saison ?

— Pas vraiment, sourit-il avec arrogance.

— Comment cela ? C'est ce que vous avez dit chez les Alperstan.

— Je ne suis pas encore invité, mais je le serai d'ici là. Aussi, n'espérez pas pouvoir vous défiler. Je compte bien tester vos talents de danseuse.

19

Confessions féminines dans un boudoir

Si les gentlemen trouvaient souvent une excuse pour laisser leurs épouses à la maison au motif qu'ils devaient gérer leurs affaires entre hommes, ces dernières se doutaient bien que, s'il ne s'était agi que de cela, ils auraient tout aussi bien pu le faire dans un bureau, cadre professionnel par excellence, plutôt que dans un endroit cosy réputé pour proposer les tabacs et alcools les plus luxueux qui soient. Mais les maris aimaient à se donner de l'importance et pensaient à tort que leurs épouses prenaient leurs paroles et mines graves pour argent comptant. Heureusement pour eux, la nature avait fait en sorte de doter les femmes d'une modestie innée qui les empêchait de s'offusquer d'un tel manque de considération à l'égard de leurs capacités intellectuelles. Et elle s'était montrée d'autant plus généreuse en leur conférant des talents d'actrice qui leur permettaient de se réfugier derrière des sourires aimables à double tranchant. C'est ainsi que sous le règne de la reine Victoria, des représentantes du sexe faible s'étaient organisées en syndicat pour combattre le mal par le mal et se venger en prenant leurs époux à leur propre jeu. *Chez Alfred* était le fruit de cet enfantement long et silencieux, symbole criant d'une victoire amplement méritée.

Ce club masculin très sélect s'était vu scinder en deux ailes bien distinctes. L'une était réservée aux dames accompagnant leurs maris lors de leurs sorties « pour affaires ». Ce compromis novateur permettait aux couples de se sociabiliser ensemble, les hommes crachotant la fumée de leurs cigares dans leur coin, les femmes levant leurs tasses dans le leur. En plus de préserver l'harmonie de certains ménages londoniens, et même si ces messieurs rechignaient à l'admettre, les lieux avaient gagné en élégance depuis l'admission de leurs épouses dans ce cercle désormais presque mixte.

Situé près de Hyde Park, *Chez Alfred* était une imposante demeure dans la plus pure tradition victorienne. Toute de briquettes rouges et de fenêtres arrondies aux montants d'un blanc pur, sa plate physionomie ne dépareillait pas de celle des immeubles alentour. Mais c'était bien la seule bâtisse à offrir un aussi grand terrain sur lequel avait été aménagé un magnifique jardin où les dames pouvaient se promener, ombrelles en main, les journées ensoleillées, quand leurs robes ne risquaient pas d'être souillées.

Cet après-midi-là, le temps était clément. Si j'avais pu emmener Feardorcha avec moi, j'aurais apprécié de lui faire arpenter les allées sinueuses entrecoupées de bosquets et d'arceaux fleuris. Mais à la place, il devait être en train de bouder dans ma chambre, là où j'avais été contrainte de l'enfermer à double tour afin d'éviter une nouvelle confrontation déséquilibrante. Comme deux précautions valent mieux qu'une, après avoir sacrifié une robe pour favoriser l'auto-apitoiement passif du chien de l'Enfer, j'avais expliqué à miss Rosembach qu'il ne fallait déranger l'animal sous aucun prétexte, car une otite fulgurante l'avait rendu d'humeur grognonne. Si la gouvernante trouva mon comportement extrême, elle ne me fit néanmoins aucun commentaire. Il me sembla déceler dans ses yeux une lueur de compréhension dépassant le cadre de la logique pour effleurer sa mémoire refoulée, qui m'assura combien elle avait compris que son intérêt se trouvait loin de cette pièce.

Après qu'un portier nous eut ouvert la porte de bois massif, sir Barthelemew et moi fîmes une entrée remarquée, comme toujours lorsque mon dandy de père était dans les parages. Tels des tournesols attirés par le soleil, les regards des gentlemen présents dans le hall richement décoré s'accrochèrent à lui pour ne plus s'en détourner, jusqu'à ce qu'une inspection minutieuse soit achevée.

Certains visages se détendirent, leurs propriétaires constatant à la vue de leur modèle qu'ils s'approchaient de la perfection. D'autres, en revanche, se crispèrent de dépit alors qu'ils notaient des détails dissonants dans leur propre apparence.

Tout sourire, sir Barthelemew m'accompagna, comme l'exigeait le protocole, à la limite de la partie mixte pour me permettre de rejoindre la zone féminine où le thé et les biscuits se substituaient au brandy et aux cigares.

Me retournant, j'observai mon père se fondre dans l'assemblée de chapeaux melon et de boucs encore timides. Je devinai sans la voir que sa moustache frétillait malicieusement à la lumière de ce constat. Il fut rapidement accosté pour des salutations obséquieuses qu'il consentit à étirer, augmentant ainsi sa cote de popularité.

Si sir Barthelemew attirait les gens pour sa capacité à lancer des modes et son habileté à gérer ses finances, il les retenait pour d'autres raisons. C'était un homme convenable qui s'arrangeait pour rester neutre en toutes circonstances, notamment concernant la politique. Son caractère frivole venait atténuer ce qu'il faut cette image sans accroc, et ses œuvres caritatives, majoritairement tournées vers les orphelins, conféraient une touche d'humanité au personnage qui ne faisait que poursuivre, par ce biais, l'action de sa défunte épouse, lady Violet Adamson.

Je m'autorisai un dernier tour d'horizon pour apprécier les auras colorées de certains membres, des bleus de différentes teintes, allant d'un cérulé délicat à un cobalt plus électrique, côtoyant des rose dragée et fuchsia. Sorciers et guérisseurs aimaient à se retrouver en terrain neutre pour monnayer des sorts et potions, voire pour convenir de mariages arrangés. Il n'était donc pas étonnant qu'ils figurent parmi les plus enclins à utiliser les cabinets isolés du premier étage.

Sur le point de tourner les talons, j'aperçus au bas de l'escalier principal des moutons magiques d'un argent vif scintillant. Je suivis leur cheminement de manière ascendante, jusqu'à découvrir une haute et mince silhouette au sommet des marches. Alors que son propriétaire se tournait dans ma direction, je reconnus, comme si le doute était magiquement permis, le nez légèrement crochu, le teint hâlé, les cheveux gominés accrochant la lumière et la fine moustache d'Armando Di Renzo. Apparemment, lord Wheelcog n'avait pas eu l'occasion de lui remettre les bracelets d'ambre pour lui éviter les fuites malvenues. Elles avaient pour fâcheuse conséquence d'alanguir les normaux sur lesquelles elles s'accrochaient, les émoustillant à la vue de l'insupportable agent. C'était ce qui venait d'arriver à l'un des pauvres bougres du rez-de-chaussée ayant reçu une pelote de désir en pleine figure. Il cherchait désespérément l'objet de son émoi dans la foule devant lui. Fort heureusement pour le club Shadow, il ne parvint pas à l'identifier. Lorsque je relevai la tête vers le palier supérieur, je vis que la Rose aux mœurs légères avait disparu sans que je puisse distinguer la couleur de sa cravate.

En rejoignant mes deux compagnes du jour, vu que la délivrance des inventions ne semblait pas avoir été faite, je surveillai les coins et recoins et tendis l'oreille, m'attendant à tout moment à entendre éternuer un mur dans lequel Mr Ficklehide, le caméléon du club, aurait choisi de se fondre. J'abandonnai vite ma surveillance, réalisant que les informations les plus utiles dans la conduite des affaires du club ne se trouvaient pas du côté des dames.

J'aurais largement préféré boire un brandy et me perdre dans les brumes alcoolisées en compagnie de messieurs centrés sur eux-mêmes, plutôt que de supporter la présence d'une exubérante et creuse Mrs Swanson. Mais je n'avais pas le choix, tel était mon devoir de Rose, j'avais une enquête à mener. Pour adoucir mon malheur, je m'apprêtai à le faire dans une verrière donnant sur le jardin d'hiver, ce royaume de l'enchevêtrement savamment orchestré où la nature partiellement disciplinée invitait à la rêverie.

Je traversai la salle principale, baignant au début dans une ambiance tamisée qui gagnait en luminosité plus on se rapprochait du dôme de verre. Dans cette aile, les places prisées étaient plus ou moins réservées par un accord tacite basé sur le rang social. Mon titre de lady me garantissait d'y trouver une table à mon nom lorsque je le désirais. Encore que je venais peu souvent, fuyant les obligations sociales comme la peste. Mon père persistait à penser qu'à force de pratique j'allais développer une certaine immunité. Je ne cessais de lui rabâcher que cela n'arriverait que le jour où je serais sourde et aveugle. Ce qui allait de pair avec un âge honorable que je n'étais pas sûre d'atteindre vu mes activités annexes.

Le sol de cet immense salon était recouvert d'une moquette d'un violet colombin tendant vers le gris, comme s'i on l'avait frotté les plumes d'un pigeon dessus. De longues banquettes capitonnées longeaient le mur sur ma droite, recouvert d'une tapisserie rose à rayures nacrées sur laquelle des miroirs de style baroque et des tableaux issus du romantisme étaient accrochés.

L'un d'entre eux en particulier attira mon attention, une reproduction réussie de celui de Caspar David Friedrich, *Le Promeneur au-dessus de la mer de nuages*. Un homme habillé d'une redingote verte et tenant une canne était perché sur une falaise escarpée depuis laquelle il observait l'horizon nuageux. La peinture était conçue de telle sorte qu'on voyait le paysage à travers les yeux du personnage. On éprouvait le poids de sa solitude et sa fascination désemparée pour ce monde vaste et mystérieux qu'il comprenait, mais face auquel il était impuissant. Je ne faisais pas que voir ce qu'il voyait, j'étais cet homme. Mes dons étaient pareils à son promontoire rocheux, me permettant de voir au-delà du *fog* dissimulant la magie londonienne aux yeux des non-sensibles. L'artiste n'avait pas beaucoup varié les couleurs et s'était contenté d'utiliser un camaïeu de bleu et de marron. J'y ajoutai mentalement les écharpes colorées qui faisaient mon quotidien, imaginant qu'elles s'intégraient à ce décor pour égayer le visage du gentleman que je supposai mélancolique.

Autour des tables, en plus des banquettes, étaient disposés des fauteuils Louis XVI au tissu fleuri ou neutre, le rose et le taupe apportant une douceur indéniable à la pièce. Presque tous étaient occupés par des dames agglutinées en groupes d'affinités. Elles se jaugeaient les unes les autres à leurs toilettes. Celles-ci revêtaient une importance capitale puisqu'elles pouvaient à elles seules venir donner du crédit à un commérage précis. Il était, en effet, plus facile d'accabler une personne dont on n'approuvait pas les goûts vestimentaires. Certes, une règle futile et absurde, mais à l'image des préoccupations féminines de l'époque.

Beaucoup de têtes se tournèrent et s'abaissèrent pour me saluer avec une jovialité affectée. Même si peu de ragots circulaient à mon encontre, je n'échappai pas aux œillades scrutatrices. Toutefois, je savais que ma tenue, à défaut de vibrer d'originalité, était harmonieuse grâce à ce mélange nuancé de satin et de velours grenat. Le col haut, souligné d'un liseré bordeaux soutenu comme les manches et le bas de ma robe, témoignait d'une austérité respectable. Le double jupon apparent faussement boutonné, surmonté d'un amoncellement de soie pliée, apportait quant à lui une audace structurée qui me valut plus d'un regard admiratif.

Je répondis sobrement à ces marques d'intérêt, me réfugiant derrière ma condition de lady comme s'il s'était agi d'un éventail, barrière à nuisibles. Je donnai par la même occasion du grain à moudre aux langues venimeuses qui faisaient de ma prétendue vanité un défaut inacceptable. Dans un élan magnanime, je me surpris à penser qu'il valait mieux que j'endosse l'entière responsabilité de mon attitude asociale. Habituées comme elles l'étaient à fréquenter une mare à la profondeur toute relative, les canes mondaines étaient hermétiques à la moindre remise en question.

Ayant repéré Mrs Judith Swanson et Mrs Molly Hodgkin, je les rejoignis à la meilleure table disponible dans cette aile, celle située au plus près du jardin qui s'invitait, par le biais de bouquets de roses fraîchement cueillies et de plantes tombantes, sous le dôme de verre.

L'arche de métal aux parois translucides me permit de saisir toute la beauté de ce jardin à la végétation luxuriante sillonné de chemins tortueux, eux-mêmes bordés de massifs d'hortensias d'un parme pastel et de rosiers blancs, roses et jaunes. Des plantes vivaces se mêlaient aux fleurs sauvages. Leur vert profond contrastait avec les teintes joyeuses de ces dernières.

Au fond de ce jardinet, un petit banc de pierre attendait, esseulé, qu'une âme charitable daigne lui faire profiter de sa lecture. Assise au milieu des arbres, devant un petit étang sur lequel flottaient de larges nénuphars, on pouvait aisément se croire en un tout autre lieu, à condition de trouver le bruissement des feuilles et le gazouillis des oiseaux plus intéressant que le babillage de la haute société.

Je saluai d'une révérence mes deux compagnes, admirant au passage leurs tenues aux antipodes l'une de l'autre. Là où Mrs Hodgkin portait une robe en coton blanc aux rayures verticales bleu foncé qui aidaient à amincir sa généreuse silhouette, Mrs Swanson, elle, arborait une toilette de soie dorée si froncée aux épaules qu'on eût dit qu'elle avait passé une semaine accrochée au mât d'un bateau pour faire tenir un tel amas de tissu. Comme toujours, un morceau de fourrure était greffé sur elle, plus précisément sur sa taille si fine qu'on aurait pu la croire engoncée dans un corset trop serré. Mais un rapide balayage de sa silhouette avait tôt fait de nous rassurer ; ce n'était pas l'asphyxie qui guettait cette femme pour laquelle la vie était un bal perpétuel, mais une malnutrition volontaire. Je la soupçonnais même d'apprécier la présence de son amie, car cette dernière, par ses proportions plantureuses, flattait son corps squelettique. Quant à moi, cela me donnait surtout l'impression que Mrs Swanson réalisait des économies sur la nourriture pour pouvoir s'acheter des vêtements toujours plus onéreux. Enfin, chacun faisait ce qu'il voulait de sa fortune. Tant que je n'avais à faire face à aucun évanouissement en dehors de mon domicile, je ne trouvais rien à redire à ce comportement.

À peine installée, laissant les deux amies terminer leur conversation sur leurs services en porcelaine respectifs, j'étudiai l'apparence de Mrs Hodgkin. Je trouvai sur sa chevelure blond foncé des traces de résidu démoniaque ! Elles étaient discrètes telles des barrettes de perles rouges placées sur les côtés de son crâne. Cela signifiait qu'elle n'avait pas été possédée, mais qu'elle s'était trouvée en contact direct et prolongé avec une personne l'ayant été. Cela signifiait aussi qu'elle ne s'était pas lavé les cheveux depuis plusieurs jours. Mais je comprenais qu'en de telles circonstances cela soit le cadet de ses soucis. Et de toute manière, ils ne brillaient pas au point qu'on doute de son hygiène.

Alors que je me demandais comment aborder le sujet de la possession de manière sensible, Mrs Swanson profita de l'interruption du serveur, qui apportait une tasse et des pâtisseries supplémentaires, pour rediriger la conversation, comme si elle avait attendu que je me joigne à elles pour justifier ce retour sur des événements embarrassants. Pour une fois, je ne me plaignis pas de son manque de tact ; mieux valait subir celui d'une amie proche qu'on pouvait aisément mettre sur le compte d'une compassion sincère, même si ladite amie escomptait plutôt assouvir une curiosité dévorante. Si l'amour était aveugle, l'amitié donnait lieu à de fréquents, pour ne pas dire systématiques, regards en biais.

— Oh ma pauvre Molly, j'ai appris ce qui vous était arrivé. Comment va votre aimable sœur ? Il paraît qu'elle a eu une crise de… comment les scientifiques appellent-ils cela déjà ? (Silence évocateur d'une réflexion trébuchante.) Funambulisme !

Le visage de Mrs Swanson, plutôt osseux, mais racé malgré un nez en bec d'aigle, s'illumina avant de se fermer. Son enthousiasme venait de trahir la surprise qu'elle avait éprouvée à dénicher un mot aussi savant dans les méandres de son esprit.

— Je crois que vous vouliez faire référence au somnambulisme, Mrs Swanson, la repris-je, me demandant comment il était possible de confondre ces deux termes.

— C'est ce que j'ai dit ! se défendit-elle, sa mauvaise foi ayant tendance à effacer sa mémoire immédiate, une tactique inconsciente visant à préserver la haute opinion qu'elle se faisait d'elle-même.

Il y avait des moments comme celui-ci durant lesquels ma vie mondaine me donnait l'envie de m'empaler sur une fourchette à dessert. Ayant présentement renoncé à un plaisir sucré, je ne disposais pas de l'instrument adéquat. Et comme voler le couvert de Mrs Hodgkin me semblait peu convenable, je me contentai de boire une gorgée du même Earl Grey que celui que miss Rosembach achetait.

— Est-ce vrai qu'elle était en chemise de nuit ? reprit une Mrs Swanson décidément très en forme.

Selon les dires de sir Barthelemew, la crise de « somnambulisme » était intervenue le matin aux aurores. Que la « malade » eût été habillée aurait donc été étonnant. Toutes les femmes n'allaient pas se coucher pomponnées dans l'espoir que leur beauté convainque d'éventuels voleurs d'aller détrousser des propriétaires plus laids. Une confession réalisée des mois plus tôt par la précieuse dormeuse.

— Que vous ont dit les médecins ? demandai-je, prenant les rênes de la conversation, sans quoi je doutais de parvenir à boucler mon enquête.

Mrs Hodgkin, avec ses mains croisées dans son giron et sa mine chiffonnée, était la personnification même de l'affliction. J'eus tout à coup des scrupules à insister de la sorte. Mais la certitude que le démon gourmand pouvait causer des ravages bien plus graves qu'une sortie en tenue légère acheva d'étouffer cette commisération naissante. Préserver l'intérêt du plus grand nombre nécessitait généralement de négliger celui d'une minorité.

Courageuse et digne, la sœur de la victime consentit à me répondre en agrippant le tissu de sa robe, la mer de rayures devenues vaguelettes s'agitant sous le vent du désarroi.

— En dépit du fait qu'elle n'ait jamais été somnambule, les médecins ont conclu que cette crise de somnambulisme était liée au stress.

— Votre sœur avait-elle des soucis particuliers ?

— Oui, était-elle inquiète ? demanda en écho Mrs Swanson qui ne supportait pas de rester en marge d'une conversation plus de deux répliques.

— Non, pas que je sache. Elle avait l'air heureuse d'être venue vivre avec nous à la mort de notre mère, pour la santé de laquelle elle avait dû se résigner à résider à la campagne. En tout cas, afin qu'une telle chose ne se reproduise plus, nous avons condamné la fenêtre de sa chambre, enlevé les objets dangereux, et nous fermons sa porte à clef tous les soirs.

— N'oubliez pas de cacher les miroirs, intervint la voix de la superficialité faite femme. Son reflet sans fard et non coiffé pourrait être un choc supplémentaire pour elle. Il faut la ménager autant que faire se peut.

Tout à coup, je revins sur ma précédente position concernant le vol de fourchette, considérant que faire de Mrs Hodgkin la complice d'un crime qui la libérerait d'une influence aussi néfaste était un moindre mal.

— Notre médecin de famille est plutôt réputé. Je pourrais éventuellement lui toucher un mot au sujet de votre sœur si vous me le permettez, bien sûr.

— Oh comme c'est gentil à vous, lady Sláine.

Elle se mit à hoqueter, me faisant craindre qu'un morceau de gâteau enfourné il y a peu soit mal passé. Mais aux petits reniflements qui s'ensuivirent, je compris que les deux symptômes étaient, en réalité, les prémices d'une crise de larmes. Je priai pour éviter que celle-ci ne se transforme en cascade. La puissance d'un tel débit avait tendance à crisper le visage au point de paralyser la bouche de ceux qui en faisaient les frais, la condamnant à onduler comme la queue d'un lézard oubliée sur le sol.

— Je suis encore sous le choc, veuillez m'excuser, se justifia-t-elle en tapotant à l'aide de sa serviette ses joues encore plus rouges que d'ordinaire.

C'était la première fois que je voyais Mrs Hodgkin pleurer. Quand elle retrouva un peu de son flegme, je réalisai que son visage naturellement bouffi, qui compressait ses yeux les faisant paraître faussement rieurs, rendait l'anticipation d'un tel chaos émotionnel assez précaire.

— Ma sœur et moi nous étions toujours merveilleusement entendues jusqu'ici. Je ne me suis pas remise des mots qu'elle a eus à mon encontre. Je ne la savais pas posséder un tel vocabulaire. Je me réjouis que Mère ne soit plus là pour assister à cela.

— Afin que je puisse communiquer les informations les plus précises à notre médecin de famille, pouvez-vous me raconter comment cela s'est passé exactement ?

— Je vais essayer, me prévint-elle en soupirant. En réalité, comme je l'ai dit aux médecins qui sont venus l'examiner à notre domicile, ma sœur se comportait étrangement depuis la veille. Je la trouvais très enjouée alors qu'elle est plutôt d'un naturel taciturne. Je l'ai même surprise en train... oh je n'arrive pas à le dire ! Pardonnez-moi.

Elle enfouit son visage dans ses mains, m'empêchant d'étudier la gravité de la crise à venir. Pourquoi diable les femmes pleuraient-elles autant ? Y avait-il un défaut dans leurs canaux lacrymaux ? Si oui, j'étais ravie d'avoir été épargnée par ce coup du sort. Que de temps et d'eau inutilement gaspillés !

— Prenez votre temps, Mrs Hodgkin, l'encourageai-je alors que ma patience s'amenuisait. Nous ne sommes pas là pour vous juger.

Juste pour enquêter, ajoutai-je pour moi-même.

— Oui, tout à fait, j'allais dire la même chose. Vous ne voulez pas un bout de gâteau ? lui proposa Mrs Swanson qui nous avait oubliées un instant pour se focaliser, toute grimaçante, sur une lady arrivée *Chez Alfred* avec un manteau de fourrure.

Comme si manger allait l'aider ! Et d'abord, qu'est-ce qu'une adepte des fourrures à l'appétit de moineau pouvait bien connaître des vertus réconfortantes de la nourriture ? Qui plus est, lui faire une telle proposition était risqué, compte tenu de l'impossibilité de déglutir quand les larmes nous serrent la gorge.

En dépit de toutes mes protestations silencieuses, qui échappaient au bon sens atrophié de Mrs Swanson, celle-ci interpella un serveur. Elle lui enjoignit d'apporter des tartelettes à la rhubarbe qu'elle se rappelait que sa compagne appréciait, ce qui n'était absolument pas le cas.

Remerciant son amie pour cette attention maladroite, ce que je me serais abstenue de faire à sa place, Mrs Hodgkin poursuivit ses explications.

— Je vous disais donc que je l'ai vue faire quelque chose de totalement inapproprié. (Elle baissa la voix et se rapprocha de moi pour ménager une intimité qui me fit appréhender la chute de son récit.) Je l'ai vue descendre l'escalier sur la rampe et se réceptionner, robe par-dessus tête. Heureusement, j'ai été la seule à voir cela ! Je ne sais comment mon mari aurait réagi.

J'eus beau essayer d'avoir l'air choquée, je pense que ma bouche, tressautant faiblement à plusieurs reprises, dut trahir le fou rire que je tentais de réprimer. C'était bien la première fois que je voyais un démon gourmand agir de la sorte. Et même en sachant qu'il avait dû posséder la malheureuse pour la pousser à s'humilier ainsi, je dus reconnaître que je l'aurais bien invité à prendre le thé chez les Alperstan, rien que pour voir quel mauvais tour dans ce goût-là il pouvait leur jouer.

— Sinon, ce matin-là, dans la rue, avait-elle l'air endormie ?

— Non, elle me regardait bien en face. Ses yeux n'étaient pas vitreux.

— Ne pensez-vous pas que votre sœur aurait pu succomber aux affres de l'alcool ? Après tout, veiller sur votre pauvre mère dans un endroit aussi isolé aurait pu la conduire à chercher du réconfort par tous les moyens à sa disposition, ne croyez-vous pas ? Vous savez, le cousin de mon mari, un cousin très éloigné, affectionnait un peu trop les liqueurs et avait parfois un comportement déplacé quand il en abusait. Mais rassurez-vous, il a réussi à surmonter tout cela à coups de privations qui ont bien failli le rendre fou, ceci dit, conclut Mrs Swanson, me donnant envie d'invoquer l'esprit de l'animal ayant été dépossédé de sa fourrure pour satisfaire les caprices de cette femme. Lady Sláine, qu'en pensez-vous ?

Devenue spécialiste malgré moi, je ne pus résister plus longtemps et cédai à la tentation de contredire mon interlocutrice sans prendre de gants.

— J'en pense que l'alcool est un mal plutôt masculin, et que les femmes font preuve de plus de pondération. C'est pourquoi j'exclurais cette théorie qui reviendrait à dire que la sœur de Mrs Hodgkin est en partie responsable de sa mésaventure, alors qu'elle a l'air de partager la nature raisonnable de notre amie.

Mrs Swanson en resta bouchée bée. La tasse dont elle s'était saisie trembla et elle renversa du thé dans sa soucoupe, ce qui la conduisit à la reposer sans ménagement aucun. Vu que personne n'avait jamais dû la contredire, ni même douter de son caractère bien intentionné, elle ouvrit plusieurs fois la bouche, mais aucun son n'en sortit. Je crois qu'elle expérimenta même des difficultés respiratoires tant la colère, qu'elle ne parvenait pas à juguler, l'oppressait.

Après quelques secondes de considération polie qui lui auraient permis de répliquer, je repris mon interrogatoire, convaincue qu'il n'y aurait pas de représailles. Je gageai d'entendre parler de cette histoire dès que Mrs Swanson en aurait informé son mari. Pour s'assurer de ne pas être victime d'une fureur ressassée, il irait demander à sir Barthelemew de me convaincre de revenir à des dispositions plus douces.

— Est-ce que dans votre entourage immédiat et actuel d'autres personnes se sont comportées étrangement ?

— Peut-être... Le même jour, notre gouvernante est partie décoiffée pour acheter nos légumes et a laissé le four allumé avec un rôti dedans. Elle est finalement revenue, les mains vides.

— C'est scandaleux ! s'écria son amie, trouvant ici un dérivatif à son énervement. Vous ne l'avez pas gardée, tout de même ?

Eh oui, la bonne société était plus charitable à l'égard de ses membres qu'à celui du petit personnel.

— Mais, lady Sláine, pensez-vous à une maladie contagieuse ? Molly pourrait-elle être contaminée ? m'interrogea-t-elle comme si l'intéressée qui bénéficiait de son amitié n'était pas là. Risquons-nous quelque chose à être assises à côté d'elle ?

— Si virus il y a, et rien pour l'instant ne vient confirmer cette théorie, je ne pense pas qu'il se transmette dans l'air, mais plutôt qu'il est ingéré. Et Mrs Hodgkin m'a l'air de se porter comme un charme, hormis l'inquiétude légitime qui l'accable. Est-ce que votre sœur ou votre gouvernante aurait dit quelque chose qui sorte de l'ordinaire ?

S'il vous plaît, un indice, un tout petit indice qui me prouve que je n'ai pas enduré tout cela pour rien !

— Oui… je viens d'y repenser maintenant que vous l'évoquez. Mon époux est venu me trouver il y a quelques jours, pour savoir si notre gouvernante avait eu des soucis en allant au marché. Elle ne cessait de répéter que l'homme en vert voulait l'attraper. Mon mari et moi avons supposé qu'il s'agissait du vendeur de salades à qui elle avait peut-être donné trop peu pour l'achat de ses légumes. Et ma sœur, quand elle était dans la rue, m'a en substance répété les mêmes mots.

L'homme en vert ? Jack O'Lantern, Mr Trèfle ? Impossible.

— Essayez de vous souvenir précisément, Mrs Hodgkin.

— Je ne suis pas certaine, j'étais tellement désemparée. Je crois qu'elle disait qu'elle voulait s'amuser, que l'homme en vert ne devait pas l'attraper, que quand il aurait sa lanterne, il viendrait pour elle afin qu'elle l'aide à ouvrir les portes. Elle devait délirer, ou alors je n'ai probablement pas bien interprété ses paroles.

Tiens donc, Jack O'Lantern sans sa lanterne.

— Quelle étrange anecdote, releva Mrs Swanson en secouant la tête. Je vous prie de m'excuser, mesdames, je viens d'apercevoir une connaissance que je tiens absolument à saluer. Je serai de retour dans un petit moment.

Je ne prêtai qu'une attention distraite aux propos de l'adepte des fourrures. Je notai, malgré tout, l'inconvenance de sa démarche qui démontrait un manque de considération évident pour les sentiments de son amie qui venait tout de même de partager avec nous une situation extrêmement gênante.

Sous le coup de ces paroles rapportées, mon esprit s'emballa, revenant sur les déductions faites après analyse des deux scènes de crime. À Whitechapel, tous les instruments macabres nécessaires à une invocation étaient réunis. Il y avait également la petite colline de trèfles dont nous avions supposé qu'elle avait un rapport avec Jack O'Lantern du fait de la vision d'Erlina. Si je ne comprenais pas les motivations de tous les acteurs de cette affaire, j'avais saisi les intentions de l'esprit irlandais. J'ignorais pourquoi il agissait maintenant, mais une chose était sûre : ce dernier traquait les démons afin que ces créatures infernales l'aident à ouvrir les portes de l'Enfer. Pour trouver asile en forçant le passage ? Il faut dire qu'Edinu était moins facile d'accès. Ou peut-être, pour se venger du Diable ? Peu importait. Toujours est-il que si les sorciers pouvaient créer des brèches et inviter les démons sur terre, seuls les enfants de l'Enfer étaient en mesure de localiser les portails verrouillés par Lucifer. Jack O'Lantern avait dû surveiller les lieux de passage, espérant pouvoir négocier avec un invoqué. Hélas, tout ne s'était pas déroulé comme prévu. Le démon s'était échappé, ce qui justifiait que le sorcier ait de nouveau tenté sa chance dans un autre lieu intermédiaire. Avec un succès tout relatif puisque, à la place, il avait eu affaire à un tiers de Cerbère.

Selon toute vraisemblance, Jack avait besoin de sa lanterne pour capturer le démon gourmand. Mais où l'avait-il égarée ? Était-elle déjà entre ses mains ? Et qu'allions-nous faire concernant le sorcier meurtrier ?

Sur ces entrefaites, l'éther vibra de manière familière. D'infimes picotements remontèrent le long de mes bras. Un fantôme se déplaçait tout près d'ici, en pleine journée ! Je n'en connaissais qu'un capable de pareille prouesse : James.

Je levai la tête. Les contours d'un tuyau chimérique s'opacifièrent, signe qu'un atterrissage était à prévoir. Je n'avais pas le temps de dégager l'espace et me préparai à servir de coussin malgré moi. Je fermai les paupières avec force et attendis.

En les rouvrant, je balayai les environs du regard. Lorsque mes yeux se posèrent sur la table basse, je vis une théière posée à côté de la première qui avait une forme plutôt aplatie et, chose étrange, je ne distinguai pas de bec verseur.

— Pssst ! Pssst ! lâcha la théière au travers de laquelle je vis le pied du fauteuil de Mrs Swanson.

C'était James ! Dans une version effacée de sa personne, mais c'était bien lui. Je considérai le colporteur un bref instant, me resservant du thé pour préserver les apparences. Les nuages ayant recouvert le ciel avaient obstrué la luminosité, permettant ainsi à Mr Bridgestone d'apparaître de manière plus opaque, même si les parties les plus blanches de son visage ressortaient moins. Je me concentrai pour fixer ses yeux, mais ne fus pas certaine d'y réussir et vissai donc mon regard sur sa casquette, l'élément le plus visible de sa physionomie. Je ne me demandai pas où se trouvait le reste de son corps, il devait être à moitié avalé par le sol.

— Sláine, c'est moi. Je veux dire, c'est James. Même si je suis votre fantôme préféré, et accessoirement le seul à pouvoir discuter avec vous en plein jour, je me doute que je n'apparais pas au meilleur de ma forme. Mais il fallait impérativement que je vous voie. Le TEA a pulsé. C'est au sujet de Jack O'Lantern. Il faut que vous vous rendiez au musée ce soir. Je viens de prévenir votre père.

— Au musée ? Mais bien sûr ! Il veut sa lanterne !

— Comment le savez-vous ? me demanda-t-il, dépité.

— Plus tard, le rabrouai-je, consciente que parler à une théière pouvait nuire à ma réputation, même si, à mon sens, chaque instrument dispensateur de thé n'aurait pas volé une telle considération.

— Lady Sláine, que vous arrive-t-il ? Vous allez bien ? Vous parlez toute seule. Je suis désolée, j'ai dû vous affecter avec l'histoire de ma sœur.

C'était Mrs Hodgkin qui s'inquiétait de l'état de mes nerfs. Sa mine décomposée m'indiquait qu'elle craignait qu'une nouvelle personne, en l'occurrence moi, soit tentée de descendre les escaliers sur la rampe, ou de se promener en chemise de nuit dans la rue. Je fus ravie de la désertion de son amie qui n'aurait pas manqué d'insister sur l'étrangeté de mon comportement, et qui serait sans doute partie en criant à l'épidémie.

— Oh non, non. Je vous en prie, vous n'avez rien à vous reprocher. Je suis juste un peu fatiguée. Je vais attendre le retour de Mrs Swanson et je ferai héler un fiacre, car je sens poindre une migraine. Qui n'a rien à voir avec vous, je vous l'assure.

— Vous avez été si aimable avec moi, lady Sláine. Je ne sais comment vous remercier. Je redoutais que vous, parmi toutes les autres, me tourniez le dos à cause de cette malheureuse affaire, déclara-t-elle en me prenant les mains pour les serrer fort entre les siennes.

Je me raidis. Je n'avais pas l'habitude de telles démonstrations de gratitude. Surtout quand je n'avais rien fait pour mériter pareille déférence... La culpabilité gonflant en moi comme un nénuphar gorgé d'eau, je me savais à deux doigts de me transformer en chat cracheur.

Touchée malgré moi, je lui rendis son étreinte en souriant chaleureusement. Être aimable ne me coûtait pas grand-chose, et Mrs Hodgkin était une gentille personne avec pour seul défaut celui d'être mal entourée.

— Mrs Hodgkin, si le cœur vous en dit, je serais ravie que vous veniez prendre le thé à la résidence Adamson avec votre sœur. Cela me permettrait de m'assurer que vous vous portez bien.

— Vous êtes quelqu'un de bien, lady Sláine. Je l'ai toujours su, car vous ne rentrez jamais dans les débats initiés par Judith. Elle est mon amie, je connais ses travers mieux que quiconque, mais je n'ai pas votre tempérament. Pourtant, je dois dire que c'était drôle de vous voir la remettre à sa place tout à l'heure.

Que répondre à cela ?

— Je bois certainement trop de thé, voilà tout.

20

Flirt & effraction – acte 2

Par moments, je me demandais s'il existait, dans tout Londres, un lieu, un seul, que les démons, esprits vengeurs ou autres engeances tout aussi contrariantes n'aient pas profané. En y réfléchissant bien, et à condition d'étouffer un peu de mauvaise foi, je devais reconnaître qu'il y avait très certainement une sorte de retour de karma concernant le British Museum. En effet, la pièce maîtresse de sa collection grecque provenait d'un pillage fait dans un respect contestable de la légalité ; les célèbres marbres du Parthénon, dits d'Elgin, portaient le nom du lord ayant habilement, reconnaissons-le, contourné le règlement qui voulait que les archéologues puissent emporter tout élément qui ne soit pas essentiel aux fortifications de la citadelle. Aussi astucieux que fût l'individu, il n'en demeurait pas moins un sacré filou. On comprenait aisément que depuis le début du siècle la Grèce essayât, par tous les moyens diplomatiques, et par d'autres canaux plus obscurs, de rapatrier ces frises, prétendant qu'« il n'avait jamais été question, dans l'accord officiel, de découper ce qui pouvait être transporté ! ». Toujours en y réfléchissant bien, je ne voyais pas en quoi s'intéresser à un bibelot irlandais égaré dans l'aile blanche pouvait réparer un tort fait des décennies plus tôt à un autre pays. Ne souhaitant pas m'aventurer sur des contrées spéculatives, j'en conclus que les voies du karma, comme celles de Dieu, devaient être impénétrables.

Messire O'Farrell et moi avions partagé un cab depuis Kensington. Nous avions remonté les larges allées de l'animée Piccadilly Street pour terminer notre promenade sur Bloomsbury, siège du British Museum, véritable temple grec qui semblait tout droit surgi d'une fissure temporelle. S'étendant sur plusieurs hectares, l'immense musée aux colonnes blanches, qui ressemblaient aux jambes de géants statufiés, révélait dans cette obscurité un aspect inquiétant. Compte tenu de ses dimensions démesurées, les alignements de lampadaires à gaz ne suffisaient pas à l'atténuer. La lune se dissimulant derrière une flopée de nuages semblait, elle aussi, avoir renoncé à lui rendre justice.

L'endroit était une ode à l'histoire de l'humanité ainsi qu'aux différentes cultures qui la composaient. Conçu à l'origine par un sir Robert Smirke très inspiré pour abriter la bibliothèque personnelle du roi George III, c'était incontestablement un exploit architectural sans équivalent en Europe. Offrant quatre ailes consacrées à l'histoire de l'Empire britannique, à la préhistoire, aux civilisations antiques et à celles des divers continents, il s'était vu doter de départements supplémentaires pour accueillir plus de reliques du passé mondial.

Pour l'Irlandais et moi, aucune visite contemplative n'était au programme. Nous n'allions pas nous aventurer dans l'interminable cour circulaire au plafond de verre, pas plus que nous n'allions nous arrêter dans la Reading Room, ce pigeonnier luxueux au sein duquel les pensées les plus folles pouvaient s'accrocher au plafond en forme de dôme. Non. Notre destination était moins prestigieuse et elle requérait une entrée moins triomphale. Nous étions là pour empêcher un vol, quitte à devenir nous-mêmes de vulgaires voleurs contraints de pénétrer par effraction dans l'aile blanche donnant sur Great Russel Street. Elle présentait l'avantage d'être surveillée avec plus de relâchement que l'entrée principale.

Nous étions en train d'attendre qu'un gardien achève son tour de garde pour nous approcher de la façade du bâtiment sans risquer de nous faire repérer. Contrairement à Charing Cross, il n'y avait ici aucun wagon où entreposer les corps endormis ou assommés, à peine quelques buissons fraîchement taillés desquels des bras et jambes auraient, à n'en pas douter, artistiquement dépassé. En somme, ce n'était pas le moment de s'essayer au jardinage.

Je vérifiai nerveusement que tous mes couteaux étaient à leur place dans mon gilet à encoches. J'y avais glissé la plume de Michael au cas où l'envie de l'invoquer se fasse sentir, ce qui signifierait que j'étais sur le point de mourir. Ce que je n'avais absolument pas l'intention de faire dans une salle annexe. Seule l'aile réservée aux sarcophages aurait pu convenir. Quitte à hanter un endroit, autant que celui-ci regorge de mystères passionnants et offre une compagnie raffinée, quoique très silencieuse du fait de visages bandelettés.

Puisque la soirée était placée sous le signe de l'escalade, j'avais revêtu un pantalon de cuir souple et des bottes lacées derrière le mollet, ainsi qu'une ample tunique dissimulant mes hanches pour minimiser l'affront fait à la bienséance. Par-dessus mon gilet, je portais une redingote de velours noir qui, en plus de me tenir bien chaud, me permettait de me fondre dans les ombres. Mais l'intérêt de ma tenue ne résidait pas tant dans les pièces de tissu superposées, en dépit de leur qualité, que dans les inventions réparties sur divers endroits de ma personne.

Alors que la voie était libre, que j'allais traverser la rue en courant, l'Irlandais me retint par le bras pour se soucier d'un détail que j'avais oublié de partager avec lui, considérant qu'il se fierait à mon assurance quant à la planification de cette mission. Moi qui pensais qu'un joli port de tête et un sourire énigmatique suffisaient à inspirer confiance, on peut dire que j'étais aussi déçue qu'un coq ayant poussé un cocorico resté sans réponse.

Dans des moments tels que celui-ci, je réalisai combien Feardorcha et sa foi aveugle m'étaient devenues précieuses. Je ressentais son absence comme si un troisième bras m'avait poussé avant de m'être cruellement arraché, faisant que les réflexes des deux autres manquaient de coordination. Malgré tous ses talents, comme le chien de l'Enfer ne disposait pas de ventouses, j'avais dû le laisser, à regret, à la résidence Adamson.

— Comment être sûr que la lanterne de Jack se trouve bien dans cette partie du musée ? Non que je rechigne à me promener à vos côtés, mais j'aimerais autant allier l'utile à l'agréable, et qu'on en profite pour coiffer notre ami au poteau.

Les yeux de mon partenaire étincelèrent dans la pénombre, rappelant l'éclat de son aura dorée revigorée par les ténèbres nocturnes. Son corps était toujours sous le coup d'un contrôle extrême, mais par moments, ses épaules tressautaient, signe que leur propriétaire était gagné par une certaine excitation. Si messire O'Farrell était un bon enquêteur, tout en flair et en ouïe, il était surtout un homme d'action qui avait besoin de trouver un exutoire à sa condition féline. Ce que je commençais à peine à comprendre. Comme bien d'autres choses à son sujet...

Depuis qu'il avait pris ma défense chez les Alperstan, je le voyais sous un jour plus charitable. J'étais, à mon flegme défendant, plus encline à apprécier sa virile physionomie. Il apparaissait, ce soir, sublimé par des vêtements peu conventionnels. Mon partenaire avait opté pour un pantalon de cuir flattant ses jambes musculeuses et longilignes, ainsi que pour une chemise sombre généreusement ouverte qui dévoilait une toison de poils modeste sur un torse d'albâtre au relief hypnotisant. Cet ensemble indécent m'aurait donné matière à rire si un autre gentleman moins favorisé par dame Nature s'était avisé de le porter. Mais certains hommes ne craignaient ni le style sac à patates, ni le genre pirate.

— Mon père a réussi à se procurer les registres répertoriant chaque élément de la collection de sir Hans Sloane, l'un de vos compatriotes, si je ne m'abuse.

— Il avait des origines écossaises, rectifia-t-il en faisant la grimace.

Avec des préjugés pareils, c'était à se demander pourquoi les Irlandais ne se contentaient pas de rester sur l'île d'Émeraude !

— En plus de ne pas affectionner les non-sensibles et les gnomes, avez-vous quelque chose contre les Écossais ?

— Ils sont bourrus, concéda-t-il en haussant ses larges épaules.

Information qu'il m'était impossible de vérifier puisque je n'avais jamais rencontré d'individu portant le kilt. Il lui incombait, paraît-il, de dissimuler certaines parties de l'anatomie masculine, à défaut de les protéger des courants d'air.

La pitié que m'inspira cette prédisposition au rhume m'incita à défendre cette nation injustement condamnée par le représentant d'une autre qui, pour ce que j'en savais, pouvait se voir opposer le même chef d'accusation.

— Ce point commun ne devrait-il justement pas vous rapprocher ?

— Le jour où je serai bourru avec vous, *lady Sláine*, vous noterez la différence, je vous le promets.

Sa voix caverneuse ayant atteint un niveau sonore très bas, j'avais tendu l'oreille par pur réflexe. Mon cerveau repassa ces mots en boucle, n'appréciant pas leur signification dans chaque cas de figure envisagé. Le regard pailleté de l'Irlandais, hameçon aiguisé pour amadouer, me transperça et me ramena à lui en tirant sur une ligne que je devais couper net avant de... avant peu importe ! Dans ces conditions, répondre sur la défensive me parut la méthode appropriée.

— J'en tremble dans mes bottes, messire O'Farrell.

Nous nous affrontâmes du regard, défiant l'autre de baisser les yeux, ce que je fis malencontreusement pour m'attarder sur un sourire prédateur aux canines proéminentes qui fit danser mon souffle dans ma cage thoracique. Je m'empressai d'inspirer à pleins poumons, ma manière de tirer le tapis sous ses pieds pour mettre fin à ces acrobaties licencieuses.

L'aura de l'Irlandais tremblotait. Elle faisait fuir les filaments de brume tressés de résidus magiques qui souffraient d'une paranoïa chronique dès qu'ils percevaient la moindre manifestation d'énergie « vivante », même si celle-ci ne donnait pas lieu à des perditions. On eût dit que mon partenaire cachait le soleil derrière son dos et le laissait par moments dépasser, renonçant à éclipser tant de brillance à la condition d'en faire une arme aveuglante.

Clignant des paupières, des feux follets blancs collés aux pupilles, je repris mes explications :

— Je disais donc que mon père avait réussi à se procurer un double de l'inventaire de la collection que sir Hans Sloane a léguée, à sa mort, au British Museum.

— Si bien fournie que soit sa collection, je ne vois aucune garantie qu'elle comporte une lanterne magique.

Ce scepticisme aurait pu être évité s'il m'avait laissée terminer mon discours !

— Sir Hans Sloane était un grand collectionneur qui a passé sa vie à glaner des objets du monde entier, et il lui arrivait d'effacer certaines dettes en se faisant transférer la propriété de biens susceptibles de l'intéresser. C'est ainsi qu'il a acquis le cabinet des curiosités de William Courten. Ce dernier avait une fascination pour tout ce qui était ésotérique. Et pour cause, c'était, lui aussi, un sorcier réputé. Par un heureux hasard qui nous arrange fortement, il a mis la main sur la lanterne de Jack. Du moins, sur plusieurs lanternes dont une portant des symboles infernaux. Comme tant d'autres objets, elle n'a pas été jugée d'assez grande valeur pour être exposée, ce qui l'a conduit à prendre la poussière dans l'aile blanche. Une chose est sûre, cela fait longtemps que Jack a perdu sa précieuse lanterne.

— Bien. Alors, allons faire un peu de nettoyage ! Et espérons que frotter la lampe fera se manifester le génie.

Nous traversâmes la rue au pas de course et nous retrouvâmes près du bâtiment à escalader. L'Irlandais me regarda de haut en bas en malmenant ses épais sourcils qui ressemblèrent à deux serpents siamois pressés de déguerpir.

— Qu'est-ce qui vous prend ? l'interrogeai-je, les mains sur les hanches, anticipant qu'il allait formuler l'un de ses constats misogynes.

— Êtes-vous certaine de pouvoir grimper par vos propres moyens ? La fenêtre du deuxième étage est plutôt haute. Je pourrais vous porter sur mon dos si vous y consentiez.

Sans façon, je n'aimais pas monter à cru. Réflexion faite, je n'aimais pas monter tout court.

Une nouvelle fois, je déplorai l'absence de Fear. Il aurait pu profiter de la proposition et planter, en mon nom, une ou deux griffes dans le dos de l'Irlandais.

— Contentez-vous d'ouvrir la fenêtre une fois en haut, et je vous rejoindrai.

— Je vous préviens, une fois entré, je ne redescendrai pas pour vous aider, me sermonna-t-il en se réjouissant de mon éventuelle infortune.

Son aura flamboya, ce qu'elle faisait normalement quand il reniflait en mettant à contribution son tigre. Je perçus un frottement pareil à celui d'une lame que l'on tire de son fourreau. En l'occurrence, plusieurs lames.

J'observai mon partenaire de pied en cap en commençant par son visage racé aux contours inchangés. Puis je baissai les yeux vers son grand corps, perdant de vue la raison de l'inspection lorsque ces derniers glissèrent dans l'ouverture de sa chemise.

Secouant la tête, je descendis plus bas et vis deux mains aux doigts plus nombreux que d'ordinaire. Plus fins aussi.

Soudain, je compris que je n'avais pas du tout affaire à des doigts supplémentaires, mais à des griffes ! Des griffes longues et acérées, sorties juste au-dessus des premières phalanges.

— C'est pour ça que vous avez des cicatrices sur les mains, m'écriai-je sans pouvoir moduler le son de ma voix, et encore moins refréner la teneur de mes pensées.

Messire O'Farrell considéra ses mains en plissant intensément les yeux. Des mèches de ses cheveux soyeux dégringolèrent le long de son épaule tandis que d'autres chutèrent sur l'une de ses joues, masquant son visage à ma vue.

— J'ai surtout essayé de les enlever à une époque, m'avoua-t-il, la gorge nouée par une émotion qui m'échappait.

Les enlever ? Oh… Pourquoi diable avait-il voulu faire une chose pareille ? Son tigre et lui avaient l'air de s'entendre comme larrons en foire. Et après tout, les griffes étaient des attributs pratiques, notamment pour se gratter le dos.

Alors que je tentais de croiser le regard de l'Irlandais, me contorsionnant dans tous les sens pour le réconforter, il se redressa et tourna le visage en direction de la rue.

Sans avoir pu donner mon aval sur pareille manœuvre, je me retrouvai acculée contre la façade, les bras de mon partenaire m'entourant fermement tandis que sa bouche murmurait à mon oreille :

— À moins que vous ne trouviez un sort pour nous dissimuler à la vue des passants, je vous saurais gré de me laisser gérer la situation.

L'indignation immobilisant mon esprit, je mis du temps à déloger ma voix des serres de ma propre surprise. Avant que je n'aie pu demander des précisions quant à cette « situation », messire O'Farrell posa une main sous mes fesses pour me soulever du sol et me faire enrouler les jambes autour de ses hanches.

Pour m'empêcher de protester, ce qu'un hoquet furieux laissait plus que présager, il apposa une main sur ma bouche tandis que l'autre raffermissait sa prise sur mon dos. J'agrippai l'étoffe de sa chemise et je mordis violemment quelques doigts à ma portée, ce qui les fit disparaître du champ d'action de mes dents. Sous ma morsure, l'Irlandais avait tressailli, et je sentais, à présent, quelque chose durcir de manière inconvenante entre nous. Sachant pertinemment que le malotru n'était pas armé, il ne pouvait, en aucun cas, s'agir du canon d'un pistolet. Plus j'essayais de changer de position, plus « l'objet » semblait grossir. Comme j'ignorais comment inverser le processus, je renonçai à me débattre. Je me laissai aller contre le mur, maintenant une distance aussi raisonnable que possible entre le corps de messire O'Farrell et moi.

— Hé ! Il nous semblait bien avoir entendu du bruit. Regardez, Jeffrey, nous ne sommes pas les seuls à nous promener à une heure aussi indue, pouffa une voix haut perchée qui émanait de la rue principale.

Au comble de la gêne, j'espérais vraiment qu'un lampadaire ait découvert comment parler. Priant pour que ce soit le cas, je tournai la tête et aperçus deux silhouettes. Lorsqu'elles s'avancèrent sous un îlot de lumière, elles m'apparurent plus nettement. Des jeunes gentlemen, qui avaient dû sauter des leçons de savoir-vivre, titubaient en se passant une bouteille à moitié vide. Ils devaient certainement se rendre dans l'un des boudoirs de Piccadilly, qui fournissaient des divertissements proprement scandaleux dont je n'avais jamais rien voulu savoir. L'ignorance était parfois source de vertu et dans ce cas précis, je n'hésitais pas à la revendiquer.

— Campbell, je crois que nous devrions laisser ces personnes tranquilles, lui suggéra le plus petit d'une élocution rendue pâteuse par l'excès d'alcool qui avait également contribué à mettre sa chemise en désordre.

Que pouvais-je bien faire pour échapper au plus vite à une prison irlandaise troublante et à des œillades accablantes ?

Je cherchai dans le *fog*, comptant sur ma double vue pour me fournir un sort d'oubli. Je ne trouvai que des sortilèges inutiles, même si celui d'habillement flottant à quelques centimètres de moi me donna l'envie de l'attraper pour rendre l'un des soûlards plus présentable.

— Messieurs, la dame et moi sommes très occupés, comme vous pouvez le constater, débuta l'Irlandais en tapotant mon fessier. Aussi vous serais-je reconnaissant de nous accorder l'intimité nécessaire pour conclure notre affaire.

Notre affaire ? Comment osait-il évoquer ces choses-là en des termes aussi peu ragoûtants ?

Pour le punir de prendre son rôle trop au sérieux, ce qui me laissait supposer que ce n'était pas la première fois qu'il l'endossait, je pinçai fort son avant-bras. Je dus subir en retour une nouvelle avancée sur l'espace bienséant entre nous. Mon visage se retrouva empêtré dans une jungle chevelue qui sentait bon l'homme. *Malédiction !*

La voix de l'Irlandais continua de vibrer dans tout mon corps longtemps après qu'il eut fini de parler. Il était pénible d'être une caisse de résonance malgré soi.

— Ah mais, mon brave, qui nous dit que la dame est consentante ? Tout aussi bien, elle préférerait nous accompagner.

Un nouveau rire tonitruant agressa mes oreilles. Je maudis certaines bécasses humaines désirant jouer les bons samaritains auprès de dames qui maîtrisaient parfaitement la situation, en dépit des apparences.

— Oh elle l'est. N'est-ce pas, très chère ? Dites quelque chose à ces messieurs pour le leur prouver.

Repoussant les lianes irlandaises, c'est en souriant de manière crispée que je témoignai de mon consentement, ce dernier étant, de ce fait, délivré sur un ton des plus niais.

— Bien le bonsoir, messieurs. Je suis on ne peut plus consentante.

Dans ces circonstances, je ne pouvais pas faire mieux pour corroborer le mensonge, sous peine de me mettre sir Protocole à dos pour le restant de mes jours.

— Dans ce cas, nous nous en voudrions de vous importuner davantage. Venez, Jeffrey, lança le moins dépenaillé du duo en assénant une tape vigoureuse sur l'épaule de son compagnon de boisson qui tituba sous le coup.

Un son de verre s'écrasant sur le sol nous parvint, et je tressaillis d'instinct. Messire O'Farrell me caressa le dos pour me rassurer.

— Ah mais quel maladroit vous faites, mon ami ! Vous avez cassé la bouteille de liqueur ! Il ne nous reste plus qu'à retourner chez mon père pour en prendre une autre.

Les deux individus partirent cahin-caha en direction de Piccadilly, et l'Irlandais et moi nous retrouvâmes de nouveau, seuls, toujours dans une position inconvenante.

Je ne sais si le soulagement en fut responsable, mais je me détendis quelques instants. J'envoyai par là même des signaux erronés à mon partenaire. Il se pencha vers moi tout près de ma bouche. Ses hanches se rapprochèrent plus étroitement. Il inclina la tête jusqu'à ce que celle-ci effleure mon cou, s'y frotte et s'y immobilise pour humer l'odeur à cet endroit. Ses doigts dénouèrent mes cheveux qui se répandirent dans mon dos où ils furent saisis, caressés et enroulés autour d'un poing exigeant.

Alors que j'étais à la merci de cet homme à la virilité incontestée, mais capable d'une étonnante douceur, je sentis tous mes muscles s'engourdir. Mes mains se promenèrent sur ce corps offert, remontèrent d'elles-mêmes depuis les avant-bras sur lesquels elles étaient crispées pour souligner de larges épaules et saisir une nuque afin d'inciter son propriétaire à poursuivre.

Des lèvres inquisitrices taquinèrent la chair sensible sous mon oreille, la mordillèrent, me faisant frissonner. J'ignorais que de telles marques d'affection pouvaient déclencher une tornade incandescente dans mon esprit, projetant des braises sur la moindre pensée naissante qui aurait pu m'inciter à remédier à une telle situation.

Les mains de messire O'Farrell serrèrent mes cuisses avec force, signe d'une frustration que je partageais et que seul lui était en mesure de guérir. J'étais novice dans le domaine des sensations. Tandis que ses mains remontaient vers mon postérieur qui fut fermement et délicieusement tâté, sa bouche embrassa ma mâchoire, la grignota comme s'il s'était agi d'un mets rare et raffiné que l'on ne peut s'autoriser à déguster qu'avec retenue. Me forçant à redresser la tête, ses doigts s'emparèrent de ma gorge qu'il leur aurait été aisé de broyer, mais qu'ils se contentèrent de souligner dans une descente audacieuse vers ma poitrine qui se souleva à leur rencontre. Par-dessus l'étoffe de mon chemisier, l'Irlandais flatta mes seins, s'aventura sous le corset pour en taquiner les pointes. Je laissai échapper un gémissement lorsque celles-ci durcirent à en devenir douloureuses.

J'agrippai les cheveux de mon partenaire, tirant sa tête en arrière avec autorité. Sans déplacer sa main, il obéit à cet ordre et nos regards se rencontrèrent. Je découvris la convoitise toute masculine qui brillait dans le sien. Elle suffit à me faire crisper les orteils et à déployer les ailes brûlantes d'un papillon dans mon ventre.

J'avais toujours cru que le désir était une chose condamnable, qu'il ne traduisait que l'envie de posséder, de dominer, une brutalité sensorielle à laquelle on ne pouvait décemment pas aspirer. J'entrevis en cet instant, grâce à des paillettes dorées affolées comme jamais auparavant, qu'il pouvait être d'une beauté ineffable quand il était exprimé par un homme capable de susciter en vous de violentes rafales, grâce au souffle qu'il vous devenait impossible d'expulser. Il n'y avait rien de féminin dans la poigne de l'Irlandais, comme il n'y avait rien de masculin dans ma façon de l'accueillir. Nous étions au-delà des considérations de genre. Il s'agissait d'une lutte pour s'assurer une victoire sur l'autre. Si conquête il y avait, elle était dûment autorisée, et c'est dans ce consentement que résidait le véritable pouvoir. Avoir le sentiment qu'on nous laissait le choix. La possibilité, même infime, de refuser une telle offrande, voilà ce qui était le plus grisant. Lorsque notre conscience atteignait ce niveau de plénitude, la bienséance et l'étiquette n'avaient plus de prise sur nous ; de toutes autres règles les supplantaient, et elles abhorraient la mesure, elles impliquaient l'excès. Offrir plus que ce qu'on pense pouvoir donner, exiger plus que ce qu'on estime mériter. Surprendre et être surpris par une démesure qu'on ne se savait pas posséder.

Les mains de l'Irlandais vinrent se perdre dans mes cheveux, inclinant ma tête dans un angle qu'il parut juger parfait. De son regard franc, chargé de désir inassouvi, il m'observa, attendant une consigne implicite de ma part.

Indécise, je baissai les yeux, sentant la gêne colorer mes joues et vis le halo doré, dans lequel baignait sempiternellement mon partenaire, me nimber moi aussi. Comme si lui et moi nous étions rapprochés au point que même sa magie ne savait plus où il finissait et où je commençais. Ce détail me conféra un regain d'assurance. La magie ne mentait pas, elle agissait selon notre bon vouloir. C'était une vérité universelle, le fondement même de mes capacités.

Mes lèvres me picotaient comme si une partie de l'électricité créée par l'attirance que nous ressentions aiguillait mes actes, telle une boussole dotée d'une connaissance ancestrale sachant mieux que moi comment je devais agir. Je les tendis vers messire O'Farrell et fermai les paupières, dans l'expectative.

Son corps vint se plaquer plus en avant contre le mien. Lorsqu'il voulut retirer l'une de ses mains de ma chevelure, il tira sur les mèches entortillées autour, provoquant une pression désagréable sur mon crâne.

— *Jaysis*, lâcha l'agent étranger en grognant à moitié.

— Aïe, mais aïe !

— Veuillez m'excuser, lady Sláine, je crois bien que mon bracelet est coincé dans vos cheveux.

Pour lui faciliter la tâche, je déroulai mes jambes. J'atterris au sol qui me parut peu stable après avoir atteint de telles hauteurs émotionnelles. Je détournai la tête, ma joue reposant contre le mur rugueux. J'attendis que l'Irlandais libère sa main, emprisonnée par une partie de mon être qui se refusait à le voir partir. Mais j'étais, semblait-il, un piètre geôlier, et je me retrouvais désormais avec des clefs inutiles que j'agitais dans le vide.

Je remis de l'ordre dans ma tenue et resserrai mon chemisier comme pour effacer cette incartade. Je refis maladroitement mon chignon, vu que je ne disposais d'aucun miroir pour évaluer le résultat.

— Nous devrions vite escalader ce mur avant d'être de nouveau aperçus, au mieux par des passants éméchés, au pire par un nouveau gardien, déclarai-je après avoir recollé quelques morceaux de ma dignité.

Messire O'Farrell me regardait encore une fois sans que je puisse interpréter ce que je lisais au fond de ses yeux.

— Quand vous me regardez ainsi, j'ai l'impression d'être une Molly Malone[1].

Ce qui n'était pas peu dire vu ce que nous venions de faire tous les deux avec cette façade pour témoin. Fort heureusement pour moi, les murs, pas plus que les lampadaires, ne pouvaient parler.

1. Marchande ambulante irlandaise à laquelle une légende urbaine prêtait des activités de prostituée, la nuit.

— Ce n'est pas ainsi que je vous vois. Je tenais simplement à m'excuser pour mon comportement. Je vous ai manqué de respect, ainsi qu'à une autre personne qui m'est chère, m'avoua-t-il en frottant inconsciemment son poignet portant le bracelet métallique, comme si celui-ci le démangeait.

— Quand vous me disiez que le jour où vous seriez bourru je le remarquerais, je ne m'attendais pas à ce que ce jour vienne si vite, ajoutai-je avec aigreur.

— Je suis profondément désolé si mes actes vous ont blessée.

— Pas plus que vos paroles. Mais, rassurez-vous, tout ceci sera vite oublié, mentis-je à la fois pour me convaincre et pour le blesser dans une même mesure. Après vous. Tâchez de laisser la fenêtre ouverte.

L'agent étranger parut troublé par mes propos. Sa bouche s'amincit sous le coup de ce que j'espérais être une grande vexation.

Professionnel jusqu'au bout des griffes, il fit apparaître celles de son tigre et commença à grimper jusqu'à la fenêtre du deuxième étage aussi leste et brillant qu'un lézard ayant gobé une tripotée de lucioles. Semant sur son passage des trous à peine visibles sur le crépi, il l'atteignit en une minute seulement. Tel un chat, il se percha sur le rebord, avant de briser un carreau au travers duquel il passa une main pour utiliser la poignée à l'intérieur. Une fois entré, il se pencha vers moi et s'agrippa aux montants de bois. Ses sourcils s'arrondirent d'impatience.

Patience, le chat de gouttière, pensai-je en le fusillant du regard.

D'une poche de ma redingote, je sortis un gant de cuir renforcé et l'enfilai. Je remontai l'une de mes manches pour dévoiler le bracelet de cuivre autour duquel était enroulé un fil translucide aux propriétés remarquables. Issu de toiles fabriquées par des araignées tisseuses, une race d'arachnides magiques qui, aux dernières nouvelles, semblaient avoir envahi le manoir de l'Irlandais, ce long filament était capable de supporter des charges équivalant au poids de plusieurs hommes adultes.

Une araignée aux pattes fondues dans un socle saillant pouvait être délogée à l'aide d'un poussoir et servait de grappin à suspendre aux gouttières. Je me campai bien sur mes jambes, levai le bras, visai le canal d'écoulement bordant le troisième et dernier niveau, avant d'actionner un second bouton en forme de chauve-souris destiné à donner l'impulsion.

Après avoir encaissé un mouvement de recul, mon premier essai se solda par un franc succès. Cela n'avait rien d'étonnant, je m'étais exercée dans la salle d'entraînement du club sous les yeux attentifs d'un lord Wheelcog ayant exceptionnellement accepté de s'aventurer hors de son laboratoire pour l'occasion.

Appuyant de nouveau sur le double de Pétunia, je saisis le fil de ma main gantée et me laissai tracter lentement. J'apposai de temps à autre mes jambes contre le mur pour me stabiliser, jusqu'à la fenêtre où messire O'Farrell m'attendait, mi-inquiet, mi-impressionné.

Je me balançai en douceur pour poser mes pieds sur le rebord et j'acceptai la main irlandaise tendue pour l'enjamber. Une fois au sol, je me penchai de nouveau pour récupérer le grappin qui, dès que le fil fut rembobiné, reprit son apparence arachnéenne figée.

— Votre inventeur a encore remarquablement travaillé, chuchota mon partenaire dont les traits étaient visibles grâce à sa nature de lampadaire. Mais comment un fil aussi fin peut-il supporter votre poids ? Sans vouloir vous offenser, bien évidemment. De plus, je sais combien vous pouvez être légère.

Devant ma mine scandalisée, causée par la référence explicite à l'incident, il se hâta d'ajouter :

— Je veux dire, à vous voir, personne ne pourrait en douter.

Sans regarder l'agent de l'Irish Tree qui me renvoyait, par sa simple présence, à un souvenir indécent que j'aurais préféré oublier, je répondis :

— Lord Wheelcog fait toujours des miracles, même s'il n'apprécie pas qu'on parle ainsi de ses travaux. Quant à ce fil, vous risquez de découvrir sa provenance bien assez tôt. Je gage que Mr Murray ne se débarrassera pas aussi facilement de vos invitées aux pattes multiples.

— Hum, les araignées. Si vous avez des conseils, nous sommes preneurs. Criom m'a paru assez désemparé dans son message.

— Il vous faut négocier l'espace afin qu'elles se cantonnent à un endroit précis. Une grange avec un sous-sol, par exemple, à partir duquel elles pourront creuser des galeries. Le nid ne doit pas être important à l'heure actuelle, mais ces créatures se reproduisent vite si les conditions sont réunies. Vous pouvez les soudoyer, elles ont une fascination pour les tissus soyeux.

— Je vous remercie, je transmettrai l'information dès que possible. Bien. Où allons-nous, maintenant ?

— Selon les plans du musée, la salle qui nous intéresse se situe à deux portes sur la droite en sortant de cette pièce.

Nous avions atterri dans ce qui semblait être un bureau relativement épuré, pour ce que ma vue me permettait d'en juger. Nous refermâmes la fenêtre et par acquit de conscience nous vérifiâmes que la rue en contrebas était vide de gardiens et de passants curieux qui auraient pu être témoins de notre entrée aérienne.

Je sortis de mon gilet une pierre que je frottai pour en faire jaillir une lumière blafarde. Assurée que je ne risquais pas de buter contre une vitrine ou une étagère et de faire chuter des objets fragiles, je m'apprêtais à passer devant quand l'Irlandais m'en empêcha.

— Je préfère ouvrir la marche.

— Que faites-vous du célèbre « les femmes d'abord » ? m'offusquai-je tout en rangeant mon gant dans la poche intérieure de ma veste.

— Jusqu'à preuve du contraire, ma vision nocturne et mes réflexes sont meilleurs que les vôtres.

— Oui, et j'ai sorti ma pierre lumineuse pour faire joli.

— Vous feriez mieux de la remettre à sa place, vous risquez de nous faire repérer.

— Très bien, très bien, bougonnai-je.

— Vous n'avez qu'à vous tenir à moi, me proposa-t-il en toute innocence.

Considérant que nous nous étions déjà assez tenus l'un à l'autre pour une vie entière, je refusai aussi poliment qu'il m'était possible de le faire, alors que j'entendais la voix de la pudeur crier en continu dans ma tête.

— Si vous vous obstinez à briller ainsi, ce ne sera pas nécessaire.

21

Quand une lady se retrouve au cœur d'une tempête de trèfles

Après avoir avancé accroupis dans le couloir bordé de hautes fenêtres, avec plus ou moins de souplesse en fonction des gènes félins de chacun, nous avions débouché sur la salle à lanternes. Ou plutôt, devrais-je dire, le débarras. La pièce était envahie par des bibliothèques asymétriques aux étagères bancales et par des coffres débordant d'objets divers répartis anarchiquement dans l'espace. Il était difficile d'y faire plus de deux pas sans s'arrêter. Je dus même rentrer le ventre à plusieurs reprises pour me faufiler dans un recoin.

— Il faut que nous trouvions cette maudite lanterne avant Jack ! pestai-je.

— Si vous connaissez un moyen d'accélérer les choses, je vous en prie, fit l'Irlandais avec sarcasme.

Le sarcasme tourné vers ma personne agissant étrangement comme le meilleur des thés, je songeai soudain à pister un sort de localisation-tracé dans la brume. Pour cela, je devais ouvrir une fenêtre et partir à la recherche dudit résidu. Étant donné la rareté de ce type de sortilège, un contact visuel serait nécessaire.

Comme j'avais besoin de lumière pour me déplacer, je sollicitai l'aide de l'Irlandais qui faisait office de bougie mobile. Je lui expliquai brièvement quelles étaient mes intentions. Il démontra une nouvelle fois une grande curiosité à l'égard de mes dons et insista pour connaître la couleur du reliquat magique à capturer. Bleu, évidemment !

Les gonds grincèrent un peu, mais pas suffisamment pour alerter une personne dotée d'une ouïe ordinaire. Je laissai mon regard errer dans la nappe grise et mouvante, agitée par un vent plus fort et régulier que celui qui soufflait ce soir-là sur Londres. Naviguant visuellement entre les dégradés de bleu, j'entraperçus un éclat lavande si pâle qu'il se noyait dans cette mer céruléenne. Je provoquai des remous tandis que j'invitais le filament à venir s'enrouler autour de mes doigts. Telle une algue coincée sous un rocher, il eut des difficultés, ou peut-être étaient-ce des réticences, à me rejoindre.

Ce léger accroc dans l'usage de mes talents me retourna l'estomac comme si un quelconque aliment avait entrepris d'y faire des nœuds marins solides. Le cordage râpeux continua de me supplicier de l'intérieur, pour me placer face à la brise cinglante des suppositions. Avais-je jamais peiné de la sorte pour invoquer la magie ? Était-ce lié à l'étreinte bourrue d'un homme-tigre ? Une bouffée de désir avait-elle suffi à diminuer ma concentration ? Non, bien sûr. Il fallait plus que quelques frissons d'excitation pour contrarier les effets bénéfiques d'une noble éducation fleurant bon le thé. Plutôt que de m'autoflageller pour une perte de contrôle sans conséquences, que même mon père s'autorisait de temps à autre, je redoublai d'efforts pour attirer le résidu.

Faisant onduler mes doigts pour accompagner ses mouvements, je le tins éloigné de messire O'Farrell dont l'aura brillait à en faire complexer le plus gros des sortilèges vagabonds.

Dans mon esprit, je regroupai les informations dont je disposais au sujet de la lanterne : vieille, classique, inscriptions démoniaques. Le filament s'agita frénétiquement, essayant de localiser l'objet demandé. Il s'étira et fusa en un flash lumineux qui m'éblouit un instant, avant de laisser apparaître un cheminement précis que je remontai, l'Irlandais sur les talons, jusqu'à une malle toute cabossée. On eût dit qu'elle avait traversé l'Enfer, ce qui était encourageant pour une pêche à l'instrument démoniaque estampillé Lucifer.

Je soulevai le couvercle et fouillai l'intérieur, extirpant, en plus d'une généreuse couche de poussière, des parchemins, livres aux reliures fatiguées, colliers vaudous et autres bibelots tout aussi inutiles.

— Alors ? m'interrogea messire O'Farrell dans mon dos.

— Alors, rien, m'énervai-je.

J'avais deux mots à dire au résidu inefficace. Je m'apprêtais à adopter le ton d'une maîtresse d'école mécontente, qui ne manquait jamais de susciter des tremblements parmi les filaments polissons, quand une lueur lavande brilla à travers le plancher du coffre, dessinant des contours arrondis. Je pris de la hauteur pour identifier le motif tracé et vis qu'il s'agissait d'une lanterne !

Je cognai le fond de la malle et fus récompensée par un son creux. Il devait y avoir un moyen de soulever la planche factice pour accéder au compartiment. Je tâtai les parois recouvertes de tissu tendu et poursuivis mon inspection en passant le doigt sur les pointes qui avaient servi à réaliser le capitonnage. L'une d'elles m'apparut plus enfoncée que les autres. En essayant de la tirer vers moi, je dus actionner le mécanisme d'ouverture, car le faux plancher eut un sursaut, signe qu'il était débloqué, prêt à être soulevé.

Après l'avoir enlevé, je le tendis à mon partenaire pendant que je soulevais une couverture fine pour découvrir notre précieuse lanterne. À première vue, lorsque la lumière filamenteuse la déserta, elle m'apparut comme étant on ne peut plus banale, pourvue d'une apparence plutôt décevante qui ne valait pas tout ce remue-ménage. Mais lorsque je la touchai, des symboles gravés à même le socle se mirent à luire d'un rouge incandescent. Je ne pouvais nier la parenté infernale et j'en conclus qu'il ne fallait décidément jamais se fier à sa première perception.

— Je crois que nous avons trouvé notre lanterne, annonçai-je, tout sourire.

— Ne traînons pas, j'entends des pas dans l'escalier sud, déclara mon partenaire, minimisant mon triomphe.

Sans traîner, l'Irlandais et moi repartîmes dans le bureau par lequel nous étions précédemment entrés. Une fois que nous l'eûmes rejoint, messire O'Farrell se retourna pour fixer l'encadrement de la porte, son tigre jaillissant de son aura.

— Quelqu'un arrive dans notre direction, à grande vitesse, et ce quelqu'un sent fort la poussière et l'humidité, une odeur peu commune pour un simple humain.

— Les esprits sentent comme cela.

Nous nous regardâmes comme deux chiens de faïence, comprenant en même temps que Jack était à l'heure pour un rendez-vous que nous aurions préféré éviter. Lorsqu'un gardien petit et d'un certain âge apparut devant nous, je constatai que le dénommé O'Lantern avait lâchement choisi de se réfugier dans le corps de ce dernier dont il débordait ectoplasmiquement parlant.

Jack était plus qu'un fantôme ! C'était un poltergeist ! Ce qui signifiait que l'âme éthérique s'était détériorée, emportant avec elle la totalité des souvenirs humains de l'individu décédé et une partie non négligeable de sa personnalité. Pour la peine, la balance universelle l'avait dédommagé en lui conférant des dons tels qu'une télékinésie spectrale infinie, une voix d'outre-tombe hypnotisante, et, pour ce que j'en savais, une haine farouche des vivants !

Comme pour apporter sa touche toute personnelle à l'ambiance oppressante que mon esprit venait de mettre en place, le gardien/Jack se mit à glousser horriblement comme si quelqu'un le chatouillait pendant qu'il essayait d'avaler une boisson.

Des trèfles se mirent à tomber sur le plancher et formèrent une spirale qui s'épaississait aux pieds de l'esprit. L'odeur d'herbe et de grand air contrastait violemment avec celle de renfermé qui émanait du fantôme. C'était à se demander ce que Jack avait pu être, voire les pouvoirs qui avaient pu être les siens, quand il était encore humain.

Un sorcier végétal, peut-être ?

— Attention, messire O'Farrell. Poltergeist droit devant.

J'amorçai un prudent recul vers la fenêtre et je me mis à trembler devant le regard affamé fixé sur la lanterne inerte suspendue au bout de mon bras. Tout à coup, je trouvai préférable d'être, à cause de mon sang, un gentil macaron pour le commun des fantômes, au lieu d'être un présentoir valorisant pour un spécimen plus sadique et dérangé. En étant confondue avec une pâtisserie, j'avais l'impression que j'aiguisais l'appétit, pas que je risquais de perdre un bras.

À part courir ou, en l'occurrence, tomber du deuxième étage, on ne pouvait pas faire grand-chose pour échapper à un poltergeist. Seuls deux sorciers redoutables unissant leurs forces pouvaient bannir l'esprit tourmenté, à condition qu'il apparaisse sous sa forme première et qu'il accepte d'entrer dans un cercle de cristaux. Autant de conditions qui nous faisaient présentement défaut.

— Tout ce que je vois, c'est un gardien, mais je me disais aussi qu'il était étrangement voûté, même pour quelqu'un de son âge.

L'Irlandais parlait d'un ton guilleret comme s'il ne réalisait pas l'ampleur du problème. Était-il possible d'être aussi idiot ?

— C'est l'effet de la possession. Jack est trop volumineux pour se nicher tout entier dans ce corps.

— C'est mon premier poltergeist, dit-il en hochant mécaniquement la tête comme l'une des grues de métal que le Dr Wheelcog me construisait lorsque j'étais petite.

— Espérons qu'il ne soit pas le dernier. Je vous conseille vraiment d'emprunter les yeux de votre tigre parce que vous n'y voyez pas clair, à mon avis.

— Qu'est-ce qu'il attend ?

Je n'en avais pas la moindre idée. Je tenais toujours la lanterne et je la sentis chauffer puissamment. Et pour cause, un feu irréel d'une couleur noirâtre brûlait désormais à l'intérieur. Les inscriptions démoniaques devinrent incandescentes, et je dus retenir la lanterne à deux mains, car elle semblait aimantée par son possesseur. L'agent irlandais vint à mon secours en enserrant ma taille de ses bras vigoureux.

— Je vous prie de bien vouloir me rendre ce qui est à moi, jeune fille. Je ne le répéterai pas une deuxième fois, nous menaça une voix carillonnante, surprenante puisqu'elle rappelait celle des fées des bois.

— Certainement pas ! Nous ne vous laisserons pas ouvrir les portes de l'Enfer.

— Je n'ai pas le choix ! Je n'ai nulle part où aller. J'en ai besoin pour les attraper. Sinon, il ne me laissera pas entrer. Vous ne comprenez donc pas ?

Comme il était inutile de converser avec une telle engeance, je me concentrai plutôt sur l'objet à retenir.

— Je vais l'attaquer, m'informa mon partenaire.

— Vous n'y songez pas ! Et le gardien ?

— Dommage collatéral ?

Je lâchai un juron bien senti que les enfants des docks ne cessaient d'utiliser.

— Je peux essayer d'utiliser mon tigre sur le plan astral.

— Faites ce que vous pouvez.

Tout en s'accrochant fermement à ma taille, l'Irlandais fit appel à son aura. Elle s'élança vers l'avant et s'étira pour gagner une taille improbable. Les griffes de son tigre vinrent lacérer l'esprit occupant le corps du gardien, le contraignant à se replier sur lui-même. Il se mit à hurler et sa colère activa sa télékinésie. Les éléments de la pièce se mirent à tourner dans les airs, accompagnés d'une pluie de trèfles.

Je dus m'accroupir pour éviter une chaise qui vint frôler ma tête et s'écrasa contre l'agent de l'Irish Tree qui ne broncha même pas. Mes cheveux se détachèrent et se répandirent tout autour de moi ; certains s'accrochèrent à mes cils, me faisant verser des larmes.

J'eus soudain l'idée de sortir les cristaux que j'avais emportés avec moi ; il me suffisait de les lâcher dans les airs en espérant qu'ils atteignent à un moment ou à un autre le poltergeist, pour lui imposer un contrecoup magique suffisant afin de nous laisser le temps de fuir.

— Messire O'Farrell ! Remplacez-moi. Prenez la lanterne.

Il ne se le fit pas dire deux fois et, tout en poursuivant son attaque griffue, il me lâcha pour s'emparer de l'objet démoniaque qui fit flamber sa peau contrairement à la mienne qui était chaude, mais intacte.

— *Jaysis !*

Me rappelant qu'il avait enduré l'apposition de la marque temporaire du club sans même serrer les dents, je décidai qu'il était capable de supporter quelques flammes. Plusieurs autres « *Jaysis* » l'aidèrent à juguler la douleur.

N'ayant plus personne pour me maintenir au sol, je tombai, emportée par le tourbillon déchaîné. Je percutai un mur qui, partageur, me renvoya aussitôt contre un autre. Je crus percevoir un « Lady Sláine » vociféré, mais rien n'était moins sûr tant mes oreilles bourdonnaient comme si des abeilles prises de fièvre d'essaimage y avaient trouvé refuge.

Je glissai au sol et réussis à agripper le pied d'un fauteuil providentiel, trop lourd pour céder à la télékinésie poltergeist. J'utilisai ma main libre pour sortir les cristaux et je les jetai en espérant qu'aucun ne percute l'Irlandais, sachant que je m'inquiétais plus des dégâts qu'il leur causerait à eux.

Je regardai messire O'Farrell, j'estimai la distance qui me séparait de lui ainsi que le sens et la puissance des vents. Je troquai le pied du fauteuil contre la cheville de l'agent qui baissa la tête de surprise en me découvrant dans cette position. Malgré la douleur qui devait lui vriller les mains, l'odeur de chair brûlée me parvenant d'en haut pour en attester, il me sourit.

Escaladant le mont Kieran en partant de ses mollets, je dus reconnaître que le cuir était une matière extrêmement glissante quand on avait les mains moites. J'observai le gardien possédé. Je notai avec une grande satisfaction que le tigre de l'Irlandais lui donnait du fil à retordre, l'empêchant d'avancer vers nous.

L'un des cristaux vint rebondir sur la poitrine de l'homme pantin. Le contact dégagea un réseau d'éclairs, à l'évidence douloureux, qui s'intensifièrent quand le deuxième et le troisième projectile le touchèrent simultanément.

— Me faire ça à moi ! Bande de misérables cloportes !

Arrivée à hauteur de taille de l'agent, je fus fière d'avoir presque atteint le sommet. Mais les réjouissances furent de courte durée. Il se produisit quelque chose que je n'avais pas prévu et je regrettai aussitôt d'avoir provoqué le courroux de Jack, le nomade sans patrie.

Il se saisit du pistolet du gardien et visa l'Irlandais. Le temps sembla se figer, ce qui était effectivement le cas des objets en suspension dans la pièce. Plus aucun vent violent ne pouvait s'opposer à ce que les balles atteignent leur cible. Lorsqu'elles le firent, messire O'Farrell, qui avait encaissé le premier tir avec un faible recul, perdit carrément l'équilibre, cédant à la pression de la tornade qui avait repris ses droits.

Le rire dément du fantôme dégénéré me parvint quand les doigts de mon partenaire s'ouvrirent pour libérer la lanterne. J'essayai de la saisir, mais je la ratai de plusieurs centimètres, cette longueur ridicule permettant à Jack de récupérer son dû qui ne demandait qu'à retrouver son détenteur légitime.

Dans un cri déchirant, le gardien se vit déposséder de cette âme en double qui révéla son vrai visage à la peau éthérique tombante, ainsi qu'un corps décharné et recroquevillé sur lui-même comme sa victime l'avait été.

Il n'y avait pas de mots pour décrire l'horreur qui me gagna à contempler pareille créature. D'un seul regard hanté par les tortures infligées à sa conscience, cette chose errant entre les mondes avait le pouvoir de vous glacer jusqu'à l'os. D'un froid funéraire qui vous invitait à rejoindre le camp des morts, pour ne plus avoir à subir les effets d'une chaleur aspirée hors de vous qui emportait avec elle une part de votre raison. J'avais la sensation qu'on me forçait à lire un livre dont les pages tournaient à une vitesse impossible, pour assimiler des lambeaux d'humanité aux bords mutilés. Ils me conduisaient sur les falaises escarpées de l'agonie, du haut desquelles je pouvais considérer le vide qui se rapprochait, encore et encore, jusqu'à ce que je voie mon propre cadavre méconnaissable, mais malgré tout identifié. Gisaient à côté de lui les souvenirs qu'on en avait extirpés. Volés, corrompus et souillés. Je savais ce que ressentait Jack. Sa vie d'errance l'avait dépouillé de lui-même. Il courait à la poursuite de l'ombre de son humanité, prêt à tout pour la rattraper, détruisant celles des autres, ce qui avait pour conséquence de rendre le pan vertueux de son passé à jamais inaccessible.

J'avais affronté beaucoup de créatures surnaturelles et même la peur que m'inspiraient les démons ne pouvait égaler celle que les poltergeists me faisaient ressentir. Les infernaux étaient dépourvus d'humanité ; il n'y avait rien à salir en eux. Les fantômes, au contraire, disposaient encore d'une conscience, assurément imparfaite à l'image de la personne qu'ils avaient été, mais réelle. Contempler leur déchéance était bien plus insoutenable. Même s'ils n'appartenaient plus à notre monde, cela avait un jour été le cas. Je craignais souvent que James, mon meilleur ami, n'ait à subir cette malédiction, lui qui, parmi tous les autres, présentait l'âme la plus charitable que je connaisse. Il était à une étape intermédiaire de sa non-vie. Il incarnait le maillon entre cette abomination et moi que je voulais préserver à tout prix.

Jack O'Lantern disparut dans un éclat de rire horrifique en faisant théâtralement exploser une fenêtre du couloir. Le corps du gardien retomba au sol, comme le véhicule inutile qu'il était devenu. L'air de la pièce retrouva sa quiétude et les meubles, rappelés à l'ordre par la gravité, s'écrasèrent dans un grand fracas sur le plancher, tandis que la pluie de trèfles achevait de se déverser au ralenti.

Devant la nécessité de secourir les deux hommes blessés et ne sachant que faire, mon regard s'égara d'un côté puis de l'autre avant que je ne choisisse de me rendre auprès de l'Irlandais, considérant qu'il avait le plus de chance de survivre. Les victimes d'un poltergeist cédaient immanquablement à une crise cardiaque. Le fait que la poitrine du gardien ne se soulève plus venait tristement corroborer cette règle.

M'agenouillant en toute hâte aux côtés de mon partenaire, je fus saisie d'une peur indicible à voir son grand corps aussi immobile et sa peau si pâle dans cette obscurité angoissante. Je m'attendais à tout instant à ce qu'il se redresse et se relève en me sermonnant pour avoir laissé Jack s'emparer de la lanterne. Mais aucune voix rocailleuse à l'accent chantant ne s'éleva pour m'invectiver.

Toujours nimbé de son aura dorée, messire O'Farrell se contenta de rester allongé, ses longs cheveux raides coincés sous ses épaules, hormis une mèche lui barrant le front que je m'empressai de chasser.

Comme si remettre de l'ordre dans sa coiffure pouvait le faire reprendre connaissance !

Attentive, je guettai le moindre signe de guérison magique, à l'instar de celle qui s'était produite à Charing Cross. J'imaginai les balles être expulsées, le sang coaguler et les bords de la plaie se resserrer, laissant apparaître une peau lisse, parfaite. Mais bon sang ! Pourquoi ne se passait-il donc rien ? Y avait-il une formule à prononcer ? J'étais prête à grogner comme son tigre si cela pouvait déclencher le processus. Je ne pouvais même pas en appeler à la brume. Aucun sort de guérison, à moins d'être de première fraîcheur, ne pouvait soigner des blessures aussi graves. Je craignais également d'invoquer Michael. Qui pouvait prédire sa réaction ? Je ne souhaitais pas risquer qu'il emporte l'âme de messire O'Farrell sans autre forme de procès. Tout ce que je pouvais faire, c'était attendre.

De toute manière, l'Irlandais n'était pas censé être fragile. Un homme aussi imposant ne pouvait pas l'être. Si les crocs et les griffes d'un chien de l'Enfer n'avaient pu venir à bout de lui, ce n'était pas de malheureuses balles qui risquaient d'y parvenir.

Je m'étais toujours farouchement opposée à l'idée de travailler en équipe pour ne pas avoir à subir une telle perte, à porter sur mes épaules la responsabilité d'une vie abrégée. J'aimais enquêter avec James, pas seulement parce que je l'appréciais, mais parce qu'il ne pouvait plus rien lui arriver.

Comment l'Irlandais osait-il me faire cela à moi ? Maintenant, alors que j'avais accepté sa présence ; que je lui avais pardonné d'avoir dédaigné le thé au profit d'une infâme mixture ; qu'il m'avait fait envisager la vie sous un angle moins solitaire ; qu'il m'avait permis de me considérer comme une femme et pas seulement comme une Rose au service de la reine ; qu'il m'avait éveillée au désir ! Tout cela, sans même m'avoir embrassée ! Et il allait me laisser avec la conscience de toutes ces choses que j'ignorais sur lui, de celles qu'il ignorait sur moi. J'avais envie de les lui crier avant qu'il ne soit trop tard, de le forcer à les entendre. Était-ce ainsi que cela devait se terminer ? Il n'avait fait qu'un bref passage dans mon existence. J'avais trouvé dans ses yeux un autre ciel à contempler, et plus jamais je ne me demanderais ce qui pouvait agiter ses étoiles d'or, pas plus que je ne me permettrais de penser qu'elles le faisaient peut-être pour moi.

Ne me forcez pas à vous réduire à un maudit rapport ! C'est un livre entier que je veux écrire sur vous ! Réveillez-vous, Kieran, et permettez-moi de vous connaître !

Alors que je réfléchissais aux raisons qui rendaient cette mort impossible, je perçus une émotion étrange gonfler en moi, qu'il ne m'avait jamais été donné de ressentir. Je me sentis hagarde, sans force, un peu comme si j'avais abusé du laudanum. Lorsque cette sensation atteignit une dimension vraiment inconfortable, je me demandai par quel miracle je n'explosais pas. Mais je réalisai que faute de pouvoir gagner en volume, celle-ci s'étirait tel un animal sortant d'une longue hibernation. C'était comme si cet intrus improbable réorganisait les galeries de son terrier, mon corps, l'adaptant pour répondre à de nouveaux besoins survenus pendant son sommeil. Mon instinct me soufflait une vérité, mon esprit l'intégrant avec apathie, le seul moyen de gérer les bouleversements qu'elle causait. Et soudain, je compris. J'éprouvais du chagrin. Mais c'était absurde. L'Irlandais n'était pas mort !

Sortant de cette stupide léthargie, après avoir renvoyé l'animal dans son trou à coups de pied, je secouai le bras de l'Irlandais. En l'absence de réponse, je me mis à chercher l'origine du sang qui humidifiait sa chemise, même si les taches formaient des corolles peu visibles sur un vêtement aussi sombre. Je dénombrai trois blessures.

— Mais vous allez vous lever, oui ! C'est pour cela que je ne voulais pas de partenaire, m'énervai-je en le frappant à la poitrine.

— Aïe ! Vous ne voyez pas que je suis blessé, aboya une voix émanant du corps allongé.

L'agent avait ouvert les yeux et tenté de s'asseoir dans le même mouvement. Mais la douleur s'était rappelée à lui. Il réessaya doucement, une main appuyée sur son ventre.

— Messire O'Farrell ? demandai-je pour m'assurer que je ne rêvais pas.

— Qui voulez-vous que ce soit d'autre ?

L'intéressé m'observa intensément, d'abord avec une expression mi-incrédule, mi-agacée, puis ses traits s'adoucirent. Ils se décrispèrent comme si les épingles de la souffrance s'étaient subitement décrochées de son visage.

— Lady Sláine, vous avez pleuré ? Pour moi ?

À ces mots, je touchai mes joues et les découvris mouillées.

— Mais pas du tout ! Je dois être allergique aux trèfles et la télékinésie spectrale ne m'a jamais réussi.

Le sourire aux lèvres, il balaya la pièce du regard et s'arrêta sur la silhouette inerte du gardien.

— Mort ?

— Oui.

— Pauvre bougre. Je suppose qu'O'Lantern a récupéré sa lanterne ?

— Oui.

— *Jaysis !*

— Comme vous dites. Maintenant que vous ne faites plus semblant de dormir, il faudrait songer à vous lever, le houspillai-je en lui montrant l'exemple.

— Je n'ai pas fait semblant de dormir ! J'ai dû me mettre en transe préventive sans m'en rendre compte.

— Préventive de quoi ?

— Je continue de saigner au cas où vous ne l'auriez pas remarqué.

— Eh bien, guérissez-vous.

— Je ne peux pas. Je suis gravement blessé, il va me falloir me transformer.

— Mais faites donc. Comme vous pouvez le constater, nous sommes en petit comité, dis-je en décrivant un demi-cercle avec mon bras.

— Si je me transforme alors que ma survie est en jeu, je vais devenir incontrôlable. Je pourrais vous faire du mal. Il faut que nous nous rendions au club.

Messire O'Farrell se releva avec difficulté, se tenant toujours les côtes, et se rendit auprès de la victime de

Jack. Je le suivis à retardement, interloquée à la vue des mares de sang étalées là où il était précédemment allongé. Privée de sa lumineuse présence, je manquai trébucher sur une lampe brisée.

Penché au-dessus du gardien, mon partenaire secoua la tête d'un air désolé. Le défunt arborait une mine crispée. Sa bouche était figée sur un hurlement muet, et ses yeux grands ouverts semblaient implorer le ciel de bien vouloir l'accueillir.

Je me remémorai la forteresse d'Edinu perçant un ciel rose aux traînées de poussière d'or et son immense portail, imaginant l'homme devant, minuscule silhouette attendant qu'un cortège d'anges l'escorte au-delà. Vu que nous avions affaire à une mort violente, je ne fus pas surprise de voir apparaître devant moi une forme floue, réplique effacée de l'individu en uniforme.

Il ne semblait pas nous voir, pas plus que son corps sans vie à ses pieds. Autant d'évidences qu'il n'était pas prêt à accepter, préférant se réfugier dans ce qui avait été son quotidien. C'est ainsi qu'il se borna à inspecter le bureau comme s'il ne voyait pas le chaos ambiant et les trèfles incongrus sur le plancher.

— Oh non, dis-je à voix haute.

— Qu'y a-t-il ? s'inquiéta messire O'Farrell, craignant sûrement que Jack ne soit de retour.

— Le gardien est en plein déni gris.

— Pardon ?

J'avais tendance à oublier que toutes les entités européennes n'étaient pas aussi familières des fantômes. Qu'il était bon d'entendre l'Irlandais me questionner !

— Il n'a pas compris qu'il était mort. Au moment où je vous parle, il vient de franchir la porte pour reprendre son inspection du musée.

— Que pouvons-nous y faire ?

— Rien pour le moment. Il faudra que j'en avertisse James pour qu'il vienne ici et essaie de l'aider.

Comme il se redressait encore une fois trop vite, au point que je me demandai comment il lui était possible d'oublier des blessures qui le faisaient autant souffrir, l'aura de mon partenaire s'agita.

— J'entends du mouvement un étage au-dessus. Le prochain gardien ne va pas tarder. Il faut que nous quittions les lieux.

L'Irlandais se dirigea vers la fenêtre et il chancela, se retenant au mur.

— Messire O'Farrell !

— Je vais bien.

— Vous titubez comme si vous aviez bu, et le plus inquiétant, c'est que ce n'est pas le cas.

— Lady Sláine, venez par ici. Il nous faut partir. Vite.

— Je vais utiliser mon grappin, et nous pourrons descendre doucement. Je vous attendrai en bas.

Mais ne comptez pas sur moi pour vous réceptionner, avais-je envie d'ajouter même si ce n'était pas charitable.

— Non, nous n'avons pas le temps. Grimpez sur mon dos.

— Certainement pas ! Vous allez nous faire tuer dans votre état.

— Je sais ce que je fais. J'entends le gardien. Décidez-vous !

Messire O'Farrell se baissa pour que je puisse m'installer. Renonçant à maintenir une distance bienséante entre nous, je m'aplatis contre son dos. Après avoir tenté de nouer mes bras autour de sa taille, j'optai pour une prise plus haute.

Une fois qu'il me jugea bien positionnée, il grimpa sur le rebord de la fenêtre en grognant si fort que j'eus l'impression que le son émanait de ma propre poitrine. Son aura gagna en intensité tandis qu'il puisait dans ses ressources magiques et elle vint me chatouiller les jambes, invitant des milliers de fourmis à s'y promener. L'Irlandais tourna le dos à la rue et tendit les bras pour s'agripper aux montants supérieurs de la fenêtre. Je sentis tous ses muscles jouer sous sa peau. Fermant les yeux pour ne pas voir le vide, je me préparai en resserrant ma prise autour de son cou.

Je ne suis pas prête, je ne suis pas prête...

Alors que je n'étais toujours pas prête, il sauta dans le vide et se cogna contre quelque chose qui protesta en grinçant. J'ouvris les paupières et je compris que nous étions accrochés à la gouttière. Nous la dévalâmes à toute vitesse et, quelques mètres avant de nous écraser, l'homme-tigre freina notre descente en plantant les griffes de sa main gauche – celle qui ne tenait pas la rampe de fortune – dans la façade.

Une fois que nous eûmes atterri, sans perdre de temps, je descendis de mon perchoir, le souffle court, heureuse de retrouver le plancher des vaches. L'Irlandais me prit la main, et nous courûmes en direction de l'avenue principale pour héler un fiacre.

*

* *

Nous n'eûmes aucun mal à trouver un chauffeur puisque c'était l'heure à laquelle les dandys aux haleines alcoolisées et aux appétits satisfaits revenaient des boudoirs de Piccadilly.

Durant tout le trajet, mon partenaire, étendu sur la banquette en face de la mienne qui ne pouvait contenir ni sa largeur ni sa longueur, était resté silencieux, plongé dans une intense méditation. J'avais enlevé ma redingote pour qu'il puisse compresser la zone d'impact et endiguer l'hémorragie qui n'avait fait que s'intensifier à cause de ses acrobaties pour nous sortir du British Museum.

Je pris soin de ne pas le troubler, même si je craignis d'échouer du fait des ondes d'inquiétude qui s'échappaient par vagues de ma personne. Il avait dit que sa survie était en jeu...

Quand je vis que nous arrivions près du Carlton Terrace, je demandai au chauffeur, à travers la vitre de communication, de nous arrêter un peu avant, devant une maison qui aurait pu être la nôtre. Je secouai mon partenaire qui eut plus de mal que la fois précédente à ouvrir les yeux. En appelant à ses dernières forces, il fit comme si de rien n'était en descendant du cab. Mais le fait qu'il ne saute pas le marchepied tel un cabri en disait long sur son état.

Ce n'est que lorsque la calèche tourna au coin de la rue qu'il se permit de défaillir.

— Ne vous avisez pas de tomber dans les pommes, maintenant. Je ne vais pas pouvoir vous porter sur les derniers cent mètres.

Je l'entendis marmonner quelque chose en gaélique. Sa condition affaiblie ne justifiait pas qu'il ose jurer dans une langue que je ne comprenais pas. C'était extrêmement malpoli !

Ses jambes se dérobèrent. Il était évident qu'il ne pouvait pas marcher tout seul. Magnanime, je fis passer l'un de ses bras sur mon épaule et réussis à ne pas m'écrouler sous un tel poids, même si mon teint dut virer au cramoisi sous l'effort. Nous dûmes faire plusieurs pauses sur le chemin, et en apercevant devant l'entrée du club trois fantômes aux silhouettes familières, je faillis en laisser tomber l'Irlandais pour agiter les bras.

James était là, il devait être entre deux courses. Sa présence était inespérée. Il allait pouvoir m'aider à transporter l'agent étranger jusqu'au sous-sol.

— James ! hurlai-je, oubliant toute retenue.

Il se téléporta instantanément, apparaissant devant moi dans un petit « pouf », et son sourire niais s'évanouit. J'aurais même juré voir sa casquette, d'ordinaire indétrônable, bouger légèrement.

— Je suis là, Sláine. Oh, mon Dieu ! Qu'arrive-t-il à Kieran ? me questionna-t-il, ses yeux blanchis par la mort s'agrandissant démesurément.

Qu'il l'appelle par son prénom me serra le cœur, car cela signifiait qu'il appréciait suffisamment l'agent pour avoir recours à la familiarité que ce dernier lui avait autorisée.

— Pas le temps de vous expliquer. Il est blessé. Je ne peux pas le porter, seule. Il faut l'emmener dans une chambre pour qu'il puisse se transformer.

Le colporteur comprit immédiatement où je voulais en venir. Grâce à sa télékinésie spectrale, le corps de l'Irlandais ayant perdu connaissance se mit à flotter au-dessus du sol, ses longs cheveux pendant dans le vide. Je dus presque courir pour suivre le rythme de cette procession intime à laquelle s'ajoutèrent les feux follets qui, ne recevant pas leur gâterie de papier, nous accompagnèrent tout au long du chemin.

Dépassant la bibliothèque du club où les gnomes prirent la peine de ralentir, comprenant que la situation était grave, nous traversâmes l'arche en ogive pour gagner les quartiers de repos.

Choisissant la première chambre vide, nous y installâmes le blessé sur le petit lit.

Avant de sortir, je lui murmurai à l'oreille qu'il pouvait se transformer, qu'il était à présent en sécurité. Le message dut lui parvenir à travers les brumes de l'inconscience, car il fut parcouru de frissons et agité de tremblements. Son aura se mit à prendre de l'ampleur, jaillissant partout autour de lui, et son tigre rugit.

Les yeux de mon partenaire s'ouvrirent et brillèrent d'un feu solaire qui me fit reculer jusqu'à la porte. Son corps s'arc-bouta sur le matelas et la lumière l'engloba. James me commanda de sortir, des trémolos dans la voix. Je m'exécutai et refermai la porte en toute hâte.

Des bruits de meubles renversés se mêlèrent à des feulements. Appuyée contre la porte, je la sentis trembler sous une poussée brutale. Je m'en écartai précipitamment, priant pour que les solides gonds ne nous fassent pas défaut. Quand messire O'Farrell m'avait dit qu'il serait incontrôlable, il n'avait pas exagéré ! Pour l'intégrité des gnomes archivistes, que l'agent ne portait déjà pas dans son cœur en temps normal, j'espérai qu'aucun d'entre eux ne traverserait les murs de cette chambre au risque de faire les frais de la mauvaise humeur féline.

Après être restée plusieurs minutes dans le couloir, lorsque je ne perçus plus que le bruit d'une respiration rauque, je consentis à partir, accompagnée par un Mr Bridgestone au silence étonnant.

Frissonnant à cause du froid, et peut-être de l'inquiétude, je me rendis compte que j'avais laissé ma redingote dans la pièce. J'eus la pensée étrange qu'elle pouvait apporter du réconfort à l'Irlandais, comme c'était le cas pour Feardorcha. Et si cela ne suffisait pas, on pouvait toujours compter sur la présence d'un ou deux rongeurs. Après tout, les cousins domestiqués du tigre aimaient s'adonner au jeu du chat et de la souris. Qui étais-je pour juger des vertus apaisantes de quelques couinements ?

22

Un point commun très plumé

Miss Chatterton et moi étions comme l'eau et l'huile : nos deux personnalités refusaient catégoriquement de se mélanger. C'était à se demander si nous n'avions pas vécu des vies antérieures nous ayant destinées à éprouver cette aversion réciproque. Même en sachant cela, mon père persistait à nous mettre en présence l'une de l'autre, estimant que je pouvais apprendre énormément d'une sorcière aussi douée. Et douée, elle l'était, sans l'ombre d'un doute. Notamment dans certains domaines intimes dont elle aimait faire le récit à Armando, ainsi qu'à toutes les oreilles qui avaient l'infortune de traîner dans un rayon assez large puisque sa voix claire et autoritaire portait loin. L'ensorceleuse me reprochait d'être trop moralisatrice, ce à quoi je lui avais, une fois, répondu que seule une personne s'affranchissant autant de la bienséance pouvait m'accuser d'excès en la matière.

Je devais avouer que j'étais d'autant plus prompte à la juger que lors de mon entrée en fonction, après l'avoir aperçue en compagnie de l'incube, j'avais fait preuve de clémence à son égard, considérant qu'elle subissait, malgré elle, l'influence néfaste de cet individu aux mœurs légères. Hélas, bien vite, je m'étais rendu compte qu'elle n'était nullement sous la coupe de cet homme, ni d'aucun autre d'ailleurs. Miss Chatterton aimait tous les représentants de la gent masculine, sans exception. Et selon ses dires, car la mémoire de ces gentlemen ne pouvait plus en témoigner dès le lendemain d'une soirée indécente, ils le lui rendaient bien. Mais c'était là un succès dont je ne souhaitais pas connaître les ingrédients, les présumant trop épicés pour ma pudeur délicate. Quoique celle-ci ne l'était plus tellement, vu la façon dont elle avait survécu à une bouffée de désir irlandais.

Lorsqu'un agent éthérique ancré près de l'orphelinat avait prévenu le club que deux enfants étaient plongés dans un coma profond avec des trèfles autour d'eux, sir Barthelemew m'avait immédiatement mandatée pour que je me rende sur place. Comme il avait lu mon rapport sur Jack le poltergeist, et que j'étais privée de mon partenaire pour cause d'indisposition féline, il préférait me savoir accompagnée d'une sorcière. Mes talents combinés aux siens promettaient de venir à bout du porteur de lanterne s'il se manifestait de nouveau. À mon grand désespoir, alors même que la présence soufreuse de Fear aurait rendu cette collaboration plus supportable, j'avais dû renoncer à l'emmener. L'ensorceleuse était allergique aux poils de chien. Lorsque j'avais avancé la possibilité qu'elle ait recours à un sortilège pour soigner cette intolérance, deux yeux enflammés par un orgueil blessé s'étaient posés sur moi, tandis que leur propriétaire crachait plus qu'elle ne disait les mots suivants : « Croyez-vous que je n'y aurais pas pensé plus tôt ? Hélas, la magie ne peut guérir ce type d'affliction, quand bien même celle-ci accable l'une de ses servantes les plus douées ! » De mon point de vue, c'était surtout le moyen qu'avait choisi la magie pour rabattre le caquet de certaines poules vantant trop les mérites de leurs œufs.

C'est ainsi que sœur Kathleen – l'identité diurne de miss Chatterton – et moi nous rendîmes ensemble à Clayton House pour nous inquiéter du sort de ces pauvres orphelins, pour lesquels nous espérions faire plus qu'adresser des prières de bon rétablissement à qui de droit.

Le trajet en cab jusqu'à Marylebone fut des plus silencieux grâce à une sorcière briefée par mon père qui n'avait pas besoin qu'on lui rappelle quel rôle elle devait jouer. Si je n'appréciais pas miss Chatterton en tant que femme, je la respectais pour son professionnalisme et je lui enviais sa maîtrise de la magie.

Elle était, en effet, capable de jeter un sort sans prononcer aucune formule pour en renforcer l'intensité ; il lui suffisait de l'exprimer mentalement pour être obéie. Elle pouvait également invoquer non pas un, mais deux éléments : l'eau et le feu. C'était en plus une potionneuse hors pair qui parvenait à reproduire certains remèdes de guérisseurs rien qu'en les goûtant. En somme, elle n'avait pas volé sa place de dirigeante du coven local, et ses connaissances en démonologie l'y maintenaient tout aussi légitimement.

Lorsque j'aperçus les toitures pointues de l'orphelinat, qui m'avaient toujours paru être des silex aiguisés fichés sur des tours pareilles à des lances, j'éprouvai de l'appréhension à revenir dans cet endroit où j'avais vécu tant d'années, comme s'il était possible qu'on m'y abandonne de nouveau. J'avais conscience du ridicule de cette pensée. Mais à l'instar de certains patients abhorrant les hôpitaux pour y avoir trop longuement séjourné, les orphelins adoptés, ou ceux ayant repris d'eux-mêmes leur liberté, ressentaient une crainte irrationnelle face à des établissements où les enfants se réduisaient au mieux à des matricules, au pire à des marchandises périssables. « Plus c'est petit, plus c'est mignon », nous répétaient continuellement les sœurs.

Grâce aux donations dispensées par mon père, Clayton House avait bénéficié d'un ravalement de façade et les tuiles manquantes avaient été remplacées. Le petit parc de jeu entourant la bâtisse n'avait jamais été aussi bien entretenu ; il n'y avait plus aucun buisson épineux où les garçons pouvaient faire tomber les petites filles en robe. Si la demeure avait été vivante, on aurait pu dire qu'elle avait recouvré un visage humain. Du moins, pas un qui vous donne envie de partir en courant comme s'il appartenait à un poltergeist. *Comparaison très à propos*, notai-je pour moi-même.

Alors que nous nous apprêtions à entrer dans ce lugubre manoir victorien, mon regard fut attiré par l'immense platane dont le tronc se divisait en plusieurs bras épais partant dans toutes les directions. Ses larges feuilles, rendues éparses par le dernier chant de l'automne, étaient d'un jaune lumineux qui égayait cette journée maussade. Je souris en repensant au nombre de fois où je m'étais réfugiée sur l'un de ces bras qui n'avaient pas besoin de me serrer pour me réconforter. Leur solidité y réussissait autrement en me permettant de me rapprocher des écharpes colorées parcourant la brume, lorsque j'accusais le coup d'une déception parentale de plus.

Même si j'avais atténué ma double vue, une sorte de reflet me parvint de sous cet arbre centenaire. Intriguée, je décidai de me rapprocher en disant à miss Chatterton que je la rejoindrais dans quelques minutes, ce qui m'épargnerait un entretien avec la mère supérieure, sœur Doraleen. La religieuse dirigeait déjà cet orphelinat à l'époque où j'y résidais. Il lui arrivait de me priver de manger pour me punir lorsque mes yeux s'égaraient dans le vide, pas si vide que cela pour qui pouvait voir les fantômes. Vu ma propension à les attirer chaque fois que je m'écorchais un genou, autant dire que je n'avais jamais été une fillette épaisse. Cela pouvait sans doute justifier mon léger embonpoint à l'adolescence pour compenser.

Ma vision surnaturelle activée me confirma que le bref miroitement aperçu n'avait rien à voir avec la prise d'une pie voleuse. Face à moi se trouvait une dizaine d'enfants assis en tailleur dans l'herbe mouillée. Elle n'empoissait pas pour autant leurs vêtements, car ceux-ci ne craignaient pas l'humidité de cette réalité qu'il avait quittée pour errer à mi-chemin entre les mondes.

Ces fantômes à la jeunesse éternelle ne me remarquèrent pas lorsque je vins m'appuyer sur l'un des bras de mon ami feuillu. Leur attention tout entière était focalisée sur un homme à la beauté irréelle debout devant eux, vêtu d'un costume d'un blanc si immaculé qu'il en était éblouissant. C'était à croire qu'aucune barrière nuageuse ne pouvait empêcher la grâce solaire de l'atteindre, comme si le fait de mettre en valeur un visage si magnifique que le contempler en devenait douloureux valait bien de défier les lois de la logique universelle. Des yeux bleu roi, aux cercles d'argent et d'obsidienne, se posèrent brièvement sur moi. Ma présence avait été remarquée, mais les salutations devraient attendre.

Souriant, j'écoutais avec attention l'histoire que mon archange préféré, ayant laissé ses ailes grandioses au placard – ce que je ne pensais pas possible – était en train de raconter à un auditoire captivé lâchant des « oh » et des « ah » appréciateurs. Il leur décrivait comment il avait réussi à vaincre un méchant dragon ayant voulu conquérir le palais des nuages flottant dans un ciel sempiternellement figé en un crépuscule chaleureux. Pour cela, il avait fait appel à ses frères, et ensemble, tels des oiseaux aux ailes multicolores, ils avaient volé vers le cracheur de feu aux écailles sombres comme la nuit, pour défendre leur royaume et les âmes innocentes qu'il abritait. Pendant que les autres chevaliers distrayaient la créature, Michael avait, grâce à sa longue épée flamboyante, fendu l'une de ses ailes avant de s'attaquer à la seconde. Privé de sa capacité à chevaucher le vent, le monstre avait été banni et condamné à errer sous terre, dans une obscurité presque totale, seulement rompue par des flammes mille fois plus froides que la neige, mais qui vous consumaient plus impitoyablement encore qu'un feu ordinaire.

Quand l'archange eut terminé son histoire, des petits bras se levèrent et vinrent agripper ses jambes pour en réclamer une autre. Dans un premier temps, je fus interloquée par le fait de voir que des spectres pouvaient le toucher, ce qui signifiait qu'il apparaissait sur le même niveau d'existence qu'eux. Mais par la suite, je me rappelai qu'il m'avait expliqué « être » sur tous les plans à la fois grâce à une projection astrale multiple tendant vers l'infini. En cet instant, une version de lui évoluait à mi-chemin entre le camp des vivants et celui des morts.

Parfaitement stoïque, le port de tête toujours altier, Michael suintait une énergie extraordinaire qui semblait scruter le monde. Ce dernier retenait son souffle jusqu'à ce qu'il soit jugé conforme par le prince des archanges dont personne ne souhaitait provoquer l'ire. Comme il venait de le rappeler, il était un tueur de dragons et ces créatures étaient rares. Sa main devait le démanger de tenir son épée quel que soit l'adversaire, qu'il ait ou non jeté son gantelet à ses pieds.

Michael accueillit ces embrassades spontanées sans pour autant y répondre, une chose dont je me doutais qu'il était incapable. Les anges étaient peu démonstratifs comme une lady assujettie à l'étiquette. Même s'il resta aussi inerte qu'une souche de bois, qu'aucun sourire ne vint étirer ses lèvres pleines, on sentait qu'il était heureux comme contaminé par la félicité de ces individus miniatures. J'eus l'étrange conviction, en songeant à ses ailes noircies sur le bas, que s'il avait dû désobéir par le passé, c'était probablement pour protéger des esprits aussi purs que ceux de son public du jour.

Alors que j'observais le prince des archanges, j'entendis une voix au-dessus de moi. Je levai la tête pour apercevoir un jeune garçon entouré d'un halo oscillant entre le bleu et le violet et aplati sur l'une des branches les plus hautes.

Mi-sorcier, mi-chamane, donc.

Il avait les cheveux bruns si épais qu'ils conféraient à son crâne une forme suspecte et de grands yeux émeraude qui lui donnaient un air ahuri adorable. On devait souvent être tenté de lui pincer affectueusement les joues, qu'il avait grassouillettes.

Un corbeau aux plumes d'un noir curieusement nacré était posé devant son visage, comme s'il n'aurait justement pas été contre picorer ces joues poupines. L'oiseau me considéra de ses billes d'onyx, et j'eus la sensation qu'une intelligence humaine luisait en leur sein.

— Toi, là, m'interpella le garçon aux yeux chlorophylle. T'as pas de couleur, et pourtant tu vois le monsieur et les autres enfants. L'arbre me dit qu'il se souvient de toi et le corbeau, l'ami de la dame en noir, lui, il dit qu'elle te protège comme moi. Donc c'est qu'elle doit bien t'aimer. Alors, t'es quoi, au juste ?

Je ne sais ce qui me déconcerta le plus entre le fait de me faire tutoyer et parler si familièrement, la mention de l'absence de couleur de mon aura et la référence aux fantômes.

— Excuse-moi ? De quoi parles-tu ?

Se pouvait-il qu'il existe un autre « identificateur » de magie ? Vu que ce n'était pas un don qui poussait comme de la mousse, quelle chance y avait-il pour que j'en trouve un deuxième dans le même orphelinat ?

— Ah, les vieux, alors ! Faut tout leur expliquer, lâcha-t-il, excédé.

L'oiseau de mauvais augure me donna l'impression d'approuver en hochant le bec. *Tête de piaf, va !* Je me morigénai mentalement en notant le retour du langage des docks.

— Je ne suis pas vieille, protestai-je, digérant mal qu'on me rappelle que je n'étais plus de première fraîcheur.

— Bah, faut quand même que je t'explique les choses, se justifia-t-il en soulevant à peine les épaules, sachant qu'un haussement plus appuyé l'aurait conduit à lâcher la branche à laquelle il était accroché.

— Descends donc pour m'expliquer ces *choses*.

— Pas envie.

— Fais un effort.

— T'as qu'à monter, me défia-t-il en souriant, dévoilant une rangée de dents en bon état, hormis deux ou trois trous qui ne tarderaient pas à être comblés de nouveau.

— Une lady ne monte pas aux arbres.

Du moins, pas les ladies ordinaires. Les autres, bien plus rares, préféraient escalader les façades de musées, la nuit. Je soupirai, mon bracelet grappin me manquait…

— T'as qu'à plutôt dire que tu sais pas. Les adultes, ça sait plus monter aux arbres.

— Je sais grimper aux arbres, mais je ne suis pas habillée pour la circonstance. Et je te le répète, *petit*, ce n'est pas convenable pour une dame de mon rang.

À s'entendre qualifier de « petit », on eût dit qu'il était en train de sucer un mauvais bonbon. Voilà ce qu'on récoltait pour avoir attaqué une lady sur son âge.

Voyant qu'il ne bougeait pas d'un pouce, j'évaluai les possibilités allant de pair avec ma tenue. Je portais une robe en coton écru, à la simplicité apparente contrebalancée par des pans de satin bleu nuit. Deux larges bandes verticales partaient du col, s'étrécissant pour souligner la taille, avant de s'évaser de nouveau, sur le devant et l'arrière du buste. La jupe, quant à elle, était parcourue de trois rayures horizontales, vaguelettes froncées qui se rejoignaient en nœuds plats le long de mes jambes côté dos. Enfin, les bouts de mes manches s'ouvraient telles les corolles de fleurs timides dont la tige était ornée de nœuds joliment attachés. Même si la tournure de ma toilette était parmi les moins prononcées de ma garde-robe, je rechignais à prendre le risque d'abîmer cette ravissante tenue de jour. Mais une enquêtrice devait parfois faire des sacrifices pour obtenir des informations. *Pour la reine*, songeai-je.

Coinçant le bas de ma robe dans mon jupon, en espérant qu'aucune bonne sœur ne me verrait, je débutai l'ascension, de manière laborieuse tout d'abord. Puis je retrouvai mes marques, même si je dus reconnaître que l'exercice était moins aisé avec l'âge. Le corps perdait de sa souplesse et se rapprochait inéluctablement d'un vêtement oublié sur une corde à linge en plein hiver.

Je m'arrêtai sur la branche en dessous de celle sur laquelle le sale garnement était perché. Je bombai le torse autant que je le pus en assurant ma prise sur l'arbre. Malheureusement, n'est pas pigeon qui veut.

— Comment t'appelles-tu ?

— Archibald. Mais je préfère qu'on m'appelle Archie, ça fait moins coincé.

Je ne lui demandai pas de préciser son nom de famille, la majorité des orphelins n'en avait pas, pour la simple et bonne raison qu'ils n'étaient, la plupart du temps, reconnus par personne quand ils n'étaient pas abandonnés dès la naissance. Il arrivait même que leur prénom leur soit attribué par les sœurs, ce qui avait été le cas pour moi.

— Très bien, Archie. Je m'appelle Sláine, mais il vaut mieux qu'en public tu m'appelles lady Sláine et que tu me vouvoies. Même les freluquets dans ton genre doivent par moments se résigner à respecter l'étiquette. (Le mot le laissa perplexe, aussi consentis-je à utiliser son langage qui m'écorcha les oreilles.) À être coincés, si tu préfères.

— Mais là, on est pas en public, Sláine, releva-t-il, tout fier de lui.

— Effectivement. Dis-moi, tu vois les fantômes, ce qui est probable vu que tu as du sang de sorcier et qu'il est donc possible que tu descendes d'un médium. Mais cela n'explique pas que tu aies vu que je n'ai pas de couleur. Peux-tu me dire de quelle couleur tu es, toi ? le questionnai-je en essayant de le piéger.

— Bah, un peu de bleu et un peu de violet, j'sais pas trop.

— Et as-tu déjà vu d'autres couleurs que celles-ci ? Sur d'autres personnes, je veux dire.

— Des fois, y a des bonnes sœurs qui viennent et qui brillent bleu, et même une dame qui les accompagne qui brille rose.

Des sorcières et une guérisseuse, me récitai-je par habitude.

— Et ailleurs que sur des personnes ?

— Dans le ciel, surtout quand il fait pas beau comme aujourd'hui, dit-il en pointant du doigt ce qu'il appelait le ciel, mais qui était en réalité le *fog*.

Un réseau filamenteux se tortillait sous nos yeux. Le bleu dominait comme toujours et formait de larges avenues sur ce plan magique, tandis que des lacets vert et rose constituaient des ruelles plus éparses.

— Archie, c'est très important. Cela te paraîtra peut-être idiot, mais j'ai deux autres questions à te poser, et j'apprécierais beaucoup que tu acceptes d'y répondre. (Il hocha la tête, trop intrigué pour faire mine de protester.) Quelles autres couleurs vois-tu en ce moment ?

— Y en a deux, mais je te dirai que le vert parce que je veux que tu me dises la couleur de l'autre.

J'avais oublié combien les orphelins privés d'un cocon familial devaient affûter leur esprit pour se protéger eux-mêmes.

— Rose, lui dis-je en plantant mes yeux dans les siens, afin qu'il ne croie pas que j'avais répondu au hasard.

— Alors, toi aussi, tu les vois ? Waouh !

Son enthousiasme le fit agiter les bras et il glissa un peu avant de stabiliser sa position. Le corbeau lui piqua l'avant-bras à l'aide de son bec. Archie lâcha un « aïe » exagéré par rapport à la douleur provoquée.

— Je n'ai pas fini, j'ai encore une question. Est-ce qu'il t'arrive de les toucher ? Est-ce qu'ils viennent vers toi quand tu les appelles ?

— N'importe quoi, me répondit-il en secouant la tête, se demandant si j'avais toute la mienne. Comment tu veux que je les touche, ils sont trop loin. Et même quand je grimpe dans l'arbre assez haut, ils s'approchent jamais de moi. Pourquoi ? Tu peux les toucher, toi ? me demanda-t-il, suspicieux.

Cet enfant était décidément rusé comme un renard. Hélas, je ne pouvais pas me permettre de trop lui en révéler. Chaque chose en son temps.

— Cela se pourrait. Archie, quel âge as-tu exactement ?

— Douze ans.

— Oui, et moi j'en ai trente.

— C'pas moi qui dirais le contraire. (Je lui fis les gros yeux.) J'ai presque neuf ans, mais j'saurais pas dire quand c'est mon anniversaire.

Moi non plus, je ne savais pas. C'est pourquoi j'avais choisi le jour de ma rencontre avec sir Barthelemew qui symbolisait une renaissance. Si la situation évoluait comme je l'espérais, Archie aurait lui aussi un jour à fêter sous peu.

Pour l'heure, l'enquêtrice en moi frétillait à l'idée de mieux cerner ses dons, et était avide de percer le mystère de la dame en noir. Si j'avais une bienfaitrice, la moindre des choses était de connaître son identité pour éventuellement la remercier pour services rendus, et accessoirement lui demander pourquoi je bénéficiais de ses faveurs.

— Quand tu me dis que l'arbre se souvient de moi et que l'oiseau prétend que je suis protégée par la dame en noir, veux-tu dire que tu communiques avec les plantes et les animaux ?

— Ouais.

Cela s'était déjà vu chez les chamanes, mais il n'y avait aucun lien avec sa double vue.

— Et la dame en noir, qui est-ce ? Pourquoi dis-tu qu'elle me protège ? Je ne l'ai jamais rencontrée, mais j'aimerais beaucoup.

Pour lui dire ce que je pensais de sa protection quand on songeait que j'avais frôlé la mort et qu'un Irlandais lui avait adressé un salut qu'elle avait bien failli lui retourner. Mais selon James, qui avait passé sa tête au travers de la porte toutes les heures, messire O'Farrell, en plus d'être redevenu un homme à la virilité interpellante à en croire la forte impression que ses muscles dénudés avaient fait au colporteur, respirait et reprenait des couleurs.

— Elle nous protège parce qu'on porte sa marque.

En premier lieu, je pensai au tatouage des Roses et donc à la reine, même si elle s'habillait rarement en noir et que ses cheveux s'étaient avec l'âge teintés d'un gris ardoise et d'un blanc neige. Puis, soudain, l'image d'un autre endroit de mon corps me parvint. Celui-ci était si bien caché que j'oubliais presque la plume étrange qui l'ornait depuis aussi loin que mes souvenirs remontaient.

— Une plume sur les côtes ?

— Ouais. Et le corbeau, il dit que tu l'as déjà rencontrée une fois. Paraît même qu'elle t'a aidée, même si t'en as pas souvent besoin. Moi par contre, j'arrête pas de tomber. De l'arbre, de la tour et même dans les escaliers une fois. Alors, elle a décidé de me laisser le corbeau pour qu'il m'empêche de faire des bêtises.

Sur ces mots, il échangea un regard attendri avec le volatile qui étira les ailes de contentement.

— Et moi, quand m'a-t-elle aidée ?

— Je comprends pas trop ce que le corbeau m'dit. Il parle d'un dément (Je traduisis démon.) qui aurait pris l'apparence d'un prêtre et qui tenait un couteau. Il a essayé d'entrer en toi, et elle l'a chassé. Il veut dire qu'il a essayé de te planter ? Il avait quelque chose contre les ladies ?

Pas contre les ladies, justement... Mais il n'avait pas apprécié que j'essaie de l'arrêter. J'avais cru que mon corps renfermait trop de magie pour être confortable selon les critères démoniaques. En réalité, je devais être aussi vide qu'un cocon abandonné par un papillon naissant. Je ne disposais pas de ma propre magie, pas plus que je ne la créais. Je la volais et la densifiais, c'était très différent.

Lorsque l'exorciste était sur le point de bannir Jack l'Éventreur, ce dernier avait tenté de se réfugier en moi. Une lutte vigoureuse s'en était suivie, et j'avais vu une forme embrouillée sortir de ma personne. Jusqu'à aujourd'hui, j'étais persuadée que les ailes de fumée recouvrant l'apparition appartenaient au démon, alors qu'elles devaient être celles de la dame en noir, maîtresse des corbeaux.

Je gardai tout ceci pour moi. Mieux valait laisser Archibald dans l'ignorance à laquelle son jeune âge lui donnait droit.

— Archie, je dois y aller maintenant.

— T'es venue pour les garçons qu'on arrive pas à réveiller ?

— Oui.

— Tu vas les aider ? m'interrogea-t-il, l'espoir faisant briller ses yeux d'émeraude.

— Je vais faire tout ce qui est en mon pouvoir. Aurais-tu vu quelque chose, par hasard ?

— On est pas dans la même chambre, désolé.

— Ce n'est pas grave.

— Tu vas revenir, dis ?

Il se gratta les cheveux, gêné de montrer son enthousiasme. Une part de lui craignait que je ne le rejette comme un parent préférant chercher son bonheur sous d'autres traits que les siens. Comme je le disais souvent, l'espoir était une créature ingrate. Certains individus l'apprenaient bien trop tôt à leurs dépens.

— Je te le promets.

— D'ac. Tombe pas, hein. T'as pas de corbeau, toi.

— Mais tu me prêterais le tien si j'en avais besoin.

— Pour sûr !

— Prends soin de toi en attendant, Archie.

— Vous aussi, lady Sláine.

Je le regardai, agréablement surprise, et vis ses joues se gonfler de malice.

— Nous ne sommes pas en public.

— J'sais. C'était pour voir si ça faisait coincé.

— Et ?

— L'étiquette, c'pas pour moi.

— Nous verrons cela, jeune homme.

Quand je me serais occupé de toi, tu seras l'archétype du gentleman. Et c'en sera fini des « ouais ».

Une fois que je fus redescendue, je me dirigeai vers l'endroit où l'archange avait raconté son histoire pas si romanesque que cela, d'autant que je doutais que Michael soit capable d'enjoliver quoi que ce soit. S'il était évident qu'il avait une haute opinion de lui-même, sa nature divine rendait déjà son existence suffisamment étourdissante pour le commun des mortels sans qu'il y ait besoin d'artifices supplémentaires.

Je fus déçue de constater qu'il avait disparu pendant que je discutais avec Archibald. Je n'aurais pas été jusqu'à abréger ma conversation avec le garçon afin de profiter de sa présence, mais un gentleman ordinaire, après m'avoir accordé une attention visuelle signifiant qu'il m'avait repérée, aurait dû m'attendre pour au moins me saluer de manière appropriée, à défaut d'engager la conversation.

Je décidai d'interroger deux petites filles en train de se taper dans les mains en chantant au risque de les interrompre, plutôt que de courir après les garçons qui jouaient à une version de chats glacés perturbante puisqu'ils disparaissaient avant de réapparaître à un autre endroit.

Les fillettes, la première ayant les cheveux lâchés, la seconde des nattes tombantes, me regardèrent arriver en étouffant difficilement leurs rires. Au moins, je ne risquais pas de les arrêter en pleine frappe synchronisée, et elles seraient, de ce fait, plus disposées à me répondre.

— Bonjour, mesdemoiselles. Est-ce que vous pourriez me dire où est passé le monsieur qui vous racontait l'histoire du dragon ?

Cette fois-ci, elles se tordirent en deux en fixant le bas de ma robe. Je compris que mon jupon était visible, faute d'avoir rabattu la couche bienséante de tissu. Je pris sur moi pour ne pas rougir, même si je me sentais aussi embarrassée que lorsque mes compagnes de jeu de l'époque se cachaient derrière les buissons pour éviter d'avoir à jouer avec moi. Pour la peine, je puisai du réconfort dans la disparition desdits buissons qui ne pourraient plus jamais servir de refuge à de petites pestes.

Voyant que je ne m'évanouissais pas de honte, ce que je ne risquais pas de faire à mon âge, préférant occuper volumineusement l'espace jusqu'à faire passer à mes interlocuteurs la moindre envie de m'ignorer, les fillettes échangèrent un regard contrit et désignèrent, d'un commun accord, l'une d'elles comme porte-parole.

— Le beau monsieur est parti avec Matthew et Lily qui ont accepté de le suivre.

C'était pour cela que les enfants m'avaient paru moins nombreux. De prime abord, j'avais supposé que certains d'entre eux étaient partis se divertir ailleurs, dans un périmètre que je savais restreint, car il y avait un cimetière pour enfants non loin d'ici où leurs corps devaient être enterrés.

— De le suivre ? demandai-je alors que je me doutais de la destination finale qui était la leur.

— Oui, d'aller là-haut avec lui. Ça arrive souvent quand il vient. Vivement qu'il revienne. Il est tellement beau, ajouta-elle d'un ton rêveur.

Apparemment, Michael faisait chavirer les cœurs de toutes les femmes, quel que soit leur âge. Je pestai intérieurement que le mien n'ait pas eu l'opportunité de succomber plus tôt.

*

* *

Décidant qu'il était temps que je m'intéresse aux enfants « qu'on n'arrivait pas à réveiller » comme l'avait si justement souligné Archibald, je rejoignis miss Chatterton à l'intérieur. Ne sachant pas dans quelle chambre reposaient les corps inanimés des garçons, j'avais pris le parti de demander mon chemin à la première sœur que je croiserais. Je n'eus néanmoins pas besoin de le faire. La dirigeante du coven arriva droit sur moi dans sa robe noire et austère, son voile blanc cachant une luxuriante chevelure rousse. Si je n'avais pas su que la sorcière était une télépathe médiocre et que se promener dans ma tête n'était pas une balade de santé, j'aurais pu penser qu'elle avait lu dans mon esprit pour me localiser.

Ses yeux d'un bleu foncé jetaient des éclairs et je craignis que l'intéressée n'ait entendu le terme « médiocre ». Mais ces attentions aux vertus foudroyantes n'avaient pas l'air de m'être destinées, ce qui était préférable. La sorcière pouvait réellement me faire brûler sur place, compte tenu des affinités qu'elle entretenait avec le feu.

Même colérique, son visage n'en demeurait pas moins agréable. Je fus une nouvelle fois victime d'une jalousie chronique en voyant son nez que la nature avait aristocratiquement pincé ainsi que ses traits juvéniles qu'un âge mature n'avaient fait que ciseler, faisant ressortir des pommettes haut perchées.

— Où étiez-vous pendant tout ce temps, lady Sláine ? Si vous étiez arrivée plus tôt, vous auriez pu interrompre ma séance de prière.

La réprimande dans sa voix de dirigeante née ne m'échappa pas. Consciente que cela l'agacerait, je choisis de répondre sur un ton ironique.

— Dans ce cas, j'ai bien fait de ne pas me presser.

— La prochaine fois, ne vous gênez surtout pas. Sœur Doraleen a souhaité que nous priions le Seigneur de bien vouloir guérir les garçons, et elle a insisté pour que nous le fassions dans la chapelle, à même le dallage. Et j'ai les genoux fragiles. C'est barbare ! Enfin, au moins, cela fera un autre endroit à masser pour mon rendez-vous galant de ce soir.

Une lueur espiègle étincela dans son regard. Ma raison recula, loin de ce marécage impudique qu'était l'esprit de miss Chatterton.

— N'éprouvez-vous donc jamais aucune gêne à dire des choses pareilles, alors que vous portez une sainte tenue ?

— Ah mais, ma chère, l'habit ne fait pas le moine, pas plus que la robe la sœur. Et puis, j'estime que je fais déjà assez pénitence comme cela avec cet abominable tissu qui m'oblige à me gratter jusqu'au sang. Vous verriez les plaques rouges sur ma peau lorsque je l'enlève. Heureusement que j'ai un onguent spécial pour les soigner. Quant à être gênée, vous l'êtes pour moi. Si tout ceci ne contente pas le Tout-Puissant, je ne comprends pas.

Si tout ceci ne l'énervait pas, c'était moi qui ne comprenais pas. Mais bon, chacun était libre de risquer le courroux d'une divinité ou d'une autre. Tout le monde ne pouvait pas égaler ma pondération dans le domaine.

Nous montâmes au troisième étage, celui mansardé réservé aux garçons de plus de dix ans, et entrâmes dans une chambre comprenant une douzaine de lits au total. Sur deux matelas situés au fond, grâce à des bougies éclairant la pièce, nous distinguâmes deux silhouettes emmitouflées dans des couvertures épaisses.

Selon miss Chatterton qui s'était renseignée auprès de sœur Doraleen avant l'épreuve de la prière, les orphelins avaient été retrouvés dans cet état, ce matin. Quelques autres garçonnets, ceux qui n'étaient pas mesquins au point de prendre plaisir à voir leurs compagnons réprimandés, avaient tenté de les réveiller en utilisant tous les moyens à leur disposition. Gifles et bassines d'eau fraîche principalement. Rien n'y ayant fait, ils en avaient déduit qu'ils étaient malades et en avaient référé à la mère supérieure.

Le médecin s'occupant des nouveaux arrivants était monté pour établir un diagnostic, hélas, peu concluant. Selon le docteur, les constantes étaient stables et, bien que froids, les garçons respiraient à un rythme indiquant un sommeil profond.

Avant même que miss Chatterton ne commence à sonder les deux victimes pour détecter des blessures sur le plan psychique, la douce lueur bleutée de sa magie les entourant le temps de l'examen, les paroles prononcées par Jack O'Lantern me revinrent en mémoire.

« J'en ai besoin pour les attraper. Sinon, il ne me laissera pas entrer. Vous ne comprenez donc pas ? »

Sur le moment, je n'avais pas compris où il voulait en venir. Maintenant, je saisissais quelles étaient ses intentions avec une limpidité qui me fit regretter de ne pas avoir conservé mes œillères plus longtemps. Aussi, quand la sorcière me communiqua le résultat de son inspection d'une voix affligée, ne fus-je pas du tout surprise.

— Leurs corps sont vides et froids. Les âmes des garçons ne sont plus là. Si nous ne les récupérons pas d'ici une semaine, ils vont dépérir.

Il n'y avait aucun génie à faire sortir de la lanterne, tout simplement parce qu'elle avait vocation à emprisonner des âmes. Des âmes que Jack comptait livrer à Lucifer pour monnayer son entrée en Enfer. Lorsque je disais que les orphelins étaient au pire des marchandises, j'étais plus proche de la vérité que je ne le pensais.

Je ramassai une poignée de trèfles que les sœurs n'avaient pas pris le temps d'enlever de sur les couvertures, et les écrasai dans ma main.

Parole de lady, ça ne se passera pas comme ça.

23

Où une dénommée Pearl Grey adopte le langage des docks

Il est des endroits qui vous déstabilisent autant que si l'on vous avait expulsé à coups de bottine d'une calèche circulant dans une rue, dont vous étiez condamné à tester l'inclinaison prononcée aussi sûrement qu'un tonneau l'aurait fait. C'est en substance ce que j'avais ressenti lors de ma première visite des Docklands, mon flegme ayant été rudement éprouvé par l'ambiance qui y régnait et la faune qui les peuplait.

Cette incursion s'était, de surcroît, faite dans la précipitation puisque c'était en poursuivant un sorcier vaudou qu'à l'instar d'Alice au pays des merveilles j'étais tombée dans un trou sans fin avec des rats pour guides à la place du lapin blanc endimanché. J'avais atterri dans une taverne dirigée par un Français, Marius Perrin, qui devait discipliner ses clients plusieurs fois dans la même journée au risque, sinon, d'assister à un renversement massif de tables et à un concours de lancer de bouteilles, activités desquelles le mobilier n'était pas le seul à ne pas sortir indemne.

Dans ma glorieuse infortune, je m'étais présentée un jour où le tenancier n'avait pas assez usé de sa voix à l'accent aussi chantant que ses paroles étaient colorées, et j'avais dû me réfugier derrière le bar en zinc à ses côtés. D'un calme olympien, il m'avait proposé de trinquer avec lui le temps que ces messieurs en reviennent à de meilleures dispositions. Comme son brandy était de bonne qualité, et que j'avais besoin d'un peu de réconfort alcoolisé après avoir déambulé parmi des marins se prenant pour des oiseaux siffleurs devant les dames, quand ils ne déchargeaient pas des sacs susceptibles de les assommer, j'avais accepté. Deux verres plus tard, pendant que les clients s'attaquaient à coups de chaises, j'avais interrogé M. Perrin sur l'identité de celui qui prendrait en charge les dégâts occasionnés à son établissement. Il avait ri en me disant qu'à *La Cigale Farceuse*, c'était le dernier à se relever qui payait pour les autres. D'où, selon lui, l'intérêt de cogner fort, ce qui avait en plus le mérite de rendre les paris plus intéressants.

Le Français n'était pas seulement le propriétaire d'un pub. Il dirigeait aussi une modeste entreprise de livraison de journaux qui employait des orphelins des docks, que l'individu avait pris sous son aile. Ces chenapans connaissaient la ville comme leur poche, tous trous compris, ce qui en faisait des mines d'information. J'avais grandement apprécié leurs services pour localiser l'entrepôt du vaudouiste. L'issue de cette enquête s'étant terminée dans les flammes, j'avais insisté auprès d'Abe, Drew et Grady pour qu'ils fassent appel à moi s'ils avaient besoin d'aide. Nous n'avions pas défini les termes de mon intervention et jusqu'ici, alors même que j'avais sollicité leurs oreilles et leurs faciès innocents pour d'autres affaires, ils n'avaient jamais utilisé cette possibilité. Du moins, jusqu'à ce jour.

Après avoir quitté Clayton House et avant de rentrer à la résidence Adamson, j'avais fait un détour par le club, principalement pour régler les détails du rapatriement des corps des garçons. Accessoirement pour m'assurer de l'état de messire O'Farrell que je découvris à plat ventre et nu, la couverture ayant généreusement glissé sur ses jambes, tandis qu'il ronflait si bruyamment que je fus étonnée qu'aucun mur ne tremble. Mais, à la réflexion, ils étaient restés impassibles face aux rugissements d'un tigre irlandais.

Lorsque j'étais remontée pour partir, en déposant mon rapport sur le bureau de miss Newberry, celle-ci m'avait tendu une missive rapportée par un colporteur humain du club qui faisait, tous les jours, le tour des fausses boîtes aux lettres des Roses. Celles-ci permettaient aux agents de recevoir des informations en provenance de leur propre réseau, sous un pseudonyme, de sorte que personne ne pouvait les rattacher à Sa Majesté.

J'avais choisi le mien en toute hâte lorsque Marius Perrin avait estimé qu'après avoir partagé deux verres de brandy il était temps de procéder aux présentations. Mon corps réclamant sa dose de théine pour apaiser mes nerfs, je ne cessais de voir flotter des tasses en porcelaine devant mes yeux. Tout naturellement, donc, j'avais opté pour un surnom des bas quartiers rendant un hommage implicite au meilleur thé du monde. C'est ainsi qu'était née miss Pearl Grey, une jeune couturière qui venait s'approvisionner en tissus « tombés du bateau ».

Je n'avais donné mon adresse située dans le Strand qu'aux jeunes livreurs, pour le cas où ils auraient eu besoin de me contacter en dehors de mes allées et venues à *La Cigale Farceuse*. Comme aucun des garçonnets ne savait lire ou écrire, l'enveloppe était vierge de tout nom. Sans grande surprise, je découvris tracé sur une feuille de journal, à l'aide d'un morceau de charbon, la lettre grecque alpha dont nous avions convenu qu'elle signifierait une situation urgente. Grady, le benjamin du trio, avait souri en disant que ce symbole ressemblait à un poisson qui se serait fait croquer la queue par un plus gros.

Avant de me rendre sur place, j'étais rentrée pour revêtir une tenue qui seyait mieux à une couturière de métier : une jupe rouge à la coupe droite avec une tournure peu prononcée, une chemise de dentelle écrue fermée par un nœud couleur cerise, et enfin une veste cintrée, froncée aux épaules mettant en valeur un tissu rayé, également utilisé pour un faux corset apparent, ainsi que pour rehausser les bordures des manches et celles du col large rabattu. J'ajoutai un chapeau melon dans la même teinte que ma tenue, cerclé d'un liseré de dentelle beige fermé sur le côté par un camée corail.

Fear m'accompagna, cette fois-ci. Il avait mérité de sortir au grand air après être resté enfermé. Quoique, j'en convins, la formulation « grand air » était exagérée. Les relents de la Tamise, l'odeur du poisson fraîchement pêché et celle plus rance de la sueur froide formaient un désagréable imbroglio de senteurs. Mon nez de lady ne s'y était toujours pas habitué, et je songeai fortement à solliciter lord Wheelcog pour qu'il recrée les prothèses nasales destinées au caméléon du club allergique au tabac mentholé.

Le chien de l'Enfer et moi arrivâmes sur les docks en fin de soirée. Nous assistâmes à la fouille journalière des employés dont on s'assurait qu'ils n'avaient rien volé des marchandises transportées. Les quais constituaient un véritable parcours d'obstacles avec les cordages défaits traînant au sol comme des serpents indécis quant à la direction à prendre, les barriques éventrées ayant été trop vigoureusement jetées et les cadavres de bouteilles dont le contenu devait joyeusement flotter dans les estomacs de quelques dockers. À croire que ces messieurs cherchaient à retrouver les sensations de leur jeunesse lorsqu'ils étaient encore sujets au mal de mer.

M'aplatissant contre un mur, Fear s'emmêlant dans le bas de ma robe, je laissai passer une lourde cargaison qui portait l'emblème des usines de dirigeables situées au nord de Londres. Depuis que j'avais volé dans un vaisseau pirate lors d'un rêve angéliquement orchestré, j'éprouvais moins d'intérêt pour les constructions humaines si conventionnelles qui ne m'auraient jamais donné l'envie de crier : « À l'abordage ! » Mon regard s'égara, tout de même, sur les navires marchands voguant sur des eaux bien réelles dont les mâts vertigineux accueillaient des voiles d'un blanc coloré, en cet instant, par les lueurs du crépuscule.

Il y avait quelque chose de divin dans la longueur épurée de ces voiliers traversant les mers et océans, pour ramener des bouts de mondes que je ne visiterais jamais, que je pouvais seulement imaginer grâce, notamment, au parfum de thé importé de Chine. Mon père m'avait longuement raconté l'histoire du *Cutty Sark*, un navire qui, en 1871, avait relié Londres à Shanghai en seulement cent sept jours, battant ainsi son concurrent principal condamné à jalouser son armature en fer forgé contribuant à son aérodynamisme hors norme. Longtemps, j'avais rêvé d'embarquer à son bord pour mener une vie d'aventure dépourvue de magie et de monstres, mais c'était là un fantasme d'enfant à mille lieues de la réalité. Comme je n'avais jamais eu la chance d'apercevoir le *Cutty Sark*, j'en avais conclu que c'était une rencontre qui ne devait pas avoir lieu. Un signe que mon destin n'était pas ailleurs, mais bien ici, dans cette ville farfelue pareille à un bijou reposant dans un écrin de grisaille et de sang.

J'aperçus l'enseigne métallique du pub de M. Perrin : une cigale rouillée tenant d'une patte un haut-de-forme à peine soulevé pour mimer un salut aristocratique cocasse. Au-dessous, assis sur un tonneau, Grady était en train d'éplucher une pomme à l'aide d'un couteau qui devait remporter plus de succès quand il s'agissait d'effrayer les petits caïds des rues. Habillé d'un costume abîmé tellement rapiécé que le tissu d'origine devait avoir presque disparu, avec sa tignasse rousse et sa maigreur, il me fit penser à une allumette incandescente.

Lorsqu'il me vit, il en lâcha presque son coutelas et courut dans ma direction. Au lieu de son sempiternel sourire dévoilant des dents tellement écartées que, si elles avaient effectivement eu pour effet d'apporter la bonne fortune, le garçon aurait été en train de se rouler dans une montagne d'or, il arborait une mine sombre.

— Miss Grey ! J'savais qu'vous viendriez. J'l'avais dit à Abe.

C'était le moment que j'appréhendais, celui qui signait le retour du langage des docks. Il me contraignait à être plus expressive, ce qui ne manquait jamais de fâcher sir Protocole, alors que lui et moi avions déjà mis quelques années à nous serrer la main comme il convenait. Mais à voir l'air affolé de Grady, j'étais tout d'un coup plus encline à m'engager dans une nouvelle bataille protocolaire.

— J'avais promis que je serais là si besoin, alors je suis là, le rassurai-je d'une voix moins aiguë qu'à l'accoutumée, que j'adoptais naturellement lorsque je sautais à pieds joints d'une classe sociale à une autre.

— Faut q'vous v'niez voir Drew. Il va pas bien du tout. On sait plus quoi faire. Marius, il dit qu'il faut qu'il reste au lit. Mais moi, j'vois bien qu'il s'arrange pas. Il a froid, et même le feu l'réchauffe pas.

— *Sapristi !* Me dis pas qu'il s'est encore croûté depuis un mât ? Va falloir qu'on le castagne pour qu'il comprenne qu'il va pas réussir à nager juste en plongeant ?

— Nan, miss, répondit-il, choqué. Il a promis juré. Croix d'bois, croix d'fer, vous vous souvenez ? J'me suis dit que comme vous z'aviez déjà soigné sa vilaine coupure à la caboche et qu'il en a même pas gardé une cicatrice, vous sauriez quoi faire.

J'avais appliqué une infâme mixture sur son front à base d'algues, de terre et d'huile de morue, qu'il avait pour consigne de ne pas enlever pendant deux jours. Outre le fait d'être malodorante et peut-être vaguement hydratante, elle n'avait aucune propriété curative. Seul le filament rose, rescapé d'un sort de guérison flottant dans les parages, m'avait conféré l'habileté d'un médecin. J'avais tant souhaité que la plaie se referme qu'il m'avait été impossible de réguler le sort pour laisser apparaître une cicatrice. Plus que la magie, il fallait parfois savoir doser sa volonté. Or, la mienne était une créature qui ne faisait pas les choses à moitié.

— Je te suis.

Grady sembla enfin remarquer le petit compagnon poilu à mes pieds. Il le gratifia d'un regard dubitatif qui s'accompagnait souvent, chez lui, d'une grimace due à une langue palpant l'espacement naturel entre ses dents.

— Depuis quand qu'vous z'avez un chien ? Il a une tête bizarre.

Feardorcha, sous cette forme, était adorable et il ne méritait certainement pas pareille insulte.

— Depuis pas longtemps. Si tu le vexes, tu ferais mieux de faire gaffe, il aime bien croquer les derrières des morveux dans ton genre.

— Bah, il a pas l'air bien méchant, déclara-t-il en plantant ses yeux vert pâle dans les miens.

Comme pour défendre son honneur, le chien de l'Enfer lâcha un grognement agressif, bien plus profond qu'un poitrail tel que le sien pouvait normalement le lui permettre. Grady blêmit et essaya d'apaiser l'animal en ayant recours à une flatterie déguisée avec la maladresse de l'enfance.

— Gentil, mon gars. J'suis pas bien grand non plus, et pourtant faut pas m'chercher des noises. J'aurais dû savoir qu'on était pareils, toi et moi. N'empêche, miss Grey, Marius va pas êt' content qu'un chien ent' chez lui. Vous savez c'qu'il pense...

— Je sais. « Tout c'qui pourrait avoir envie d'croquer ma Lucille doit rester dehors », ajoutai-je en essayant d'imiter l'accent impossible du propriétaire des lieux. Mais mon chien sait se tenir et il aime pas trop les plumes.

Ce qui était on ne peut plus vrai, compte tenu de sa réaction devant celle de Michael qui l'avait conduit à se cacher derrière un rideau.

Sans plus tarder, nous pénétrâmes dans l'établissement éclairé à la lueur de centaines de bougies plantées dans des chandeliers qui me donnaient l'impression d'être des mains dont on aurait raboté certains doigts. La cire chauffée à l'excès tombait au sol. Elle formait des flaques solidifiées rejoignant les reliquats de tabac à chiquer qui attestaient que, si balai il y avait dans cet antre, il devait couler des jours heureux dans un placard. Des tableaux aux cadres usés, assombris par la fumée des cigares bon marché, étaient accrochés aux murs pour dissimuler les dégâts que l'humidité leur avait causé.

Entre deux échauffourées, la clientèle était aussi alerte qu'une bande de gros chats. Ainsi, tous les clients étaient avachis sur les tables, des cartes dans une main et un verre – dont on s'assurait qu'il soit toujours rempli – dans l'autre. Quelques dockers préféraient boire et manger directement au bar, pour profiter de la conversation dépaysante du tenancier français qui ne maîtriserait jamais pleinement l'anglais, mais qui se targuait de pouvoir discourir sur l'essentiel : l'alcool et les perroquets.

Même si j'avais été un homme, je ne me serais pas aventurée à m'asseoir sur l'un des tabourets « vides » placés en enfilade d'un côté du bar. Ils étaient occupés par des clients attachés à cet endroit dans tous les sens du terme. Et pour cause, il s'agissait de fantômes revivant sans cesse leur dernière soirée de beuverie. Leur présence réfrigérante condamnait les inconscients qui s'asseyaient sur eux – le « sur » entraînant une intimité incongrue puisqu'elle consistait à se fondre dans un corps éthérique – à ressentir des frissons pour le reste de la nuit. Le seul moyen de lutter contre eux consistait à ingurgiter autant d'alcool que possible.

Sans le savoir, M. Perrin devait à ces clients transparents et silencieux une bonne partie de ses recettes, mais c'était la moindre des choses qu'ils pouvaient faire ; le patron leur offrait un foyer pour l'éternité. Si l'idée de brûler de la sauge ou de semer du gros sel aux quatre coins de la pièce pour purifier les lieux lui en avait pris, cela aurait rendu leur séjour plus inconfortable. Fort heureusement, l'individu considérait qu'il y avait déjà suffisamment de superstitieux de par le monde sans qu'il soit nécessaire qu'il croie en « ces fariboles de bonnes femmes » qui ne faisaient qu'attirer le malheur. De toute manière, si la clientèle trépassée ne pouvait plus trembler devant lui, elle se tenait à carreau même dans la mort, allant jusqu'à disparaître quand la voix tonitruante du propriétaire résonnait dans l'espace.

Lucille, un perroquet amazone au plumage d'un vert pomme avec une calotte jaune or et quelques plumes rouges sur les ailes, reposait sur son perchoir derrière le bar. Ses yeux d'un marron sanguin, soulignés d'un effet khôl bleu-gris rappelant ses pattes et son bec, m'observèrent avec intérêt. Elle tenta d'attirer mon attention en lançant le juron favori de son père adoptif qui se traduisait par un nébuleux « putain con ». Lucille portait le prénom du premier amour de Marius Perrin qui, après l'avoir perdu, avait renoncé au mariage et à son pays natal pour rejoindre l'Angleterre où il avait été docker pendant deux décennies, avant de racheter cet endroit qu'il s'était empressé, étreint par une douce nostalgie, de rebaptiser *La Cigale Farceuse*.

L'homme en lui-même était un épicurien né. Cela se ressentait dans chaque ligne arrondie de son physique. De taille moyenne, sa masse musculeuse, en dehors d'un ventre proéminent, se devinait à ses épaules solides et à ses bras aussi épais que des troncs d'arbre. Son visage, ayant conservé le hâle du grand air, arborait le sourire le plus franc qu'il m'ait été donné de rencontrer. Il venait adoucir des traits grossiers qui, conjugués à sa carrure imposante, faisaient naître une sourde inquiétude chez ses interlocuteurs. Une barbe très garnie, d'un brun foncé virant au gris par endroits, lui donnait l'air d'un ours. Une comparaison qui prenait tout son sens quand on entendait sa voix gutturale éraillée par des années passées à crier en pleine mer et par, je supposais, l'abus de liqueurs.

— Tiens, la p'tite dame est d'retour. Quel bon vent vous amène, miss Pearl Grey ?

Se penchant au-dessus du bar, ses biceps grossissant sous sa chemise ajustée, il désigna Feardorcha d'un gros doigt impoli.

— Qu'est-ce qu'cette chose fait dans mon bar ?

— Inutile de voir rouge, il fera pas de mal à votre Lucille adorée. Il préfère les oiseaux plumés, ça lui gratte moins le gosier, répondis-je en usant de mon sourire le plus charmeur auquel je savais que le tavernier bourru ne résistait pas.

Ses sourcils touffus restèrent froncés un long moment avant de se séparer pacifiquement, révélant des plis blanchâtres sur la peau à découvert. Marius tapa brutalement sur le dessus du bar, faisant trembler les verres posés dessus et tourner deux ou trois têtes tirées de leurs rêveries fortes en alcool.

— Ah, les bonnes femmes ! Elles vous f'raient faire n'importe quoi. Ça ira, il peut circuler. Mais si j'le prends à loucher sur ma Lucille, je l'attrape par la peau du cou et j'le jette d'hors. Compris ?

La question était adressée à mon compagnon qui fixa docilement M. Perrin avec ce regard par en dessous dont il avait le secret. Je faillis rire de manière indigne en imaginant la surprise de l'homme si ce dernier s'avisait d'attraper le chien de l'Enfer comme un vulgaire chiot pour découvrir, avant même la sortie, un cou plus épais qu'il ne l'escomptait.

— S'il fait mine de montrer une seule de ses ratiches, c'est moi qui le sortirais avec pertes et fracas. Et si je suis venue, c'est parce que Grady…

Je cherchai l'enfant du regard, mais ne le vis nulle part. Il avait vraisemblablement déguerpi, anticipant que sa requête auprès de moi ne serait pas du goût du Français.

— Grady m'a dit pour Drew, et je suis venue voir si je pouvais filer un coup de main pour requinquer le gamin.

— Graaaaaady ! aboya Marius.

Le garçon sortit des appartements privés auxquels on accédait par un rideau derrière le bar, et traîna sa mince carcasse jusqu'à son employeur à l'autorité plus paternelle qu'autre chose.

— J't'ai dit que j'gérais la situation. Qu'est-ce t'as pas compris là-d'dans ? J'peux m'occuper d'vous, tout seul. Est-ce que j'l'ai pas d'jà fait avant ?

— Si, si. Mais...

— Y a pas d'mais qui tienne !

Même si Grady se faisait réprimander pour la forme, je préférai intervenir, craignant que le garçon ne finisse par s'enfoncer dans le sol tant la contrition le faisait se tasser sur lui-même.

— Monsieur Perrin, je me suis traînée jusqu'ici pour voir Drew, alors soyez pas vache, laissez-moi au moins lui dire bonjour. Puis peut-être que je pourrais le badigeonner de la même pommade que la dernière fois. Ça vous revient ? Vous m'avez laissée faire sans moufter.

La colère couvant toujours dans ses yeux d'un marron chaud, le propriétaire de *La Cigale Farceuse* s'adressa à moi avec une fermeté qu'aucun de mes sourires n'aurait pu adoucir. Lorsqu'il s'agissait de la santé des trois enfants, le Français était intraitable et son irascibilité naturelle devenait une arme redoutable.

— Vous allez pas pouvoir tirer grand-chose d'lui, miss. Il dort beaucoup d'puis hier.

— Il s'pas réveillé, t'veux dire ! contra Grady redevenu une allumette avec laquelle il fallait compter.

— Grady, gronda de nouveau le tavernier.

Le garçon exhala longuement. Une plainte aiguë, pareille à celle d'un petit animal blessé, s'échappa de sa gorge lorsqu'il se fut pleinement vidé de tout son air. Il partit en tapant bruyamment des pieds jusqu'au rideau qu'il faillit arracher tant il le souleva avec humeur.

— Comment ça, il s'est pas réveillé ?

Mon sang ne fit qu'un tour dans mes veines et je le sentis se glacer, engourdissant tous mes muscles au passage. Je dus me retenir de secouer les bras sous peine de passer pour un oisillon tombé du nid.

Je ne m'étais pas inquiétée outre mesure lorsque Grady m'avait dit que Drew était souffrant, tout simplement parce que je m'attendais à un rhume plus tenace que la moyenne vu ses conditions de vie. Mais en plus d'être froid au point que même un bon feu ne parvenait pas à le réchauffer, il ne se réveillait pas. Cette impression de déjà-vu faisait s'agiter mon petit doigt d'enquêtrice dans tous les sens, et il pressentait une tempête de trèfles.

— Monsieur Perrin, écoutez-moi. Je peux aider le gamin, mais faut que je le voie d'abord. Je crois que je sais de quoi il souffre. D'autres comme lui ont été découverts dans leurs lits, hier. Des braves personnes les ont secoués, mais ils ont pas bougé d'un pouce. Ils étaient froids comme des glaçons, aussi vifs que des légumes, et c'était un véritable champ de trèfles autour d'eux.

— Comment qu'vous pouvez savoir ça, vous ? m'interrogea Marius, son instinct venant de nouveau le titiller comme lorsque j'avais miraculeusement guéri Drew l'acrobate. Vous vous acoquinez avec les *bobbies*, ou quoi ?

Qu'entendait-il, au juste, par « s'acoquiner » ? Oh, mon Dieu ! Comment osait-il ?

L'indignation montant en moi comme la vapeur dans la cheminée d'une locomotive, je réalisai que je n'avais jamais été aussi près de révéler mes fonctions de Rose.

Dans l'ombre, je traquerai. Sous son couvert, je périrai. Ainsi vivent et meurent les Roses de la reine. Autrement dit, le devoir avant l'honneur entaché.

Mon flegme ayant étouffé mon irritation dans l'œuf, je pus réfléchir posément à la situation. Je savais parler aux tigres et chiens de l'Enfer, mais j'ignorais comment convaincre un loup protégeant son territoire de me permettre d'y pénétrer. Le don d'Archibald m'aurait été utile.

Sentant ma détresse, Feardorcha vint se frotter contre mon mollet. Sa chaleur infernale remonta le long de mes jambes pour dégivrer mes membres crispés.

— Je le sais, c'est tout, affirmai-je avec une assurance qui ne devait pas cadrer avec mon personnage de couturière. Abe, il est où ? Il va bien ?

— Abe est en... tournée.

Son hésitation vint confirmer ce que je supposais depuis le début vu les horaires de travail des garçons. À savoir qu'ils n'étaient pas que des livreurs de journaux, mais qu'ils vivaient également de menus larcins. Considérant la réaction protectrice de Marius, ces activités annexes ne devaient pas mettre en danger la vie du trio. Il ne l'aurait pas toléré.

— Abe et Grady, ils étaient où la nuit avant qu'on découvre Drew comme ça ?

Si ma théorie était exacte, j'avais besoin de comprendre pourquoi seul Drew avait été la victime d'un poltergeist voleur d'âmes, auquel j'allais devoir faire avaler des trèfles en espérant qu'il s'étouffe avec.

— Ils f'saient une commission pour moi.

— Je vois, lâchai-je.

— C'sont comme mes propres gosses, ces garçons.

La détresse dans sa voix me fit me rapprocher du bar. Je me frayai un passage entre deux tabourets occupés par des fantômes, assez vieux donc glaçants, concentrés sur leurs verres invisibles.

M. Perrin se passa une main sur le visage. Il lâcha un « putain con » sonore, aussitôt repris par une Lucille qui s'agitait sur son perchoir. Certainement sa manière de compatir.

— Je sais, dis-je en tapotant maladroitement son épaule, n'ayant pas l'habitude d'apporter un réconfort tactile.

— J'devrais pouvoir les aider, prend' soin d'eux, continua-t-il de se fustiger en agrippant la bordure du bar qui, s'il avait été pourvu des griffes de mon partenaire, aurait subi une attaque décapante.

J'étais toujours surprise d'être la seule que la culpabilité fasse ressembler à un chat cracheur. C'était à croire qu'il me manquait une parcelle d'humanité, la transformant en autre chose qui m'aurait permis de l'évacuer comme Marius le faisait. À la place, je devais la ruminer encore et encore, son arrière-goût étant tout aussi déplaisant. En cet instant, que n'aurais-je pas donné pour une tasse de thé, même à moitié pleine !

— Je viens de vous le dire. Vous le pouvez en me faisant confiance.

Il releva la tête, trouvant, tout à coup, en ma personne bien plus d'intérêt que dans la contemplation de ses doigts blanchis aux articulations. Le regard qu'il me lança n'était plus colérique, seulement résigné, et un certain amusement brillait dans ses yeux.

— J'ai toujours su qu'vous étiez quelqu'un d'louche, miss Grey. Trop jolie et trop futée pour traîner sur les docks. Puis vot' accent, là. Trop cul-serré pour cadrer avec l'décor. Et croyez-moi, vu tout c'que j'ai bourlingué dans ma vie, j'en connais un rayon question accents.

— Je vois pas de quoi vous parlez. Je viens juste chercher du tissu pour mes robes, moi, m'obstinai-je.

— À d'autres ! Chaque fois qu'vous rappliquez dans l'coin, des choses étranges s'produisent. Une cave brûle, des marques au sol apparaissent, et les gens parlent de cris désespérés qu'ils entendent. Quelq' chose m'dit qu'vous vous y connaissez autant qu'moi en chiffon.

J'avais envie de préciser que je m'y connaissais en « chiffon » quand je les portais. Mais cela m'aurait conduite à avouer qu'à côté de cela j'étais aussi douée pour réaliser un canevas que pour coudre. Et c'était là une blessure d'ego de laquelle je n'étais pas encore remise… En revanche, j'avais une furieuse envie de taper du pied, car j'estimais que Londres n'avait aucune raison de se plaindre que mes compétences soient d'une tout autre nature. Je n'étais pas un oiseau de mauvais augure, quand bien même une certaine dame en noir, adepte des corbeaux, veillait sur moi. Ce n'était vraiment pas ma faute si un vaudouiste avait trouvé refuge dans les Docklands pour s'adonner à son immonde commerce. Pas plus que le fait qu'un gang de fantômes ait sévi dans les zones d'habitation, et que j'avais dû le bannir à grand renfort de sang. Le mien, en l'occurrence. Mieux valait que ce soit eux qui hurlent plutôt que les locataires des maisons hantées par leurs soins, n'est-ce pas ?

— Oh ! Hé ! Ça va, hein. Moi, est-ce que je vous demande ce que vous faites en dehors de votre bar ? Je suis pas aveugle. Je me doute bien que vous trempez dans des activités plus louches que la distribution de journaux et que les garçons vous aident sur ce coup. Et pourtant, je suis là à vous proposer mon aide. Alors si je pinaille pas sur votre trafic, j'apprécierais que vous mettiez pas le nez dans le mien. En gros, arrêtez de mater la paille dans mon œil et occupez-vous plutôt de la poutre dans le vôtre.

— Dis donc, miss Grey, pour peu, avec autant d'gueule, on pourrait croire qu'du sang noble coule dans vos jolies p'tites veines. Bah, vous m'avez toujours plu et j'ai pour habitude d'écouter mon instinct. Alors, allez-y, dites-moi c'que vous pouvez faire pour l'gosse.

Comme les Français pouvaient se révéler inconstants ! Mon père et moi avions de la chance de n'expérimenter au quotidien que la meilleure facette de ce pays grâce à notre majordome.

— Ce que je vais vous dire va pas vous plaire, débutai-je.

— Mieux vaut qu'vous sachiez pas c'que j'fais aux gens qui m'disent ça.

Mieux valait qu'il ne sache pas combien Fear venait de se tendre à cette réplique.

— Je connais des gens qui peuvent s'occuper du gamin le temps que je trouve comment le soigner.

— Qu'est-ce qu'ces gens pourraient faire d'plus qu'moi ? Le p'tit est au lit, près du feu. Avec les aut', on s'relaie pour voir s'il s'réveille.

— Il mange plus, il boit plus. Il a besoin qu'on fasse quelque chose pour ça et qu'on lui évite de se transformer en planche, si vous voyez ce que je veux dire. Je sais que vous êtes pas quelqu'un de superstitieux, mais je…

— Et maint'nant, vous allez m'causer d'magie !

— Oui, et vous avez intérêt à écouter sans l'ouvrir. Vous vous souvenez du baume que j'ai étalé sur le front du gamin le jour où il s'est croûté du mât ? (Un hochement de tête.) Vous m'avez dit que la plaie était moche et qu'il allait avoir une « putain » de cicatrice pas folichonne. Je l'ai soigné, et il en a pas. En fait, il en a jamais eue. Si vous aviez décrassé son front plus tôt, vous auriez vu que dalle depuis le premier jour.

— Qui vous êt', au juste, ma p'tite dame ?

— Quelqu'un qui peut et veut vous aider. C'est tout ce que vous avez besoin de savoir.

— S'il arrive quoi qu'ce soit à Drew, dame ou pas, vous aurez affaire à moi.

Je pris le temps de digérer la menace explicite et me rendis compte qu'encourir la haine d'un individu tel que M. Perrin me faisait aussi peur que d'affronter un poltergeist. Un homme en quête de vengeance peut dévoiler un visage bien plus cruel, l'humanité déformée étant pire que l'absence d'humanité.

24

Où des négociations gnomesques surprennent

De retour des Docklands, lorsque j'arrivai devant le Carlton Terrace, j'entrevis les lourdes portes s'ouvrir, actionnées par la télékinésie spectrale des deux frères réunis pour une éternité peu loquace. Je ne vis nulle part trace du colporteur officiel, mon très cher James, qui, dès qu'il le pouvait, venait partager sa verve si spirituelle avec ces agents dont il expliquait le mutisme par une profonde mélancolie.

Lorsqu'on était une mouche exubérante, battant frénétiquement des ailes pour s'accrocher à sa non-vie, le silence volontaire n'était pas un choix envisageable. Mr Bridgestone était persuadé qu'en s'entretenant régulièrement avec les frères il les soutenait dans un processus de réhabilitation verbale qui, à long terme, était censé leur rendre l'existence plus douce. Devant un tel enthousiasme, que rien n'était en mesure de refréner, je m'étais bien gardée de lui dire qu'il m'était arrivé de voir lesdits fantômes converser entre eux quand personne n'était dans les environs pour les écouter. Dès qu'un individu entrait dans leur champ de vision, ils coupaient court à un dialogue qui reprenait aussitôt les oreilles de l'intrus à une distance convenable. Non, ces messieurs ne souffraient pas d'une morosité insidieuse, mais d'un snobisme dont seuls les membres de leur famille ne faisaient pas les frais. Si le baromètre du karma continuait de fonctionner dans l'au-delà, cela n'aurait été que justice que ce genre d'intention charitable aide James à atteindre les sommets de l'altruisme.

L'ouverture des portes n'avait pas pour but d'anticiper aimablement mon arrivée, qui n'avait d'ailleurs vestimentairement parlant rien de triomphal. Elle permettait aux agents humains du club de procéder au déchargement de leur calèche médicale contenant deux civières sur lesquelles reposaient les orphelins de Clayton House, victimes de Jack l'affreux poltergeist. La sorcière les accompagnant s'assurait de leur bien-être en maintenant autour d'eux un halo bleuté pour les protéger du froid et des chocs du transport. Je m'empressai de les devancer pour actionner l'arche scintillante menant au sous-sol.

Avant de m'élancer, je demandai à un Fear réticent de bien vouloir m'attendre sous son arbre fétiche le temps que je revienne. Jetant un dernier regard à son petit corps boudiné assis entre deux racines apparentes, je trouvai injuste de devoir l'abandonner. Malgré sa nature infernale, il était l'être le plus adorable du monde. Hélas, les runes démoniaques apposées sur les fondations de la Royal Society ne souffraient aucune exception, et je ne voulais pas risquer de voir mon compagnon finir comme une guimauve oubliée au-dessus du feu.

Escortée par les feux follets toujours aussi gloutons, auxquels j'avais pensé en emportant un journal traînant sur une table de *La Cigale Farceuse*, je traversai au trot le grand hall aux escaliers de marbre protégés par plusieurs Atlas courbés, la grande salle de réception aux lourdes tentures et lustres en cristal d'apparat, et enfin la pièce plus modeste menant à la bibliothèque austère.

À peine entrée dans le bureau à la cheminée esseulée, mon tatouage de Rose s'éclaira. Sa lumière contamina le mur pour faire apparaître l'arche feuillue, piquetée de roses écarlates, qui provoqua la disparition de la cloison.

Je descendis les marches menant à la plateforme de miss Newberry et la découvris particulièrement stoïque sur son fauteuil. J'en déduisis que par le jeu d'antennes surnaturelles la sorcière accompagnatrice était en train de l'avertir de l'arrivée du convoi. Ce qui se confirma lorsque la jeune télépathe eut recours aux mêmes gesticulations ridicules que lors de ma venue avec messire O'Farrell, pour désactiver le sceau royal gravé à même le sol.

L'ascenseur n'étant pas assez large pour tous nous accueillir, je suivis les agents humains dans les escaliers, après qu'Eleanor m'ait remis un paquet volumineux fermé à l'aide d'une ficelle. Il contenait des vêtements pour l'Irlandais à la nudité aussi gênante pour James que pour moi selon la secrétaire, auprès de qui il aurait insisté sur « la nécessité de rendre décent ce qui ne l'était pas par nature ». Je n'avais aucun mal à croire que le physique de messire O'Farrell puisse incommoder autant ces messieurs que ces dames. Les premiers éprouvaient une jalousie compréhensive devant ses atouts musculeux, les secondes des envies choquantes.

Je devais l'admettre, on trouvait finalement certaines compensations dans les frissons qui découlaient de ces fantasmes réalisés, qu'importe qu'ils le soient dans un couloir ou dans une ruelle. Il était même possible que l'incongruité du lieu contribue à intensifier l'asphyxie passagère et les bouffées de chaleur qu'on ressentait. À moins que les symptômes ne soient tout simplement liés au fait de se retrouver aplatie et prisonnière. Sous un angle plus pragmatique, là où contempler une statue grecque, taillée dans un marbre mettant en valeur les détails les moins négligeables, n'avait pas suffi à m'entraîner à contrôler des rougissements intempestifs, peut-être qu'un corps fait de chair habilement sculptée et de sang irlandais viendrait à bout de mon handicapante pudibonderie. Toujours voir la tasse de thé à moitié pleine, tel était mon mantra.

Nous terminâmes d'acheminer les enfants dans une salle située non loin de celle du TEA, qui avait été magiquement aménagée pour répondre aux besoins des corps dépouillés de leurs âmes. Ma double vue me permit de distinguer un rideau d'air coupant la zone en deux parties distinctes. La première proposait des chaises dont deux étaient occupées par des sorcières attendant l'arrivée de leurs jeunes patients. Au-delà de ce pan éthérique qui rendait ma vision un peu floue, des lits accueillirent les orphelins qui furent transférés par les ensorceleuses, les seules autorisées à franchir la barrière de confinement. Elles s'enveloppaient d'une sorte de double épiderme d'un bleu pur garantissant que la qualité de l'air ne serait pas altérée.

Une fois les garçons installés, les sorcières passèrent leur main sur une énorme gemme fixée au mur au-dessus des têtes de lit, qu'elles relièrent sur le plan astral aux torses de ces derniers. Un filament indigo transmettant l'état de leurs signes vitaux remontait jusqu'à la pierre murale. La lumière en son sein pulsait pour reproduire les battements cardiaques. Chacune d'elles s'affaira auprès d'un enfant pour l'hydrater grâce à leur maîtrise de l'eau. D'une bassine pleine s'éleva une cascade défiant les lois de la gravité qui se fragmenta en des milliers de gouttelettes réfractant la lumière. Cette pluie figée vint recouvrir le visage, les bras et la poitrine des victimes, pour être absorbée par leur peau.

Grâce à un onguent épais contenu dans des pots en terre cuite, les ensorceleuses poursuivirent leurs soins en étalant la pommade sur l'estomac des garçons. Elles recouvrirent le tout d'un bandage serré. Je savais, pour avoir déjà assisté à pareille démonstration lors d'un coma provoqué par un duel magique, que dans quatre heures le baume aurait été « ingéré » pour remédier aux carences alimentaires.

Avant de sortir, j'avisai l'une des sorcières du rapatriement imminent de Drew, rassurée de savoir que, comme je l'avais dit à M. Perrin, son fils adoptif serait entre de bonnes mains. Du moins son corps, car il m'incombait de retrouver son âme prisonnière d'une lanterne démoniaque. J'ambitionnais de l'arracher au voleur amateur de trèfles de manière brutale, à défaut de pouvoir être sanglante, compte tenu de sa nature insaisissable et contrariante.

*

* *

Poursuivant mes visites nocturnes, je me rendis à la bibliothèque dans le but de rejoindre mon partenaire. Il m'avait quelque peu manqué. Je préférai ne pas m'appesantir sur les conséquences d'une telle constatation, glaçant d'effroi la partie raisonnable de mon être qui avait, jusqu'ici, été la plus prépondérante d'entre toutes. Le paquet de vêtements serré contre ma poitrine, je me plaquai contre un mur que je longeais pour traverser en toute sérénité ce temple de la connaissance envahi par des gnomes dont on aurait dit qu'ils essayaient de faire passer la brûlure incommodante d'une piqûre de taon.

J'envisageais par moments de me rendre en ces lieux hostiles munie d'une bouteille de lait volée sur quelque seuil de porte, que je déposerais à l'entrée pour créer une diversion me permettant de déambuler sans crainte. Après tout, si comme je l'avançais pour cautionner ma consommation excessive, il était nécessairement l'heure de boire le thé quelque part dans le monde, rien ne m'empêchait de sonner l'heure du lait. Si l'opportunité ne se présentait pas à nous, il fallait parfois avoir l'audace de la créer.

Prenant garde de ne pas lever la tête pour contempler le plafond majestueux de la pièce, qui représentait le ciel nocturne qu'il nous était impossible de distinguer sous terre, je continuais de progresser, consciente d'allonger considérablement le trajet. Mais conserver ma stabilité n'avait pas de prix. En outre, les seules chutes que je tolérais étaient celles provoquées par un combat rapproché ou par des bottines talonnées récemment acquises. J'ajoutai à cette liste non exhaustive les tempêtes de trèfles, même si c'était une expérience que j'espérais ne pas renouveler de sitôt. Je n'avais pas apprécié la promptitude des murs du musée à faire de moi une balle rebondissante.

Tandis que tous les gnomes archivistes filaient à toute vitesse devant moi et laissaient dans leur sillage une coloration temporaire, j'aperçus le seul membre de cette espèce se mouvant de manière reposante pour les sens. Il n'y avait là aucun miracle, sauf à considérer la nécessité ponctuelle de s'asseoir comme une bénédiction.

Le bureau du gnome en chef était surélevé, non pas pour lui permettre de prendre ses interlocuteurs de haut, mais plutôt pour compenser les facéties de dame Nature qui avait attribué à ces créatures la taille d'un enfant de quatre ans. Et encore, je devais faire preuve de générosité dans cette estimation.

Son bureau constituant un îlot de paix dans cet océan agité par des vagues gnomesques, je m'autorisai la hardiesse de me décoller du mur pour l'atteindre. Ma prudente avancée me permit de noter, non sans une certaine satisfaction, que l'individu avait revêtu le gilet que je lui avais fait parvenir, autant pour remplacer celui auquel il manquait un bouton que pour le remercier de sa sollicitude lors de l'affrontement qui m'avait opposée à une porte récalcitrante, que seul Jean de La Fontaine était en mesure d'adoucir. Le vêtement était d'un satin gris anthracite et brodé de roses d'un bordeaux lumineux qui, je l'espérais, détournerait l'attention des oreilles rougissantes de l'employé.

Me rappelant que j'avais une dame en noir à identifier, mais que le temps me manquait pour procéder à des recherches approfondies, je décidai de solliciter l'aide de l'archiviste supérieur. En me voyant approcher, ses petits yeux enfoncés pétillèrent et le sourire dégoulinant d'amabilité qui caractérisait cette espèce prit un tour plus sincère. Ses mains vinrent inconsciemment toucher le gilet offert, à l'endroit où sur son prédécesseur un bouton avait déserté. Compte tenu de ce tic, pareil à celui d'une langue qui tâte le vide laissé par une dent, le petit homme avait dû le porter pendant un moment avant que mon œil acéré ne remarque cette atteinte portée à l'intégrité modesque.

— Bonsoir, l'apostrophai-je en faisant la révérence, ce qu'il m'était rarement possible de faire puisque, en tant que Rose de terrain, je portais souvent des culottes d'homme. Je vois que vous avez reçu le gilet.

Ce fut l'occasion pour moi de découvrir que les oreilles des gnomes, pareilles à des feuilles de chou striées, pouvaient rougir pour d'autres raisons que la gêne. J'allais devoir me montrer plus observatrice pour en saisir les nuances, quoique je notai que le plaisir colorait uniquement les lobes.

— Oh oui. Je vous remercie, lady Sláine. Il est vraiment très beau. Et il ne lui manque aucun bouton, ajouta-t-il, ses oreilles rougissant, cette fois, sur la partie supérieure. Avez-vous prévu d'entrer dans la pièce des archives fragiles, aujourd'hui ? Si telle est votre intention, j'espère que vous vous souvenez du mot de passe.

— À dire vrai, je m'apprêtais à rendre visite à l'agent irlandais qui se remet de plusieurs blessures par balle. On m'a chargée de lui remettre des vêtements, dis-je en faisant gigoter le paquet dans mes bras.

— Quelle démonstration de violence proprement scandaleuse ! Pauvre homme. Heureusement qu'il n'est pas aussi sensible au fer que nous.

La bouche épaisse du gnome se tordit comme s'il était sur le point d'éternuer, ce qui, je le compris, exprimait le souvenir d'une douleur passée. Ses épaules se contractèrent et ses doigts se crispèrent sur la plume qui lui servait à prendre des notes.

— En effet, me contentai-je de dire, car seules des insultes indignes de mon rang affleuraient à la surface de mon esprit. Je viens de me rappeler ce qui pourrait constituer l'objet de recherches ultérieures. Je n'ai pas le temps de m'y pencher, présentement. Une enquête m'accapare, mais je me demandais si, par hasard, vous sauriez quelque chose à propos d'une dame en noir qui aime les corbeaux et qui serait susceptible d'apparaître dans des moments potentiellement mortels.

Saisissant cette excuse pour s'éloigner des griffes ferreuses de sa mémoire, le bibliothécaire se mit à réfléchir intensément. Tous ses traits se contractèrent, renforçant l'impression que son nez triangulaire aux narines sempiternellement dilatées n'aurait pas dépareillé sur la tête d'un dragon.

— Cela ressemble beaucoup à la Morrigane. Il s'agit d'une déesse guerrière de la mythologie celtique irlandaise, mais elle a bien d'autres fonctions.

L'Irlande, encore l'Irlande ? J'allais finir par croire que j'avais un trèfle accroché dans le dos, et qu'il devait être amputé de toutes ses feuilles pour me causer tant d'infortune.

— Et que fait-elle au quotidien ? La guerre ? N'a-t-elle pas d'autres hobbies ?

— Je ne suis pas spécialiste de la mythologie celtique, mais je crois me souvenir qu'elle est liée à la mort puisqu'elle apparaît à ceux qui vont périr. Elle sillonne, en outre, les champs de bataille à la recherche de héros pour l'ultime affrontement.

Tant qu'elle était liée à la mort de manière positive, à savoir qu'elle ferait tout pour éviter à ses protégés de tomber des hauteurs dans le cas d'Archie et d'être possédé par un démon dans le mien, je pouvais m'accommoder de son caractère belliqueux et de ses penchants morbides.

— Je peux consulter, de mon côté, certains ouvrages spécifiques si vous le souhaitez.

— C'est très aimable à vous de le proposer.

— Tout le plaisir est pour moi, et je vous le dois bien. Grâce à vous, je ne suis plus la risée de mes camarades, me précisa-t-il en secouant la tête en rythme, comme si des mains imaginaires se chargeaient de jouer les chefs d'orchestre.

— À cause d'un bouton manquant ?

— Oui. Sans le savoir, vous avez mis fin à une situation gênante. J'étais contrarié, car je ne pouvais rien dire. Selon nos coutumes, c'est à nos maîtres de pourvoir à nos besoins. Nous n'avons pas le droit de demander par nous-mêmes.

Ceci expliquait pourquoi ils se montraient si révérencieux quand on leur versait du lait, les fois où ils étaient tout émotionnés.

— Oh, comme cela doit être pénible.

— Je ne vous le fais pas dire.

— Puisque je suis là, avez-vous des besoins particuliers à formuler ? Je suppose que si je vous le demande et que vous me répondez, cela ne va pas à l'encontre de vos coutumes, n'est-ce pas ?

— Non. Mais je ne veux pas abuser. Vous avez déjà été plus que généreuse.

Il gratifia son gilet d'une nouvelle caresse inconsciente.

— J'insiste.

— Eh bien, nous aimerions changer de gâteaux accompagnant le lait. Cela fait une décennie que nous mangeons des petits sablés. Peut-être du cake, à la place ?

Il pencha la tête en signe de soumission, et j'eus le sentiment d'être un génie maléfique qui pouvait détourner cette requête des plus raisonnables. Cela me déstabilisa, je n'avais jamais considéré le cake comme un instrument mortel. C'était, à mon sens, une pâtisserie avec laquelle il était difficile de s'étouffer, hormis, peut-être, si elle avait été oubliée une année dans un placard.

J'observai plus attentivement le gnome. Le malaise que je ressentais devant tant de déférence imméritée – après tout, choisir comment accompagner son thé ou son lait constituait un droit inaliénable – me fit me sentir à l'étroit dans mon corset. Il n'était pourtant pas très serré du fait de mon investigation sur les docks.

La lumière ambiante fit briller le dessus du crâne du gnome, chevelu comme celui d'un nouveau-né. Lorsqu'il leva vers moi un visage, aussi fripé qu'un pruneau, je réalisai que j'avais honte de mon espèce qui négligeait ses devoirs envers une autre si humble. J'allais émettre l'idée de former un syndicat, ou quelque chose dans ce goût-là.

— C'est tout ce que vous demandez ? l'interrogeai-je, persuadée que, si j'avais été à sa place, j'aurais été beaucoup plus exigeante, ou tout du moins plus pointilleuse sur la quantité.

— Oh vous savez, nous n'avons pas de gros besoins. Tant que nous pouvons nous rendre utiles et fonctionner correctement pour cela, nous sommes, eh bien, heureux.

— Je vais faire le nécessaire auprès de l'intendant.

Vu que le dialogue interespèces était lancé, j'en profitai pour tenter de résoudre mon problème déséquilibrant.

— À propos, et j'espère que vous ne prendrez pas mal ce que je vais vous dire, mais y a-t-il un moyen d'éviter de se faire renverser par l'un de vos congénères ? Je suis un peu fatiguée de raser les murs.

Ses yeux s'arrondirent. Ils m'apparurent beaucoup plus grands sans les couches de paupières qui les comprimaient d'ordinaire.

— Comment ? Vous ne savez pas ?

— Savoir quoi ?

— À l'entrée, il y a une boîte accrochée au mur qui renferme des bracelets de métal qui nous repoussent, du moins qui nous font changer de cap. J'ai toujours supposé que vous étiez, comme bien d'autres dames, sujette à une réaction allergique au fer et que c'est pour cela que vous vous refusiez à en porter.

— Personne ne m'a mise au courant !

Le gnome en chef se tassa sur son siège. Je me repris, décidant qu'il valait mieux pester en silence plutôt que d'agresser sans le vouloir un innocent. Surtout quand ce dernier était susceptible d'engloutir les réserves de lait de la ville pour retrouver sa contenance. Malgré moi, j'avais dû être la source de nombreux commérages avec mon mode de déplacement grotesque. J'espérai que les gens aient pris cela pour une volonté de n'avoir aucun homme dans le dos, même si concernant les gnomes, il était plus juste de parler de jambes.

25

Un débriefing très impudique

La réplique du ciel nocturne commençait à perdre de sa sombre intensité, alors qu'un chien de l'Enfer, qui n'appréciait que moyennement les rayons du soleil, m'attendait dehors. Je ne pouvais me permettre le luxe de faire demi-tour pour aller me munir d'un bracelet de métal antignome. Du moins, pas si j'escomptais le faire à une vitesse normale, en ligne droite, sur mes deux pieds. C'est donc en consentant une dernière fois à un rapprochement intime avec un mur que je rejoignis les quartiers privatifs. Je passai devant mon fauteuil de lecture, le flot de la fontaine à côté pareil au chant d'une sirène persuasive. Ne disposant, contrairement à Ulysse, d'aucun mât auquel me ligoter pour ne pas céder à la tentation, je fis appel à mon sens des priorités qui résonna comme un gong dans mon esprit, brisant l'envoûtement aquatique.

Nous avions installé l'Irlandais dans la première chambre vide que nous avions trouvée. Elle se situait à droite après un couloir toujours occupé par des agents souhaitant limiter les pas jusqu'à leur bureau. Ce qui constituait, pour ma délicate personne, une maigre compensation pour un sens du devoir qui leur donnait la force de supporter des pièces de sommeil aussi exiguës, aux draps si rêches et aux fréquentes apparitions gnomesques.

Avant même de tourner au croisement, l'éther ondula, vint se poser sur mes épaules et ma nuque en une caresse insistante, essayant de faire naître en moi des picotements coupables. J'arrêtai de marcher si rapidement que je fus surprise de ne pas entendre mes bottines crisser sur le sol de pierre. Je serrai fort le paquet contre ma poitrine et m'excusai mentalement auprès des habits agressés.

Avançant avec prudence, consciente que l'atmosphère était devenue un terrain dangereusement miné, je m'aplatis contre le mur pour la énième fois de la journée et jetai un coup d'œil furtif des deux côtés du couloir. Quelques moutons d'une poussière argentée, échappés d'une aura décadente, vinrent s'agripper aux rebords de ma robe. Je supportai cette invasion en silence, non pour expier par procuration les péchés du propriétaire de ces résidus indisciplinés, mais parce que toute mon attention était tournée vers une scène aussi érotique que choquante.

Armando Di Renzo était en train de picorer le décolleté d'une sorcière du coven local, avec tant de zèle que c'était à se demander si des grains de maïs n'avaient effectivement pas trouvé refuge dans cette cachette vallonnée. L'ensorceleuse, appuyée contre le mur, sa tête rejetée en arrière et sa bouche ouverte sur un soupir d'extase, se livrait totalement à cette caresse. Je dus reconnaître que l'agent italien avait un certain doigté. Cela n'aurait pas dû m'étonner. Selon les ragots internes, il était un amant exceptionnel capable de multiplier les sensations. Il était également doté de la faculté de faire sans cesse renaître le désir chez ses partenaires. Hommes ou femmes, l'individu n'étant pas très regardant sur l'origine de sa nourriture mystique. À voir son aura encercler celle de la sorcière, je n'avais aucun doute quant au but de cette exploration inconvenante.

Jusqu'à ce jour, je n'avais jamais eu l'occasion de voir Armando se nourrir sur qui que ce soit. Pas sur un normal, et encore moins sur un sorcier auquel il ponctionnait plaisir… et magie ! Non, il s'était toujours contenté de taquiner ses interlocuteurs et possédait donc, contre toute attente, un minimum de décence sous ses scandaleux abords, pour s'abstenir de passer à table en public. Ou alors, peut-être le faisait-il seulement en ma présence ? Si tel était le cas, je me demandais ce que j'avais bien pu faire pour mériter une telle considération, d'autant plus surprenante que l'incube ne se privait pas de m'asticoter magiquement à chacune de nos rencontres.

Fascinée par le processus d'ingérence incubien, j'observai les deux amants avec un intérêt loin d'être seulement scientifique. Je réalisai que le vert reptilien du regard de l'agent représentait, en fin de compte, un indice de poids quant à sa façon de procéder. Tel un serpent s'enroulant autour de sa proie pour l'étouffer, l'aura d'un argent scintillant, qui commençait à atteindre un degré de flamboyance piquant mes yeux, s'assurait de recouvrir chaque centimètre éthérique autour de la magie suintant de la sorcière, comme pour éviter les perditions. Au lieu de mordre sa proie – les morsures devant certainement rester des marques d'affection taquines –, l'animal resserrait sa prise jusqu'à atteindre un seuil faisant craquer l'aura bleutée de la sorcière. Celle-ci se départait de morceaux de tailles variables que le boa astral s'accaparait goulûment.

Tandis que l'une des mains de l'incube s'affairait sur une cuisse dénudée et enroulée autour de sa hanche, l'autre lui avait servi à ouvrir la porte d'une cellule dans laquelle ils s'engouffrèrent tous les deux, les pieds de la sorcière ne touchant plus le sol bien avant d'y entrer.

Mr Di Renzo devait avoir plus de force que sa mince silhouette le laissait supposer.

Même si j'étais certaine que ma magie dérisoire du fait de mon état de sangsue n'aurait rien risqué dans les bras de l'incube, je préférais me contenter d'un désir moins dévastateur. Et pour avoir testé la version irlandaise de la chose, gérer une telle confusion des sens, plaçant mon être à la limite de l'explosion pendant et après pour cause de frustration, se révélait déjà assez problématique comme cela. J'allais donc me satisfaire de sensations en mesure d'être plus facilement muselées. Tiens, depuis quand avais-je décidé de renouveler l'expérience ?

Secouant la tête pour remettre mon flegme à sa juste place, je vis de l'autre côté du couloir un halo bleu s'acharner contre l'air ambiant, tandis qu'une paire d'yeux d'un orange ardent fixait l'endroit précédemment occupé par le couple sulfureux. Sans sa tenue de religieuse, je n'eus aucun mal à reconnaître miss Chatterton. Ses longs cheveux roux flottaient autour d'elle, comme si elle était un poltergeist sur le point d'attaquer. Ayant eu plus que ma part d'attention spectrale pour le restant de mes jours, je m'adossai au mur pendant une minute avant de gratifier le couloir d'un nouveau regard inquisiteur. Quand je le fis, je vis que la dirigeante du coven n'était plus là. Sûrement était-elle, elle aussi, entrée dans l'une des chambres.

La sorcière était en colère ; le vent de la jalousie ébouriffait sa sensibilité. Je pensais qu'elle et Armando étaient simplement amis, leur amitié reposant sur leur talent pour s'enrichir mutuellement des rumeurs colportées et de leurs exploits charnels respectifs. Il m'apparaissait désormais que miss Chatterton pouvait non seulement avoir des sentiments à l'égard de la gent masculine, mais qu'elle en éprouvait de profonds pour l'incube italien. Mais après tout, même les croqueuses d'hommes avaient un cœur. Et il n'était pas étonnant que, comme avec leur corps, elles le remettent entre de mauvaises mains. Bien que, vu leur propension à collectionner les amants, elles aient plus de chance que d'autres de tomber sur le bon numéro.

Je haussai les épaules et me rendis, colis froissé dans les bras, auprès de l'Irlandais. Je tapai du pied et sautai pour chasser les parasites magiques encore accrochés à mon jupon. Je réussis à m'en débarrasser avant d'atteindre la porte de la cellule et frappai deux coups sans obtenir de réponse. Les blessures par balle ayant peut-être un impact sur l'ouïe féline de mon partenaire, j'entrai. Je le découvris à la lueur d'une lampe à pétrole allongé sur le ventre. La couverture s'était encore une fois égarée à hauteur de mollet et révélait une nudité qu'on était en mesure de mieux apprécier après le choc de la première, voire de la deuxième, présentation. J'étais dans de si bonnes dispositions que je m'en voulus d'avoir insulté la qualité d'une telle couverture qui aurait mérité une couronne de laurier pour offrir à mes yeux une aussi jolie vue.

Nimbé d'une énergie dorée, le corps massif de l'Irlandais était recouvert d'une peau pâle tendue sur des muscles dont je suivis visuellement les reliefs. Je trouvai son dos puissant attractif, mais beaucoup moins que ne l'étaient ses fesses rondes et d'une fermeté qui aurait nécessité d'être testée. Messire O'Farrell présentait une pilosité respectable, suffisamment fournie pour qu'on ne se trompe pas sur sa nature masculine – bien que son corps rende une telle erreur impossible –, mais elle ne donnait pas l'impression, comme c'était le cas chez certains gentlemen, qu'une population entière de parasites aurait pu y élire domicile.

M'approchant pour contempler son visage endormi aux traits rudes, je me surpris à remonter la couverture pour couvrir son imposante carcasse afin qu'il n'attrape pas froid, alors même que j'imaginais sans peine les microbes renoncer devant l'ampleur de la contamination à mettre en œuvre, pour venir à bout d'une masse pareille.

Cela tombait vraiment mal que mon partenaire dorme si profondément, car j'avais besoin de lui parler de beaucoup de choses essentielles. J'avais d'abord pensé évoquer avec lui le mystère de la dame en noir. Mais comme le gnome en chef avait réussi à l'identifier, ce n'était plus un problème de première importance, d'autant qu'il n'était pas relié à l'enquête. Il fallait surtout que je l'informe des vols d'âmes perpétrés par Jack qui espérait ainsi monnayer son entrée en Enfer.

Combien de corps étaient-ils nécessaires pour cela ? Comme je n'en avais aucune idée, j'avais demandé à M. Perrin de répandre du gros sel aux quatre coins de la chambre des garçons, au cas où le poltergeist songerait à s'approvisionner de nouveau sur les docks.

Tout de même, j'avais beau me triturer l'esprit, je ne comprenais pas quel plan il suivait, et à quelles règles obéissait cette subtilisation d'esprits. À Clayton House, il avait enlevé deux âmes, ce qui signifiait que sa lanterne pouvait en capturer plusieurs. Pourquoi s'était-il contenté d'en dérober une seule à *La Cigale Farceuse* ? Le Diable lui avait-il imposé un quota ? Ou alors, y avait-il un facteur d'usure découlant de l'utilisation de la lanterne ? Quant à l'âge des victimes, elles avaient moins de dix ans, et il n'y avait que des orphelins parmi elles. En cela, je comprenais la démarche, si vicieuse soit-elle, de Jack O'Lantern. Mieux valait s'attaquer à des enfants sans parents officiels, plutôt que de risquer de s'attirer les foudres d'un père et d'une mère qui, dans une ville de sorciers, auraient pu disposer de suffisamment de pouvoir pour remuer Londres, et peut-être même l'enterrer. Même si cela me coûtait de le reconnaître, car c'était une pensée cruellement pragmatique, Jack nous avait rendu service en ne prenant pas pour cibles des familles de sorciers. Ces derniers avaient déjà, par le passé, prouvé combien le chagrin pouvait les pousser à commettre des atrocités dans un clan rival qu'ils supposaient, à tort ou à raison, responsable de leur malheur.

Il était également important que nous nous occupions du sorcier qui avait, par deux fois, tenté d'invoquer un démon. Le premier lui ayant glissé entre les doigts, le second s'étant révélé être un chien de l'Enfer docile seulement avec moi, il était probable qu'il s'entête. Nous devions l'arrêter pour mettre un terme à ses velléités infernales. Après m'être entretenue avec miss Chatterton, nous en avions conclu qu'il appartenait, sans aucun doute, à une famille aisée pour maîtriser un minimum de tels sorts. Mais comme toutes les prestigieuses écoles de magie proposaient ce type d'enseignement, sous un jour plus théorique bien sûr, cela revenait presque à chercher une feuille égarée au fond d'une tasse contenant un thé noir ayant trop longuement infusé.

Néanmoins, grâce à sir Barthelemew, nous avions obtenu la liste de tous les élèves ayant suivi, depuis ces dix dernières années, ce cours, toutes écoles confondues. Il avait comparé les noms des étudiants actuels ou passés avec ceux des invités présents lors du bal d'automne donné en l'honneur de la reine. Nous disposions, certes, d'une piste à remonter moins obscure que prévu, mais elle demeurait vague.

Messire O'Farrell avait relevé une odeur de tabac mentholé à Whitechapel, puis à Charing Cross. Je comptais sur son flair pour détecter les sorciers amateurs de ce plaisir riche en fumée susceptibles de porter sur eux des relents démoniaques, ou à défaut des résidus rougeâtres.

Sans mon renifleur attitré, je ne voyais aucune solution, hormis celle qui consistait à demander au caméléon du club, Mr Ficklehide, de retirer ses prothèses nasales afin de le faire éternuer à tout-va. Mais comme il n'était à l'aise que lorsqu'il se fondait dans le décor, ce n'était pas gagné. En outre, je ne savais pas quelle tête il pouvait bien avoir, ni même comment entrer en contact avec lui. Quant à Fear, si utile soit-il avec les fantômes et démons, il allait devoir rester à la résidence Adamson, même si j'envisageais de l'emmener discrètement dans le coffre sous la banquette du cab que mon père louerait pour l'occasion.

Serrant toujours d'une main le paquet contenant les vêtements pour l'Irlandais, qui avait été malmené lors de mon indiscrétion de couloir, je le déposai sur la chaise à côté de la commode. Ne supportant plus le caractère inerte de mon partenaire qui ne pouvait pas tomber plus mal, j'ouvris un tiroir que je refermai aussi sec. Ce dernier émit un bruit libérateur.

Lorsque je me tournai pour évaluer l'efficacité d'une telle manœuvre, je vis que messire O'Farrell s'était redressé et assis sur le lit, ses yeux sombres et les lucioles en leur sein parfaitement réveillés. Pour autant que je pouvais en juger grâce à sa glorieuse nudité, ce n'était pas les seules choses qui l'étaient.

Mon regard dut s'égarer plus longuement que ce que la bienséance pouvait admettre sur cette zone typiquement masculine. Même si je ne disposais pas de points de comparaison, en dehors de ceux présentés par les livres d'anatomie et les statues, j'en conclus que l'Irlandais était bien de sa personne partout. Cette conclusion entraîna d'autres questions d'ordre pratique dont les réponses n'auraient été accessibles que dans une chambre à coucher. Je hoquetai presque devant ma propre témérité. Ma pudeur poussa un hurlement et je rougis violemment, le seul acte de contrition dont j'étais capable.

Relevant le visage vers un endroit plus convenable, je vis mon partenaire sourire de toutes ses dents. Ses canines plus proéminentes que chez un individu lambda étaient de sortie. Ses yeux amusés me considérèrent pendant de longues secondes et je ne bougeai pas, telle une souris repérée par le chat de la maison. Je rendis son regard à la boule de poils, levant le menton avec une assurance feinte qui ne fit pas illusion, puisque je ne pouvais m'empêcher de regarder ailleurs sur ce corps baigné par la douce lueur de la lampe.

L'Irlandais avait des cheveux magnifiques auxquels la lumière conférait une teinte enflammée. Brillants et lisses, ils retombaient sur ses larges épaules. Ils lui donnaient un aspect sauvage. Messire O'Farrell avait beau appartenir à cette époque, il n'y aurait jamais vraiment sa place, qu'importe l'élégance de ses costumes. Ce que j'avais pris pour du contrôle traduisait, en réalité, un profond malaise, celui d'un homme à l'étroit dans l'espace forcé de se replier sous une peau que son tigre ne cessait de vouloir lacérer.

— Pour une lady, vous faites beaucoup de bruit. Je ne sais pas quelle danse vous exécutiez dans le couloir, mais elle avait l'air chaotique. Peut-être m'en ferez-vous une démonstration lors du bal, déclara messire O'Farrell, ses sourcils, dont j'avais eu peur qu'ils ne s'arrondissent plus pour se moquer de moi, ayant retrouvé leur vigueur.

Je fis une grimace en songeant que la chose était impossible, car il ne correspondait pas au profil du partenaire idéal. Trop grand, trop consistant, et il ne scintillait pas de la bonne couleur. Mais il fallait lui reconnaître qu'il parvenait, contrairement aux résidus d'incube vagabonds, à faire courir des frissons coupables sur certaines parties de mon corps, cette sensation se généralisant lors d'étreintes scandaleuses.

— Vous étiez réveillé pendant tout ce temps ? C'est la seconde fois que vous faites semblant de dormir !

— *Jaysis !* Nous n'allons pas revenir là-dessus. Je vous ai déjà dit que, quand Jack m'a tiré dessus, j'étais entré en transe préventive, jugea-t-il bon de me rappeler, son accent irlandais prenant de l'ampleur lorsqu'il était agacé. J'ai été atteint par trois balles, et vous me reprochez d'avoir piqué un petit somme ?

Il soupira et se leva, sans s'inquiéter outre mesure des trois billes de métal roulant sur le sol. Vu son indifférence, et me souvenant de sa réaction mesurée lorsqu'il avait été blessé, je suspectai que ce n'était pas les premières balles à vouloir se loger en lui. Certes, le natif de l'île d'Émeraude n'était pas capable de les esquiver, mais il pouvait au moins les expulser. Peut-être, d'ailleurs, y parvenait-il en éternuant sous sa forme de tigre. La chance irlandaise avait une étrange façon de se manifester.

Pour une fois, je ne pestai pas contre sa taille hors norme qui me condamnait à lever la tête au risque de souffrir d'un torticolis chronique. C'était une excuse comme une autre pour m'attarder sur sa musculeuse poitrine.

Je trouvai vraiment sa nudité déconcertante. Elle m'irritait pour des raisons évidentes puisqu'elle m'empêchait de réfléchir correctement comme un chat distrait par une mouche voletant près de lui. En l'espèce, c'était une mouche de laquelle je ne pouvais pas venir à bout d'un coup de patte. Mais cette nudité m'apportait aussi un certain contentement qu'il était difficile d'expliquer. Elle satisfaisait une faim que je ne me souvenais pas avoir ressentie auparavant. Malheureusement, j'étais du genre à apprécier de me sentir rassasiée physiquement et de pouvoir mesurer concrètement la chose par un ventre lourd qui rendait toute levée de chaise épique. Avec l'Irlandais, j'avais l'impression d'être affranchie des règles en matière de satiété.

Je n'étais pas certaine d'aimer cela. Je commençais à éprouver une once de sympathie pour les messieurs qui perdaient toute retenue devant une généreuse poitrine mise en avant par un décolleté prononcé. En dehors des considérations esthétiques, les vêtements avaient des vertus salutaires pour le raisonnement, un argument de plus pour vouer un culte à la mode couvrante de notre époque.

Messire O'Farrell s'empara du paquet qu'il maltraita pour en sortir les habits choisis par Eleanor. Par égard pour ma propre pudeur, je lui tournai le dos le temps qu'il soit intégralement vêtu, considérant qu'il y avait quelque chose de plus intime encore dans le fait de regarder une personne s'habiller.

Lorsqu'il fut décent et fort élégant dans un costume de tweed brun, malgré son nœud de cravate noué dans une perfection toute relative à laquelle je ne me permis cependant pas de remédier, il vint se rasseoir sur le lit pour enfiler ses chaussures. J'en profitai pour lui raconter mes péripéties. Je passai bien entendu sous silence ma rencontre avec un archange parti sans dire bonjour, ma conversation sur un arbre avec Archie qui disposait plus ou moins des mêmes dons que moi. Je restai aussi évasive que possible à propos de ma visite des docks, même si un froncement de sourcils réprobateur et un « *Jaysis !* Une dame n'a rien à faire dans ce genre d'endroit » saluèrent ce passage du récit. Je lui opposai qu'il oubliait que nous nous étions rencontrés dans un cimetière et que les endroits non conventionnels étaient un peu mon lot quotidien en tant que Rose de la reine. Ce à quoi il répondit : « Que je sache, les hommes morts sont beaucoup moins actifs que les vivants au passage d'une dame. » Je déclarai forfait, ne souhaitant pas entrer sur le terrain glissant de l'activité masculine en présence de jupons.

— Si j'ai bien compris – et non, lady Sláine, prendre trois balles dans la poitrine n'a pas grillé mon cerveau –, vous êtes en train de me dire que Jack O'Lantern enlève des enfants pour le compte du Diable ?

Vexée qu'on m'attribue des pensées si mesquines, je hochai, malgré tout, la tête. Un flot d'insultes en gaélique fusa hors de la bouche du paranoïaque qui se pinça ensuite durant une bonne minute.

— Lady Sláine, il faut que nous le trouvions. Nous n'allons pas pouvoir attendre qu'il s'en prenne à d'autres enfants. Il est condamné à errer sur terre et selon ce qu'on sait sur lui, cela fait un moment qu'il est coincé ici. Si le Diable lui a donné un infime espoir d'en finir avec cette errance, il ira jusqu'au bout. Et nous ne pouvons pas le laisser faire. Puisque nous ne sommes pas en mesure de protéger tous les enfants de Londres, nous devons le localiser avant qu'il ne capture d'autres âmes, et qu'il les lui livre.

— Pour cela, il a besoin d'un démon afin d'ouvrir l'une des portes scellées dans la ville, et il n'en a toujours aucun sous la main. Le démon gourmand est introuvable, même pour nous. Sir Barthelemew tente de suivre sa piste grâce aux journaux, mais ce n'est pas chose évidente à faire. Il est vrai que Jack peut balayer plus de terrain, mais je l'aurais senti si les portes avaient été ouvertes. Une telle faille dans la trame astrale m'aurait secouée bien plus qu'une simple déchirure induite par une invocation. Cela nous laisse peu de temps, j'en ai conscience.

— Lorsque nous l'aurons trouvé, je jure sur le nom de mes ancêtres que je vais l'écarteler et lui arracher les organes un par un, gronda-t-il, son tigre se déployant dans son dos, menaçant.

Je ne vis pas l'intérêt de lui faire remarquer qu'il lui faudrait être mort pour parvenir à causer une réelle blessure à un poltergeist. Même à cette condition, il ne serait jamais assez puissant pour s'en prendre à une âme aussi tourmentée ayant eu des siècles pour parfaire son savoir-faire et ruminer sa souffrance. Mais c'était le genre de déception que je ne pouvais décemment infliger qu'après m'être assurée d'avoir glissé un verre de brandy dans la main du désillusionné.

J'avais eu l'espoir fou qu'une fois réveillé l'Irlandais trouverait la solution qui semblait me glisser entre les doigts telle une anguille peu conciliante, consciente que j'allais lui tordre le cou dès que je l'aurais attrapée, à condition de pouvoir localiser ledit cou. Je me sentais impuissante, comme lorsque j'avais attendu de pouvoir invoquer l'Éventreur grâce à son nom murmuré par fragments dans la brume. Hélas, on ne pouvait pas en faire de même avec un fantôme. Même s'il avait pactisé avec Lucifer, son essence restait éthérique et donc trop évanescente pour être saisie par des serres magiques. Je ne voulais pas attendre cette fois. Je ne le pouvais pas. Je savais qu'il serait bientôt trop tard pour agir, que lorsque le coucou de l'horloge démoniaque sortirait je ne pourrais pas le faire rentrer à coups de poing vigoureux dans son nid de bois.

J'avais promis à Marius Perrin de prendre soin de Drew. Je n'avais pas le droit de m'asseoir tandis qu'il devait être terrorisé, prisonnier de cette maudite lanterne.

J'eus soudain une illumination qui manqua me faire chuter de soulagement.

— La lanterne ? Mais bien sûr ! Je ne vois qu'un seul moyen d'empêcher Jack O'Lantern de nuire. Il nous faut récupérer la lanterne, dis-je en articulant chaque mot de manière exagérée, comme si j'étais un poisson tentant d'envoyer un message à ma conscience plongée dans les eaux troubles de la résignation.

Je fixai mon partenaire, avide de partager l'excitation de cette découverte avec lui. Alors que je m'attendais presque à le voir sautiller, chose que les gentlemen respectables ne faisaient pourtant pas, je dus affronter son regard sceptique. Il papillonnait sur mon visage pour s'assurer que je n'avais pas définitivement largué les amarres loin du port de la raison.

— Intéressant. Mais j'ai dû passer à côté d'un détail assez gros puisque, aux dernières nouvelles, la lanterne se trouvait avec Jack. Jack O'Lantern qu'on ne peut pas localiser.

C'était à son tour de se prendre pour un poisson, un poisson détestable qui essayait d'expliquer, avec condescendance, quelque chose à un autre manquant d'oxygène. Mais, ne lui en déplaise, mes branchies fonctionnaient très bien.

— Un fantôme, James peut-être, vient-il de vous murmurer quelque chose à l'oreille ? osa-t-il me demander.

Homme de peu de foi...

Je m'assis à ses côtés sur le lit étroit, faisant fi de l'aspect inconvenant de la chose. Mon cerveau ayant besoin de toute l'énergie à ma disposition pour fonctionner, je dus consentir à soulager mes jambes de mon propre poids et à sacrifier la décence par la même occasion.

On ne doit pas parler à un gentleman, seule dans une pièce. Et encore moins s'asseoir sur un lit avec lui, s'ébroua un sir Protocole fâché. Je l'ignorai ostensiblement.

— Vous vous souvenez des inscriptions démoniaques gravées sur la lanterne ? C'est ce qui nous a permis de savoir avec exactitude que celle-ci se trouvait dans la collection de sir Hans Sloane. Mais pourquoi n'y ai-je pas songé plus tôt ? C'était évident ! Je ne peux pas localiser Jack, mais je peux forcer la lanterne à venir à moi. À apparaître.

— Grâce aux inscriptions ? Je ne vous suis pas.

Quand il avait l'air décontenancé, les yeux piquetés d'argent de l'Irlandais se plissaient intensément. Une pluie d'or s'y déversait au ralenti, pour s'accorder au rythme de sa réflexion qui, en l'occurrence, s'approchait de celui d'un cheval au pas.

— Les inscriptions font de cette lanterne un objet unique. Cela la rend reconnaissable entre toutes. Je vais utiliser un sort d'appel en incluant ce détail. Mais pour cela, je vais avoir besoin de certaines choses. Du crâne de quatre animaux différents, d'un lieu clos hanté par au moins six fantômes et d'énergie démoniaque en quantité.

Pour les crânes, il était préférable qu'ils appartiennent à des animaux tués de fraîche date. Mais d'une part, je trouvais cette activité cruelle et salissante, et d'autre part, je n'avais pas le temps de courir après autant de bestioles. Je comptais sur la réserve en objets divers et variés du club pour satisfaire cette exigence. Pour le lieu hanté, ce n'était pas ce qui manquait à Londres, même si j'allais devoir choisir un endroit inoccupé au voisinage restreint. Générer une telle énergie comportait des risques, et une extinction générale de lumières pouvant causer des incidents. Je ne tenais pas à être responsable d'une collision entre deux *cabs* ou d'une chute dans les escaliers.

— Ce que vous suggérez ne me plaît pas du tout, déclara messire O'Farrell en amincissant sa bouche déjà fine. Cela ressemble à de la magie noire. Quand bien même toutes les conditions seraient réunies, vous croyez que la brume vous fournira assez de matière ? Je vous rappelle que vous avez parfois du mal à attraper des filaments timides.

— C'est parce que vous l'aviez fait complexer ! Et je ne songeais pas à la brume...

— Vous voulez capturer un démon ? me demanda-t-il en sautant du matelas pour y retomber de tout son poids, me faisant glisser vers lui. Même si c'était possible, n'y comptez pas ! Je vous en empêcherai, quitte à vous attacher dans votre chambre ! C'est trop dangereux. *Jaysis !* Il doit bien y avoir une autre solution.

M'attacher dans ma chambre ? J'aurais bien aimé le voir essayer, mais je préférai taire ce défi, de peur qu'il ne soit mal interprété.

— C'est vous qui m'avez dit que la fin justifiait les moyens, lui rappelai-je à la place. Vous vous souvenez de votre démonstration avec Fear et James pour appât ?

Il eut l'élégance de se sentir penaud, se passant la main dans les cheveux, mais fit tout de même claquer sa langue contre ses dents.

Chacun ses casseroles, songeai-je, le langage des docks me semblant encore une fois plus approprié pour exprimer le fond de ma pensée.

— Comment comptez-vous procéder pour le démon ? m'interrogea-t-il, maintenant disposé à envisager l'inenvisageable.

Nous progressions.

— Nous l'avons déjà sous la main. Il a quatre pattes, il peut grossir ou rétrécir à volonté, et il a une couronne de feu quand il est d'humeur autocratique.

— Le chien de l'Enfer ?

Messire O'Farrell se leva et se mit à déambuler dans la pièce, son aura pareille à la flamme d'une bougie malmenée par un courant d'air. La promenade méditative se limita à trois pas à cause de la taille de ses jambes, ce qui parut l'agacer au bout du deuxième aller-retour.

— Oui, dis-je avec un calme que j'étais loin de ressentir. Je vais puiser dans l'énergie de Feardorcha. Je ne sais pas encore comment je vais m'y prendre. Il va pour cela falloir qu'il en crache un peu, si je puis dire.

— Cette idée ne me plaît pas du tout, asséna-t-il en se rapprochant de moi jusqu'à ce que ses jambes touchent presque mes genoux.

Cette proximité me mit mal à l'aise à plus d'un titre. Je n'appréciais pas qu'il me domine de la sorte ; j'avais l'impression qu'il se servait de sa haute stature pour m'intimider et me forcer à reconsidérer mon plan. Et il m'était impossible de me lever sans me retrouver dans ses bras pour rééquilibrer un peu ce rapport de tailles qui, j'en convins avec aigreur, ne serait jamais équilibré à moins que je ne porte des échasses.

Sa magie vint m'effleurer. Cela me rappela comme elle m'avait entourée dans la ruelle lorsque le rapprochement intime avec le mur n'était pas le seul auquel j'avais consenti, ce soir-là. Elle me tâta doucement, d'une manière qu'on aurait pu qualifier de timide, telle une main maladroite essayant d'entrelacer ses doigts dans ceux d'une autre qui n'était pas sa jumelle. Et en fixant celle de l'Irlandais, je vis qu'elle se crispait et se décrispait à la même cadence que celle de son aura.

— Vous l'avez déjà dit, lâchai-je dans un souffle quand mes yeux rencontrèrent les siens agités par un tourbillon de flocons d'or et d'argent.

— C'est parce que je veux être certain que vous vous souveniez que je n'étais pas partant du tout.

— C'est noté.

Il se recula, se fondant dans les ombres de la pièce qui ne pouvaient pas le dissimuler à ma vue à cause de son éclairage personnel. Qu'avait-il donc à cacher ? Quoi qu'il en soit, je pus de nouveau respirer sans avoir l'impression de reprendre continuellement mon souffle après une apnée prolongée.

— Je viens avec vous. Ne songez même pas à protester, ou je vais vraiment mettre ma menace à exécution et vous attacher.

M'attacher dans ma chambre, pensai-je en souriant intérieurement devant un traitement si peu britannique.

— J'avais justement besoin d'un volontaire pour briser le cercle au cas où j'en aurais besoin, énonçai-je en haussant les épaules malgré moi.

Me réprimandant pour ma désinvolture, messire O'Farrell me fit les gros yeux, ce qui, chez lui, signifiait qu'ils devenaient phosphorescents. Je me dis qu'il valait mieux que j'ai finalement gardé pour moi le fait que je n'aurais pas été contre une leçon sur comment m'entailler proprement avec un couteau, vu qu'il m'avait une fois reproché de « ne pas y avoir été de main morte ». Compte tenu du flot de sang que l'appel requérait, il y aurait matière à dispenser quelques leçons...

26

Où une lady se fait léchouiller par un tigre

Quand j'étais enfant et que je ne savais pas encore apposer un voile opaque sur ma vue d'outre-tombe, il m'arrivait d'enrager de ne pouvoir me ménager un moment de solitude visuelle, durant lequel j'aurais pu fixer un mur sans personne pour envahir mon champ de vision. Du moins devrais-je dire, l'illusion d'un tel moment. Comme l'expérience me l'avait appris, les spectres s'accrochaient de tous leurs membres éthériques à notre réalité, à tel point que, même lorsque ma double vue était en sommeil, il m'arrivait de percevoir le souffle de déplacements traînants et le froid émanant de ces corps translucides. En dehors de la constante atteinte portée à mes nerfs délicats, il y avait certains avantages à vivre dans une ville à l'éther aussi peuplé. Notamment, lorsqu'on avait besoin d'énergie ectoplamisque pour se protéger d'un retour de flamme éventuel au cours d'un vol planifié sur le plan astral.

Après notre débriefing très impudique, l'Irlandais et moi avions convenu de nous retrouver le soir même, très tard. Tout le monde n'avait pas eu la chance d'atteindre son quota de sommeil pour le restant de la semaine. Et pour ce que j'escomptais accomplir, il était nécessaire que mon oreiller et moi nous séparions en bons termes. Je m'étais donc réveillée vers midi, même si aux environs de dix heures, miss Rosembach avait discrètement passé la tête dans ma chambre pour tenter une entrée en territoire hostile. L'intrusion ayant été accueillie par un grognement humain doublé d'un autre plus canin, écho compatissant apprécié, la gouvernante n'avait pas insisté.

Sa persévérance fut toutefois récompensée à l'heure du déjeuner que je pris debout sur un petit escabeau, face à un miroir, tandis que miss Rosembach terminait d'apposer les retouches sur ma robe pour le bal prévu deux jours plus tard. La séance d'essayage fut ponctuée de nombreux soupirs contrariants et de « Ça ne va pas du tout, du tout, du tout ! » inlassablement répétés. Ils me firent regretter le vocabulaire plus limité de Lucille, le perroquet de M. Perrin. J'avais affreusement maigri, selon les doigts experts de miss Rosembach qui me palpaient dans tous les sens comme si j'étais une pâte à tarte qu'elle essayait d'étirer pour remplir les vides causés par cette hypothétique perte de poids au niveau de la taille. Elle était curieuse de savoir comment une telle catastrophe avait pu se produire. La chose revêtait une importance particulière, car à ses yeux, j'étais déjà proche du seuil dramatique au-dessous duquel les gentlemen risquaient de me prendre pour un portemanteau. Comment pouvais-je espérer trouver un époux dans ces conditions ? La pauvre Elisabeth était bien la seule à encore nourrir de telles ambitions. Mais comme c'était elle qui avait les aiguilles en main, et que je ne me sentais pas l'âme d'une poupée vaudou, je me gardai bien de protester. Je ne pouvais décemment pas lui avouer quel genre d'activité pouvait nuire à la taille d'une lady. Les crapahutages nocturnes dans les cimetières, gares, musées et sur les docks étaient susceptibles de la faire s'évanouir.

Vers dix-sept heures, je retrouvai James dans la cave toujours si pauvrement décorée avec ses deux fauteuils en brocart rouge que j'envisageai d'intervertir. L'assise du mien commençait à se relâcher, et ce n'était pas le colporteur qui risquait de souffrir d'un tel désagrément. Ne souhaitant pas entretenir le mécontentement de ma gouvernante et couturière qui estimait que je faisais tout ce qui était en mon pouvoir pour saboter son travail, j'accompagnai mon thé non pas d'une mais de deux pâtisseries réalisées par ses blanches mains. À l'occasion de ce rendez-vous quotidien, je puisai une certaine sérénité dans ce semblant de normalité et laissai mon ami discourir sur les dernières futilités mondaines, toutes en rapport avec le bal à venir : robes froufrouteuses choisies par mes voisines et messieurs constituant leurs cibles. Cette pause forte en théine et en potins me permit de relativiser le fait d'avoir la vie d'orphelins entre les mains. Mais bien vite, mon esprit en revint à l'essentiel. Je priai Mr Bridgestone de bien vouloir me communiquer à Whitechapel l'adresse d'une « maison vide et remplie à la fois », une expression que nous employions pour refléter l'absence de vivants et la présence de spectres. En somme, nous n'avions pas quitté le registre des ragots, ceux sur les morts donnant, je le concède, moins envie de sourire.

Mon ami se proposa de nous accompagner, messire O'Farrell et moi-même, jusqu'à ladite demeure qui était, selon lui, difficile à trouver quand on ne pouvait survoler la ville ou traverser les murs. Je me contentai de le croire sur parole, peu encline à rendre son sourire vorace à la mort pour entrer dans ses bonnes grâces.

Whitechapel était un quartier qui s'était progressivement transformé au cours de ce siècle. Il accueillait de nombreux commerces, notamment les plus odorants dérangeant les nez aristocratiques, et son lot d'immigrés irlandais et juifs. Il arborait deux visages. Le plus présentable attirait les clients sur les larges avenues. L'autre qui l'était beaucoup moins se composait de ruelles sombres et sinueuses au sein desquelles trois ans auparavant des prostituées malchanceuses avaient croisé la route de Jack dit l'Éventreur. Lorsqu'on arpentait ces rues, on prenait conscience de la pauvreté et du contraste frappant qu'elle formait avec le cœur bourgeois de Londres. On eût dit que la misère s'était repliée en un lieu où elle pouvait s'abattre sans aucune retenue, là où elle ne disparaissait pas une fois le soleil couché, quand ses rayons ne pouvaient plus mettre en lumière les séquelles de son règne. La nuit ne recouvrait pas le profil dérangeant de cet endroit ; elle ne faisait que le tailler à la serpe pour en faire ressortir les aspects les plus grossiers et révoltants.

Des mendiants étaient allongés à même le sol au pied des immeubles, dans des flaques à la composition suspecte où je n'aurais même pas laissé Fear s'asseoir. Les prostituées, redevenues maîtresses de ces lieux après la disparition de l'assassin de Whitechapel, aguichaient les hommes en secouant leurs jupons miteux et en souriant de leurs bouches noircies par le manque d'hygiène. Messire O'Farrell, en dépit de ma présence indéniablement féminine à ses côtés, reçut plus que sa part d'interpellations. Elles furent toutes, sans exception, déclinées si poliment que cela incita ces dames à revoir leurs tarifs à la baisse, voire à les réduire à néant. « Pour toi, ce s'ra gratuit, mon mignon. » Comme ce n'était pas tous les jours qu'un homme au physique si avantageux leur témoignait du respect, cela se fêtait.

Même si j'étais prompte à juger les incartades inconvenantes de miss Chatterton et ses consœurs, je me sentais plus indulgente à l'égard de ces pauvres femmes obligées de faire commerce de leur corps pour survivre. Je ne m'estimais pas en droit de les condamner, alors que la plupart d'entre elles avaient des bouches à nourrir. J'aurais voulu les aider, mais elles avaient leur fierté et n'acceptaient pas la charité, ce que j'avais compris, une fois, lorsque j'enquêtais sur l'Éventreur. L'une d'elles m'avait craché dessus quand j'avais voulu lui donner de l'argent pour qu'elle quitte son poste sous un passage lugubre. La culpabilité d'assister, impuissante, à l'allongement de la liste des victimes me rongeait de l'intérieur avec autant d'application qu'un rat détachant la chair d'un os à l'aide de ses dents. J'en avais oublié la valeur de la dignité humaine, quelque chose qui ne cessait pas de briller au contact d'un environnement putride, mais qui le faisait seulement si une personne y renonçait d'elle-même.

La maison censée servir de lieu d'invocation était située aux environs du marché aux poissons de Billingsgate, près duquel je vis mon partenaire hoqueter de dégoût après un reniflement malvenu. Nous longeâmes d'abord une rue mal éclairée et peu fréquentée dans laquelle l'humidité suintait des murs en un floc floc peu rassurant, et où des ordures diverses s'entassaient en immondices fétides qui vous donnaient des haut-le-cœur. Puis, nous nous enfonçâmes dans d'étroites ruelles que même la lune ne daignait pas illuminer, laissant les ténèbres poisseuses gagner cette bataille. Au bout de quelques minutes à emprunter d'inquiétants raccourcis, nous débouchâmes sur une artère coupée du pouls maladif de Whitechapel, où il était de nouveau possible de respirer par le nez sans risquer de conférer une utilité décorative à la nourriture contenue dans nos estomacs respectifs. Le colporteur n'était évidemment pas concerné par le problème. Et Feardorcha peut-être pas non plus, d'ailleurs.

La demeure hantée était un endroit délabré. J'aurais aimé dire qu'elle l'avait été à cause des ravages du temps, mais on ne pouvait pas lui imputer tous les traumatismes architecturaux. Un incendie ayant ravagé cette aile de Whitechapel avait laissé des traces éternelles sur les façades grises, des larmes noires et figées, sillons profondément incrustés dans le ciment, autant de symboles du deuil porté par ces maisons.

Même si la plupart des gens ignoraient l'existence des fantômes, ils ressentaient un malaise insoutenable à vivre dans des endroits aussi marqués par leurs précédents occupants. Une mélancolie pénétrante imprégnait les murs, chant lancinant et accablant susurré aux oreilles de notre conscience.

Messire O'Farrell parut aussi motivé que moi à franchir le seuil peu avenant de cet endroit. À l'aide de sa luminescente carcasse, il me bloqua le passage sur les marches encadrées par des rampes de métal rouillées, dont je sentais les écailles s'enfoncer dans ma paume.

— Rappelez-moi encore une fois pourquoi nous faisons cela, bougonna-t-il.

— Pour sauver des enfants.

— Non, je veux dire, pourquoi nous le faisons de manière si déraisonnable ?

— La question serait plutôt de savoir s'il y a quoi que ce soit de raisonnable dans une affaire impliquant le Diable et un poltergeist très énervé, lui retournai-je, excédée.

— Vu sous cet angle… Je passe devant. À moins que James ne préfère nous ouvrir la voie ? demanda-t-il en soulevant un sourcil avant de faire papillonner ses yeux sur une zone restreinte autour de nous, dans laquelle il estimait que le colporteur pouvait se trouver.

— Mr Bridgestone a dû partir pour répondre à l'appel d'une sorcière qui enquête sur des fleurs empoisonnées d'une variété inconnue et dont les spores causent des hallucinations durables.

Ne se formalisant pas du départ impoli du colporteur auquel il ne pouvait, de toute façon, pas rendre ses salutations convenablement, sauf à revêtir ce que j'appelais son « masque félin », il passa directement au point qui le chiffonnait. Cela n'aurait guère dû m'étonner qu'il y en ait un, tant l'Irlandais trouvait toujours quelque chose à redire aux méthodes d'investigation britanniques.

— Je ne comprends pas comment le club Shadow fonctionne. Utiliser la magie noire est tout de même plus important que faire du jardinage.

— Tout dépend quel jardin est infesté. Les grandes écoles de magie ont les moyens de faire pression sur nous. De toute manière, je préfère que Mr Bridgestone ne soit pas dans les parages lorsque je procéderai à l'invocation.

Je ne souhaitais pas prendre le risque qu'il disparaisse...

— Vous ne me dites pas tout, lady Sláine, déclara-t-il en plissant les yeux. C'est très hypocrite de la part de quelqu'un qui insistait autant sur la notion de transparence.

Soit, il n'avait pas tort. Mais il fallait croire que la transparence répondait à des critères fantomatiques et que, comme l'apparence des spectres, elle pouvait se permettre d'être plus opaque par endroits.

— Y allons-nous, messire O'Farrell ?

Vexé que la piqûre de sa réplique ne m'ait pas atteinte, il grommela dans sa barbe. Il ouvrit la porte d'entrée aux gonds récalcitrants d'une poussée un peu trop vigoureuse qui suffit à rameuter la famille décédée durant l'incendie survenu en pleine nuit l'an passé. Par chance, aucun des deux parents ni des cinq enfants n'arborait le souvenir de leur mort à même leur peau éthérique. Intrigués par la venue d'inconnus dans ce qui, avant d'être leur prison, avait été leur foyer, ils nous suivirent jusqu'à la pièce minuscule qui devait leur servir de salon et de salle à manger, au vu des restes de meubles calcinés recouverts d'une poussière noirâtre.

La fenêtre aux carreaux brisés diffusait la lueur blafarde de la lune. Elle me permit de me repérer sans que j'aie à me reposer sur mon lampadaire mobile qui alla se poster à l'autre bout de la pièce, dos au mur, comme si nous risquions de voir débarquer une bande de voleurs. Notre seul souci, si souci il y avait bien entendu, se trouverait sur le plan astral. Et si l'envie lui en prenait, il pouvait bondir de tous côtés.

L'agent de l'Irish Tree déposa le sac contenant les crânes et les bougies par terre. En voulant le rejoindre, une latte du plancher eut l'audace d'avaler mon pied dans sa bouche pleine d'échardes. Je me retrouvai en mauvaise posture. Je n'en revenais pas ! Mon partenaire était plus lourd que moi, et c'était sur mon passage que le plancher s'effondrait ! Je n'aurais pu me dépêtrer de cette situation qu'en sacrifiant ma bottine si messire O'Farrell n'était pas venu à mon secours en faisant exploser à coups de poing suffisamment de bois pour forcer le parquet à régurgiter cette partie fort utile de ma personne.

Une fois remise d'aplomb, je ne perdis pas de temps. Je lançai un regard à Feardorcha qui, anticipant ma demande, reprit sa forme originelle. De la fumée noire s'éleva du sol, dessinant la silhouette disproportionnée du chien de l'Enfer. Il retrouva son poil plus sombre que la nuit elle-même et ses yeux d'un rouge rubis.

Tentant d'ignorer le froid polaire émanant de la famille spectrale qui me suivait comme une ombre, je traçai à la craie deux cercles accolés l'un à l'autre de circonférence à peu près égale. Le premier avait vocation à m'accueillir, tandis que le second se chargerait de réceptionner et de contenir la lanterne jusqu'à ce que je trouve comment libérer sans danger, pour eux et pour nous, les âmes des garçons. Je m'appliquai à dessiner le pentagramme dans le second, y ajoutant les runes de protection du voyageur. J'avais déjà, durant une précédente invocation, risqué de me faire happer par des démons opportunistes.

La première fois que j'avais eu recours à la magie noire, c'était pour invoquer et capturer Jack l'Éventreur alors que je ne disposais que de parcelles désordonnées de son nom démoniaque. Je n'aurais jamais dû tenter un tel appel avec des termes aussi approximatifs et une énergie démoniaque aussi résiduelle que celle du *fog* que j'avais peiné à amplifier, mais le désespoir impliquait parfois des mesures radicales. Mon imprécision m'avait mise en danger. Cette appellation tronquée avait fait se tourner dans ma direction les regards courroucés d'autres démons. Ils m'avaient attrapée et tirée vers eux pour une version plus sanguinaire d'un thé auquel j'étais certaine de ne pas vouloir participer, persuadée comme je l'étais de faire office de biscuit. J'avais réussi à couper le lien à temps en effaçant les lettres démoniaques, ce qui m'avait permis d'interrompre la communication parasitée. Mais le vortex apparu, du fait du flot d'énergie qui se déversait, avait emporté en se refermant les fantômes desquels je m'étais servie comme d'une armure mystique. J'avais attendu longtemps tandis que je saignais encore, incapable de conjurer un filament de guérison pour y remédier. Mais je ne les avais pas revus, et j'avais gardé cet abominable secret pour moi. À l'échec de l'invocation, et des meurtres qui s'en étaient suivis venait s'ajouter le sacrifice de ces âmes tourmentées que je supposais avoir condamnées à vivre bien plus qu'un simple enfer sur terre.

Sortant un papier de l'un des compartiments cachés de mon manteau, je reproduisis les inscriptions gravées sur la lanterne entre les branches de l'étoile maléfique. Je disposai ensuite des bougies rouges et noires au sommet de chaque pointe et sortis les crânes du sac pour les poser à la jonction entre les deux cercles. Chat, renard, lapin et blaireau seraient mes protecteurs dans le tunnel menant à Jack O'Lantern.

Je me redressai et me rendis près de messire O'Farrell pour lui confier trois cristaux. Je rencontrai un ciel obscur scindé en deux planètes sur lesquelles venaient mourir des dizaines d'étoiles or et argent.

— Lorsque j'aurais érigé la barrière protectrice constituée de l'essence des fantômes présents, rien ne pourra la fissurer, hormis ces cristaux. Gardez-en un sur vous, pour maintenir ouverte la brèche que vous aurez créée à l'aide des deux autres, lui expliquai-je en soutenant son regard pour lui faire comprendre la condition passée sous silence : « Si les choses tournent mal. »

Il avança d'un pas pour se rapprocher de moi et posa doucement sa main sur ma joue. Sa magie me picota la peau de manière réconfortante. Tout d'un coup, je ne ressentis plus du tout le froid spectral expulsé par la famille fantomatique qui m'entourait étroitement, mais seulement la chaleur de cette proximité humaine qui m'ancrait dans le présent, faisant taire mes démons personnels.

Mon partenaire m'observa. Il parut évaluer la force de ma volonté qu'on pouvait mesurer dans mon regard. J'espérai la faire brûler intensément, ses flammes masquant les brindilles humides de mes craintes qui menaçaient de l'étouffer à chaque seconde.

— Lady Sláine, vous pouvez encore renoncer. Vous n'avez pas besoin de jouer les héroïnes. Peut-être pourrions-nous faire cela au club plutôt qu'ici, là où le coven local pourra vous soutenir.

— Le club est protégé contre les attaques démoniaques. Je n'aurais pas pu invoquer la lanterne là-bas. Et la magie noire est prohibée. Personne ne doit savoir que je l'utilise.

Ses sourcils se froncèrent, et il me lança un regard interrogateur.

— Pourtant, vous me mettez dans la confidence, dit-il d'une voix hésitante qui rendait son timbre encore plus rauque, signe qu'il appréciait cette marque de confiance à sa juste valeur.

— Oui, lui avouai-je, réalisant à travers ce simple mot que je venais de rendre les armes.

J'acceptai de remettre ma vie entre les mains de quelqu'un d'autre, ce que je ne m'étais jamais autorisé à faire, craignant que personne ne puisse voir au-delà de la façade assurée et dédaigneuse que j'avais dressée entre le monde et moi. Ou au contraire, qu'on ait eu un aperçu peu reluisant de toutes mes facettes amassées dans l'enclos de la honte. Les plus faibles et pitoyables ressortaient dans ce troupeau de défauts d'un noir entretenu par tant d'années à me considérer comme une usurpatrice qui aurait toujours besoin de faire ses preuves, de se rendre indispensable professionnellement, à défaut de pouvoir l'être affectivement. Il y avait trop de carences dans mon âme pour qu'elle puisse illuminer les ténèbres qui la grignotaient morceau par morceau depuis si longtemps. Il n'y avait rien qui puisse donner l'envie à quelqu'un de sauver ce papillon aux ailes brisées, à la souffrance duquel on souhaitait juste mettre un terme. Pathétique créature faite de vide retournant au néant.

Messire O'Farrell avait à plusieurs reprises mis son existence en péril pour protéger la mienne. En essayant de me pousser à reculer, il agissait encore une fois pour la préserver, et non pas pour se prémunir du danger. On ne pouvait pas vivre avec une telle sauvagerie en soi, lame mortelle pour les autres et soi-même, sans avoir accepté l'idée même de sa mort.

L'Irlandais se pencha vers moi. Je me raidis, anticipant ce qu'il allait faire : m'embrasser. Mais il se contenta de déposer un chaste baiser sur mon front, tout en malaxant l'arrière de mon crâne en un geste possessif qui révélait beaucoup de choses sur lesquelles je n'avais pas le temps de m'appesantir.

— Vous êtes une femme impossible, lady Sláine, concéda-t-il en secouant la tête, ses cheveux soyeux venant frôler la peau de mon visage.

— J'ai une réputation à tenir.

— Vous êtes bien plus qu'une simple réputation, me contra-t-il avec une virulence que je trouvai disproportionnée et qui le surprit lui-même au point de le faire s'éloigner de plusieurs pas. J'espère qu'un jour prochain vous réaliserez combien les mots, surtout ceux dispensés par autrui, ne valent rien en comparaison des actes perpétrés à l'abri des regards, desquels on ne tire aucune gloire, alors même que c'est par eux qu'on révèle notre vrai visage.

Bien que ses mots me touchèrent profondément, je n'en laissai rien transparaître. J'allai m'installer dans le premier cercle, consciente du regard de mon partenaire fixé sur moi, m'accompagnant sur ce court chemin, passerelle instable menant vers un rivage périlleux.

— Je suis là, lady Sláine. Allez-y, qu'on se débarrasse de cette formalité afin que vous puissiez m'accorder les danses que vous m'avez promises.

Souriant devant tant d'audace typiquement irlandaise, j'achevai de refermer le cercle de protection d'un coup de craie. Je m'assis en tailleur sur le sol et sortis un couteau d'une encoche de mon corset. Sans trop réfléchir à la douleur qui en découlerait, j'entaillai un poignet puis l'autre, et ma paume gauche. Le sang commença à goutter immédiatement.

Les fantômes s'agitèrent autour de moi, et je me hâtai de leur transmettre mentalement la promesse d'une offrande chaude et liquide capable d'étancher un court instant leur inextinguible soif de sensations. À voir leurs regards avides et leurs visages s'étirer de manière impossible, comme s'ils étaient constitués de cire chauffée, je doutai de pouvoir les tenir à distance. Mais ils acceptèrent le marché proposé et débutèrent leur danse macabre. Ils se prirent les mains et se mirent à tourbillonner autour de moi. Ils devinrent un voile hermétique coulant sur un dôme invisible qui m'assurerait une protection efficace contre les attaques astrales.

Utilisant notre lien surnaturel, tendu à l'extrême à cause de la magie à l'œuvre, je demandai à Fear de se rapprocher. Il vint se caler derrière moi, à la bordure du cercle où je pourrais inviter son essence à entrer. Je jetai un dernier regard à l'agent étranger qui avait revêtu son « masque félin » ; ses yeux avaient grossi et s'étaient figés dans une forme en amande soulignée par un épais trait de khôl.

J'exigeai du chien de l'Enfer qu'il enfile sa collerette de feu et je ressentis presque immédiatement sa brûlure dans mon dos. Je fermai les yeux pour la visualiser intérieurement, pour m'y connecter, afin de comprendre comment l'invoquer. L'atmosphère changea du tout au tout, envahie par cette pesante énergie issue d'une réalité différente de la nôtre qui forçait l'espace à s'adapter pour composer avec sa présence agressive. Je compris pourquoi Feardorcha, en dehors de sa faculté à modeler les ténèbres environnantes, n'avait pas d'aura comme tous les êtres surnaturels que j'avais pu rencontrer. C'était dans ses flammes que résidait son pouvoir plus néfaste qu'aucun autre. Mais elles n'étaient qu'un mince aperçu de la magie dont il était saturé. J'eus conscience de sa peau qui se craquelait, sensible à la reconnaissance impétueuse que je menais. C'était comme si de la lave en fusion coulait en lui et qu'elle ne demandait qu'à se répandre, à contaminer l'air. Je l'invitai à m'habiter toute entière. Deux tentacules ardents vinrent agripper mes avant-bras, personnification du lien qui m'unissait au tiers de Cerbère dont j'effleurai la conscience, cette île relativement pure préservée de sa nature destructrice.

La magie, même noire, est fondamentalement neutre. Ce n'est pas tant de puiser dans une sombre énergie qui englue votre âme que le fait de vous en nourrir dans un autre dessein, la fondant en vous pour forcer une symbiose contre nature. Enchaînée à Fear, je ressentis sa puissance, effroyable et attirante comme l'est le pouvoir à l'état brut, et je compris que même la toucher timidement était risqué. Les flammes la composant n'étaient pas qu'un matériau, elles renfermaient ce que le brasier dont elles étaient extraites avait touché, abîmé, détruit. Je ressentis la souffrance. Mes veines chauffèrent pour diffuser cette sensation ineffable que même un cri n'aurait pu purger hors de moi. Cela me demanda beaucoup de concentration pour en faire abstraction. Quand j'y parvins, je sentis mes yeux brûler, sus qu'ils étaient différents, et qu'il valait mieux que je ne les voie pas ainsi.

Je les ouvris et serrai la main au-dessus des crânes de mes protecteurs. Je réclamai leur soutien en versant sur eux le souffle de ma vie qui s'échappait en une cascade tranquille. Des formes diffuses, d'un gris fumé, s'élevèrent et se maintinrent en position entre les deux cercles tandis que je dirigeai par la pensée le flot de mon sang en direction du second. Celui-ci sembla l'avaler, le pentacle brillant d'un éclat blanc, de même que les symboles dessinés entre ses branches. Les bougies, jusque-là éteintes, s'embrasèrent. Chaque flamme se colora d'un noir évocateur de la magie à l'œuvre.

Je murmurai le sortilège d'invocation, reprenant chaque mot démoniaque qui, une fois prononcé, se mit à luire d'un rouge vermeil, signe que les voies entre les mondes s'ouvraient. Je partis en quête de l'objet maudit renfermant les trois âmes innocentes. Mon esprit traversa les plans ; chaque franchissement était perceptible dans les variations de température et de compression exercée sur mon âme. J'avais tantôt le sentiment d'être dans une eau glacée ou bouillante, tantôt dans les airs, subissant les effets d'un vent qui m'empêchaient de respirer, des cristaux se formant dans mon nez et ma bouche. Je voyageais à une vitesse impossible, me faisant égratigner par toutes les consciences qui tentaient de m'attraper, mais qui n'étaient pas en mesure de réussir, car mes gardiens animaux veillaient sur moi.

Je parvins à localiser la lanterne et la vis entre les mains du poltergeist à l'humanité putréfiée. Je la ressentis d'autant plus vivement que j'évoluais à un niveau d'existence libéré des entraves de la chair, mais également privée de sa protection. Je l'appelai. Un ordre bref, mais ferme. La sentant réagir, je regagnai mon corps, à bout de souffle. J'ouvris les yeux, observant le pentagramme, à l'affût.

Au bout de quelques secondes, l'image de la lanterne commença à apparaître devant moi. Je renouvelai l'appel. L'éther trembla violemment, et un « *Jaysis* » perçu en provenance de derrière le dôme fantomatique me confirma que ce n'était pas une secousse minime pour que messire O'Farrell l'ait aussi sentie. La projection commença à se densifier, et j'entendis des hurlements, ceux de Jack dépossédé de son bien. Je devais me hâter de lui claquer la porte au nez.

Le flot de pouvoir se fit pesant. J'eus de plus en plus de mal à me mouvoir spirituellement, comme si une force plus puissante contraignait mon âme à se replier à l'abri. Les crânes explosèrent un à un. Un feu noir, comme celui des bougies, comme celui contenu dans la lampe, rampa à partir de l'étoile maléfique au sein de laquelle une brèche inattendue venait de s'ouvrir. Des flammes léchaient chaque centimètre du pentagramme. Des griffes et des cornes se découpèrent dans cette opacité terrifiante, mais sans véritable forme.

Si dans les yeux de Jack j'avais vu ma propre humanité déchirée gisant hors de portée, dans ceux qui se posèrent sur moi, noirs et brillants de ce qui n'était pas des larmes, mais du sang d'une autre nature, je vis se réaliser toutes les fins les plus atroces qui puissent exister. Mon être défia les frontières de la vie et de la mort, pour devenir l'instrument d'un châtiment impitoyable qui visait à faire mourir et renaître l'espoir, jusqu'à ce qu'il n'y ait plus rien que la douleur de milliers de lames m'ouvrant de l'intérieur.

L'apparition ne rugit pas, mais s'adressa à moi d'une voix assourdie par une rage millénaire, charriant dans son sillage les supplications de ses innombrables victimes.

— Qui ose m'invoquer ?

Sans même attendre une réponse, une main griffue, accrochée à un bras à la longueur irréelle, vint se refermer sur ma gorge après avoir franchi le mur spectral qui continuait pourtant de me couper du monde extérieur. Cela ne pouvait signifier qu'une seule chose. La lanterne n'était pas qu'un simple objet démoniaque, pas plus qu'elle n'était l'équivalent d'un démon lambda. Elle était une création du Diable lui ayant insufflé son essence, ce monstrueux feu noir. En invoquant la lanterne, j'avais aussi invoqué Lucifer.

Je perdis le contrôle du sort et des fantômes que je sentis amorcer une descente inéluctable vers mes bras pour prélever leur tribut de sang. Sentant mes muscles se glacer, ma trachée s'obstruer, je fus prise de tremblements et d'une envie de vomir pour rejeter cette énergie abominable qui s'immisçait en moi pour m'écarteler, me broyer.

C'est alors que j'aperçus une lueur solaire, saine et réconfortante, apparaître dans une porte taillée à même le pan éthérique qui disparut dans une explosion crépitante.

Une main humaine aux longues griffes réussit à agripper celle plus ténébreuse qui semblait ne pas vouloir me lâcher. Elle la taillada sans pitié, tandis qu'un protecteur d'une envergure surpassant celle des disparus qui m'avaient épaulée s'enroula autour. Il lui imposa une pression qui la força à se détacher. La brèche ouverte par l'invocation, elle, se refermait puisque je ne la maîtrisais plus.

L'apparition horrifique recula et attrapa la lanterne au passage dans laquelle j'aperçus les visages des garçons, plus particulièrement celui de Drew qui appelait miss Pearl Grey à l'aide. L'ouverture infernale disparut. Un intense appel d'air balaya la pièce, et la maison trembla sur ses fondations.

Des points sombres, taches tenaces et mouvantes comme des cendres, obstruèrent ma vision. Elle mit une bonne minute à retrouver sa clarté ordinaire. Mon cou me faisant atrocement souffrir comme si ma peau était en lambeaux. J'étais allongée au sol, sentant la chaleur de Fear près de ma tête.

Mon partenaire était penché au-dessus de moi, sa chevelure emmêlée et ses yeux redevenus humains, bien qu'inhumainement beaux. Certaines choses étaient immuables.

— Lady Sláine ! *Jaysis !* Qu'est-ce que c'était que ça ?

Je mis longtemps avant de répondre, occupée comme je l'étais à diagnostiquer qui de mon corps ou de mon esprit me faisait le plus souffrir. Constat inquiétant, moi qui étais d'ordinaire dotée d'une grande vélocité de pensée, j'avais du mal à rassembler les morceaux de ce qui s'était produit quelques instants plus tôt. Seuls des mots épars flottaient autour de la barque de ma conscience, en dehors de laquelle je ne pouvais que passer un bras mollasson. En somme, la pêche ne fut pas des plus efficaces.

— Je crois que je viens de presque invoquer le Diable. Et je crois que vous lui avez presque coupé son presque bras.

Cela faisait beaucoup de « presque », et je commençai également à me faire du souci pour mon sens des justes proportions.

— Quoi ?

La détresse qui se peignit sur les traits de l'Irlandais ramena ma conscience sur la terre ferme. Mais elle demeura allongée, préférant différer le débarquement.

— La lanterne renferme son essence, ce n'est pas qu'un objet, c'est une partie de lui. En l'invoquant, elle, je l'ai aussi invoqué, lui.

— Je me contrefiche de qui il est. Ç'aurait tout aussi bien pu être la reine elle-même que j'aurais agi pareil si elle avait osé poser un seul de ses doigts poisseux sur vous !

En l'occurrence, les doigts de la reine n'étaient pas poisseux, mais je lui pardonnai d'avoir insulté Victoria en la comparant au roi de l'Enfer.

Ma barque mentale fut brutalement renversée. Je cessai de respirer, intégrant enfin l'identité de mon presque meurtrier. Oui, mon sens des proportions avait sacrément souffert.

— Oh, mon Dieu ! Le Diable sait que j'existe ! m'écriai-je au bord de l'hystérie.

C'était une sensation étonnante d'éprouver tant de changements émotionnels intempestifs, comme si j'avais été à bord d'un dirigeable faisant des bonds dans les airs.

— Du calme, lady Sláine, du calme, répéta l'Irlandais en me pressant doucement l'épaule. Il est parti, absorbé par le portail.

Ah oui, c'était vrai. Il me semblait bien aussi ne pas être tombée au sol sans raison. Je m'assis, aidée par le bras de l'Irlandais glissé dans mon dos, aussi solide que le dossier d'une chaise. Les hommes étaient finalement utiles avec leur tendance à devenir le meuble de circonstance.

— Vous avez perdu beaucoup de sang, constata-t-il en touchant mes bras sanguinolents et dramatiquement inertes.

— C'était le but, dis-je, dépitée d'avoir été le macaron d'une famille peu efficace puisque le Diable avait réussi à franchir le mur protecteur.

Je me consolai en me disant qu'ils étaient repartis par le plafond, leurs ventres éthériques vides. Et que le Diable ne devait pas être du genre à attendre qu'on l'invite pour tenter de vous tuer. L'échec ne m'étant qu'à moitié imputable, le chat cracheur s'éveillant retourna se lover contre mon ego. Je saluai, de surcroît, le retour de mon sens des proportions. James et moi pourrions continuer de disserter sur les habits adéquats pour des silhouettes atypiques.

— Il faut arrêter le saignement, annonça mon partenaire avec circonspection.

Il se détacha de moi et son aura se mit à flamboyer. Son tigre jaillit de son dos pour venir l'entourer de ses pattes à l'image de leurs embrassades coutumières. Un éclair plus tard, qui fit de nouveau s'agiter des mouches devant mes yeux, messire O'Farrell avait enfilé sa peau féline. L'immense fauve à la fourrure blanche et aux rayures noires avança vers moi, sa truffe rose frémissant.

— Quand vous parliez d'arrêter le saignement, vous ne pensiez pas à me croquer les bras, n'est-ce pas ? (Silence.) Messire O'Farrell ! Dites quelque chose ! Grognez, je vous en prie. Je ne suis pas en état d'interpréter votre mutisme animal.

Vaincue, je retombai mollement au sol. Il n'avait qu'à me croquer un bras si cela lui chantait, pourvu que le plafond cesse de tourner.

Faible comme je l'étais, je ressentais le froid avec acuité, d'autant que plus aucune flamme infernale ne me réchauffait. Ce n'était pas qu'elles me manquaient, mais la différence de température me faisait le même effet que si j'avais été un crabe d'eau douce ayant fini dans une casserole d'eau bouillante qui retrouvait la mer avec sa carapace devenue inadaptée.

En dépit de la présence du tigre qu'il ne portait pas dans son cœur démoniaque et tendre à mon égard, Fear s'allongea près de moi pour que je puisse partager sa chaleur. Je fermai les paupières, rassurée par le calme du chien de l'Enfer qui n'aurait jamais permis à un carnivore affamé de s'approcher de moi. Et puis, je n'avais pas survécu à une tentative d'étranglement de la part de Lucifer pour mourir sous les crocs d'une bête sauvage. Je savais maintenant qu'il y avait plus épique comme mort, et je ne méritais certainement pas de finir en pâtée pour tigre, même si ce dernier faisait un plein usage de mon corps en utilisant mes os comme cure-dents.

Continuant de divaguer, je sentis quelque chose d'humide et de râpeux, ainsi qu'autre chose de plus doux, se frotter contre mon bras gauche au niveau du poignet et de la paume. Cela me fit d'abord mal. Puis des petits picotements parcourent ma peau faisant taire la désagréable sensation de tiraillement.

Je rouvris les yeux. J'aperçus la tête du gros félin dans mon champ de vision et je compris en voyant de l'or scintiller qu'il se passait quelque chose de magique sur mon corps. Je me réjouis en souriant béatement que certains automatismes fonctionnent toujours, même lorsque j'étais vraisemblablement en état de choc.

L'immense animal tourna sa gueule pleine de dents pointues vers moi, et je me demandai si je n'avais pas gloussé par inadvertance, lui donnant matière à me confondre avec une poule. Pétrifiée, je le vis plonger contre ma gorge sans que j'aie le temps de le frapper de mes bras mous. J'aurais au moins aimé me défendre pour la forme.

Il me léchouilla généreusement. La douleur cuisante que je ressentais, depuis que le Diable m'avait attrapée comme une oie dont il aurait voulu tordre le cou, disparut aussitôt.

Le tigre se recula. Sa colonne s'ouvrit sur une lumière aveuglante qui se dissipa pour laisser place à un messire O'Farrell encore et toujours nu. J'étais vraiment trop fatiguée pour supporter dignement la vue de ses virils attributs.

— Vous êtes encore nu ! Si vous portiez un manteau et l'enleviez avant de vous transformer, cela n'arriverait pas, l'apostrophai-je en le pointant du doigt, même si mon bras toujours aussi mou ne me permit que de le faire approximativement.

L'interpellé posa les mains sur ses hanches fines et très agrippables avant de lever les bras sous le coup de l'énervement et de se retrouver de dos, me présentant son postérieur, lui aussi, des plus agrippables. Il aurait voulu exécuter une danse de la tentation qu'il n'aurait pas fait mieux. Le malotru !

— En vous voyant saigner sur le plancher, vous m'excuserez de ne pas avoir pris le temps de me déshabiller. Et vous pouvez remercier le ciel que je ne partage pas votre pudeur, sans quoi vous ne seriez plus capable de pester contre ma nudité.

J'essayai en vain d'enlever mon manteau pour le lui tendre, mais je fus tenue en échec par ma mollesse généralisée. C'était pourtant le moment ou jamais de découvrir ce qu'un kilt, même de fortune, pouvait donner sur un homme.

— Je ne peste pas contre votre nudité. Je la constate, c'est tout. Vous êtes très... très homme, et me mettre dans une telle position n'est pas convenable. D'autant plus quand je suis dans un état de faiblesse avéré.

Il s'approcha de moi par pur défi. Ses yeux agacés menacèrent de faire sauter des éclats d'or dans ma direction. Sa bouche se pinça, et il poussa un grognement peu civilisé.

— Il y a quelque chose qu'on appelle « détourner les yeux ». Je vous suggère d'essayer, plutôt que d'accabler l'homme qui vient de vous sauver la vie. J'ignorais que les Anglaises faisaient tout un plat de pas grand-chose.

— Ce n'est pas ce que j'appellerais « pas grand-chose », assénai-je en pointant du doigt, avec plus de précision que la fois précédente, l'endroit vers lequel mon regard était invariablement aimanté.

Une attraction contre laquelle j'aurais pu lutter à une hauteur plus ordinaire. Mais du sol jusqu'à son visage, il y avait, comme qui dirait, quelques étapes obligées à franchir, certaines imposant des haltes pauvres en oxygène.

Messire O'Farrell se mit à rire sans pouvoir s'arrêter. Lorsqu'il vint à bout de cette crise qui l'avait secoué de partout – vraiment partout –, ce fut pour me faire dire ce que je n'avais pas dit.

— Un simple merci m'aurait suffi, mais j'accepte le compliment.

27

Où il est question de flammes

Lorsqu'un bal était organisé, cela causait toujours beaucoup d'effervescence dans la bonne société londonienne. Si celle-ci avait pu se voir depuis un dirigeable, elle aurait été choquée de réaliser qu'elle s'apparentait à un troupeau de moutons courant dans toutes les rues de la ville, non pas pour fuir le chien aristocratique qui les maintenait d'ordinaire à leur juste place, mais pour poursuivre le malheureux de leurs assiduités laineuses et râpeuses pour l'étiquette. C'était ainsi que la promesse d'une élévation sociale grâce à un mariage réussi agissait : elle avait le don de bouleverser les rapports de force *a priori* immuables.

Comme préalable à cet événement, les jeunes filles en fleur, préparant leur entrée dans le monde, sautillaient avec un entrain gloussant de boutique en boutique pour trouver la robe parfaite. C'est-à-dire celle capable de personnifier la fraîcheur et la délicatesse toutes féminines, faisant miroiter à tous les gentlemen qui se donneraient la peine de regarder une vue quotidiennement agréable. Conscientes que le contenant ne devait en aucun cas éclipser la valeur du contenu, celles-ci se lançaient dans un marathon, pour lequel endurance et persévérance étaient leurs armes. Ainsi, la recherche du juste équilibre nécessitait des semaines, parfois même des mois, pour seulement apercevoir la ligne d'arrivée fleurie constituée de soie et de tulle, agitée par la brise des grandes espérances. Bien évidemment, elle ne serait franchie que lorsqu'elle pourrait être accrochée à un cou masculin.

Durant ce laps de temps éprouvant pour les nerfs, qui était l'occasion d'exercer les poignets à des mouvements d'éventail complexes, les mères de ces boutons de rose, à l'affût de la moindre information, passaient des heures dans les salons de thé. Elles acceptaient de souffrir la compagnie de dames qu'elles auraient habituellement fuies comme elles l'auraient fait face à un abominable couvre-chef, ornement visuellement offusquant qui empêchait les rayons de la noblesse de prodiguer leur grâce doucereuse.

N'ayant jamais eu pour ambition de me marier, ni même ressenti le besoin de me hisser socialement, j'avais économisé quantité de paires de bottines. Je préférai, en outre, investir dans des bottes souples pour mes activités nocturnes. Le seul regret que je pouvais éprouver pour ne pas avoir pris part à de tels préparatifs mondains résidait, peut-être, dans mon incapacité à manipuler correctement un éventail pour communiquer à ces messieurs les bons messages. Ainsi, je me contentais d'agiter l'objet chaotiquement, comme s'il s'était agi de la queue d'un paon ayant perdu le contrôle de cet appendice de son anatomie. On comprenait donc aisément pourquoi je préférais le maintenir dans la seule position inoffensive envisageable, pour ne pas qu'on en déplore l'absence scandaleuse. Il demeurait fermé, même si cela signifiait que j'étais perpétuellement agacée en présence de prétendants obséquieux. Tout bien considéré, mon humeur n'aurait pu être plus fidèlement retranscrite.

Le bal avait lieu dans l'immense résidence de lord Elliott Burnett, un gentleman dirigeant l'entreprise la plus estimée de tout Londres puisqu'elle avait pour mission d'approvisionner ses habitants aux palais délicats en bon thé importé des colonies. Cet événement rendant un hommage explicite à la reine était surtout l'occasion pour l'individu de dévoiler l'opulence dans laquelle il se vautrait avec enthousiasme. Mais selon sir Barthelemew, je n'aurais pas dû me montrer aussi dure avec notre hôte qui, lorsqu'il se comportait tel un cochon se roulant dans la fange, faisait profiter les œuvres de bienfaisance de mon père d'éclaboussures dorées.

Sir Barthelemew et moi arrivâmes une heure en retard, comme il convenait lors de pareil événement, et nous fîmes donc une entrée remarquée vers vingt-deux heures. Je ris intérieurement en songeant combien elle l'aurait été plus encore si Feardorcha avait eu le droit de m'accompagner au lieu de rester dans notre cab.

Après nous être séparés pour rejoindre nos vestiaires respectifs, nous permettant de nous délester de nos vestes et manteaux, je retrouvai mon père devant celui des dames où il m'attendait pour m'offrir son bras. N'ayant pu renoncer au velours intégral, il portait un costume noir traditionnel avec une chemise blanche et un pantalon cintré, à l'exception du nœud et des bordures de sa veste en queue de pie qui avaient été taillés dans son étoffe fétiche. Ne supportant pas de s'approcher d'aussi près des standards protocolaires, il avait également laissé libre cours à son originalité en choisissant des chaussures noires et blanches qui me firent l'effet de dominos s'étant pris de passion pour les pieds. Néanmoins, je ne doutai pas de la stabilité qu'elles conféraient à leur propriétaire, car les talents de danseur de l'ex-Rose, dont il aimait faire la démonstration avec sa chère fille, ne devaient être ternis par aucun soulier.

En ce qui me concernait, j'étais vêtue d'une robe somptueuse d'un velours grenat qui m'avait valu un regard approbateur de la part de mon père. Elle était constituée d'un bustier décolleté mis en valeur par un liseré de dentelle beige qui venait s'enrouler de manière vaporeuse autour de mes épaules. Un corset ajusté, orné sur le côté gauche d'un motif floral écru, mettait en valeur ma taille, à la base de laquelle une espèce de tablier arrondi, confectionné dans la même dentelle que celle utilisée pour flatter ma poitrine, se perdait dans un océan de velours. Il était épinglé sur les côtés pour relever le bas de ma toilette, afin de renforcer le contraste lumineux formé par les tons clairs et foncés. Une traîne à la longueur limitée par une tournure prononcée, qui accaparait la plupart des deux tissus artistiquement mêlés, balayait le sol.

Quant à ma coiffure, miss Rosembach avait intensifié les boucles naturelles de mes cheveux amassés en un chignon négligé qui permettait à quelques mèches noires d'encadrer mon visage de porcelaine et de taquiner mon cou. En guise de bijoux, je n'avais pas pu résister à l'envie de porter ceux que lord Wheelcog avait réalisés à mon intention avec le concours apprécié de miss Chatterton. Les élégantes boucles d'oreilles en forme de gouttes prisonnières d'estampes fleuries ressortaient d'autant plus que ma chevelure était sombre comparé au rose irisé de la pierre et à la blancheur du mystérieux métal écossais dont je sentais à peine le poids. Le collier, enfilade de perles nacrées, était d'une longueur parfaite. Celle-ci permettait au cabochon ovale, protégé par des plantes argentées, de reposer contre le liseré de dentelle de mon bustier.

Si pour des yeux de non-sensible la parure était magnifique, elle l'était encore plus aux miens. Je n'avais de cesse, quitte à donner l'impression de ressentir une fascination vaniteuse pour mes atouts féminins, de baisser la tête pour percevoir l'éclat violet du sort de projection astrale contenu dans la grosse gemme et celui rose poivré des sortilèges de guérison confinés dans les perles. La seule brillance que je ne pouvais capter qu'en m'observant discrètement dans un miroir était le bleu cyan des boucles d'oreilles.

Nous pénétrâmes dans la salle de bal. Je fus subjuguée par la clarté conférée à la pièce grâce aux murs démesurément hauts d'un blanc pur, agrémentés de bandes de marbre d'un rose orangé et de dorures en relief représentant des bouquets de fleurs printanières, ou encore de sobres guirlandes si habilement plissées qu'on eût pu les prendre pour des écharpes d'un tissu d'une grande fluidité. Arches arrondies et arches à angles droits se disputaient les faveurs de ces parois richement ornementées sur lesquelles étaient accrochés des chandeliers de bronze qui projetaient des reflets sur le parquet ciré. Il était occupé par des couples de danseurs embarqués dans un quadrille dynamique, tandis que d'autres convives discutaient, assis ou debout, près des rangées de fauteuils capitonnés. Au fond de la salle, sur une estrade entourée de doubles piliers au motif torsadé, jouait un orchestre composé d'un pianiste, d'un harpiste, d'un violoncelliste et de plusieurs violonistes.

Mais ce qui interpellait le plus, à condition de lever la tête, un réflexe pour une personne dotée de double vue, était sans conteste le plafond. De forme concave, il était la toile de fond de quatre fresques délimitées par des rubans dorés. Elles avaient toutes pour décor un ciel d'été parsemé de nuages et une nature épurée dans laquelle des personnages réalistes nus ou peu habillés observaient les invités. La finesse des visages et l'hommage évident rendu à la pureté des éléments me firent penser au travail de Botticelli, et plus particulièrement à son œuvre *La Naissance de Vénus*, qui m'avait toujours émue sans que je puisse me l'expliquer. Peut-être était-ce parce que je me reconnaissais dans le regard lointain de la déesse de l'amour. Elle semblait voir ce que les autres divinités présentes sur le tableau ne pouvaient saisir. Leur attention était concentrée ailleurs, sur la nécessité de couvrir Vénus de fleurs ou d'un tissu préservant des yeux des mortels sa majestueuse nudité. C'est ainsi que je me sentais la plupart du temps : le corps ancré dans la réalité, l'esprit attaché à la brume, mes obligations de lady se rappelant à moi pour me contraindre à cultiver une image lisse.

Sans plus tarder, sir Barthelemew m'entraîna parmi les danseurs pour ne pas rater le début de l'une de ses danses préférées : le scottish. Le corps des violons nous accompagna durant quelques minutes, tandis que nous exécutions les mouvements propres à cette danse. Face à face, l'une de mes mains dans celle de mon père, l'autre reposant sur son épaule, la sienne sur ma taille, nous tournoyions, complices, autour d'un cercle imaginaire, glissant en pas chassés synchronisés quand nous ne nous adonnions pas à de rapides génuflexions.

Je me laissai entraîner par la mélodie qui résonnait avec force dans la salle. Ma double vue me permit d'admirer l'ersatz d'arc-en-ciel formé par les auras des sorciers, guérisseurs et chamanes présents ce soir. Compte tenu de la population de sorciers évoluant dans les hautes sphères de l'aristocratie, le bleu, céruléen ou lapis-lazuli, dominait, suivi de près par des roses vifs ou poudrés et des violets améthyste ou lilas plus rares.

Alors que nous approchions de la fin de la danse, j'aperçus près de l'entrée une touche lumineuse d'un jaune doré, tel un rayon de soleil enroulé autour d'une imposante silhouette que je reconnus sans peine. Messire O'Farrell nous observait, calmement, adossé à un mur.

Vu comme il surplombait la marée humaine, il lui était aisé de repérer les gens, à moins que ce ne soit son flair félin qui lui permette de remonter la piste de la fragrance associée aux personnes recherchées. Au bout de deux tours supplémentaires à essayer de ne pas le perdre de vue, je fus contrainte de renoncer, la tête me tournant dangereusement.

Applaudissant la fin de cette danse, les yeux gris orage de mon père s'égarèrent furtivement par-dessus mon épaule. Lorsqu'ils se posèrent de nouveau sur moi, ils se plissèrent de malice. L'audacieuse moustache aux extrémités recourbées spécialement pour ce soir tressauta. Avant que j'aie pu lui demander des précisions sur cette humeur espiègle, sir Barthelemew me glissa quelques mots à l'oreille, pour m'annoncer l'arrivée imminente de messire Dashwood. En somme, il me donnait l'opportunité de me précipiter dans l'arrière-salle réservée aux rafraîchissements et collations, afin d'éviter cet individu qui avait une fois eu l'audace de me comparer à une jument sauvage que seul un robuste étalon serait en mesure d'assagir. Craignant pour la pérennité de leurs relations d'affaires qui n'auraient pas supporté une nouvelle insulte déguisée de ma part, même s'il était tentant de houspiller le malappris à l'unique mèche filamenteuse, je filai dans la direction opposée.

Alors que j'étais en passe d'atteindre le buffet, l'éther ondula et projeta des frissons de désir sur ma peau. Quelqu'un me saisit par le bras de manière inconvenante, d'autant plus qu'il était dénudé. Le contact non consenti avec un autre épiderme eut le don de me hérisser, ce qui ne me mit pas dans de bonnes dispositions pour débuter une conversation.

Me retournant prestement, j'identifiai l'obstacle se dressant entre un régiment de petits sandwichs et moi.

— Mr Di Renzo ? Peut-on savoir ce que vous faites ici ?

Deux yeux d'un vert reptilien, aux pupilles ornées d'une collerette de pétales jaunes, me dévisagèrent avec impudence. Au lieu de me faire rougir, elle me poussa à détailler également l'incube du club.

Grâce à sa mince silhouette et à sa grande taille, l'homme avait beaucoup d'allure dans son costume qui le changeait de ses éternels trois-pièces gris. Il avait choisi de porter une veste blanche plutôt qu'une noire, alors que celle-ci était moins en vogue cette année. Elle avait l'avantage de faire ressortir son teint mordoré. Ses cheveux sombres étaient comme toujours gominés, révélant un visage osseux aux pommettes haut perchées. Sa bouche aux bords sempiternellement relevés n'augurait rien de bon. Du moins, pour les femmes tenant un tant soit peu à leur vertu. La mienne et moi étions d'inséparables amies, que seuls des bras irlandais parvenaient à brouiller.

— Bonsoir à vous aussi, *il mio tesoro*, me retourna-t-il de sa voix mielleuse à l'accent méditerranéen aussi impudique que puisse l'être un accent.

Pour la forme, je fus forcée de faire la révérence alors que je n'avais qu'une envie : écraser le pied de l'incube avec lequel je ne voulais surtout pas être vue en public. Pas plus qu'en privé, d'ailleurs.

— Quel mauvais vent vous amène ici, ce soir ? Et par « ici », j'entends dans mon espace vital, précisai-je en suivant du regard les résidus d'argent brillant qui venaient de s'accrocher au bas de ma robe.

— Les petites gens ont aussi le droit de profiter des bals, ma chère. Et votre proximité est si rafraîchissante, ajouta-t-il en souriant et secouant la tête d'un air affecté.

— Vous dites cela parce que les spores que vous projetez naturellement à tout-va n'ont pas d'effet sur moi.

— C'est cela même. D'ailleurs, puisqu'ils n'ont aucun effet sur vous, je crois qu'une danse s'impose. Montrez-moi donc ce petit carnet de bal que vous gardez caché dans votre corsage, osa-t-il en se rapprochant déjà de ladite cachette, comme si les fouilles inconvenantes envisagées avaient été autorisées.

J'avais enfoui ce recueil futile à cet endroit, duquel je ne comptais pas le ressortir, lorsque je m'étais rendue aux vestiaires après mon arrivée. Un vestiaire réservé exclusivement aux dames. L'incube était certes moins viril que messire O'Farrell, mais suffisamment pour qu'une robe ne puisse camoufler sa nature masculine. Qui plus est, sa pilosité faciale, concentrée en un bouc et une fine moustache, n'avait, à ma connaissance, pas d'équivalent sur les faciès féminins, sauf à prendre en compte la population d'un cirque. Convaincue qu'un tel déguisement n'aurait jamais trompé personne, je songeai à une dissimulation plus poussée, consistant à se fondre dans le décor. Mr Ficklehide, le caméléon du club, espionnait-il pour le compte de l'agent italien ?

— Comment pouvez-vous savoir cela ?

— Je suis très observateur, voyez-vous. Alors, ce carnet ?

Avait-il vraiment besoin de loucher ainsi sur mon décolleté ? D'accord, il était bien en vue et plutôt bien fourni, mais tout de même, ce n'était pas une raison pour le fixer avec autant d'insistance. À l'évidence, Mr Di Renzo s'appliquait à me mettre mal à l'aise pour me punir de résister à son charme aussi subtil que le brame de poursuite d'un cerf en rut.

— Ce ne sera pas nécessaire. Nous savons très bien que je ne vous accorderai jamais la moindre danse.

— Vous ne savez vraiment pas ce que vous perdez, dit-il en chassant de son épaule une poussière imaginaire. Je suis un excellent danseur, entre autres choses, eut-il l'effronterie d'ajouter en plongeant son regard hypnotique dans le mien.

Je frissonnai en songeant qu'il était effectivement doué dans les domaines qui nécessitaient des effleurements légers ou plus appuyés, comme vint en attester le souvenir d'une sorcière au comble de l'extase.

— Je survivrai. Allez donc proposer vos talents à la sorcière du jour, ou devrais-je dire de la nuit. Pourquoi pas celle avec laquelle vous étiez occupé l'autre soir, dans les couloirs près de la bibliothèque ?

Ses yeux s'arrondirent avec une spontanéité qu'il ne m'avait jamais été donné de percevoir chez cet individu en perpétuelle représentation, transformant de ce fait sa vie en une succession futile de numéros de séduction. Il ne fut pas déstabilisé bien longtemps, et le spectacle reprit de plus belle, exigeant la collaboration du modeste public devant lui. En l'occurrence, moi.

— Vous m'avez espionné ? En voilà de vilaines manières. Cela vous a-t-il plu, au moins ?

Cela avait été, en toute honnêteté, une scène des plus fascinantes. Mais comme un certain paquet froissé n'était plus de ce monde pour témoigner de mon profond intérêt, je pouvais mentir sans vergogne.

— Autant que de voir un serpent gober une souris, répondis-je en me rendant compte qu'en dehors du ton dégoûté que j'avais employé je n'étais pas loin de la vérité.

Mais l'incube et moi n'étions pas assez intimes pour qu'il mesure la puissance de mon engouement pour les découvertes scientifiques et magiques.

L'agent s'abîma un instant dans ses pensées. Sa langue vint caresser sa lèvre inférieure de manière sensuelle, me faisant me demander si une seule de ses expressions n'était pas étudiée pour troubler.

— J'oubliais que vous pouviez voir ce genre de chose, déclara-t-il en émergeant des fils tortueux de sa réflexion, qui auraient mérité un débroussaillage plus fréquent. Alors ?

— Alors quoi ?

— Comment était-ce de me regarder me nourrir ?

Je crus tout d'abord qu'il tentait une nouvelle fois de me gêner en me forçant à revenir sur la scène choquante à laquelle j'avais assisté. Mais quelque chose dans ses « yeux fleuris », derrière l'attraction naturelle qu'ils exerçaient, me fit comprendre que le serpent attendait une réponse plus technique que sensorielle. En d'autres termes, Mr Di Renzo avait besoin de mes lumières.

— Vous ne savez pas comment vous procédez ? l'interrogeai-je, quelque peu déroutée par si peu de maîtrise.

À cause de sa nature d'incube réduisant le monde à une fontaine de jouvence, j'ignorais son âge véritable. Il pouvait tout aussi bien avoir vécu des dizaines de vies humaines, et il avait donc eu autant d'occasions d'étudier ses facultés d'absorption. Il était inutile que je me demande comment il avait utilisé son temps, supposant qu'il lui avait servi à réchauffer un nombre scandaleux de lits à travers l'Europe.

— Je le fais d'instinct, *il mio tesoro*. Si vous me le dites, je vous révélerais quelque chose qui peut vous intéresser.

— Rien de ce que vous pourrez m'apprendre sur vous ne m'intéressera.

— Vous me blessez profondément, dit-il en feignant de pleurer. Mais soit, je parlais de quelque chose en rapport avec votre séduisant partenaire.

— Messire O'Farrell ?

— Lui-même. Avons-nous un accord ?

Mais que pouvait-il bien savoir que j'ignorais ? Me rappelant qu'il avait un don pour repérer les objets subrepticement glissés dans les corsets de ces dames, et convenant que cela ne me coûtait rien de faire étalage de mon savoir, surtout lorsque c'était auprès de la personne observée à son insu qui en faisait la demande explicite, je répondis positivement. Je tentai toutefois de négocier, histoire de ne pas dévoiler combien j'étais intriguée.

— Oui. Vous d'abord, alors.

— Oh non, vous d'abord, très chère. J'aime trop me faire désirer.

— Très bien ! Très bien ! lâchai-je, à bout de patience. Quand vous vous nourrissez, votre énergie vient recouvrir celle de votre victime, comme si vous essayiez de l'étouffer astralement. Une fois que c'est chose faite, vous la compressez comme un serpent qui resserrerait sa prise autour de sa proie, et vous brisez des morceaux d'aura que vous vous accaparez et qui sont absorbés par la vôtre. À votre tour, maintenant.

Digérant rapidement les informations fournies, il s'empressa de respecter sa part du marché. L'incube était plus fiable que je ne le pensais, ce que je notai pour l'avenir.

— Eh bien, mon espèce peut amplifier les émotions et sensations, mais aussi percevoir celles qui lient les gens entre eux. Et je peux vous dire qu'entre l'agent irlandais et vous il y a sacrément matière !

— Pardon ? Quelle sorte de matière ?

Je comprenais le principe. Après tout, ma nature particulière me conférait la possibilité de percevoir les filaments de magie. Il y avait une certaine logique dans le fait de pouvoir appréhender visuellement ce qu'on était en mesure de manipuler. Mais de là à être astralement liée à l'Irlandais, c'était une autre histoire.

— Du genre qui fait des étincelles, m'expliqua-t-il en se servant de ses mains pour mimer une explosion.

L'image était plutôt bien choisie, compte tenu des variations de température provoquées par des rapprochements vigoureux ou par une nudité exposée.

— Mais vous avez dit quand vous l'avez rencontré, après que vous avez essayé l'un de vos tours sur lui, que la place était prise.

Et il avait fait cela en regardant le bracelet au poignet de mon partenaire.

— Le cœur a ses raisons que la raison ignore. Tout ce que je peux vous dire, c'est ce que je vois quand vous êtes en présence l'un de l'autre. Réalisé sans trucage, parole d'incube. Tout le monde a un passé, *il mio tesoro*. Peut-être gagneriez-vous à poser les bonnes questions. Enfin, pour ce que cela vaut, ce serait, à mon humble avis, idiot de passer à côté d'une telle flamme. Et croyez-moi, ma chère, je suis un expert quand il s'agit de flammes.

— Celles que vous allumez, vous voulez dire.

Ma réflexion fut consciencieusement pesée, et l'agent italien se fit plus sérieux lorsqu'il me répondit.

— Il existe plusieurs types de flammes. Celles que je crée n'ont rien à voir avec celles qui peuvent réellement consumer les cœurs. Il y a des brûlures qu'on ne regrette pas, Sláine. Osez.

L'aura argentée scintilla tel un masque remis en place pour occulter une sagesse qui ne serait jamais assumée, car elle allait à l'encontre d'un choix de vie basé sur un épicurisme sensuel de tous les instants. Pour la première fois depuis que je connaissais Armando, j'éprouvai un semblant de compassion à son égard. Lui et moi étions condamnés à subir les dommages d'un duel entre nos principales facettes. Le temps lui ouvrait le chemin du savoir, et sa vocation à séduire pour survivre l'empêchait de s'y engager. La frivolité sentimentale entraînait des conséquences sur lesquelles il ne valait mieux pas s'appesantir.

— Sur ce, votre chevalier servant prend congé. Merveilleux bal à vous. Puisse-t-il être aussi inconvenant que possible !

28

Où la couleur d'une robe a son importance

Après ma conversation avec l'incube, je pus me rendre dans l'arrière-salle pour me servir une tasse de thé et déguster une glace au cassis. Ayant désactivé ma double vue pour cause de fantômes flottant dans les environs, certains étant des âmes égarées attirées par la foule de vivants, d'autres des agents du club ancrés non loin d'ici, je coulai un regard en direction de Mrs Alperstan. Elle était vêtue d'une affreuse robe de taffetas jaune moutarde, trop décolletée pour son âge, et recouverte par endroits de morceaux de tulle vert pomme sur lesquels pendouillaient des roses ternes. La mère des jumelles était en train de s'empiffrer, comme si elle n'avait pas mangé depuis des jours. Je supposai que l'absence de Galinette devait lui peser pour qu'elle agisse de la sorte en public. Depuis que j'avais également un animal domestique, du moins une créature qui s'en approchait, je me sentais plus charitable envers les propriétaires privés de leurs compagnons à quatre pattes. Il y avait peut-être matière à créer une association qui porterait un nom comme « Jamais sans ma moitié à poils ! », et qui aurait le poids nécessaire pour modifier durablement le manuel du savoir-vivre en société à la section traitant des bals.

Les jumelles arrivèrent, toutes frétillantes, près du membre potentiel du futur mouvement JSMMAP, sans doute pour lui annoncer combien leurs carnets de bal étaient remplis, chaque ligne constituant l'espoir d'un bonheur marital à la clef. Mais la matriarche de cette famille, qui ne vivait pourtant que pour grimper l'échelle sociale par procuration, ne fit pas grand cas de ces bonnes nouvelles et se contenta d'enfourner une tarte à la mélasse presque en une bouchée. Abigail et Ashleigh échangèrent un regard outré et s'en allèrent dans leurs robes de satin brillant qui accrochaient la lumière. Celle d'Abigail, adepte des couleurs chaudes, était d'un rose framboise, tandis que celle d'Ashleigh était d'un bleu canard puisque, à l'opposé de sa sœur, sa préférence allait aux nuances plus froides. Leurs tenues étaient plus sobres que celle de leur mère, mais mon appréciation était biaisée tant j'étais habituée à subir une profusion agressive de nœuds. Ces papillons de tissu étaient concentrés, ce soir, sur le bas froncé et horriblement volumineux de leurs toilettes. Cela leur conférait une circonférence grotesque qui contraignait les convives à s'écarter largement pour ne pas entraver leur progression.

Alors que je m'apprêtais à porter une cuillère de glace à ma bouche, une haute et large silhouette fendit la foule et s'approcha de moi. Inconsciemment, je réactivai ma double vue pour profiter de la présence solaire de messire O'Farrell, qui portait son costume noir avec bien plus d'élégance que tous les gentlemen réunis dans cette salle. Pour l'occasion, l'agent de l'Irish Tree avait attaché ses cheveux bruns aux reflets auburn. Cette coiffure mettait en valeur son visage racé et viril. J'appréciais le fait qu'il ne porte ni moustache ni barbe ; cela aurait desservi ses traits rudes, mais plaisants.

Après avoir souplement évité un couple de danseurs sorti de la piste, son corps retrouva son stoïcisme trop lisse pour être naturel. Contrairement à l'incube qui prenait plaisir à tromper son monde, messire O'Farrell, lui, veillait à ne pas dévier de la ligne de conduite qu'il s'était fixée, matérialisée par des poses et attitudes dénotant une sérénité, un accord parfait avec la mélodie fredonnée par l'univers. Mais il était, en réalité, engagé dans une danse dont la cadence variait sans cesse. Elle le forçait à s'adapter continuellement, sachant que le moindre faux pas pouvait déclencher une sauvagerie difficile à contenir.

C'était un homme qui me ferait toujours la même impression quel que soit le décor dans lequel il évoluait qui, de toute manière, devenait obscur en sa luminescente compagnie.

Me souriant, comme j'étais probablement en train de le faire à son endroit, il me détailla de bas en haut. L'émotion qui passa dans ses yeux assaillis par un blizzard d'or et d'argent me noua le ventre en de multiples endroits, mettant en péril la digestion en cours.

— Lady Sláine, vous êtes très en beauté, ce soir. Et vous avez fait tomber de la glace sur le sol, se moqua-t-il, sa voix rocailleuse me tirant de ma rêvasserie passagère.

C'était le risque quand on laissait sa cuillère figée dans les airs aussi longtemps, la glace étant, comme certaines femmes, sensibles aux variations de température. Laissant choir ma serviette, je la dirigeai vers la tache dangereuse et l'essuyai avec l'un de mes pieds dissimulés sous les couches de tissus constituant ma robe. Une fois que ce fut chose faite, j'envoyai la serpillière de fortune derrière moi, pour qu'elle disparaisse sous la table du buffet.

— Messire O'Farrell, je vois que vous êtes parvenu à entrer. Avez-vous assommé quelqu'un pour cela ? demandai-je pour taquiner mon partenaire qui avait prétendu avoir été invité par la reine elle-même devant mes voisines.

— Les mâchoires anglaises sont sauves. Je suis passé par une fenêtre du premier étage.

Je l'observai, interloquée, et trouvai un certain réconfort dans le fait d'avoir posé ma coupe et ma cuillère, sans quoi une collision aurait pu se produire entre une substance froide catapultée et le visage d'un malheureux s'étant trouvé dans ma ligne de mire.

— Je plaisantais, me rassura-t-il, ses minces lèvres se pinçant pour réprimer un fou rire. J'avais un carton d'invitation en bonne et due forme.

— Oui, bien sûr, fis-je comme si je n'avais pas été en train d'imaginer un homme plantant ses griffes sur une façade de Regent Street.

— Je vois que vous vous êtes bien remise de votre rencontre avec...

— Ne prononcez surtout pas son nom ! le coupai-je en levant les bras, réalisant que les litres de thé que j'avais avalés n'avaient pas suffi à apaiser l'hystérie qui couvait en moi à l'évocation de mon presque meurtrier, roi de l'Enfer.

— Vous exagérez. Il ne va tout de même pas débouler en plein bal. Je vous rappelle que vous avez dû l'invoquer.

Vraiment, étions-nous obligés de remettre sur le tapis mon incompétence avérée lorsqu'il s'agissait d'utiliser la magie noire ? Je n'y pouvais rien si les créatures les moins bien intentionnées s'invitaient toujours là où on ne les attendait pas.

— Je n'ai pas fait exprès. Ne revenons pas sur cette malencontreuse expérience, de grâce, l'implorai-je, soudain très lasse de tous ces aléas magiques, qui m'auraient donné envie de prendre ma retraite si cela avait été possible.

Une œillade compatissante de la part de l'Irlandais, riche en éclats dorés tourbillonnants, suffit à me faire comprendre que ma requête avait été approuvée.

— Avez-vous pris des nouvelles des garçons ? s'enquit-il.

Un nerf se crispa sous son œil, avec tant d'insistance qu'on eût dit qu'un insecte allait, à tout instant, jaillir de sous sa peau.

— Leur état est stable, mais ils deviennent de plus en plus froids, je le crains. Drew, le petit livreur de journaux, est le moins âgé des trois, et il paraît plus atteint. Il a cessé de respirer, la nuit passée, mais miss Chatterton a réussi à le faire revenir. Enfin, son corps.

En dressant ce bilan alarmant, ma main se posa d'elle-même sur mon ventre. Je réalisai, en touchant le velours de ma robe, que je n'avais nulle envie d'être ici, à parader alors qu'un poltergeist voleur d'âmes était en liberté, et que le Diable attendait patiemment une livraison. Sans compter qu'un sorcier invocateur courait après les démons et que le premier qu'il avait libéré s'amusait au détriment des bonnes gens. Je n'avais d'ailleurs pas aperçu Mrs Hodgkin et sa sœur depuis mon arrivée. Sûrement avaient-elles préféré ne pas apparaître en public tant que l'affaire de « somnambulisme » ne se serait pas tassée.

— Quelle paire d'enquêteurs nous faisons ! s'exclama l'Irlandais de manière fort pertinente.

— Je ne vous le fais pas dire, lui accordai-je en soutenant son regard.

Il était aussi désemparé que le mien devait l'être, même si le sien exprimait son désarroi en faisant stagner les flocons d'or en bas de ses iris.

— Oh mon Dieu ! m'écriai-je en apercevant le visage poupin d'un gentleman, fervent défenseur du Dr Watson, qui suintait une amabilité trop forte pour me mettre pleinement à l'aise.

Ma réaction peu digne m'attira quelques œillades du voisinage de proximité perturbé dans sa dégustation. Quant à messire O'Farrell, il s'approcha de moi et posa sa main sur mon bras nu, comme l'avait fait Armando précédemment. Loin de me révolter, ce contact dispensa de délicieux frissons.

— Qu'y a-t-il ? Un démon ? Le d…

— Ne prononcez pas son nom, je vous l'ai déjà dit !

Après avoir pris une profonde inspiration, je lui fis part de mon problème sur un ton plus maîtrisé.

— Je viens d'apercevoir Stephen Alperstan. Je crois bien qu'il m'a vue, lui aussi. Et ce soir, je ne suis pas d'humeur sociable, ajoutai-je en secouant nerveusement mon éventail qui, pour une fois, soulignait bien mon état d'esprit.

J'étais fermée à toute tentative masculine. Enfin, plus que d'habitude.

— J'aurais parié que vous ne l'étiez jamais.

Un coup d'œil à l'Irlandais me permit d'apercevoir deux sourcils arrondis en une mimique cocasse qui me fit sourire.

— Venez, je crois que mon père me pardonnera de me retirer.

Ouvrant la voie de la fuite, je contournai la piste de danse baignant dans un flot d'auras multicolore. Je ne me retournai pas pour voir si messire O'Farrell tenait la cadence. Cela aurait été inutile ; il disposait d'une rapidité surnaturelle et d'un flair lui permettant de filer sa proie, et socialement, on aurait pu prendre une telle attention pour une invite délibérée à bafouer les convenances dans un recoin discret.

Je débouchai dans l'entrée, fixant l'escalier déployant sa langue d'un velours vert avec l'envie de la remonter pour trouver mon lieu de repli stratégique en toutes circonstances : la bibliothèque.

L'Irlandais arriva un peu après moi et se mit à humer l'air de manière ostensible. Un grognement s'échappa de sa gorge. Je toussai futilement pour couvrir un tel bruit audible à plusieurs mètres à la ronde. Faute d'y parvenir, j'espérai que l'estomac de quelqu'un d'autre servirait de bouc émissaire.

— Lady Sláine, je sens du soufre et du tabac mentholé, le tout étant extrêmement mélangé, débuta-t-il, son aura flamboyant autour de lui telle une chandelle sur le point de s'éteindre.

— Vous voulez dire que vous avez flairé la piste de notre sorcier ? osai-je, l'espoir faisant gonfler ma cage thoracique de façon inquiétante, compte tenu du corset dans lequel j'étais engoncée.

— Oui.

— Où ? m'enquis-je en tournant la tête dans tous les sens.

— À l'étage.

— J'y vais en premier, et vous me suivez dans quelques minutes. Je ne veux pas donner lieu à des commérages.

— N'y comptez pas ! Vous n'êtes même pas armée ! s'énerva mon partenaire, son accent rendant sa diction approximative.

Je le regardai bien en face, pas trop près pour pouvoir croiser ses yeux sombres et pailletés sans me tordre le cou, et lui jetai le regard le plus noir que j'avais en réserve dans mon répertoire de lady. C'est-à-dire celui que j'utilisais d'ordinaire pour réprimander mon père, ce mangeur de saucisses.

— Messire O'Farrell, nous n'avons pas le temps de discuter. Je vais vous planter là, que vous le vouliez ou non. Et je vous garantis que si vous tentez de me suivre dans l'immédiat, je trouverais le moyen de vous enrouler dans le tapis de l'escalier.

Sans prendre la peine de mesurer l'impact de ma menace plutôt bien trouvée, mon orgueil appréciant mon inventivité, je grimpai dignement les marches, soulevant le bas de ma robe pour ne pas tomber. Ma double vue ne valait peut-être pas l'odorat félin de l'Irlandais quand il s'agissait de mener l'enquête, mais il s'avéra qu'un démon gourmand s'était montré négligent. Il avait laissé traîner derrière lui des résidus rougeâtres fins, signes qu'il était en train de se nourrir, et donc de se servir d'un corps pour lui faire commettre des actes inconsidérés, allant à l'encontre de ses principes. Ce type de créature était un parasite qui aimait rire aux dépens de ses victimes en les faisant, notamment, descendre un escalier sur la rampe. Je priai pour que son sens de l'humour demeure aussi inoffensif.

Je remontai le long couloir sur la droite et m'engouffrai plus loin dans cet obscur tunnel aux portes closes, éclairé par peu de bougies. Aucun invité, moralement et socialement irréprochable, n'était censé préférer l'isolement à une parade mondaine.

J'aperçus un rai de lumière traçant une marque blanche sur un mur. J'en déduisis qu'une porte devait être entrebâillée. Avant de m'en approcher, je soulevai mon jupon et attrapai deux couteaux sanglés sur ma cuisse droite, l'autre étant tout aussi bien fournie. Ces derniers n'étaient pas larges, mais ils étaient suffisamment affûtés pour causer de sérieux dégâts, même si j'espérais ne pas avoir à les utiliser contre la personne possédée. Chaque pommeau de mes lames était surmonté d'un cristal à esprit qui fonctionnait également sur les démons, à condition que ceux-ci daignent sortir du corps parasité. Ce n'était pas une mince affaire tant ils s'y sentaient bien au chaud et avaient la possibilité de se nourrir à volonté.

Je poussai la porte qui résista. Je fus obligée de m'y appuyer de tout mon poids pour la faire s'ouvrir. Sans même que j'aie à pénétrer dans la pièce, un corps luisant d'un bleu cyan, qui devait être à moitié avachi contre la porte jusque-là, passa de la posture assise à couchée en une seconde. L'individu se cogna la tête, mais ne broncha pas. S'il était encore en vie, il devrait composer avec un sacré mal de crâne.

Sentant une présence dans mon dos, je me retournai, mes deux couteaux tendus vers l'avant en position inversée.

— Messire O'Farrell, lâchai-je, soulagée de voir son halo doré éclairer le seuil de la chambre. J'aurais pu vous poignarder !

— Je ne pense pas, je suis plutôt rapide. Mais je ne verrais aucune objection à ce que vous baissiez vos armes. Cela met mon tigre mal à l'aise de se sentir menacé. Qu'avons-nous là ? m'interrogea-t-il en fixant le corps inerte à mes pieds. Un consommateur de tabac mentholé qui sent le soufre. Tiens, tiens. Dix contre un qu'il est très bleu selon vos critères.

— Il n'y a qu'un seul moyen de savoir si ce sorcier est notre homme.

Je me baissai maladroitement, ma souplesse étant amoindrie par une tournure aussi prononcée et un corset aussi serré, et touchai l'endormi, futur migraineux. Il était chaud, et je sentis son pouls battre régulièrement dans son cou.

Me laissant submerger par son aura bleutée, j'accueillis ses derniers souvenirs. Je me crispai sous le flot déplaisant des émotions qu'il avait ressenties. De la peur, de la colère, mais surtout de la haine pour les autres et lui-même. Cet homme était notre meurtrier, et comble de l'ironie, le démon invoqué l'avait retrouvé par hasard dans une boutique de chapeaux et s'était réfugié en lui. Je ne pus malheureusement pas en voir plus à partir de ce moment-là ; la possession démoniaque créait des interférences dans la mémoire du possédé.

— Je ne peux pas savoir où se trouve le démon, même si je peux affirmer, sans l'ombre d'un doute, au vu des filaments rouges ondulant dans la pièce et grâce aux souvenirs de cet individu, qu'il est notre sorcier meurtrier et qu'il n'a eu que ce qu'il méritait en étant possédé.

— Nous avons essayé votre méthode, maintenant, essayons la mienne, annonça messire O'Farrell, sa voix grondante s'accordant à son air lugubre.

L'Irlandais attrapa le sorcier par la cheville et le traîna sans ménagement vers le petit balcon de la chambre donnant sur une cour intérieure. Je commençai à deviner quelles étaient les intentions de mon partenaire et ne trouvai finalement rien à redire au fait de suspendre un assassin dans le vide pour lui tirer les vers du nez. Les atteintes portées à la gravité pouvaient les faire sortir de cette pomme gâtée plus vite.

L'agent étranger saisit l'individu par le pantalon et le fit basculer par-dessus la rambarde de métal. Il le lâcha quelques secondes, durant lesquelles il tomba sans filet de sécurité, avant d'agripper de nouveau sa cheville. Le choc de sentir son estomac remonter réveilla le sorcier qui se mit à hurler à pleins poumons. En plus d'être un individu abject, il avait une voix atroce : fluette et geignarde.

Le secouant de plus belle, avec un plaisir non feint qui était contagieux, mon partenaire débuta cet interrogatoire atypique :

— Si vous ne la bouclez pas, je vous brise la mâchoire !

Posant une main apaisante sur l'épaule de messire O'Farrell, je tentai de le tempérer pour le détourner d'un projet séduisant, mais irréalisable, du moins dans l'immédiat.

— Je sais combien votre poing doit vous démanger, mais je vous rappelle que nous avons besoin qu'il parle. Et avec la mâchoire brisée, cela lui sera difficile.

L'Irlandais m'adressa un regard déçu. Les éclats d'argent plus raisonnables reprirent possession de ses yeux. Son bras se plia un peu, tandis que le poids plume qu'il tenait avec une conviction toute relative s'agitait comme une anguille hors de l'eau. Je voulais bien croire qu'il n'était pas présentement dans son élément, mais à sa place, j'aurais évité de titiller l'homme qui pouvait décider de l'heure et de la forme des présentations avec la terre ferme.

— Oui, ne me faites pas de mal ! Par pitié ! s'écria le meurtrier pendouillant dans le vide, sa veste en queue de pie recouvrant sa vilaine figure.

— Vous, taisez-vous ! lui ordonnai-je en même temps que l'Irlandais.

Je ne sus, entre le feulement de mon partenaire et mon autorité de lady, ce qui motiva l'individu à parler plus bas.

— Je m'appelle Ernest Lindley. Mon père pourra vous donner beaucoup d'argent. Vous serez riche ! Vous n'aurez plus jamais de votre vie à... suspendre des gens dans le vide !

— Qu'il le garde. J'aime assez ce genre d'activité, surtout quand le moment de lâcher prise arrive, si vous voyez ce que je veux dire.

D'humeur taquine, et tenant à bien démontrer l'intérêt qu'il accordait au poids en or du fils prodigue, messire O'Farrell desserra sa main et feignit de faire glisser l'homme de plusieurs centimètres.

— Hop ! Oh, mince alors, j'ai failli vous laisser tomber. Quel maladroit je fais !

C'était mesquin, j'en conviens, mais divertissant. Malheureusement, nous devions agir en professionnels. J'endossai donc le rôle de trouble-fête.

— Si nous avions le temps, je vous laisserais vous amuser, mais ce n'est pas le cas. Nous avons un démon à attraper.

— Vous avez raison. Vous là, en bas. Tout ce qui nous intéresse, c'est de savoir où se trouve le démon qui vous possédait il y a encore quelques minutes. Nous vous écoutons.

Une petite secousse d'encouragement fut nécessaire pour rendre l'individu plus loquace. Son visage se teinta d'un rouge vif, mais je fis comme si je n'avais rien vu. Après tout, seul son nez proéminent dépassait de sa queue-de-pie retournée, ce qui n'était pas un indice suffisamment alarmant pour s'inquiéter du sort d'un meurtrier en mal d'amour paternel.

— Depuis le début du bal, il n'a pas arrêté de sauter de corps en corps en revenant toujours vers moi pour me punir ! Il disait que ma médiocrité avait bon goût. Je ne veux pas qu'il revienne ! Aidez-moi ! Je vous en conjure !

— Comme vous avez aidé les deux hommes que vous avez tués, peut-être ? demandai-je avec aigreur. Vous savez, ceux que vous avez éviscérés et laissés agoniser pour ouvrir des brèches. Mon ami, ici présent, serait ravi d'accéder à votre requête.

Messire O'Farrell pencha la tête de côté pour m'observer. Des mèches de cheveux échappées de sa queue de cheval s'agitèrent sous l'effet d'un vent nocturne. Je compris qu'il avait perçu dans ma voix combien la vie de cet assassin m'importait peu. Plus que cela, il avait deviné le plaisir que je tirerais de sa mort, même si elle ne constituerait qu'une maigre consolation pour les existences qu'il avait réduites à néant. Cet être représentait ce que l'humanité avait de plus laid, une tache sur la toile de fond universelle qui la souillait un peu plus à chaque misérable respiration. Je n'eus pas le courage d'affronter le regard de l'Irlandais, craignant que sa beauté désapprobatrice ne me renvoie un reflet qu'une lady n'était pas en droit de revendiquer.

— Je voulais juste montrer à mon père que je pouvais accomplir de grandes choses ! Que je pouvais asservir un démon ! Oh, comme il aurait été fier !

— Et vous ne pouviez pas vous contenter de faire apparaître une licorne ? suggéra mon partenaire en faisant une grimace qui dévoila ses canines que j'aurais rêvé qu'il plante dans la chair de cet horrible individu. Où est passé le démon ? l'interrogea-t-il en le cognant à la balustrade.

— Aïïïïïe ! Il a sauté dans le corps d'une jeune miss aux cheveux blond-roux qui faisait sa curieuse en visitant toutes les pièces quand elle est tombée sur nous. Il m'a dit qu'elle avait une robe aussi affreuse que celle de sa mère qui était si juteuse avec son ambition.

Une jeune miss aux cheveux blond-roux avec une robe affreuse et une mère ambitieuse ? Ce portrait aurait pu correspondre à bon nombre d'invitées, mais ma mémoire s'amusa à me projeter des images d'une dame avalant les petits-fours à la chaîne avec une absence de décence trop flagrante même pour elle. C'était impossible. Lorsque je l'avais observée, Mrs Alperstan n'était entourée d'aucun filament rougeâtre. Elle ne pouvait pas avoir été possédée par le démon gourmand. Soudain, je me rappelai avoir remis en place le voile de ma vision pour des raisons fantomatiques, et je me crispai devant l'évidence.

— Oh non ! m'écriai-je, indignée qu'un démon se permette de harceler mes voisines à ma place.

Mon partenaire s'approcha de moi, oubliant un instant qu'il avait la responsabilité d'un ornement pour balcon qui tangua de tous côtés.

— Cela vous évoque-t-il quelque chose ?

— De quelle couleur était cette robe ? exigeai-je de savoir en me penchant au-dessus de la rambarde pour m'assurer d'être bien entendue.

Abigail ou Ashleigh ?

— Rose, je crois. Un rose vif.

Abigail, donc. Voulant être certaine de ne pas affabuler concernant cette mesquine vengeance que le destin m'aurait accordée pour insultes diverses et variées, j'insistai sur un détail froufrouteux qui avait une importance capitale.

— Y avait-il des nœuds dessus ?

Un soupir rageur me parvint de sur ma gauche avant qu'un accent irlandais ne vienne colorer des propos vexants pour ma conscience professionnelle.

— *Jaysis !* Croyez-vous que ce soit le moment de puiser de l'inspiration pour vos futures toilettes ?

— Chut ! lui intimai-je. Vous, répondez !

— Il y avait des nœuds partout sur le bas. Des gros nœuds de satin écru !

— Vous pouvez le lâcher, dis-je, mon esprit entièrement tourné vers la jumelle à attraper.

— Nooonnnnn ! J'ai répondu à vos questions ! hurla la guirlande humaine qui brillait d'un bleu timide, dénotant sa puissance toute relative.

— Je veux dire, le lâcher sur le balcon. Comme bon vous semblera, bien sûr, précisai-je en souriant à messire O'Farrell, lui suggérant ainsi de laisser libre cours à sa violence artistique.

Ce dernier ne se le fit pas dire deux fois. Il remonta le corps pendouillant et provoqua un atterrissage sonore, le carrelage appréciant peu le contact avec cette masse supplémentaire qui sollicitait un droit de passage de manière abrupte. J'approuvai la façon de procéder de l'agent étranger, considérant que Mr Lindley ne méritait pas plus de déférence qu'un sac de blé déchargé par des dockers peu précautionneux.

Le sorcier fut traîné à l'intérieur, attaché à l'un des montants du lit à baldaquin à l'aide de cordelettes de rideaux et assommé en un coup de poing énergique. C'est un messire O'Farrell soulagé qui fut, pour les besoins de l'enquête, contraint de m'interroger sur la mode féminine en commençant par une faute de goût avérée ayant attiré l'œil d'un démon :

— À qui appartient la robe rose vif à nœuds que nous cherchons ?

— Abigail Alperstan.

— L'une de vos voisines ? Le démon aurait également possédé leur mère ? J'ai rarement connu une famille si malchanceuse.

— Oui. Je trouvais aussi étrange qu'elle se goinfre près du buffet, et qu'elle continue de le faire même quand les jumelles sont venues faire leur rapport riche en danses et en gentlemen harponnés. J'aurais dû me douter que ce comportement n'avait rien à voir avec l'absence de Galinette ! Mais j'avais désactivé ma double vue. Fichus fantômes !

Je notai pour moi-même que l'association JSMMAP devrait se trouver un autre premier membre.

— Lady Sláine, je ne suis pas sûr de vous suivre, me fit remarquer mon partenaire en clignant comiquement des yeux.

— Laissez tomber. Allons-y, nous avons une femme framboise à débusquer.

29

Où un démon gourmand piétine les convenances

Nous sortîmes de la chambre en prenant soin de refermer la porte derrière nous, afin que personne ne dérange le dormeur ligoté dont nous aurions le temps de nous occuper plus tard.

Je suivis la piste des relents infernaux qui s'arrêtait toujours au niveau de l'escalier. Cela me dépita, mais ne m'étonna guère. Un démon ne pouvait produire de tels déchets résiduels, diffusant une odeur de soufre, que sous sa forme originelle, sans vaisseau pour le dissimuler, ou lorsqu'il se nourrissait avec entrain des sentiments négatifs ou des projets contrariés de ses hôtes. En l'occurrence, les filaments ondulant paresseusement autour de moi avaient été projetés sur le trajet jusqu'à la chambre, alors que l'engeance démoniaque dégustait la faiblesse gémissante d'Ernest Lindley.

— J'entends du bruit de l'autre côté du couloir, et je perçois, encore une fois l'odeur du soufre, m'informa l'Irlandais, son tigre se manifestant dans son dos.

Je remontai le couloir à sa suite, comprenant que le démon gourmand avait fait de l'étage son lieu de prédilection pour consommer sa nourriture spirituelle en toute discrétion. Messire O'Farrell ouvrit d'une seule poussée la porte de la chambre devant laquelle il s'était arrêté, et nous découvrîmes une jeune miss à la chevelure blond vénitien et au corset dénoué, cramponnée à un officier en veste rouge affairé sur la bouche de la demoiselle. Horrifiée, ma pudeur criant au scandale, je mis quelques secondes à remarquer le halo écarlate entourant la silhouette d'Abigail. Ce n'est que lorsque je vis ses yeux rubis, beaucoup moins attendrissants que ceux de Fear, que je pus parler et bouger de nouveau.

— Sors du corps de ma voisine, démon !

— Qui êtes-vous ? Veuillez sortir de cette chambre, immédiatement, nous ordonna le soldat endimanché avec un regard sévère.

Ce n'était pas un homme à l'honneur atrophié, tout militaire soit-il, qui allait me donner des ordres.

— Certainement pas ! N'avez-vous pas honte de vous attaquer à la vertu d'une jeune fille ? l'accusai-je avec une virulence qui aurait fait plaisir à la matriarche du clan Alperstan.

— Vous n'avez qu'un seul mot à dire, et je lui fais avaler ses galons, me proposa aimablement mon partenaire qui avait l'air de trouver la scène plutôt amusante, me faisant m'interroger sur le degré de considération irlandaise à l'égard des convenances.

— Je ne sortirai pas ! Jamais ! me répondit le démon grâce à la bouche de la jumelle qui fit une grimace épouvantable en prononçant cette résolution.

Cette dernière se précipita vers moi tel un taureau en pleine charge, et une lutte, qui en temps normal aurait pu être jubilatoire si Abigail avait été seule maîtresse à bord, s'engagea. J'agrippai ses épaules pour la secouer et donner le mal de mer au parasite. Je fus ravie de constater que j'avais plus de poigne que mes adversaires. Malheureusement, le démon avait pour lui un naturel vicieux qui le poussa à s'attaquer à mes cheveux, qu'il tira violemment, en arrachant une bonne poignée au passage, et défaisant accessoirement mon élégant chignon. Il me fit également un croche-patte que je ne pus éviter avec une robe aussi peu pratique. Elle ne pouvait même pas rivaliser avec celle d'Abigail dont la largeur lui offrait une protection supplémentaire contre mes coups de pied. Je chutai et j'eus la satisfaction de ne pas le faire en solitaire.

Entre deux roulés-boulés au sol, mélange discordant de satin rose et de velours bordeaux, j'aperçus messire O'Farrell occupé à éviter un sabre dégainé par l'officier qui pensait défendre son honneur. Peut-être même celui de son amante pourtant définitivement entaché par son manque de retenue face à un décolleté qui ne figurait même pas parmi les plus avantageux.

En plus d'être mordue en divers endroits apparents, je reçus une bonne gifle qui eut pour effet de dédoubler les bougies allumées dans la pièce. Voilà ce qu'on récoltait en ménageant sa voisine. Décidant qu'il était temps d'en finir avec cet absurde corps-à-corps, j'assénai un coup de tête à Abigail qui, accusant le choc, cessa de m'opposer une résistance. J'en profitai pour inverser nos positions, me retrouvant sur elle où je me servis de mes genoux pour bloquer ses bras.

Je me tournai pour quémander l'aide de mon partenaire, afin de dispenser à la femme framboise le même traitement qu'au sorcier assassin. Je ne pouvais pas la maintenir sur le parquet et partir en même temps en quête d'un cordon de rideaux. Messire O'Farrell était toujours en train de se battre avec l'officier éhonté qui, à défaut d'avoir mangé ses galons, se les était vu arracher ainsi que son sabre. L'ensemble gisait partout dans la pièce. Les deux hommes s'affrontaient désormais à mains nues, poings serrés bien devant eux. L'Irlandais, qui avait clairement l'avantage, arborait un visage immaculé comparé à celui tuméfié du soldat ayant perdu en grade. Il ressemblait à un soufflé à la myrtille dégonflé et percé par endroits.

L'agent de l'Irish Tree s'amusait visiblement beaucoup à éviter chaque coup qui lui était porté, avec une célérité surnaturelle bien faite pour irriter le soldat au rabais.

— Quand vous consentirez à terminer ce match de boxe, peut-être m'aiderez-vous à ligoter le démon pour qu'on puisse appeler un exorciste. Mais vraiment, rien ne presse, chevaucher mes connaissances est l'un de mes passe-temps favoris.

À peine avais-je prononcé le mot exorciste que le corps d'Abigail s'était arqué, rendant ma chevauchée encore plus déplaisante. Je compris à retardement que le démon essayait, en réalité, de s'extraire de son enveloppe charnelle d'emprunt. La peau de ma voisine brilla de l'intérieur d'une lueur rougeâtre. Ses yeux et sa bouche s'arrondirent démesurément, processus qui aboutit à une régurgitation toussotante.

Miss Alperstan s'écroula inerte. Le démon flotta au-dessus de moi quelques instants, me permettant d'appréhender sa forme vaporeuse qui l'était moins au niveau de son faciès, qui m'apparut dans toute sa dérangeante opacité. Des yeux cramoisis et bridés, aussi bizarrement humides que l'étaient ceux du Diable, se posèrent sur moi, et un sourire aux dents trop nombreuses et trop pointues me fut adressé.

— Vous ne m'attraperez pas, déclara-t-il avant de partir dans un rire grinçant.

Sur ces bonnes paroles, il fondit sur moi telle une flèche mortelle, pour m'éviter au dernier moment, et s'engouffra par la porte ouverte. Je me redressai d'un bond et avertis l'Irlandais :

— Le démon s'est sauvé !

Réagissant en un rien de temps, il leva l'avant-bras pour bloquer le poing qui s'apprêtait à s'abattre sur lui. Puis il s'empara du bras prisonnier duquel il s'aida pour faire pivoter son adversaire avant de lui imposer une torsion qui fit faire une demi-lune à l'officier. Celui-ci finit écroulé par terre, assommé par un rebond providentiel.

Sans traîner, nous sortîmes à la poursuite du démon, moi en suivant les résidus infernaux laissés par la forme astrale, messire O'Farrell en reniflant les traces fraîches de soufre. Nous dévalâmes l'escalier plus rapidement que ne l'autorisaient les convenances, ce qui nous valut bon nombre d'œillades scandalisées. Nous nous rendîmes dans la salle de bal où je découvris le démon en train de tournoyer près du plafond aux fresques magnifiques. Son horrible apparence détonnait dans ce somptueux décor. Il scrutait la foule de convives, rivière d'auras colorées s'écoulant en rythme, à la recherche d'un nouvel hôte à tourner en ridicule.

L'agent étranger se tenait à mes côtés, regardant vers les hauteurs. Son flair lui indiquait que le fuyard les avait investies.

— Comment se fait-il que je ne le voie pas ? J'ai bien vu le d... (Il se reprit juste à temps avant de se faire foudroyer du regard.) Le roi des démons, l'autre soir.

— C'est parce que dans le cercle les plans humain et démoniaque se mêlent. Peut-être seriez-vous en mesure de le voir avec votre masque félin, mais par souci de discrétion, mieux vaut éviter.

Nous n'étions malheureusement pas à un bal masqué où il aurait pu être du plus bel effet.

— Que fait-il ?

— Il tourne. Il cherche une nouvelle victime.

— Pourquoi ne s'enfuit-il pas ?

— Parce qu'il ne peut rester longtemps sous sa forme originelle dans notre réalité. Il lui faut la protection d'un corps.

Tenant toujours à l'œil le démon farceur, je le vis amorcer une descente vers un groupe de messieurs dans lequel se trouvait mon père que je ne pouvais pas rater avec sa coiffure rebiquant de tous côtés ! Sans réfléchir au caractère peu convenable d'une fouille publique de mes jupons, j'attrapai l'une de mes lames. Je la lançai énergiquement en direction de l'apparition astrale. Elle passa au travers, non sans lui causer une horrible brûlure blanche là où le cristal l'avait effleuré. Par la suite, elle alla se planter dans une moulure apposée sur un pilier près de l'arrière-salle.

Sir Barthelemew, qui portait son amulette renfermant l'essence d'un médium, fut alerté par la promptitude des fantômes à déguerpir face à la menace ignescente. Cela lui fit lever la tête et apercevoir le danger. Il me chercha du regard, et je compris le message implicite contenu dans ses yeux gris orage : « *Sláine, fais sortir le démon, et vite !* »

Je n'eus pas besoin de lui forcer la main, car il se précipita dans la pièce réservée aux rafraîchissements et collations. Pour la rejoindre rapidement, il nous fallait traverser la piste qui grouillait de danseurs friands de la waltz, une danse ressemblant à une valse un peu plus dynamique. J'expliquai en quelques mots la situation à mon partenaire, et celui-ci me saisit le bras pour me traîner parmi les couples virevoltant.

Il me plaqua contre lui avec une autorité toute masculine. Je cessai de respirer pour me mettre à hoqueter quand je le sentis placer une main ferme sur ma taille. Levant le visage vers le sien, je vis choir dans son sombre regard une pluie de météorites d'un or incandescent qui manqua de m'embraser tout entière.

— Je crois qu'il est temps pour moi de revendiquer l'une des danses que vous m'aviez réservées. Laissez-moi conduire, et tout se passera bien.

Au lieu de protester de manière peu convaincante tant j'appréciais la proximité du corps vigoureux de l'Irlandais, je posai ma main sur son épaule et le laissai entrelacer nos doigts libres. Ma peau fébrile accueillit l'invasion de son aura avec délice. Nous nous mêlâmes au flot des danseurs qui coulait sur la piste avec un débit rapide, poussant l'écume des soieries à caresser l'espace. Nous réalisâmes des cercles bien plus grands que ceux prescrits par l'étiquette, suivant une diagonale chaotique. Elle ne causa, cependant, aucune collision grâce à la faculté que possédait messire O'Farrell d'anticiper les mouvements de chaque individu.

Nous rejoignîmes l'autre bout de la piste en moins d'une minute. Ce fut légèrement étourdie et rougissante que je me libérai de l'étreinte irlandaise, consciente de m'en être totalement remise à mon partenaire et d'avoir éprouvé du plaisir à cette capitulation consentie.

Secouant la tête, mes cheveux se détachant pour de bon, je me précipitai dans l'arrière-salle aussi vite que je le pus, sans toutefois froisser la sensibilité de sir Protocole. L'endroit était encombré, comme c'était souvent le cas à cette heure-ci, lorsque la première vague de danseurs venait s'échouer ici pour s'hydrater, croisant le public passif qui préférait parler affaires ou mariages selon le sexe en cause.

Les rubans anthracite suspendus au plafond se balançaient avec constance. Quelqu'un avait eu la mauvaise idée d'aérer la pièce. Je repérai le démon fasciné par un gentleman grisonnant et ventripotent, sur lequel je le vis fondre comme un aigle. Je me saisis d'une autre lame et la projetai d'un mouvement de poignet vers la forme de fumée incandescente. Au lieu de se ficher dans un mur, après avoir accompli son devoir, mon arme buta contre une lourde tenture qui rendit sa chute presque inaudible. Il ne me restait plus que deux poignards.

Une nouvelle blessure vint déchirer le corps translucide du démon, et un hurlement aigu résonna sur le plan astral, me faisant plisser les yeux de douleur. L'engeance infernale siffla dans ma direction et vola vers la fenêtre ouverte qu'elle franchit.

L'Irlandais s'en approcha, attiré par l'odeur de soufre plus prégnante à cet endroit, et se retourna pour me considérer.

— Je peux le suivre en sautant par la fenêtre. Mais pas vous.

C'était dans des moments tels que celui-ci que je regrettais de ne pas avoir l'habileté d'un chat de gouttière, envisageant finalement le fait de me lécher diverses parties inconvenantes comme un désagrément supportable.

— Passez devant. Je me débrouillerai pour vous rejoindre.

— Pas de bêtise, lady Sláine, me dit-il en me lançant un regard sévère.

Qu'est-ce qui pouvait bien lui faire penser que j'allais agir de manière inconsidérée ? Je n'avais même pas pris mon grappin !

— Je vous rappelle que c'est vous qui vous apprêtez à sauter par la fenêtre.

— Je ne le lâcherai pas, me promit-il avec solennité.

Profitant de ce que personne ne nous observait, d'un bond, il plongea dans le vide pour se réceptionner en exécutant une roulade avant spectaculaire. Détalant à toute allure sur Regent Street, devenant une ombre parmi les ombres, son halo doré n'étant visible que de moi, il n'attira l'attention d'aucune calèche circulant ce soir.

Penchant la tête, j'avisai la présence d'un buisson touffu reposant contre le mur extérieur, et je me lançai dans de rapides spéculations. Nous étions au rez-de-chaussée, qui était plus haut que la normale, à savoir que deux mètres devaient me séparer du trottoir. Certes, je ne portais pas la tenue adéquate pour m'essayer à ce genre de sport, mais peut-être qu'en se gonflant sous l'effet du vent ma toilette freinerait ma chute.

Décidant de prendre le risque, je m'assis discrètement sur le montant de la fenêtre, sachant qu'il était difficile pour un observateur de juger l'avancement de mon postérieur au vu de la tournure exagérée de ma robe. Ramassant le plus de tissu possible entre mes mains, j'attendis le moment durant lequel il faudrait applaudir la performance des danseurs, les têtes se tournant vers eux par respect, pour faire passer mes jambes de l'autre côté. Encouragée par les claquements sonores, je sautai. Comme je l'avais prévu, le buisson amortit considérablement ma chute. Je rebondis néanmoins dans l'herbe sur laquelle je finis par m'aplatir.

Couverte de feuilles et de petites entailles sur les bras, je me remis debout. Je me concentrai sur la brume et suivis les résidus démoniaques ondulant. Avec toute la dignité qu'une lady échevelée ressemblant à un sapin pouvait se permettre, je trottinai jusqu'à l'angle de Regent Street, remontant Piccadilly Street avec ses charmantes façades de brique.

C'était le quartier le plus couru de Londres, la nuit. Aussi ne fus-je pas surprise de me croire en plein jour à cause de la luminosité extraordinaire qui se déversait de centaines de fenêtres, des yeux phosphorescents qui ne se fermaient jamais. Des cabs se déplaçaient au ralenti, leurs conducteurs cherchant les numéros indiqués par les passagers transportés, la plupart à la recherche de plaisirs insolites, assurés de pouvoir agir sous le sceau du secret.

À la lumière éblouissante vint s'ajouter le bruit de rires, de conversations allant bon train et de musique dissonante. Les traces démoniaques me conduisirent devant l'un des bâtiments les plus animés, où je retrouvai l'Irlandais. Ce dernier m'attendait à l'évidence depuis un bon moment, même s'il était difficile d'estimer ce délai tant il avait l'air aussi essoufflé et transpirant que lors d'une promenade de santé.

Il me regarda de la tête aux pieds, et je sus que mon apparence s'était plus dégradée que je ne le pensais à cause de la familiarité des branches du buisson.

— Ne songez même pas à me demander ce qui m'est arrivé, l'avertis-je, piquante.

— Je n'oserai jamais contester vos goûts en matière d'accessoires naturels, sourit-il, ses canines espiègles pointant à l'horizon. Je présume que si vos pas vous ont menée jusqu'ici, c'est que mon flair ne m'a pas trompé.

— Vous présumez bien. Comme l'on pouvait s'y attendre, le démon gourmand a choisi l'endroit le plus bruyant et le plus inconvenant qui soit, un cadre dans lequel ses manières ne dépareilleront pas.

Nous fûmes bousculés par plusieurs gentlemen descendus d'une calèche. Ils titubaient tellement qu'ils éprouvèrent des difficultés à monter les dix marches menant à la porte imposante de la demeure. L'un d'eux termina même l'ascension à quatre pattes en riant aux éclats.

Une fente apparut dans la porte, révélant deux yeux peu commodes, et laissa filtrer les inflexions d'une voix autoritaire.

— Que disent-ils ? interrogeai-je mon partenaire.

Je m'en remis à son ouïe plus développée que la mienne, d'autant qu'une brindille chatouillait l'une de mes oreilles, l'obstruant quelque peu.

— Ils donnent le mot de passe.

— Qui est ? m'enquis-je, anticipant que Jean de La Fontaine ne devait pas être apprécié à sa juste valeur en ces lieux.

— La fée verte sans corset. J'ignore ce que cela signifie, mais cela semble faire beaucoup rire ces messieurs.

Je levai les yeux au ciel, comprenant que la fée verte n'avait rien à voir avec un farfadet. Elle frayait plutôt avec des nymphes et elle avait l'effet de plusieurs verres de brandy.

— Nous sommes devant un boudoir masculin qui propose de l'absinthe et la compagnie de dames très... enthousiastes, tentai-je d'expliquer sans tomber dans la grossièreté.

L'Irlandais me jeta un regard malicieux, et un sourire asymétrique étira sa bouche.

— Définissez « enthousiastes » ? osa-t-il demander, provoquant un rosissement incontrôlé de mes joues au souvenir du seul exemple qui me vint à l'esprit, et qui nous incluait tous les deux en pleine incartade inconvenante aux abords d'un musée.

— Très drôle, messire O'Farrell. Maintenant, si vous le permettez, je dois m'entretenir avec ma conscience et arranger ma tenue. « Quand on est à Rome, il faut faire comme les Romains ! »

Je ne croyais pas si bien dire vu l'atmosphère de débauche que la fée verte s'appliquait à entretenir... « Ave César, ceux qui vont mourir te saluent ! » s'approchait de l'épitaphe à graver sur la tombe de ma pudeur.

30

Où une course-poursuite se solde par une rencontre embarrassante

Depuis mon entrée au service de la reine, ma conscience et moi entretenions ce qui devait s'approcher d'une relation maritale houleuse. Ainsi, il n'était pas rare que ma tête devienne le théâtre d'une pièce à mi-chemin entre le drame et la comédie, ponctuée de cris stridents et du son de la porcelaine entrée en collision avec un mur. J'ignorais combien de services à thé étaient fournis avec le titre de lady, mais vu le nombre de ceux qui avaient déjà été brisés, je ne devais pas être loin d'avoir épuisé la réserve allouée. Cet entretien avec ma conscience fut des plus brefs, mais, en compensation, des plus assourdissants. Il avait pris fin lorsque j'avais argué que j'agissais au détriment des convenances, pour préserver la pudeur des Londoniens contre les facéties d'un démon gourmand, et dès que j'eus, en outre, consenti à ne porter que des robes à col haut pour les mois à venir.

Avant d'entrer dans le royaume que la fée verte administrait d'une main voluptueusement alanguie, messire

O'Farrell et moi nous étions réfugiés dans un étroit passage, qui permettait aux gouvernantes d'étendre le linge sur des cordons présentement vidés par la nuit et l'humidité, où je pus achever de ruiner la magnificence de ma robe. J'arrachai la dentelle vaporeuse dissimulant mes épaules, le liseré couvrant quelque peu mon décolleté, pour enfin porter l'ultime coup à ma dignité en déchirant mon jupon de soie dont l'absence révéla mes mollets. Fort heureusement, mes genoux étaient toujours à l'abri des regards extérieurs grâce à l'arrondi formé par l'épais tissu de velours piqueté sur les côtés. Mettant l'Irlandais à contribution, je réduisis la longueur de ma traîne et renonçai aux vestiges de ma franche accolade avec un buisson disséminé principalement dans ma chevelure et l'arrière de mon corset. Le dernier endroit impliquait des attouchements aventureux prodigués par de longs doigts habiles qui me permirent de découvrir l'existence d'une sensibilité prononcée sur cette partie de mon corps.

Après avoir monté les escaliers, sur nos deux jambes et en nous abstenant de rire bêtement, contrairement à certains gentlemen, mon partenaire prit les choses en main. Il se chargea de délivrer le mot de passe que je n'aurais, de toute façon, prononcé pour rien au monde, tant il constituait une insulte à la distinction britannique.

Les yeux peu commodes et la voix autoritaire appartenaient au majordome de ce boudoir qui était assez jeune pour ne pas condamner les comportements déplacés de son employeur et de ses amis. Il se montra, en revanche, suspicieux quant au fait d'introniser des membres inconnus de ce cercle obscur.

— Les dames ne sont pas autorisées à entrer, comme l'on a dû vous le préciser, déclara-t-il d'un ton détaché.

— Je sais bien qu'elles sont fournies avec le décor, mais croyez-moi, le maître de maison, qui m'a lui-même donné le mot de passe, sera enchanté que je ne sois pas venue les mains vides, lui répondit l'agent étranger en me ramenant vers lui par la taille, pour me frotter contre son corps massif avec plus de zèle que nécessaire.

— Cela va à l'encontre des consignes, insista l'employé en plissant les yeux et, je supposai, la bouche, même si la mince ouverture dans la porte m'empêchait d'en avoir la certitude.

— Peut-être vous ferait-il plaisir de profiter de sa très *distrayante* compagnie après votre service ? Si vos alcools sont suffisamment forts, je pourrais sans doute oublier que je suis venu accompagné, ajouta l'Irlandais en souriant.

J'en restai sans voix, ce qui tombait bien puisque, ayant rejoint la catégorie des ornements féminins, on ne me demandait pas de parler, ni même de savoir le faire avec éloquence.

Le majordome posa un regard neuf et libidineux sur ma personne. Tout bien considéré, je préférai ne pas être en mesure de voir le mouvement de bouche qui devait accompagner ce coup d'œil appréciateur supposant certaines anticipations avec mon corps pour objet.

Cet accord scellé, nous entrâmes dans une résidence plutôt chic en comparaison des activités qui s'y déroulaient. Mais à la réflexion, la présentation figée importait autant que celle plus mouvante à laquelle appartenaient des dames tout de vert vêtues. Du moins, si l'on pouvait considérer qu'elles l'étaient du fait de bras aussi nus que les miens, de poitrines débordant de corsets souples et de jambes exposées à la vue de tous jusqu'à mi-cuisse !

Je me raidis et me focalisai sur la décoration intérieure. L'entrée était exiguë et ouvrait sur un petit escalier recouvert d'une moquette cerise qui s'accordait au bois sombre de la rampe et des murs. Le palier intermédiaire qu'on distinguait plus haut présentait un vitrail coloré qui n'était éclairé que par le jeu d'appliques murales et de lampadaires en métal intégrés dans la rampe.

Deux possibilités s'offraient aux adeptes de la fée verte, personnifiée par toutes ces beautés féminines au physique anguleux ou plus arrondi, pour satisfaire toutes les envies. Les invités pouvaient rejoindre sur notre gauche, le salon musical, ou sur notre droite, le fumoir officiel. Que l'on choisisse l'un ou l'autre, des dizaines de fontaines à absinthe faisaient goutter au ralenti l'eau glacée qu'elles contenaient sur le morceau de sucre posé sur une cuillère d'argent réservée à cet usage, appelée pelle à absinthe. Les verres à dose, dont les ballons étaient pleins d'un liquide vert pâle, se remplissaient progressivement. Le fameux liquide à l'intérieur prenait une couleur blanchie à cause des émulsions formées par les ingrédients non solubles.

Une fois le processus achevé, le robinet était fermé, et le verre s'en allait égayer la soirée d'un invité occupé à discuter avec ses connaissances, dans une atmosphère enfumée ou une ambiance mélodieuse. Des jeunes femmes dansaient de manière lascive devant tout ce petit monde, quand elles ne finissaient pas leurs numéros sur les genoux masculins libres d'accès qui ne demandaient qu'à être réchauffés et flattés. Et le moins qu'on puisse dire, c'est que les gentlemen étaient partageurs.

— Lady Sláine, cessez de fixer les gens, bouche ouverte, comme vous le faites. Vous attirez l'attention sur nous.

Je m'apprêtais à répondre que ce n'était absolument pas vrai lorsqu'une inspection de mon visage me révéla une mâchoire plus basse qu'à l'accoutumée. Je m'empressai de remédier à ce léger affaissement.

Plantant mes yeux dans ceux de messire O'Farrell, lacs ténébreux dans lesquels des étoiles se reflétaient et des lucioles se noyaient, je lui rappelai l'élément le plus interpellant de mon scandaleux déguisement.

— Je ne suis pas assez vertement habillée pour me fondre dans ce décor, à moins que vous ne souffriez de daltonisme pour passer à côté de ce détail.

— Ma vision se porte à ravir. À ce propos, arrêtez d'essayer de vous couvrir la poitrine, cela donne encore plus envie de la regarder, pesta-t-il en jetant un regard affamé sur mes atouts trop exposés à mon goût.

— Il y a quelque chose qui s'appelle détourner le regard. Je vous conseille d'essayer, dis-je en utilisant les mots qu'il avait prononcés le soir où après m'avoir léchouillée sous sa forme de tigre, il m'était apparu nu, ce que je n'avais pu supporter dignement, compte tenu de mon état de faiblesse.

N'appréciant pas que je paraphrase ses propos, il serra les mâchoires avant d'en revenir à l'essentiel. Je n'avais pas rougi et j'avais obtenu vengeance pour toutes les fois où sa nudité m'avait mise mal à l'aise. Il ne fallait jamais sous-estimer le pouvoir d'une poitrine exhibée plus que de coutume.

— Est-ce que vous voyez des traces de notre démon ? me demanda-t-il, ses narines se dilatant à la recherche de la fragrance infernale.

— Oui, et c'est bien cela qui me pose problème. Le démon a brouillé les pistes, répondis-je en contemplant tous les résidus collés au plafond, formant des nœuds aux boucles inégales.

— Ce n'est pas mieux du côté de l'odeur de soufre, d'autant que l'anis contenu dans l'absinthe et la fumée des cigares me permettent difficilement de la déceler, avoua-t-il, son long nez se fronçant de colère.

— Il va nous falloir inspecter le rez-de-chaussée.

— Et à défaut, les étages, ajouta-t-il en me jetant une œillade amusée.

— Par pitié, n'envisageons pas le pire ! De toute manière, les traces s'arrêtent au rez-de-chaussée.

Nous commençâmes notre investigation dans le salon chantant, là où une vingtaine d'hommes buvaient leurs verres d'absinthe assis sur des banquettes capitonnées rembourrées, tandis que leurs hôtesses dénudées ouvraient, en gloussant et en faisant sensuellement jaillir leurs poitrines, les robinets des fontaines. Certaines d'entre elles s'assuraient que tous les sens des gentlemen, en dehors de leur goût satisfait par leur boisson anisée, soient comblés. Ces derniers jouissaient d'une vue vallonnée et remuante. Leurs oreilles, elles, étaient enchantées par les voix de soprano de quelque nymphes. Leur odorat et leur toucher, eux, appréciaient la proximité de toutes ces peaux tentantes.

Inspectant rapidement cette pièce, je repérai deux auras bleutées et une rosée, mais aucun amoncellement de fibres cramoisies qui aurait pu indiquer la présence d'un représentant de l'Enfer. D'un signe de tête, je suggérai à l'Irlandais que nous nous repliions vers l'autre salon plus embrumé, mais moins bruyant.

L'endroit était configuré à l'identique, en dehors du fait qu'il n'y avait aucun piano encombrant l'espace. Il y avait devant chaque fauteuil de brocart une table basse sur laquelle était disposé du matériel pour favoriser la consommation d'opium qui était soit directement mélangé au tabac, soit fumé à l'aide d'une pipe spéciale.

Les visages extatiques des hommes présents manquaient complètement de décence, mais ils n'avaient à l'évidence pas la force de maintenir leur masque social en place, tout avachis qu'ils étaient. À cause de la brume stagnante, contenue grâce à la double porte fermée, mes yeux me piquaient. L'Irlandais éternua à plusieurs reprises, son flair assailli par des odeurs si prégnantes.

Je sentis soudain une main se poser au sommet de mon postérieur. Son propriétaire me tira avidement vers lui. Je rebondis sur un ventre rond qui me convainquit, comme si le manque de considération n'était pas assez flagrant, que ce n'était pas messire O'Farrell qui se permettait de me faire valdinguer ainsi.

Je lançai un regard courroucé à l'individu peu accommodant et rencontrai deux yeux bleu foncé que je reconnus immédiatement comme étant ceux d'un ami de sir Barthelemew. Lui ne m'identifia pas aussi promptement. L'abus d'alcool et d'opium contribuait à empâter les plus grands esprits.

— Oh, messieurs, nous avons une petite nouvelle parmi nous ! annonça-t-il à la cantonade, même s'il dut composer avec une absence généralisée de réaction.

Mon partenaire vint se poster à mes côtés, ombre menaçante soulignée d'un halo doré. L'énergie l'habitant débordait par ses yeux devenus phosphorescents.

Libérant mon bras avant qu'il ne lui prenne l'envie de le délivrer de lui-même en arrachant celui qui le crochetait, j'interrogeai le gentleman groggy sur son identité, pour m'assurer que j'étais en mesure de prouver qu'on pouvait mourir de honte.

— Lord Nils ?

— Nous connaissons-nous déjà, ma mignonne ? s'enquit-il avec un sourire niais évocateur du genre d'intimité qu'une telle connaissance entraînait.

Il m'observa sous toutes les coutures, notamment celles concentrées sur mon décolleté. Il continua de sourire jusqu'à ce qu'il se focalise sur mes yeux d'un violet peu commun qui le firent blêmir. Cet homme m'avait connue quand je portais encore des nattes, et il pouvait maintenant constater que j'avais poussé à tous les niveaux. Je fus tentée de me couvrir de nouveau la poitrine, mais me rappelai l'effet que ce geste futile avait produit sur l'agent étranger.

— Au nom de la reine ! Lady Sláine, est-ce bien vous, ou l'opium trouble-t-il ma vision ?

— J'ai bien peur que l'opium ne soit pas en cause.

— Mais que faites-vous donc ici ?

Je traque un démon en contemplant les résidus qu'il laisse derrière lui. Je fais visiter Londres à un homme séduisant à qui il arrive fréquemment de me donner des frissons, alors même que nous ne sommes pas mariés.

Ne trouvant aucune de ces réponses satisfaisantes, surtout pas la première qui aurait inquiété, voire terrorisé, un non-sensible, je choisis de rester évasive tout en apposant une tache indélébile sur ma réputation.

— La même chose que vous ? suggérai-je.

— Oh.

Nous nous regardâmes en rougissant de concert, et un serment visuel fut réciproquement prononcé. Il nous garantissait que nos secrets d'alcôve ne sortiraient jamais des brumes opiacées de ce boudoir, et que l'épouse de lord Nils ainsi que mon père conserveraient une image immaculée de nous.

J'avisai chaque homme écroulé sur un fauteuil, et même ceux qui s'étaient allongés sur le tapis, certainement pour se prémunir contre une chute, à moins que ce ne fût pour se rapprocher de la table basse à opium. J'en conclus que le démon ne se trouvait pas parmi eux, qu'il avait possédé un corps sans s'en nourrir pour monter plus haut. Nous allions devoir fouiller chaque chambre, en priant et craignant, pour ma part, que plusieurs d'entre elles soient occupées.

Puisque aucune tasse de thé noir, pas plus qu'un bon verre de brandy, n'était mise à la disposition des invités, je dus me contenter d'avaler cul sec une coupe d'absinthe. Cet alcool se révéla être rafraîchissant. Peut-être un peu trop amer et floral, mais cela me chauffa agréablement la gorge et me fit miroiter la promesse d'un tranquille flottement.

— Eh bien, on peut dire que les Anglaises savent boire comme il convient, constata l'Irlandais en me voyant reposer le verre vide sur un plateau prévu à cet effet.

C'est ce que m'avait aussi dit M. Perrin lors de notre planque commune derrière son bar, à ceci près qu'il avait utilisé l'expression « lever le coude ».

— Oh vous savez, nous sommes conditionnées dès l'enfance à devenir des épouses dociles. Il faut bien trouver une compensation quelque part, répondis-je, ressentant déjà la douce morsure de l'absinthe.

Messire O'Farrell se mit à rire, et c'est les yeux larmoyants, la fumée ayant sans doute autant de mérite que mon autodérision, qu'il me fit une proposition inconvenante. Mais nous n'étions plus à cela près.

— Un jour, lady Sláine, quand nous n'aurons pas à courir après des démons ou des poltergeists, je testerai moi-même votre résistance à l'alcool, et peut-être consentirai-je à vous entraîner.

— À la bière ? avançai-je en me souvenant que les natifs de l'île d'Émeraude baignaient dès la naissance dans des tonneaux de cette boisson fermentée.

— Et comment !

Sur cette promesse, nous quittâmes le fumoir peuplé d'individus aux yeux vitreux, qui me rappelaient ceux des fantômes, et empruntâmes l'escalier pour rejoindre le premier niveau.

Les traces vermeilles partaient en tous sens. Le démon n'avait pas fait les choses à moitié, et nous comptâmes sur le flair de mon partenaire pour le débusquer. Nous croisâmes des couples enlacés au détour des couloirs. Cela m'amena à penser que certaines personnes, en dehors des incubes, trouvaient grisant de s'adonner à des embrassades poussées ailleurs que dans une chambre à coucher. C'était une découverte déconcertante, même si je dus convenir que sous le couvert des ténèbres, si l'on exceptait la rencontre avec deux gentlemen éméchés, je n'avais pas trouvé cela si déplaisant, comme le prouvait ma mémoire qui revenait sans cesse sur l'événement. Mais pour sa défense, on ne pouvait pas dire qu'elle regorgeait de références en la matière.

Au bout de plusieurs minutes d'une fouille minutieuse qui, suite à une erreur de reniflement, avait eu pour conséquence de nous faire contempler une baignoire de cuivre triplement occupée, je vis les filaments démoniaques converger vers une seule porte. Flairant le piège, j'informai l'Irlandais que la piste était trop évidente pour être innocente.

Je dégainai mes couteaux aux pommeaux de cristal, plus facilement compte tenu des couches de tissu en moins, et c'est armes bien en main, et tigre bien en vue, que nous ouvrîmes la porte et pénétrâmes dans la chambre. Nous découvrîmes un corps masculin au sol, juste avant que la porte ne claque derrière nous et qu'un démon flottant au-dessus, et riant aux éclats, ne se précipite vers l'agent étranger pour tenter de l'investir de toute sa malfaisance rougeâtre.

Subissant le contrecoup de deux puissances magiques entrées brutalement en contact, messire O'Farrell fut projeté contre un mur. L'engeance infernale dut se débattre avec son tigre sur le plan astral, qui était presque entièrement sorti du dos de mon partenaire pour le défendre. La forme enflammée luttait contre le félin solaire, et je restai momentanément interdite devant un tel spectacle qui défiait toutes les règles préétablies de la démonologie. Les démons n'avaient pas une consistance qui leur permettait de toucher les corps humains, ni même les fantômes. Comment diable était-il donc possible de les toucher, eux, avec un esprit animal ?

Lors de notre effraction au musée, l'Irlandais avait lutté contre Jack O'Lantern, ce qui ne m'avait pas étonnée plus que cela, dans la mesure où le fauve et le spectre tourmenté appartenaient tous deux au plan des esprits. Mais ce qui se déroulait devant mes yeux, et qui perdura même après que je les eus clignés plusieurs fois, n'était pas du tout, du tout normal. Le tigre de messire O'Farrell semblait capable d'évoluer sur tous les degrés d'existence ! Cela était-il naturel, ou alors était-ce instinctif, ce qui signifiait que l'animal adoptait la « densité » de circonstance pour protéger son hôte ? Pouvait-on dire que mon partenaire était possédé par ce double chimérique ? Était-ce pour cela qu'il était capable d'affronter des possesseurs nés sur une réalité inaccessible ? Et qu'en était-il des fantômes ordinaires ? Le fauve disposait-il d'une collerette de feu à l'image de celle de Feardorcha ?

Sortant de la torpeur toute scientifique qui m'avait saisie, je brandis mes lames et les plantai dans le corps éthérique du démon gourmand. Les cristaux irradièrent d'une blancheur contaminant deux plaies imaginaires qui se dessinèrent sur son buste. Le poignardé vociféra, expulsant des cris qui donnaient vie à une souffrance inconnue de ce monde tant elle semblait raviver d'autres douleurs passées, causées par des traitements qui dépassaient l'entendement humain.

Composant avec le désarroi véhiculé par ce son, je forçai l'engeance à reculer dans un coin de la pièce. Mes mains étaient empêtrées dans cette substance intangible, et pourtant non dénuée de chaleur. Des picotements néfastes remontèrent le long de mes bras. Je me sentais sale, souillée par une faim dévorante, par le vice de cette apparition qui se déclinait au gré des émotions volées chez ses victimes. Je finis par l'acculer contre un mur dans lequel j'enfonçai les coutelas, suffisamment pour que les cristaux demeurent fichés dans le poitrail soufreux, et m'éloignai.

Après avoir revêtu son masque félin, l'Irlandais se releva prestement et vint me prêter main-forte en enfonçant plus profondément les couteaux. La peau de ses mains craqua là où il effleurait le feu qui couvait dans les entrailles du démon, ce qui me stupéfia. Les miennes avaient à peine chauffé lorsqu'elles étaient plongées à cet endroit. Comme avec la lanterne de Jack… Non pas que je n'appréciais pas cette immunité bienvenue à sa juste valeur, mais être insensible aux attentions démoniaques n'était pas ce qu'on pouvait considérer comme une perspective rassurante. J'espérai que cette faculté ne soit pas le signe que mon destin était de prendre le thé en Enfer.

J'observai la créature embrochée parcourue d'éclairs d'un blanc pur formant un filet résistant autour d'elle. Ses prunelles cramoisies, humides d'un sang inhumain, car trop épais, se posèrent sur moi avec, à l'intérieur, ce que je pris pour une profonde détresse. L'effet était sidérant ; nous avions affaire à un comédien talentueux.

— Laissez-moi partir ! Il va me trouver. Je ne veux pas retourner en Enfer. Je ne veux pas ! Je voulais juste m'amuser. Laissez-moi m'amuser.

Apparemment, les démons ouvrant les portes de l'Enfer, qu'ils le fassent de leur plein gré ou qu'on les y contraigne, n'avaient pas le pouvoir de changer poliment d'avis. C'était là une donnée intéressante que j'allais me faire un plaisir de consigner dans mon rapport avant de m'en vanter auprès de miss Chatterton.

— Que fait-on maintenant ? me demanda messire O'Farrell en mettant de l'ordre dans sa tenue.

— Il nous faut contacter un exorciste au plus vite. Mais le démon n'ira nulle part. Les cristaux se sont connectés l'un à l'autre, et l'énergie qu'ils diffusent le paralyse. En revanche, je ne sais pas pour combien de temps nous en avons.

— Je propose que vous appeliez James tout de suite.

L'agent étranger commençait à se familiariser avec mes méthodes de travail, ce qui me rendit fière de lui et m'amena à conclure que ce partenariat était finalement plus agréable que je ne l'avais espéré. Et il était, en prime, source de nouvelles expériences, ce qui n'aurait pas dû me réjouir autant. Ma conscience brisa une tasse pour la forme.

— Oui.

Alors que je me dirigeais vers la fenêtre pour l'ouvrir et me connecter au tuyau chimérique, avenue principale de circulation fantomatique, je vis un nuage gris se mouvoir à une vitesse saisissante, tel un mouton échappé de l'enclos du ciel. Je réalisai bien vite que le cumulus arborait une forme effroyable qui, à défaut de provoquer la pluie, pouvait déclencher des pleurs de désespoir, même chez ceux présentant les canaux lacrymaux les plus asséchés.

— Oh, non ! Poltergeist ! m'entendis-je crier à l'intention de l'Irlandais.

Les traits déformés et affaissés que je contemplais me firent trembler de terreur. Je restai pétrifiée en voyant un corps atrocement recroquevillé foncer sur moi depuis l'extérieur. Je m'écartai à temps avant que la fenêtre n'explose sur son passage impitoyable.

Des éclats de verre m'entamèrent le visage, et lorsque je tentai de me relever, d'autres s'enfoncèrent dans mes paumes, les meurtrissant sévèrement. Une odeur de renfermé envahit la chambre ainsi qu'une autre, aussi forte, d'herbe coupée. Je me retrouvai au milieu d'une tempête de trèfles et dus m'accrocher au montant du lit pour ne pas être emportée.

Messire O'Farrell, toujours campé sur ses deux jambes, invoqua son tigre. Il n'eut néanmoins pas l'opportunité d'attaquer le poltergeist. Ce dernier avait anticipé la manœuvre et choisi de s'en prendre directement à l'hôte du fauve, plutôt que de se risquer à l'affronter, n'ayant pas conservé un bon souvenir de ses griffes. Mon partenaire fut projeté d'un mur à l'autre, jusqu'à ce qu'il soit suffisamment assommé pour ne pas se relever. Lorsqu'il chuta, son menton butant contre sa poitrine, je vis du sang dégouliner de ses narines.

Parcourant la pièce d'un regard affolé, à la recherche de l'origine de cette odeur de tissu carbonisé que mon nez détectait, je vis qu'un chandelier avait été renversé. Ses bougies s'étaient éparpillées partout, enflammant les rideaux et le tapis.

En revenant à une menace d'une tout autre envergure, je m'intéressai à Jack O'Lantern, l'affreux poltergeist à l'humanité pervertie par une soif inextinguible de sensations qui le poussait à commettre des atrocités. Il avait la lanterne avec lui et il s'en servit pour faire éclater les cristaux qui retenaient le démon prisonnier, et que lui-même ne pouvait toucher sous peine d'en subir l'affreuse brûlure. Et je n'avais plus de couteau !

Une fois que ce fut chose faite, il ouvrit la lanterne, dans laquelle je vis les âmes des enfants tournoyer. Je réprimai un hurlement d'effroi à l'idée qu'il envisageait de faire cohabiter ces trois âmes avec un démon ! Et je ne voyais nulle part de compartiment ! On ne sortait jamais indemne d'un toucher démoniaque. J'étais bien placée pour le savoir au vu d'une expérience qui ne cessait de s'allonger grâce, notamment, à l'intervention du Diable.

Je lâchai prise et me mis à rebondir au gré de la tornade de trèfles. J'agrippai une lourde tenture pour me permettre d'orienter mon corps dans la direction souhaitée, mais elle céda sous mon poids et sous l'effet des flammes. Au bout de quelques vigoureuses rencontres avec des murs, je fus propulsée à l'endroit où se trouvait le démon que Jack O'Lantern tentait d'attirer dans sa lanterne.

Je passai au travers du poltergeist, son humanité en lambeaux me donnant des haut-le-cœur, et vins saisir à deux mains le manche de l'un de mes couteaux toujours fichés dans le mur pour maintenir ma position. Mon corps tendu était à l'extrême comme un étendard agité par un vent violent. Alors que j'étais à moitié enfoncée dans la poitrine du démon qui tenta de m'investir sans grande conviction, Jack me repéra et ouvrit la bouche pour crier. Le néant que j'aperçus en lui créa des fissures dans ma raison.

Détachant une main, j'essayai d'atteindre la lanterne pour m'en emparer, mais je tanguais trop pour y parvenir. Au lieu de recourir à sa télékinésie spectrale, l'abomination fantomatique me donna un grand coup de lanterne. Je ressentis une vive brûlure sur la tempe avant d'être expédiée près de l'Irlandais, toujours inconscient, même si je voyais son tigre monter la garde devant lui.

Je bloquai mes pieds sous la structure du lit et me tins aux jambes de messire O'Farrell pour me stabiliser. J'essayai d'invoquer la brume, mais je ne trouvai aucun sort susceptible d'arrêter un poltergeist haineux en train d'aspirer dans sa lanterne un démon qui se débattait de toutes ses forces.

Vaincue, je n'eus d'autre choix que d'observer Jack me sourire, triomphant. Il s'étira démesurément pour s'approcher de mon visage. Il me montra ses traits fondus et grignotés par tant d'années d'errance entre les mondes.

Tandis que le feu se répandait dans toute la pièce, intensifié par le vent provoqué par la télékinésie spectrale, le poltergeist se retira, provoquant un vicieux appel d'air. Nous nous retrouvâmes à la merci des flammes.

Réconciliée avec la gravité, je frappai l'Irlandais en divers endroits pour qu'il se réveille. Je ne pouvais pas espérer bouger une telle masse de muscles, et de toute manière, la porte enflammée nous était inaccessible.

Toussant à cause de la fumée qui imprégnait l'air, je laissai ma tête reposer contre la poitrine de mon partenaire. Je sentis son aura, saine et réconfortante, remonter le long de mes bras pour me couvrir tout entière.

Lorsque je relevai les yeux, je tombai nez à museau doré avec son tigre. Ce gardien astral m'observa avec intensité, si près que je craignis me faire dévorer. L'échange dura quelques instants, et je réalisai que le fauve ne me percevait pas comme une menace à éradiquer, mais comme une entité dont il évaluait le pouvoir. Chaque fois que messire O'Farrell et moi nous étions touchés, ce n'était pas consciemment que son énergie m'avait effleurée. Du moins, ce n'était pas la conscience de mon partenaire qui était à l'origine de cette inspection.

Tout à coup, l'animal solaire regagna le corps de l'Irlandais et ce dernier se réveilla brutalement comme si un éclair l'avait frappé. Ses yeux s'illuminèrent d'un jaune topaze, et son instinct lui fit prendre une décision inconsidérée.

Il se redressa, m'attrapa par la taille, me souleva du sol et courut à toute allure vers la fenêtre, défiant les flammes qui cherchaient à s'emparer de lui, pour nous faire sauter dans le vide, encore une fois.

31

Où une lady chevauche un chien de l'Enfer

Alors que nous tombions du deuxième étage, je me rendis compte que depuis plusieurs semaines je passais plus de temps dans les airs que sur le plancher des vaches, ces adorables ruminants dont j'enviais la vie paisible faite de mastication nonchalante. Que n'aurais-je pas donné pour me réincarner en l'une d'elles en cet instant ? Je ne voyais qu'une seule explication possible à cette manie que le destin avait de me projeter dans le vide à la moindre occasion : j'étais maudite. L'hypothèse selon laquelle un trèfle amputé de ses feuilles était accroché à mon corset se densifiait chaque jour qui passait, d'autant plus que Jack O'Lantern n'était pas avare en la matière.

Mais force était de constater qu'être affublée d'un partenaire irlandais me permettait de bénéficier par procuration d'un peu de bonne fortune. Le fait que nous ayons atterri à l'arrière d'une calèche transportant du foin, stationnée au-dessous de notre plongeoir improvisé, me rendit tout d'un coup beaucoup plus conciliante à l'égard des dimensions encombrantes et de la nudité occasionnelle de messire O'Farrell. L'instinct de survie passant avant toute chose, le sens des justes proportions et la pudeur ne pouvaient rivaliser.

— Nous sommes vivants ! m'exclamai-je en regardant les flammes jeter leur bras orangés à travers la fenêtre. Messire O'Farrell ? Je dois reconnaître que votre tigre a été inspiré. Mais dites-moi, il savait que des bottes de foin allaient amortir notre atterrissage, n'est-ce pas ?

Je me redressai et regardai l'agent étranger qui était encore allongé, les yeux grands ouverts sur le ciel londonien auquel il adressait un bonsoir lumineux. Ses paupières clignèrent une fois, et l'effet se dissipa, rendant à l'Irlandais ses sombres yeux pailletés. Celui-ci s'assit et me scruta avec une attention qui me fit craindre qu'un morceau de paille ne soit fiché à un endroit suspect de mon visage.

— Messire O'Farrell ? Allez-vous bien ? m'inquiétai-je en songeant que son tigre avait peut-être griffé une partie de son esprit, le rendant moins réactif que d'ordinaire.

Il ne me répondit pas. À la place, il agrippa ma nuque et ma taille, me faisant basculer sous son poids, pour me contraindre à m'allonger. J'écarquillai les yeux devant une telle réaction que je n'avais pas anticipée, et à laquelle j'ignorais comment répondre. Le manuel de la bienséance ne nous préparait pas aux situations échappant à son contrôle !

Je me tortillai avec force pour me dégager et lorsque mon genou rencontra une certaine partie du corps de mon partenaire, celui-ci grogna à mon intention.

— Lady Sláine ! Votre genou appuie sur un endroit sensible de mon anatomie.

Essayant de me dépêtrer des lianes auburn, fleurant bon les épices et le soleil, qui retombaient sur mon visage, j'exigeai un éclaircissement de la situation.

— Peut-on savoir ce que vous essayez de faire ?

Son troublant regard, agité par une tempête d'or, se planta dans le mien. Je déglutis en me rendant compte que je ne l'avais observé qu'une seule fois d'aussi près, et que la condition nécessaire avait été un inconvenant enchevêtrement de membres. En l'espèce, la condition était également remplie.

— Du bouche-à-bouche, me répondit-il en fronçant les sourcils, les faisant s'embrasser avant qu'ils ne s'éloignent de manière pacifique.

— Mais je suis réveillée !

— Je voulais vous enseigner un autre type de bouche-à-bouche qui implique qu'on soit réveillé. Donc cela tombe plutôt bien que vous le soyez, m'expliqua-t-il en raffermissant sa prise sur ma taille et en approchant sa bouche de la mienne, tandis qu'il me soulageait du poids de son corps, une main appuyée au-dessus de ma tête.

— Mais je ne comprends pas l'intérêt de m'enseigner un autre...

— *Jaysis !* Je n'ai jamais rencontré une femme aussi hermétique au romantisme.

Le romantisme ? Me rouler dans des bottes de foin n'était pas ce que j'appelais les circonstances idéales pour me mettre dans une telle humeur. Et puis, quel était le rapport avec le bouche-à-bouche ? Une paille m'avait-elle perforé l'arrière du crâne pour que je manque l'évidence qui semblait si chère au cœur de l'Irlandais ?

— Je ne vois pas ce que le romantisme a à voir avec une technique de réanimation...

— Sláine ! Allez-vous donc vous taire pour une fois et laisser les hommes diriger, aboya-t-il avant de fondre pour de bon sur mes lèvres qui furent bien vite trop sollicitées pour me permettre d'argumenter.

Mon esprit aussi, d'ailleurs. Dans un premier temps, mon corps se raidit, ne sachant pas vraiment comment accueillir cette caresse douce et impérieuse à la fois. Je laissai donc messire O'Farrell m'ouvrir la voie des sensations, préoccupée comme je l'étais par les battements assourdissants de mon cœur que je suspectai de vouloir s'envoler. Puis, de manière timide, j'entrouvris les lèvres, invitant la langue de mon partenaire à dispenser ses attentions de façon plus poussée. Il ne répondit pas immédiatement à cette demande polie, me faisant comprendre que le pouvoir était entre ses mains, au propre comme au figuré. Il m'incitait à écouter mon corps, ses désirs devenant des besoins aussi essentiels que se nourrir ou respirer.

Ses doigts s'égarèrent dans mes cheveux, sur ma tempe, sur ma pommette, avant de se poser sur mon cou. Son aura piqua délicieusement ma peau à cet endroit. Pendant ce temps-là, sa bouche se pressait avec plus d'insistance sur la mienne, s'attardant tantôt sur ma lèvre supérieure avant de s'occuper équitablement de celle du dessous. Lorsque le baiser se fit plus profond, plus intense, je me surpris à accompagner les mouvements de l'Irlandais. Je bougeai à un rythme sensuel, visant à nous rapprocher toujours plus, afin que nos cœurs battent l'un contre l'autre, jusqu'à atteindre l'accord parfait, rendant toute distinction impossible. Nous étions engagés dans un véritable ballet des sens où la chaleur partagée intensifiait chaque effleurement, chaque pression humide. Je m'abandonnai pleinement à ce flot de sensations qui vint briser le barrage de mes émotions, les laissant à la merci d'un courant torrentiel. J'éprouvai un désir électrique, brûlant, étouffant. J'avais l'impression de suffoquer et d'entretenir ce manque. Je ne pouvais faire plus qu'aspirer le propre souffle de Kieran, lui offrant le mien, cet échange intime nous maintenant sur le fil instable de la vie. L'embrasser, c'était comme mourir à chaque seconde, pour renaître la suivante. Plus forte, plus exigeante, plus vivante que jamais. Et la passion qui me consumait me faisait l'effet d'être un rivage attendant que la prochaine vague coule sur moi, ne sachant si elle serait d'une subtilité exquise ou d'une irrésistible violence.

Je compris que le désir n'était pas lié aux circonstances. Il transcendait nos existences, leur donnait un goût sucré quand le sel des épreuves asséchait nos sens. Ils les rendaient avides de sensations enivrantes et nous tiraient, de ce fait, vers les sommets de la volupté.

Mes yeux avaient beau être fermés, et ma double vue inutile, une aurore boréale magistrale dansait sous mes paupières, chaque nouvelle décharge de plaisir faisant scintiller son lot de couleurs chatoyantes.

Alors que rien ne semblait en mesure d'interrompre ce baiser, que le haut de ma cuisse était palpé avec dextérité et qu'un certain « objet » durcissait, je sentis le lien mental que je partageais avec le tiers de Cerbère se tendre. Feardorcha était dans les parages.

— Sláine ! Nous sommes là, m'interpella une voix familière et délicate, qui produisait un étrange écho. Vous ne devinerez jamais ce qu'a fait le chien de l'Enfer. Il m'a traîné jusqu'ici alors que j'étais accroché à son fil enflammé. Toute une expérience ! Cela m'a rappelé la fois où, vous savez – je ne m'excuserai jamais assez pour ce malencontreux accident –, j'ai atterri sur ? en ? vous. En fait, je ne sais pas précisément, c'était plutôt confus.

Peut-être que le « en » est plus approprié, toutefois, car nous, eh bien, nous avons un peu fusionné. Ce n'était pas très amical comme comportement, mais je puis vous assurer qu'à défaut d'être précautionneuses, mes intentions étaient tout ce qu'il y a de plus honorables. (Pause dans ce discours cascadant.) Oh, Monsieur le chien de l'Enfer, je crois que nous tombons au mauvais moment...

L'Irlandais et moi nous étions figés en entendant Mr Bridgestone, front contre front, souffles mêlés. Peut-être espérions-nous qu'il disparaîtrait si nous ne lui prêtions pas attention, ou alors que nous allions nous fondre dans le foin grâce à notre double volonté.

Nous détachant l'un de l'autre, nous nous redressâmes. Je tentai de me composer un masque plus décent que celui plaqué sur mon visage, qui arborait un sourire béat et des joues rosies par cette situation compromettante. Messire O'Farrell descendit d'un bond du chariot et me tendit la main pour m'aider à en faire de même. Je croisai son regard scindé en deux roches d'onyx crépitant d'étincelles dorées révélatrices de l'état de mon partenaire. Je glissai sur le bord d'une botte de foin, et il me saisit par la taille afin de m'assurer une réception toute en douceur qui ne fut pas exempte de frissons courant depuis l'endroit où ses mains étaient posées. Je m'écartai un peu brusquement pour me concentrer sur le colporteur. Ses yeux blanchis par la mort passaient de l'agent étranger à moi, traduisant combien cette scène le déroutait.

Feardorcha à ses pieds avait conservé son apparence de petit bouledogue trapu, mais avait revêtu sa collerette de feu. Mentalement, je lui communiquai tout le plaisir que j'avais à le voir, et invitai ma pâquerette infernale à se rapprocher. Je m'accroupis et cela suffit au tiers de Cerbère pour venir se réfugier entre mes mains à des fins de grattouillement. Je relevai la tête, laissant le réconfort tout en poils stabiliser mes émotions, et j'accordai à mon ami éthérique toute l'attention qu'il méritait.

Il triturait sa casquette, feignant de la remettre en place alors qu'elle ne pourrait jamais être délogée du dessus de son crâne, la mort l'ayant fixée là pour l'éternité. Un sourire niais dessina une demi-lune sur son charmant visage moins translucide que d'ordinaire. Le filament de Fear, qui pouvait le rendre consistant le temps d'un toucher, comme en attestait le souvenir d'un roulé-boulé à Charing Cross, l'avait réellement entouré pendant leur promenade nocturne enflammée.

— Mais que faites-vous ici, James ? Comment nous avez-vous trouvés ? Je ne vous ai pas invoqué. Ce n'est pas faute de ne pas avoir voulu le faire, mais disons que j'ai été interrompue par un poltergeist ouvrant une fenêtre avec perte et fracas.

— Grâce aux fantômes, Sláine ! Voyez-vous, je traînais dans l'éther, sans réel but puisque la plupart des agents étaient au bal, et j'ai vu tous mes congénères venir s'y cacher. J'ai compris que quelque chose ne tournait pas rond. En interrogeant l'un d'eux, il m'a informé de la présence d'un démon là-bas ! J'ai volé aussi vite que je le pouvais, le réseau du *fog* étant particulièrement encombré à cause du remue-ménage en découlant, et je vous ai cherchée pour voir si je pouvais vous offrir mon aide. Ne vous ayant pas trouvée dans la salle, et pourtant j'ai essayé de localiser votre magnifique robe partout… Oh, mon Dieu ! Sláine ! Votre robe !

Un désarroi sincère se peignit sur le faciès à la transparence retrouvée de Mr Bridgestone.

— C'est une très longue histoire, James. Je vous promets de vous la raconter plus tard.

En omettant quantité de détails, pour épargner votre pudeur et la mienne dont le silence était des plus inquiétants.

— Je m'en réjouis ! Je disais donc, j'ai été voir si votre calèche était toujours là, et j'ai trouvé le chien de l'Enfer dedans. Je lui ai expliqué la situation – je n'étais pas certain de parler le bon langage –, et il a sauté de votre cab, s'est littéralement enflammé autour du cou, et sans que je puisse consentir à ce qui allait suivre, il m'a agrippé et traîné jusqu'ici ! Et ce n'est pas tout. Pendant que j'étais prisonnier, j'en ai profité pour maintenir mon contact avec la brume. Quelque chose de monumental est en train de se produire sur le pont de Westminster ! Les fantômes ancrés là-bas se seraient tout bonnement fait éjecter du courant de brume sur lequel ils voguaient. Une brèche est en train de s'ouvrir, et elle est énorme !

Les effets du désir éprouvé s'évaporèrent instantanément dans les airs. Je considérai tour à tour chacun de mes compagnons, prenant conscience de l'ampleur de la situation. Mr Bridgestone reposait sur son petit nuage grisâtre, m'observant dans l'attente d'une réaction. Fear se faisait joyeusement grattouiller, mais mon inquiétude sembla le contaminer en partie à cause de la crispation de mes doigts, et pour le reste grâce à notre lien. Enfin, le tigre de l'Irlandais au costume en lambeaux s'agitait de nouveau au-dessus de lui, tandis que ce dernier avait les traits tendus.

Une lady devait parfois prendre les choses en main, d'autant plus quand ces messieurs, toutes races confondues, étaient frappés d'un stoïcisme aigu. Je me levai, tapotai ma robe pour la forme, car il ne restait plus suffisamment de tissu à tâter, et m'autoproclamai chef de notre improbable équipe.

— Il faut que nous nous rendions à Westminster. Je ne me vois pas héler un fiacre, vu notre état. Et il vaut mieux éviter d'attirer l'attention des non-sensibles sur le lieu où le portail est en train de s'ouvrir. On ne sait jamais ce qu'un tel flux d'énergie peut entraîner.

Vu que je ne flottais pas dans les airs comme les fantômes et que je ne disposais pas de quatre pattes suffisamment puissantes pour que j'atteigne une vélocité surnaturelle au pas de course, je dus informer mes interlocuteurs de ce problème logistique.

— Je ne vais malheureusement pas pouvoir aller aussi vite que vous pour m'y rendre, je le crains.

À peine avais-je partagé ce triste constat qu'un écran de fumée s'éleva du sol, là où se trouvait le tiers de Cerbère. Il le recouvrit entièrement. Lorsqu'il se dissipa, mon compagnon à poil avait repris son impressionnante forme originelle. Utilisant notre connexion, il m'envoya une image surprenante d'une lady chevauchant un chien de l'Enfer. Vraiment, pouvais-je faire cela ?

Décidant que c'était le seul choix qui s'offrait à moi, j'acceptai l'offre avec reconnaissance et eus la surprise de voir Feardorcha grossir encore plus, pour devenir aussi haut qu'un cheval. Son poil sombre luisait telle de la soie sous le jeu de rayons lunaires, et son immense gueule laissa échapper un souffle soufreux. C'était le moment d'apprendre à monter à califourchon.

Sous les regards circonspects de James et de messire O'Farrell, je remontai le bas de ma robe, mes jambes exposées aussi indécemment que possible, et grimpai maladroitement sur le dos de ma monture. Elle avait pris la peine de se coucher pour me faciliter la tâche. Une fois assise, je fus sidérée de ressentir une telle chaleur humide sans qu'elle me brûle.

— Lady Sláine, êtes-vous sûre de ce que vous faites ? me demanda l'Irlandais en m'offrant sa main pour m'aider à m'installer plus confortablement.

— Pas vraiment. Ne perdons pas plus de temps, voulez-vous ?

C'est ainsi que notre troupe insolite remonta Regent Street à toute vitesse, rasant les murs pour se fondre dans les ombres providentielles de la nuit. Et chose pour le moins étrange, lorsque le regard d'un cocher attendant qu'un client daigne solliciter ses services se posa sur nous, il se concentra exclusivement sur messire O'Farrell qui nous talonnait de près. À croire que Fear possédait également la faculté des fantômes à passer en mode de non-détection. Quel chien formidable, tout de même !

Sentant la puissance musculaire du tiers de Cerbère en plein effort, j'exultai peu dignement en réalisant que je vivais un moment extraordinaire que ma vie de lady n'aurait jamais rendu possible. Il y avait parfois certains instants, lorsque l'adrénaline se diffusait dans mes veines et quand le devoir faisait taire les scrupules de mon éducation stricte, qui me permettaient de faire jaillir le vrai moi cadenassé à l'aide de dentelles et de rubans. Je m'aplatis plus souplement sur le dos de Feardorcha et laissai le paysage de ma ville défiler devant mes yeux. Je puisai dans l'affection que je lui portais la force qui me serait nécessaire pour la défendre contre le Diable lui-même. J'avais d'innocents enfants à sauver !

Nous coupâmes par St James's Park pour rejoindre St George Street et débouchâmes devant l'imposante bâtisse qu'était le palais de Westminster. Il bordait la rive nord de la Tamise, dans laquelle semblait patauger la vertigineuse tour qui abritait Big Ben. Ce bâtiment avait été reconstruit, après un incendie, dans le style néogothique mélangeant les formes classiques et médiévales. En d'autres termes, le résultat était austère, inquiétant et pointu.

Lorsque nous arrivâmes aux abords du pont, je vis, malgré les enfilades de lampadaires éteints, l'horrible brèche dégoulinant d'une substance épaisse et noirâtre sur le point de s'ouvrir. Les pans d'un rideau imaginaire se déployèrent au ralenti. Jack O'Lantern n'avait pas attendu longtemps avant de mettre à exécution son plan machiavélique. Seul le fait qu'il actionnait l'ouverture d'une grande porte quelque peu rouillée nous avait permis d'arriver à temps avant l'échange des âmes.

Un orage d'une violence inouïe se déchaînait au-dessus de la fissure causée à la trame londonienne, les éléments se sentant eux-mêmes agressés par l'énergie malsaine qui s'écoulait depuis l'Enfer. Plus nous nous approchions, plus notre avancée fut ralentie par les vents qui s'abattaient sur une espèce de dôme créé autour de l'ouverture infernale. En dépit de mes cheveux qui voltigeaient dans tous les sens, je pus apercevoir le poltergeist en train d'agiter sa lanterne devant la brèche. Une forme vermeille anormalement consistante gisait à ses côtés. Je supposai qu'il s'agissait du démon gourmand. À bien y regarder, même l'abomination spectrale semblait avoir sauté d'un plan à un autre pour devenir de chair. Pouvoirs mis à part, nous serions plus ou moins à égalité.

Nous franchîmes le rideau nous séparant du lieu d'invocation. Ce fut comme si nous étions en plein cœur d'une tornade, dans l'œil du cyclone, là où le moindre bruit, la moindre agitation étaient étouffés, rejetés vers l'extérieur. Même les trèfles de Jack se contentaient de s'amasser en tas autour de lui au gré de ses déplacements, comme s'ils tombaient de poches largement trouées d'un manteau qu'il nous aurait fait plaisir de voir recouvrir son affreuse silhouette.

— Vous ne pouvez plus rien faire. Le seigneur de l'Enfer arrive, nous prévint le poltergeist.

En ayant gagné en opacité, il nous dévoilait une peau fondue sur ses os et un dos atrocement voûté qui faisait pendre ses bras squelettiques à hauteur de genoux.

Une poignée de secondes plus tard, alors que messire O'Farrell s'apprêtait à donner l'assaut, nous aperçûmes une aura ténébreuse sur le point de franchir le portail. Je la reconnus immédiatement. Le Diable et moi avions déjà eu l'occasion de nous serrer la main, et je me rappelais avec acuité qu'il en avait profité pour essayer de m'étrangler. Si je ne fus pas surprise d'entendre, en sa présence, l'appel d'un abîme de souffrance, je ne m'attendais pas, en revanche, à découvrir une silhouette humaine de l'autre côté de la fissure. Quand j'avais eu recours à la magie noire, Lucifer m'était apparu sous forme astrale. J'avais de ce fait pensé qu'il était à l'image des créatures qu'il avait enfantées : les démons. Mais il n'en était rien.

Un homme gracieux, mais indéniablement masculin, se dessina progressivement. Une longue chevelure de jais coulait dans son dos et des boucles rebelles venaient taquiner ses pommettes. Il possédait un visage extrêmement fin, une bouche pulpeuse d'un rouge carmin qui aurait bien pu être celle d'une dame, et des yeux d'un bleu cristallin. Ses sourcils au tracé autoritaire me rappelèrent ceux de Michael. Oui, la parenté était évidente. Il était sans l'ombre d'un doute nu. Sa peau d'une pâleur cadavérique était visible par endroits, mais le principal était camouflé par des centaines d'écharpes d'obsidienne l'entourant avec une déférence écœurante. Lucifer était beau à sa façon, mais il n'était en rien attirant. Il était trop sombre pour qu'on puisse vouloir le toucher, ou qu'on se risque à aimer cette façade séduisante. Qu'on le regarde astralement ou sous un angle humain, il était une pièce qui présentait toujours le même profil. Sournois, cruel et sordide.

— Donne-moi la lanterne, Jack, dit le Diable à son employé d'une voix sépulcrale qui fit tinter à mes oreilles le bruit de lames tailladant la chair.

— Pas avant que je ne sois passé de l'autre côté et que les portes se soient refermées. Je ne veux pas prendre le risque que vous me la confisquiez encore. Je ne pourrai pas survivre en étant de nouveau privé de son chant. Vous m'avez donné votre parole, geignit le poltergeist.

— Tu essaies encore de négocier ?

Le froid polaire que cette simple question suscita fit se cristalliser les particules d'air.

Je jetai un coup d'œil à mes acolytes. Messire O'Farrell se tenait sur ma gauche, son halo caressant doucement mon épaule, et Feardorcha sur ma droite. James, quant à lui, stagnait à ses côtés. Je leur fis comprendre que je ne comptais pas rester les bras croisés et que j'ambitionnais de profiter des pourparlers pour entrer dans cette danse horrifique.

— Messieurs, les interpellai-je en utilisant mon ton de lady. Je vous propose une autre solution. Vous nous laissez la lanterne et vous repartez ensemble de l'autre côté.

La race humaine ne pleurerait pas cette perte, c'était certain.

— Vous ! m'apostropha le Diable, me faisant déglutir plusieurs fois tant ce simple mot contenait un déplaisir susceptible de me valoir un autre étranglement. J'aurais dû serrer plus fort.

Qu'est-ce que je disais !

— Je vais laisser mes enfants corriger cette erreur, ajouta-il en souriant de sa bouche sensuelle maquillée avec ce qui aurait pu être du sang.

Soudain, des ombres se détachèrent du corps androgyne du Diable et elles vinrent se solidifier dans cet espace coupé des atteintes du monde. Deux démons, plus gros, plus grands, et à l'air beaucoup moins commode que celui de la créature essayant de se faire oublier derrière un lampadaire, se matérialisèrent devant nous. Leurs prunelles cramoisies versant des larmes épaisses et répugnantes se braquèrent sur moi. Je tressaillis et n'eus pas le temps de crier que je vis un homme nimbé d'une aura dorée étincelante plonger vers l'avant et atterrir sur l'une de ces abominations sous l'apparence d'un tigre. Le pouvoir flottant dans cette bulle hermétique rendait les contacts entre les plans possibles, et donc même le félin sous sa forme tangible pouvait taillader quelques faciès infernaux.

Alors que j'encourageais mon partenaire, Feardorcha rugit en levant la tête bien haut pour paraître menaçant. Après avoir expulsé tout l'air contenu dans ses gigantesques poumons, il chargea le second spécimen qu'il recouvrit de toute sa musculature.

J'ignorais comment refermer les portes de l'Enfer, mais je n'allais pas rester là sans rien faire tandis que mes compagnons luttaient à coups de mâchoire. Voyant un nouveau nuage de fumée se transformer en démon tout chaud, je compris que l'oisiveté ne m'était de toute manière pas offerte.

Le tiers de Cerbère vint attirer l'attention de ce nouveau venu, et il dut composer avec les attaques de deux engeances infernales. Mais discipliner les membres désobéissants de cette race était sa raison d'être.

Ayant compris que Lucifer ne pouvait pas mettre un pied dans notre réalité, sans quoi il n'aurait pas attendu que Jack lui remette docilement la lanterne, je m'attaquai au poltergeist. Il me fallait bien utiliser mes poings sur quelqu'un, même si, à mon grand désespoir, ils ne tenaient aucun couteau. Je le percutai de tout mon poids et il tomba avec moi, tenant toujours fermement l'objet démoniaque. Je tentai de l'attraper, mais il me fit rouler sur le dos et me griffa de ses mains aux doigts recourbés comme des serres. Je grimaçai de douleur et lui envoyai un coup bien placé.

Enfin, qui l'aurait été si ma victime avait eu des attributs sensibles à maltraiter.

— James ! Aidez-moi ! Vous devez lui faire lâcher la lanterne !

— Comment ????

— Télékinésie ! lui indiquai-je avant d'être violemment éjectée sur un trottoir, ma tête présentant ses respects à la chaussée.

J'aurais juré voir des papillons voleter devant mes yeux, et c'est seulement une fois qu'ils eurent disparu que je m'autorisai à me redresser. Une substance chaude dégoulina d'une plaie localisée sur l'arrière de mon crâne.

Tandis qu'un combat de volontés spectrales débutait, Jack hurlant à l'intention de mon ami qui, si jeune soit-il, maîtrisait ses facultés fantomatiques avec beaucoup de dextérité, je me lançai dans une nouvelle fouille inconvenante en public. N'ayant pas coincé dans mon corset qu'un futile carnet de bal, je partis à la recherche d'une plume d'un bleu roi, songeant que c'était le moment ou jamais de faire appel à un archange. Après tout, si l'on considérait les démons comme étant les frères des anges, le prince guerrier avait du linge sale à laver. Et la rivière humaine ne suffirait pas à ce nettoyage.

Frottant ma main contre ma blessure, j'utilisai le sang répandu sur ma paume pour tracer approximativement le prénom de l'archange sur le sol. La plume se mit à luire d'un éclat bleu extraordinaire qui contamina chaque lettre tracée. Une lumière blanchâtre apparut devant moi. Je n'eus pas la force de me relever pour accueillir Michael. J'espérai qu'il prenne cela pour une révérence appuyée. J'allais devoir sacrément flatter son orgueil pour parvenir à mes fins.

Il apparut, splendide, dans son costume immaculé. Ses ailes d'un blanc pur étaient agrémentées de fils d'argent et soulignées d'un liseré bleu éclatant sur le haut et noir sur le bas. Sa chevelure soyeuse flottait au gré d'un vent imaginaire qui n'avait pas de prise sous le dôme. Il me fixa de ses yeux tricolores, le cercle d'argent coulant en orbite autour de ses iris d'un bleu roi hypnotique. Sa fragrance sensuelle, constituée de notes liquoreuses, le santal dominant le tout, m'assaillit et me revigora quelque peu, tout comme son incommensurable pouvoir jeté à la face du monde.

— Sláine, vous m'avez invoqué, déclara-t-il d'un timbre profond, duquel filtraient une forte autorité et une légère surprise.

Je notai qu'il avait un talent particulier pour les questions de rhétorique.

— Avez-vous besoin de mon aide ?

Je le pris au mot et me montrai d'une grande honnêteté, comptant sur ma nature d'ancre humaine pour le rallier à ma cause.

— J'apprécierais que vous chassiez le Diable de notre réalité en refermant les portes de l'Enfer. Je sais bien que nous n'avions pas précisé la teneur de votre concours, mais il me semble que la situation requiert votre intervention. Après tout, Lucifer est le mouton noir de votre famille. Et je comprends tout à fait qu'il ne soit pas le bienvenu à Edinu. Il a tendance à vouloir tordre tous les cous qu'il rencontre !

Tournant son lumineux profil recouvert d'une peau hâlée délicieuse, sans toutefois se précipiter, vers la brèche ouverte, il eut la décence de hausser un sourcil. C'était le mieux qu'un archange décontenancé pût faire.

M'ignorant superbement, il se dirigea vers son parent déchu, ne s'émouvant en rien des flammes qui le frôlaient, que les démons affrontant messire O'Farrell et Fear projetaient en tous sens.

— Vous pourriez peut-être faire quelque chose pour les démons ? suggérai-je en songeant à un claquement de doigts en mesure de faire disparaître des éléments gênants du décor.

J'hésitai à préciser que le rouge jurait vraiment beaucoup avec la grisaille londonienne. Le prince guerrier, qui avait tout l'air d'un gentleman dans son costume trois-pièces impeccable, pivota vers moi. Un pâle sourire étira ses lèvres et les cercles noirs de ses yeux, du moins le seul que je pus voir, s'activèrent pour faire apparaître deux chiens massifs. Ils incarnaient les reflets parfaits de Feardorcha, à ceci près que leurs prunelles rubis étaient plus bridées que les siennes, ce qui leur conférait un aspect plus effrayant. Les deux tiers de Cerbère s'attaquèrent à l'un des démons contre lesquels ma pâquerette infernale luttait.

Michael commandait aux chiens de l'Enfer ? Lors de mes recherches, je n'avais rien lu qui faisait état d'une quelconque relation entre eux. Comment une telle alliance était-elle possible ? Que le Paradis et l'Enfer puissent se côtoyer faisait convulser mon petit doigt d'enquêtrice ; je sentais qu'il y avait quelque chose d'obscur là-dessous.

Secouant la tête, je soupirai à la vue de papillons voletant sur les bords de ma vision. Cela m'incita à laisser le tigre et les chiens de l'Enfer s'occuper de leurs assaillants, et Michael faire de même avec le roi de l'Enfer, même si une simple discussion me semblait inappropriée dans cette ambiance apocalyptique. Mais soit, les archanges ne partageaient sans doute pas notre sens des priorités.

Je me focalisai sur Jack O'Lantern et James, toujours face à face, horrible physionomie ratatinée contre charmante forme éthérique, embarqués dans un bras de fer fantomatique. Le premier tenait la lanterne à bout de bras, ce qui me fit comprendre que le colporteur avait juste besoin d'un petit coup de main pour se saisir de l'objet.

En voyant flotter l'énergie démoniaque cramoisie au-dessus de moi, qui s'amoncelait au niveau du plafond du dôme du fait des quantités de flammes projetées, j'invoquai la brume stagnante. J'attirai un filament rougeâtre qui, en s'enroulant autour de mon avant-bras, diffusa son énergie atroce. Elle s'amassa en une boule de feu volumineuse reposant dans ma paume, écrin de chair imprégnée de mon sang. D'un seul ordre mental, je la projetai contre le poltergeist qui se mit à brûler dès l'impact, devenant une torche vivante courant dans toutes les directions, croyant semer les flammes.

Profitant de cette distraction, James, presque humain si l'on exceptait l'aspect décoloré de sa personne, réussit à faire venir la lanterne jusqu'à lui. Du moins, jusqu'à un lampadaire contre lequel elle se cogna bruyamment. Il ne réussit cependant pas à la toucher, ce que peu de monde parvenait à faire. Faisant partie de ce cercle fermé, je courus vers lui pour m'en saisir. Du fait de sa collision avec un éclairage public, le verre de l'une de ses parois était fêlé. En me concentrant, je vis les âmes des garçons, visages disproportionnés, mais reconnaissables, se coller désespérément contre le verre pour crier au secours.

Leur détresse me nouant l'estomac, je frappai la lanterne au sol dans l'espoir d'agrandir la fissure, une méthode préhistorique, j'en conviens. Mais rien n'y fit, la fissure refusait obstinément de s'étendre.

— Sláine ! Attention ! s'écria Mr Bridgestone.

Affolée, je relevai la tête et vis un Jack carbonisé et énervé foncer vers moi. Sans réfléchir, sentant le poids de la gemme de mon collier reposer contre ma poitrine, je conjurai le sort de projection astrale. Le violet me recouvrit pour me dissimuler à la vue de tous et des dizaines de répliques de moi-même s'éparpillèrent aux quatre coins de la bulle hermétique.

Un messire O'Farrell sous forme de tigre roula près de l'une d'entre elles. Ses yeux félins s'arrondirent plus que ce que leur forme naturelle leur permettait. Son ébahissement passager lui ayant causé une brûlure sur le museau, il mordit le démon qui plongeait ses griffes dans ses flancs, et ils repartirent de plus belle dans un roulé-boulé sanguinolent.

Je ne savais pas combien de temps dureraient les effets d'un tel sortilège. Aussi, pendant que Jack cherchait la bonne version de moi-même, j'observai la lanterne avec intensité pour qu'elle me délivre le secret de son ouverture. Elle resta malheureusement insensible à mon regard noir. Soudain, je songeai à une théorie tirée par les cheveux, mais ce ne serait pas la première fois que mon intérêt technique pour la magie me réussirait. La lanterne avait été créée dans des flammes d'essence infernale. Elle devait donc être sensible à son constituant principal ! Utilisant de nouveau une boule de feu démoniaque, je la modelai pour la faire glisser le long de mon doigt, vers la fêlure qui se mit à craquer avant de faire exploser la paroi. J'eus à peine le temps de me couvrir les yeux.

Tandis que le sort de projection astrale perdait en puissance, certaines ladies Sláine disparurent. Je plongeai une main dans le feu noir qui emprisonnait les âmes et ressentis comme un choc thermique. J'eus la sensation de m'écrouler au sol et la surprise de me retrouver à flotter au-dessus de mon propre corps, les âmes des garçons accrochées par des fils luminescents à ma taille. Ils souriaient de soulagement. Ils étaient libres, et leur prison avait été détruite. Refoulant l'envie de les prendre dans les bras pour les réconforter, je réalisai à quel point mon état était problématique. Je flottais au-dessus de mon corps !

Putain con, j'ai tiré ma révérence !

J'étais morte. Plus rien ne m'empêchait d'emprunter au langage des docks.

32

Où la dame en noir fait office de guide

— Non, Sláine, tu n'es pas morte, mais il s'en est fallu de peu, entendis-je une voix cristalline, dans laquelle je perçus l'écoulement paisible de l'eau, me répondre.

Tandis que les garçons et moi volions plus haut que le sol, sans nuage éthérique comme celui de James pour nous soutenir, personne ne sembla nous voir. C'était étrange, compte tenu du flux d'énergie qui densifiait toute forme non opaque. Si nous avions été des esprits, le colporteur officiel aurait été en mesure de nous distinguer dans la brume. Mais ce n'était pas le cas.

Il s'était précipité vers ma dépouille et semblait en pleine détresse émotionnelle. Il se calma un peu lorsqu'il perçut le souffle de ma respiration qui formait de la buée contre l'une des parois de la lanterne qu'il avait eu l'idée d'approcher de mon visage grâce à sa télékinésie.

— Tout va bien ! Elle respire ! hurla-t-il à l'intention d'un tigre brûlé en divers endroits de sa fourrure, et qui venait de se débarrasser d'un démon pour accourir à mon chevet.

Seul Michael parut percevoir un changement subtil dans l'équilibre universel, que je fus ravie d'avoir un peu perturbé. Alors qu'il était engagé dans une discussion agitée avec le Diable qui gesticulait en tous sens, il me fixa, moi, et pas mon corps. Ses ailes grandioses semblèrent s'affaisser imperceptiblement, et il se concentra de nouveau sur Lucifer. Il aurait, au moins, pu faire semblant d'être affligé par la perte de son ancre humaine. *Fichu archange !*

— Je connais tes intentions, Sláine. Viens avec moi, poursuivit la voix à la pureté palpable.

Une nouvelle déchirure apparut devant nous, en plein milieu du dôme. Elle n'avait rien de malsain contrairement à celle qui donnait sur l'Enfer. Une énergie que j'avais connue toute ma vie se déversa par vagues hors d'elle et une cascade de couleurs que je ne connaissais que trop bien vint m'entourer. L'arc-en-ciel nous attira, les enfants et moi. Nous ne pûmes ni ne voulûmes résister. Serrant les mains de deux orphelins, l'autre s'agrippant à ma robe, je quittai le pont pour franchir ce passage et me retrouvai dans un monde magnifique, bien plus beau qu'Edinu. Et pour cause, nous étions dans une sorte de désert au sable blanc éblouissant alors qu'aucune lumière ordinaire, solaire ou lunaire, ne venait le baigner de ses impétueux rayons.

Le ciel d'un bleu marine soutenu formait un contraste étonnant avec ces vallons qui s'étendaient à perte de vue. Dans cette nature épurée, nous évoluions entourés d'écharpes colorées. Elles se mélangeaient entre elles et nous effleuraient tels des voiles. Des violets améthyste se liaient à des roses fuchsia tandis que des verts émeraude se perdaient dans des jaunes mordorés. Le plus fabuleux était de contempler ces résidus lumineux venir nous chatouiller, conférant à nos peaux des teintes improbables. Lorsqu'ils nous quittaient, ils emportaient avec eux un reliquat de notre mémoire, car ils faisaient apparaître des formes et des visages familiers, voire des animaux terrestres qu'il nous avait été donné de contempler, même seulement au travers des pages d'un livre. Drew vit devant lui un perroquet s'envoler comme l'aurait fait Lucille, celui de M. Perrin, s'il avait consenti à quitter son perchoir. Une meute de loups d'un bleu ciel d'été et des biches d'un orange éclatant se mouvaient autour de nous.

Alors que nous étions émerveillés par ce feu d'artifice visuel créant des arcs-en ciel distendus dont les couleurs dégorgeaient sur nous, des corbeaux silencieux, comme l'était cet univers, vinrent à notre rencontre. Volant en pointe, ils se rapprochèrent les uns des autres et formèrent un totem de plumes aux reflets de nacre, comme si elles étaient recouvertes d'une couche de rosée réfractant la lumière. Le manteau sombre ainsi constitué finit par s'ouvrir pour se transformer en une cape reposant sur les épaules d'une femme minuscule aux cheveux épais d'un blanc iridescent comme sa peau.

Elle portait une robe blanche qui s'arrêtait au niveau des chevilles, dévoilant ses pieds délicats. Elle avait un visage poupin, finement ciselé, des petites lèvres d'un rose clair et des yeux en amande d'un gris argent avec une pupille fascinante. Elle était un mélange de fragments colorés. L'apparition portait une couronne retombant sur son front qui faisait pleuvoir des gouttes de cristal au-dessus de ses sourcils. Sur les côtés, des ailes sans réelle consistance, ressemblant à des éventails déployés, déclinaient des bandes harmonieuses arborant les nuances des écharpes translucides nous entourant.

— Qui êtes-vous ? demandai-je, impressionnée par le pouvoir tranquille qui émanait de cette femme.

Les enfants vinrent se blottir contre moi, intimidés.

— Certains m'appellent la Morrigane, me répondit-elle sans sourire, même si on le percevait aisément dans son ton.

— Où sommes-nous ?

— Dans les limbes.

— Les limbes ?

Entre l'Enfer et le Paradis ?

— Un entre-deux mondes, précisa-t-elle.

Au moins, j'étais fixée.

— Pouvez-vous m'aider à ramener les âmes des garçons dans leurs corps ? l'interrogeai-je en redevenant pragmatique.

— Oui. Suivez-moi. Et surtout, restez ensemble.

Il n'y avait aucun risque que l'un des garçons s'éloigne. Ils étaient tous les trois accrochés à moi par un cordon blanc, comme si nous nous apprêtions à faire de l'alpinisme. De toute manière, ils étaient bien trop fascinés par ce qu'ils voyaient et qui échappait à toute logique.

Nous traversâmes la contrée désertique. Le sable était plus dur que ce que je ne l'avais pensé de prime abord, ce qui tombait bien, car nous marchâmes longtemps. Nous étions accompagnés par les animaux chimériques produits par nos mémoires visitées. Alors que rien n'aurait pu le laisser espérer, le décor changea, ou alors était-ce un pan de cette dimension qui s'affaissait maintenant que nous y étions habitués ? Nous entendîmes des cris, des lames qui s'entrechoquaient avec violence. Sur notre droite, au loin, nous aperçûmes des silhouettes aux formes humanoïdes s'affronter dans ce qui me semblait être un combat enragé. En me focalisant plus intensément sur ce spectacle, j'entrevis des corps dénudés, mais aussi des armures étincelantes. Certains combattants tombaient sous ce qui me paraissait être des coups mortels, et se relevaient comme si de rien n'était. Je vis la magie conjurée, mais ne parvins pas à distinguer qui l'utilisait et qui en subissait les dommages.

Parmi cette foule croisant le fer, un homme marchait. Les autres ne semblaient pas remarquer sa présence radieuse. Je le reconnus grâce à ses ailes immenses d'un blanc immaculé à l'exception de filaments d'argent, rehaussées d'un liseré bleu roi en haut et d'un autre noir sur le bas. Michael. Il m'avait dit être présent sur tous les plans en même temps. Je n'aurais donc pas dû m'étonner de le retrouver dans cet entre-deux-mondes.

Mais quelle était donc cette dimension étrange où la magie circulait librement, sans crainte, chaque nuance n'hésitant pas à embrasser celle à proximité ? Était-ce d'ici que venaient les pouvoirs de tous les surnaturels ? Si oui, comment avaient-ils rejoint notre réalité ?

Comprenant que la clef de l'armoire des réponses était attachée à cette foule guerrière, je me permis d'interroger la Morrigane dont le manteau en plumes noires et irisées traînait sur le sable fin. Portant une main à mon flanc droit, là où se trouvait la marque de la dame corbeau, je me fis la réflexion qu'elle devait être une plume détachée de cette cape qui se serait fondue dans ma peau.

— Pourquoi tous ces gens se battent-ils ?

— Ils se préparent pour la grande bataille qui a lieu tous les six cents ans.

Cela ne m'éclaira pas plus. En venant me placer à ses côtés, je sentis que le moment des questions était passé. L'attention de la divinité était ailleurs, elle balayait les limbes d'un regard pénétrant. Je ne dis plus rien durant ce qui me parut être des minutes, mais qui pouvaient tout aussi bien être des heures. Sans Big Ben pour marquer le temps, l'Anglaise en moi était perdue.

Une nouvelle fissure apparut. Les couleurs dotées d'une conscience s'y précipitèrent, et la Morrigane nous accompagna de l'autre côté. Nous étions au club, dans la salle aménagée pour accueillir les corps sans âmes des orphelins. Nous nous déplaçâmes auprès de celui de Drew, petite masse recouverte d'une couverture, reliée magiquement à une pierre clignotante. L'esprit du garçon observa longuement son double de chair. Des larmes d'angoisse dévalèrent ses joues à l'idée de ne jamais pouvoir le réintégrer. Je lui caressai le sommet du crâne, implorant la dame corbeau d'un regard désespéré.

La déesse de l'entre-deux-mondes détacha le lien qui me reliait au livreur de journaux et l'encouragea à s'allonger sur son corps. Il obtempéra, lui aussi mis en confiance par cette femme fascinante. Lorsque son âme s'immergea dans l'enveloppe vide, qui n'attendait qu'à se remplir de nouveau, Drew eut un sursaut et retomba sur le matelas. Il ouvrit lentement les paupières et nous considéra, les yeux brillant d'une émotion indicible. Il voulait parler, mais sa voix était bloquée dans sa gorge à cause de ce sentiment de plénitude qu'il devait éprouver. La déesse lui adressa un « chut », et il sourit, soulagé de se savoir compris, avant qu'une sorcière ne vienne auprès de lui, réalisant qu'il était réveillé.

Nous répétâmes la même opération avec les deux autres enfants. Chaque retour à la vie expulsait en sillons humides sur mon visage les restes d'une angoisse qui m'avait tenaillée depuis le premier enlèvement. Qu'importe ce qu'il pouvait advenir de moi maintenant, que je sois destinée à boire le thé en Enfer comme je le redoutais, les garçons étaient libres. Jack les avait arrachés à leur chrysalide de chair, mais ils en avaient retrouvé la sécurité. Désormais, ils avaient la vie entière pour en éclore et déployer leurs ailes. Elles ne leur seraient plus arrachées avant l'heure.

Lorsque la salle fourmilla de sorcières affairées, la Morrigane s'adressa de nouveau à moi de son timbre fluide et clair, reproduisant le son agréable de la pluie dévalant les carreaux extérieurs d'une fenêtre. Elle me fixa de ses yeux gris argent aux pupilles multicolores, et les éventails de son étrange couronne vinrent me caresser la joue et effacer mes larmes. Ils me procuraient un bien-être que seul une bonne tasse d'Earl Grey était en mesure de m'insuffler.

— Maintenant, Sláine, rejoins ton corps.

— Je vous remercie pour votre aide.

Me rappelant un événement durant lequel j'aurais bien eu besoin de son soutien, qu'elle ne m'avait pas accordé alors que la mort me tendait les bras sous les traits du Diable, je voulus comprendre.

— Pourquoi ne m'avez-vous pas aidée lorsque le Diable s'en est pris à moi ?

— Tu avais déjà un protecteur échappé de ma dimension.

Des griffes d'or qui lacèrent le bras immonde de Lucifer. Messire O'Farrell ?

— Le tigre ?

— Je veille sur tous mes enfants par un biais ou un autre.

— Vos enfants ?

Un sourire énigmatique, à peine marqué, fit se plisser ses lèvres rose pâle. Et avant même d'avoir pu lui demander ce qu'elle entendait par le terme « enfants », je fus propulsée hors de la salle, hors du club Shadow, comme si la ligne me reliant à mon enveloppe charnelle venait soudain de se tendre. J'aurais eu deux mots à dire au pêcheur m'ayant crochetée par le corset, mais comme il s'agissait vraisemblablement d'une déesse très maternelle, j'arrêtai de pester.

33

Où le Diable évoque son désir de paternité

Je réintégrai mon corps dans un sursaut à l'instar des garçons. Avant même d'ouvrir les paupières, j'eus conscience de la présence de James à mes côtés. Il était bon d'être de nouveau entière. C'est-à-dire d'avoir une peau et une température normale, pour subir les frissons provoqués par le froid d'outre-tombe. En jetant un regard plissé au ciel londonien, mon interlocuteur privilégié dans cette position couchée, je compris que si j'y étais plus sensible que d'ordinaire, c'était tout simplement parce que mon ami éthérique – plus si éthérique que cela – me caressait les cheveux de sa main rendue consistante par l'énergie contenue sous le dôme.

Mr Bridgestone était penché sur moi, me donnant une vue imprenable, quoique très inversée, sur sa casquette qui ne pouvait glisser du sommet de son crâne et sur ses yeux avenants blanchis par la mort.

— Oh, Sláine ! Vous êtes réveillée, pépia-t-il en se relevant pour venir me faire face, ce qui le fit apparaître dans le bon sens. Il faut absolument que vous voyiez ce qui se passe. L'ange qui est apparu devant vous, avant que vous ne vous évanouissiez, est en train de parler avec le Diable. Je crois même pouvoir dire que le seigneur de l'Enfer a peur de lui. Comment se fait-il que vous connaissiez un ange ? J'ai toujours estimé que vous aviez le meilleur fond qui soit, mais je doute que même les personnes les plus charitables croisent tous les jours la route d'un ange ! Oh, comme les ailes de celui-ci sont belles ! Je vous l'accorde, je ne dispose pas de points de comparaison, mais tout de même. Pourquoi ne m'avez-vous rien dit à son sujet ? voulut savoir mon ami, une pointe de reproche dans la voix que je jugeai légitime, puisque lui partageait avec moi toutes les informations que ses sens éthériques pouvaient glaner.

J'aperçus ses paumes écarlates qui juraient avec le gris de sa peau fantomatique. Il avait dû me tenir la tête pour rendre mon sommeil plus agréable. C'était à des gestes aussi salissants qu'on mesurait l'amitié.

— James, cela ne peut-il pas attendre ? Je vous assure que j'aurais fini par vous en parler une fois que l'enquête aurait été résolue. Et je n'étais pas vraiment endormie, bougonnai-je, ma tête tanguant malgré moi, faisant s'entrechoquer les reliquats de services à thé détruits par ma conscience tout au long de ma vie. J'ai ramené les âmes des garçons dans leurs corps, précisai-je en me souvenant de la beauté du raccourci emprunté pour y parvenir.

Existait-il d'autres moyens d'y accéder, sans pour autant toucher une énergie aussi poisseuse que l'essence du Diable ? Peut-être pourrais-je demander à Michael d'amarrer son vaisseau pirate volant aux anneaux de mes songes, en vue d'une échappée dans les limbes ? Pour l'heure, le seul endroit où je souhaitais être était mon lit, enroulée dans mes couvertures, une main pendant dans le vide pour flatter la petite tête de Fear.

— Oh, merveilleux, lâcha le colporteur en sautant sur son nuage brumeux dont quelques moutons de fumée s'échappèrent. Avec tout ce que vous avez à me raconter, nous avons de quoi occuper nos prochains rendez-vous dans la cave pour au moins une semaine ! s'exclama-t-il avec enthousiasme, me faisant comprendre que j'étais pardonnée de lui avoir fait des cachotteries.

Je me redressai sur mon séant. Ce que je découvris devant moi me donna l'impression que je m'étais endormie pendant une pièce de théâtre, pour reprendre conscience seulement à l'heure du dernier acte. C'était un sentiment déplaisant qui me laissa en bouche le même goût qu'un thé trop infusé, que seul le sucre de ma rencontre avec la Morrigane contribua à rendre moins amer.

Le pont de Westminster était toujours là, scène apocalyptique improvisée, mais les acteurs étaient moins nombreux. Certains avaient dû repartir en coulisses. Cela revenait, dans le cas présent, à gésir sur le sol entre les pattes d'un tigre doré ou d'un chien de l'Enfer, tandis que les représentants du Paradis et de l'Enfer menaient une discussion insolite, une fissure noirâtre les séparant.

Le corps désarticulé et rabougri de Jack O'Lantern était compressé par Feardorcha. Il arborait sa crinière enflammée, de laquelle partait une corde qui saucissonnait l'affreux poltergeist tel un rôti dans son filet, les plis en relief en moins. Il était également bâillonné, une mesure des plus judicieuses pour éviter qu'il n'interfère dans les négociations en cours. Les frères de mon compagnon infernal, masses de muscles saillant sous une fourrure plus sombre que la nuit elle-même, avaient réservé un traitement identique aux deux démons, tandis que le troisième envoyé de Lucifer était emprisonné par le fauve astral de messire O'Farrell qui était totalement déployé derrière son dos.

La nudité de mon partenaire m'apporta un certain réconfort visuel que je ne rejetai pas d'emblée. J'en profitai pour satisfaire mon sens du devoir en évaluant les dégâts causés à son corps par les brûlures démoniaques qui avaient zébré les flancs de son double félin. J'eus beau chercher en m'attardant par deux fois sur chaque zone, insistant tout particulièrement sur les parties charnues ayant plus de risque d'être atteintes et sur ses larges épaules musculeuses, je ne vis nulle part trace de la moindre blessure. Son pouvoir de guérison n'avait vraiment rien à envier aux résidus roses ondulant dans la brume. Je regrettais qu'il ne l'expulse pas comme les autres utilisateurs de magie, ce qui m'aurait permis d'en capturer un peu. Je me promis, toutefois, par acquit de conscience, de m'assurer que le devant de sa personne ne porte aucun stigmate du combat acharné qu'il avait mené.

Je me rendis auprès de l'Irlandais accompagnée du colporteur officiel, que je trouvai bien euphorique, du moins plus que d'habitude. Il souriait largement sans que ses lèvres pâles faiblissent depuis mon réveil. Je suspectai que mon retour des limbes, même s'il aurait mérité un accueil en fanfare pour saluer le sauvetage des âmes des garçons, ne pouvait à lui seul susciter pareille béatitude.

— James, que vous arrive-t-il ? Vous avez l'air plus joyeux qu'à l'accoutumée.

Se triturant les mains de manière humaine, Mr Bridgestone me jeta un regard gêné qui fit remonter ses sourcils sous son couvre-chef.

— Hum... Je crois que c'est votre sang qui agit un peu comme un bon alcool, même si j'avoue avoir oublié les effets qu'un tel liquide peut produire, ou même n'importe quel liquide, d'ailleurs. Ma peau solide l'absorbe lentement, et je perçois des picotements de chaleur, comme si j'étais capable de ressentir de nouveau.

Il fixa ses paumes avec une fascination évidente. Je lui souris, compatissante, consciente que c'était là un douloureux rappel de ce qu'il avait perdu en rejoignant le plan des esprits. J'espérai qu'il ne développe pas une dépendance à cette sensation, j'étais le macaron de suffisamment de fantômes.

Arrivée à la hauteur de messire O'Farrell dont l'attention était tournée vers la brèche donnant sur l'Enfer, je compris qu'il observait Michael dans toute sa splendeur ailée en train de converser avec le Diable. Le contraste que formaient ces deux êtres était stupéfiant.

D'un côté, des plumes veinées d'argent réfléchissaient la lumière d'un soleil absent. De l'autre, des filaments de ténèbres, d'une opacité saisissante, venaient s'enrouler autour du corps de Lucifer avec une obscénité incommodante.

L'agent étranger me considéra de ses yeux, ciel nocturne piqueté d'étoiles or et argent scindé en deux. Je décelai dans ce regard un profond soulagement, qui se mua vite, comme l'attestaient les paillettes solaires s'agitant, en un sentiment beaucoup moins noble. Je pensai avec nostalgie à un chariot transportant du foin.

— Lady Sláine, on peut dire que vous savez choisir votre moment pour vous évanouir, me taquina-t-il en souriant à demi.

— Pour l'amour du ciel ! Je ne me suis pas évanouie, que ce soit dit une fois pour toutes.

— Pourtant, vos paupières semblaient fermées et même en vous secouant, James n'a pu réussir à vous réveiller, insista-t-il, ses sourcils touffus formant une arche malicieuse.

— J'ai touché le feu noir contenu dans la lanterne, et il était si puissant qu'il a forcé mon esprit à se réfugier hors de mon corps. L'endormissement en public n'est que l'effet principal d'une surcharge magique. Et cela m'a permis de ramener les âmes des enfants.

Il pencha la tête de côté. Ses longs cheveux auburn dégringolèrent de l'une de ses épaules, dénudant le creux curieusement émouvant de sa clavicule.

— J'en déduis que vous n'avez pas gaspillé votre temps.

Je songeai à ce que la déesse de l'entre-deux-mondes m'avait appris au sujet du tigre de mon partenaire. À savoir qu'il était issu de sa dimension. Devais-je partager ce genre d'information au risque de braquer l'Irlandais en entrant sur un terrain personnel ? Considérant que nous avions joyeusement dansé sur trop de terrains personnels en une soirée, je gardai cela pour moi.

— Vous non plus, à ce que je vois, déclarai-je en fixant le démon prisonnier d'un tigre doré qui me rendit mon regard, ce que l'agent étranger perçut, le faisant me considérer avec suspicion.

Je tentai de sourire avec innocence. Faute d'entraînement, je dus paraître aussi crédible qu'un loup pris le museau dans la bergerie.

— Cela fait un bon moment que nous attendons ainsi, pendant que l'ange discute avec le Diable. *Jaysis !* Il a fallu que je vienne en Angleterre pour voir une chose pareille.

— Je vous conseille d'éviter le mot « ange ». L'*archange* ici présent est assez tatillon quand il s'agit de la hiérarchie angélique.

Mieux valait éviter d'activer des cercles noirs qui allaient de pair avec un agacement capable de faire dramatiquement chuter la température. Surtout lorsqu'on était aussi peu couverts, voire nus pour certains.

— Un ami à vous, peut-être ? me demanda messire O'Farrell, sa bouche s'amincissant sous l'effet d'une contrariété que j'eus du mal à m'expliquer.

L'aide que nous avait apportée Michael était certes atypique, et pas franchement proportionnelle à son pouvoir, mais en reconstituant la famille Cerbère, il avait considérablement rééquilibré les forces en présence. Je mis cette attitude hostile sur le compte des éternels préjugés que l'Irlandais nourrissait à l'encontre de bon nombre de races. Nous allions devoir travailler là-dessus. Et je n'allais malheureusement pas pouvoir gommer ce fâcheux trait de caractère à grand renfort de thé, l'homme ayant le mauvais goût d'y préférer le café.

Je me mis à réfléchir à la réponse adéquate pour définir mes rapports avec le prince guerrier. Il était difficile de mettre une étiquette sur une relation qui s'était épanouie dans mes rêves durant lesquels nous nous étions adonnés à des activités peu conventionnelles, je devais l'admettre. Il m'avait emmenée visiter Edinu, sa maison, mais il ne m'avait pas présentée à ses frères, ni même à son père. La chose aurait, de toute manière, été trop divinement formelle. Et je n'aurais pas voulu risquer d'être invitée, dès maintenant et pour l'éternité, à Edinu dans le cas où j'aurais fait bonne impression.

— On peut dire que nous sommes amis, oui, étant donné qu'il a répondu à mon appel.

Messire O'Farrell se tourna complètement vers moi. Sa nudité me sauta aux yeux et je pus affirmer que pas une seule blessure ne venait barrer sa peau d'albâtre, que ce soit sur ses pectoraux proéminents, sur ses cuisses puissantes, ou encore sur la partie intermédiaire. Sa voix rauque égratigna mes oreilles tandis qu'il exigeait des précisions.

— Mais encore ?

Interloquée par son ton autocratique, je me mis sur la défensive. Je me plantai fermement sur mes jambes et croisai les bras, ce qui eut pour effet malencontreux de faire saillir ma poitrine, incitant un regard de velours assailli par une tempête d'éclats solaires à s'y aimanter.

— Je suis, en quelque sorte, son ancre humaine, avançai-je en le défiant d'y trouver quelque chose à redire.

Une lady faisait ce que bon lui semblait dans ses rêves, et elle était la seule à pouvoir protester d'être comparée à un objet métallique susceptible de rouiller.

— Même si je ne vois pas bien à quoi correspond ce titre, je trouve qu'il sonne trop personnel, cracha-t-il en se détournant pour fusiller Michael du regard.

Je haussai les épaules et me concentrai sur l'archange et le roi des démons. Leurs propos me firent écarquiller les yeux.

— Je voulais juste des enfants ! argua Lucifer, les écharpes obscures autour de lui s'épaississant, menaçantes.

— Leur place n'est pas en Enfer, nous en avons déjà discuté, lui répondit Michael avec un calme terrifiant qui faisait s'intensifier la lueur diffusée par son lampadaire invisible. C'était l'enjeu de notre pari.

Déjà discuté ? Notre pari ? L'image de l'archange disputant une partie de poker dans la salle du trône du Diable s'imposa dans mon esprit qui extrapola la scène en l'accompagnant d'une théière fumante et de scones, pour rendre l'ambiance plus cosy.

— Tu as dit que je ne pouvais pas venir les chercher moi-même, nuance. J'ai donc mandaté quelqu'un qui voulait à tout prix entrer dans mon royaume pour qu'il s'en charge.

Michael était de dos. Ses ailes immenses, à l'arc coloré d'un bleu roi et au bas noirci par des flammes cruelles, le cachaient presque entièrement à ma vue. J'hésitai à me décaler sur la droite pour saisir les expressions sur son visage. Je décidai qu'il valait mieux que je me contente de les imaginer, tant l'absence flagrante de culpabilité aurait pu me donner l'envie d'arracher quelques plumes. Et le poulet concerné n'était pas de ceux auxquels on pouvait s'attaquer à moins d'être un renard capable de se volatiliser durablement.

— J'aurais dû être plus précis, reconnut-il avec nonchalance, comme si de sa rigueur contestable n'avait pas découlé l'enlèvement d'enfants. Je le serai la prochaine fois. À présent, je vais fermer ce passage.

La prochaine fois ? Parce qu'il y aura une prochaine fois ?

— Tu ne t'en sortiras pas aussi facilement ! cria Lucifer en ajoutant à sa voix des rugissements convaincants. On ne ferme pas la porte au nez du Diable comme cela !

Il fallait croire que le prince archange pouvait se permettre de maltraiter quelques nez s'il se considérait comme étant dans son bon droit, bien que je ne doute pas qu'il agisse de même quand ce n'était pas le cas.

Il tourna le dos à la fissure expulsant les vibrations malsaines de l'Enfer, et il étendit ses ailes qui, même sans bouger, produisirent des rafales de vent monumentales. Les cercles d'argent dans ses yeux se mirent à luire, projetant des éclairs autour de sa silhouette. Les démons retenus par le tigre de messire O'Farrell et par les deux tiers de Cerbère furent aspirés, sans oublier celui qui se cachait depuis le début de l'affrontement.

Une fois rassasiée, la brèche disparut dans un flash éblouissant, et le pont de Westminster retrouva sa quiétude, les enfilades de lampadaires à gaz s'illuminant de nouveau.

Procédant à un rapide tour d'horizon, je vis Feardorcha qui tenait toujours le poltergeist enroulé dans son filet enflammé, James redevenir translucide et la brume aux écharpes colorées reprendre ses droits sur le ciel au-dessus de nous.

Les frères de Fear vinrent se positionner de chaque côté de l'archange qui s'avança vers nous, pour s'arrêter devant moi. Il ignora outrageusement l'Irlandais qui carra les épaules, son aura brillant de mille feux, et gratifia le profil de Michael d'un regard noir.

— J'ai respecté ma parole, débuta-t-il de sa voix basse et lascive qui avait le don de hérisser les poils de ma nuque.

— Je constate que je ne suis pas la seule avec qui vous jouez au poker.

J'avais pour habitude de mettre les pieds dans le plat, pile à l'endroit où il y avait le plus de risque d'éclaboussures.

— Les adversaires intéressants sont rares, me dit-il en plongeant ses yeux bleu roi aux cercles d'argent et d'onyx liquides dans les miens, non pas dans le but de me flatter, mais seulement dans celui de délivrer la vérité nue. En l'occurrence, je n'appréciai pas d'appartenir à la même catégorie que le roi des démons, qu'importe qu'un archange soit à l'origine de cette classification.

— J'aurais bien d'autres adjectifs pour définir le Diable, mais vous avez l'air de mieux le connaître que moi.

— On a tout intérêt à connaître la facette sombre de notre personnalité, me contra le chef des milices célestes, impassible.

— Drôle de façon de justifier de mauvaises fréquentations.

Il ignora cette pique et choisit de s'intéresser à un point derrière moi. Je sus, grâce au lien télépathique qui m'unissait à Feardorcha, que ce dernier n'appréciait que moyennement d'être scruté ainsi. S'il avait eu peur d'une pauvre plume, qui l'avait poussé à se cacher derrière un pan de rideau, je n'osai imaginer les palpitations que deux ailes bien fournies pouvaient lui causer.

— Il a toujours été le plus faible des trois.

— Feardorcha n'est pas faible. Il est juste plus sociable.

— Cela revient au même.

— Comment se fait-il que vous possédiez des chiens de l'Enfer ? Ce n'est pas ce qu'on pourrait appeler une propriété très angélique.

— Ils gardent les portes.

— J'avais deviné.

Feardorcha qui traînait Jack O'Lantern derrière lui vint rejoindre les deux tiers de Cerbère. Il me lança un regard par en dessous qui avait le don de m'attendrir en dépit de ses yeux rouge rubis. Notre lien se teinta d'une pointe de tristesse qui piqua mon cœur avec violence. Ma pâquerette infernale me faisait-elle ses adieux ?

— Il doit venir avec moi, Sláine, déclara l'archange avec une neutralité qui ne cachait en rien le courroux qu'une contestation de ma part aurait pu déclencher.

— Ne pouvez-vous pas le lui laisser en pension ? proposa l'Irlandais sans réfléchir aux conséquences de cette immixtion dans une conversation à laquelle il n'avait jamais été envisagé qu'il prenne part.

L'archange tourna le visage pour fixer mon partenaire et posa sur lui un regard polaire qui fit se recroqueviller son tigre dans son corps. Messire O'Farrell entrouvrit la bouche, pris de court, plus surpris qu'apeuré. Peu de gens devaient lui faire cet effet-là. *Bienvenue dans le monde des archanges !*

Ma poitrine me donnant l'impression d'être un support à aiguilles, je regardai mon compagnon à poil, imaginant combien la résidence Adamson serait vide sans lui. Qui pourrais-je grattouiller pour me réconforter ? Qui allait se rouler dans mes robes ? Qui défendrait notre territoire contre les attaques perfides d'un roquet froufrouteux ?

Ne me le prenez pas, s'il vous plaît, implorai-je silencieusement l'archange.

Michael inclina la tête et m'observa de ses yeux tricolores qui se plissèrent, défigeant ce masque à la beauté glaciale. Il essayait de compatir, sans y réussir. Il détacha une plume de l'arc de son aile et me la tendit. Apathique, je murmurai un faible merci et le vis disparaître dans un éclair lumineux avec l'effectif Cerbère au complet.

Je fixai un long moment l'endroit où Fear s'était tenu, espérant le voir surgir et se précipiter vers moi pour quémander une caresse. Mais seul un vide oppressant s'imposait à ma vue. Baissant la tête, abattue, je pleurai intérieurement la perte du meilleur animal de compagnie que quiconque ait jamais eu.

James vint m'entourer de sa fantomatique présence, et messire O'Farrell se rapprocha de moi pour permettre à son aura de m'effleurer. Mais ni le froid ni la chaleur qui tentèrent de me consoler ne réussirent à effacer le sentiment que j'avais abandonné Feardorcha.

— Venez, lady Sláine, vous avez bien mérité un verre de brandy.

— Disons plutôt la bouteille, m'entendis-je chuchoter par crainte que le monde ne prenne cela pour un signe qu'il pouvait reprendre sa course, écrasant le souvenir soufreux auquel je voulais accorder une place de choix dans ma mémoire.

34

Où une marque s'apprête à disparaître...

Quelques jours après notre confrontation avec le Diable qui s'était soldée par la disparition de mon bien-aimé tiers de Cerbère, je me fis un devoir d'escorter messire O'Farrell jusqu'à la gare de St Pancras en traînant des bottines. Cela ne manqua pas de mettre en relief toute l'ironie de la situation, car lors de nos présentations officielles, et même un peu après, je n'aurais pas hésité à héler le premier fiacre en vue pour provoquer un retour hâtif en Irlande. Mais je m'étais habituée à être affublée d'un partenaire, même si ce dernier encombrait beaucoup trop l'espace, passait la moitié de son temps nu ou recouvert d'une pilosité pour le moins suspecte, et était à l'origine de bouffées de chaleur proprement scandaleuses. Néanmoins, et c'était en cela que résidait à mon sens le véritable succès d'un partenariat, il avait le mérite d'être plutôt difficile à tuer, ce qui permettait de faire ronronner le chat cracheur qui sommeillait en moi et se hérissait chaque fois que j'éprouvais un semblant de culpabilité.

Notre cab s'arrêta devant la gare de St Pancras, magnifique bâtiment alliant une charpente de fer et de pierre avec des murs de brique, ode à ce que l'architecture victorienne pouvait offrir de mieux. Sa tour en forme de flèche semblait attendre qu'un arc coulé dans les fondations se tende pour crever le ciel maussade de Londres, permettant ainsi au soleil de s'immiscer dans cet univers sempiternellement gris.

Durant le trajet, pour éviter qu'un silence gênant ne vienne densifier l'air de l'habitacle dans lequel auraient pu flotter les non-dits de notre étrange relation, nous avions évoqué l'heureux dénouement de l'enquête. Un autre Jack aux intentions diaboliques s'était vu expulser de la ville d'une manière si angélique qu'on pouvait faire plus qu'espérer qu'il n'ait plus la possibilité de revenir hanter les rues londoniennes. Outre cela, un sorcier geignard, qui voulait entrer dans les bonnes grâces de son père en assassinant des innocents et en frayant avec les démons, avait non seulement été renié par son clan, mais également envoyé dans une prison magique en Écosse où il allait purger une longue peine.

Si la résolution de ce problème mi-fantomatique, mi-démoniaque avait eu lieu dans la plus grande discrétion, elle avait tout de même eu des conséquences embarrassantes sur ma vie diurne de lady. En effet, quelques journaux mondains relatant les temps forts du bal, en détaillant, notamment, les toilettes de ces dames, avaient insisté sur la somptueuse robe de la fille de sir Barthelemew qui s'était vu inexplicablement froissée en cours de soirée, achevant de ruiner sa mise impeccable qui faisait déjà état d'une coiffure partiellement défaite. Ajouté à cela, la veille, lorsque je m'étais rendue au club mixte, *Chez Alfred*, j'avais entendu quelques dames murmurer bruyamment sur mon passage. Une danse plus énergique que ce que l'étiquette prescrivait et accordée à un mystérieux Irlandais était responsable de ces piaillements tout féminins. Je me consolais en me disant qu'une Rose de la reine devait parfois souffrir d'accrocs à sa réputation ; c'était le prix à payer pour maintenir les œillères de tout un peuple en place. Et de toute manière, la perte de ma pâquerette infernale me rendait moins encline à m'offusquer des commérages. Mon énergie semblait aspirée hors de moi, à tel point que je lançais fréquemment un coup d'œil suspicieux par-dessus mon épaule, craignant qu'un incube italien ne soit dans les parages.

L'agent étranger et moi descendîmes du cab. J'acceptai la main qu'il me tendit par courtoisie. Lorsque nos peaux se touchèrent, un délicieux engourdissement fut à l'origine d'une invasion de fourmis qui semblèrent confondre mon bras avec leur fourmilière. En plongeant mon regard dans celui de messire O'Farrell, mer sombre parcourue de débris d'or, je réalisai que la colonie s'était scindée en deux pour investir un autre corps que le mien.

Tandis que le cocher confiait la malle de l'Irlandais à un porteur en uniforme qui s'en alla attendre sur le quai, nous nous avançâmes tous les deux jusqu'à l'entrée du hall Barlow surmonté d'une magnifique verrière qui, lorsqu'il pleuvait, rendait incompréhensibles les paroles échangées en guise d'adieux. Présentement, je regrettai que le ciel ne verse pas quelques larmes pour précipiter ces au revoir sur lesquels je ne souhaitais pas m'attarder.

— Je préfère que nous nous disions au revoir ici. Je n'aime pas particulièrement les quais de gare, dis-je en évitant de croiser le regard de mon futur ex-partenaire.

— Seriez-vous plus émotive que je ne le pensais, lady Sláine ? me demanda-t-il pour me taquiner comme à son habitude.

J'eus l'impression que mon cœur était un muffin duquel une pince à pâtisserie dentelée venait de s'emparer.

— Aucun risque, répliquai-je avec une spontanéité suspecte qui me poussa à préciser ma pensée, la saupoudrant d'un humour dont je ne me pensais pas capable vu les circonstances. Nous, les Anglaises, passons plus de temps à feindre l'émotion qu'à la ressentir. C'est seulement l'excès de vapeur qui m'incommode.

Éprouvant un regain de courage, je fixai la poitrine de messire O'Farrell, espérant poursuivre peu à peu l'ascension jusqu'à ses yeux pour satisfaire la politesse élémentaire.

— Je n'aurais jamais cru qu'une femme affrontant des démons soufreux puisse trembler devant un peu de vapeur.

Je ne pus résister à l'envie de voir une dernière fois ses épais sourcils s'arrondir de malice.

— En journée, ma coiffure se doit d'être impeccable, ironisai-je en rendant un sourire moins large que le sien à l'Irlandais qui, lui, m'offrait une vue imprenable sur ses canines plus proéminentes que la normale.

Un certain malaise s'installa, conférant à l'air inspiré une consistance de plomb qui eut l'effet d'intensifier mon rapport à la gravité. Durant un long moment de silence, l'agent de l'Irish Tree et moi nous scrutâmes, échangeant quelques répliques muettes douloureusement concises, comme *Restez. Je ne peux pas. Erlina ?*

— Vous m'aviez promis de me remettre dans un train pour l'Irlande, me dit-il finalement, pour tenter de rendre à l'air sa légèreté ordinaire.

— En effet. Mais vous devrez vous mettre tout seul dans un bateau pour Dublin à partir de Liverpool, précisai-je pour participer à cet allégement, même si le cœur n'y était pas.

— Je pense que je devrais y parvenir, même sans votre précieux concours.

— Je n'en doute pas un seul instant.

— Comment allez-vous profiter de vos vacances ?

— Je crains qu'elles ne durent pas très longtemps, malheureusement. Le répit des Roses est toujours des plus brefs. Mais j'ai un livre à finir. Et j'ai également pensé à la manière dont vous pourriez vous occuper pendant votre voyage, dis-je en fixant le paquet brun que mon partenaire tenait sous le bras, que je lui avais remis un peu plus tôt.

— Dois-je comprendre que ce fameux paquet que je ne suis supposé ouvrir qu'une fois installé dans le train contient de la lecture ?

— Vous pouvez l'ouvrir maintenant, si vous y tenez, déclarai-je en réalisant que j'avais envie de voir sa réaction.

Il déchira le papier avec enthousiasme, le réduisant en lambeaux, et put contempler le titre du recueil, *Chamanisme et esprits de la nature*, qu'il avait déjà consulté lors de notre première soirée au club. Ses yeux s'écarquillèrent, et l'émotion que ses paillettes dorées tourbillonnant me révélèrent fit se resserrer la pince enserrant mon cœur.

— Je vous remercie. Mais ce volume est pratiquement impossible à trouver. Son absence risque d'être remarquée, s'inquiéta-t-il.

— Il ne manquera à personne au club Shadow, je vous l'assure. Nous faisons des copies magiques de chaque livre de la bibliothèque depuis qu'une sorcière ayant eu recours à sa faculté de manipuler l'eau a causé des dégâts dans les rayonnages supérieurs. Mais comment savez-vous que cet ouvrage est rare ? m'enquis-je, me rendant compte que j'avais peut-être sous-estimé l'importance qu'il revêtait pour l'agent étranger.

— Il se pourrait que ma venue à Londres ne soit pas due qu'à un parfum de trèfle, confessa-t-il en plissant les lèvres, son repentir sincère suscitant ma clémence. Mais soyez certaine que mon intérêt est finalement allé au-delà de la simple consultation de ce manuel.

Il avait ajouté cela sans sourire de façade pour diminuer la teneur de ses propos qui, parce qu'ils créaient une fissure aspirant chaque moment que nous avions partagé pour le faire ressurgir violemment, m'incitèrent à feindre d'être passée à côté de leur véritable signification.

— Ce n'est pas tous les jours qu'on rencontre un archange ou le diable.

— Ni même une lady aussi peu conventionnelle que vous, lâcha-t-il aussi sec, me donnant l'envie de lui retourner le compliment.

— Vous n'êtes pas mal dans votre genre, non plus.

— Oserais-je vous demander de définir mon genre ?

Je ris de bon cœur devant cette audace typiquement irlandaise qui me ramena dans un passé proche, lorsqu'il m'avait demandé de définir l'enthousiasme de prostituées travaillant dans un boudoir pour messieurs.

— Vous a-t-on déjà dit que vous demandiez beaucoup trop de précisions ?

— Les tigres sont aussi curieux que les chats, que voulez-vous, répondit-il en haussant les épaules avec nonchalance, un geste que je ne trouvais plus si grossier.

Du moins pas lorsqu'un homme doté d'une musculature plaisante, qui attirait l'œil, y avait recours.

Sentant que l'heure de se séparer était venue, je fis appel à mon flegme britannique, que je trouvai lent à se manifester, pour prononcer la formule néfaste signifiant la fin de quelque chose qui n'avait jamais réellement commencé, qu'il m'avait seulement été donné de voir briller dans le ciel de ma vie, telle une étoile filante, insaisissable, dont on ne pouvait stopper la course.

— Bon retour sur l'île d'Émeraude, messire Kieran O'Farrell du comté de Wicklow.

Il sembla sur le point de me dire quelque chose, mais se ravisa pour me saluer de manière aussi formelle.

— Bonne continuation à vous, lady Sláine Adamson de Kensington Street.

Après avoir effectué une révérence tremblante qui n'avait rien à voir avec l'éventuelle instabilité de mes bottines à talons, je m'éloignai sans me retourner, sentant, néanmoins, le poids d'un regard peser sur mon dos. Jamais un regard ne m'avait autant pesé, et pourtant ce n'était pas l'entraînement social qui me manquait.

*
* *

Le chauffeur de la calèche, m'ayant attendue pour me reconduire à la résidence Adamson, m'ouvrit la portière. Je poussai un cri de joie inconvenant, qui le fit sursauter, quand je vis une petite masse noire assise à même le plancher du véhicule. Deux yeux virèrent subrepticement au rouge rubis pour m'accueillir, et je sautai dans l'habitacle, manquant de m'étaler en m'empêtrant dans le bas de ma robe.

Je tombai à genoux et j'invitai le corps potelé d'un bouledogue, dont je connaissais chaque émouvant bourrelet, à venir se blottir tout contre moi. Sentant avec émotion le fil qui nous reliait se tendre comme à chaque fois que nous étions en présence l'un de l'autre, je dus retenir mes larmes.

Tenant le chien de l'Enfer entre mes bras, je m'assis sur la banquette de cuir et savourai ce moment de bonheur. Je serrai toujours plus fort ma pâquerette infernale pour l'empêcher de disparaître de nouveau, et pour puiser dans cette étreinte le réconfort à même de combler un vide qui n'avait de cesse de s'étendre depuis le dernier regard pailleté que messire O'Farrell m'avait adressé.

Quand notre fiacre eut démarré et que le rythme cahotant eut apaisé mes nerfs, je questionnai mon compagnon à poil sur son retour inattendu. Il sauta à mes côtés, et je m'aperçus qu'une missive reposait contre la paroi.

Je la décachetai rapidement et lus les mots suivants rédigés dans une écriture des plus soignées :

« *Vous lui manquiez.*
M. »

J'étais de nouveau une Rose solitaire, doublée d'une vieille fille à la réputation échevelée, mais j'avais désormais un chien. Et pas n'importe lequel. Il ne me manquait plus qu'une pleine théière d'Earl Grey, et mon existence aurait presque pu avoir le goût de Paradis. Parfois, un « presque » fait toute la différence, mais, heureusement, voir la tasse de thé à moitié pleine est mon mantra.

Composition
NORD COMPO

Achevé d'imprimer en Espagne
par CPI *(Barcelone)*
le 21 septembre 2015

Dépôt légal : septembre 2015
EAN 9782290118917
OTP L21EDDN000666N001

Éditions J'ai lu
87, quai Panhard-et-Levassor, 75013 Paris
Diffusion France et étranger : Flammarion